01-15

BESTSELLER

Gerardo Huerta Maza, hijo de español y mexicana, nació en la ciudad de México antes de ser enviado a un internado de jesuitas en Valladolid, España. Más tarde regresó a México y estudió comunicación en la Universidad Iberoamericana.

Ejerció profesionalmente en diversas empresas trasnacionales antes de cofundar una empresa ligada a la industria del deporte.

Lector ávido y coleccionista y valuador de arte y antigüedades, Gerardo Huerta Maza irrumpe en el mundo de las letras con un *thriller* construido con base en una fuerte investigación histórica y religiosa.

LA DESAPARICIÓN DEL AYATE

Gerardo Huerta Maza

DEBOLS!LLO

La desaparición del ayate

Primera edición: noviembre, 2012

D. R. © 2012, Gerardo Huerta Maza

D. R. © 2012, derechos de edición mundiales en lengua castellana:
Random House Mondadori, S. A. de C. V.
Av. Homero núm. 544, colonia Chapultepec Morales,
Delegación Miguel Hidalgo, C.P. 11570, México, D.F.

www.megustaleer.com.mx

Comentarios sobre la edición y el contenido de este libro a:
megustaleer@rhmx.com.mx

ISBN 978-607-311-299-4

Impreso en México / *Printed in Mexico*

A mis padres, a mis hijas,
a la compañera de mi vida

Primer día

La figura desgarbada del arcipreste Heriberto Fonseca se perfilaba sinuosamente en el santuario cerrado. En solitario deambulaba por los pasillos recubiertos de tezontle negro que lo conducirían al gran presbiterio. Gozaba la frialdad pétrea que la volcánica piedra le transmitía por la delgada suela de sus zapatos. Tantas veces había recorrido aquel camino, que el rutinario paseo lo había envuelto en un halo de agradable cotidianidad. Aun en esos amaneceres grises, fríos y húmedos de verano, casi en completa oscuridad, el arcipreste despreciaba portar la tenue luz de una vela o la de una linterna que lo ayudase a evitar un tropiezo; prefería depender por completo de su acertado instinto, sin equivocar el paso, ni siquiera trastabillar un poco, razón por la que no podía disimular una cierta satisfacción interna.

En su pertinaz andar, posaba su vista en las placas marmóreas de las paredes buscando el reflejo de su propia silueta —que nunca alcanzaba a distinguir— y deleitándose con la coreografía que le proporcionaba el diseño de las vetas blancas, grises y ocres que, pintadas de forma caprichosa por la naturaleza, se le asemejaban, quizá por la misma tonalidad de sus colores, a aquellos dibujos de los códices prehispánicos que en varias ocasiones había tenido la oportunidad de hojear en algún libro de arte.

Desembocó por el pasillo de la capilla de San José, situada en el área sur del santuario que daba a la amplia llanura del presbiterio, y ejecutó en sesgo una premeditada genuflexión, que cada vez que la hacía se le antojaba un tanto automatizada, pero no a tal grado de pretender modificarla o eliminarla por completo. Ese instante, cuando aún se mostraba postrado y se regocijaba en la hermosa hechura del mármol de Carrara, lo tenía reservado para persignarse, levantar por primera vez su vista y observar la enorme cruz gloriosa de caoba con aplicaciones en hoja de oro, vacía y fragmentada, como si la hubiesen hecho añicos, que se destacaba adornando el altar mayor. Con una pequeña oración le ofrecía el día a Ella y a nuestro Señor. Intentaba, en la medida de lo posible, aunque no siempre lo consiguiese, distraer su mirada para evitar encontrarse con la Imagen directamente. Le parecía que no merecía tanto la pena verla así, en el deslucido claroscuro del incipiente amanecer; demasiada umbría, se le figuraba, que le impedía verla con claridad. Le gustaba, en cambio, saludarla y darle los buenos días cuando la Imagen lograba atraer los primeros y débiles rayos del sol que incidían a través de los grandes vitrales de más de mil metros cuadrados de cristal coloreado y emplomado que iluminaban ese rostro tan dulce, bondadoso y sereno, esas facciones tan delicadas, que lo invitaba a pensar —o al menos así siempre lo había creído—, no sin cierto atrevimiento, que, en completa y recíproca complicidad, Ella le devolvía el saludo, le sonreía como sólo Ella podía hacerlo, y le daba también los buenos días.

Cumplido el saludo, el arcipreste se ponía de pie y con acompasado caminar se enfilaba hacia el pasillo central de la enorme nave que en un buen día podía albergar sentadas a diez mil atribuladas almas. Ése era el momento que menos le agradaba, pues sentía que, de algún modo, al darle la espalda la agraviaba.

Alzó los ojos hacia el techo que asemejaba un gran manto que arropaba y cobijaba a todo aquel que llegaba a postrarse ante la Imagen. Sentía una placentera emoción al apreciar el trabajo meticuloso, detallado y perfecto que las manos artesanales habían esculpido sobre la madera de pino canadiense. En particular le agradaba el diseño de las enormes lámparas de aluminio que, colgadas cual racimos de uvas, asemejaban un extenso viñedo. La forma abovedada del techo le infundía el deseo de permanecer bajo esa reconfortante sensación de abrigo.

Volviendo a la realidad cotidiana, le pareció que algunos fieles ya debían estar ansiosos y esperanzados de que se abrieran las puertas, pero no hizo intento alguno por apresurar el paso. La espera formaba parte de la anticipación, y por esa misma razón era que con alevosía la alimentaba. La gente procedía de lugares muy lejanos movida por la fuerza de la fe; algunos, incluso, habían pasado la noche en vela, a las afueras del santuario, pasando frío, rezando a la intemperie, esperando el momento en que a las seis de la mañana en punto se abrieran de par en par las puertas de acceso al recinto sagrado.

La mayoría de los feligreses estaba allí para invocar favores, algunos ciertamente tardíos y desesperados, y sólo unos cuantos, muy pocos, acudían para agradecer los ya concedidos. Todos eran creyentes confesos, plenamente convencidos de la autenticidad del hecho milagroso y portadores de una profunda devoción.

El arcipreste no podía ocultar que este fervor aun lo hacía conmoverse a veces hasta las lágrimas. Todos los días, conforme sus pasos lo acercaban a las nueve puertas para abrirlas y dar cabida a la gente, sentía vívidamente la esperanza de las ánimas que, expectantes, esperaban arremolinadas en el gigantesco atrio. Sufría la excitación que les producía el momento de oír los primeros crujidos de las puertas que advertían su apertura; los sentimientos encontrados de un manifiesto nerviosismo, confundido con incertidumbre y alegría a la vez, de aquellos que por primera vez venían a conocerla; la angustia de ver esos rostros dolientes que mostraban rodillas lacerantes por pagar la manda de arribar de esa manera, y, por último, los fútiles intentos por paliar el llanto que se agolpaba en los lagrimales saturados de tantos momentos de frustración y dolor de cada uno de los penitentes. Todo esto sentía y más, y por eso su ocupación le resultaba de tal importancia y de tanta trascendencia, que diariamente daba gracias a Dios por tener el enorme privilegio, responsabilidad y honor, de fungir y ser el custodio de la sagrada Imagen.

El arcipreste procedió a abrir las enormes puertas de bronce revestidas de aluminio, comenzando con la número uno, la más cercana a la entrada del atrio y donde más gente se concentraba. Las puertas consistían de cuatro hojas, dos en la parte central, y dos laterales que se abrían en abanico. Todas tenían cerradura convencional y cerrojo especial con grazne al piso. La primera que abrió permitió el paso de puñados de personas, dándole a entender que el día iba a congregar a una gran muchedumbre, pero cuando terminó por abrir la segunda se percató de que algo raro estaba pasando. Un desagradable sentimiento de inseguridad lo invadió. ¿Qué sucedía? Trató de fijarse con mayor atención, cayendo pronto en la cuenta de que la primera fila de gente se detenía por completo a pocos pasos de la entrada, impidiendo avanzar a los demás hacia el interior. Eso era, pensó reconfortado. Bueno, en realidad no pasaba nada, menos mal, era sólo que algunas personas son más impresionables que otras y hoy había tocado que la gente se comportara de este modo. Retomó algunos pasos y se acercó al grupo de congregación más numeroso para encomiarlos a proseguir.

"Por favor, continúen caminando para que los de atrás puedan entrar", los trató de animar, sin mucho resultado. Al percatarse de que los feligreses no le hacían ningún caso, repitió su invitación, esta vez con más firmeza: "No pueden detenerse en la entrada. Si no caminan, los de atrás no van a poder entrar, así que por favor continúen avanzando para que todos tengan la oportunidad de acercarse".

La gente parecía no escucharlo, ni siquiera lo volteaban a ver y simplemente no respondían a sus llamados. Volvió a preguntarse qué estaba pasando. No recordaba haber experimentado un comportamiento igual por parte de los fieles.

Aguzó los sentidos y se dio cuenta de que, completamente absortos, todos veían algo que a él se le estaba escapando. Observó que la mayoría tenía la mirada fija en la dirección en que se encontraba expuesta la Imagen. Algunas mujeres se llevaban la mano a la boca en un claro signo de intentar ahogar un grito. Los miembros de cada familia se miraban angustiados sin aparentar creer lo que estaban viendo. Las señoras de más edad cuchicheaban entre sí con manifiesta angustia. El arcipreste ya había visto infinidad de veces las muestras de asombro y admiración que la Imagen causaba a los presentes, por eso no había prestado mayor atención a lo que estaba sucediendo, pero tuvo que reconocer que no se había enfrentado con algo similar. Volvió a sentir ese desagradable malestar que le producía saber que algo andaba terriblemente mal. Pero, ¿qué les pasa a estos tipos?, se preguntó fastidiado. Harto de tratar de dilucidar y de echar mano de su experiencia sin ningún éxito, desistió de su intento, y nuevamente optó por tratar de apaciguarlos, esta vez con mayor apremio.

"Vamos, vamos, hay que tener un poco de calma", les dijo en tono paternal, disfrazando una falsa sonrisa de entendimiento. "Pasemos a la parte delantera donde la podremos apreciar mejor. Así los de atrás podrán ir avanzando."

Nadie se movió. Todos parecían como idos. Algunas mujeres empezaron a sollozar abiertamente; blandían los extremos de sus rebozos para enjugar sus lágrimas. Los niños, al ver que sus mamás lloraban, de igual manera comenzaron a hacerlo. El llanto generalizado poco a poco se hizo dominante. Los hombres cruzaban miradas de reojo preguntándose qué sucedía, mientras alzaban los hombros externando por respuesta su ignorancia. El arcipreste, en medio de lloros y murmullos cada vez más sonoros e inquietantes, intuyó que la situación se le estaba escapando de las manos. En un instante, la mayoría de las miradas se centraron en él. Eran miradas de gran incertidumbre, de un manifiesto temor; algunas, incluso, contenían cierta rabia reprimida.

"Qué pasa, hijos míos, ¿qué es lo que les sucede?", preguntó azorado y abriendo los brazos, dirigiéndose a nadie en particular y a todos en general. "Quizá usted, padre, nos pueda dar alguna razón…", respondió un hombre de unos cuarenta años, de apariencia campesina por su atuendo de chamarra y botas, con bigote y barba rala, pelo lacio y grasoso, a la manera que sólo un sombrero de paja de ala ancha, que en esos momentos sostenía estrujando nerviosamente entre sus manos, podía con descuido aplacar. Sin añadir más, fija la mirada en el arcipreste, con gesto severo levantó un brazo y apuntó hacia el lugar donde se encontraba la Imagen.

El arcipreste Heriberto Fonseca siguió la dirección que este hombre le señalaba para mirar por vez primera en el día el milagroso lienzo. Tardó un instante en comprender lo que sus ojos veían. Su comprensión se rebelaba por completo: ¡no era posible! Exprimió su mente para recordar si había alguna circunstancia ajena que justificara lo que aparecía ante sus ojos. No había ninguna. ¿Cómo habría de haberla sin que él, el arcipreste del santuario, no se hubiera enterado? Pero por más que pretendiera no dar crédito a lo que veía, sus ojos no podían engañarlo. Era innegable. Ni en su más absurda pesadilla se pudo haber imaginado que esto llegase a suceder. Sin embargo, lo impensable acababa de escaparse de la ensoñación para tornarse en algo brutalmente real. A la distancia donde se encontraba distinguía el gran marco de oro y plata que cubría y sellaba la Imagen, pero detrás… ¡no había nada! ¡El ayate de nuestra señora santa María de Guadalupe había desaparecido!

❖

Sandra Terán tenía un odio acérrimo a la lluvia porque la humedad reinante hacía que se le esponjara su ya de por sí rizado cabello, mismo que en esas mañanas pasadas por agua se tardaba una buena media hora en tratar de alaciar. Y eso lo tenía que hacer casi a diario. Sólo se daba por vencida dejándolo a su caída natural, llena de rizos, bajo el clima tórrido de Acapulco, cuando le tocaba irse de vacaciones con las amigas o con la pareja de turno; ahí sí que, por el intenso calor y la humedad, le resultaba poco menos que imposible hacer cualquier intento por aplacarlo. Era el único lugar donde su pelo, y ella, podían convivir en santa paz sin los pleitos constantes con las doscientas pasadas diarias del cepillo. Sandra podía incluso disfrutar esta libertad de cierta manera, a sabiendas de que sólo sería por breves días y de que cuando regresara a casa volvería a sacar el látigo y la silla —en la forma del gel alaciador L'Oreal, secadora y cepillo redondo de cerdas duras— para poder domar su cabello como a ella le gustaba.

También gozaba la desnudez de su cuerpo que sus minúsculos bikinis le permitían lucir. Eso, y andar descalza todo el día, eran las razones por las que adoraba los lugares de sol y playa. Experimentaba una agradable y palpable sensualidad cuando sus pies acariciaban las diferentes texturas y temperaturas de los suelos que pisaba; eran sensaciones nuevas y distintas que en mucho le decían de lo que se perdía por la utilización del calzado en la ciudad. Se diría que era una fetichista de los pies. Le encantaba Acapulco porque le permitía fijar la mirada, sin ningún viso de pudor, sobre las extremidades inferiores de cuanta gente se encontraba, sin importar su género. El deambular descalzo de la gente, si acaso con sandalias o huaraches abiertos, le permitía darse el lujo de fisgonear a cuantos les viniera en gana. En los saludos ocasionales del amigo del amigo del amigo que le presentaban en la playa, en vez de la consabida barrida de arriba abajo, la mirada de Sandra se concentraba sólo en los pies, haciendo sentir sumamente incómoda a la persona que, de esa manera *sui generis* y de forma tan abierta, estaba siendo analizada. En no pocas ocasiones había rechazado invitaciones sólo porque los pies de sus pretensos no eran de su agrado. La idea de compartir cama y practicar el consabido *footing* con pies feos le irritaba sobremanera, a tal grado de rechazar promisorias oportunidades de regocijo por ese simple hecho.

Con un metro ochenta centímetros de estatura resultaba un tanto difícil pasar inadvertida. Ella no tenía la culpa de que, en la atiborrada ciudad de México, con predominancia mestiza, el promedio de altura de las mujeres, y también de muchos hombres, fuese muy inferior a la suya. En los escasos pero interminables días que tenía que pasar encerrada en la oficina, nada más por fastidiar, le gustaba crecerse aún más calzando tacones altos y hasta plataformas. Le divertía ver las caras de incomodidad de los hombres cuando tenían que levantar la cabeza para mirarla a los ojos mientras le hablaban. Algunos hasta se sonrojaban; otros llegaban a molestarse y cortaban con prisa la conversación para evitar mantener una posición tan indignamente incómoda.

Además existía el inconveniente de que muy pocos hombres se atrevían a invitarla a salir. A aquellos que la llamaban, los tenía clasificados en dos categorías: los que lo hacían buscando una identificación o una reafirmación de su machismo por ser más altos que ella —que eran muy pocos—, o la mayoría que sólo quería experimentar lo que se sentía estar en la cama con una mujer enorme, fantaseando con el tamaño de sus genitales, que los imaginaban monumentales, muy acordes con su estatura. De éstos, algunos hasta le habían confesado en la intimidad que habían tenido sueños eróticos con ella perdiendo su cabeza entre esos muslos que parecían montañas insalvables. Harta estaba de estos últimos y de los primeros también. El problema era que le aburría sobremanera salir con puros basquetbolistas, porteros de futbol y atletas de alto rendimiento —como así definía a los del primer grupo—, que si bien presumían de tener un cuerpazo, que de hecho lo tenían, carecían de un imprescindible IQ que les permitiera mantener un tema interesante de conversación, tan necesario e importante, sobre todo en esos momentos posteriores al ahíto del deseo carnal, cuando daba comienzo la etapa de apaciguamiento. Era ahí donde los atletas hacían aguas.

Había amanecido nublado y amenazaba lluvia. Por andar en la calle gran parte del día, consideraba que hacerse una cola de caballo y calzar zapatos italianos —los únicos que le llegaban a su medida—, de la horma más cómoda que tenía, era punto menos que necesario. Cuando llegó al periódico, estacionó la camioneta y subió por las escaleras los dos pisos que la llevarían hasta su oficina. Odiaba tomar el elevador.

Las escaleras desembocaban a un pasillo que servía de columna vertebral a la continua e ininterrumpida sucesión de oficinas del departamento de redacción. Como siempre, saludó a todos con los que se topaba. Tenía esa costumbre de dar los buenos días con una amplia sonrisa; había que aprovechar la proliferación de dientes que la genética le había regalado tan generosamente. Se acordó de que en la preparatoria su grupo de amigas íntimas la apodaban *Smiles*, y la remembranza la hizo sonreír.

No sólo por su sonrisa llamaba la atención. No faltaba en la oficina quien le preguntara qué dieta estaba haciendo o qué rutina de ejercicio le sentaba mejor o a qué *spa* había ido o si estaba tomando clases de yoga o, lo peor, con qué doctor se había hecho la liposucción. Le divertía que las mujeres fueran incapaces de aceptar una buena silueta sin pensar en que se tenía que haber hecho algún tipo de cirugía, y por eso, sólo por eso y también por joder, a las compañeras que así le preguntaban se les acercaba sigilosamente con la mano enconchada sobre la boca y, siseándoles en sus oídos expectantes, les confesaba su gran secreto: "*No carbs, honey, no carbs*". En parte, esas preguntas inquisitivas tenían algo de razón ya que no todo en ella era natural. Hacía un par de años se había puesto implantes en los pechos, sólo para acentuar su silueta, nada exagerado.

17

Así, con la ayuda de su magnífico porte, su estatura, su licenciatura en la Facultad de Comunicación de la Universidad Iberoamericana, su graduación con mención honorífica en la especialidad de periodismo, su presta y perenne sonrisa y su dominio del inglés, era que Sandra Terán enfrentaba la vida con exacerbado optimismo, confianza y seguridad.

Entró a la oficina y, sin alcanzar todavía a sentarse del todo en el sillón, escuchó a sus espaldas la inconfundible voz de su jefe, obligándola a voltear para poder encararlo, sabedora de que la postura de estar sentada a medias le ocasionaría que el culo sobresaliera, de manera ostensible, por sobre su anatomía.

—Sandra, te quiero ver en mi oficina en cinco minutos —le ordenó, apenas asomando su cabeza por la puerta entreabierta, para cerrarla inmediatamente sin esperar respuesta y continuar su andar presuroso.

"¿Por qué tan temprano? —pensó disgustada—. Ya me había hecho a la idea de un día sosegado para ponerme al corriente de mis *mails* y terminar esos engorrosos reportes administrativos atrasados. Espero que no me quiera para algún nuevo reportaje o artículo que me saque a la calle. De seguro va a llover… Ojalá y tarde un poco." Sabía, en el fondo, que su deseo no abrigaba esperanza alguna; una cosa era cierta, tan cierta como la misma muerte: en esta época, en el De-efe llovía todos los días. Resolvió, resignada, tomar el cuaderno de notas y una pluma. "¿Me llevaré algún *file* pendiente? No —se respondió—, esto tiene que ser nuevo"; siempre lo era en juntas no programadas. No sabiendo cuánto se iban a tardar y no sabiendo quiénes iban a asistir, decidió prevenirse y pasar por el área de servicio para prepararse una taza de café. Deseó que ese probable reportaje se lo diera a otra persona. Cubriendo la taza con sus dos manos para calentarse un poco, dirigió sus pasos a la oficina de su jefe.

Abrió la puerta sin tocar y se sentó en una de dos sillas vacías enfrente del escritorio. Apartando algunos papeles desordenados, hizo hueco para su taza. Había exceso de papeles en el escritorio, dando la mala impresión de que nunca lograba terminar sus asuntos. Jesús se encontraba de espaldas, ocupado en contestar el teléfono. Se volvió hacia ella, le hizo una mueca por sonrisa y con la mano libre fabricó el signo de "un momento". Sandra le devolvió un gesto, encogiéndose un poco de hombros y meneando de un lado al otro su mano, como para decirle que continuara. Sorbió su café. Nunca podía adivinar si el café era bueno o malo; a menos que estuviera espantoso, todos le gustaban. Discurrió la vista por la oficina para distraerse. No había nada que captara su interés, aunque eso ya lo sabía por las tantas veces que se habían reunido allí. Se detuvo a mirar las típicas fotos de familia que lo mostraban junto con sus dos hijos. Nada de esposa, pues era divorciado. Se preguntó a quién se parecían.

Jesús continuó hablando por teléfono y consultando algo en la computadora. Sandra se fijó en sus canas a la altura de las sienes. Temprano, para sus treinta y tantos años, se dijo. Ella, que nunca había necesitado teñirse el pelo, no dudaría en hacerlo tan pronto descubriese la primera señal blanca; de eso no tenía la menor duda. Sin embargo, esperaba que no sucediera en los próximos e inmediatos años, que aún le faltaba un buen trecho por recorrer y vivir a tope. Jesús se despidió de la persona del otro lado de la línea y colgó el auricular. Volteándose hacia ella, la saludó con una amplia sonrisa:

—¿Cómo estás?

—Bien, eh. Sólo que estas lluvias…

—Tienes razón. ¿En qué andas ocupada? —preguntó, ya entrando en materia.

—Terminé el reportaje de los secuestros exprés, ¿te acuerdas?

—Sí, sí. No estuvo mal —dijo desinteresado—. ¿Y ahora?

—Se me está ocurriendo investigar sobre las muertas del Estado de México —dijo evidenciando su ya prolongada huelga de ideas.

—No se me hace que sea tu estilo.

Sandra se sintió ofendida. ¿Qué quería, entonces?

—Si tú lo dices, *okay*; confieso que todavía no se me ha ocurrido el reportaje merecedor del premio Pulitzer, pero ya vendrá —respondió, esperando algún comentario de su parte, que no ocurrió—. Bueno, ¿y para qué me llamaste?, además de para restregarme en la cara que no te interesan en lo absoluto los temas que ando rondando.

Jesús encajó el comentario punzante. Ya estaba acostumbrado a que la reportera no se quedara callada cuando se sentía agredida. Eso formaba parte de sus buenas cualidades. Se cuestionó también si debía seguir tolerando la familiaridad con que se expresaba hacia su persona. Él mismo la había procurado, admitió.

—Mira, te llamé para que, corroborando que no estás haciendo algo interesante para el periódico —se la revisó, mirándola con ínfulas y con cierta mala leche—, vayas a la basílica a ver qué averiguas.

—¿A la basílica? —Sandra respingó en su asiento abriendo los ojos—. No se me ha perdido nada allí, ¿eh? A averiguar, ¿qué? —preguntó molesta por la nimiedad de lo que consideraba una nota de poca monta.

—A averiguar por qué la cerraron.

—¿La cerraron? ¿Cuándo?

—Hoy. Muy temprano en la mañana.

—Alguna restauración mayor, supongo yo... —sugirió de manera espontánea, y al hacerlo, se sorprendió por la lógica de su respuesta.

—Lo mismo pensé yo, pero no —se quedó pensativo un momento—. Hubieran avisado, caray; eso se avisa siempre. No. Esto tuvo que ser de improviso. Algo distinto e inusitado. Sea lo que haya sido, los agarró fuera de guardia.

—¿Y cómo fue que te enteraste?

—No lo vas a creer. Gabriel, uno de los diseñadores... No sé si lo conozcas...

Sandra negó con la cabeza.

20

—Bueno, pues él fue el que me avisó.

—¿Y qué hacía este Gabriel en la basílica?

—Resulta que está de vacaciones y por alguna razón fue a la basílica con su familia y se pudo dar cuenta del hecho.

—¿Y qué hizo? ¿Te habló?

—Sí. Qué listo, ¿no? Te confieso que yo fui el primer sorprendido. Le pregunté qué había visto y me dijo que nada, que sólo vio las puertas cerradas cuando, por la hora, ya deberían estar abiertas, y que había mucha gente en el atrio sin poder pasar, y que algunas personas ya estaban empezando a molestarse porque habían venido de muy lejos. Está muy raro. Hay gato encerrado… No sé si me entiendas… Se me hace que algo no está bien, me huele…

—Pues ojalá y no te huela a tienda de quesos rancios, porque de entrada el tema no da para mucho y se me hace que nada más voy a ir a perder el tiempo.

—Quién sabe. Podías tenerme un poco de confianza —le contestó—, para variar. Hay quien dice, y tengo fama de ello, que soy todo un sabueso para olfatear las noticias —dijo ufano y con una sonrisa socarrona.

Sandra meditó unos segundos lo que iba a decir. Si bien el día pintaba para esperar un fuerte chaparrón, cosa que le disgustaba, quizá salir le aclarara un poco las ideas y se le ocurriera algo interesante para su próximo artículo. También no estaba de más quedar bien con su jefe; un poco de coba no le vendría mal.

—Pues sólo por lo que acabas de decir, te digo que sí, que iré.

Sandra no sintió remordimiento al manipular la situación a su favor.

—¡Pues ya está! —Jesús se mostró un poco extrañado, pero a la vez halagado por la fácil aceptación de la reportera a una tarea de resultado dudoso.

—*Okay*. Pero esta vez sí me la vas a publicar, ¿no?

—¿Qué? ¿No te publiqué la nota anterior?

—Si publicar llamas a una notita de un octavo en la tercera página… —meneó la cabeza mientras contestaba con cierto sarcasmo.

—Eso dependerá de ti, no tengo que decírtelo. Bien lo sabes. Escribe algo que valga la pena y lo verás publicado a ocho columnas en la primera página.

—Ya llegará ese día.

—Trabaja y no tardarás en verlo.

—Pues como pinta la nota se me hace que no va a ser esta vez.

—Está por verse… Quizá te lleves una sorpresa y hasta me lo agradezcas.

—¿Qué? ¿Darte las gracias por mandarme a perder mi tiempo en una nota insignificante? —volvió a menear la cabeza—. Lo dudo.

—Quién sabe. Podría ser la nota que cambie tu carrera.

❖

El arcipreste Heriberto Fonseca se frotaba nerviosamente las manos. El andar de un lado al otro del pequeño vestíbulo delataba su intranquilidad. El ama de llaves, que ocupaba el único escritorio de la antesala, disimulaba leer unos papeles cuando en realidad no podía dejar de mirarlo de reojo. El arcipreste, de cuando en cuando, y cada vez con mayor frecuencia, consultaba su reloj; parecía que el recorrer del tiempo tenía el poder de acicatear su impaciencia. Por momentos lograba calmarse un poco cuando se daba cuenta de que no llevaba esperando ni siquiera quince minutos, pero esto no bastaba para reconfortarlo del todo, volviendo a asumir, de nueva cuenta, su turbadora actitud.

El ama de llaves de la casa del abad Leonardo Artigas, que lo conocía de tantas veces de haberlo visto en juntas de trabajo con el abad, extrañaba su carácter amable y cortés; no podía dejar de preguntarse qué motivo o circunstancia había tenido que suceder para que estuviera de ese ánimo.

Tan pronto como el arcipreste se había dado cuenta de la desaparición de la Imagen, su instinto le había hecho tomar la decisión de cerrar a cal y canto la basílica, despidiendo a los pocos feligreses que se encontraban adentro. Acto seguido, se dirigió a la oficina del abad para hablar con él. Sólo había encontrado a su secretaria que acababa de llegar, pero ésta le había informado que en ese momento el abad estaba ocupado desayunando en su residencia con unas personas y que no podía atenderlo de inmediato. Sin embargo, le exigió que lo comunicara con el abad directa y urgentemente. Ante tal insistencia, la secretaria optó por comunicarse con el ama de llaves de la residencia del abad para informarle que tenía que tomar la llamada al arcipreste, que era urgente. El ama de llaves se dirigió al recinto que fungía como comedor. Tocó la puerta, la abrió, y se quedó en el umbral sin pasar del todo. Con voz pausada se disculpó y anunció la urgencia de la llamada del arcipreste. En un principio, el abad, molesto por la abrupta interrupción, le hizo un ademán desdeñoso de que le hablaría después, que ahora se encontraba ocupado. Para su sorpresa, el ama de llaves insistió sin darle oportunidad de negarse. Comprendiendo que algo serio estaba pasando, el abad se excusó con las personas que lo acompañaban y se retiró a otra habitación a contestar el teléfono. Escuchó con gravedad lo que el arcipreste le decía y, tapando la bocina con una mano, llamó al ama de llaves para decirle que por favor lo disculpara con sus invitados pero que tenía que salir de inmediato a atender algo urgente, que los acompañara a despedirlos hasta la puerta y que les dijera que él se comunicaría después con ellos. Con gesto adusto volvió a tomar el auricular. El arcipreste trató sucintamente de explicar lo ocurrido. En su explicación, en ningún momento fue interrumpido por el abad. Cuando terminó su conciso relato, el padre Fonseca tuvo que soportar unos interminables segundos de silencio absoluto. Finalmente, escuchó las frías y concluyentes palabras del abad: "Haga el favor de venir a mi casa inmediatamente".

El padre Fonseca prosiguió con su andar nervioso en el vestíbulo de la casa del abad. ¿Qué era lo que lo estaría deteniendo para que se tardase tanto en recibirlo?, ¿no había sido lo suficientemente enfático de que se trataba de una urgencia, quizá la más apremiante de todas? "De seguro estará hablando con el arzobispo para informarle." No, no, corrigió, ya estaría tratando de resolver el hurto hablando a la Procuraduría del Distrito Federal.

La puerta de la biblioteca, lugar que hacía las veces de recibidor y donde el abad atendía de forma más privada, se entreabrió, y apenas asomando su cara lo invitó a pasar. El arcipreste se sintió aliviado de que, por fin, iba a poder compartir la enorme carga con alguien más, sobre todo con alguien de mayor jerarquía en quien depositar esa gran responsabilidad. Esperó a que el abad se sentara en el sofá adyacente a una mesa y, a su invitación, hizo lo propio en el sillón de junto de lo que pretendía ser una pequeña sala de reuniones.

Con absoluta precisión, subrayando los pormenores y respondiendo puntualmente todas las preguntas, el arcipreste dio cuenta de lo acontecido. Finalizado el relato, el abad juntó sus dos manos en actitud de plegaria y, tocando la punta de sus dedos con sus labios, cerró los ojos, concentrándose. El padre Fonseca sabía que no era momento de interrumpirlo.

El arcipreste lo contempló inmóvil, un tanto expectante, reparando en la delgada complexión del abad, en la mesura de su cuidada cabellera, en sus facciones angulosas que, sin ser duras, denotaban una gran madurez y seriedad, producto de una vida intensa, dedujo, y en su nariz aguileña que sobresalía descaradamente de su cara. Verdes y sinuosas venas le marcaban ambas sienes, dejando entrever la transparencia y la finura de su blanca piel. Estas venas le brotaban y hasta latían las raras veces en que se exaltaba. Sus manos, de una frágil apariencia ósea, lucían delicadas, casi quebradizas, albergando un enjambre venoso que le cubría por completo ambos dorsos, mimetizando la tonalidad esmeralda de sus sienes. La apariencia de su complexión, por su fragilidad, daba pie a pensar que podría desmoronarse en cualquier momento. Después de unos segundos, el abad abrió los ojos.

—Hizo muy bien en cerrar la basílica. Aparte de usted, ¿quién más está enterado de esto?

—Di orden al jefe de seguridad de no dejar pasar a nadie y le expliqué los motivos. Él ya había sido enterado por su personal, así que ya tenía todo listo para el acordonamiento. Es una persona eficiente. Quisiera hablar con él personalmente para conocer su opinión. También lo sabe mi secretaria, la señorita Estévez, a quien tuve la precaución de decirle que impidiera a cualquier persona del área administrativa el acceso al interior de la basílica, en especial al personal de mantenimiento. Lo mismo le dije a la encargada de la tienda, pero ninguna de las dos sabe lo del robo. Quizá alguien más pudo haberse enterado, pero lo dudo.

—Muy bien hecho, padre. Ahora dígame, ¿cómo manejó a la gente, a los feligreses me refiero, que fueron testigos de la desaparición? ¿Qué les dijo?

—Sólo les dije que no se preocuparan, que no pasaba nada, que la Imagen se la habían llevado para que la restauraran y la limpiaran, que eso pasaba seguido y que era perfectamente normal.

—¡Muy bien! —externó complacido, palmoteando una mano sobre su muslo—. Le alabo su ocurrencia. De seguro le creyeron…

—Ni yo mismo me lo creía, pero creo que fui lo suficientemente convincente.

—¿Eran muchos?

—No, apenas unas decenas, porque sólo alcancé a abrir dos puertas y fueron pocos los que pudieron entrar. Quiero decir, no es que fuera poca gente la que había, pues había mucha, pero como los primeros que entraron se detuvieron al ver el marco vacío, los de atrás ya no pudieron avanzar más y no vieron nada. Entonces fue que cerré las puertas —precisó con cierto nerviosismo.

El abad volvió a asumir una actitud de meditación, cerrando los ojos. Al padre Fonseca ni se le ocurrió añadir algo más.

—Padre —el abad tomó la palabra—, lo que le voy a preguntar puede sonar a una tontería, pero tengo que hacerlo —se inclinó sobre el sofá.

—Pregunte, padre —lo animó, corrigiendo su postura para escucharlo mejor.

—¿Está usted positivamente seguro de que la Imagen desapareció? Es decir… intentaré explicarme, ¿existe la posibilidad de que aún se encuentre en algún lugar dentro de la basílica?

—Bueno, ¿qué quiere que le diga? —repuso confundido y nervioso por lo oportuno de la pregunta—. Buscarla, buscarla, no lo he hecho —se encogió de hombros—, pero usted y yo sabemos que no hay motivo alguno para que el ayate no se encuentre en su lugar. Si lo hubiera, alguno de los dos lo sabría —dijo con gesto de obviedad—. Vamos, padre, es evidente que ha habido un robo.

—Ya. De que ha habido un robo, lo ha habido. Eso nadie se lo discute. Mi cuestionamiento es si estamos completamente seguros de que el ayate no se encuentra todavía dentro de la basílica.

—¿Y dónde podría ocultarse? —respondió, encogiéndose de hombros.

—Padre, la basílica es enorme —hizo un gesto condescendiente—, hay infinitos lugares dónde esconder el ayate. Por ejemplo, el Camarín. ¿Lo ha inspeccionado? Por ahí tuvo que entrar el ladrón para sustraer el lienzo.

—Eso mismo se lo iba a proponer, pero decidí mejor esperar a inspeccionar el Camarín con su compañía.

El arcipreste bajó la vista. Dio por sentado que el ayate desapareció, pero no se le había ocurrido pensar que no hubiera salido del recinto sagrado.

El abad también dudaba de que se encontrara en la basílica, pero su pregunta había abierto la posibilidad de que así hubiera sucedido. Estaba seguro de que ahora el arcipreste tomaría cartas en el asunto.

—Pero, padre, si nos ponemos a buscarlo por toda la basílica —hizo una mueca dubitativa— forzosamente tendríamos que dar aviso del hecho a infinidad de personas. No sé si sea lo más prudente.

El abad recapacitó rascándose la sien y concediéndole la razón. Si se abriera una búsqueda se tendría que informar a muchas personas. Se arriesgarían a posibles filtraciones de información que salieran desde la basílica a los medios de comunicación. No. Imposible.

—Olvídelo, padre Fonseca. Tiene usted toda la razón. Esto no puede darse a conocer así, tan abierto. Mantengámoslo exclusivamente en el pequeño círculo de personas que hasta el momento tienen conocimiento del hecho.

El arcipreste asintió, mostrando su complicidad. Transcurrieron unos segundos antes de que fuera cuestionado de nueva cuenta:

—Tengo que hacerle otra pregunta… —le advirtió, levantando una ceja.

—Usted dirá —contestó el arcipreste con cierta aprensión.

—¿Tiene alguna idea de cómo pudieron violar los sistemas de seguridad implantados para proteger la Imagen?

—Ni idea, padre —dijo, encogiéndose de hombros—. Para mí es una incógnita, máxime que estos sistemas eran supuestamente inexpugnables; claro, a decir de los que nos los vendieron. Ahora, que el que debe de responder a esto es el jefe de seguridad, el señor Ortega.

Los dos permanecieron en silencio por unos momentos, rumiando cada uno las implicaciones que el suceso les presentaba en todo tipo de ámbito y no sólo en el aspecto de dilucidar el robo.

—Padre, ahora yo quiero hacerle una pregunta —el arcipreste se acomodó en el perfil del asiento del sillón.

—Pregunte usted —lo instó a que lo hiciera con un ademán de su mano.

—La Imagen… ¿está asegurada?

La pregunta del padre Fonseca lo inquietó un poco. La verdad era que no había reparado en ello. El abad se tomó unos segundos para contestar. Hizo memoria de cuando tomó posesión del puesto y su antecesor le había dicho que él ya había intentado asegurarla sin éxito.

—¿Y qué valor se le podría dar a algo que de por sí es invaluable? —respondió resignado, encogiéndose de hombros—. No, padre, no, imposible. No hay aseguradora en el mundo que se arriesgaría a hacerlo. Por eso tuvimos que contratar la tecnología de punta en materia de seguridad y alarmas.

—Algo así me temía —meneó la cabeza el arcipreste en desaprobación.

—Bueno, padre —lo miró fijamente tratando de captar nuevamente su atención—, lo que le voy a decir ahora es de suma importancia.

—Dígame usted —contestó, irguiendo de nueva cuenta su postura para una mayor atención.

—No podemos permitir, por ningún motivo y bajo ninguna circunstancia, que la prensa se entere. Sería muy grave —dijo con tono de gravedad.

—Por supuesto. Considérelo descartado.

—Se me ocurre, padre —cambió hacia un tono más suave—, que aprovechando la ausencia de la Imagen, mientras se están haciendo labores de limpieza en ella, como usted muy bien sugirió, podríamos anunciar alguna remodelación interior para justificar al público y a la prensa el hecho de mantener la basílica cerrada, y así comprar algo de tiempo que tanta falta nos hará.

—Correcto —se quedó pensativo unos instantes—. Se me ocurre que pueden ser reparaciones en la madera del techo o pulido del mármol del piso. Dos tareas que en realidad las tengo como próximas a realizar y que ya requieren nuestra atención.

—Me parece estupendo. Lo que sea, usted decida, pero que sea algo de relevancia; vamos, que sea razón suficiente para el cierre total de la basílica. Esto, como dije, nos ayudará a comprar unos cuantos días.

—Muy bien, entonces será la que implique el menor gasto.

—También tenemos que abrir la basílica lo más pronto posible. Nunca, en la historia, ha permanecido ni un solo día cerrada.

—Sí, sí —respondió el arcipreste con voz trémula—, tiene usted razón, pero, ¿qué es lo que sugiere que hagamos?

El abad cerró lo ojos. Juntó ambas manos y las colocó sobre su nariz y su boca. Se quedó meditando durante largo rato. Al arcipreste no le extrañaron las pausas, a veces prolongadas, que el abad se tomaba para decidir los asuntos más relevantes. Conocía de sobra sus gestos. El abad respiró profundamente, en un claro advenimiento de que ya había tomado una decisión y de que ésta era muy importante. Abrió los ojos y buscó la mirada del padre Fonseca.

—Tendremos que reponerla hasta que encontremos la original —declaró con expresión sombría que no dejaba ningún lugar a réplica.

—¡¿Cómo?! —exclamó el arcipreste casi en un grito y visiblemente sorprendido.

—Sí, padre. Vamos a tener que remplazar la Imagen del ayate original por otra.

—Perdone, padre, pero lo que usted está diciendo —titubeó el arcipreste angustiado—… no logro entenderlo.

—Vamos a ver, padre Fonseca, ¿de qué otra manera podremos abrir la basílica si no podemos mostrar a visitantes y peregrinos la Imagen, única razón por la que han venido a visitarla?

29

—Sí, pero…

—Créame que desde el momento en que usted me informó de lo acontecido, le he dado mil vueltas al asunto y no he encontrado otra opción. Y a usted, ¿qué se le ha ocurrido?

—No, no. A mí ni se me había ocurrido nada, pero ahora que lo menciona… no se me hace del todo descabellado —añadió, torciendo la boca y asintiendo.

—Me da gusto saber que coincidimos en este punto —respondió el abad en tono conciliador.

—¿Pero cómo lo va a hacer?

De nueva cuenta el abad se tomó unos segundos para responder. Lo que iba a decir podía sonar descabellado, pero era la solución más simple y sencilla que se le pudo haber ocurrido. Además, confiaba en esta idea plenamente.

—Consiguiendo una copia fiel.

Sin añadir más, el abad Leonardo Artigas se levantó, caminó hasta el librero que se encontraba situado al otro lado del escritorio, haciendo por buscar algún título entre los muchos lomos de los libros apiñados en los estantes, y una vez que lo encontró, lo sustrajo. Entreabrió el libro al mismo tiempo que regresaba a su lugar, revoloteando sus dedos sobre las páginas, pasándolas rápidamente.

El abad se sentó con el libro abierto en su regazo, concentrándose en encontrar algo que sólo él sabía. Su figura quijotesca se encorvaba ligeramente sobre el libro en cuestión. El padre Fonseca no tardó en notar un gesto de satisfacción en la cara del abad que delataba que por fin había hallado lo que pretendía.

—Sí, mire —le dijo complacido mientras que con dos dedos acariciaba la página, recorriéndolos de un extremo al otro—, tenemos varias alternativas para remplazar la Imagen, padre —le dijo condescendientemente, mirándolo de frente—. De hecho son dos. Una es conseguir una pintura hecha, como ésta —le mostró una pintura de la Virgen de Guadalupe—, y la otra es hacerla de inmediato.

Si de algo sabía Leonardo Artigas, además de la historia de la basílica, del acontecimiento guadalupano, y en general de la mariología universal, que había tenido a buen recaudo estudiar exhaustivamente como cabeza del santuario, era de arte; lo amaba en todas sus expresiones. Sus disertaciones sobre el tema eran famosas en el círculo de amigos intelectuales que conservaba y que con una cierta temporalidad, escasa a su manera de ver, frecuentaba. De sobra estaba acostumbrado a las alabanzas y a las lisonjas que acompañaban inequívocamente el término de sus pláticas. Su falsa modestia lo animaba a desdeñarlas con un gesto displicente, una vez que habían alimentado sin apuros su ego interior. Como lógica consecuencia, era recurrente su obligada confesión del pecado de soberbia, al día siguiente de estas reuniones.

—Ahora que, si nos remitimos a buscar reproducciones fieles de pinturas de la Virgen de Guadalupe, nos toparemos con que no corresponden con el formato deseado, o están firmadas o contienen leyendas o ángeles y querubines o rosas adicionales, o vaya usted a saber qué otro elemento estorboso. A menos que recurramos a hacer lo que en alguna ocasión ya se hizo, además, con mucho éxito —explicó con mirada sagaz.

—¿Y qué fue lo que se hizo?

—Estoy seguro, padre, de que usted conoce el suceso del atentado que sufrió el ayate de la Virgen de Guadalupe en épocas pasadas.

—¡Pero cómo no! —exclamó el arcipreste, sobresaltado—. La bomba que se puso, disfrazada de florero y a los pies de la Imagen. Cuando explotó —abrió los brazos de manera gráfica— logró derretir un crucifijo de bronce que ahora exhibimos a la entrada de la basílica.

—Bueno, pues en esa época pasó lo que le digo.

—¿Y qué es?

—La sustitución de la Imagen, claro está.

—¿Cómo es eso?

—Sí, padre. Por aquel entonces se mandó hacer una copia. No sería la primera vez que lo que pretendemos hacer ya se haya hecho, aunque aquellos motivos distan mucho de ser los actuales.

—No sabía —respondió con un mohín de desconocimiento.

El abad sonrió con benevolencia.

—En abono del tema, déjeme explicarle un poco —se llevó la mano a la sien derecha para acariciar sus venas, y comenzó diciendo—: después del atentado dinamitero que sufrió la Imagen en 1921, perpetrado, según nosotros, por un enviado del entonces presidente de México, el general Álvaro Obregón, se pensó, a instancias de la propuesta de un maestro pintor, hacer una copia fiel de la Imagen para que ésta se exhibiera y se guardara la original a buen recaudo —hizo una pausa para respirar profundamente y continuar—. Esta brillante idea, debo admitir, por una u otra razón, no prosperó. No fue sino hasta la persecución religiosa que se desató entre 1926 y 1929, propiciada y auspiciada por el presidente, general Plutarco Elías Calles, que la idea fue retomada, más como una imperiosa necesidad para salvaguardar la Imagen. El abad de la basílica de esa época, monseñor Feliciano Cortés, previendo cualquier posible daño a la Imagen a causa de la inminente suspensión del culto en todo el país, convocó al cabildo, y juntos determinaron guardar en sitio seguro la Imagen original por el tiempo que fuera necesario. Esto se lo comunicaron al arzobispo, quien de inmediato aprobó la propuesta. Se acordó entonces que el pintor Rafael Aguirre, el mismo que había propuesto hacer la copia cinco años atrás —aclaró con ambas cejas levantadas—, realizara, ahora sí, la obra para sustituir a la original y colocarla en la basílica.

—No lo puedo creer —dijo el arcipreste, abriendo los ojos—. ¿Y qué pasó?

—El pintor Aguirre realizó esa copia con prontitud. Tras muchas vicisitudes, se realizó la sustitución y el original fue guardado en el doble fondo de un viejo ropero chino que se tenía en la basílica. Sin embargo, el abad decidió trasladar el ropero a un lugar más seguro. Se optó por dárselo en custodia al ingeniero Luis Felipe Murguía Terroba, quien gozaba de gran estima por parte del arzobispo. Pusieron el ropero en un destartalado camión de mudanzas y se lo llevaron al domicilio particular del ingeniero Murguía. Allí quedó resguardada la Imagen hasta que el ropero tuvo que sufrir un nuevo traslado. Por razones particulares, el ingeniero Murguía tuvo que cambiarse de casa. En fin, después de tres años…

—¡Tres años! —exclamó el padre Fonseca con incredulidad.

—Sí, la Imagen estuvo bajo su custodia todo ese tiempo. Sólo cuando las aguas volvieron a sus cauces y la situación se normalizó la Imagen fue devuelta, íntegra e inmaculada, a la basílica, levantándose acta notarial ante este hecho. En compensación por la buena obra del ingeniero Murguía, se le regaló la copia que el pintor Aguirre realizó de la Imagen.

—¡Increíble historia! —comentó el arcipreste, fascinado—. Y la gente, durante esos tres años, ¿no se dio cuenta del cambio?

—Nadie en absoluto, durante tres largos años, notó la diferencia —respondió el abad con aplomo.

—Oiga, ¿y por qué no le pedimos a la familia Murguía que nos preste la copia para que la usemos esta vez con el mismo propósito? Si sirvió antes, deberá servir ahora, digo yo.

El abad se recogió entre sus pensamientos. El comentario del padre Fonseca lo había hecho recapacitar sobre las bondades de su plan. Caía en la cuenta de que, por más esfuerzos que hicieran para conseguir una copia fiel de la virgen, ésta adolecería de no ser idéntica a la original. Ahora se convencía de que el truco que en un principio pensó que daría resultado, hoy día no escaparía al ojo educado, experto, lo cual pondría en riesgo su estrategia.

—Temo que no es lo mismo haber hecho una copia fiel en 1926, que hacerla hoy —negó con la cabeza con expresión de frustración—. Entonces sirvió, como usted bien dice, pero hoy, lo dudo.

—Si ése es el caso, y si he entendido bien su propuesta, sólo nos queda la segunda opción.

El abad asintió sin añadir nada.

—¿A qué pintor de hoy en día le encomendaría tan difícil labor?

El abad cerró los ojos. Reconoció que se le había hecho la única pregunta coherente que quedaba por hacer. Él mismo no sabía si el plan que había esgrimido tenía pies y cabeza, pero no tenía otro.

—A ninguno.

El arcipreste se paralizó al escuchar al abad. Frunció el ceño y fijó su mirada en él en búsqueda de respuestas.

—Antes que darle esta tarea al pintor actual más ducho, que tendría que escogerlo entre aquellos renombrados que pertenecen a la llamada corriente hiperrealista contemporánea, apostaría, primero, por realizarla utilizando los avances de la tecnología digital. ¿Qué, no vendemos en la tienda imágenes de la Virgen? Debemos tener un archivo digital fiel de la Imagen.

El padre Fonseca lo miró con perplejidad. Rebuscó en su mente lo que sabía del tema y de pronto dio con la respuesta.

—¡Claro! ¿Pero cómo no se me había ocurrido antes? —se llevó la mano a la cabeza—. Sin embargo, estas copias que vendemos están firmadas por el arzobispo.

—Sí, sí, pero supongo que la Imagen, al estar digitalizada en un archivo podrá ser alterada, corregida, pues —arguyó—, pudiendo fácilmente eliminar la firma.

—Sí. Por supuesto. Debe ser así, supongo que sí. Suena lógico, aunque no entiendo mucho de tecnologías electrónicas —le confesó con un apenas perceptible sonrojo.

—Ni yo —respondió raudo con gran complicidad—, pero para eso contamos con expertos en el tema, ¿o no? Vamos, que tenemos todo un departamento de computación en el octavo piso de la basílica y ellos deben conservar este archivo. Debo asumir, padre, que este archivo se encuentra muy bien guardado, ¿verdad? —preguntó inquisitivamente.

—Temo decirle que no lo sé, pero lo voy a investigar de inmediato. Como usted dice, el departamento de computación lo debe tener bajo su custodia.

—Bueno, padre, entonces tenemos mucho trabajo que hacer. No sé usted, pero aquí no estamos haciendo nada. Partamos ya.

—Una pregunta, padre —interrumpió el movimiento del abad por levantarse—, antes de irnos, si es que me lo permite, y aquí la voy a hacer de abogado del diablo.

—A ver, dígame —el abad entrelazó los dedos en actitud receptiva.

—Supongamos que logremos realizar la copia de forma digital, ¿usted cree que la gente no se dará cuenta del cambio?

El abad respiró profundamente.

—No hay manera de que se den cuenta. Esté usted tranquilo. Mire, en primer lugar, porque las copias digitalizadas son un retrato fiel e idéntico del original.

—Sí, padre, pero las que yo he visto impresas en papel —explicó preocupado—, si me permite decirlo con claridad, distan mucho de ser iguales a la original.

—Ya, pero eso no es tan grave. ¿Quién le dijo a usted que la vamos a reproducir sobre papel? En cualquier tienda de telas se puede conseguir una de ayate —recapacitó sobre lo dicho y, dándose cuenta de la antigüedad de la fibra, trató de enmendarse—. Y si no, ya habrá alguna tela muy semejante, qué sé yo, el yute o la manta de algodón. Habría que juntar dos pedazos y coserlos para imitar la junta del original, pero no le veo problema. Después vendría la impresión sobre ella. Aquí dependeríamos de los expertos, pero estoy seguro de que lo sabrán hacer muy bien, ¿no cree usted?

—Sí, sí. Podría funcionar.

—¡Ah! Y muy importante —el abad enfatizó sus palabras levantando el dedo índice de su mano derecha en señal de atención—, tendremos que asegurarnos de que nadie, absolutamente nadie, tenga acceso a la parte posterior del altar mayor, porque ahí es desde donde se puede apreciar mejor la Imagen y, sobre todo, es el lugar donde más de cerca se la puede observar. Y esto hay que evitarlo a toda costa. De esta manera nos aseguraremos de alejar a una distancia prudencial a los posibles ojos expertos.

—Lo entiendo. ¿Y la gente que transita sobre los pasillos móviles de abajo? ¿No le preocupa?

—La gente que pasa por los pasillos móviles del piso inferior no me preocupa mucho porque, uno, están en continuo movimiento; dos, se encuentran a una distancia tal que se les dificultaría mucho poder mirarla en detalle, y tres, el ángulo de visión de abajo hacia arriba es muy pronunciado, lo que añadiría un factor más de imprecisión.

—Me queda claro, padre. La verdad es que me siento más seguro, le tengo que confesar.

—Y bueno, pues si no hay más preguntas, lo invito a que me acompañe a la basílica de inmediato.

Los dos se levantaron al mismo tiempo, dirigiéndose a la puerta de salida. El arcipreste, en un momento de reflexión, y con más idea de proteger al abad que de hacer una pregunta incordiante, lo detuvo del brazo para decirle:

—¿Y el arzobispo, padre? ¿No cree que debamos notificarle?

El abad, contrario a sus costumbres, reaccionó casi sin pensar.

—Ahora no —sentenció, negando con la cabeza—. No es el momento.

—Pero, padre, ¿no cree que de todas maneras se va a enterar de que la basílica no se abrió el día de hoy?

—El arzobispo está de viaje. Hoy debe estar volando a Monterrey. Por supuesto que le van a informar, pero ganaremos unas cuantas horas.

—Muy pocas. La noticia de seguro llegará rápidamente a sus oídos.

—Sí. Sin embargo, esperaré a que él sea el que me llame.

—Y entonces le informará…

—No —le aclaró tajante—. Le informaré todo y con detalle en su oportunidad, cuando le comunique no sólo el problema que enfrentamos sino también la solución que hemos dilucidado.

—Me parece bien, padre. Considero que es lo mejor —dijo, reconociendo la sagacidad del abad y externándole su complicidad.

—Entonces no hay más que hablar. Vamos, pues, que el tiempo apremia.

El abad se disponía a abrir la puerta de su oficina cuando sintió una nueva opresión en su brazo.

—Por último, padre, y dispense usted… —añadió el arcipreste bajando la vista un tanto avergonzado por tanto atrevimiento e interrupción.

—Dígame usted —lo animó el abad a externar todas sus dudas, disimulando en lo posible su incipiente hartazgo.

—¿No debemos informar a la policía del robo?

—De ninguna manera —contestó, otra vez, cortante—. Ya le explicaré más adelante. Fue precisamente por esto que no lo pude atender con prontitud mientras esperaba afuera de mi oficina; me encontraba haciendo una muy importante llamada.

—Pensé que estaba hablando con el arzobispo.

—No. Como ya le dije, y acordamos —recalcó la pluralidad del acuerdo—, antes de hablar con el arzobispo tenemos que resolver el robo, y ya hablé con la persona indicada para ello. Confíe en mí.

Seguía nublado con amenaza de lluvia cuando Sandra Terán salió del periódico a bordo de su recién estrenada camioneta Jeep Liberty. "Qué bueno que decidí comprármela en vez de un coche —pensó reconfortada—, me siento más segura en ella en esta ciudad anegada, violenta, mafiosa, drogadicta y corrupta."

Tomó la avenida Reforma y continuó por su prolongación hasta que ésta se convirtió en calzada Guadalupe. En un alto, ante la oleada de franeleros que se le acercó con resueltas intenciones de limpiar su ya de por sí nuevo y prístino parabrisas, con disimulo apretó el botón del limpiador con la intención de disuadir a la horda de depredadores urbanos para que ni siquiera se le acercaran. Recorrió la larga y visualmente poco agraciada avenida esperando encontrar, en cualquier momento, peregrinaciones de gente que, ya sea caminando, en bicicleta o en coche, formarían largas filas, en ocasiones cantando y en otras rezando, que llenarían a plenitud el enorme camellón de en medio. Extrañada de no encontrarlos, se preguntó si el fervor guadalupano iba a la baja. Las tiendas, a ambos lados de la avenida, abarrotadas de gente que compraba artículos guadalupanos la tranquilizaron. "El fervor se comercializa —pensó—, igualito que en Lourdes."

Vislumbró a lo lejos las torres y la cúpula de la antigua basílica. En unos momentos estaría en su atrio, que competía con la nueva edificación de un diseño arquitectónico audaz, por decir lo menos. Alguna vez alguien le explicó que la forma de la nueva basílica se construyó imitando un manto que cae y da cobijo a todos los feligreses que la visitan; de ahí su forma casi redonda.

La avenida moría con el nacimiento del santuario. Los techos de plástico azul de los puestos de vendedores ambulantes inundaban las últimas cuadras e impedían ver con claridad el precario y oxidado anuncio del estacionamiento subterráneo. Accedió a la entrada con cierta dificultad, sorteando puestos de reliquias y niños atravesando la calle sin ninguna precaución. Antes de bajarse de la camioneta, hurgó en su bolso asegurándose de ir bien armada con su grabadora, el cuaderno de notas y una pluma. Cruzó las tiendas de *souvenirs* repletas de estatuas, afiches, escapularios, medallas y demás parafernalia religiosa de la Virgen de Guadalupe y san Juan Diego. Subió las escaleras y desembocó en la inmensa plaza. De inmediato percibió un cierto estado de confusión entre la gente que se apelmazaba ante las puertas cerradas de la basílica que les impedían el paso. ¿Por qué no avisaron que iba a estar cerrada el día de hoy y así ahorrarle a esta pobre gente todo el trabajo que le costó llegar hasta aquí?

Se acercó a una de las entradas para tratar de escuchar lo que decía la gente. El malestar era generalizado. La molestia repetitiva se centraba en el tiempo y el dinero perdidos por haber llegado hasta el santuario y encontrarlo cerrado sin que nadie hubiera dado aviso previo. Aparentemente, por lo primero que pudo deducir, no era más que eso. Era evidente, pero su instinto y su fe en lo que le había dicho su jefe la animó a perseverar y buscar otra causa distinta. Esta gente no me va a decir nada, razonó, apartándose de ellos y encaminando sus pasos hacia la búsqueda de la entrada del personal administrativo. La encontró por casualidad al ver, desde donde se encontraba, caminar resueltos, casi presurosos, a dos sacerdotes que entraron por la parte de atrás de la basílica. Le llamaron la atención sus regias vestimentas que denotaban su elevada jerarquía. Su presencia tendría que ver, seguramente, con todo este *mare magnum*.

Siguió sus pasos a prudente distancia. Cruzó la misma puerta de entrada, perdiéndolos de vista y topándose con el módulo de informes. Con cara de molestia se anunció con una de las señoras que atendían y pidió ver al párroco. La recepcionista, apenas levantó la vista, la miró con desdén, como si llevara horas atendiendo gente. Hizo una llamada y después de asentir repetidamente, le anunció que hoy era imposible que alguien pudiera atenderla, pero que si quería, podía hacer una cita para otra ocasión. A Sandra le hirvió la sangre. No estaba acostumbrada a este tipo de respuestas, y menos en un día aciago que le depararía lluvia y frustraciones profesionales, amén de la consabida pérdida de tiempo.

Sandra le contestó a la recepcionista que lo verdaderamente imposible era que no la recibieran el día de hoy, que venía del periódico *El Mundo*, y que si no era atendida inmediatamente publicaría una nota, en no muy buenos términos, sobre el pésimo servicio que ofrecía la basílica a los medios de comunicación, y que saldría publicada al día siguiente. La señora respingó indignada por el tono descortés empleado por la reportera. Sandra ni se inmutó, fijó sus ojos en ella, brazos en jarras, en espera de que tomara alguna acción. Con expresión de ofuscación y haciéndole ver que actuaba sólo por estar obligada a ello, le dijo que volvería a intentarlo. En abierta represalia, la recepcionista fingió encontrarse ocupada en otras labores, haciéndola esperar. Sandra se armó de paciencia. Al cabo de un rato, satisfecha de haberlo logrado, la recepcionista se decidió cansinamente a remarcar. Mientras hablaba y explicaba la situación, no le perdía la vista por el rabillo del ojo. Finalmente colgó el auricular y, con cara de resignación y tragándose sus palabras, le avisó: "Por favor, tome asiento que en seguida la atenderán". Sandra no se resistió a regalarle una sonrisa de triunfo; su amenaza le había procurado la entrada. Buscó el asiento que le señalaba la recepcionista, y se encontró con una añeja y cansada banca de madera, que a la sola vista le resultaba incómodamente dura y con amenazadoras astillas que asomaban entre las grietas de sus añejas vetas, apuntando directamente hacia las carnes que se posaran en ellas. Desdeñando su anunciada y proclive agresividad, optó en franca oposición, por permanecer de pie.

Tuvo que esperar largos veinte minutos para que la recepcionista le informara que podía pasar, que preguntara por una tal señorita Estévez, quien personalmente la atendería. Accedió por la única puerta al lado de la recepción, subió las escaleras y se encontró con la mentada señorita Estévez.

Atenta y servicial, después de presentarse como la secretaria del padre Heriberto Fonseca, arcipreste de la basílica, le preguntó en qué podía servirla. Sandra le dijo que quería entrevistarse con el párroco. La señorita Estévez le contestó que ella se encontraba en disposición de responder a sus preguntas. "Si creen que la secretaria me va a resolver mis cuestionamientos, están muy equivocados", se dijo Sandra. No quiso ser descortés, pero le explicó claramente que ella no era la persona con la que quería entrevistarse, que era el párroco, y que hiciera favor de llamarle. La secretaria insistió en que si no tenía cita, ella era la persona indicada para ayudarla, y que si esto no le bastaba, que tendría que sacar una cita, advirtiéndole que, debido a lo apretado de la agenda del párroco, tardaría por lo menos dos semanas en poder verla. "Me está dando atole con el dedo", pensó Sandra, malhumorada. Desechando ya cualquier cortesía, le repitió, esta vez de manera enfática, que con la única persona que se entrevistaría sería con el párroco, y que si no, se atuvieran a las consecuencias de la nota que publicaría en el periódico *El Mundo* del día de mañana. La señorita Estévez se mostró ofendida por la brusquedad de la petición, pero accedió, de mala gana, a buscar al arcipreste para consultarlo.

Sandra se quedó parada mientras que, con fijeza, la observaba alejarse. No disimuló mirar con descaro a la secretaria en su andar recatado, juntando demasiado los muslos al caminar. Vestía falda de pliegues a cuadros de color gris claro y blanco, tipo colegiala, ajustada pero sin que se le llegasen a marcar las curvas que en su silueta se alcanzaban a adivinar. Usaba medias negras transparentes y zapatos raso del mismo color. La blusa blanca, abotonada hasta el pescuezo, le daba un cierto aire monjil. En el respaldo de la silla de su escritorio descansaba un suéter gris rata como última prenda y remate de su aburrido vestuario.

La secretaria regresó a los pocos minutos. Le informó que hoy le era imposible al padre Fonseca recibirla, pero que podría dejar sus datos para que, a la menor oportunidad, le llamara para concertar una cita. Sandra le contestó irritada:

—Dígale al tal padre Fonseca que no es necesario que se comunique conmigo, que no me iré de aquí hasta que me reciba, y dígale también que si opta por no recibirme, que publicaré lo que están encubriendo en Chiapas.

Tratando de ocultar su enojo y su indignación, sin conseguirlo del todo, la señorita Estévez se ausentó nuevamente, procurando, esta vez, hacer patente que le estaba dando la espalda al dar un veloz giro de ciento ochenta grados con cara de gran desprecio.

En esta ocasión se tardó mucho más.

Sandra estaba al borde de perder los estribos. La prepotencia era un concepto con el que simplemente no podía lidiar. "¿Qué se habrá creído este párroco? Seguramente su secretaria le habrá dicho que soy una reportera imberbe. ¿Y esa actitud de arrogancia? Pareciera que ella fuera la universitaria graduada. ¿Qué se habrá creído?" Casi de inmediato dio marcha atrás a su opinión, reconociendo la valía del trabajo de muchas secretarias en el periódico que, en realidad, daban sustento a la buena imagen y al progreso profesional de sus jefes. "Eso no quiere decir que ésta sea una de ellas", pensó, retomando su resquemor.

Como si sus pensamientos la hubieran llamado, la señorita Estévez apareció. Se detuvo enfrente de Sandra, entrecruzó sus brazos y adoptando una actitud ufana le comunicó que al párroco le iba a ser imposible recibirla esta vez, que entendía perfectamente bien lo que estaba dispuesta a hacer y que si consideraba pertinente publicar esa nota con la que lo amenazaba, pues que adelante, que estaba en su pleno derecho, que no se molestase en contactarlo de nueva cuenta porque jamás la recibiría, que respetaba mucho su profesión, pero que no podía decir lo mismo de algunas personas que la ejercían.

Sandra se quedó estupefacta y sin palabras. Tardó unos segundos en reponerse, los suficientes para, contra su voluntad, mostrar su frustración ante la secretaria quien, dándose cuenta de su triunfo, le sostuvo la mirada con una sonrisa retadora. Sabiéndose derrotada, Sandra optó por la noble retirada. Dándose media vuelta para emprender el regreso y volteando la cabeza para verla por última vez, se despidió, espetándole:

—Dígale al párroco que cumpliré mi promesa.

Salió encorajinada y presurosa de las oficinas. Ya afuera, a un costado del atrio, se detuvo para calmarse y poner en orden sus pensamientos. Respiró profundamente. Se llevó una mano a la frente y cerró los ojos. "Piensa, Sandra, piensa; si no puedes entrevistar al párroco, ¿quiénes son los otros actores en este drama?" Frunció el entrecejo para procurar una mayor concentración. Desparramó la vista por todos lados. Lo único que veía era gente azorada, atribulada y sin comprender lo que estaba sucediendo. Sus caras reflejaban el estado de ánimo que portaban: desazón absoluta. Al parecer, y sin darse cuenta, había dado con la respuesta: la gente, tonta, la gente. Abriendo los ojos como si hubiera encontrado la luz, retomó su andar, dirigiéndose hacia la parte central del atrio en busca de algo que todavía no tenía muy claro pero estaba segura de que la respuesta la encontraría allí, entre la gente.

Entremezclándose con las personas que se arremolinaban frente a las puertas del santuario, todavía sin saber qué hacer, puso todos sus sentidos en alerta para ver si lograba captar algo que llamase su atención. Habían pasado ya algunas horas desde el suceso que la había convocado a ese lugar, pero todavía se percibía una manifiesta confusión. No le quedaba otra que preguntar. Comenzó a hacerlo con las personas más cercanas: "¿Qué pasa?" Se encontró con que las respuestas eran de variada índole, lo cual aumentó su perturbación: "Todavía no han abierto las puertas y ya se hizo tarde". "Abrieron las puertas temprano en la mañana pero las volvieron a cerrar luego luego." "Quesque van a abrir las puertas más tardecito, no se desespere." En este mar de confusión, proveniente de la nada, escuchó una voz:

—¿Señorita Sandra Terán?

Al principio le asustó que alguien voceara su nombre. ¿Quién la reconocería, y menos en este lugar? Desconfiada, buscó el origen del grito, topándose con la cara de un hombre de unos treinta y tantos años, moreno, pelo negro lacio, delgado, con jeans y sudadera de los Pumas, el equipo de futbol; por supuesto más bajo de estatura que ella, pero no lo podía ubicar. "¿De dónde lo conozco?", se preguntó. El hombre, al notar su turbación, la sacó de dudas.

—Soy Gabriel, señorita, trabajo en *El Mundo*, soy diseñador.

Como de rayo cayó en la cuenta de quién se trataba.

—¡Claro! Gabriel, discúlpame, no te reconocí —se golpeó la frente con la palma de su mano, fingiendo conocerlo—; pero encontrarte aquí... como que me desubiqué.

—No se preocupe —le sonrió—. La vi de lejos y la reconocí, y me acerqué porque pensé que venía por la llamada que le hice al señor Juárez.

—Así es. Me pidió que viniera y averiguara qué pasaba, pero nunca pensé en encontrarte aquí —manoteó haciendo más evidente su sorpresa—. Pensé que ya te habías ido.

—No, si ya me iba a ir, pero me quedé un rato más para ver si venía alguien del periódico, y ya ve, llegó usted.

—Suerte que tengo de haber tropezado contigo, Gabriel. ¿Y tu familia?

—Ya la despaché hace rato a la casa. Sólo me quedé yo.

—Pues gracias, Gabriel, por quedarte. Y dime, ¿qué viste que tuviste que hablarle al señor Juárez?

—Yo, nada, porque llegamos cuando ya habían cerrado las puertas —las señaló—, pero hay personas que sí lograron entrar y ellas son las que saben.

—¿Y cómo le hacemos para saber?

—Yo se las presento, faltaba más. Todavía andan por ahí con cara de enojados —dijo, mientras oteaba el panorama, parándose de puntillas.

Sandra no podía creer en la suerte de encontrar a Gabriel y, si todo salía como él aseguraba, de que en unos momentos podía hablar con la gente que había estado presente cuando todo aconteció. Por fin su historia comenzaba a tomar forma y a desenmarañarse.

Gabriel le pidió que lo siguiera. La encaminó entre la muchedumbre, abriéndose paso como lo hacen las personas acostumbradas a caminar entre multitudes. Al parecer de Sandra, Gabriel apartaba a las personas de manera muy brusca, sin distingos de edad ni género. De vez en vez, se ponía de puntillas, apoyándose en los hombros del que tuviera enfrente, mirando para todos lados, tratando de identificar caras. Finalmente, pareció reconocer a alguien. Volteándose, le dijo a Sandra: "Sígame", mientras emprendía con más fiereza su andar. En su caminar, parecía que blandiese un machete, pues la gente les abría paso de manera casi automática. Sandra comprendió que éste no era momento de perderse entre el gentío, así que se pegaba a la espalda de Gabriel, asiéndolo por la cintura. Éste la guió hasta que quedaron frente a una pareja, un hombre y una mujer de rasgos indígenas, ya entrados en años y de condición humilde. Gabriel los saludó y les presentó a Sandra, quien, ofreciéndoles la mano a manera de saludo, sintió, en reciprocidad, las callosidades y la aspereza de la piel que trabaja, compensada sólo por la humedad y la ligereza de su tímido y débil apretón, y un apenas audible: "Mucho gusto". Hechas las salutaciones, Gabriel los encomió:

—Cuéntenle a la señorita lo que me platicaron.

Sandra dibujó una sonrisa de confianza para animarlos. Fue el hombre el que primero tomó la palabra.

—Llegamos temprano, a eso de las cuatro. Hacía harto frío. Ya había gente esperando antes que nosotros. Ahí nos entretuvimos esperando que dieran las seis, cuando se abrían las puertas —señaló el lugar adonde habían arribado.

—¿Las abrieron a tiempo?

—El padrecito abrió las puertas a tiempo, sí, y nomás entrar… pus uno luego luego se quiere fijar en la Imagen, ¿qué no? Pa' eso viene uno de tan lejos hasta acá.

—Allí mero fue donde nos pudimos dar cuenta —intervino la señora.

—Sí, ahí fue —reafirmó su pareja.

—Pero más tardamos en darnos cuenta de lo que pasaba cuando el padrecito nos echó —dijo la señora, apesadumbrada—. "Ándenle, ándenle, pa' fuera", nos decía. ¿Usted cree? —añadió con expresión de indignación.

Los dos se callaron esperando que Sandra preguntara algo, pero ésta no entendió al principio por qué ellos no continuaban con su relato; percatándose del significado de la forzada pausa, comprendió que ella debía formular alguna pregunta para dirigir y plantear el tema por el cual estaba ahí escuchándolos.

—¿Y de qué se dieron cuenta? —les preguntó muy despacio, vocalizando muy bien las palabras, asumiendo que no debían entender muy bien el español y, sin darse cuenta, imitando un poco su modo de hablar.

—Pus que ya no estaba —contestó la mujer, encogiéndose de hombros en un ademán de flagrante obviedad.

Sandra volteó a ver a Gabriel, quien a su vez imitó el gesto, manifestando su ignorancia.

—¿Quién no estaba? —volvió a preguntar Sandra pausadamente, mirándolos a los dos y sin entender del todo la respuesta que le habían dado.

—¿Quién va a ser? —la mujer puso sus brazos en jarras mirándola fijamente—. ¡Pus la Niña!

—Sí, la Niña —confirmó el hombre, asintiendo repetidamente.

Sandra, todavía sin entender, se preguntó si habían venido con una niña y la habían perdido, pero sacudió la cabeza como si tratara de ahuyentar ideas tontas. Esto se complicaba. No tenía ni pies ni cabeza.

—¿Cuál niña? —preguntó aprensiva.

—¿Es que no me entiende? —le reprochó la señora, todavía con los brazos en jarras—. Ya le dijimos… la Niña Guadalupe.

Sandra se quedó estupefacta y boquiabierta. Hasta ese momento había caído en la cuenta de lo que le estaban diciendo. Como un relámpago vino a su memoria que a veces la gente se refería a la Virgen como la Niña.

—¿La Virgen de Guadalupe? ¡Cómo es eso! ¿Quieren decir que la tilma de Juan Diego, donde quedó impresa la imagen de la Virgen María, no estaba en su lugar? —preguntó exaltada.

—Así mero. No estaba el ayate, nomás se alcanzaba a ver el puro marco toditito vacío.

Sandra no daba crédito a lo que estaba oyendo. Miró a Gabriel, quien asintió con orgullo por darle esa pista a la reportera. Calló tratando de que la sucesión de información recibida no la avasallara y le impidiera pensar con serenidad.

—¿Y el padre qué les dijo? ¿Qué explicación les dio?

—No a nosotros, que no nos atrevimos a preguntar nada —negó ostensiblemente con la cabeza—; a otros sí, que lo miraban rete feo —hizo un desagradable mohín, imitándolos—. Sí. A ellos sí les dijo, sí les dio razón. Así fue que alcanzamos a oír quesque la estaban limpiando o arreglando.

Sandra quedó paralizada, su mente en blanco. Lo que les dijo el padre bien pudo haber sido cierto; de vez en cuando había que dar a la Imagen una manita de gato para limpiarla y conservarla, de eso no había duda… pero si así hubiera sido, qué, ¿no una restauración conlleva una aprobación al más alto nivel eclesiástico y una exhaustiva planeación previa? Vamos, todos los medios de difusión debieron haber sido informados. No es cualquier cosa restaurar al icono religioso más representativo de México. Entonces, ¿por qué no avisaron que la basílica iba a permanecer cerrada mientras la restauraban? No tenía sentido. Simplemente no se la tragaba. La otra suposición era verdaderamente inconcebible, reflexionó asombrada. ¿Y qué tal si así fuera? Si fuera… ¡sería la noticia del siglo!

Volteando a ver a Gabriel, le susurró con el corazón en la boca: "En verdad que apareciste como el arcángel Gabriel anunciando buenas nuevas. Ahora tengo que irme. Gracias por tu ayuda y espero verte pronto por el periódico, a tu regreso de vacaciones". Se despidió de él, de la señora y de su pareja, agradeciéndoles de nueva cuenta sus comentarios.

Con paso resuelto, y sintiendo el delicioso sabor de las mieles de la venganza en la boca, dirigió sus pasos a la entrada posterior de la basílica donde momentos antes había salido cabizbaja, con la cola entre las piernas, y derrotada. Cruzó sin presentarse siquiera con la señora de la recepción quien, con expresión atónita, la miró pasar. Subió las escaleras hasta llegar a enfrentarse, de nueva cuenta, con la secretaria Estévez, quien, al verla venir, puso cara de absoluto asombro e indignación. Sin darle oportunidad de que pronunciara palabra alguna, se le adelantó, diciéndole:

—¡Exijo, óigame bien, exijo que el padre Fonseca me reciba de inmediato! —le espetó—. ¡Dígale que estoy perfectamente enterada de la desaparición; recálquele la palabra: de-sa-pa-ri-ción —dijo, gesticulando de manera grotesca—. Y dígale que si no me recibe, la noticia bomba que haré explotar, y que podrá leer mañana mismo en el periódico *El Mundo*, lo hará palidecer!

❖

El abad Leonardo Artigas y el arcipreste Heriberto Fonseca habían arribado al atrio de la basílica haciendo su entrada al área administrativa por la puerta de atrás. Saludaron con un gesto mecánico a la recepcionista y se dirigieron directamente a la oficina del abad, la que acordaron tomar como su centro de operaciones. Pasaron a un lado del escritorio donde se encontraba la secretaria del arcipreste, haciendo sólo un ademán de la mano a modo de saludo. Deteniendo su andar, como si recapacitara, el padre Fonseca regresó unos pasos y, situándose directamente enfrente de ella, le advirtió con gesto grave:

—No estoy para nadie, ¿entendido?

La señorita Estévez asintió, pues comprendió de inmediato la importancia y la seriedad de cualquiera que haya sido el asunto que iban a tratar, sólo con darse cuenta de la expresión de absoluta consternación que puso el arcipreste al ordenárselo.

Una vez instalados en la oficina, el abad se dirigió al arcipreste:

—Tenemos que localizar el archivo digital de la Imagen, y cuando lo averigüemos, hablar con el gerente de Cómputo para explicarle lo que necesitamos hacer.

—Correcto. De eso me encargo yo.

—Hay que comprar dos grandes pedazos de ayate, o una tela similar, y mandarlos coser.

—Hablaré con el jefe de Mantenimiento, seguramente él sabrá dónde comprarlos y cómo coserlos.

—Excelente. Una vez hecho esto, de inmediato debemos mandar imprimir la Imagen e instalarla en su marco original. Esto es fundamental —comentó con el ceño fruncido.

—Ordenaré al mismo jefe de Mantenimiento que se ponga en contacto con el gerente de Computación y que le informe las medidas exactas que se tienen en el archivo digital para que pueda construir un bastidor de madera adecuado al tamaño de la Imagen y el marco, para facilitar su instalación.

—¿Cómo? —preguntó el abad exaltado—. ¿Por qué hacer un nuevo bastidor?

—No vamos a pretender hacer encajar la copia dentro del estuche de metal original. Sería extremadamente complicado. Por eso se me ocurrió hacer el bastidor de madera de acuerdo con las medidas de la ventana del Camarín y del propio marco —respondió el arcipreste asertivamente.

—Bueno, bueno —el abad trató de fingir una comprensión que le rehuía—. Entonces está muy bien, muy bien, excelente idea, padre. Se me ocurre, también, llamar al gerente de Relaciones Públicas y al de Comunicación Social para que elaboren un boletín de prensa que deberá ser enviado a los medios de comunicación hoy mismo, explicando que la basílica se cerrará unos días, sin especificar cuántos, por causa de obras de mantenimiento del santuario.

—Así nos los quitaremos de encima —añadió el arcipreste con un tono de alivio.

—¿Qué más? ¿Qué se me escapa? —preguntó ansioso, mirándolo en busca de más ideas.

—A la misma gente de Mantenimiento hay que pedirle que realice trabajos de limpieza del piso o del techo, usted sabe, para disimular un poco, para hacer la finta, como se dice vulgarmente.

—Estupendo, padre Fonseca, muy valiosos sus comentarios, en verdad. ¿Algo más?

—No, por ahora. Veremos más adelante.

—No se le olvide hablar con el jefe de Seguridad; esto es muy importante.

—Descuide, en cuanto organice lo del ayate, le hablo.

—Pues manos a la obra. Yo hablo con las personas que se encargarán del boletín de prensa y usted averigüe todo sobre el archivo digital, la elaboración de la copia, su instalación y la pantomima del mantenimiento —concluyó, satisfecho.

Cuando el arcipreste salió de la oficina del abad, fue detenido por Conchita, la secretaria del abad, que le informó:

—Padre, su secretaria lo está buscando. Dice que es urgente. La tengo en la línea. Molesto y un poco renuente, tomó la llamada.

—Sí, dígame —contestó cortante.

—Padre, entendí perfectamente sus órdenes de no molestarlo, pero es que ya han hablado dos veces de la recepción. Está aquí una señorita reportera del periódico *El Mundo* que exige hablar con usted urgentemente. Le dije a la recepcionista que usted no puede atenderla, pero insiste.

Dice que la reportera está en un plan muy altanero y que incluso amenazó con publicar algo en contra de la poca atención que la basílica presta a los medios de difusión si no se le atendía.

—Ya le dije, señorita Estévez, que hoy no estoy para nadie —contestó tajante—. Encárguese usted, atiéndala y despáchela con firmeza, pero con cortesía. Por favor, no me vuelva a molestar por esto —le advirtió.

—Está bien, padre.

El arcipreste se dirigió malhumorado al elevador que lo conduciría al octavo piso, donde se localizaba el departamento de Computación. Al llegar, preguntó por la oficina del gerente Carlos Negrete. Se anunció y fue recibido de inmediato. Sin perder tiempo le solicitó la imagen escaneada de la Virgen de Guadalupe. El gerente, un hombre todavía joven, cumplía a la perfección con la imagen que se tiene de las personas adictas a las computadoras: pelo grasiento y desaliñado, gafas perennes, vestimenta descuidada y delgadez extrema. Con un gesto le indicó que lo esperara sentado en una silla de piel color negro desde la que podía ver la búsqueda en la computadora.

El arcipreste prestaba atención, maravillado, a la manipulación que realizaba el gerente sobre el teclado y a la continua sucesión de imágenes que aparecían en la pantalla. Pese a entender muy poco de la computación, no podía sustraerse de admirar a las personas que entablaban un lenguaje común y entendible con la tecnología.

—Aquí está, ya la encontré —anunció el señor Negrete.

—¿Y ésta se puede imprimir? La imprimen sobre papel, ¿verdad?

—Sí, porque es lo más fácil y lo más barato, y es la que más se vende.

—¿Puede hacer un acercamiento a la parte de abajo? —le preguntó el arcipreste, señalando y tocando con su dedo índice esa zona en el monitor, dejando pringada de grasa su huella digital sobre la pantalla.

El señor Negrete movió el ratón y apareció en toda la pantalla el rincón donde se veía claramente un texto, unos sellos y la firma del arzobispo.

—¿Desea otro acercamiento?

—No. Deseo eliminarlos. ¿Se puede?

—Sin ningún problema —contestó el señor Negrete, ocultando su extrañeza ante la inesperada petición.

—Y supongamos que ya tenemos una nueva imagen, sin firma ni sellos… ¿Se puede imprimir sobre una tela?

El jefe de Computación fijó su mirada en el monitor, demorándose unos segundos en responder.

—Bueno, lo más cercano a lo que usted quiere, si es que le entendí bien, es que nosotros imprimamos sobre papel y después adhiramos la imagen a un lienzo de algodón que aparente la textura del ayate. Esto lo hemos hecho en ocasiones anteriores.

El arcipreste negó con la cabeza mirándolo a los ojos.

—Y si nos olvidáramos del paso del papel —preguntó con disimulado distraimiento—, ¿se podría imprimir la imagen directamente sobre una tela?

El gerente sopesó la pregunta del arcipreste. Tardó sólo unos segundos en responder.

—Sí, claro. Se imprime la imagen al papel *transfer* de cera, y éste, mediante calor, se adhiere a la tela, quedando impresa la imagen en ella. Después se retira el papel, y eso es todo.

—¿Y se puede hacer a tamaño original?

—No se puede… bueno, sí. Pero como usted lo desea, a tamaño original, se requiere otro tipo de proceso, distinto del que le acabo de explicar.

—Entonces…

—Del archivo digital se mandan a hacer positivos, que no es sino una película fotosensible. Estos positivos se le envían a un serigrafista que elabora un marco de madera con tela poliéster porosa especial, la cual se emulsiona fotosensiblemente y se insola, es decir, se le aplica luz intensa para transferir la información del positivo a la tela de poliéster.

La tela se revela con agua, quedando en negativo. Este procedimiento se efectúa para cada uno de los colores del espectro, es decir: el cian, o sea azul; el magenta o rojo; el amarillo, y el negro. Con estos cuatro se logran todos los demás.

—No quiero que me dé más explicaciones. Sólo deseo que me conteste cuánto tiempo se lleva hacerlo.

—Si entregamos la tela hoy, digamos que temprano en la tarde… Calculo que estaría lista en dos días como máximo.

—¡Imposible! —respondió sobresaltado el arcipreste, recordando la advertencia del abad de no dejar cerrada la basílica por mucho tiempo—. Tiene que quedar lista hoy mismo.

—Es un poco difícil, padre, por el secado…

—¡Entonces métala a un horno para que seque más rápido! —exclamó con exageración, tratando de enfatizar la emergencia de la tarea—. ¡Qué sé yo! Haga lo que tenga que hacer, pero esto tiene que estar concluido hoy mismo. No escatime esfuerzos ni dinero; tiene usted cheque en blanco.

—Está bien, haré todo lo que pueda; pero no le puedo mentir: hoy no va a quedar lista —fijó su mirada en el arcipreste—. Es imposible —le aseguró, temiendo una reprimenda.

—Pues si no es hoy, mañana temprano. No más. Proceda de inmediato a hacer las preparaciones adecuadas. Esto, como le dije, es de máxima prioridad. Necesito estar enterado de todo el proceso. Avise por favor a mi secretaria de todo lo que necesite. ¡Ah!, y no le comente nada a nadie sobre esta encomienda, ¿me entendió?

—Perfectamente.

—Bueno, pues a trabajar.

Hizo por salir de la oficina, y cuando se encontraba a punto de desaparecer por el pasillo, se detuvo en seco para encararlo. Con mirada lacerante le espetó:

—Esto es estrictamente confidencial.

El señor Negrete elevó su vista al techo, temeroso de hacer la pregunta que le rondaba la cabeza, pero que sabía que tendría que hacer. De la respuesta que le diera el arcipreste dependería el tiempo que se tardaría en terminar el trabajo.

—Una última pregunta, padre…

—Dígame.

—¿Cuántas impresiones de la Imagen va a requerir?

—Una.

Cuando salía de la oficina del gerente, el malestar hizo su aparición. "¿Qué querrá esa reportera? ¿Por qué la urgencia? ¿Sabrá algo?" Decidió pasar con su secretaria para darle seguimiento al asunto. Al llegar, vio la cara demacrada de la señorita Estévez que barruntaba tormenta.

—Dígame qué ha habido.

—No lo he querido interrumpir, padre, como usted me instruyó —comenzó excusándose nerviosamente—. Atendí a la reportera como usted me dijo. Me amenazó; más bien lanzó una amenaza contra usted: que si no lo recibía iba a publicar una nota sobre algo que ocurrió en Chiapas. No sé a qué se refiere.

—Sé bien a lo que se refiere y conozco a ese tipo de periodistas, no se preocupe. Dígale que no, y que menos la atenderé con ese tipo de amenazas. Que con esa actitud nunca la recibiré.

❖

Había despertado temprano, como le era habitual, y como ya era casi cotidiano en los últimos tiempos. Muy a su pesar, las pesadillas, o más bien los recurrentes pensamientos sobre la gravedad de los sucesos acaecidos en su orden, lo habían acosado sin misericordia haciendo que apenas pudiera conciliar el sueño. Si bien solía dormir de un tirón las pocas horas que el insomnio le permitía, su súbito despertar con la boca reseca como lija y jalando aire, como si sólo le quedara una última bocanada de vida, era la manifiesta declaración de que muy poco o nada había descansado. Sudoroso, apuraba un vaso entero de agua que, de manera preventiva, había dispuesto en el buró antes de dormir. El agua discurría por la oquedad de su garganta como un torrente de lluvia que paliaba su asfixiante sequedad. La ineludible y consuetudinaria repetición, cada día, de abrir los ojos, sentir la boca seca y tratar de salivar de un pozo seco, aunado al inexplicable cansancio y al dolor de espalda, lo tenían al borde de la extenuación, misma que por obra y arte de gracia, en cuanto bebía algo de líquido, los primeros síntomas desaparecían, y en cuanto salía a ejercitarse, el dolor lumbar menguaba.

Enfundándose sus zapatos deportivos Nike y sus pants Adidas, rara vez se detenía a pensar si tendría el ánimo de levantarse o no. Salió a correr cerca de una hora en la segunda sección del Bosque de Chapultepec, que se encontraba muy cerca de la residencia donde vivía con otros cinco sacerdotes de la Legión.

Tras haber corrido poco más de siete kilómetros, cansado, se dirigió a su habitación para darse un baño con agua apenas tibia. Se desnudó y se metió a la regadera. Tardó unos largos quince minutos en cerrar las llaves del agua. Se rasuró y se aplicó el antitranspirante, que fungía como el único sustituto de perfume permitido.

El clóset albergaba cuatro trajes de corte idéntico, pero de colores distintos: uno gris Oxford, otro gris rata, un azul marino y otro negro. Los cuatro lisos y de corte cruzado. Las cuatro camisas de combinación eran blancas, de manga larga con empuñadura de botones; las mancuernillas eran consideradas artículos suntuosos. Las únicas tres corbatas, todas, sin excepción, de color negro, arropaban en diferentes lugares manchones apenas visibles de escurrimientos de salsa, vino y comida, que por desidia o negligencia se había olvidado de mandar lavar. Los calzones eran tipo trusa y de un blanco riguroso. La regla daba prioridad a éstos por encima del tipo bóxer, porque ayudaban a disimular la posibilidad de cualquier inquietante prominencia de aquellos que portasen un miembro que se hiciera destacar. Los cuatro pares de calcetines, a tono con el color de los trajes, mostraban ya ostensibles y visibles raídos a la altura del talón de Aquiles, aunado a la ya poca sujeción del elástico que hacía que se le arrugaran sobre el tobillo. Los únicos tres pares de zapatos eran de color negro, del tipo bostoniano, cerrados y con amarre de agujetas, que descansaban desvencijados sobre el piso desnudo; en uno de ellos, la suela la sentía suave y flexible, adelgazada por el uso extremo. Por única alhaja poseía un reloj Tissot de correa negra desgastada, de imitación piel, combinable con todo, cuya única gracia era mostrar, en un pequeño recuadro, la fecha en número del día.

Su habitación se encontraba en el piso superior, al lado de otras tres. El pasillo común conducía a la escalera de descenso a la planta baja, que se componía de una sala, un comedor, medio baño y la cocina. En el comedor, mientras desayunaba, sonó el teléfono: "Yo contesto", se oyó una voz joven proveniente de la sala. Después de unos instantes fue interrumpido por el novicio de la misma voz:

—Es para usted, padre Callaghan.

Levantó la vista meneando la cabeza y preguntó:

—¿Quién es?

El joven, con actitud circunspecta, contestó:

—El abad de la basílica.

"¿Qué querrá el bueno de Artigas? —se preguntó—, espero que sea para ponerle fecha a una partida de dominó." Eso era un *wishful thinking*, y lo sabía. Hacía tres meses que no lo veía y nunca lo había llamado a horas tan tempranas para proponerle jugar dominó; siempre se le ocurría hacerlo en las tardes, cuando su apretada agenda le permitía unas cuantas horas de solaz. Bueno, era el momento de averiguar qué se le ofrecía.

—Leonardo, ¿cómo estás?

—Ha sucedido algo muy delicado.

—Dime, ¿en qué te puedo ayudar?

—Mira, sucedió hoy, temprano en la mañana, que… La verdad es que preferiría decírtelo en persona y en privado. Voy a requerir de tus conocimientos y tu experiencia. ¿Puedes verme de inmediato? Es de total urgencia, Michael, no sé cómo decirte la gravedad de lo que ha ocurrido.

—No me tienes que decir nada más. Ahora mismo salgo para allá. ¿Dónde quieres que nos veamos, en la basílica o en tu casa?

—Mejor en la basílica, en mi oficina.

—Bueno, bueno, no te preocupes que ya me estoy yendo.

Callaghan se quedó pensando unos momentos con el auricular en la mano. No recordaba la última vez que le hubiera hablado para requerir sus servicios profesionales. Más bien nunca lo había hecho. Sabía que su amigo Leonardo tenía pleno conocimiento del oficio que la Legión le había encomendado, y que por ello, estaba seguro, le había llamado; pero por encima de todo, tenía que admitir que sentía gran cariño y amistad por su persona. "Ha de ser algo muy serio", se preocupó. ¿Qué podría ser? Lo que fuera, qué más daba, era un momento preciado de demostrar su amistad y no lo iba a desaprovechar.

Subió a su cuarto. Miró con fijeza toda la colección de herramientas de trabajo que guardaba en un mueble con cajones. Trató de adivinar cuáles necesitaría esta vez. Leonardo no había sido muy explícito, fue más bien parco, y se le dificultaba escoger las que le podrían servir. Le había llamado requiriéndolo sus servicios profesionales, así que tenía que ir, por lo menos, con lo mínimo indispensable. Tardó algunos segundos en seleccionar algunas herramientas que pensó podrían serle útiles y las guardó en los bolsillos de su saco. Sin despedirse de sus compañeros, salió raudo hacia su encuentro con el abad.

El padre Fonseca tomó el elevador. Al llegar al sótano, se encaminó hacia la oficina del jefe de Mantenimiento.

—Buenos días, don Agustín.

—Buenos días, padre —contestó extrañado de verlo por ahí—, ¿en qué puedo servirlo?

—Mire, don Agustín, necesito su ayuda. Esto es algo muy importante y le voy a pedir que deje todo lo que esté haciendo y que me escuche atentamente.

—Sí, padre, usted ordene —se limpió las manos sobre un mandil que le servía de parapeto de trabajo y, frunciendo el ceño, le demostró al padre su absoluta concentración.

—Necesito tres cosas. La primera, que vaya a comprar dos pedazos de ayate de dos metros cada uno y los una cosiéndolos, usando el mismo hilo del ayate por la parte de atrás, para que la costura no se vea de frente. ¿Me entendió?

—Sí, padre —don Agustín buscó con la mirada el pasillo por donde se encontraba la señora de la limpieza y la llamó.

Doña Carmen llegó presurosa. Saludó al arcipreste con un movimiento de cabeza.

—Explíquele usted lo que necesite, que doña Carmen le resolverá sus preocupaciones —dijo el jefe de Mantenimiento.

El padre Fonseca miró inseguro a la señora. Volteó su mirada hacia don Agustín y éste movió la cabeza alentándolo a que le explicara con detalle a la mujer lo que requería. Así lo hizo, tratando de disimular su renuencia. Una vez que hubo explicado la tarea requerida, esperó a que doña Carmen dijera algo.

—Ya no se encuentra la tela del ayate, padrecito —le informó.

—¿Cómo? —preguntó confundido.

—Sí. Ya no. Es que la fibra del maguey anda muy escasa y ya no se usa para fabricar telas.

—¿Qué otra tela se le parece, entonces? —la miró con cara de preocupación.

—Sólo la manta de algodón.

—¿Y se le parece?

—Rete harto —afirmó, mientras el arcipreste resoplaba reconfortado—. Nomás hay que tener cuidado de escoger una con el tejido adecuado, que se parezca al del ayate, ¿me entiende? Y ya con eso.

—¿Sabe usted dónde la podemos encontrar?

—Sí, aquí cerquita la venden.

—¿Y cómo le va a hacer para la cosida? Tiene que ser del mismo hilo, ¿eh? Y nada de máquina, a pura mano y sin que se note.

—No se preocupe que sí se puede y así se hará.

—¿Quién lo va a coser? —preguntó, tratando de asegurarse de que se hiciera un buen trabajo—. ¿Usted?

Doña Carmen volteó a ver a don Agustín para que fuera él quien contestara.

—Juana, ella fue costurera —respondió sin vacilar.

—¿Y es buena?

Don Agustín asintió con la cabeza.

—Sí, padre, trabajó muchos años cosiendo bolsas a mano. Ella bien que sabe.

El arcipreste se sintió incómodo ante la aparente facilidad con que había resuelto esa parte de su encomienda. Los miró y reflexionó: eran personas buenas que habían dedicado su vida a trabajar para el enaltecimiento del suceso de la Virgen de Guadalupe. No podía dudar de ellos; darían la vida por hacer las cosas bien.

—Bueno, pues si ya lo tienen todo solucionado…

—No se preocupe, padre, doña Carmen es la indicada para hacer el mandado que usted requiere —lo tranquilizó el jefe de Mantenimiento.

—Esto urge, don Agustín… Doña Carmen —ahora fijó sus ojos en ella—, confío en ustedes, ¿eh? ¿Qué tanto se han de dilatar?

—Deme un par de horas… máximo tres —respondió, después de mirar a don Agustín y recibir su aprobación, misma que le fue otorgada con un ligero movimiento afirmativo de cabeza.

Don Agustín despachó a doña Carmen con un gesto para que de inmediato se hiciera responsable del encargo, al tiempo que extendía su brazo para darle algo de dinero. Satisfecho, el arcipreste continuó:

—La segunda cosa que necesito es que me haga un bastidor de madera. El gerente de Cómputo le va a hablar al rato para darle las medidas exactas que deberá tener la tela del ayate que compre doña Carmen, y con base en esto usted ya sabrá cómo hacer el bastidor.

El arcipreste lo miró fijamente.

—Mire, don Agustín, en realidad lo que queremos es hacer una copia exacta de la Imagen de nuestra señora de Guadalupe, aprovechando ahora que se la llevaron para limpiarla.

—¡Ah!, para después venderla en la tienda, ¿verdad?

—Precisamente. Pero también para ponerla ahora en su lugar, en vez de la original; mientras, usted sabe. La copia deberá ser idéntica al original, incluso que quepa dentro de su marco, así que el bastidor tendrá que hacerse con las medidas precisas para que la tela embone perfectamente en el marco.

—Ora sí entendí —dijo con la cara iluminada.

El arcipreste respiró aliviado, no sin sentirse un poco extrañado cuando se percató de la irradiación de felicidad con la que don Agustín celebró que le hubiera entendido. Prefirió no reparar mucho en este hecho, concentrándose en asegurar que todo se llevara a cabo a pies juntillas.

—¿Tardará mucho? —inquirió con tono que no admitía dilación.

—Para el bastidor, tan pronto me den las medidas y compre la madera. Todo lo demás, a más tardar el día de mañana —don Agustín hizo una pausa, quedándose inmóvil y mirando a ningún lado—. Sí, como le dije, con todo y todo, mañana termino.

—Muy bien, don Agustín, muy bien.

—¿Y la tercera cosa que me dijo me iba a pedir? —le recordó sin inmutarse.

—La tercera cosa que necesito de usted es que le diga a su gente que se ponga a trabajar de inmediato en el pulido del piso de la basílica.

—Sí, padre, cómo no, ya tenemos la pulidora y sólo necesitamos de algunas limas de repuesto.

—No se hable más. Hágalo lo más rápido que pueda. No repare en gastos. Sólo pídaselo a mi secretaria, la señorita Estévez. Ella tiene mis órdenes de que le resuelva todo lo que necesite y le proporcione todo el dinero que requiera, lo que usted necesite.

—De acuerdo, padre, de acuerdo. Ándele, váyase usted sin pendiente alguno.

❖

Sandra seguía esperando la respuesta de la señorita Estévez a su petición, o más bien a su ya cercana exigencia de ser atendida. La realidad era que aún tenía muchos cabos sueltos, pero una cosa era cierta: a decir de los testigos, el ayate ya no se encontraba en su lugar. Esto era razón más que suficiente para asumir el escenario más inverosímil: que se lo hubieran robado. Y, a su sola notificación, si así fuese necesario, poner toda la maquinaria noticiosa del periódico a funcionar para su causa. La idea de ganar la nota, ya no se diga a los demás periódicos, sino a las empresas televisoras, la estimulaba enormemente. "Es que, de ser cierto el robo, ¡sería la noticia del año!", pensó emocionada mientras le subía un estremecimiento que le hizo ponerse la carne de gallina.

En medio de estas tribulaciones, resolvió hablar por teléfono con Jesús, ponerlo al tanto de todo lo acontecido y de paso ver qué podía aconsejarle. Sin perder tiempo, sacó de su bolso el teléfono celular y marcó.

—Sandra. ¿Qué me tienes?

—No me lo vas a creer…

—Déjate de rodeos. Chuta.

—El párroco se negó de plano a recibirme.

—¿Cómo? Seguramente esconden algo. Necesitas hablar con alguien.

—Traté de hacerlo en vano, créeme; incluso tuve que echar mano de la táctica de intimidación.

Sandra recapacitó unos segundos, y decidió involucrarlo en el asunto.

—Me tienes que apoyar en esto, ¿eh?

—¡Claro! ¿Qué te hace pensar que no?

—Está bien. Sólo necesitaba que me lo dijeras. Al principio como que sí funcionó, pero después se me revirtió la cosa. No me querían recibir, precisamente por haberlos amenazado.

—Te digo que se traen algo.

—Sí. Pero después fui al atrio a ver qué conseguía con la gente y me encontré con Gabriel, de veras que es el arcángel en persona. Me llevó con una pareja de ancianos que habían sido testigos presenciales desde el momento en que se abrieron las puertas de la basílica y… Bueno, más bien lo que no vieron…

—Ya, dime —la urgió, alzando un poco la voz.

—¡El ayate de la Virgen de Guadalupe no estaba en su marco!

Esperó lo que le pareció un silencio eterno del otro lado de la línea. Jesús se había quedado sin habla. Oyó perfectamente lo que Sandra había dicho y, sin embargo, no se lo podía creer. Lo que en un principio había vislumbrado como una remota posibilidad, imposible pero ideal para su periódico y su carrera, ahora una reportera lista pero inexperta se lo acababa de confirmar sin ningún rastro inequívoco.

—¡Eso es! —exclamó eufórico—. ¿Y qué más?

—Un padre, el que siempre abre las puertas, ha de ser el párroco, les explicó que estaban restaurando el ayate, pero eso es poco creíble, ¿no crees?

—¡Por supuesto que no es creíble! En un caso así, tienen que dar aviso con mucha antelación.

—Eso es lo mismo que pensé que hubieran hecho, dar aviso, pero no lo hicieron. Entonces, nos queda sólo pensar que...

—¡Se lo robaron! —adivinó Jesús con un grito—. ¡Ahora sí que la hiciste!

—Sí, ¿verdad? ¿Pero tú crees que esto sea cierto?

—De algo nos tenemos que agarrar, y si no está el ayate, o se lo robaron o lo están restaurando, no hay de otra. Y lo último ya sabemos que es poco probable, porque tampoco es una pieza que se ande prestando a los restauradores del mundo por ahí.

—Lo cierto es que hasta ahora sólo es una conjetura. En realidad no lo sabemos con certeza —trató de poner un toque de incertidumbre y misterio para hacerlo más emocionante y añadirle valor a su nota.

—Ese es precisamente tu trabajo, Sandra. Juega la baza de que es cierto, que lo sabes positivamente, hasta que ellos cometan el error de confirmarlo; pero no enseñes tus cartas. Guárdate, por encima de todo, cómo fue que lo averiguaste, tus fuentes. Si hay necesidad, blofea hasta cierto punto y continúa intimidándolos como lo has hecho hasta ahora. ¿Me entiendes?

—*Okay*. Pero me vas a respaldar en todo, ¿eh?

—Mira, Sandra, si esto resulta ser verdad, no sólo te respaldaré; también te promoveré.

—Conste, ¿eh?

—¿Dónde estás ahora?

—Afuera de la oficina del párroco, esperando que me atienda, como te dije.

—Sí, sí. Tienes razón. ¿Viste a algún otro colega contigo?

—No. Ni uno —ella misma apenas y cayó en la cuenta—. ¿Qué raro, no?

—No. Para nada. Ningún otro medio sabe lo que está pasando, todavía. No van a tardar en enterarse, ya verás. Lo que tenemos que hacer a toda costa es tratar de mantener la situación igual. Es decir, que solamente seamos nosotros los que estemos enterados de lo que ocurre.

—¿Y cómo lo vamos a conseguir?

Jesús se tomó unos segundos en contestar.

—Mira, ofréceles exclusividad y secrecía discrecional a sus tiempos.

—¿Qué quieres decir?

—Eso. Que te den la exclusividad de la noticia a cambio de que no publiquemos nada hasta el momento en que ellos nos lo autoricen.

Sandra dudó en la sapiencia de lo que Jesús le acababa de decir. No se le hacía lo más conveniente. Por ella, se iría a la yugular y les sacaría toda la sopa de una vez y publicaría de inmediato.

—¿No crees que estás concediendo demasiado? Si esperamos, se nos puede ir el *timing* de la nota.

—No, para nada. Fíjales un plazo de tiempo; tampoco les vamos a prometer que nunca lo vamos a publicar, ¿eh?

—Se me hace que nos estamos arriesgando a perderla.

—Hazme caso —estuvo a nada de ordenárselo.

Sandra dudó unos segundos en seguir insistiendo en persuadirlo de que perderían la nota o en claudicar a su favor.

—Debo estar loca al seguirte este juego, ¿sabes? Estoy arriesgando la noticia de mi vida.

—No es un juego y no te arrepentirás. *I mean it*.

A Sandra le hizo gracia que Jesús dijera algunas palabras en inglés, cuando él siempre la había criticado por hablar con anglicismos. "Me está dando por mi lado —pensó—; creo que tengo la sartén por el mango."

—Oye, no sé si me pasé de la raya pero vine a exigirles que me reciban, les dije que ya estaba enterada de la desaparición, y que si no me recibían, que se atuvieran a las consecuencias porque la noticia saldría publicada en nuestro portal de noticias.

—Dalo por hecho. Sigue presionándolos. Tienes que hablar con ellos. Es imperativo que lo hagas.

—Por eso estoy aquí esperándolos.

—Sandra, ofréceles lo que te dije. ¿Te recuerdo?

—No, no, ya sé. Guardar la nota hasta que ellos decidan cuándo publicarla —repitió mecánicamente.

—A cambio de la exclusividad. ¡Ojo! Eso es muy importante.

—*Okay, okay.* Ya entendí.

—Si no hay trueque, no hay trato.

—Está claro. Oye, tengo que dejarte, que ya regresa la secretaria. *Bye.*

❖

El arcipreste estaba seguro de llevarle buenas noticias al abad. La tarea había resultado más fácil de lo que se había imaginado. Sin embargo, el desagradable malestar corporal que lo había atacado a temprana hora de la mañana continuaba inexpugnable.

Se tenía que concentrar en dar seguimiento a las labores iniciadas. Le preocupaba el tema de la policía. Por él ya estaría llamando no sólo a la procuraduría, sino a la misma AFI. Tenían que dar aviso y pronto, de eso estaba seguro. Las pocas horas que habían transcurrido desde el conocimiento del robo las habían ocupado en disfrazar el hecho, y no en tratar de darle una solución. Eso le consternaba en demasía. Habían tratado de ocultarlo en lugar de ir tras el ladrón. "Dios mío, ¿y si nunca logramos recuperar el ayate?", se preguntó sin querer pensar en lo que pasaría si esto llegara a suceder.

La puerta de la oficina del abad se encontraba abierta. Cruzó el umbral lentamente apenas asomando su cabeza para que aquél lo viera.

—Pase, pase, padre —dijo el abad cuando reparó en su presencia—. Siéntese y cuénteme cómo le fue.

El arcipreste le informó todo lo acontecido, deteniéndose en los avances logrados con el jefe de Mantenimiento y con la parte de la impresión digital.

El abad adoptó una actitud meditativa, mesándose los cabellos mientras se disponía a dar una respuesta. Cerró los ojos y posó una mano sobre su boca. Respiró profundamente, y apenas cuando había retirado la mano, dijo:

—Cité a los gerentes de Relaciones Públicas y Comunicación Social. Los instruí en lo que tenían que hacer. Ya están trabajando en el boletín de prensa; lo tendrán para mi revisión en unas horas. También ordené al jefe de Seguridad que me pasara un reporte de todo lo que las cámaras de vigilancia lograron captar en las últimas veinticuatro horas.

—Eso mismo le iba a sugerir que hiciera.

—No estaría de más que usted también le hablara para apresurarlo; es fundamental revisar esas grabaciones.

El arcipreste asintió.

—¿Quiere que vayamos a inspeccionar el Camarín?

—Todavía no. Quiero esperar a que llegue una persona a la que llamé y que es experta en eso.

—Como usted decida. Parece que tiene todo bajo control.

—Bueno, casi... —puso cara de circunstancia.

—¿Qué pasa?

El abad le indicó con una mano que esperara un momento. Caminó hasta la puerta, y sacando medio cuerpo, mandó llamar a alguien. El arcipreste sintió que el malestar se le recrudecía. Para su enorme sorpresa, la señorita Estévez hizo su aparición. El padre Fonseca creyó entender la situación.

—Tenemos un problema, padre. Me habló su secretaria, aquí presente —la señaló—, algo alterada y buscándolo. Le dije que no sabía dónde estaba y que podía tardar. La señorita Estévez me dijo que su asunto no podía esperar, así que le pedí que viniera a verme para contármelo y ver si yo podía ser de alguna ayuda. Tengo entendido que su secretaria ya lo había puesto en algún tipo de antecedentes —dijo, esperando una confirmación por parte del arcipreste, que se limitó a asentir con la cabeza—. Bien. En resumidas cuentas, parece que una reportera del periódico *El Mundo* se enteró de la desaparición de la Imagen y exige ser recibida. De no ser así, publicará la noticia hoy mismo.

—¿Qué noticia?

—La noticia de la desaparición del ayate, por supuesto.

—Pero, padre, ¿cómo es posible que se haya enterado?

—Lo ignoro, pero ése no es el punto. Tenemos que enfrentar la realidad de que esta reportera, de uno de los principales periódicos de México, lo sabe, y si no le damos una entrevista lo va a publicar.

—¡Debemos detenerla!

El abad asintió volteando a ver a la señorita Estévez, quien había permanecido callada, tiesa y con la mirada gacha. Ella, hasta ese momento, no sabía nada de lo que estaban hablando. Ahora, por lo que había escuchado, se enteraba de que el ayate había desaparecido. Su impresión fue mayúscula. Trató, con un esmerado esfuerzo, de pretender no haber estado presente en la conversación.

—Si bien le dije que deberíamos evitar a toda costa hablar con la prensa, esta nueva circunstancia nos obliga irremediablemente a tener que hacerlo.

—Pero… ¿cómo lo vamos a manejar?, ¿qué le vamos a decir?

—¿Por qué no el argumento que estamos manejando? Quiero decir, que el ayate se encuentra en proceso de restauración —concluyó, enarcando una ceja y mirándolo en búsqueda de complicidad.

—Sí, sí. Tiene razón —asintió presuroso—. Podemos darle el boletín de prensa que usted me dijo que ya se está elaborando. Hasta se lo podemos ofrecer como primicia.

—Mmm... —el abad se acarició una sien—. Me parece bien.

—Perdón —interrumpió por primera vez la señorita Estévez—. Disculpen ustedes, pero no creo que esta reportera en particular se crea la versión de la restauración. Ella no.

—Mmm... —volvió a musitar el abad, dándole crédito a su comentario—. Esto lo hace más interesante y más complicado.

—Padre, permítame insistir —intervino el arcipreste—, contradiciendo un poco lo dicho por mi secretaria, en que hay que entregarle el boletín y punto. No hay que darle más alas a un pájaro que no vuela.

—Quizá —la mente del abad ya estaba en otra parte—. Señorita Estévez, vaya y dígale a Conchita que me comunique con el gerente de Comunicación Social y regrese usted con nosotros, si me hace el favor.

—Muy bien —respondió, la secretaria dando media vuelta y desapareciendo.

El arcipreste y el abad permanecieron en silencio, cada uno rumiando sus pensamientos. El padre Fonseca comprendió que su secretaria, a partir de este momento, se convertía en cómplice del hecho. De ahora en adelante debía tener un ojo puesto en ella. No era que dudara de su lealtad pero quería tomas medidas de precaución.

No tardó mucho en aparecer de nuevo la señorita Estévez anunciando: "El gerente está en la línea". El abad fue a su escritorio y descolgó el auricular: "¿Tienes listo el boletín de prensa?" Escuchó lo que le respondía con una sonrisa. "Perfecto. Mándalo a mi oficina inmediatamente, por favor."

Volvió a hacer un breve compás de espera mientras el gerente le decía algo. Tragó saliva. "Gracias. Oye, por cierto, ¿a cuánto asciende el presupuesto de publicidad que tenemos asignado este año para el periódico *El Mundo*?"

Mientras terminaba de hablar el abad, el arcipreste dedicó algunos minutos explicativos con la señorita Estévez acerca de lo que esperaba de ella, de lo que tenía que hacer, decir y actuar, toda vez que ya sabía lo que, en verdad, había sucedido. Mientras tanto, Conchita, la secretaria del abad, entró y, viendo que éste se encontraba en el teléfono, optó por entregar el boletín de prensa al arcipreste que tras una rápida leída, lo puso encima del escritorio.

Con la resignación reflejada en el rostro la señorita Estévez se retiró de la oficina del abad con la precisa instrucción de decirle a la reportera que la iban a atender de inmediato. Sin acabar de reponerse del todo de la fresca conversación con el padre Fonseca, el reconocimiento de que ella era de las pocas personas que sabían del hurto de la Imagen la abrumó. La carga ya le era de por sí muy pesada. "Y pensar que esto apenas comienza —reflexionó—; tengo que ser fuerte y que la gente no se dé cuenta de lo que está pasando." Sabía que si se diera a la luz pública lo sucedido, tendría muy serias consecuencias para la cristiandad, no sólo de México sino del mundo entero. No sabía por qué pero por primera vez se sintió como una especie de elegida. Por alguna razón pensó que entre todas las mujeres a ella le había tocado llevar esta pesada cruz y estaba resuelta a cargarla a imitación del sufrimiento de Cristo.

Mientras la señorita Estévez se le acercaba, Sandra observó su caminar inseguro, con los hombros agachados. Ya no mostraba el andar resuelto de antes. "Ya la hice —pensó—; de seguro me van a dar la cita." La secretaria trató de guardar cierta compostura, disimulando su desagrado, cuando le anunció:

—El abad y el arcipreste la recibirán. Sígame, por favor.

"¿Cómo? —se preguntó Sandra, sorprendida—. ¿El abad también? Esto está que arde."

La señorita Estévez acompañó a la reportera hasta la oficina del abad. Sandra sintió cierta pena por ella, por la manera como la había tratado antes. Casi le había gritado, la había señalado con su dedo acusador en la cara y, además, la había amenazado. Estaba segura de que le había hecho pasar un mal rato y que ahora se debía de sentir muy incómoda. "Todo sea por la noticia", razonó. Trató, sin embargo, de ser amigable:

—¿*No hard feelings?*

Justo a punto de arrepentirse de haberse expresado en inglés, la señorita Estévez le contestó:

—*Don't mention it.*

Por primera vez desde su encuentro, las dos cruzaron sonrisas comprensivas.

—Aquí es. Pásale —le dijo la secretaria, ya expresándose con la recién ganada familiaridad.

Sandra le devolvió una de sus características sonrisas, enseñando todos los dientes mientras se adelantaba para entrar.

—¡Ah!, la señorita Terán, si no me equivoco —le dio la bienvenida el abad con una sonrisa forzada, fingiendo una aparente amabilidad.

—No se equivoca —le devolvió la sonrisa Sandra—. ¿Y usted es…? —dejó la pregunta en el aire mientras extendía una mano para saludarlo.

Sandra los reconoció como los dos curas bien vestidos y de andar rápido que había visto entrar en la mañana a la basílica por la parte posterior.

—El abad de la basílica, padre Leonardo Artigas, a sus órdenes —le extendió la mano a la altura de su barbilla, con la clara intención de que se la besara.

Sandra, sin inmutarse, elevó su mano para estrecharla, y una vez que la tenía aprisionada, la bajó con suavidad pero con determinación, apretándola con breves pero decididas sacudidas, desdeñando cualquier otra pretensión.

El abad le regaló otra forzada sonrisa.

—Y aquí nos acompaña el padre Heriberto Fonseca —lo señaló—, arcipreste de nuestro santuario.

—Mucho gusto —la saludó el arcipreste desde lejos, sin hacer el menor intento de estrecharle la mano.

—Encantada, padre —contestó cortésmente ella, evitando preguntar lo que era un arcipreste, por considerarlo un asunto irrelevante en ese momento, aunque imaginando que debía ser algo parecido a un párroco.

—Dígame, señorita Terán, usted trabaja en el periódico *El Mundo*, ¿no es verdad? —inició el abad la conversación con un ademán con el que le indicaba que se sentara.

—Soy reportera de asuntos religiosos —contestó, tomando asiento e inventándose ese puesto en el periódico.

—¡Ah!, muy interesante. ¿Y lleva mucho tiempo en ese diario? —preguntó de manera descuidada, pero con la intención de saber si Sandra carecía de experiencia.

—Apenas dos años.

—¡Ah! Poco, poco. Debe ser una persona muy avezada en su oficio para que ya le encomienden este tipo de trabajos.

—No se crea. Más bien no hay mucha gente que se dedique a la nota religiosa.

—Muy bien —dijo, finalizando el protocolo de las presentaciones—. Dos años bien trabajados son suficientes para poder considerarla una periodista hecha y derecha. Y dígame, ¿en qué podemos servirla?, porque estoy seguro de que algo la trajo por aquí, y no precisamente su devoción por la Virgen de Guadalupe, ¿o me equivoco? —preguntó el abad con una sonrisa socarrona.

Sandra recibió el golpe del sarcasmo del abad. Dibujó media sonrisa y aceptó el comentario inclinando la cabeza.

—Tiene usted razón, esta vez no vine a rezar ni a dar gracias a la Virgen, lo que en verdad me hubiera gustado. No. Vengo exclusivamente en plan de trabajo.

—Me lo imaginaba por su pertinaz insistencia en vernos —dijo con franca ironía. Bueno, aquí estamos —palmoteó sus muslos—. ¿En qué podemos ayudarla?

Antes de contestar, Sandra se reacomodó en su silla, situándose en el filo del asiento. Fijó la mirada en el abad y luego en el arcipreste, intentando transmitirles su deseo de que contestaran con la verdad.

—Hoy la basílica se abrió y se cerró casi de inmediato, sin dar previo aviso alguno.

—Fue nuestro error, señorita Terán, lo confesamos —aclaró el abad con cierta condescendencia y con una sonrisa que a Sandra se le hizo del todo espuria—. Ya regañé al padre Fonseca por tan terrible omisión —dijo, volteándolo a ver y clavándole una mirada torva en disfrazada reprimenda—. Pero todos somos humanos y a veces cometemos equivocaciones —mudó su semblante hacia el arcipreste, tornándolo en un gesto de amabilidad—. Esto lo vamos a remediar de inmediato, se lo aseguro, dando a conocer las causas por las que nos vimos forzados a cerrarla, a través de este boletín de prensa que acabamos de elaborar.

El arcipreste se levantó, fue por el documento que había dejado encima del escritorio y se lo dio al abad.

—Se lo vamos a enviar a todos los medios.

Hizo una pausa para ver la reacción de la reportera. Sandra no se inmutó.

—Pero bueno, ya que está usted aquí —añadió abriendo los brazos y mirando al arcipreste como si tuvieran que desistir de algo—, creo que se ha ganado la primicia —finalizó diciendo con una sonrisa malévola mientras le entregaba el boletín, como si estuviera haciendo algo totalmente indebido.

Sandra recibió el documento casi con desdén, apenas con un gesto que pudo interpretarse como si se hubiera sentido defraudada. Sin siquiera darle un vistazo al boletín, lo depositó displicentemente en el asiento vacío de la silla contigua.

—No me cabe la menor duda de que aquí estará todo muy bien detallado, pero lo que en verdad me interesa saber es qué explicación van a dar a los medios por la desaparición de la imagen de la Virgen de Guadalupe.

Su comentario provocó un prolongado silencio embarazoso, haciendo que el abad y el arcipreste cruzaran miradas interrogativas.

—Señorita Terán, para eso es que le acabo de entregar el boletín; si tan sólo se tomara la molestia de leerlo —tomó la iniciativa el abad, reprochándola con amabilidad—. Mire usted, es perfectamente normal que, de cuando en cuando, el ayate se mande con expertos restauradores para someterlo a procesos de limpieza y, sobre todo, de conservación.

Sandra le regaló una sonrisa socarrona, dándole a entender que por ahí no pasaba.

—Mire, padre, no quisiera que nos entretuviésemos en la diatriba de la mentada restauración —replicó Sandra con sequedad, tratando de cortar de raíz el cauce de la conversación—. Usted y yo sabemos que ésa es la versión oficial que la basílica dará a los medios —paseó su mirada primero por uno y luego por el otro—, ¿me entiende? Yo más bien quisiera que avancemos en esta entrevista que estamos teniendo y que tan amablemente me concedieron, diciéndome de manera puntual si saben quién la robó.

Sandra había lanzado el *bluff;* era algo que no sabía con certeza, pero todo indicaba que había habido un robo. Así, abierta y descaradamente, se los manifestó, dándolo por un hecho consumado. "Espero haber sonado convincente", pensó, a sabiendas de que sobradamente lo había sido.

El comentario de Sandra había dejado lívido y boquiabierto al arcipreste, que no tuvo otra reacción sino la de girar su cabeza para mirar al abad en busca de alguna indicación de cómo comportarse. Sandra dirigió su atención, poniendo en alerta todos sus sentidos, en la siguiente respuesta del abad, que seguía esforzándose en recuperar el aliento y en hacer que los colores le volvieran al rostro, después de haberlos perdido por la impresión que le había causado la contundente declaración de la reportera. No le había pasado por la cabeza que ella hubiera descubierto la verdad del robo.

—Señorita Terán, ¿cómo es posible que pueda creer eso? —la cuestionó el abad, mostrándose terriblemente inseguro—. ¿Quién se lo dijo?

—Lo siento, padre, pero eso no se lo puedo decir. Tengo que proteger a mis fuentes. Así es esto —le regaló un gesto de falsa impotencia—. Espero que usted lo entienda.

—¿Y si sus fuentes no son confiables? —acertó a preguntar sin recuperarse del todo y con el objetivo de hacerla dudar—, como es obvio que no lo son...

—Créame que son del todo fidedignas —contestó con seguridad.

"Bien, Sandra, bien —se dijo—, deben tragarse esta carnada. Sin compasión; prohibido tomar prisioneros. Tengo que reforzar mi respuesta."

—¿Podemos dejar de hablar inútilmente de la versión oficial y si mis fuentes son dignas de confiar o no? —dijo, mientras clavaba su mirada en el abad—. Quisiera que nos concentráramos, en cambio, en el robo del ayate.

Era ahora o nunca. Otra respuesta evasiva del abad la pondría contra la pared; significaría que no lo iba a admitir y eso le complicaría mucho las cosas. ¿Por qué el otro cura no hablaba? "De seguro que por ser de rango inferior el abad no quería que interviniese en la conversación. Puede ser que incluso tema cometer alguna indiscreción. Habrá que redirigir mis preguntas hacia el rival más débil."

—Usted dirá —concedió el abad, reconociendo que no había más razones para seguir insistiendo en la negación del hecho. Simplemente, como bien les había anticipado la señorita Estévez, no habría manera de que esta reportera se tragara la versión oficial.

Sandra se dio cuenta de inmediato de la flagrante claudicación. "¡Ya está! —pensó jubilosa—, la concesión de que efectivamente el ayate había sido robado estaba dada", se dijo con gran regocijo. "¡El ayate en verdad había sido sustraído de la basílica!", se repitió, incrédula. Lo impensable estaba sucediendo. Apenas logró reprimir el sentimiento de gozo que la embargaba. Sintió una marejada de nervios que le ascendía por la columna vertebral y se le impactaba en el cerebro como un fuerte oleaje que le provocaba mareos. Tragó saliva con un esfuerzo enorme; intentó, como pudo, evitar que se le notara. Sentía la lengua como lija y, por más que la raspaba contra su paladar, no conseguía humedecerla. "Cálmate, estúpida, cálmate, y elabora la siguiente pregunta; no dejes pasar mucho tiempo", se dijo, recriminándose para ver si así lograba reaccionar y salir de su estupor.

—*Okay* —hizo una media caravana en concesión de que era su turno—. Hago yo la pregunta: ¿saben quién se lo robó? —dirigió su mirada al arcipreste, con el fin de provocar una respuesta de su parte, pensando que quizá la suya fuese más abierta y franca que las que había proporcionado hasta ahora el abad.

El padre Fonseca se mostró turbado y sin saber qué contestar. Volteó a ver al abad para recibir alguna señal de cómo proceder. No vio ninguna. Esperó unos segundos más en silencio, sonrojándose.

—¿Qué ganamos con decírselo? —respondió el abad, abriendo las puertas a la negociación y evitando, al mismo tiempo, que el padre Fonseca tuviera que responder.

—¿Qué quieren ganar? —Sandra tenía que concederles algo, pero sobre todo saber qué es lo que querían en el fondo.

—Entre otras cosas, tiempo, señorita Terán.

—Está bien. ¿Cuánto necesita?

—Una semana.

—Le doy tres días.

—Necesitamos una semana.

—Cuatro días, no más; no me lo permitirían en el periódico.

—Cinco, y ni un día menos; pero hoy no cuenta. El primer día empieza a partir de mañana.

Sandra se sintió acorralada. Reconoció que el abad era un negociador hábil. Tuvo que asentir a regañadientes.

—¿Qué me ofrece?

Ahora venía su parte contractual. Decidió no abrirse de capa y esperar a que el abad propusiera algo distinto, no esperado, que pudiera interesarla.

—He revisado el presupuesto de publicidad de este año que tenemos para su periódico y consideramos que podemos, digamos, mejorarlo sustancialmente.

Sandra hizo una mueca de aprobación.

—¿Qué tanto?

—Pensamos que no habría ningún problema por nuestra parte si lo dobláramos.

Sandra se mostró sorprendida por una oferta tan generosa. "Perfecto —pensó—, tendría un filete muy jugoso para su empresa, como nunca se lo hubiera imaginado. Puntos para mí en la próxima promoción."

—No me opondría en nada si lo triplicaran.

—Me parece muy bien. Acepto.

Era el momento de tomarlo desprevenido, de mostrar que guardaba un as bajo la manga.

—Mi periódico se va a poner muy contento, pero...

Ahora le tocó al abad hacer un gesto de incomprensión. Pensó que con eso, ella y su periódico tendrían más que suficiente. "Esta reportera quiere más", se dijo molesto. Cruzó las piernas y con expresión de hartazgo esperó atentamente a que Sandra continuase con sus requerimientos.

—Y yo... ¿qué gano?

—¿Usted? —el abad se mostró falsamente sorprendido.

Se quedó pensando un instante. Cruzaron por su mente varias opciones, preguntándose si en verdad esta reportera le estaba pidiendo dinero—. ¿Es que hay algo que usted desee en particular?

—Sí, claro.

—Dígame de qué se trata, que estoy seguro de poder dárselo.

76

Sandra clavó su mirada en él.

—Exclusividad.

El abad abrió los ojos con incredulidad. Enfrente de él tenía a una joven reportera que hasta ese momento había considerado medianamente inteligente y ambiciosa —nada malo en ello—, pero que ahora le había mostrado el lado más débil de su personalidad: su aparente honestidad y su fidelidad a su empresa.

—¿Exclusividad de la noticia? —preguntó el abad, todavía inseguro de haber entendido correctamente, y a punto de añadir: "¿Eso es todo?" Sandra, por toda respuesta, se limitó a asentir.

La actitud de la reportera desconcertó al abad. Ya se había preparado para que le hubiese solicitado una compensación económica, que estaba dispuesto a darle; hubiera sido más fácil, pero requerirle sólo la exclusividad, le parecía un tanto ingenuo de su parte. De seguro su inexperiencia le había obrado una mala jugada, pensó.

—Así es. Sólo yo, únicamente yo, tendré la exclusividad. ¿Me entendieron? —hizo la pregunta de manera enfática y abriendo lo ojos, mirando primero al abad y después al arcipreste.

—Creo que sí, y no tenemos ningún problema con eso —dijo el abad aliviado, seguro de que la negociación le había resultado barata.

—La exclusividad a la que me refiero abarca no sólo a los periódicos y a otro medio impreso, sino también a la televisión, la radio, internet, o a cualquier otro medio de difusión que se le ocurra, ya sea en el ámbito nacional o en el internacional. ¿Está claro?

—Sí —contestó el abad.

—Supone, también, que deberé estar enterada de todo y que deberé de estar físicamente presente en todas las reuniones que se tengan durante la investigación, y aquellas que se celebren para discutir las acciones que se van a tomar para recuperar la Imagen. ¿Queda perfectamente entendido?

—Muy claro —reafirmó el abad volteando a ver al arcipreste para manifestarle su consentimiento.

—¿Entonces tenemos un trato?

—Pero, ¿qué pasa si usted incumple con su parte del convenio? —preguntó el abad, tratando de sacarla de balance en la delantera de concesiones que ya les había sacado.

—Eso no va a pasar, padre, porque en primer lugar a mí no me interesa perder la exclusiva de esta noticia, y en segundo lugar, a mi periódico no le va a gustar quedarse sin el presupuesto adicional de publicidad de la basílica que me acaba de ofrecer, tan magnánimamente, para este año.

—Confieso que sus argumentos suenan razonables.

—¿Y ustedes qué pierden si incumplen su parte del convenio? —le reviró Sandra.

—Bueno, en realidad no contaremos con los cinco días de gracia que usted nos ha otorgado y la noticia se daría a conocer al público aun cuando no estemos del todo preparados para enfrentarla, lo cual nos metería en un problema.

Sandra rió sin escrúpulos ante las miradas reprobatorias de los sacerdotes, quienes, extrañados, no sabían cómo traducir su abrupto comportamiento.

—No, padre, no —negó enfáticamente con la cabeza, mientras procuraba no borrar la sonrisa burlona dibujada en la comisura de sus labios—. Está usted equivocado —trató de prepararlos para lo que les iba a decir; era el momento de tirar a matar—. Lo que ocurrirá si incumplen nuestro trato es que daré a conocer esta conversación. Todo el mundo sabrá lo que ustedes me ofrecieron, y créanme que no se verá muy bien. Y si tienen alguna duda de lo que haré, y sobre todo, cómo planeo lograrlo, aquí les muestro la prueba fehaciente que los incriminará.

En ese momento Sandra hurgó en el interior de su bolsa de mano y, lentamente, asegurándose de que pudieran ver el objeto que sostenía, sustrajo una pequeña grabadora que evidenciaba tener el diminuto foco rojo del *on* encendido.

El abad y el arcipreste lo observaron con sorpresa e incredulidad. Dolidos y asimilando el impacto visual de la presencia de una grabadora furtiva, voltearon a verse entre sí con el amargo sabor que les provocó el sentimiento de impotencia y coraje por esa traición.

—Muy astuta y precavida —reconoció el abad fuera de guardia, tratando de ocultar su indignación por la que, consideró, era una poco ética manera de proceder de la reportera.

—Gracias, padre —contestó Sandra, mientras guardaba la grabadora en su bolso, aceptando con una forzada sonrisa y una falsa humildad las alabanzas a su sagacidad.

La reportera hizo una pausa para mirar un tanto desafiante a sus dos interlocutores, encontrándolos con caras rojas de ira y con los nudillos blancos de sus manos crispadas en los brazos de sus respectivas sillas.

—Entonces, vuelvo a hacer la misma pregunta: ¿tenemos o no un trato?

—Lo tenemos —respondió el abad decidido, volteando a mirar al arcipreste, que dejaba traslucir en su expresión la rabia contenida.

—Bien. Celebro que nos hayamos entendido. Entonces, ¿podemos continuar?

—Usted dirá.

—Permítanme insistir en la pregunta con la que inicié esta pequeña y productiva negociación: ¿saben ustedes quién robó el ayate?

—No tenemos la más mínima idea —alcanzó a decir el abad, regocijándose un poco con lo que dijo, lo cual tomó como una pequeña revancha.

—Bien, me lo temía —replicó Sandra, encogiéndose de hombros y dándole poco tiempo de recrearse en sus laureles—. Entonces necesito conocer su plan. Quiero saber todo lo que pretenden hacer y, sobre todo, cuándo darán aviso a la procuraduría, al arzobispo y al Vaticano.

El abad reculó en su asiento. Aún no tenía un plan definido y esta reportera ya se lo estaba requiriendo. En ese momento, como por gracia de Dios, sonó el teléfono.

—¿Me disculpa un instante? Tengo que tomar esta llamada de mi secretaria. Estoy esperando a una persona que puede llegar en cualquier momento, y que creo le puede interesar conocerla.

Sandra asintió, no muy convencida por esa inoportuna interrupción. El abad tomó el auricular para atender la llamada y dio las indicaciones pertinentes para que entrara alguien más a la reunión. El abad miró a la reportera y se dirigió a la puerta para recibir a su visita. Esperó unos instantes hasta que apareció un hombre vestido con un traje oscuro.

—Ya conoces al padre Fonseca —hizo la presentación del arcipreste—. Y ella es… una nueva amiga —añadió cortésmente—. Sandra no supo si tomar esa actitud como una pequeña burla o como un mal chiste—. La señorita Sandra Terán, reportera del periódico *El Mundo*. Está aquí por el mismo motivo por el que hoy te he pedido que vengas.

La reportera se levantó de su asiento para darle la mano a la persona que le presentaban. Por su apariencia, dedujo que era un sacerdote. Pulcro, quizá demasiado, de buen ver. Lo que más le llamó la atención fue su altura: era más alto que ella, lo cual le agradó.

—Le presento al padre Michael Callaghan, legionario de Cristo y encargado de los asuntos jurídicos de su orden.

Sandra dio un fuerte apretón de manos queriendo mostrar fortaleza de carácter. Sintió la textura de una piel suave que envolvió por completo su mano en una tibia caricia. "Se nota que se cuida las manos —pensó—. ¿Hará lo mismo con sus pies?" Este solo pensamiento la hizo sonrojarse un poco. No venía para nada a cuento, se recriminó un poco confundida. El padre Callaghan tenía pinta de ser un cura normal de colegio de niños ricos. Lo que más le llamaba la atención, además de su estatura, era su pelo encrespado, con un tinte cobrizo subido. "De seguro cuando era chamaco fue pelirrojo —pensó—; no ha de ser de aquí, y menos con esos ojos azules. Además, ¿qué sería eso de que era el encargado de los asuntos jurídicos de la orden?"

—Encantada, padre —le extendió la mano para saludarlo y corroborar que era por los menos unos cinco centímetros más alto que ella.

—El gusto es mío —respondió Michael Callaghan un tanto sorprendido cuando vio desdoblarse a la reportera casi hasta alcanzarlo.

Después de las presentaciones y de un silencio incómodo, el padre Callaghan les preguntó a qué se debía su interés por verlo. Notó de inmediato una tensión al momento de terminar de hacer su pregunta. Volteó a ver al abad y al arcipreste, y se dio cuenta de sus semblantes serios. La reportera parecía la única que permanecía relajada, sin inmutarse. Por un momento se arrepintió de haber hecho la pregunta. Quizá no era el momento oportuno, pero, si no, ¿cuándo?, y sobre todo, ¿por qué lo había llamado con tanta premura?

—Me alegra que hayas hecho la pregunta, Michael, porque la situación es muy grave —dijo el abad, con semblante de gran consternación.

—Algo así me imaginaba por la urgencia con la que me llamaste.

—No sé cómo decírtelo porque todavía nosotros mismos no salimos del asombro y el estupor —el abad se tomó un respiro antes de continuar; tenía que explicarle lo que había sucedido, y al hacerlo, sabía que declaraba abiertamente la confirmación del hurto—. Es mejor no andarme con rodeos, Michael. Mira… te llamé porque alguien robó la imagen de la Virgen de Guadalupe.

❖

Don Agustín había salido a conseguir el material que iba a necesitar para hacer el bastidor de madera que sostendría la tela en el marco original. El padre Fonseca había sido muy enfático en la importancia del encargo y en la rapidez del mismo, así que no quiso dejarlo en terceras manos. "Uno tenía que hacer las cosas importantes para que salieran bien", recapacitó, y eso era precisamente lo que haría. Le preocupaba que por primera vez se aventuraría —para esta, según él, sublime tarea— a armar el bastidor sin clavos. Como le había mencionado el padre Fonseca, el gerente de Cómputo le había hablado y dado las medidas precisas de las telas y del marco de la Imagen. Mentalmente tuvo que hacer unos pequeños ajustes, insignificantes, para que el bastidor, con el aumento del grosor de la tela encima, embonase perfectamente en el marco. Esos pequeños cambios en las medidas, resultantes de sus propios cálculos, lo tenían inquieto; tendría que corroborarlos en persona. Esto significaba que debía solicitar un permiso muy especial, que muy rara vez otorgaba la basílica; se lo tendría que pedir directamente a la señorita Estévez, ya que sólo el abad o el arcipreste lo podían dar, y como dijo el padre Fonseca que pidiese lo que necesitara a la secretaria, pues así estaba dispuesto a hacerlo.

—Señorita Estévez —se anunció.

—¡Ay, don Agustín, qué bueno que lo veo! —lo saludó en forma efusiva—. Fíjese que el arcipreste me pidió que cambiara urgentemente la cerradura de la habitación número 5 de los canónigos.

—De seguro alguien se fue… —dedujo, ya que el cambio de cerraduras formaba parte del control interno de seguridad del santuario cuando un canónigo, por cualquier razón, se retiraba de su trabajo y abandonaba la habitación que le había reservado la basílica.

La secretaria asintió con semblante serio, un tanto nerviosa, sin querer abundar sobre el tema.

—No se preocupe, señorita; si no es hoy, mañana mismo la cambio. ¿Las nuevas llaves se las entrego a usted?

La señorita Estévez asintió con un leve movimiento de cabeza. Respiró con profundidad y mudó su serio semblante, tornándolo más suave.

—Pero dígame, don Agustín, ¿a qué se debe su visita por aquí?, ¿se le ofrece algo? —la señorita Estévez empezó a sentirse incómoda al ver que don Agustín permanecía callado, no se movía de su lugar y no hacía por despedirse—. Muy bien. Ándele pues, que no lo entretengo más —lo invitó a que continuara con sus labores.

Don Agustín dio un paso vacilante al frente; sabía que era el momento de decírselo de una buena vez.

—Quería preguntarle algo, si me permite —se animó a decir con voz trémula. La señorita Estévez asintió—. Le he estado dando vueltas al asunto y, como tengo el encargo de hacer que casen las medidas del bastidor que voy a hacer con las del marco original de la virgencita, no sé si sería mucha molestia —hizo una mueca con la boca—… Sé que lo que le voy a pedir no se concede así como así…

—Termine de decirlo.

—Bueno, que me diera permiso de entrar al Camarín para tomar yo mismo las medidas del marco, no vaya a ser la de malas y me equivoque, y ya ve cómo está de preocupado el padre Fonseca con todo esto —dijo todo de corrido y con mucha aprensión.

La secretaria respingó en su silla poniendo cara de asombro. El Camarín, de sobra lo sabía ella, se encontraba a espaldas de donde se localiza la Imagen. Era el único espacio cerrado desde el cual se le podía ver a una muy corta distancia, gracias a un dispositivo mecánico que permitía que el ayate con su marco pudieran girar ciento ochenta grados sobre su propio eje hacia el interior. De esta manera, el anverso quedaba expuesto hacia el Camarín, que no era más que un pequeño recinto recubierto de mármol. Su acceso era extremadamente restringido. Eran muy contadas las ocasiones en que esto ocurría y sólo se permitía la entrada a personalidades relevantes de la sociedad, como los grandes benefactores de la basílica, los políticos, connotados empresarios o artistas. También se abría para visitantes distinguidos del extranjero, estadistas de talla y envergadura internacional.

Sin embargo, en los últimos tiempos, quizá debido a la crisis financiera, la basílica se había vuelto más flexible en permitir el acceso a personas comunes y corrientes, quienes previo desembolso de una exorbitante cantidad de dinero podían tener la oportunidad de exculpar sus pecados frente a la Morenita.

En otras circunstancias, la señorita Estévez hubiera negado de inmediato y sin pensarlo la petición de don Agustín, pero dadas las condiciones actuales... "¿Qué podía pasar?", se cuestionó. Don Agustín lo único que quería, como dijo, era asegurarse de hacer un buen trabajo y eso era, precisamente, lo que el padre Fonseca quería que hiciera.

—Qué, ¿no le hablaron del departamento de Cómputo para darle las medidas exactas? —preguntó, tratando de zafarse del compromiso.

—Sí, señorita, sí me hablaron.

—¿Y?

—No me quiero confiar de nadie. Quiero estar seguro de que no haya errores y que vaya y eche todo a perder. Ya le digo a usted que el padre Fonseca anda todo apurado, no vaya a ser...

—Sí, sí, lo sé. Bien preocupado que anda —la secretaria se dio tiempo para sopesar las consecuencias que tendría permitir la entrada al Camarín a don Agustín.

No le acababa de gustar la idea. El Camarín era considerado un sitio poco menos que inaccesible. Ella misma sólo había estado una ocasión en ese lugar. El solo recuerdo de aquella vez la hizo turbarse y ruborizarse, comenzando a sentir una ligera agitación en su respirar y una incipiente sudoración en las raíces del cabello. Instintivamente se llevó una mano a la nuca. Tenía que hacer algo, y pronto, antes de que le entrara un ataque de pánico. Temiendo que don Agustín se diera cuenta de su estado de nerviosismo, optó por dar por terminado el asunto, accediendo a su petición.

—Bueno, don Agustín, si ésta es la única manera para que usted esté completamente seguro de hacerlo bien...

Don Agustín sonrió, sabedor de que la secretaria había determinado darle permiso.

—No tardo, ya ve que sólo es para medir el marco interior. ¿Qué tanto me puedo dilatar? —comentó, tratando de reafirmar su decisión.

—Le tengo que advertir que la Imagen de la Virgen no se encuentra en su lugar —añadió, por si él no sabía con lo que se podía encontrar, o más bien, no encontrar.

—No tenga usted pendiente, señorita, ya el padre Fonseca me había advertido que la mandaron a limpiar.

La secretaria sacó el llavero de un cajón. Este llavero contenía una solitaria llave y un estuche de piel, como los que se usan para la identificación de las maletas, que albergaba manuscritas las combinaciones numéricas secretas para abrir la bóveda. Levantándose, le dijo a don Agustín que la siguiera. Lo guió por el pasillo que conduce al elevador. Oprimió el botón del primer piso. "¿Estaré haciendo lo correcto? —pensaba mientras hacía tintinear nerviosamente las llaves entre sus manos—; ¿no debería mejor preguntarle al padre Fonseca? No, mejor no —se respondió—, ¿qué caso tiene interrumpirlo ahora que está con el abad, la reportera y el padre Callaghan?, no vale la pena."

Estaba inmersa en estos pensamientos cuando la cercanía del Camarín hizo que los recuerdos de la única vez que estuvo en él le vinieran a la mente. "Algún día tendré que pagar por mis pecados —pensó; miró fijamente al piso y comenzó a transpirar—. Es un suelo sagrado y yo lo mancillé dejándome vencer por la tentación. Tengo que rezar para que Dios me dé valor de confesar mis pecados, aunque eso signifique perder mi trabajo."

En estas cavilaciones se encontraba cuando, casi sin darse cuenta, las puertas del ascensor se abrieron. La señorita Estévez salió seguida de don Agustín. Con un ademán le indicó que la esperara mientras cruzaba el umbral de entrada a la sacristía. Oteó el espacio en busca de la presencia de algún sacerdote. No necesitaba en esos momentos que alguien se encontrara ni siquiera cerca del lugar a donde se dirigían. Se cercioró de cerrar la puerta cuando finalizó su inspección. Dio tres pasos y se colocó enfrente de la gran bóveda de banco blindada. Tomó del llavero el estuche de piel y abrió su carátula. Había dos combinaciones numéricas. Giró primero una perilla siguiendo los números de la primera combinación y luego la otra. Acto seguido, asió la manivela que semejaba el timón de un barco. Con un gesto, encomió a don Agustín a que la ayudara. Las cuatro manos, con fuerza y al unísono, jalaron la enorme y pesada puerta que se rindió al esfuerzo, entreabriéndose. Detrás de ella apareció una reja. Todavía tuvo un último titubeo cuando observó la simple chapa. Antes de pretender abrirla, volteó a ver a don Agustín, y sin decirle nada, le ofreció una sonrisa condescendiente. Sin estar aún del todo convencida, suspiró, encogió los hombros, y armándose de valor, introdujo la llave, deteniéndose un poco antes de hacerla girar.

El espacio interior del Camarín estaba conformado por un pequeño rellano de forma cuadrada que daba hacia una escalera curva de unos cuantos escalones, misma que desembocaba en un recinto vacío. La señorita Estévez encendió la luz y pasó primero seguida por don Agustín, que ya llevaba en ristre una cinta métrica retráctil. Al mirar el fondo del pasillo, se topó con algo totalmente inesperado: el estuche de metal original, que hacía las veces de bastidor, se encontraba abierto y reposando sobre la pared. El pulso de la señorita Estévez se aceleró. En ese momento sintió sobre sus hombros todo el peso de la noticia de la desaparición del ayate. Esto cambiaba radicalmente las cosas. Tenía que dar aviso al padre Fonseca. Un sudor frío le recorrió el cuerpo al darse cuenta de que, al notificar el hallazgo, se delataría, exhibiendo la intromisión que ella y don Agustín habían perpetrado en el Camarín sin autorización. Inmediatamente se arrepintió de haber tomado esa decisión, pero ya era demasiado tarde.

Don Agustín miró extrañado la escena, preguntándose por qué si el ayate había sido llevado a su restauración, habían dejado el bastidor detrás. Se adelantó unos pasos, pasando a un lado de la secretaria. La señorita Estévez titubeó, pero optó por dejarlo hacer, ya que, tardándose unos minutos más, no cambiaría para nada las cosas y sí adelantaría en el trabajo encomendado al jefe de Mantenimiento. Al pasar junto al estuche de metal, don Agustín no pudo sustraerse de observarlo con atención, casi como si estuviera contemplando una reliquia, dándose cuenta de lo sólido y pesado de su constitución.

La señorita Estévez salió momentáneamente de sus elucubraciones al ver a don Agustín realizar su labor. Cada lado de la ventana donde debía estar la Imagen lo medía y lo anotaba con lo que quedaba de un lápiz muy usado en una pequeña libreta que llevaba consigo. No tardó mucho en finalizar su tarea, y justo cuando se disponía a guardar su cuadernillo, echó un último vistazo a toda la periferia del marco, recorriéndolo en su totalidad, como una manera de asegurarse de que las medidas registradas coincidieran con el cálculo que su mirada experimentada elaboraba. Satisfecho, se disponía a retirarse cuando algo llamó su atención.

—Señorita Estévez —señaló con su brazo hacia un pequeño bulto que se encontraba depositado, como una firma, en el interior, del lado inferior derecho de la ventana que acababa de medir—. ¿Eso debería estar ahí?

❖

El padre Callaghan había solicitado la información completa sobre los hechos. Tanto el abad como el arcipreste hicieron su mejor esfuerzo para proporcionarle los pormenores de lo sucedido. Sandra, aprovechando la oportunidad, aguzó sus oídos y su inteligencia para que no se le escapara nada, apuntando en su cuaderno los detalles importantes y manteniendo encendida su grabadora. Extrañada, notó que las preguntas que hacía Callaghan no correspondían con las que haría un sacerdote que trabajaba en los "asuntos jurídicos" de su orden, como se lo habían presentado; más bien, el contenido de sus cuestionamientos estaba cargado de una gran perspicacia, enfocada a dilucidar aspectos sutiles del suceso, que a una mente no educada en estas lides de seguro se le escaparían. Se trataba de un interrogatorio sobre hechos criminalísticos, por decirlo de alguna manera. ¿Quién era en verdad este cura? El reporte de lo sucedido ya estaba llegando a su final cuando alguien tocó a la puerta; antes de que el abad dijera algo, se abrió dando paso a una agitada y excitada señorita Estévez que mostraba una cara desencajada.

—¡Padre Artigas! —casi gritó, mientras tomaba una bocanada de aire—. ¡Tiene que ir al Camarín para que vea lo que encontré allí!

El abad se mostró altamente sorprendido de que la secretaria hubiera tenido acceso al Camarín sin su consentimiento. Volteó a ver al padre Fonseca, requiriéndole una explicación con la mirada. El arcipreste se mostró igual de asombrado. Iba a empezar a reclamarle, pero se arrepintió al ver la cara de angustia y premura de la señorita Estévez. No había lugar a dudas de que tenía que atender la petición de la secretaria. Dejaría para después el interrogatorio que le tendría que hacer sobre su inoportuna presencia en un lugar absolutamente restringido.

—Muy bien —contestó para romper la prolongada pausa sin respuesta—. Ahora mismo voy para allá.

—Señorita Terán, si nos disculpa unos momentos…

—¡Ah, no! ¡Eso sí que no! —Sandra negó repetidamente con la cabeza—. No, padre Artigas, de ninguna manera. De seguro que esto tiene que ver con nuestro asunto, ¿o me equivoco? —sin esperar respuesta, continuó—: Ni crea que me va a dejar fuera. ¿Recuerda usted nuestro recién acordado convenio o tengo que recordárselo de forma tan inmediata? Es muy sencillo: tengo que enterarme de todo y tengo que estar físicamente presente en todo. Punto. Así que...

—Está bien, señorita Terán, usted gana —el abad cedió contra su voluntad en aras de abreviar y poder ir de una buena vez con la señorita Estévez a averiguar qué le había causado tanto estupor.

Salieron presurosos de la oficina, liderados por la secretaria. Llegaron en un santiamén a la entrada del Camarín. La inmensa puerta blindada permanecía entreabierta. En ese instante, Callaghan ordenó:

—¡Que nadie entre! —y abrió ambos brazos para detener la estampida dispuesta a penetrar inconscientemente en el recinto.

Callaghan esperó hasta asegurarse de que todos permanecían quietos. Dirigió su mirada a la señorita Estévez y le preguntó:

—Además de usted, ¿quién más entró?

—Don Agustín, el jefe de Mantenimiento —contestó nerviosa, sonrojándose de pena y agachando la cabeza.

El abad volteó a ver al arcipreste con mirada recriminatoria.

—Es la misma persona a la que le encargué que hiciera el bastidor y que reparara el piso, padre. Es un buen elemento y de toda confianza.

—Don Agustín me pidió que lo dejara entrar precisamente para tomar las medidas exactas al marco que requiere para poder hacer el bastidor que usted le encargó —dijo la secretaria, dirigiéndose al arcipreste—. Yo accedí con el objetivo de que pudiese hacer un buen trabajo —explicó, buscando cierta comprensión a su acto.

—¿Sabe usted que debió haber enterado al padre Fonseca o a mí? —le reprochó el abad con gravedad.

—Sí, padre, lo sé —volteó su mirada angustiada hacia el abad—. No es excusa, pero no quería interrumpirlos y consideré que, dado que se trataba de algo que ayudaría en mucho a lo que se me había encomendado, tomaría el riesgo.

Ahora reconozco que no debí acceder. Les pido una disculpa —dijo, bajando la vista.

El abad la miró con dureza, sin contestarle.

Callaghan sacó unos guantes de látex de un bolsillo exterior de su saco. Con un gesto pidió a Sandra que lo ayudara a ponérselos. Ella, sorprendida y solícita, lo auxilió como pudo. Mientras la reportera hacía intentos por colocarle los guantes, él desparramaba su vista por todos lados. Una vez puestos, el legionario se detuvo un instante en el umbral de la pesada compuerta. Poniéndose en cuclillas, se acercó para fijarse si había algún indicio que le indicara que la cerradura hubiese sido forzada.

—Muy bien. Ahora dígame qué fue lo que descubrió.

—Varias cosas —cerró los ojos y respiró profundamente—: el estuche de metal del santo ayate y… un bulto.

Los presentes cruzaron miradas de incertidumbre. Callaghan frunció el ceño. Esperó unos momentos y decidió entrar en solitario, haciendo un gesto a los demás para que no se movieran de sus lugares. Una vez en el rellano, lo revisó sin encontrar nada. Subió los escalones muy lentamente hasta llegar al inicio del recinto, el cual escudriñó empezando por el suelo, las paredes y finalmente el techo. Al instante reconoció el estuche de metal y un poco más adelante el cristal protector. Procedió a encaminarse hacia el interior. Lo hizo de una manera pausada. Mientras avanzaba, su vista iba de un lado a otro y de arriba abajo. Se encaminó hacia la ventana, y ya cerca, gritó el nombre de la señorita Estévez, requiriendo su presencia.

—Señáleme, por favor, dónde se encuentra el bulto.

La señorita Estévez alzó el brazo para señalar el lugar preciso.

—Se encuentra en la parte de abajo, a la derecha.

—Muy bien. Ahora quédese donde está mientras lo recupero.

El bulto era una especie de manuscrito plegado en acordeón con dos pastas de madera y sujeto por una especie de cuerda o cordón. No se atrevió a tocarlo.

—¿Alguno de ustedes tuvo contacto con este objeto? —preguntó a la secretaria sin voltear a verla, mientras entrecruzaba sus dedos para estirarse el látex.

—No, padre. Tan pronto lo descubrimos, despaché a don Agustín y me dirigí con ustedes.

Callaghan se acercó al objeto, lo levantó con delicadeza y aquilató su peso.

—Volvamos a la oficina, donde podré analizarlo más cómodamente.

Desandaron sus pasos y al llegar al rellano los demás se apartaron para permitir que el legionario saliera con el preciado bulto.

Una vez en la oficina, Callaghan lo depositó cuidadosamente sobre una mesa adyacente al escritorio del abad, quien había tenido la precaución de despejar los papeles esparcidos sobre el mueble.

Callaghan volvió a meter una mano en el bolsillo exterior de su saco, extrayendo unas pinzas semejantes a las que usaban las mujeres para depilarse las cejas. Las tomó con extrema delicadeza y, maniobrándolas con la habilidad del que las ha utilizado en muchas de ocasiones, desanudó el cordón con el que estaba sujeto el bulto. No se le escapó el detalle de que en uno de los extremos del cordón había tres nudos. A continuación, procedió a revisar la pasta dura de lo que parecía ser el anverso de un libro. Los demás, haciendo corro y poniéndose de puntas detrás de él, asomaban las cabezas para atisbar.

—¿Es madera? —preguntó el abad.

—Así parece —contestó lacónicamente Callaghan, su vista fija en las pastas.

Después de una breve inspección, le dio la vuelta posándolo con la misma delicadeza sobre la mesa. A su vista estaba el reverso. Lo revisó con ojo clínico y, sin comentar nada, procedió a voltearlo de nueva cuenta. Sin dilación alguna, como si abriera un libro común, desplegó las páginas interiores del manuscrito. Un resoplido generalizado de admiración lo rodeó. Las páginas mostraban unos bellos dibujos con un colorido majestuoso.

—¿De qué está hecho? —preguntó el abad, esta vez inquiriendo sobre el material con el que estaban constituidas las páginas.

Callaghan permanecía callado.

—Los dibujos me recuerdan un poco a los que se realizan sobre corteza de árbol y que se encuentran a montones en los mercados de artesanías —dijo Sandra.

Callaghan sacó una lupa de otro bolsillo y la acercó a una página para ver con precisión el material que la componía.

—Me parece que es papel amate —alcanzó a musitar Callaghan, prosiguiendo por unos instantes más su inspección.

—La verdad es que se parece a un códice prehispánico —abonó el abad—. Obviamente hecho ayer. Esto no tiene ninguna antigüedad.

—Ciertamente. Las anilinas usadas tienen toda la pinta de ser contemporáneas —corroboró el legionario, con la lupa en ristre y la vista sobre los dibujos.

—Salta a la vista el estilo *naif* de los dibujos —añadió el abad, dando muestras de su conocimiento de arte.

Se hizo un silencio prolongado mientras todos, absortos, continuaban contemplándolo.

—Entonces, ¿qué procede ahora?

—Bueno, quisiera mandar a hacer unas pruebas de laboratorio para identificar la naturaleza de los elementos que lo conforman: el cordón envolvente, la madera de las pastas, el material que configura las páginas interiores, los pigmentos con que está pintado… Sólo para ratificar nuestras primeras impresiones.

—Dime todo lo que te haga falta —aseveró el abad—. Está a tu disposición toda la infraestructura administrativa, tecnológica y de servicios de la basílica —dijo, volteando a ver al arcipreste, quien asintió con la cabeza.

—Te lo agradezco. Por el momento no requeriré más que mensajeros para que lleven las muestras a los laboratorios.

El abad le hizo un gesto a la señorita Estévez, quien asintió y salió presurosa.

—Mientras tanto, habrá que descifrar el significado de estas pinturas —sugirió Callaghan, pasando una mano por encima de las páginas sin tocarlas—. Con seguridad éstas encierran el mensaje que quieren, quienquiera que ellos sean, que sepamos. Sin embargo, la interpretación escapa a mi ámbito de estudio. Esto deberá hacerlo un experto en la materia que pueda descifrar los dibujos del códice para saber lo que significan. Quien haya dejado esto aquí, lo hizo intencionalmente, no me cabe la menor duda. Es la pista que nos dejó. Tenemos que descifrar su mensaje.

El abad rumió lo dicho por el legionario. Su gesto denotaba una honda preocupación. Comprendía la importancia de descifrar el mensaje de los dibujos hallados; podrían ser la clave para la recuperación de la Imagen. La elección de la persona adecuada, a partir de este momento, se convertiría en su prioridad. "La persona que pueda descifrar estos dibujos tiene que ser un historiador —pensó—, pues esto tiene que ver con la historia, ya que el manuscrito contiene una clara semblanza a un códice prehispánico." Cerró los ojos buscando una mayor concentración. Por su mente pasó una pléyade de nombres de profesionales que conocía o de quienes había oído hablar, todos duchos en los conocimientos que se requerían. Desechó algunos, y sólo se quedó con unos pocos. En su búsqueda, de repente la palabra *prehispánico* prevaleció sobre las demás. Su cara se iluminó.

Sandra volvió su atención a Callaghan, quien sacaba del bolsillo interior de su saco un empaque de plástico duro donde guardaba una tijera puntiaguda. También extrajo unos botecitos transparentes que se asemejaban a los contenedores de plástico de los antiguos rollos de películas fotográficas. "Esto ya parece la chistera de un mago", pensó. Callaghan procedió a cortar, sobre el extremo inferior de una de las páginas, un pedazo pequeño que introdujo en uno de los botecitos. Hizo lo propio con el cordón que envolvía el manuscrito. Metiendo la mano en otro bolsillo, sacó a la luz otra cajita de plástico que contenía una cuchilla y una pequeña brocha de pintor. "¿Pero quién es este tipo? —se volvió a preguntar Sandra—; nada más falta que saque una pistola, lo cual no me extrañaría nada." Con la cuchilla cortó un pedazo de la madera del reverso del manuscrito, y lo guardó en otro botecito. A continuación, buscó entre las páginas una sólida área de color. Raspó delicadamente con la cuchilla y obtuvo así el polvo del pigmento que recogió con la brocha y almacenó en el cuarto botecito.

—Leonardo, ¿podrías llamar a la señorita Estévez para que les dé estas muestras a los mensajeros y las lleven a los laboratorios? Yo ahora escribo en un papel las direcciones precisas.

El abad asintió y procedió a realizar lo que le pedía el legionario.

—Michael, ¿qué más queda por hacer?

—Por mi parte, esperar los resultados del análisis de laboratorio.

—¿Es todo?

—Por lo que respecta a esta pieza, sí. Lo que quisiera ahora, contestando tu pregunta con mayor precisión, es hablar con el encargado de Seguridad de la basílica para tratar de entender cómo pasó lo que pasó. Es decir, conocer cuáles son las medidas de seguridad implementadas para la salvaguarda de la Imagen; cuántos elementos hay contratados, sus turnos y sus horarios; el video de las últimas horas del circuito cerrado de televisión, si lo hay; cómo es posible que llegara un manuscrito al Camarín; quién sabe la combinación de la bóveda; quién tiene llave de la reja; en fin, todo lo que concierne a la seguridad del santuario.

Sandra prestó atención a los siguientes pasos que Callaghan tenía planeado llevar a cabo. Ahora estaba más segura que nunca de que el legionario se las gastaba más allá de sólo encabezar los "asuntos jurídicos" de su orden. Nadie había mencionado hasta ese momento la pertinencia de dar aviso a las autoridades y eso la tenía extrañada.

—Perdón si estoy diciendo una tontería, pero… ¿no deberíamos llamar a la procuraduría o a la AFI para que vengan a realizar la investigación del hurto? Ustedes saben, tomar huellas digitales, ver si existen signos de violencia, rastros que hayan dejado; vamos, no sé, lo típico que haría un investigador o detective.

El abad y el legionario cruzaron miradas de complicidad.

—Para eso está el padre Callaghan con nosotros —le informó el abad con un atisbo de sonrisa.

Por fin se daba la confirmación de las sospechas de Sandra. Callaghan no era un cura más; era un cura detective, eso es lo que era. Así lo había inferido el abad, estaba claro. Sus conocimientos de investigador lo habían traído hasta aquí. Por eso lo había llamado el abad.

—No queremos, señorita Terán… —comenzó diciendo Callaghan.

—Sandra —lo interrumpió—, y háblame de tú, por favor.

Callaghan hizo un mohín de asentimiento.

—Muy bien. No queremos, Sandra, dar aviso a la procuraduría… todavía.

—Entiendo. El clero que resuelva sus propios problemas. A Dios lo que es de Dios y al César lo que es del César —sonrió con ironía—. Esto no compete a las autoridades civiles.

—Si lo quieres ver así… —el legionario se encogió de hombros en actitud de no querer discutir.

—Lo que quiero ver es que me enteres cuáles son tus credenciales profesionales, porque has demostrado que posees, además de tu vocación sacerdotal —Sandra marcó su comentario sarcástico con una sonrisa—, ciertas e inequívocas habilidades, digamos, muy peculiares.

—Para responderte, me voy a permitir obviar todos los estudios que he realizado relacionados con, como tú bien dices, el sacerdocio —comenzó explicando, imitando el sarcasmo de la reportera—. Además de esta preparación, tengo un doctorado en derecho canónico por la Universidad Gregoriana de Roma. Te puedo decir, para ser franco y directo, que me he especializado en los asuntos de seguridad eclesiástica. Mira, en toda comunidad siempre van a existir sentimientos encontrados, intrigas, celos y envidias, que a veces se salen de cauce y toman derroteros que la propia comunidad no desea. A mí me toca investigar, averiguar, constatar, predecir, pero sobre todo prevenir, que ciertas acciones de este tipo se logren llevar a cabo. Ésa es mi labor, aunque oficialmente ocupo el puesto de procurador de la orden de los Legionarios de Cristo.

—Y por tus conocimientos es que ahora te han llamado para que descubras quién ha robado lo que podría considerarse una de las reliquias religiosas más preciadas del mundo.

—No es precisamente una reliquia —acotó el abad, subrayando sus palabras—; es un objeto material, de los pocos que se conservan en el mundo, hecho por mano divina —añadió un tanto incómodo ante la aparente ignorancia de la reportera—. Es la única imagen que existe de la madre de Dios como ella misma se quiso dar a conocer al mundo. Es su propio retrato. No es una reliquia —concluyó, mostrándose incómodo.

—No quise sonar ofensiva. No tengo por qué saber esas cosas. Si las supiera, padre —miró fijamente al abad—, quizá en vez de grabadora, cuaderno y pluma, usara cofia, llevaría un rosario en la mano y estaría guardada en un convento rezando —remató con mirada desafiante.

El ambiente entre la reportera y el abad se tensó por un momento.

—Bueno, bueno —medió Callaghan tratando de calmar los ánimos; el comentario de la reportera le había hecho gracia y se le dificultaba ocultar una sonrisa—. ¿Por qué no nos concentramos en el asunto que nos ha traído a todos hasta aquí?

—Me parece bien —aceptó Sandra, saldando la cuenta.

—Entonces sugiero, Leonardo, que tu secretaria me indique quién es el jefe de Seguridad y me lleve con él de inmediato.

—Dalo por hecho.

El abad tomó el teléfono y le dio instrucciones a su secretaria. Colgó y dirigió su mirada hacia el padre Fonseca para captar su atención.

—Padre Fonseca, por favor prosiga con sus labores de seguimiento de las tareas encomendadas para el desarrollo y la elaboración final de la copia fiel— le dijo, despachándolo, para luego añadir—: Sandra, como pudiste darte cuenta, hemos decidido hacer una copia de la Imagen para sustituirla y poder reabrir la basílica lo antes posible.

La reportera no pudo ocultar una sonrisa de satisfacción. "Vaya —se dijo—, ya era hora, ya me está tomando en cuenta; mira que le costó trabajo hacerlo."

—¿Ves cómo sí estoy cumpliendo con mi parte del acuerdo?

—Cuenta con que yo cumpliré con la que me corresponde.

Los dos intercambiaron miradas que no supieron interpretar.

—Ya te están esperando —dijo el abad, dirigiéndose a Callaghan, mientras recibía el informe de su secretaria—. La señorita Estévez te acompañará.

—Sandra, ¿qué quieres hacer?

—Me voy contigo —contestó sin vacilar; giró la cabeza para mirar al abad y le dijo—: Avísame cuando encuentres a esta persona, quien sea que vaya a descifrar este códice. Quiero estar presente cuando la veas.

El abad permaneció en su oficina una vez que Sandra y Callaghan se retiraron. Sólo habían pasado unas cuantas horas desde que se dieron cuenta de la desaparición de la Imagen y aún no tenía trazado un plan que lo llevara a recuperarla. ¿Debería dar aviso a la procuraduría? ¿Involucraría a la AFI, como habían sugerido el arcipreste y la reportera? No tenía respuestas a esas preguntas. Su educación le indicaba que los asuntos de la Iglesia debían ser resueltos por la misma Iglesia, sin interferencia de la sociedad civil. Sabía que el arzobispo pensaba de la misma forma y eso lo tranquilizaba de alguna manera. Sin embargo, su decisión de ocultar el hecho a la persona que más debería estar enterada le preocupaba en demasía. Temía que la magnitud del evento lo sobrepasara.

Haber llamado a Michael Callaghan había sido un acierto, de eso estaba seguro. Debía rodearse de personas expertas que lo ayudasen en la resolución de los problemas, y Michael, sin duda, contaba con la experiencia necesaria. Ahora tocaba el turno de llamar a Enrique Cienfuegos, su compañero de juventud y uno de los historiadores más reconocidos de México. Enrique fungía como profesor e investigador de la Facultad de Historia en la Universidad Nacional Autónoma de México. Había escrito un sinnúmero de libros sobre arqueología e historia de México, con especialidad en las épocas prehispánica y colonial. Su prestigio había traspasado fronteras y era un referente en los principales foros internacionales.

Lo había conocido en el seminario. "Hubiera sido un excelente sacerdote", pensó. Nunca hablaron sobre la súbita decisión de Enrique de abandonar su incipiente carrera apostólica. Tanto era el respeto que el abad le profesaba, que nunca quiso discutir el tema sin que el propio Enrique fuera el que tomara la iniciativa, y como hasta el momento esto no había ocurrido, el asunto se había quedado en el olvido. El hecho de que Enrique ya no profesara una sólida convicción católica sería, sin duda, una piedra en el camino. A pesar de eso, prefería tener de su lado y a su favor sus vastos conocimientos y su firme amistad. El abad rememoró, no sin cierto pesar, las múltiples ocasiones en que sus ideas teológicas habían chocado con las del historiador. Enrique mantenía una postura diríase mundana con respecto a algunos dogmas de fe de la Iglesia católica. Recordaba sus discusiones recurrentes sobre la santísima trinidad, la virginidad y la inmaculada concepción de la Virgen María. Como buen investigador, su interés se centraba en la historicidad científica, en las pruebas de los hechos, más que en la fe. Los temas marianos, en especial, ocupaban gran parte de sus tertulias.

Estaba convencido de que este llamado de auxilio que hacía a su amigo abriría nuevas puertas y destrabaría otras ya cerradas, que inevitablemente los llevaría a confrontaciones como las de antaño. El saber esto no lo cohibía lo suficiente como para impedir llamarlo. Se arriesgaría en aras de su objetivo: descifrar el códice y conocer el mensaje oculto.

Todavía quedaba pendiente el tercer hilo de esta madeja: la inoportuna aparición de la reportera que venía acompañada con la amenaza explícita de difundir la noticia. En buena hora hizo acto de presencia. Se lamentaba de su mala suerte, de que ella no fuera una profesional de porte distinguido e inteligencia limitada que sucumbiera fácilmente a la tentación del soborno. Eso bien hubiera facilitado las cosas, pero no era el caso. Sandra Terán estaba hecha con otro molde: era lista, determinada y, hasta lo poco que la conocía, insobornable. Confiaba en saber cómo lidiar con ella, aunque en este momento no lo vislumbraba. De una cosa estaba seguro: si bien no admitía prebendas, podía apostar a una personalidad sumamente ambiciosa y que haría lo indecible por llevar agua a su molino. Por esa misma razón no se arriesgaría a romper el acuerdo verbal que había establecido con ella. El periódico para el que trabajaba era muy poderoso, y sólo era una empresa más del conglomerado del Grupo Tapies que, entre otras cosas, abarcaba periódicos, revistas y estaciones de radio. Con este bagaje de poder empresarial detrás de la reportera no podía jugar con incumplir el convenio.

Con el mal sabor en la boca de este último pensamiento, decidió llamar a Enrique para concertar una cita, ávido de escuchar una voz amiga en estas horas amargas. No quiso darle largas al asunto, y después de los saludos, le dijo que necesitaba verlo.

—Te necesito para que me ayudes a resolver un misterio. Quizá el más grande de todos, por lo menos de los que nos atañen a los mexicanos.

—¿Encontraste el tesoro de Moctezuma?

—Todo lo contrario, Enrique; desapareció un tesoro, un gran tesoro, el más preciado de todos.

❖

La señorita Estévez guió a Sandra y a Callaghan hacia las oficinas del departamento de Seguridad que se encontraban tras el estacionamiento de la basílica. Entraron y el jefe de la oficina, un hombre robusto, moreno, de andar zambo, les salió al paso para recibirlos. Después de las presentaciones de rigor, Callaghan tomó la palabra.

—Quisiera que me explicara con detalle qué sistemas de seguridad tienen implementados en la basílica para la protección de la Imagen.

El señor Ortega se mostró sorprendido y turbado por el requerimiento tan directo sobre una información altamente confidencial, además de que había sido requerida delante de una reportera, como le había indicado la señorita Estévez sobre la naturaleza de las personas que habrían de visitarlo.

Había sido una mañana atípica. Temprano, el señor Ortega recibió la llamada histérica del arcipreste informándole acerca de la desaparición del ayate y de la necesidad de acordonar e impedir el paso de los feligreses a la basílica. Ya sus elementos apostados de civiles le habían informado, desde el mismo instante en que se abrieron las puertas, del presunto hurto. De inmediato giró órdenes de proceder con el estado de máxima alerta. No pasó mucho tiempo para que esta vez fuera el abad quien le llamara y le solicitara que examinara los videos de las cámaras de seguridad. Sin dilación, encomendó a su equipo de oficina la tarea de que iniciaran la revisión exhaustiva y minuciosa de las grabaciones. Ahora, por si fuera poco, tenía que lidiar con esta visita.

La secretaria lo tranquilizó diciéndole:

—Si lo desea, puede usted llamar al arcipreste o al mismo abad.

El señor Ortega dudó un instante, pero recapacitó. La señorita Estévez sonrió, infundiéndole confianza. El jefe de Seguridad, aún dudando y tratando de ocultar su vacilación, los encomió a seguirlo. Camino a la central de seguridad, Callaghan no escatimó en pasear su vista sobre el área, dándose cuenta cabal del número de personas que trabajaban y de la tecnología que utilizaban. Había una gran cantidad de computadoras, monitores, instrumentos y aparatos que denotaban una adecuada sofisticación en el tema de seguridad. El personal se veía atribulado. Se percibía un frenesí por el ir y venir de personas que, cerca de perder el control, casi chocaban entre sí. El volumen de las voces era alto y la gesticulación de las personas apremiante. Todo indicaba que algo grave había ocurrido.

Llegaron a la oficina y se sentaron en torno de una mesa redonda de juntas que se ubicaba enfrente del escritorio del señor Ortega. Sin dilatar más el asunto, preguntó:

—¿Qué quieren saber —dijo, dirigiéndose expresamente a Callaghan, habiéndolo identificado como el líder del pequeño grupo.

El legionario hizo un movimiento de cabeza casi imperceptible, agradeciéndole con ese gesto su deferencia.

—Como le dije anteriormente, estamos aquí para que nos detalle los sistemas de seguridad que la basílica tiene implementados para la protección, tanto de la Imagen de la Virgen de Guadalupe como de los feligreses que visitan el recinto.

—Me preocupa sobremanera que esto llegue a ser divulgado —dijo el señor Ortega con la vista fija en Sandra.

La reportera se sintió un poco cohibida por la torva mirada con la que el jefe de Seguridad la estaba observando.

—Tenga la certeza de que lo que usted nos diga aquí, quedará en estas cuatro paredes —intervino Callaghan al verla en apuros.

Sandra no sabía si debía intervenir, pero prefirió callar.

El señor Ortega dibujó una sonrisa condescendiente, sin dejar de ver a la reportera.

—¿No se molestarán si les hago firmar un documento de confidencialidad? Entiendan, es parte de nuestro protocolo de seguridad —les anunció con un aire que no daba lugar a una negación.

Firmaron el documento que el señor Ortega les extendió. Se sentía una cierta tensión en el ambiente. El jefe de Seguridad irguió su postura, entrelazó los dedos de ambas manos a la altura de su barbilla, fijó su mirada escrutadora en sus interlocutores y dio inicio a su alocución:

—Disculpe, ¿le molesta si tomo algunos apuntes? —dijo Sandra buscando en el interior de su bolso.

El señor Ortega, de mala gana, permitió que lo hiciera.

Sandra se había salido con la suya. Al verse en medio de una conversación extraña a su conocimiento y a su interés, hizo activar su grabadora mientras disimulaba buscar la libreta y la pluma en su bolso. Al hacerlo, advirtió la mirada de soslayo de Callaghan que se había dado cuenta de su argucia y a quien al parecer no le importaba el hecho. Callaghan hizo un ademán para que se centrara la atención en el jefe de Seguridad, invitándolo a que diera inicio a su explicación. El señor Ortega carraspeó un poco antes de comenzar:

—Contamos con cuatro instrumentaciones de seguridad. La primera, el constante monitoreo del interior de la basílica, del atrio y áreas exteriores, a través de cámaras de televisión en circuito cerrado que son analizadas y controladas las veinticuatro horas del día desde este centro de operaciones. En el interior de la basílica existen diez cámaras, instaladas en las lámparas del techo. Monitorean no sólo el nicho con la Imagen, sino también el presbiterio, el altar y la nave central, donde se localizan las bancas. A la luz pública decimos que en esas lámparas tenemos instaladas las bocinas del sonido, lo cual es verdad, pero además también tenemos las cámaras escondidas. Adicionalmente, contamos con dos cámaras más en cada una de las distintas entradas, lo que nos permite vigilar a todas las personas que entran y salen. En el exterior las tenemos en los postes de iluminación del atrio. Quizá no se percataron de ello cuando estuvieron por allí porque son unos postes muy altos. Su misma altura nos permite una visión panorámica. Esto es todo lo referente al monitoreo por televisión. ¿Alguna pregunta al respecto?

—¿Ya están revisando las grabaciones?

—En eso estamos.

—¿Cuándo calcula concluir esa revisión?

—Mañana en la mañana —Callaghan hizo un mohín de disgusto—. Son muchas horas y muchas cámaras —adujo a manera de excusa—. He implementado tres turnos para evitar el cansancio de mi personal y la pérdida de concentración.

—¿Cuál es la segunda medida de seguridad?

—La segunda es el personal. La basílica cuenta en todo momento con veintidós elementos disfrazados de civiles y distribuidos estratégicamente en el recinto. La comunicación se establece por radio, entre ellos y con la central. Hay que añadir a los once que laboramos aquí.

—¿En estos momentos qué tareas están realizando los elementos ubicados en el exterior?

—Impedir el paso de la gente ubicada en el atrio hacia la basílica. La hemos sellado hasta nueva orden.

—¿La siguiente medida?

—Se refiere al diseño arquitectónico. Por ejemplo, las puertas de entrada son de acero revestidas de aluminio. Adicionalmente, cuentan con dos tipos de cerraduras. Una, de llave convencional, y la otra, tipo de tubo, que permite levantar el gozne que se incrusta en un orificio hecho en el piso.

—¿Quién guarda esas llaves?

—El arcipreste y este centro de operaciones.

—¿Quién abre las puertas?

—El arcipreste se empeña en hacerlo —meneó la cabeza en señal de reprobación—, todos los días a las seis de la mañana en punto.

—¿Qué no sería más conveniente que su personal de seguridad lo hiciera?

—Por supuesto, padre. Nuestros elementos lo podrían hacer de una forma rápida y segura, simplemente por el número de personas con que contamos, en vez de que sólo una persona lo haga —se encogió de hombros en señal de impotencia—. Pero son costumbres añejas que se quieren seguir manteniendo —fijó su mirada en la señorita Estévez—. Usted sabe...

La secretaria asintió, añadiendo:

—Sí. A veces es difícil cambiar los hábitos adquiridos.

—Esta instrumentación —prosiguió el señor Ortega— también tiene que ver con la ubicación de la Imagen, colgada de la pared que se halla enfrente del altar mayor, y que garantiza que siempre se encuentre a una distancia prudente de los feligreses. Por ejemplo, aquellos que estén en la planta baja sobre las bandas móviles deben tener como mínimo unos siete metros de separación. El punto más cercano al que una persona puede llegar a estar respecto de la Imagen se ubica en la parte posterior del altar mayor, que da directamente enfrente de ella. Aquí la distancia se reduce a escasamente tres metros. Este punto, sin embargo, sólo es accesible por el presbiterio y casi nunca es ocupado, ni siquiera por los propios sacerdotes que ofician misa.

—Bien. Y, finalmente, ¿cuál es la cuarta medida?, que me imagino que tendrá que ver con la protección de la propia Imagen, ¿o no? —preguntó el legionario.

Sandra aprovechó el momento para corroborar de reojo que el foco rojo de la grabadora se encontrara encendido.

—Así es. La protección de la Imagen está asegurada por varios dispositivos. Primero, detrás del marco de plata y oro hay un cristal de acrílico a prueba de balas que resiste impactos de una metralleta Ak-47 y de un rifle AR-35. En segundo lugar, contamos con rayos de luz infrarroja enfrente de la Imagen, por completo invisibles al ojo humano. Si estos rayos son traspasados, detonan una alarma aquí en la central. En tercer lugar, tenemos sensores de movimiento, ubicados a distintas distancias de la Imagen. De igual manera, su activación emite una alarma… Falta lo más interesante. La Imagen gira en un eje que está pegado a la pared aproximadamente ciento ochenta grados —hizo una pequeña pausa para permitir que sus palabras fueran entendidas a plenitud—. Es decir, se da vuelta para permitir que el anverso quede dentro de un recinto cerrado que conocemos con el nombre de Camarín.

—Herméticamente cerrado, de seguro.

—Dentro de una puerta blindada de banco. La Imagen, al rotar, se mete en un estuche de metal donde está protegida por otro cristal de acrílico muy pesado.

—Y usted controla ese movimiento giratorio, supongo.

—Se controla desde el interior del Camarín. Existen dos palancas que se accionan manualmente para ejecutar los movimientos rotativos.

—Y si esto sucede, ¿suena alguna alarma?

—No contamos con ese sistema, padre.

—¿Qué pasa si se suscita una emergencia de seguridad y ninguna de las personas que poseen las llaves para abrir el Camarín se encuentra en la basílica? Y dígame: ¿qué ocurre si se mueve el marco con la Imagen desde el Camarín? ¿Suena alguna alarma, alguien se puede enterar de ese movimiento?

—Este centro de seguridad cuenta con una alternativa. Existe una caja localizada en un corredor del presbiterio, a la altura del órgano mayor, escondida en un recoveco de la pared. Es una caja con un cristal cuadrado que guarda un maneral. Si hay una emergencia en el interior de la basílica, como usted dice, se rompe el cristal y se jala el maneral. Esto acciona el mecanismo de rotación de la Imagen.

Callaghan hizo una pausa deliberada para lograr captar la atención y subrayar la importancia de su siguiente pregunta.

—Señor Ortega: ¿qué dispositivos de seguridad, de todos los que usted me ha enumerado que existen en la nave central de la basílica, posee el interior del Camarín?

El señor Ortega carraspeó. Tomó la taza de café y sorbió un trago que le supo frío como témpano de hielo. En realidad, lo único que trataba de hacer era ganar tiempo para ordenar sus pensamientos antes de emitir su respuesta. Trató de aflojar el cuello de su camisa. No pasó inadvertida para Callaghan la turbación del jefe de Seguridad.

—El Camarín es un espacio vacío, padre, sin nada. Son paredes lisas de mármol. No existe ningún dispositivo de seguridad en su interior. En realidad, la seguridad consiste en que su acceso es altamente restringido y que las combinaciones numéricas para abrir la puerta blindada sólo las saben tres personas.

—¿Cómo se abre el Camarín?

El jefe de Seguridad tragó saliva con dificultad. Se llevó el dedo índice al cuello de la camisa para estirarla y apartarla de su piel, con el fin de poder respirar mejor. Finalmente optó por desabotonar su camisa y aflojar la corbata.

—En el primer piso se encuentra la puerta blindada de entrada…

—Sí, eso ya lo sé, pero ¿cómo se abre? —insistió Callaghan, mostrando rasgos de impaciencia.

—Hay dos perillas rotativas en el exterior de la puerta blindada que se giran para introducir una doble combinación.

—¿Quién sabe los números de estas dos combinaciones?

—El arzobispo, el abad y el arcipreste.

—¿Usted no?

El señor Ortega negó con la cabeza. Con un gesto, el legionario lo encomió a que prosiguiera.

—Se da vuelta a la manivela y se jala. Una vez abierta la puerta blindada, aparece una reja. Esta reja tiene una chapa…

—¿Qué tipo de chapa?

—Común y corriente, que se abre con una llave.

El legionario meneó la cabeza en descrédito.

—¿Quién posee esa llave?

—Las mismas personas.

Callaghan volteó a mirar a la señorita Estévez, quien bajó la vista.

—Y usted —se dirigió de nueva cuenta al señor Ortega—, como jefe de Seguridad, ¿por qué no la tiene?

—Eso, padre, debería preguntárselo al abad. Por todos los medios he intentado hacérselo ver, sin conseguirlo.

Callaghan volvió a menear la cabeza en señal de desaprobación.

—¿Qué más?

—Una vez adentro, en el marco superior de la reja se localizan otras dos llaves que abren el estuche.

—O sea que cualquier persona que sepa las combinaciones y tenga una copia de la llave de la reja puede entrar, rotar la imagen hacia el interior del Camarín, desarmar el estuche y quitar el lienzo.

El señor Ortega asintió.

—Entonces, usted estará de acuerdo conmigo en que es muy riesgoso que la seguridad de la Imagen se ponga a merced exclusivamente de cualquiera de las tres personas que poseen la llave de entrada.

—La verdad… sí —contestó, mirándolo a los ojos.

—Porque toda la sofisticación en materia de seguridad que usted tan hábilmente ha logrado implementar es para proteger la Imagen sólo cuando se encuentra expuesta hacia el interior de la basílica.

—Así es.

—Luego toda esta parafernalia tecnológica queda nulificada por completo cuando la Imagen se da vuelta y mira hacia el Camarín, el único lugar en toda la basílica donde no hay un solo dispositivo de seguridad.

—Me temo que tiene usted toda la razón —concedió con expresión de pesadumbre—. Créame que he tratado de que no sean así las cosas, pero es que el abad…

—No se preocupe —acotó Callaghan con un ademán, impidiéndole que continuara—. Lo entiendo. ¿Hay algo más que necesite saber?

—No. Creo que ya le he dicho todo.

—Muy bien, señor Ortega, le agradezco de nueva cuenta su tiempo y su extensa y detallada explicación —Callaghan se levantó, seguido por la señorita Estévez y por la reportera.

Sandra miró de reojo el interior de su bolso donde la grabadora seguía con el foco rojo encendido.

❖

El arcipreste caminaba sudoroso hacia el sótano para ver a don Agustín. El malestar no lo había abandonado. Los sucesos del día lo tenían muy preocupado y eso se reflejaba en su andar ligero y en sus facciones graves. Todo le parecía una pesadilla en la cual él era, sin quererlo, uno de los protagonistas. Por más que pensaba, no le encontraba la cuadratura al robo. No se imaginaba a alguien que fuera tan deleznable como para cometer esa fechoría de lesa humanidad. "Tiene que ser un enemigo de la Iglesia —pensó—, o quizá sea un acto más del terrorismo mundial." Recapacitó y desechó esta última posibilidad. Si fuera así, los terroristas buscarían destrucción, muerte y, sobre todo, difusión, y aquí no había pasado nada de eso… "Bueno, todavía no, porque si fuera por la señorita Terán, la noticia ya estaría a punto de salir en los periódicos vespertinos de todo el país."

Por otro lado, conocía al padre Callaghan y le infundía confianza. Estaba convencido de que su aportación, su experiencia y sus conocimientos, serían de gran ayuda. "¿Estará en lo correcto el abad al no permitir que intervenga la policía? —se preguntó—, ¿no era causa suficiente para que, incluso, la misma Secretaría de Gobernación se tuviese que involucrar por ser un asunto de seguridad nacional?" Estos pensamientos lo inquietaban. Por el momento no podía hacer nada al respecto, más que ayudar en las tareas que se le habían encomendado, y a eso se abocaría de manera resuelta.

Se desvió un momento de su cometido para asomarse al interior de la basílica. Los trabajos de pulido del piso ya habían comenzado. Media docena de trabajadores se afanaban en las labores de limpieza. Prosiguió su camino para encontrarse con el jefe de Mantenimiento. Al llegar, husmeó los rincones, dándose cuenta de que en un lado de la habitación se encontraban doña Carmen y Juana, muy apuradas terminando de coser las telas, y en el otro, don Agustín, pegando una escuadra del bastidor. Un agradable olor a pegamento inundaba el cuarto. Mientras ellos acababan sus labores, el arcipestre decidió ir con el gerente de Cómputo para ver si él también ya estaba listo.

Carlos Negrete ya había hecho su tarea de limpiar la Imagen en el archivo digital, eliminando las firmas y los sellos, y lo había enviado a un buró de servicios para que hicieran los positivos, los cuales tendría listos en un par de horas. Había hablado con un serigrafista, amigo suyo, que lo enteró de lo que se requería y que ya estaba esperando la imagen. El proceso de impresión se llevaría día y medio. El arcipreste le preguntó si este proceso se podría acelerar, a lo que Negrete le dijo que no, por el tiempo que se necesitaba para el secado de la emulsión y de las tintas. El arcipreste, resignado, preguntó en cuánto tiempo podría terminar la impresión si le llevara la tela a su oficina en unas cuantas horas. El gerente le respondió que, si así fuera, podría contar con la impresión al día siguiente, en la tarde.

El malestar se le recrudeció. Muy a su pesar, la basílica permanecería cerrada también el día siguiente. Tendría que informar de esto al abad. Así lo hizo. Aquél se mostró comprensivo. Le dijo al arcipreste que pasaría la información al área de Relaciones Públicas para que emitiera una nota a los periódicos explicándoles por qué la basílica permanecería cerrada un par de días.

El arcipreste regresó para ver los adelantos. Con un gesto, llamó a don Agustín aparte y lo llevó a un pasillo.

—Mire, don Agustín —comenzó diciéndole—. Es preferible que nadie se entere del bulto que encontraron usted y la señorita Estévez en el Camarín.

—¡Ah! ¡Ése! —se rascó la cabeza—. Ya hasta se me había olvidado, ¿cree usted?

El arcipreste respiró aliviado.

—¿Y doña Carmen y Juana saben bien a bien qué vamos a hacer con la tela que están cosiendo? —lo cuestionó con semblante serio.

Don Agustín asintió con la cabeza.

—Creen que se va a vender en la tienda.

—Dígales que va a ser un regalo especial del abad para el arzobispo —le ordenó, con mirada dura—. Sólo eso. Un regalo. No más.

Don Agustín volvió a asentir. Molesto, el arcipreste encaminó sus pasos a la salida sin siquiera despedirse de don Agustín, que se había quedado quieto e inmóvil en el mismo lugar donde lo dejó, rascándose la cabeza y tratando de entender el porqué del enojo del arcipreste.

Salieron a comer a una fonda cercana a la basílica llamada Fonda del Tepeyac. Esperaban que les trajeran los platillos que habían ordenado a una señora regordeta. Por más que había insistido en sugerir la especialidad de la casa —la carne asada a la tampiqueña—, Sandra optó por unas enchiladas de mole, y Callaghan por unos tacos dorados de pollo con arroz amarillo, acompañados de una Coca-Cola de dieta para ella y un agua de horchata para él.

—¿Crees que te haya dicho todo el jefe de Seguridad? —le preguntó Sandra a Callaghan.

—Sí. Pienso que sí. No creo que me haya ocultado nada.

—¿Y?

—Nada —se encogió de hombros—. Lo vi todo bien. Es decir, las medidas de seguridad son las apropiadas.

—¿Entonces cómo pudo ocurrir el robo?

—Ésa es la pregunta. Lo que no me explico es lo que le dije al señor Ortega: que se me hace completamente inverosímil que la Imagen quede desprotegida por completo en el Camarín. Eso es tirar por la borda todo el esfuerzo de tanta gente y toda la inversión realizada en el sofisticado equipo de seguridad, para, finalmente, exponerla indefensa. Simplemente no me lo explico.

—¿Tienes alguna pista de quién pudo ser?

—Pista, no; pero sí algún tipo de razonamiento que me pueda hacer pensar en… No en quién lo hizo, no, todavía es temprano para eso, pero sí en cómo lo hizo —Sandra lo inquirió con un gesto—. La persona que robó la Imagen seguramente ya había estado en el Camarín y pudo darse cuenta de que no había ningún dispositivo de seguridad en su interior, excepto el cristal protector. Como el acceso al Camarín supuestamente es muy restringido, apostaría a que fue alguien que conocía a la perfección los movimientos internos del santuario.

—¿Entonces fue alguien que trabaja para la basílica?

—Sí, puede ser.

Callaghan se abstrajo unos segundos en sus pensamientos.

—¿Por qué lo deduces? —le preguntó Sandra, mirándolo de reojo.

—Porque la cerradura de la reja no fue forzada. Es decir, el ladrón debía tener en su poder una de las tres llaves que existen. Además, tenía que conocer de antemano las dos combinaciones de la compuerta.

Sandra se quedó boquiabierta al escuchar la declaración de Callaghan. Eso dejaba fuera a un buen número de personas. ¿Quién podría tener acceso a una de las llaves y saber las dos combinaciones? El que haya sido, tenía que ser alguien muy cercano a alguna de las únicas tres personas que guardaban las llaves y tenían conocimiento de las combinaciones.

—Pero eso es imposible —protestó—. Estoy segura de que si preguntas al abad y al arzobispo por sus llaves, te dirán que las tienen bien resguardadas. Y, bueno, la del arcipreste… ya sabemos quién la guardaba.

—Suponiendo, sin conceder, que tienes razón, si el arzobispo, el abad y el arcipreste conservan muy bien resguardadas en su poder las originales, pues entonces el ladrón tuvo que haber usado alguna copia.

—¿Qué, no pudo abrirla con otro tipo de instrumento, sin necesidad de la llave? Cualquiera que se dedique profesionalmente a ese oficio —arguyó— sabrá cómo, ¿o no?

—¿Y cómo supo de las dos combinaciones de la puerta blindada?

Sandra asintió, dándole la razón.

—Suponiendo que la abrió con otro tipo de instrumento, como tú dices, se hubiera notado. Yo lo hubiera notado. De seguro hubiera dejado algún tipo de huella, alguna ligera raspadura, quizá un engrane interior magullado, algo, pero te aseguro que la cerradura, por lo que pude apreciar en ese primer vistazo, está intacta. Te lo puedo asegurar. Sin embargo, esto no obsta para que desee regresar, como es de mi especial interés, después de que comamos, y realizar un examen más a fondo del Camarín, desde otra óptica.

—¿Cuál?

—La criminalística —Callaghan se irguió en su silla, arqueó un poco la espalda y prosiguió—: Eso, espero, me permitirá ahondar un poco más en los hechos, aunque, para ser franco, no creo poder recolectar nada significativo de la escena del delito, es decir, del Camarín. Las evidencias físicas, el manuscrito en este caso, fueron dejadas a propósito por el mismo ladrón. Otro tipo de evidencias como huellas dactilares, no creo; hoy en día, con un simple par de guantes de látex, de esos de doctor, como los que yo usé y me ayudaste a ponerme, se puede ocultar cualquier rastro. Por otro lado, las evidencias biológicas, como sangre, cabello, semen, uñas y demás, difícilmente las encontraremos, porque no se trata aquí de un crimen perpetrado en contra de una persona, sino del simple robo de un objeto valioso. Pero, repito, de cualquier forma me gustaría ir de nueva cuenta al Camarín para iniciar la investigación de posibles evidencias, tal como deben ser realizadas.

—¿Y cómo es esa investigación de evidencias?

—Apegándome a los cánones dictados por Edmond Locard, el padre de la criminología. Un científico francés de principios del siglo pasado. Postuló una teoría sobre cómo debía actuarse en toda investigación, que hoy en día se conoce como Principio de Intercambio de Locard: "Every contact leaves a trace".

—Cualquier contacto deja una huella.

—En el momento en que dos objetos entran en contacto uno con el otro, inevitablemente se suscita un intercambio de materiales, aunque éste sea mínimo; vamos, incluso microscópico.

—Suena lógico.

—El perpetrador de un crimen, o dejará algo en la escena del crimen o tomará algo de ella, o ambas cosas. En esto se resume su principio.

—Nuestro ladrón dejó el bulto.

—Eso fue a propósito. Lo que quiero buscar son evidencias que haya dejado de manera inadvertida. Lo más fácil sería buscar, por ejemplo, las huellas que dejaron en el piso las suelas de sus zapatos, pero después de que hubieron entrado la señorita Estévez y don Agustín, ninguna esperanza me queda de encontrar algo. Sus propias huellas de seguro borraron las del ladrón. De cualquier manera, si te diste cuenta, impedí que ustedes entraran para no contaminar más la escena.

La reportera asintió.

—Eso es lo que quiero averiguar, Sandra. Estoy esperanzado en que tuvo que haber algún tipo de intercambio involuntario y lo voy a encontrar.

—¿Y si no encontramos ninguna evidencia?

—Entonces no nos queda más que continuar en la línea de la psique: ahondar en el análisis del pensamiento y en la conducta del ladrón. En otras palabras, buscar cuáles fueron los motivos que lo indujeron a robar la Imagen. Difícil tarea, en verdad. Prefiero trabajar con evidencia tangible que con la mente enrevesada de un enfermo mental.

Permanecieron callados por un momento. La señora que los atendía regresó con sus platillos. Cada uno elogió el sabor de lo que habían ordenado y procedieron a degustarlo con cierta prisa. La escasa conversación ya giraba en torno a otros aconteceres, sin embargo, era más un acto de cortesía que un intento de desviar la plática, ya que ninguno de los dos quería apartarse mucho del tema central que los había llevado a conocerse ese mismo día.

Sandra, al percatarse de que su celular estaba sonando, lo abrió y contestó. "Es el abad", le dijo, vocalizando las palabras sin emitir sonido. Callaghan esperó a que Sandra terminara de hablar.

—Sí, cómo no. A las cuatro estaremos ahí —fue lo último que mencionó antes de colgar. Callaghan meneó la cabeza para que le contara—. El abad habló con un historiador amigo suyo y dijo que iría a su oficina a las cuatro.

—Muy bien. Nos da perfecto tiempo —consultó su reloj—, si nos apuramos un poco, de ir al Camarín primero y después a la oficina de Leonardo.

Poco a poco, mientras lo iba conociendo, Sandra intentaba adivinarlo. Trataba de escudriñar en esos ojos azules y lo único que encontraba era un cúmulo de enigmas. No entendía cómo una persona con esa personalidad fuese sacerdote. Además de ser investigador privado, pensó, de seguro también trabajaba para la inteligencia de su orden. A lo mejor era el que tenía que hacer el trabajo sucio y luego limpiarlo, como había visto en las películas estadounidenses sobre la mafia. Podía vislumbrarlo sin problemas haciéndola de detective, espía, investigador, policía y quién sabe cuántas cosas más, pero ser un simple sacerdote... sería el último oficio que a Sandra se le ocurriría pensar que Callaghan desempeñaría en su vida. No sabía qué le atraía más, si lo que ya sabía de él o lo que le faltaba por conocer.

Cuando terminaron de comer él pidió la cuenta.

—¿Puedes hablarle a la señorita Estévez para que nos abra el Camarín en unos diez minutos? Dile que ya vamos para allá —le solicitó.

Mientras Sandra hablaba por su celular, la señora regordeta encargada de la fonda trajo la cuenta a la mesa y la dejó en medio de los dos. Callaghan se fijó en la cantidad y metió la mano en su bolsillo posterior para sacar su cartera. Con un ademán, Sandra le indicó que ella pagaría. El legionario respondió meneando la cabeza. Sin hacerle caso, la reportera tomó la cuenta ante el aparente y sincero disgusto de él.

—Se supone que ustedes tienen voto de pobreza —le dijo sonriendo.

—Pero no a tal extremo —respondió en su defensa—. Déjame, por favor... —insistió.

Negando con la cabeza, Sandra le informó:

—Cortesía del periódico *El Mundo*.

Callaghan sonrió resignado y dijo:

—Ah, bueno. Si es así, entonces sí acepto. Ni modo, que pague el periódico.

Salieron de la fonda y entraron a la basílica. La señorita Estévez los vio acercarse por el pasillo. Les indicó con un ademán que la siguieran. Los guió hacia el elevador y bajaron al primer piso.

—Les voy a pedir que no entren —anunció Callaghan.

Esta vez, sacó de uno de los bolsillos unos guantes de nitrilo. Se dio perfecta cuenta de que a Sandra le había disgustado su comentario.

—Sí, ya sé que el recinto está contaminado, pero de cualquier manera me gustaría entrar solo y poder analizar todo con mayor detalle. Ustedes pueden quedarse en el umbral de la entrada y observarme. Sandra, ¿podrías ayudarme con los guantes?

Sandra asintió a regañadientes.

La señorita Estévez retrocedió un paso, dudando si debía quedarse a presenciar la investigación del legionario. Todavía se sentía avergonzada de que su honestidad hubiera quedado en entredicho por no haber consultado con quien debía su entrada al Camarín. Finalmente, decidió quedarse por si acaso el arcipreste se enteraba y se le ocurría preguntar algo.

Callaghan se puso en cuclillas para observar con detenimiento la cerradura de la reja. Acercó su ojo experto en busca de algún rastro de violencia, fijando su atención en los orificios de entrada de las llaves. Levantó la vista para mirar a Sandra y se encogió de hombros. Finalizada su inspección, Callaghan se dirigió a la señorita Estévez:

—Sé que lo que le voy a preguntar probablemente sea una tontería, pero lo tengo que hacer: ¿Existe alguna copia extra de las tres llaves?

—Sólo puedo responder por ésta, la que le pertenece al arcipreste —advirtió puntualmente—. No —contestó categórica—. Es la única.

Callaghan había anticipado de antemano la respuesta, pero aún así, al oírla de labios de la secretaria, sintió un cierto alivio. Volteó a ver a Sandra, indicándole que procedería a la inspección.

Lo primero que hizo fue corroborar que las dos llaves se encontraran en la parte superior del marco de la puerta. Las vio en su lugar. Subió las escaleras y arribó al espacio principal. Enfundado con sus guantes, sacó del bolsillo una pequeña linterna. El Camarín contaba con una luz interior deficiente, lo cual ya había advertido durante su visita anterior. Para sorpresa de Sandra y de la señorita Estévez, la luz que emitía la linterna era de un azul intenso. Callaghan había tomado la precaución de traer una linterna que proyectaba un haz de luz ultravioleta. Antes de dar cada paso, primero alumbraba el piso, luego subía el haz por ambas paredes y finalmente iluminaba el techo. Cuando se aseguraba de no haber encontrado ningún indicio, entonces daba otro paso. Se dio cuenta de que los recubrimientos eran de mármol, tanto los del piso como los de las paredes, con excepción de una, donde reposaba el marco de metal, que estaba recubierta de hoja de oro. Allí se detuvo y, aguzando sus sentidos, procedió a examinarla centímetro a centímetro. Para hacerlo, sustrajo de su saco un tubo de plástico largo, el cual albergaba una escobilla de plumas de Marabú, que, al sacarla, se abrió como si fuera el racimo de flores que un mago sacara de su chistera. Las plumas de ave australiana eran tan finas que ni siquiera dañaban una huella dactilar. A continuación buscó en un bolsillo exterior y extrajo un frasco chato de plástico que contenía un polvo verde amarillento fluorescente, el *flourescent latent print powder*, que no era otra cosa que un potente polvo de contraste. Con gran paciencia cogió la escobilla y la impregnó del polvo, para después cepillar las partes del bastidor donde pensó que podría haber alguna huella. Usaba la linterna ultravioleta para iluminar el área recién cepillada. Deseaba con fervor encontrar algún rastro, aunque su experiencia le indicaba que iba a resultar extremadamente difícil. Sin embargo, si esto llegaba a suceder, estaba preparado, pues llevaba consigo la cinta adhesiva Fingerprint Lifting Tape, que levantaría la huella para depositarla en un acetato, el cual también formaba parte de su improvisado arsenal. Callaghan se sintió complacido cuando se dio cuenta de que había seleccionado las herramientas adecuadas para este trabajo, del cual apenas hacía unas horas ignoraba por completo sus detalles. La tarea le llevó veinte minutos. Satisfecho de su inspección, aunque frustrado por no haber encontrado nada, pasó al lado del cristal protector, quedando enfrente de la ventana del marco vacío. De la misma forma minuciosa con que había inspeccionado el estuche de metal, procedió a revisar el marco. Callaghan estaba seguro de que si había algún lugar donde pudiera encontrar alguna evidencia, sería precisamente ése.

De otro bolsillo sacó una lupa. Con paciencia —exasperante para Sandra, que lo observaba desde la entrada del recinto deseando que terminara de una buena vez ese análisis que aparentemente no conducía a nada—, Callaghan revisó el marco milímetro a milímetro. Había comenzado por el lado superior, luego bajó sobre ambos lados laterales y culminó sobre el lado inferior. Aquí fue donde necesitó más tiempo. Si el ladrón dejó el manuscrito en el ángulo inferior derecho, por esa zona podría encontrar alguna evidencia. Ya cuando estaba a punto de claudicar, su lupa se fijó, inmóvil, en un determinado punto del marco.

¡Había encontrado algo!

—Señorita Estévez —dijo en voz alta, inmóvil, sin moverse de su lugar.

—Dígame, padre —contestó atenta y lejana la secretaria desde donde se encontraba.

—Haga el favor de llamar al mismo mensajero que llevó las muestras al laboratorio. Lo vamos a necesitar de urgencia.

Callaghan tomó con una sola mano la lupa y la linterna para dejar libre la otra, con la que extrajo del saco un botecito de plástico y las pinzas de precisión. Alzó la voz sin volverse:

—Sandra, ven y ayúdame. Colócate lo más cerca que puedas de mí y a un lado. Fíjate dónde estoy enfocando la luz. Ahora toma la linterna de mi mano y enfoca sobre el mismo lugar donde yo lo tenía.

Sandra siguió las instrucciones de Callaghan.

—Por lo que más quieras, trata de no moverte.

—*Okay, I'll try* —dijo, casi sin mover los labios.

—Lo estás haciendo muy bien. Ahora te voy a pedir que me pases las pinzas.

Al sentirlas en su mano, Callaghan las acercó a un sitio que sólo él veía y asió con ellas algo sumamente pequeño. Cuando lo tuvo sujeto entre sus tenazas, le dijo:

—Toma el botecito, ábrelo y acércamelo a donde tengo las pinzas. Muy bien. Ahora, te lo suplico, no te muevas.

Sandra contuvo la respiración. Callaghan dirigió las pinzas a la boca abierta del botecito e introdujo las puntas en su interior. Una vez que se aseguró de que las pinzas que aprisionaban lo que fuera que había agarrado se encontraban ya en una posición segura, abrió lentamente sus tenazas dejando caer en el interior el minúsculo objeto que hasta entonces habían abrazado. Con mucho cuidado extrajo las pinzas. Acercó la lupa para corroborar, una vez más, que el objeto se encontrara dentro. Y, toda vez que quedó totalmente convencido, exclamó satisfecho:

—¡Ya está!

—¿Qué es lo que ya está?

—La evidencia que buscábamos —dijo, mostrándole el botecito—. Te confieso que no creía poder encontrar algo.

—¿Y qué es lo que encontraste? —preguntó desconcertada Sandra, por no poder ver con claridad el interior del botecito.

—Un pedazo de fibra… un hilo.

Enrique Cienfuegos no se sorprendió por el tráfico que había encontrado al manejar desde Ciudad Universitaria a la basílica. Si bien no estaba acostumbrado a cruzar la ciudad de esa manera, sí sabía que para hacerlo se requería de mucha paciencia.

A sus cincuenta y cinco años había abrazado con fervor la enseñanza después de haber sido investigador y haber publicado media docena de libros sobre arqueología e historia de México, y tras ser un reconocido periodista y ensayista sobre temas y aconteceres de la cultura.

Era un convencido de que la vida comenzaba apenas a los cincuenta y de que las décadas anteriores sólo habían servido de aprendizaje para poder asimilar lo único valioso para lo que habíamos venido a este mundo: la adquisición de la experiencia, y con ello, la sabiduría de la vida, la cual, a estas alturas, Cienfuegos se sentía absolutamente seguro de poseer. Con innegable convencimiento y con un alto grado de soberbia —la que no disimulaba a quien quisiera o no saberlo— se consideraba, sin cortapisas, un sabio redomado. Y también un buen amigo. Por eso había respondido pronto al llamado de auxilio de Leonardo, presintiendo las circunstancias de la emergencia por la que lo había buscado.

Al arribar a la basílica, no pudo sustraerse de admirarla. El enorme atrio de tezontle y adoquín fácilmente daba cabida a unas veinte mil personas. Sobresalía la capilla central que era la única con salida hacia el exterior del atrio. Encima de ésta se leía claramente la leyenda: "¿No estoy yo aquí que soy tu madre?" El techo de cobre verde partía de lo más alto de la torre central, desparramándose, cual si fuera un manto, hasta cubrir completamente las nueve puertas de entrada.

Se dirigió a la oficina de su amigo, anunciándose con la secretaria, quien tenía órdenes estrictas de hacerlo pasar sin demora alguna.

Al traspasar el umbral de la puerta, Cienfuegos vio que Leonardo estaba acompañado por otras dos personas. Ambas se hallaban inclinadas sobre lo que parecía ser un manuscrito. El hombre trajeado usaba guantes de doctor, en una de cuyas manos sostenía una pequeña escobilla de la que se distinguía un color verde fluorescente. Las pastas del manuscrito habían sido rociadas con un polvo del mismo color. La mujer sostenía una linterna que despedía un haz de luz ultravioleta y que apuntaba hacia el objeto en cuestión. Saludó efusivamente a su amigo y puso atención a las presentaciones que hizo el abad. "Un sacerdote y una reportera —pensó—, qué extraña combinación, pero sobre todo qué raro que estén involucrados en lo que sea que Artigas traiga entre manos."

El abad procedió a ponerlo al tanto de lo ocurrido. Cienfuegos escuchó, a veces atento, a veces incrédulo, la increíble historia del terrible suceso.

A Sandra y a Callaghan les tomó por sorpresa darse cuenta de que, lejos de mostrarse escandalizado por el hecho, Cienfuegos manifestara, más que nada, una aventuresca curiosidad, casi disfrutando los pormenores más aciagos de lo acontecido. Cienfuegos no vaciló en captar que su involucramiento personal en el caso le abriría una ventana de oportunidad única de ser actor y protagonista de un suceso histórico, y no había nada en este mundo que esto le produjese mayor placer.

—¿Y me quieres para…?

—Descifrar el manuscrito, por supuesto.

—¿Ves? Cuando me hablaste por teléfono te dije que me avisaras para qué me querías, con el objetivo de venir preparado —le reprochó, meneando la cabeza de un lado al otro.

—¿Y qué pensabas traer, aparte de tu conocimiento que es todo lo que necesito?

—¿Qué te parecería mi laptop donde guardo mis archivos y mis principales fuentes, y donde tengo el acceso inmediato a mis sitios de consulta, por ejemplo? —reviró con ironía.

—Mi error, lo reconozco —se disculpó el abad con congoja.

Cienfuegos, percatándose de que su amigo se encontraba bajo una gran presión y que el tiempo apremiaba, optó por iniciar sus labores.

—Señorita, caballeros —volteó a verlos haciendo una pausa para captar su atención—, me gustaría que nos pusiéramos a trabajar de inmediato.

El legionario tomó el manuscrito, lo limpió del polvo verde con un paño, lo abrió y lo extendió con suavidad, procurando no maltratarlo. Cienfuegos se acercó y lo observó detenidamente. Pasó una a una las páginas, tanto por el anverso como por el reverso. Se detuvo en las pastas, tocándolas, acariciándolas y aplicando cierta presión en ellas. Tras su primera observación, resumió:

—Simula ser un códice —declaró lacónicamente.

—Eso mismo pensamos —dijo el abad—. Por eso te llamé, ¿comprendes? No hay nadie en México que sepa más de códices que tú.

—Exageras —respondió con modestia.

Mientras se suscitaba esa pequeña conversación, Sandra se revolvió inquieta con claras intenciones de decir algo.

—Yo quisiera, antes de ponernos a revisar este supuesto códice, que me explicaras —se dirigió a Cienfuegos— algo sobre lo que en realidad es.

—Claro que sí, señorita, con gusto, ¿qué desea saber? —repuso Cienfuegos con prontitud.

Sandra no respondió de inmediato, se dirigió a la silla donde había dejado su bolso, lo abrió y sustrajo la grabadora, enseñándosela a Cienfuegos.

—¿Te importa si grabo esta conversación? Y mejor tutéame, estaremos aquí mucho tiempo —dijo, caminando de regreso y mirando de reojo la socorrida grabadora, objeto de discordias entre los presentes, y que depositó justo al lado del códice y muy cerca de donde se ubicaba Cienfuegos—. Es para mi periódico… ya sabrás.

—Por mí no hay problema —repuso, acostumbrado a que sus estudiantes hicieran lo propio en sus clases y le pidieran el tuteo—, aunque no sé si esto se nos está permitido —volteó a ver al abad para obtener su aprobación.

El abad asintió, cerrando los ojos con semblante serio.

—Para empezar —se adelantó Sandra, encendiendo su grabadora—, ¿qué es un códice?

Cienfuegos respiró hondamente. Repasó por unos momentos lo que iba a decir y comenzó:

—El códice es un libro o *amoxtli*, que proviene de la palabra *ámatl*, o sea "papel", y *oxtli*, "conjunto", es decir, un "conjunto de papeles de amate". Se guardaban en lugares llamados *amoxcalli*, de *amoxtli*, "libro", como ya dije, y *calli*, "casa", es decir, "casas de libros", o lo que hoy en día podríamos llamar bibliotecas. Surgieron y se desarrollaron en Mesoamérica como un producto cultural de las civilizaciones maya, nahua y mixteca, entre otras. A través de los códices, los antiguos transmitían a las siguientes generaciones lo que sabían: sus conocimientos, su religión, sus usos y sus costumbres.

—¿Quiénes los pintaban?

—Los pintores escribanos, por supuesto. Se les llamaba *tlahcuilos*, que proviene del verbo náhuatl *tlahcuiloa*, "escribir, pintar". Eran los encargados de elaborar los códices. Como te imaginarás, tenían que poseer, entre otras cualidades, amplias aptitudes para el dibujo y la pintura, puesto que la escritura era, en sí, pintura. De la misma forma, tenían que poseer probados conocimientos de su propia lengua. Era un oficio harto difícil que requería muchos años de preparación. Los códices prehispánicos son libros de pinturas con caracteres… Los antiguos escribían sin palabras.

—¿Cómo? —preguntó Sandra sorprendida.

—Las pinturas eran, de hecho, los textos. No había distinción entre palabra e imagen. Así escribían. Los códices se caracterizaron por ser pictóricos y pictográficos; esto es, pictóricos porque pintaban con imágenes, y pictográficos porque dibujaban los objetos que se iban a explicar, después, con palabras.

—Pero entonces, si no había palabras —frunció el ceño la reportera, en clara muestra de incertidumbre—, ¿cómo le hacían para entenderlos?

—Buena pregunta. Mira, el significado de un códice consiste en la relación de los distintos elementos pictóricos que lo componen. La función de los códices, en esencia, era aportar significaciones a los lectores, que es lo mismo, si te fijas, que lo que hoy pretendemos hacer aquí; es decir, lo que nuestros antepasados definían como *amoxohtoca*, "seguir el camino del libro". En otras palabras: descifrarlo o, si quieres, interpretarlo.

—¿Y quiénes los descifraban?

—Otros personajes: los *tlamatinime*, desde luego; es decir, los filósofos, los sabios.

—Entonces, los *tlahcuilos* escribían o pintaban los libros, y los *tlamatinime*, o sea, en este caso, tú, se dedicaban a interpretarlos.

—Lo entendiste perfectamente.

—Y esto que tenemos enfrente, ¿se puede decir que es un códice en el estricto sentido de la palabra?

Cienfuegos posó de nueva cuenta sus ojos de experto sobre el manuscrito de colores. Lo examinó brevemente y declaró:

—Se puede decir que es un códice, o por lo menos que intenta parecerse a un códice, salvada su falta de antigüedad, por supuesto.

—¿Y sobre qué está hecho?, porque en la mañana se esgrimieron algunas teorías sobre el material con que está elaborado —preguntó Sandra volteando a ver al abad y a Callaghan.

Cienfuegos aprovechó la pregunta de Sandra para tocar nuevamente una página interior y acercarse a ella con el fin de observarla mejor.

—El soporte material de los códices variaba; podían ser de papel de amate, que es la capa que está debajo de la corteza del árbol del mismo nombre, o bien de piel de venado, ciervo o jaguar, o de tela de algodón o de papel de maguey. Yo me inclinaría a pensar —apuntó mientras lo observaba con detenimiento y palpaba con una mano su textura— que éste está hecho de papel de amate, pero es sólo una conjetura.

—La forma que tiene es curiosa, ¿no?

El historiador asintió.

—Los códices se elaboraban en tiras de hojas adheridas entre sí, plegadas en forma de acordeón o de biombo; cada doblez era el equivalente de una página, como éste, justamente. Al papel o a la piel la embadurnaban con una especie de cal para prepararlos y poder darle consistencia a la pintura. Sobre esta preparación dibujaban, y después aplicaban los colores. Se pintaba por ambos lados. Finalmente, se protegía al conjunto de pliegues con unas tapas de madera, igual que nuestro ejemplar —lo señaló—, sólo que éste, creo recordar por lo que me dijeron, también traía consigo un cordel, ¿o me equivoco, Leonardo?

—No te equivocas. El cordel lo tengo guardado en mi escritorio. ¿Gustas verlo?

Cienfuegos negó con la cabeza y meneó una mano, deteniéndolo.

—¿Cómo se leen?, ¿de izquierda a derecha o al revés? —preguntó de nueva cuenta Sandra.

—Desplegándolos en su totalidad, como aquí lo tenemos a la vista, para dilucidar la secuencia que imprimió el autor del libro. En algunos casos aparecen unas líneas rojas verticales que significan que lo que sigue de la historia se puede referir a otro tema, y en otros se pueden apreciar las huellas de pies indicando la dirección de lectura.

—Qué curioso —Sandra quedó pensativa un instante; rebuscó si se le había quedado alguna pregunta por hacer y resolvió agradecer la explicación—. Bueno, creo que ha sido muy aleccionadora la introducción al tema de los códices que nos acabas de dar, Enrique.

—Entonces, antes de empezar —quiso hacer una pequeña dispensa Cienfuegos—, quisiera que reflexionemos un poco sobre lo que estamos dispuestos a interpretar. Lo que les quiero decir es que necesitamos un marco de referencia histórico desde dónde poder ceñir nuestra interpretación; eso hará más fácil nuestra labor. Miren, si la causa de que estemos reunidos hoy aquí, en este santuario, fue el robo de la imagen de la Virgen de Guadalupe, nuestro marco histórico deberá contener estas referencias precisas, es decir, santuario mariano, imagen, virgen y Guadalupe, ¿me entienden? —abrió los brazos en espera de su confirmación.

Los asistentes confirmaron asintiendo.

—Bien. Entonces, en cada interpretación que hagamos, en cada página que descifremos, pensemos siempre en estos conceptos; busquemos las respuestas entre estos referentes. Esto nos evitará perdernos en divagaciones distintas a los temas que nos interesan.

—A ver, Michael —intervino el abad, dirigiéndose al legionario—, se me ocurre que este códice nos quiere decir algo. Obviamente contiene un mensaje que busca ser dado a conocer; si no, no lo habrían dejado, quien quiera que lo haya hecho.

El legionario asintió.

—Aunque añadiría también que el "dónde" es importante —ahondó Callaghan.

—¿Te refieres a la basílica?

—Me refiero al santuario mariano en sí. El significado que tiene dentro de la Iglesia. A lo que quiero llegar es a lo siguiente: si vivimos en un mundo globalizado y hay un robo de un icono de la religión católica en el santuario mariano más importante del mundo, ¿no será un mensaje para la Iglesia universal?

—Me parece lógica tu deducción, Michael —comentó Cienfuegos—. Lo que nos llevará a ampliar nuestro marco de referencia, el cual deberá incluir también, en un espectro más amplio, a la religión católica —buscó asentimientos de cabeza, que se produjeron de inmediato—. Bueno, si no hay inconveniente, vamos a concentrarnos, entonces, en el primer doblez, o sea, en la primera página.

A su sola indicación, Sandra, el abad y Callaghan se arremolinaron alrededor del historiador. Cienfuegos se concentró en el dibujo que componía el contenido de la primera página. Como si observara una pintura, pues eso era en realidad, se acercaba cuando algo le llamaba la atención y se alejaba para tener una mejor perspectiva general. Sus gestos a veces denotaban admiración, y otras, interrogación. Esporádicamente se le oía musitar un "mmm" apenas audible mientras se rascaba una mejilla. Sintiéndose satisfecho de su inspección, se irguió y los encaró. Había decidido que él sería el que interpretara esta primera página como un ensayo de lo que sería su tarea con las demás.

—Eso que se distingue como una gran base acampanada es la representación de una montaña —hizo una pausa para que los asistentes se fueran familiarizando con el estilo de los dibujos—. En su cima, del lado derecho, hay como unas tablas conformadas por dos hojas.

—¿Qué hay al lado de ellas? —preguntó Callaghan.

—A la izquierda hay un vírgulo que significa el habla. Más a la izquierda se localiza lo que hoy conocemos como el símbolo de Dios: el triángulo con el ojo en su interior. En la parte de la derecha del dibujo principal tenemos representaciones de números, es decir, numerales. Los círculos valen uno y esa que parece una bandera vale veinte.

Sandra se acercó más para distinguir los dibujos.

—A ver, Sandra, entonces, ¿qué tenemos?

—Dos bolitas, una bandera que vale veinte, una bolita y a continuación seis bolitas. Entonces tenemos los números 2, 20, 1 y 6.

—¿Les dice algo?

Los asistentes negaron con la cabeza. Cienfuegos exudaba confianza, transmitiéndoles que tenía ya una clara idea de lo que les quería decir la pintura; sin embargo, en lugar de explicar su interpretación, quiso llevarlos paso a paso para que se acostumbraran al proceso de decodificación.

—¿Qué, en nuestro marco de referencia, les recuerda unas tablas?

—Supongo que las tablas de Moisés —respondió Callaghan.

—Que Dios, el triángulo con el ojo, se las entregó, ¿dónde? —preguntó Cienfuegos alzando las cejas.

—En el monte Sinaí —Callaghan frunció el ceño por un instante antes de proseguir—. ¿Quieres decir que esta primera página se refiere al decálogo…?

—Veamos, el decálogo, ¿en qué parte del Antiguo Testamento aparece?

—En el Éxodo —contestó presto el abad.

—¿Sabemos capítulo y versículos?

—Hombre, de memoria no —se excusó encogiéndose de hombros—, pero aquí tengo una Biblia a la mano y la podemos consultar fácilmente —añadió, mientras se dirigía a su librero y la extraía de uno de los estantes. Regresó abriendo las primeras páginas—. Aquí está. Es el capítulo 20, y va de los versículos 1 al 21.

—Bueno —se mostró complacido—. ¿Ven? Ya dimos con el número 20, la banderita, y el 1. Y muy probablemente también con el 6.

Los participantes se miraron asombrados de la rápida deducción del historiador.

—¿Y qué hay con los otros números? —cuestionó Sandra, insatisfecha—. ¿El primer número 2?

—¿Cuál es el primer libro de la Biblia? —contestó Cienfuegos con otra pregunta.

—Eso hasta yo me lo sé: el Génesis.

—¿Y el segundo?

Sandra encogió los hombros en señal de ignorancia.

—Ya lo dijo Leonardo: el Éxodo —comentó Callaghan.

—¿Ven?, también hemos descifrado el número 2.

—Luego los últimos números, el 1 y el 6, tienen que ser...

—Si seguimos la pauta marcada por esta secuencia, sería libro 2, capítulo 20, versículos 1 al 6 —concluyó el abad.

Sandra no confiaba mucho en las deducciones del historiador, a pesar de que observó en el abad y en Cienfuegos caras de aprobación como si su conclusión les hubiera parecido totalmente lógica.

—¿Por qué no mejor nos lo lees, Leonardo?

—Con gusto —el abad retiró un poco la biblia de su vista y comenzó a leer:

1. Dios pronunció estas palabras:

2. Yo soy Yahvé, tu Dios, que te ha sacado del país de Egipto, del lugar de esclavitud.

3. No tendrás otros dioses fuera de mí.

4. No te harás escultura ni imagen alguna de lo que hay arriba en los cielos, abajo en la tierra o en las aguas debajo de la tierra.

5. No te postrarás ante ellas, ni les darás culto, porque yo, Yahvé, tu Dios, soy un Dios celoso, que castigo la iniquidad de los padres en los hijos hasta la tercera y cuarta generación de los que me odian.

6. Pero tengo misericordia por mil generaciones con los que me aman y guardan mis mandamientos.

—Es el primer mandamiento de la Ley de Dios —apuntó Callaghan con semblante serio.

Cienfuegos levantó una mano. Todos fijaron su atención en él, expectantes de lo que les iba a decir. Tomó la Biblia del abad, y procedió a leer el texto:

—"No tendrás otros dioses fuera de mí... No te harás escultura ni imagen alguna de lo que hay arriba en los cielos, abajo en la tierra o en las aguas debajo de la tierra... No te postrarás ante ellas, ni les darás culto" —mientras enunciaba uno a uno estos textos, iba levantando cada vez un dedo hasta que mantuvo en el aire tres levantados.

—¿Entonces? —el abad quiso que se concluyera algo.

—La primera página del códice nos recuerda el primer mandamiento de la Ley de Dios, que nos habla de que sólo hay un Dios; de la prohibición de hacer esculturas o imágenes, y de la prohibición de su culto. Es, nada más y nada menos, que el inicio del relato. Es la primera página del libro. Es lo primero que se quiere que entendamos. Esto es muy importante, en verdad. Es como el prólogo de un libro donde se nos dice de lo que se va a tratar, ¿comprenden? —Los participantes quedaron pensativos por unos momentos, cada uno reflexionando sobre las palabras del historiador. Éste no tardó en abundar sobre el tema—. La pintura es sencilla y clara, y así, también, ha sido su interpretación. Recordemos que este códice que se halló "plantado", fue dejado allí intencionalmente para que entendamos el mensaje, no para confundirnos. Es decir, en la interpretación del mensaje del códice se encuentra la verdadera causa de los motivos del hurto. No está aquí como un acertijo para ver si nosotros somos capaces de decodificarlo o no. No. Todo lo contrario. Está aquí para que podamos descifrarlo sin dificultad y para que entendamos cabalmente su mensaje.

Cienfuegos se abstuvo de hacer otro comentario. Los observó y dilucidó que el mensaje se había entendido.

—Bueno, si les parece, podemos continuar —rompió el silencio el abad.

Las miradas se posaron nuevamente en el manuscrito. Cienfuegos les dio unos momentos para el análisis de la pintura que aparecía ante sus ojos. De nueva cuenta, decidió comenzar su interpretación disponiéndose a comentar:

—Hay una sola escena principal en la que podemos apreciar una reunión de personajes. En el centro se encuentra uno que dirige la palabra al foro presente que lo rodea. A un lado encontramos glifos calendáricos que nos remiten a dos fechas específicas.

—¿Qué significan los glifos calendáricos? —preguntó Sandra.

Cienfuegos escuchó la pregunta sin apartar su vista de la página.

Lo que aquí tenemos son unos glifos calendáricos correspondientes a dos fechas. Cada uno se compone de tres glifos —los señaló—, acompañados de sus numerales, lo que nos indica una fecha exacta. Es como medían el tiempo nuestros antepasados. Ahora en internet hay sitios donde se puede conocer cualquier fecha en la representación calendárica azteca o, lo que es lo mismo, mexica. Esto se logra escribiéndola como la conocemos hoy en día, la cual se nos traducirá a los glifos calendáricos correspondientes. Lo mismo sucede a la inversa, como es nuestro caso. En toda fecha, como ya dije, aparecen tres glifos con sus numerales. El primero corresponde al año solar; el segundo a la trecena o periodo de treces días, y el tercero, al día. Para poder expresarlos, primero se cuenta el numeral y se define el glifo.

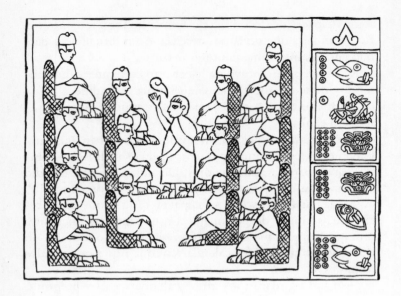

—¿Lo podemos hacer ahora? —preguntó Sandra.

El abad gesticuló pidiéndole a Cienfuegos que lo acompañara hacia un rincón de la sala donde, sobre una pequeña mesa, se encontraba su computadora. Le acercó una silla y le musitó: "Toda tuya".

Cienfuegos comenzó a teclear hábilmente, buscando las referencias sobre el tema. Una vez que hubo encontrado el sitio que buscaba, se levantó y se dirigió al códice para grabar en su memoria los glifos calendáricos. Retornó y alimentó a la computadora con ellos. Al mismo tiempo, explicaba:

—Vamos a tomar el primero de ellos. Como les dije, se inicia con el numeral y después se define el glifo. Veamos… 4-*Tochtli*, "conejo", que corresponde al año solar; 1-*Cipactli*, "cocodrilo", que corresponde a la trecena; 13-*Acatl*, "caña", que es el día. Si estos datos se los proporcionamos al programa, lo convertirá en fecha del calendario gregoriano, o sea, el nuestro. Verán —tecleó el tablero y esperó unos segundos—. Corresponde a la fecha 16 de julio de 431.

—Entonces me aventuraría a pensar que se trata del Concilio de Éfeso —abundó el abad, dejando estupefactos a sus compañeros—. El dibujo nos muestra claramente una reunión de religiosos que bien pudiera ser un concilio, y el único que yo recuerde que se celebró en el siglo v es el de Éfeso, por eso lo digo.

—Leonardo —intervino Cienfuegos—, supongamos que estás en lo correcto. Aquí lo importante es ver qué relación tiene este concilio con nuestro desagradable suceso.

—No sé, Enrique —se pasó una mano sobre sus sienes—. Lo que se me ocurre es que, siguiendo nuestro marco de referencia, esto tenga que ver con la Virgen María.

—Adelante. Ése es uno de los principios de nuestro marco histórico.

—Entonces, lo único que te puedo decir es que en el Concilio de Éfeso se dictaminó que la Virgen María era la madre de Dios.

—Por favor —interrumpió Sandra, gesticulando con las manos—, que alguien me explique un poco, que no estoy entendiendo nada. No soy monja, ¿recuerdan? —los asistentes rieron, concediéndole la razón a la reportera—. Para empezar, supongo que un concilio es la congregación de elementos de la Iglesia para discutir asuntos de importancia.

—Sí, Sandra. El Concilio de Éfeso fue de los primeros que se llevaron a cabo. Lo convocó el emperador Teodosio II para dirimir la querella suscitada por la doctrina nestoriana. Esta doctrina, enarbolada por Nestorio, obispo de Constantinopla, negaba la unicidad de Cristo al considerar que sus dos naturalezas, la divina y la humana, se encontraban separadas. Esto lo llevó a enfrentarse con san Cirilo, obispo de Alejandría, quien, por su parte, sí defendía la unicidad de Cristo. Es decir, defendía que la persona de Cristo era una, si bien había una naturaleza divina y otra humana.

—Pero esto de las naturalezas de Cristo, ¿qué tiene que ver con la Virgen María?

—Tiene que ver todo, Sandra. Mira, dependiendo de qué creencia cristológica llegase a predominar en el Concilio de Éfeso, de una o de otra forma sería llamada, y por siempre, la Virgen María —hizo una pequeña pausa—. Me explico: ¿sería sólo la madre de Cristo, la *khristotokos*, es decir, la madre del Jesús humano, como defendían los nestorianos?, ¿o acaso prevalecería la madre de Jesús, persona divina, y por consiguiente, madre de Dios, la *theotokos*? —comentó, levantando las cejas—. ¿Ves la importancia de definir las naturalezas de Cristo?

Sandra asintió sin mucho convencimiento.

—En juego estaba la misma divinidad de la Virgen: si era proclamada *khristotokos*, la naturaleza humana prevalecería. Y lo que es peor, si esto sucedía, al ponerse en duda la divinidad de la Virgen, ¿qué más se ponía en duda? —le lanzó la pregunta a Sandra, mirándola a los ojos.

La reportera, en principio, se encogió de hombros como desdeñando la cuestión, pero en el instante en que supo la respuesta, la expresó con seguridad:

—La divinidad de Jesús, por supuesto.

—¡Claro! Se ponía, también, en tela de juicio, la misma identidad de un Jesús divino. ¿Te das cuenta, ahora, de la seriedad de esto? —abrió los ojos desmesuradamente y levantó las cejas—. San Cirilo esgrimió que si la persona que nace de María es divina, ella, por lo tanto, también tiene que ser divina.

—Suena totalmente razonable —concedió Sandra.

—Entonces, podemos decir, corrígeme si estoy equivocado, Leonardo —dijo Cienfuegos—, que en el Concilio de Éfeso se confirmó la divinidad de María, puesto que es la madre de Dios.

—No lo podría haber resumido mejor, Enrique —concluyó el abad.

Cienfuegos se acercó al códice. Lo observó y memorizó el segundo glifo calendárico antes de dirigirse a la computadora y comenzar a teclear.

—10-*Acatl*, "caña"; 1-*Tecpatl*, "pedernal"; 11-*Tochtli*, "conejo". Corresponde a la fecha 13 de octubre de 787.

—Éste debe ser el II Concilio de Nicea —manifestó el abad con prontitud—, cuando se declaró la herejía iconoclasta.

La reportera alzó su brazo en clara alusión de que deseaba intervenir. Voltearon a verla en espera de su comentario.

—Perdón la interrupción, pero, ¿qué significa eso de iconoclasta?

—Se refiere a la persona que niega el culto y la devoción a las sagradas imágenes de la Iglesia —lo definió el abad con pulcritud—. Esta herejía ya abundaba en muchos seguidores. Por eso el papa se vio obligado a dogmar la veneración de las imágenes sagradas. En este concilio se legitima y se regula el culto a las imágenes, ya sea de Cristo, de la Virgen María o de los santos. A la iconoclasia se la consideraba herejía, y había que hacer algo para evitar su propagación. Se creía que al legitimar el culto a las imágenes, se le ponía un alto a su difusión. Se tuvo cuidado, sin embargo, de diferenciar el culto de ve-ne-ra-ción de las imágenes y el culto de a-do-ra-ción, o sea la latría, que sólo se le debe a la naturaleza divina. Al final se reguló y se aprobó el culto a las imágenes.

—¡*Wait, wait, wait!* —intervino Sandra agitando ambos brazos—. No entiendo…

Los demás cruzaron miradas sin comprender lo que la reportera no entendía ahora.

—¿Qué, la aprobación y la regulación del culto a las imágenes no se contrapone con la interpretación de la primera página, es decir, con el primer mandamiento de la Ley de Dios que nos dice que sólo hay un dios y que no se le deberá dar culto a otros? —cuestionó Sandra con mirada inquisidora.

El abad le hizo un ademán con la mano a Callaghan para que se abstuviera de contestar, lo que el legionario no pretendía hacer de todas maneras. Volteó a ver a Cienfuegos y con la mirada le suplicó que mejor él respondiera. Cienfuegos negó con la cabeza mientras esbozaba una sonrisa. Ya no era una mera casualidad el poder inquisitivo de la reportera, razonó Cienfuegos con cierta admiración. Sin embargo, él y el abad sabían que meterse en esta diatriba sería poco menos que inútil y que perderían mucho tiempo. Una discusión entre teólogos contrarios de pensamiento sería más fácil y expedita que tratar de explicárselo a la reportera de un periódico matutino. El abad, resignado a su destino, intentó ordenar sus ideas para no alargarse demasiado.

—Lo que pasa es que esto, o sea el primer mandamiento, está escrito en el Antiguo Testamento, mucho antes de la venida de Jesús, y, bueno, ya en el Nuevo Testamento se tuvo que cambiar, permitiendo la veneración de las imágenes.

—¿Por qué?

—Fue una manera que halló la Iglesia para incentivar la propagación de la fe, ciertamente.

—¡Ah! —exclamó Sandra, con los brazos en alto—. ¡Entonces la Iglesia está por encima de los Evangelios! ¡Por encima de la palabra de Dios! —adujo con marcado tono irónico.

—No, no... —el abad se sintió acorralado.

—¡Sí! ¡Cómo no! —Sandra meneó la cabeza con exageración, enarcando las cejas—. Los dogmas de la Iglesia, hechos por los hombres, prevalecen por encima de la palabra de Dios —adujo con acentuado sarcasmo, presa de indignación.

El comentario de la reportera había enmudecido a la audiencia. Nadie se atrevía a hacer comentario alguno. El abad claudicó de argumentar algo más al bajar la vista. Callaghan se percató de la actitud de su amigo, y en complicidad con él, hizo lo mismo, no sin sentir cierto regocijo interior por la gran demostración de carácter de Sandra; no lo esperaba de ella. Cienfuegos, por su parte, la escudriñaba de arriba abajo con gran curiosidad y con media sonrisa en sus labios, pensando en el prospecto de historiadora que el mundo se había perdido.

El abad reconoció que, por su parte, persistir en la argumentación no tenía razón de ser, así que aprovechó el momento de reflexión generalizada y conminó a Cienfuegos a proseguir, con el deseo interior de que la reportera no deseara continuar por ese derrotero.

—¿Por qué no proseguimos con la siguiente página? A ver qué nos dice con sus pinturas nuestro *tlahcuilo*.

Todos rieron ante la ocurrencia de Cienfuegos de llamar *tlahcuilo* al ladrón de la Imagen. Pasado el momento de distracción, de nueva cuenta se apostaron alrededor del códice. Cienfuegos, sin mayores preámbulos, había decidido iniciar el comentario de la descripción de la pintura, tratando de sustraer de sus pensamientos a Sandra y así impedir que fraguara una nueva pregunta.

En ese momento se escuchó que alguien tocaba la puerta. El abad fue a abrirla, y percatándose de quién era, de inmediato lo hizo pasar, dándole la bienvenida con una palmada en la espalda. El arcipreste entró con cierta timidez, sintiéndose un completo intruso. Saludó a todos, desde su lejanía, con un ademán. Se sintió aliviado cuando el abad lo tomó del brazo y lo presentó con Cienfuegos, que era la única persona que no conocía. El trío se quedó unos minutos charlando animadamente.

Cienfuegos dejó que el dibujo hablara por sí mismo. Observó que la atención, o más bien el interés y la concentración de los presentes, habían sido recuperados. La inclusión de una nueva persona sin duda tendría que ayudar. Recapacitó invitando a Sandra a que fuera ella la que tomara la iniciativa de la interpretación. Lo hizo con la intención de distraerla y de que abandonara el cúmulo de incógnitas y cuestionamientos que de seguro todavía estarían rondándole la cabeza y que la llevarían inexorablemente a realizar más y más preguntas. "Qué mente tan inquisitiva", se dijo sonriendo. A la reportera se le iluminó la cara, sintiéndose halagada por lo que consideraba una distinción. Asumiendo su nuevo papel protagónico, observó con detenimiento la pintura, y tras algunos segundos de análisis, carraspeó y comenzó diciendo:

—Supongo que lo que le sale de las manos y los pies, así como del pecho, es sangre, ¿o no? —dirigió su pregunta al historiador, quien asintió—. Entonces deduzco que deben ser los estigmas que san Francisco de Asís soportó en su vida.

—Y por su sayal con el cinto con cinco nudos, que representan las cinco llagas de Cristo —abonó el abad—. Y, bueno, también por la calavera, símbolo atribuible a este santo.

Sandra retomó el hilo de su interpretación.

—El dibujo muestra a san Francisco postrado en actitud de rezo ante un crucifijo muy grande y muy bello, por cierto.

Cienfuegos se apartó de donde estaba, se acomodó enfrente de la computadora y comenzó a teclear.

El arcipreste, mientras tanto, calladamente fijaba su atención en el dibujo del crucifijo del códice. Lo miraba con detenimiento y casi con extrañeza.

—Muy hermoso, ¿no? —hizo el comentario Callaghan, que se había dado cuenta de la curiosidad que la obra de arte le había producido al padre Fonseca, el cual no quitaba la vista de la pintura. Callaghan, advirtiendo cómo éste se encontraba absorto en su contemplación, optó por dejarlo hacer, retirándose sin añadir ningún comentario.

—La orden de San Francisco —comentó el abad— se basó en los evangelios y se distinguió por su apego al ideal de vida rigurosa de oración, trabajo, mortificación y extrema pobreza, como se practicaba el cristianismo en la Iglesia primitiva.

—Si me permite… —se atrevió a decir el arcipreste, cuya primera intervención hizo que Callaghan aguzara sus sentidos—. Me gustaría, si no es mucha molestia… Si alguno de ustedes supiera decirme algo sobre el crucifijo que muestra la pintura.

La solicitud tomó desprevenido a Cienfuegos, quien ciertamente desconocía todo sobre el crucifijo, pues era la primera vez que lo veía. Dirigió su mirada al abad que, haciendo una mueca con la boca, asintió con la cabeza.

—Acerca del crucifijo sí puedo contestar algo. Se trata del crucifijo de san Damián. Es una bella obra de arte, un icono del siglo XII, de inspiración siria. Se sabe que san Francisco era muy devoto de esta imagen. Sin embargo, lo interesante es su simbolismo y su interpretación.

Se quedó pensativo unos momentos como si estuviera esperando a que alguien le solicitara que continuara.

—No me había dado cuenta, pero ahora que aprendimos lo que es un códice, salvada la comparación —comentó Callaghan—, este crucifijo podría considerarse como tal, ¿no, Enrique?

Cienfuegos no tardó en coincidir con la apreciación del legionario, y asintió con la cabeza, antes de añadir:

—Por supuesto que no sólo podría considerarse un códice, sino que, de hecho, lo es, ya que el contenido de su texto, es decir, sus palabras, son las imágenes pintadas en él.

—Miren. Fíjense muy bien en la cruz —les mostró el abad—. La figura principal es, sin duda, Cristo crucificado. Sin embargo, tengo que hacer algunas observaciones: noten la luminosidad de la figura; destaca sobre las demás... Es la luz del mundo —hizo una pausa para que los demás asimilaran lo que acababa de decir—. Ahora continuemos con su cabeza: no tiene corona de espinas, ni sangre, sólo un halo de gloria —de nueva cuenta se apartó un poco para dar espacio a que los demás lo observaran—. Y lo más importante... —volvió a abrir una calculada pausa, preparándolos para lo que les iba a decir—: Tiene los ojos abiertos. ¡Esto significa que es un ser vivo! Sus ojos miran a lo lejos, fija la mirada en algo que se nos escapa, ¿lo pueden apreciar? —preguntó, sin pretender contestación. Todos asintieron; se notaba que el abad estaba disfrutando su explicación—. El perizoma de fina tela —hizo un ademán a Sandra para que se abstuviera de preguntar— no se parece para nada al burdo taparrabos con el que normalmente se cubría a los condenados. Está atado a la cintura de Cristo por un cordón con tres nudos, que significa la Trinidad.

—Tres nudos tenía, en uno de sus extremos, el cordel que sujetaba nuestro códice —hizo Callaghan la puntual observación.

Reaccionando al comentario del legionario, Cienfuegos abrió los ojos como dándose cuenta de algo que se le había escapado. Cuando el abad se lo había ofrecido para enseñárselo, lo desdeñó por considerarlo un elemento menor de los componentes del códice. No podía haberse dado cuenta, ni siquiera cruzó por su mente, que éste pudiera contener algún dato de relevancia. "Tres nudos en uno de sus extremos; tendría que recordar esto", se dijo con un dejo de recriminación.

—Debajo de la cruz, a la izquierda, si lo miramos de frente, en el lugar preferencial, aparecen la Virgen María y san Juan. Pero fíjense en sus rostros: no hay dolor —volvió a hacer una pausa y dirigió su vista de uno al otro, hasta comprobar que todos lo habían contemplado—. En su costado izquierdo se encuentran María Magdalena; otra María, la madre de Santiago apóstol, y un centurión romano. Tampoco sus rostros expresan algún tipo de pesar —cada explicación era seguida de un momento de observación que el abad permitía con el objetivo de que se asimilara lo que había dicho—. Ahora noten que tanto María Magdalena como la Virgen María hacen un gesto muy similar con sus manos izquierdas, acercándoselas a sus gargantas. Éste sí es un gesto simbólico de angustia —el abad se llevó una mano al cuello, imitando el gesto de la pintura, y añadió—: Ahora fijen su atención en la parte superior, donde aparece la mano de Dios Padre, y debajo de ésta, la ascensión triunfante del propio Jesús, rodeado de ángeles. Finalmente, en la parte inferior se aprecian sólo dos personajes que algunos expertos aseguran que son san Pedro y san Pablo.

De nueva cuenta, el abad calló por unos instantes, cerrando los ojos. Se llevó una mano a la boca y respiró hondo.

—Gracias, padre. Una explicación muy aleccionadora, en verdad —dijo el arcipreste.

Movido por la curiosidad que le había producido ver al arcipreste tan extremadamente interesado en el crucifijo, y habiendo obviado con anterioridad preguntárselo, Callaghan decidió hacerlo en ese momento:

—Pero, dígame, padre Fonseca, ¿cuál es el interés tan especial que tiene por este crucifijo?

—No lo sé, padre, pero estoy seguro de haberlo visto antes. Por eso me llamó la atención y pensé que si sabía más de él quizá lograría recordar dónde lo vi —confesó con cierto nerviosismo.

—¿Y pudo recordar?

—Desafortunadamente no, pero estoy convencido de haberlo visto en algún lado, y no hace mucho, créame.

El legionario fijó una mirada de extrañeza en el arcipreste, preguntándose qué era eso que se escapaba de su memoria y que a todas luces lo inquietaba. No quiso incordiar más en un asunto que parecía íntimo y optó por permanecer callado, solidarizándose con lo que el arcipreste debía resolver a su debido tiempo.

—Sólo quiero hacer una pequeña acotación —dijo Cienfuegos.

Clavó su mirada en el códice, pasando su mano sobre la barbilla. Su expresión, con el entrecejo notoriamente fruncido, reflejaba un profundo ensimismamiento o quizá una incipiente preocupación.

—No puedo dejar pasar esta pintura sin manifestarles que, por su contenido, es distinta a las demás.

Los presentes, extrañados por el comentario del historiador, adoptaron posturas de mayor atención a sus palabras. Cienfuegos se tomó unos segundos para pensar en lo que les iba a decir:

—Miren. En las pinturas anteriores nos encontramos con numerales o glifos calendáricos que nos ayudaron mucho para su expedita interpretación. Estos elementos fueron ayudas que el *tlahcuilo* nos regaló. Ahora no es así. ¿Por qué? Una de dos: O lo hizo porque no desea que averigüásemos su interpretación, lo cual es absurdo porque su intención es precisamente la contraria, o lo hizo porque da por un hecho que nosotros debemos adivinarla sin ninguna ayuda.

Cienfuegos se quedó meditando con los ojos cerrados por unos instantes que parecieron eternos. Los demás participantes, después de un cruzamiento de miradas, decidieron, sin decirlo, darle un compás de espera al historiador para que continuara rumiando sus ideas. El arcipreste, aprovechando ese momento, se acercó al abad para excusarse de la reunión y poder atender asuntos pendientes de su encomienda. El abad consintió y le agradeció su presencia, anunciando a los demás la necesaria ausencia del padre Fonseca, que debía de cumplir con su importante tarea.

Cienfuegos, repuesto de sus cavilaciones y presto para continuar, optó por darle vuelta a la página, retirándose un poco para que los demás pudieran analizarla en detalle. De forma inmediata le llamó la atención la proliferación de cuadretes. Era casi una contraposición de la página anterior. Decidió él mismo comenzar la interpretación para imprimir mayor celeridad al proceso:

—Muy bien. Aquí tenemos a un personaje que es la figura principal. Como ven, es claro que representa a un fraile con vestimenta blanca. Se apoya en un gran báculo y sostiene un libro con el título *Expositio in Apocalypsim*. También hay cuatro cuadretes…

—Perdón, Enrique, ¿qué son los cuadretes? —interrumpió Sandra.

—Son las separaciones que se aprecian en cualquier códice. Esto lo hacían los *tlahcuilos* para diferenciar temas. Vamos, tiene la función de un punto y aparte. Los encerraban en rectángulos, parecidos a los que usaban los egipcios, nada más que ellos los llamaban cartuchos —Cienfuegos se retiró un poco del códice, llevándose una mano a la boca; quedó pensativo por unos momentos, enfocando su vista sobre algún detalle en particular—. ¡Qué curioso! —exclamó—. El personaje habla no con una sino con dos vírgulas —se quedó pensativo por unos momentos—. Comencemos, esta vez, examinando el primer cuadrete para ver si nos dice algo del fraile en cuestión. En la parte izquierda podemos ver claramente unos numerales; fíjense que ahora hay una línea horizontal en la parte superior que los une. Esto significa que hay que sumarlos. Los nahuas poseían un sistema sencillo para escribir su numerología.

—¿Por qué asumes que este códice es de origen nahua? —lo cuestionó el abad.

—Precisamente por la numerología, Leonardo. Si estuviera basado en los códices mayas, estaríamos viendo, en lugar de cinco círculos, como en este caso, una barra horizontal. Por eso sé que su fuente es nahua.

Cienfuegos notó que Sandra, con el ceño fruncido, adoptaba una postura pensativa, que delataba que estaba realizando un cálculo mental.

—Es el número 73.

Cienfuegos sonrió, complacido.

—Ahora continuemos con los siguientes números, que son el 20 y más abajo el 1, y a su lado, el 15. La parte derecha está ocupada por la representación de la cabeza de un águila —se llevó una mano a la barbilla, meditando por unos instantes; abriendo un poco los ojos, continuó—: ¿Qué, bajo el marco de referencia establecido, puede estar relacionado con los números 73, 20, 1 y 15, y con la figura de un águila?

Hubo caras de desconcierto e ignorancia.

—Busquemos símbolos, generalmente eso ayuda —encomió Cienfuegos.

—Una cosa es cierta: el águila es el símbolo de san Juan Evangelista, mi favorito —dijo Callaghan.

—Todos sabemos que san Juan escribió uno de los cuatro evangelios del Nuevo Testamento —comentó el abad, recibiendo asentimientos de cabeza de los demás—, pero también escribió, o por lo menos a él se le atribuye, el libro del Apocalipsis.

—Ahora, Michael —intervino Cienfuegos—, quedémonos con san Juan Evangelista, tu favorito. Los números 73, 20, 1 y 15, ¿te dicen algo en referencia al Evangelio y al Apocalipsis?

—Se me ocurre, entonces, que si nuestro *tlahcuilo* mantiene cierta lógica en su escritura, tendríamos que pensar en seguir la metodología que utilizamos con la primera página.

—¡Muy buena idea! —exclamó Cienfuegos, sonriente—. Leonardo, ¿puedes traer de nueva cuenta tu Biblia?

El abad se la entregó a Cienfuegos.

—¿Alguna vez se han puesto a contar cuántos libros contienen el Antiguo y el Nuevo Testamento? —preguntó Cienfuegos, distraídamente—. Si al libro del Éxodo, como vimos, le correspondió ser el número 2, Sandra, ¿te importaría buscar el índice y contar cuántos libros componen la Biblia completa?

Cienfuegos le proporcionó a la reportera la Biblia abierta, ya en la página del índice. Sandra la tomó y comenzó a contar, uno por uno, los títulos de los libros, ayudándose con el dedo índice para evitar equivocaciones. Su tarea no le llevó más de un minuto. Al terminar, concluyó:

—¡*Seventy three!* —exclamó con una amplia sonrisa—.
Y el último, por si te interesa saber, es el Apocalipsis.

Cienfuegos hizo un guiño de complicidad al abad.

—Y ahora, Sandra, ¿podrías leernos el capítulo 20, versículos 1 al 15 del Apocalipsis?

Sandra buscó la página correcta. Al encontrarla, frunció el ceño y declaró:

—Se titula "El reino de mil años" —hizo una pausa con expresión de extrañeza; irguió su postura, y asumiendo la responsabilidad de una encomienda que le parecía de cierta relevancia, carraspeó un poco para aclarar su voz, antes de leer el texto:

El reino de mil años

1. Luego vi a un ángel que bajaba del cielo y tenía en su mano la llave del abismo y una gran cadena.

2. Dominó al Dragón, la serpiente antigua —que es el diablo y Satanás—, y lo encadenó por mil años.

3. Lo arrojó al abismo, lo encerró y puso encima los sellos, para que no seduzca más a las naciones hasta que se cumplan los mil años. Después tiene que ser soltado por poco tiempo.

4. Luego vi unos tronos, y se sentaron en ellos, y se les dio el poder de juzgar, vi también las almas de los que fueron decapitados por el testimonio de Jesús y la palabra de Dios, y a todos los que no adoraron a la Bestia ni a su imagen, y no aceptaron la marca en su frente o en su mano; revivieron y reinaron con Cristo mil años.

5. Los demás muertos no revivieron hasta que se acabaron los mil años. Es la primera resurrección.

6. Dichoso y santo el que participa en la primera resurrección; la segunda muerte no tiene poder sobre éstos, sino que serán sacerdotes de Dios y de Cristo y reinarán con él mil años.

El segundo combate escatológico.

7. Cuando se terminen los mil años, será Satanás soltado de su prisión.

8. Y saldrá a seducir a las naciones de los cuatro extremos de la tierra, a Gog y a Magog, y a reunirlos para la guerra, numerosos como la arena del mar.

9. Subieron por toda la anchura de la tierra y cercaron el campamento de los santos y de la ciudad amada. Pero bajó fuego del cielo y los devoró.

10. Y el diablo, su seductor, fue arrojado al lago de fuego y azufre, donde están también la Bestia y el falso profeta, y serán atormentados día y noche por los siglos de los siglos.

El juicio de las naciones.

11. Luego vi un gran trono blanco, y al que estaba sentado sobre él. El cielo y la tierra huyeron de su presencia sin dejar rastro.

12. Y vi a los muertos, grandes y pequeños, de pie delante del trono; fueron abiertos unos libros, y luego se abrió otro libro, que es el de la vida; y los muertos fueron juzgados según lo escrito en los libros, conforme a sus obras.

13. Y el mar devolvió los muertos que guardaba, la Muerte y el Hades devolvieron los muertos que guardaban, y cada uno fue juzgado según sus obras.

14. La Muerte y el Hades fueron arrojados al lago de fuego —este lago de fuego es la muerte segunda—.

15. Y el que no se halló inscrito en el libro de la vida fue arrojado al lago de fuego.

—Si no hay preguntas —dijo Cienfuegos—, pasemos a analizar el segundo cuadrete —se reclinó, llevándose el dedo índice a los labios; por tratarse de otro glifo calendárico, fue a la computadora para convertirlo en fecha gregoriana—: Corresponde al 1° de enero de 1260 —los participantes se miraron entre sí, encogiéndose de hombros; Cienfuegos se dio cuenta de su expresión—. Parece que esta fecha no nos dice nada, ¿verdad? No pasa nada. Concentrémonos, entonces, en el dibujo del ave. ¿Qué les parece que signifique?

—La paloma es símbolo del Espíritu Santo —dijo Callaghan y se encontró con movimientos de cabeza de los demás que aprobaban su comentario.

—Dejémonos guiar por este camino, 1260 y el Espíritu Santo. ¡Qué interesante! —exclamó Cienfuegos con expresión de embelesamiento—. Sí, ¿por qué no?

El abad y Callaghan se voltearon a ver sorprendidos y con expresiones de interrogación. ¿Qué habría podido adivinar el historiador? Cienfuegos, anticipando lo que le iban a cuestionar, se les adelantó:

—Les propongo algo. Ya que estamos un poco entrampados en este segundo cuadrete, sugiero que nos lo saltemos a ver qué nos dice el personaje principal. Esta técnica de lectura en zigzag se usa con frecuencia, y a mí en lo personal me ha dado buenos resultados en otras ocasiones —todos aceptaron la propuesta del historiador—. En una mano lleva un libro y en la otra un báculo. El báculo representa la jerarquía del personaje que debió de haber sido, con toda seguridad, un abad —Cienfuegos miró al abad, buscando su aprobación, que se tradujo en su asentimiento—. Evidentemente, el libro nos da a entender que era una persona letrada, como todo buen abad —sonrió, volteando a ver nuevamente a su amigo, que le devolvió una sonrisa—. Sus vestimentas también podemos descifrarlas por su color blanco; este abad perteneció a la orden cisterciense. Con estos elementos en la mano, me voy a aventurar a externar mi interpretación.

Sandra volteó a mirar a Callaghan para juzgar su expresión, y notó que éste, a su vez, intercambiaba miradas con el abad, en las cuales se denotaba su sorpresa por escuchar de Cienfuegos un temprano advenimiento de tan difícil interpretación, cuando ellos todavía trataban de digerir el primer cuadrete.

Cienfuegos respiró profundamente. Aun sabiéndose dominador del tema, no quiso pecar de pedante. Sin mayor prólogo, inició su alocución.

—El año de 1260 fue predicho por el profeta y abad cisterciense Joaquín de Fiore como el fin de los tiempos. En esa fecha, el mundo se acabaría como entonces se conocía y se daría paso a una nueva era, la del reino del Espíritu Santo —se dirigió a la computadora y comenzó a teclear hábilmente en busca de las referencias que recordaba sobre el tema; una vez que entró al sitio que buscaba, trató de resumir la información—: Joaquín de Fiore escribió un libro titulado *Expositio in Apocalypsim,* el título del libro que carga nuestra figura principal. Hablaba de la sucesión de tres épocas en la evolución de la humanidad: la del Padre, la del Hijo y la del Espíritu Santo, que correspondían a las tres personas de la Santísima Trinidad: la época de Dios Padre iba de Adán a Cristo, tiempo del Antiguo Testamento, de la Iglesia secular, representada por los hombres casados; la época de Dios Hijo iba del nacimiento de Cristo al año 1260, tiempo del Nuevo Testamento, de la Iglesia de los sacerdotes, representada por los clérigos; la época de Dios Espíritu Santo se inició a partir de 1260 y correspondía al tiempo de la comprensión espiritual, de la Iglesia de los religiosos, representada por los monjes. Este tercer estado es el que verá el fin del mundo.

Cerró los ojos y se alejó momentáneamente del monitor, estiró su cuello y realizó movimientos circulares, tratando de desentumecerlo; se oyeron algunos craqueos de sus vértebras cervicales que hicieron estremecer a Sandra.

—¿Entonces estamos viviendo en la época del Espíritu Santo?

—Supuestamente sí, Sandra —dijo aquél y se encogió de hombros.

—¿Por qué, entonces, precisamente el año 1260?

El historiador había estado esperando la pregunta.

—Joaquín de Fiore nació alrededor de 1135 y murió en 1202, medio siglo antes de la fecha de su predicción. Déjame ver qué encuentro al respecto —añadió, acudiendo a la computadora y concentrándose en su nueva búsqueda—.

Para realizar sus profecías, De Fiore se basó en el Apocalipsis, como ya dije, y también en algunos profetas del Antiguo Testamento. En el Apocalipsis podemos encontrar varias referencias, algunas medianamente disfrazadas, sobre el significado del número 1 260. Veamos lo que nos dice el capítulo 12, versículos 6 y 14, sobre la visión de la mujer y el dragón: "Y la Mujer huyó al desierto, donde tiene un lugar preparado por Dios para ser allí alimentada mil doscientos sesenta días". Muy claro, ¿no? Otra referencia más la podemos encontrar en el versículo 14: "Pero se le dieron a la Mujer las dos alas del águila grande para volar al desierto; a su lugar, lejos del dragón, donde tiene que ser alimentada un tiempo y tiempos y medio tiempo". Esto es muy interesante porque aquí "un tiempo" es un año, "tiempos" son dos años y "medio tiempo" es medio año. Total, tres años y medio, que son...

—*¡One thousand two hundred and sixty days!* —se anticipó Sandra.

—Pero hay más. Otra referencia la encontramos en el capítulo 13, versículo 5, referente al dragón que transmite su poder a la bestia: "Le fue dada una boca que profería grandezas y blasfemias, y se le dio poder de actuar durante cuarenta y dos meses". Y ya podemos suponer cuántos días son cuarenta y dos meses. Sin embargo, también sabemos que Joaquín de Fiore se inspiró en la lectura del libro del profeta Daniel, que podemos encontrar en el Antiguo Testamento. En este libro, en el capítulo 12, versículo 7, habla acerca de una profecía: "Y oí al hombre vestido de lino que estaba sobre las aguas del río jurar, levantando sus dos manos al cielo, por el que vive eternamente: 'Al cabo de tres años y medio, cuando se consuma la derrota del pueblo santo, se cumplirán todas estas cosas'".

—¡Bueno, basta! —concedió Sandra, llevándose ambas manos a la cabeza ante la avasalladora cantidad de información que presentaba Cienfuegos—. Todo indica que el número 1260 era cabalístico para el señor De Fiore.

—Entonces me darás la razón acerca de que Joaquín de Fiore no tenía de otra más que pensar que ese número tenía un significado especial, y que lo único que le quedaba por hacer, como yo lo hubiera hecho también en su lugar y en su tiempo, era hacer lo más obvio; en otras palabras, tomar los días por años. Es decir que los 1 260 días, que tanto habían aparecido en sus principales fuentes, se referían específicamente a años. Por lo tanto, el año 1 260 sería el parteaguas de su predicción —palmoteó sus manos sobre sus muslos—. Lógico —de nueva cuenta Cienfuegos volvió su mirada al códice para dar inicio a la interpretación del tercer cuadrete—. Esta vez se trata, claramente, de tres círculos entrelazados, con las letras IEUE dibujadas en sus intersecciones.

Al terminar de describir el dibujo, buscó las miradas del abad y de Callaghan, al mismo tiempo que se incorporaba.

—Los tres círculos entrelazados son un símbolo que se utilizó en la antigua cristiandad para representar a la Santísima Trinidad —explicó el abad—. Como también se la representaba, paradójicamente, como un triángulo: un lado para cada persona.

—¿Por qué escogieron los círculos? —preguntó Sandra.

—Un círculo es una línea infinita: no tiene principio ni fin, y por eso simboliza la eternidad de Dios —declaró el abad con certeza—. Yo soy el alfa y el omega.

Cienfuegos seguía apostado en la computadora. Mientras se sumergía en su investigación, los demás comentaban, asombrados, cómo la página más difícil del día se iba desvelando poco a poco; aunque, confesaban, si bien los cuadretes eran relativamente claros, todavía no le encontraban pies ni cabeza a lo que quería transmitir aquel códice.

—¿Qué significan las letras dentro de los círculos? —inquirió la reportera.

—El sagrado nombre de Dios —dijo el abad—. El nombre de Dios que aparecía más número de veces en la Biblia hebrea, se escribía con sólo cuatro letras consonantes: *Yod, He, Vav, He*, también conocidas como *tetragrammaton*, que en griego quiere decir "cuatro letras".

Cienfuegos continuaba mirando con fruición el monitor. De vez en vez levantaba la vista para buscar la mirada del abad.

—Mira, Sandra, presta atención. Ya que tanto te motivó el tema, lo que estás a punto de ver es precisamente el nombre sagrado e impronunciable de Dios —Sandra observó el dibujo con el ceño fruncido—. Son las cuatro letras hebreas que lo conforman. Como sabes, el hebreo hay que leerlo de derecha a izquierda —hizo una pausa para permitir que la reportera leyera mentalmente las cuatro letras al revés—. En aquellos tiempos, este sagrado nombre de Dios estaba totalmente prohibido pronunciarlo. Por eso se prefería el uso de expansiones de estas cuatro letras para conformar otras palabras que sí podían pronunciarse, como *Yahveh* y *Jehová*.

יהוה

—Son otros nombres de Dios, ¿no?

—Usados por el común de las personas. Las letras IEUE son las iniciales de las tres personas de la Trinidad.

—Las tres personas de la Trinidad definidas en cuatro letras.

—Sí —asintió Cienfuegos, concediéndole la razón a la reportera—. Parece una contradicción, pero si te fijas bien, una de las tres siempre se repite. Mira: La "I" es Dios Padre… la "E" es el Espíritu Santo…

—Es la que se repite —apuntó Sandra.

—Sí. Y la "U" es Dios Hijo… Estas iniciales conforman el nombre de Dios.

Cienfuegos calló para que sus comentarios permearan en la profunda comprensión de los asistentes. Después de unos interminables momentos, los miró fijamente esperando alguna réplica, que no tardó en surgir.

—Siempre el Espíritu Santo acompañando y sustentando a las otras dos personas —comentó el abad, con perspicacia y desde la distancia—. Como si las sostuviera, como si les proporcionara apoyo.

Cienfuegos y Callaghan se miraron fijamente con cierto asombro. El comentario que había hecho el abad, anteponiendo al Espíritu Santo como eje y columna vertebral de la Trinidad, era algo innovador, en lo que no habían caído en la cuenta.

—Padre y Espíritu Santo... Hijo y Espíritu Santo... —se oyó mascullar nuevamente al abad.

La aseveración del abad, que corroboraba su apreciación anterior, fue como el colofón teológico de la interpretación de la página.

—Nos falta descifrar el último cuadrete —apuntó el abad.

Cienfuegos dijo:

—*Liber Introductionis in Evangelium Aeternum.*

—"Introducción al Evangelio Eterno" —tradujo el abad con prontitud.

El historiador alimentó la computadora con el único dato que tenía a la mano. No tardó mucho en obtener una respuesta.

—Nuestro autor es Gerardo di Borgo, san Donnino, un monje franciscano, discípulo de Joaquín de Fiore. Escribió la *Introducción al Evangelio Eterno*, identificando plenamente las profecías de De Fiore con el movimiento franciscano de los Espirituales.

—¿Y quiénes eran los Espirituales? —cuestionó Sandra.

—Fue una reforma franciscana —intervino el abad, adelantándose a lo que iba a leer Cienfuegos— que se contraponía a los Conventuales, que pertenecían a la rama conservadora, ortodoxa, de la orden. Hacia mediados del siglo XII se produjo el cisma entre ellos. Los Espirituales representaban el grupo extremista, heterodoxo, que predicaba la vida radical del ideal de pobreza extrema. Pretendían reformar la Iglesia, que, de acuerdo con su concepción, se encontraba atrapada por la corrupción. Rechazaban por igual cualquier intervención pontificia.

—Defendían las concepciones escatológicas de Joaquín de Fiore —abonó Cienfuegos, quien ya había encontrado información pertinente sobre el caso—. En la última etapa, la del Espíritu Santo, la Iglesia, entendida como hoy la conocemos, se acabaría, y serían ellos, los propios Espirituales, los encargados de llevar a cabo los designios esperados en ella.

—El general de la orden, san Buenaventura, medió entre los Conventuales y los Espirituales; favoreció a los primeros y logró cierta época de paz —añadió el abad—. Sin embargo, poco después hubo un resurgimiento más radical de los Espirituales que mereció la condena del papa, quien promulgó una bula mediante la cual condenaba cualquier aspiración a la pobreza absoluta, como lo pretendían los Espirituales.

—Los Espirituales suenan como auténticos revolucionarios —comentó Sandra.

—Toda heterodoxia conlleva cierto grado de rebeldía —manifestó Callaghan con gravedad.

Sandra volteó a ver al legionario, extrañada por sus palabras.

—El papa Alejandro IV, preocupado por la difusión e influencia de las teorías joaquinitas entre la comunidad franciscana, ordenó una comisión de cardenales para que examinaran el texto del "Evangelio Eterno". Se podrán imaginar que esta comisión condenó las ideas y la destrucción del libro. Y no sólo eso, san Donnino fue encarcelado y sentenciado a prisión de por vida.

—Nuestro monje encarcelado... —masculló Sandra con tono de tristeza.

Por unos momentos reinó el silencio. Cienfuegos retiró la vista del monitor y se frotó los ojos.

—Prosigamos, que aún podemos descifrar una página más —dijo, mientras mostraba el nuevo dibujo.

Cienfuegos notó en las caras de los participantes expresiones de extrañamiento y confusión. Era evidente que la pintura los tenía azorados. Pensó en intervenir, pero decidió que mejor alguno de ellos tomara la iniciativa.

—Michael, ¿quieres comentar algo?

—Lo único que te puedo decir es que es un fraile franciscano, postrado en actitud, diría de meditación o de rezo, por su expresión de angustia y quizá de dolor. En un cuadrete aparece un libro titulado *Apocalipsis Nova*. En otro, hay dos personajes, un franciscano, y seguramente el papa; lo deduzco por la tiara que lleva puesta, en lo que parece ser un confesionario.

—*Apocalipsis Nova* fue escrito por el beato Joannes Menesius o Méndez da Silva, mejor conocido como Amadeo de Portugal, alrededor de 1460 —abonó Cienfuegos sin apartar la vista de la computadora—. Siendo joven se fue a vivir al convento... —irguiéndose, interrumpió abruptamente su lectura; por unos momentos vació su mirada en la nada, tras lo cual levantó su barbilla y manifestó alzando la voz—: ¡Vaya! ¡Ya era hora!

Los asistentes cruzaron miradas de incertidumbre. El abad fue el primero en preguntar:

—¿Ya era hora de qué?

—De que apareciera el nombre, por supuesto.

Se volvieron a mirar entre sí para confirmar si alguno ya había captado lo que el historiador quería decir.

—¡Guadalupe!

Sandra entreabrió la boca en un gesto que delataba que no entendía nada.

—Amadeo de Portugal vivió diez años en el convento de Guadalupe, en Extremadura —explicó Cienfuegos—. Me preguntaba cuándo iba a aparecer el nombre de Guadalupe, y mírenlo —señaló el códice—, ahí está, con un personaje que aparentemente no tiene nada que ver con el suceso mariano —sin más, volvió a adoptar su postura de lectura y siguió leyendo la información que tenía a la mano—. Después de su estancia en el convento de Guadalupe, viajó por Europa y finalmente tomó los hábitos de la orden de San Francisco, en Italia. Allí fundó e impulsó una reforma de su orden franciscana, estableciendo comunidades amadeitas que eran regidas bajo una estricta regla de observancia.

Cienfuegos hizo una breve pausa, que Sandra aprovechó para comentar algo que le había llamado la atención.

—Bueno, estas órdenes religiosas, sobre todo los franciscanos, se la pasaban haciendo reforma de la reforma de la reforma.

El historiador rió. Todavía con la sonrisa en los labios, se volvió a concentrar en lo que le mostraba el monitor.

—Se trasladó a Roma y se convirtió en el confesor del papa Sixto IV —dijo, mientras señalaba el dibujo del cuadrete; fijándose detenidamente en él, notó algo de importancia que quiso compartir—: Claro, el confesor es el mismo de la figura principal, si observan con detenimiento. Se le consideraba un profeta visionario.

—Ya llevamos dos con éste —acotó Callaghan—: Joaquín de Fiore y Amadeo de Portugal. De seguro nos va a predecir el fin del mundo.

El historiador asintió imperceptiblemente con la cabeza.

—En su obra, *Apocalipsis Nova*, se le apareció el arcángel Gabriel, y mientras se encontraba en éxtasis, le reveló el dogma de la Inmaculada Concepción de María, si bien Amadeo la interpretó de manera un tanto heterodoxa, casi agnóstica.

—No entiendo muy bien eso de que hiciera una interpretación agnóstica del dogma de la Inmaculada Concepción —acotó Sandra—. ¿Qué, estos conceptos no se contraponen?

Cienfuegos buscó con la mirada al abad. Éste hizo un gesto de asentimiento y tomó la palabra.

—Me imagino que lo que se quiere decir es que Amadeo de Portugal de alguna manera reconoció que ese dogma podría ser inaccesible al entendimiento humano.

El abad devolvió la mirada al historiador, cediéndole la palabra de nueva cuenta.

—De acuerdo con su visión, la Virgen María y Juan Bautista eran los verdaderos protagonistas del Nuevo Testamento, a la par o más que Jesús.

Callaghan miró fijamente al abad, quien se revolvía incómodo. Era tan transparente su lenguaje corporal que no tenía que decir nada para expresar su desacuerdo.

—Se cree que Leonardo da Vinci se inspiró en las ideas de Amadeo de Portugal. Por eso pintaba a la figura femenina con gran preeminencia en sus obras, casi siempre mostrándola en el espacio central.

El abad asintió, mesándose el cabello, mostrando su coincidencia con la apreciación artística del historiador.

—También profetizó la inminente venida de un papa angélico que uniría las iglesias y propiciaría una nueva era de la cristiandad.

—Muy al estilo de De Fiore —apuntó Callaghan.

—Parecido —respondió Cienfuegos—. Finalmente, en otro suceso de éxtasis, vio a la Virgen María señalando a los apóstoles y diciéndoles que, próximo el fin del mundo, ella estaría de cuerpo presente en las imágenes sagradas hasta el fin de los tiempos, y que su presencia se manifestaría por los milagros que obraran a través de ellas, del mismo modo como Cristo se hace presente en la eucaristía.

Cienfuegos hizo una pausa, apartándose del monitor con el ceño fruncido. Volteó a ver al abad, que reflejaba la misma expresión. Lo que acababa de leer encerraba un gran tema teológico.

—Es muy clara la recurrencia de los conceptos de la veneración de las imágenes y las ideas milenaristas, ¿cierto? —comentó como un preámbulo.

Todos asintieron.

—Enrique —terció el abad con cara de preocupación—… ¿Estás queriendo decir que Amadeo de Portugal postuló el concepto de la transustanciación de las imágenes con la Virgen María?

Ante la profundidad del comentario, se hizo un silencio generalizado.

—¡*Wait, wait, wait!* ¿Qué es eso? —acotó Sandra, con los brazos en alto, exigiendo una explicación inmediata.

El abad asintió con condescendencia.

—La transustanciación es la transformación del pan y del vino en el cuerpo y la sangre de Cristo.

Sandra se tomó unos instantes para pensar y elaborar su siguiente pregunta:

—¿Entonces debo entender que las imágenes de la Virgen María… se transforman en su cuerpo?

—Lo que sé es que la Virgen María se haría presente, sí, a través de los milagros que obren sus imágenes. Creo que la teoría de Amadeo de Portugal traspasa el umbral de la veneración de las imágenes sagradas —se acarició una sien—, en el sentido de que las imágenes, en sí, no obran milagros; sin embargo, la transustanciación, indudablemente es, *per se*, un milagro.

Sandra no tuvo qué responder a lo dicho por el abad.

—Tienes razón, Leonardo —acotó Cienfuegos, con la mirada fija en la pantalla—. De hecho, los escritos de Amadeo de Portugal fueron considerados heréticos; sin embargo, los franciscanos abrazaron sus ideas.

Cienfuegos calló. Su actitud denotaba cierta confusión de ideas. La pausa la aprovechó Sandra para reiterar de alguna manera la apreciación que había externado con anterioridad.

—¿Y las dos vírgulas de nuestro personaje? —cuestionó Sandra.

Cienfuegos le contestó con otra pregunta:

—¿Qué tienen los dos en común?

—¿Te refieres a De Fiore y a Amadeo de Portugal?

Cienfuegos asintió.

Sandra repasó mentalmente lo que habían dicho de uno y de otro. Sólo había un rasgo en común.

—Ambos eran profetas.

Cienfuegos asintió de nueva cuenta. Esperó algún comentario. Al no haberlo, decidió dar por terminado el día.

—Antes de irme, quisiera comentarles un poco sobre lo que he podido descubrir acerca del códice. Me atrevería a decir que el estilo pretende asemejarse, salvadas las abismales diferencias, por supuesto, al Códice Borbónico, que se conserva en la biblioteca del palacio de Borbón, en París. Típicamente, aparece un cuadrete grande, donde se pinta la figura principal, y cuadretes menores que ayudan a la interpretación —Cienfuegos permaneció en silencio con el ceño fruncido, un gesto que acostumbraba hacer cuando se veía arrastrado interiormente por sus cavilaciones—. Puedo decirles que nuestros conceptos primigenios de Imagen, Virgen y Guadalupe, han probado ser un acierto. Añadiría, dentro de este enclave, otros temas: el milenarismo, como el advenimiento del fin del mundo, la Trinidad, y el Espíritu Santo, conceptos esgrimidos por De Fiore. Y, si no me equivoco, por su influencia los veremos más seguido en las siguientes interpretaciones de las próximas páginas.

Se despidieron sin la formalidad de su primer encuentro. Sandra y Callaghan se preguntaron si necesitaban transporte a su casa. Ambos habían traído coche. De la charla se enteraron que Callaghan vivía en Polanco y Sandra en la Condesa. Acordaron que, para el día siguiente, lo mejor sería venir en un vehículo, por lo cual Callaghan pasaría por ella.

El abad buscó a Cienfuegos con la mirada, haciéndole una señal con la cabeza de que lo siguiera.

—¿A qué hora te parece que nos reunamos mañana? —preguntó el abad.

—A las nueve, si no tienes inconveniente.

—¿Podríamos trabajar todo el día?

—Sí, sí. Lo que necesito ahora es descansar un poco. Sabiendo que vendré mañana y que trabajaremos todo el día, traeré mi laptop y así avanzaremos más rápido —ironizó—. Quizá mañana te acepte la invitación y me quede, si no logramos terminar.

—Tengo que confesarte que me tiene inquieto el derrotero que está tomando la interpretación del códice. Hasta donde entiendo, por las pocas páginas que hemos podido descifrar, el mensaje es muy claro; tiene visos de estar cimentado por una doctrina iconoclasta, milenarista y herética. ¿No sientes que esto puede venir de grupos extremistas? —preguntó con aprensión.

—¿Te refieres a terroristas?

—Sí. A terroristas de la fe. Grupos extremistas que, en aras de defender sus convicciones religiosas, lleguen incluso al uso de la violencia. No existe razón válida alguna para justificar un hurto de esta magnitud y trascendencia.

Cienfuegos asintió, concediéndole la razón.

—Todavía falta mucho por descifrar. Hay que esperar a que podamos traducir íntegramente el mensaje. Ya verás que en el entendimiento que logremos de este códice, podremos conocer las causas y los motivos del robo del ayate, ayudar a Callaghan a definir la personalidad del ladrón y, con ello, darle pistas para su posible identificación.

El abad estiró su brazo y con la mano lo tomó del hombro, dándole unas palmadas. Cienfuegos reaccionó a su vez palmoteándole el dorso de la mano, acompañando su gesto con un guiño en señal de mutuo entendimiento.

Anunciaron a Callaghan y Sandra los planes del día siguiente.

—¿Te cercioraste de que tuviera pilas la grabadora? —el historiador se dirigió a la reportera guiñándole un ojo.

—Esta grabadora no las necesita; pero no te preocupes, que todo ha quedado grabado —respondió con una sonrisa de complicidad, mirando de reojo la luz roja del encendido.

❖

Cuando el arcipreste salió de la oficina del abad, encaminó sus pasos a los dominios de don Agustín. Se reprochó haber permanecido tanto tiempo encerrado en la reunión con los investigadores, en lugar de haberse ocupado de la supervisión de la costura de la tela. "Quizá sirvió de algo mi presencia —pensó—; por lo menos aprendí el simbolismo del crucifijo de san Damián. ¿Dónde demonios lo he visto antes?", trató de acordarse, sin conseguirlo. Por alguna razón creía que recordar ese dato era muy importante; no poder hacerlo lo hacía sentir incómodo.

Casi sin darse cuenta, tan inmerso estaba en sus cavilaciones, se topó de bruces con el cuarto donde debía estar don Agustín. De un solo vistazo notó su ausencia. Se dirigió a la habitación contigua con la esperanza de encontrar a doña Carmen y a la señora Juana. Aliviado, constató que aún trabajaban en la tela. Se acercó y revisó meticulosamente el paño que le mostraba doña Carmen. La unión se había hecho a mano, y según su inexperta opinión, le parecía muy bien realizada.

—Don Agustín nos dijo que la hiciéramos imitando la junta del ayate de la Niña —comentó doña Carmen.

El arcipreste alabó las hechuras. Optó por quedarse hasta verla terminada. Se congratuló de haberles dicho la verdad; gracias a eso, ahora tenía una tela muy parecida a la original. Para su sorpresa, no pasaron ni quince minutos para que doña Carmen le entregara la tela terminada. Al principio, el arcipreste no supo cómo reaccionar. Añoró la presencia de don Agustín. No quiso desdoblar la tela, ya que así se la habían entregado las manos expertas. La sostuvo entre sus brazos como sopesándola. La revisó de arriba abajo y asumió que todo estaba bien.

Con la tela bajo el brazo, se dirigió a la oficina del gerente de Cómputo. Entró saludándolo y anunciándole:

—Como te lo prometí, aquí te la traigo.

Negrete la recibió y sin mucho miramiento la desdobló en el primer escritorio más o menos vacío que encontró. Revisó la tela, estirándola por sus cuatro puntas. El padre Fonseca quiso explicarle con detalle el área exacta en que quería que se imprimiera la Imagen. Hizo un gesto con la mano para captar su atención:

—La cabeza de la Virgen debe quedar fuera de la cicatriz de la costura.

Negrete asintió; entendía la importancia del requerimiento que se le estaba haciendo. Acto seguido, lo invitó a que lo acompañara a sentarse junto a él. El gerente le mostró la imagen limpia, sin sellos ni firmas. El arcipreste escuchó con fingida atención la explicación sobre los detalles técnicos que tuvo que solventar. Para finalizar su exposición, le anunció que los positivos ya se estaban elaborando y que él llevaría la tela al serigrafista para explicarle con precisión el área en que debía imprimirse la Imagen. El padre Fonseca le requirió que lo mantuviera informado en todo momento del progreso de impresión.

Tenía prisa por ir a ver el avance de las labores de pulido del piso, así que se dirigió hacia allá. Desde el pasillo reconoció el sonido de la máquina pulidora. Al hacer su arribo a la nave central, distinguió las figuras de media docena de trabajadores, vestidos con overol y tapabocas, afanados en la limpieza del suelo. Buscó con la mirada la silueta de don Agustín; lo encontró al lado del operador de la pulidora. Lo llamó por su nombre.

—Tiene hasta mañana para terminar con esto —el arcipreste señaló con su brazo las labores que se hacían—. Déjelo hasta donde pueda. Lo importante es que pasado mañana, sin falta, se reabra la basílica.

Don Agustín asintió, resignado.

—Mañana sin falta le tengo listo el bastidor —le anunció—. Y luego que me va a sobrar tiempo con la pulida, por lo que me acaba de decir, se me hace que lo termino tempranito en la mañana.

—Pues entonces mañana lo veo.

El arcipreste se encaminó hacia su oficina. Seguía con un embrollo en la cabeza por los pendientes que tenía que supervisar. Le hizo un gesto de saludo a su secretaria y entró. Revisó algunos papeles alojados sobre la charola de entrada y contestó algunas cartas.

Miró el reloj. Ya era tarde. Tomó el teléfono y le comunicó a la secretaria que podía retirarse. Antes de colgar, sin embargo, le pidió que viniera a su oficina y que le trajera el llavero del Camarín.

La señorita Estévez entró con papel y pluma en una mano, lista para tomar nota de cualquier orden; en la otra mano llevaba el llavero, que depositó en el escritorio. El padre Fonseca fijó su gélida mirada en ella mientras lo tomaba y lo guardaba en el cajón. Todavía no se le quitaba el sentimiento de animadversión hacia su persona, desde el momento en que confesó que había permitido la entrada al Camarín a don Agustín, sin haberlo consultado. Quería entenderla, pero no le era fácil. Sentía que había abusado de su confianza. Al pedirle el llavero le dijo que se lo estaba requisando porque ya no confiaba en ella.

—Ni una palabra, ¿me entendió?

La secretaria lo miró, extrañada.

—Lo que quiero decir es que no hay que decir ni una palabra a nadie sobre lo acontecido el día de hoy —la secretaria asintió, bajando la cabeza—. ¡Señorita Estévez! —le gritó; sobresaltada, ella levantó la vista—. Lo que necesito es que sus ojos me miren de frente y que me diga si entendió lo que le acabo de decir —le espetó.

—Sí. Perfectamente, padre —contestó la secretaria con mirada azorada.

—¡A nadie! —le advirtió con el dedo índice en alto, que más bien parecía una señal de amenaza —nuevamente ella asintió, sosteniéndole la mirada—. Puede retirarse.

❖

La señorita Estévez, liberada de sus tareas del día, llamó al laboratorio para ver cuándo podían tener los resultados. Fue informada que no hacía mucho habían recibido las muestras y que no sería sino hasta el día siguiente que tendrían los resultados, y esto sólo porque se había autorizado el pago extra dadas las exigencias de premura que provenían del padre Callaghan, un reconocido y añejo cliente VIP del laboratorio. Suspiró resignada ante la imposibilidad de adelantar tiempos en su labor.

En este espontáneo paréntesis, sus pensamientos remontaron vuelos inquietos. El sentimiento de temor y angustia que la había acosado con recurrencia las últimas semanas, comenzó a invadirla de nuevo. Las remembranzas la acecharon, haciéndola ruborizarse. En su interior, agradeció que el arcipreste le hubiera solicitado el llavero para que él lo guardara; así no lo tendría a la vista, recordándole momentos embarazosos que quería olvidar a toda costa.

Sin poder evitarlo, la acosaron los mismos pensamientos que tuvo cuando acompañó a don Agustín al Camarín. Con renuencia se percató de que los poros de la piel de su nuca se dilataban para dar salida a la incipiente sudoración. Su comportamiento había sido de gran flagrancia y descaro. Todavía no se atrevía a contárselo a nadie; quizá nunca lo haría.

Había que añadir la angustia que le provocaban los constantes cuestionamientos del padre Callaghan y, sobre todo, la tácita desaprobación del abad ante el hecho de que ella tuviera la custodia de la llave encomendada al padre Fonseca. La recurrente mirada recriminatoria del legionario tenía el efecto no sólo de ponerla nerviosa sino de hacerla dudar en todo momento de la eficiencia de sus acciones, por más que se esmerara en cooperar y procurar ser útil. Sólo esperaba que la presión a la que estaba viéndose sometida no terminara en la mayor de las vergüenzas.

Fue entonces que se acordó de su novio. ¿Qué habría sido de él? Lo conoció en la basílica. Era uno más de los que laboraban en los oficios que ofrecía el santuario a los feligreses. Al principio no le prestó ninguna atención. ¿Cómo lo iba a hacer debido a su condición y oficio? Su semblante serio, digno y grave, como si cargara media humanidad sobre sus hombros, lo hacía sobresalir entre los demás. Era obvio que ejercía un liderazgo natural entre sus compañeros, quienes acudían a él con frecuencia para consultarlo sobre las pequeñas encrucijadas de sus funciones cotidianas. Como portavoz de esta minúscula comunidad, entre sus deberes se incluía el verla casi a diario, ya que ella fungía como intercesora ante el arcipreste. Lo que comenzó como una relación profesional, se transformó, dado el continuo trato personal, en una relación de amistad, que progresó hasta convertirse en lo inevitable.

Al principio fueron encuentros esporádicos, alejados del santuario, pero sus apetitos por verse a solas cada vez se volvían más insistentes y empezaron a tomar riesgos indebidos. Lo que inició en la lejanía, se tornó, conforme pasaba el tiempo, en acortar distancias hasta provocar encuentros con una cercanía que rayaba en la temeridad, debido a la necesidad de ahorrar tiempo y al deseo de prolongar sus reuniones, ideando la manera de verse después de haber cumplido sus obligaciones profesionales.

Fue entonces cuando todo cambió.

De un día para otro, sin previo aviso, él renunció a su puesto, aduciendo obediencia a un mandato de sus superiores. A partir de ese momento sólo tuvieron un encuentro más: ése del triste e infortunado recuerdo. Y de ser una persona atenta que la procuraba todos los días, pasó a ignorarla por completo, al grado de que ni siquiera le hablaba por teléfono. Sin tentarse el corazón, la había abandonado.

❖

Sandra abrió la puerta de su departamento y entró exhalando un resoplido. Sin querer, propinó un sonoro portazo al cerrarla. Al oír el estruendo, se encogió de hombros un poco apenada, pensando que el ruido podía haber incomodado a algún vecino. Lo primero que hizo, como siempre, fue descalzarse. Reconocía que era una costumbre acendrada desde su niñez. Quizá esta manía se debía al tamaño de sus pies. Recordaba, como si fuera ayer, haber pasado su infancia con perenne malestar; le crecían muy rápido y dejaba los zapatos casi nuevos porque empezaban a quedarle chicos muy pronto, lo cual desagradaba sobremanera a su madre, que la forzaba a seguir utilizándolos. Quizá por esa razón le tuvo un marcado encono a los zapatos, pues siempre los asociaba con el dolor.

Se dirigió a la cocina a prepararse una taza de café. Sacó la bolsa de grano y el molino. Molió el café manualmente hasta que sintió que ya no tenía que luchar contra la manivela que, desfallecida, se dejaba manipular con facilidad. Encendió y dejó que la cafetera asumiera su tarea.

Se encaminó a su cuarto mientras se iba quitando, una a una, las prendas que llevaba puestas. Buscó sus piyamas largos en los cajones de la cómoda. Se desnudó y arrojó la ropa interior sobre un sillón cercano a la cama. Colocó el cuerpo entero frente al espejo que hacía de entrada de su vestidor y, contemplándose con los brazos en jarras, giró varias veces su cintura de un perfil al otro, diciéndose: "*Not bad, not bad at all.* Algún día me voy a hacer un tatuaje", mientras dilucidaba el lugar exacto donde le gustaría tenerlo. Se dio la vuelta sacando el culo y se puso de puntillas para acentuar sus redondeces. "Sí, quizá sobre el nacimiento de la raya." Desechó esa idea porque deseaba algo más sutil, algo que lograra cubrir la ropa interior, para sólo mostrarlo a la persona adecuada. Este pensamiento le hizo esbozar una sonrisa pícara, que exageró ante el espejo. Se dio la vuelta. "Pronto voy a tener que ir con la depiladora", concluyó, después de observar con detenimiento su área púbica y descubrir una miríada de vellos negros que comenzaban a nacer en sitios que ella consideraba inadecuados para poder continuar con su habitual exhibicionismo, luciendo sus minúsculos bikinis. Se dio cuenta de que, para el tatuaje que quería hacerse, las áreas que la prenda cubriría eran definitivamente muy reducidas. O se ponía el tatuaje en las nalgas o en la ingle, dentro del triángulo que formaba el vello púbico. La idea no le desagradó porque, si después de algunos años se cansaba de tenerlo, podría dejarse crecer el vello y así, de manera natural, lo ocultaría, sin necesidad de eliminarlo con láser.

Se puso el piyama y regresó a la cocina por su café enfundada en las pantuflas que robó en el *spa* del último hotel al que había ido con un acompañante ocasional. Se situó entre el sofá y la mesa central y se dejó caer sobre el tapete con diseño modernista de grecas zapotecas y hermoso colorido que compró en Teotitlán del Valle, en Oaxaca. Se sentó y adoptó la posición de loto.

Paseó su mirada sobre el espacio de la sala, deteniéndose por igual en los lugares que le agradaban y en aquellos en los que debía trabajar más. Se consideraba una interiorista frustrada. "Algún día también seré una arquitecta frustrada —pensó con una sonrisa en los labios—, cuando tenga el dinero para construir una pequeña casa." Por el momento, se conformó con solazarse con el grabado de Julio Ruelas que había adquirido en una subasta de antigüedades, y con el autorretrato de Francisco Toledo, prueba de autor, que compró en una galería de arte contemporáneo. Ambas compras, en diferentes etapas de su vida, la habían dejado limpia, en la ruina y sin un centavo, por un buen tiempo.

Tomó la grabadora y, buscando el archivo donde había registrado toda la sesión del día, apretó el botón de reproducción. Acto seguido, en un gesto de arrepentimiento, apretó el *stop*. Antes le hablaría a su jefe para ponerlo al tanto de sus avances. Con la bocina del teléfono en la mano dudó si marcarle al periódico o a su celular. Miró su reloj. "De seguro seguiría en la oficina —pensó—, como todo buen *workaholic*".

—He estado esperando tu llamada toda la tarde.

—Te podrás imaginar…

—Te dieron la exclusividad.

—Más que eso. Conseguí triplicar el presupuesto que la basílica le tenía asignado al periódico, que no es *pecata minuta*.

—¡Eso está muy bien! ¿Y la exclusividad?

—También.

—¡Perfecto! ¿Cuánto tiempo les diste?

—Una semana.

—Entonces es cierto eso de la desaparición. ¿El ayate fue robado?

—Por increíble que parezca, sí. El ayate de la Virgen fue robado.

—No sé si te das cuenta de la relevancia de esta noticia.

—¿Cómo no lo voy a saber? No soy tonta y me doy perfecta cuenta.

—Oye, esto es muy grande.

Sandra intuyó que su jefe se traía algo.

—Ni se te ocurra poner a otro, supuestamente con más experiencia, en mi lugar. Te lo advierto —Jesús no respondió—. Si me quitas la nota, no te entrego nada. Y no me importa que me corras del periódico. El material que he recabado me da para armar una crónica merecedora del premio Pulitzer. ¿No es lo que querías?

Del otro lado de la bocina se escuchó sólo silencio.

Sandra decidió callar, segura de haber adivinado las intenciones de Jesús. Quedó satisfecha al haber expuesto su punto de vista como quería. El turno era de él.

—Te confieso que esa idea sí cruzó por mi mente. Sin embargo, no es nada personal, créemelo. No se trata de ti. Simplemente, dada la envergadura de la noticia, pensé en lo mejor para el periódico.

—Y lo mejor para el periódico, según tú, es quitarme y poner a otro en mi lugar. Incluso, ¿por qué no?, tú mismo, ¿no es así?

Atenta escuchó la respiración agitada de Jesús, misma que había oído en innumerables ocasiones cuando se encontraba en un estado de franca alteración. Prefirió mantenerse en silencio para no agravar la situación.

—¡Te quedas con la nota! Pero si la cagas… te juro que te pongo de patitas en la calle. Te me largas, ¿oíste? Estás advertida.

Oyó que le colgaba. Ella hizo lo mismo.

Callaghan entró a la habitación después de haber cenado cualquier cosa en el comedor. Por alguna razón se le iba el apetito cuando estaba solo, y esto se había convertido en los últimos tiempos en un hábito. Revisó la decoración, que encontró monótona, desnuda, cansina y brutalmente aburrida. Con un absoluto desgano se quitó la ropa y se puso el piyama.

Al meterse entre las sábanas, encogió los pies, anticipándose a la gélida humedad, que como ciénaga anegada todas las noches le daba la bienvenida. Esto era normal en esta época del año. El agua de la lluvia se colaba hasta en los últimos rincones de las casas. Ya había reportado, no sabía cuántas veces, que la azotea debía impermeabilizarse porque el agua y el salitre hacían destrozos múltiples que levantaban por igual pintura, yeso y tapiz de paredes y techos, cual si fueran finas virutas de madera.

Tenía la manía de escoger un momento para comenzar a rezar: ése era después de un buen rato de quedarse tieso y empezar a entrar en calor. "Orar congelado es demasiado incómodo —pensó con desazón— y hoy no estoy para martirios." Se le ocurrió que en lugar de repetir las monótonas oraciones, leería un poco. Miró de soslayo la novela que reposaba sobre el único y traqueteado buró de madera apolillada. Dudó si recomenzar esa lectura o leer algún pasaje de la Biblia para paliar un poco el sentimiento de culpabilidad que sentía por no haberlo hecho en las últimas semanas. Trató de alejar este incómodo pensamiento. Doblegándose ante la persistencia de su reflexión, estiró un brazo y la alcanzó. La abrió en el último libro, el 73, correspondiente al Apocalipsis de san Juan. Repasó el capítulo 20, "El reino de mil años", y los subsecuentes. Si bien leyó innumerables veces a este evangelista, a la luz de las interpretaciones que de este pasaje había hecho Cienfuegos al descifrar el códice, su propia percepción había cambiado por completo, pues le llamó la atención, particularmente, un pasaje del capítulo 22, versículos 8 y 9: "Yo, Juan, fui el que vi y oí esto. Y cuando lo oí y vi, caí a los pies del ángel que me había mostrado todo esto para adorarle. Pero él me dijo: 'No, cuidado; yo soy un siervo como tú y tus hermanos los profetas y los que guardan las palabras de este libro. A Dios tienes que adorar'".

Era el mismo mensaje con el que habían dado inicio a la interpretación del códice. No pudo reprimir un pensamiento: "Sólo a Dios se le adora. Ni a los ángeles ni a las imágenes de santos ni a... ¿la Virgen María? ¿Aunque sea divina? Muchas de las páginas que interpretaron ese día se habían centrado en esto: en la condenación o en la permisividad de la veneración de las imágenes sagradas.

"Esto de la teología no es lo mío", pensó. Sintió cierto alivio al reconocer que los análisis del laboratorio estarían listos en la mañana. Confiaba en descubrir algo que le diera una nueva línea de investigación. Repasó de nueva cuenta la estrategia que pensaba implementar. Hablaría con el jefe de Seguridad sobre las grabaciones de las últimas veinticuatro horas previas al suceso. Buscaría a alguien que llevara un bulto cargado. ¿Pero qué tal si el ayate no había sido sacado de la basílica? Tendría que hablar con el arcipreste para corroborar que la búsqueda del lienzo hubiera sido exhaustiva. ¿Y el arcipreste? Qué raro que hubiera dejado su llave, tan a la ligera, en salvaguarda de su secretaria. ¿Y su expresión alucinada al ver el crucifijo de san Damián? De una cosa estaba seguro: no era normal.

Callaghan se revolvió, buscando, sin conseguir, una zona caliente. Desde hacía tiempo andaba inquieto, preguntándose a menudo sobre su futuro y el de la legión. Los últimos y aberrantes acontecimientos, acaecidos al fundador, habían llevado a la orden al vértice de la desaparición. La legión se había cimbrado, y con ella todos sus integrantes. Algunos hacían como si no hubiera pasado nada, otros se

171

refugiaban en el frágil consuelo de la gran obra que habían logrado hacer, otros más habían renunciado con gran resquemor.

Fue tan grave el escándalo que la raíz de sus principios, de su fe, de su vocación, y de sus años de dedicación a la orden, no sólo se encontraban en entredicho, sino seria y profundamente lastimados. Quizá por eso, en su fuero interno, se había rebelado, transgrediendo, con absoluta deliberación, algunas de las triviales reglas que le imponía la orden en el quehacer diario.

Habían pasado sólo unos cuantos años cuando, desde la cúpula más alta de la orden, le llegó el mandato de ayudar a todo el cuerpo jurídico de los legionarios y al bufete de abogados externos contratados para frenar el inminente escándalo que se cernía sobre su fundador. A él lo asignaron al frente de una comisión cuyo único objetivo era evitar a toda costa que la noticia se propagara a los medios, al Vaticano y hacia el público en general, con las consiguientes y funestas consecuencias para el fundador y su orden.

La encomienda venía acompañada de una montaña de documentos que le habían proporcionado para su exclusivo estudio y consulta —bajo una estricta y absoluta confidencialidad—, entre los que sobresalía gran cantidad de cartas personales, escritas por el propio fundador, de las cuales la propia orden presuponía podrían provenir los más feroces ataques.

A pesar de que Callaghan había luchado con todas las armas que su intelecto y estudios le proporcionaban para defender la causa encomendada, siempre le quedaron en el tintero, como una pieza inacabada de arte, varios temas que, por el halo de ambigüedad que los rodeaba, lo seguían acongojando.

Su mente comenzó a proyectar, como lo había hecho en los últimos meses, las imágenes cronológicas de su tarea, comenzando con las particulares singularidades de las raíces educativas del fundador. Aun para él, quien había sido ins-

Buckeye Public Library
Coyote Branch
623-349-6300

Customer Name: NERY, YAMILETH
Customer ID: **********2712

Items that you checked out

Title: La desaparicio⏐n del Ayate
ID: 30623001065088
Due: Tuesday, September 05, 2017

Total items: 1
Tuesday, August 22, 2017 5:42 PM
Checked out: 1
Overdue: 0

Coyote Branch Hours:
Mon, Wed: 11-7
Tue, Thu, Fri: 10-6
Sat: 9-4
Sun: closed

like us on facebook @
facebook.com/buckeyepubliclibrary

truido en el amor incondicional a *mon pere*, nunca le había quedado claro los inicios fundacionales de la legión y los turbios antecedentes académicos de su fundador.

Por increíble que le hubiera parecido, recordó que a principios de 1941, después de haber superado tres expulsiones de sendos seminarios, Maciel logró reunir a doce niños y fundar su tan ansiada congregación, cuando aún era un seminarista de escasos veinte años, que no había cursado estudios de filosofía ni estudiado teología. Ni siquiera había sido ordenado sacerdote y ya tenía su propia orden. Al tercer año de su fundación, uno de los doce cofundadores lo denunció con sus padres, en el transcurso de unas vacaciones. El obispo, en respuesta a las graves denuncias, lo castigó *a divinis*, separándolo del ministerio sacerdotal. Sin embargo, esta pena jamás se cumplió. El propio obispo, actuando con una desfachatez monumental, tuvo a bien ordenarlo sacerdote a finales de 1944 en la basílica de Guadalupe.

Callaghan movió la cabeza instintivamente de un lado a otro, en una reiterativa señal de incomprensión. Quería ahuyentar de su mente estos pensamientos que lo acosaban y lo confundían. Se revolvió en la cama. Atribulado por estos recuerdos, se mostró incómodo y deseoso de no pensar más en ellos. Quería desterrar de su mente la pertinaz ocurrencia, noche a noche, de estas remembranzas. Los últimos meses, desde que renunció a su cargo, habían sido un infierno.

Fue entonces que recibió la llamada de Leonardo. Como consecuencia de lo que para él parecía un asunto de suma importancia, optó por comunicárselo a su superior, a quien solicitó permiso, ya que la tarea implicaría alejarse temporalmente de las funciones de su orden. El espíritu guadalupano que siempre había imperado dentro de la legión prevaleció, y en cuestión de segundos obtuvo la tácita aprobación de su jefe, con la condición de que lo mantuviera informado de su progreso. Además, lo encomiaron para que cesara todas sus demás actividades y se abocara, de tiempo completo, a la encomienda para la que había sido llamado. Con esa permisiva libertad, Callaghan gozaba de tiempo ilimitado para ocuparse de sus nuevas funciones.

No le dio tiempo de reflexionar más sobre este último pensamiento; el cansancio y el sueño le estaban ganando la batalla, y dándose por vencido, optó por apagar la luz de la lámpara, arroparse en la zona caliente de las sábanas y dormir.

❖

El tráfico sobre la avenida Insurgentes iba a vuelta de rueda. El cielo estaba encapotado y el pavimento se mantenía húmedo por el aguacero que había caído en la tarde. Las tiendas y los restaurantes de la avenida se engalanaban con sus luces de neón.

Encendió el radio para escuchar las noticias. Al poco tiempo se aburrió de la monotonía de las mismas. Como buitres al acecho, los locutores se ensañaban con el recuento de las muertes ocurridas por la falta de seguridad, los secuestros exprés y el progreso de los cárteles del narcotráfico. Cambió de estación. La radiodifusora en turno emitía su barra de deportes. Contrariamente a lo que se pudiera pensar de un profesor universitario, le gustaba el futbol, reconociéndose hincha de los Pumas de la Universidad. Terminó por apagar el aparato.

La gran cantidad de semáforos —parecía que todos se hubieran puesto de acuerdo para que le tocara cada uno en rojo— hacía más lento el avance. Por aquí y por allá se distinguían prostitutas que se guarecían en lo oscuro de las esquinas. Pelucas, maquillaje en exceso, blusas de lentejuelas escotadas, minifaldas entalladas, medias de malla y zapatos con tacones de seis pulgadas de altura, eran la decoración estandarizada de aquella pasarela improvisada en la banqueta, donde las mujeres competían por el cliente ocasional con el contoneo, la sonrisa forzada y el piropo más soez y caliente.

Puso un CD de música *new age* para relajarse y distraerse. Escuchó los primeros acordes y reconoció a la cantante: Enya. Justo lo que necesitaba.

Llegó a su casa hora y media después de haber salido de la basílica. Su esposa lo recibió meneando la cabeza de un lado al otro, en una mezcla de reproche y velada comprensión. Por respuesta, Enrique Cienfuegos sólo alcanzó a encogerse de hombros y agachar la cabeza, mostrando su completa impotencia y resignación. Su mujer, al notar las huellas de cansancio en su rostro, mudó su semblante y le regaló la mejor de sus sonrisas y el más cálido abrazo. Cienfuegos suspiró, inhalando profundamente, rebosando sus pulmones del aroma de su compañera. Se besaron. Cienfuegos se deleitó con la humedad de ese beso.

A Ángeles le gustaba comenzar la plática con un recuento de las actividades del día. Pormenorizaba detalles simples que, sin embargo, en su momento le habían parecido de vital importancia. Ante estas fútiles descripciones, Cienfuegos optaba por sonreír de manera condescendiente sin prestarle mucha atención. Ella no tardaba mucho en darse cuenta de su sonrisa forzada y de su mirada distraída. Reprochándole con alguna severidad que nunca le prestaba la suficiente atención, no le quedaba de otra sino abreviar su alocución, lo cual él, arropado en el mustio silencio del disfraz de hombre sumiso, le agradecía con un último esfuerzo por atenderla.

Le platicó sobre el avance de libro de poesía que estaba escribiendo, el cual versaba sobre el amor y el desamor. "¿Cuándo los poetas podrán escribir acerca de otro tema que no sea el amor?", se cuestionó Cienfuegos sin encontrar respuesta, a sabiendas de que no se atrevería a preguntárselo a su esposa, so pena de llevarse una filípica por su total desconocimiento de ese arte mayor.

Al notarlo cansado y despistado, Ángeles fue hacia él y le plantó un beso. Cienfuegos la tomó de la cintura y la obligóa sentarse en su regazo. Ella forcejeó; trató de zafarse para demostrale que no era presa fácil, pero aprisionada como la tenía, la besó repetidamente en el cuello. Después le relamió el lóbulo de la oreja. Ella respingó, como siempre lo hacía, cuando su esposo le acariciaba esa zona erógena. Apartándolo un poco, lo encaró con semblante serio, instándolo a que le contara las vicisitudes de su día. Cienfuegos fue desenmarañando lo que había acontecido esa jornada. Conforme avanzaba en su conversación, poniéndola al tanto, los ojos verde mar de su mujer se abrían hasta parecer cuentas de jade. No pudo ocultar su asombro.

Tomándolo de las manos, Ángeles se le acercó tanto que casi llegó a rozar su nariz. Mirándolo fijamente a los ojos y estrujándolo, le susurró: "Prométeme que vas a cuidarte mucho". Ángeles tenía la rara habilidad de cimbrarlo de pies a cabeza.

Cienfuegos, después de escuchar la súplica de su esposa y cuestionarse por qué había hecho esa petición, le devolvió una sonrisa, asintiendo con la cabeza. Sin duda ella se daba cuenta de algo que a él se le escapaba.

Al terminar la cena, con un gesto ella lo invitó a que la acompañara a la cama. El historiador declinó con una sonrisa. Ángeles entendió. Hacía sólo unos cuantos minutos ella le había insistido en que asumiera a plenitud su nueva responsabilidad. Enrique Cienfuegos le acarició la mano, se alejó y le lanzó un beso de despedida.

La vio subir las escaleras con esa cadencia que lo trastornaba. Dejó volar su imaginación y deseó estar con ella. "¿Cuándo se daría el tiempo de mandar todo a la mierda y volcarse de lleno con su mujer y sus hijas?", se preguntó.

Abrió su laptop. Deseaba recapitular acerca de las páginas descifradas durante el día. Lo hizo de manera mecánica. Si en verdad quería ayudar a Leonardo, tendría que pasar la noche en la basílica hasta terminar. Sabía que el abad no tenía tiempo que perder. ¿En verdad el hurto lo perpetró un terrorista de la fe, como lo suponía Leonardo? No cabía duda de que, quien quiera que hubiera sido, los motivos para hacerlo debieron haber tenido una fuente que rayara en el fanatismo teológico. La idea, a la luz de la lógica, no le parecía descabellada.

Cansado y con dolor de espalda, apagó su computadora. Con paso cansino subió las escaleras. Entró a su habitación tratando de no hacer ruido. Se quitó la ropa bajo la tenue luz que provenía del estrecho vestidor. Una vez desnudo, cruzó el cuarto a tientas, bajo una oscuridad total. Estaba a punto de meterse entre las sábanas, cuando la luz de la lámpara del buró de Ángeles se encendió. Puso la palma de su mano sobre sus ojos para protegerlos y esperó unos cuantos segundos para que se acostumbraran a la luz. Entre las hendiduras de sus dedos vislumbró a su mujer que yacía completamente desnuda. Había descubierto las sábanas de su lado, que lo invitaban a acompañarla. Se acercó. Ella lo recibió con las piernas abiertas en un abrazo estrecho, infundiéndole su calor más entrañable. Cienfuegos no tuvo reparo alguno en acurrucarse entre sus muslos, aceptar tan tácita invitación y apoyar su cabeza entre sus pechos. Ella no pudo más que sucumbir a sus deseos.

Segundo día

—¿Cómo dormiste? —la saludó Callaghan.

Sandra percibió que él olía a jabón; prefería ese aroma al del perfume. No es que pensara que el uso del perfume fuera una prerrogativa de la mujer, pero le agradaba que el hombre oliera a su propia esencia.

—Mal —hizo una mueca con la boca—. Bueno, no mal, sino poco. Sólo unas cuantas horas y mírame la piltrafa humana que estoy hecha —disimuló estar atenta al tráfico mientras lo miraba de soslayo—. Para monja no sirvo.

—¿Por las pocas horas que duermen?

—Por eso y por otras cosas más...

Callaghan pretendió no darse cuenta del doble sentido del comentario de la reportera.

—No me atrevo a preguntarte cuáles...

—Mejor no lo hagas.

Callaghan comenzó a ponerse nervioso. Le agradaba que Sandra le coqueteara, lo hacía sentirse interesante y le reconfortaba constatar que aún resultara atractivo a las mujeres.

—Sigo con la almohada pegada a la cara.

—No se te nota —dijo, mirándola de reojo y corroborando las huellas que marcaban sus mejillas.

"¿Y ahora qué se trae éste? —pensó Sandra—. Por andarme mirando y mirando va a chocar."

Hizo un ademán con la cabeza para que se explicara.

—Es que tienes una lagaña —le dijo, mientras se llevaba un dedo hacia el lagrimal de su ojo.

Sandra dio un respingo de apuración y, apenada, trató de quitársela, errando el ojo. Callaghan señaló su otro órgano.

Corrigiendo rumbo, ella por fin atinó a tomar la gelatinosa mucosidad, que exprimió entre sus dedos índice y pulgar. Disimulando cierta compostura, lo encaró.

—¿Ya? —lo miró con los ojos bien abiertos.

Callaghan se le acercó un poco para corroborar que ya no estuviera la lagaña. Sandra notó su aliento, que olía a pasta de dientes. "Debe ser mejor que el mío con sabor a café", pensó. Le volvió a incomodar que él desviara la atención por mirarla. "Éste me va a matar, qué manía de apartar la mirada, distrayéndose." Ella bajó la aleta contrasol que se encontraba sobre ella, descubriendo la tapa plástica de un pequeño espejo que, al abrirlo, se iluminó. Se miró con detenimiento mientras ladeaba para un lado y para el otro la cara; no tardó en darse cuenta de las enormes marcas de la almohada que cicatrizaban su cara.

—¿Ves cómo sí traigo cara de desmañanada?

Arribaron a la oficina del abad. Cienfuegos ya se encontraba ahí. Se había apartado un poco de los demás para revisar el códice, hacer algunas anotaciones y poner en orden sus ideas. El abad, por su parte, se hallaba ocupado atendiendo algunos pendientes que su secretaria le había llevado, dando prioridad sólo a los que requerían de su personal tutelaje.

El padre Fonseca hizo su aparición con semblante sereno. Se dirigió al abad y a Cienfuegos para saludarlos, después de lo cual se enfrascaron en amena plática. Saludó de lejos a la reportera y al legionario.

El historiador los invitó a acercarse a la mesa donde se encontraba el códice.

—Bien. Empecemos con la ilustración con la que nos quedamos el día de ayer, si les parece.

—La primera figura es como una piedra con una cruz pintada —comentó Sandra.

—¿Ven esta configuración azul en el segundo cuadrete? —Cienfuegos señaló el área en referencia—. Es la representación del agua. En medio hay una isla. Pero dentro de esta isla hay más agua —sin esperar comentarios, prosiguió—: Luego entonces, tendrá que ser un río o una laguna.

—Hay unos perros a ambos lados de la ribera del río —dijo Callaghan.

—¿Perros? —preguntó Cienfuegos, con una mueca de insatisfacción—. El perro que nuestros antiguos tenían como compañía y para engorda, el *escuintle*, era pelón, y éstos, en cambio, tienen gran cantidad de pelo.

—Entonces son coyotes... o lobos.

—Recapitulemos. Tenemos una isla en la cual hay un río con una manada de lobos. Creo que este dibujo nos quiere decir el nombre de la isla. Deduzco que es una representación pictográfica toponímica que nos explica el origen del nombre del lugar.

El abad, que hasta ese momento se había abstenido de emitir comentario alguno, carraspeó de manera notoria en demanda de atención. Las miradas se centraron en él.

—Guadalupe.

Todos se miraron entre sí, sorprendidos y confundidos. Callaghan frunció el ceño, mirándolo fijamente.

—La isla se llama Guadalupe.

—¡Ya apareció otra vez! —exclamó Cienfuegos.

—Etimológicamente, la palabra Guadalupe es un derivado híbrido del árabe y del latín. *Guad* o *Wad-al*, árabe, que significa "río", y *lupus*, latín, que significa "lobo". En otras palabras, *guad-lupus*, o "río de lobos" —comenzó el abad su alocución, mesándose los cabellos—. Hay otra versión, que los españoles apoyan, según la cual la palabra Guadalupe proviene exclusivamente del árabe: *wad al luben*, que quiere decir "río escondido".

—Sin embargo, nuestro *tlahcuilo* optó por la versión híbrida, es decir, por la nuestra, para representarla pictográficamente —abundó Cienfuegos—. Pensó que eligiendo ésta, sería más fácil para nosotros poder descifrarla, lo cual fue cierto.

El arcipreste, sintiéndose apenado porque él, a diferencia del abad, ignoraba la etimología de la palabra Guadalupe, permaneció callado.

—Adentrémonos ahora en el tercer cuadrete —los animó Cienfuegos.

—Son dos indígenas postrados ante un fraile —explicó Sandra—. De pie aparece un personaje ricamente ataviado y con sombrero. Detrás del fraile hay un objeto que no distingo. Al lado tenemos más glifos calendáricos.

—Estos personajes se encuentran en el interior de una iglesia —abundó Callaghan.

—¿Qué les dice el último cuadrete? —sugirió Cienfuegos.

—Es una isla con tres montes. Debe ser otra representación toponímica, sin duda —se aventuró a comentar la reportera, buscando con la mirada a Cienfuegos, que le respondió con una sonrisa de aprobación—. Y, por supuesto, hay más glifos calendáricos.

Cienfuegos se apostó enfrente de su laptop con la intención de buscar algo en internet. No tardó en encontrar las fechas que correspondían a los glifos.

—El primer glifo corresponde al 14 de febrero de 1493.

El arcipreste se irguió, como si de pronto hubiera descubierto algo. Cienfuegos advirtió su gesto. Esperó unos segundos para ver si quería comentar algo.

—La fecha 3 de noviembre de 1493 le corresponde al segundo cuadrete.

Cienfuegos no le quitó la mirada de encima al arcipreste para ver qué reacción tenía esta vez.

—Siga usted, por favor —se oyó la voz trémula del padre Fonseca que, como una primicia, se atrevía a comentar algo.

—El tercero corresponde al 29 de julio de 1496.

—Padre Fonseca, ¿estas fechas le dicen algo? —le preguntó Callaghan.

—¡Sí! ¡Cómo no! —exclamó el arcipreste con expresión radiante—. El primer dibujo tiene la fecha de cuando Cristóbal Colón, después de haber descubierto América, regresó a España navegando en solitario a bordo de *La Niña*. Para su infortunio, se topó con una gran tormenta. La nao *Santa María* se había estrellado contra los arrecifes de coral en las costas de La Española, lo que hoy es Haití. Colón tuvo que tomar dos decisiones trascendentales: fundar la primera colonia, llamada Fuerte de Navidad, dejando a los primeros colonizadores en la isla, y volver a España con las dos únicas carabelas con que contaba para informar a los reyes acerca de su descubrimiento. Durante este regreso enfrentó una fuerte tormenta que provocó que las carabelas se separaran y se perdieran de vista. Tan peligrosa debió haber sido esta tormenta, que la tripulación, obviamente supersticiosa y devota, viendo la situación perdida, echó a suerte la promesa de una peregrinación al santuario local si lograban capear el temporal. Por eso tomaron un garbanzo y lo marcaron con una cruz.

—El dibujo del primer cuadrete —apuntó Sandra.

—El que sacara el garbanzo marcado, le tocaría cumplir, en nombre de todos, con esta promesa, con esta manda.

—¿Y se sabe a quién le tocó el garbanzo?

—Le tocó al propio Colón, quien fue como romero del voto al santuario de donde provenían muchos marineros: el de la Virgen de Guadalupe de Cáceres, en Extremadura —todos enmudecieron al oír el nombre—. Los reyes católicos le encomendaron a Colón un segundo viaje para consolidar y reclamar los derechos sobre las colonias descubiertas —continuó el arcipreste—. Este viaje tenía un carácter colonizador. En esta segunda travesía, Colón descubrió numerosas islas de las Antillas. En la fecha correspondiente al segundo dibujo, tocó tierra en una isla donde se topó con indígenas antropófagos.

—¿Los indígenas eran caníbales?

—Existían y convivían en las islas del Mar Caribe dos tipos de indígenas: los Taínos, pacíficos, y los Caribes, belicosos y antropófagos. Afortunadamente eran más los primeros. Como pueden bien suponer, confirmando lo que dijo el abad con anterioridad, a la isla karukera, como se le conocía, Colón la bautizó con el nombre de Guadalupe, en honor a la devoción del almirante por la Virgen extremeña —todos se volvieron a mirar entre sí; la repetida mención del nombre pesaba cada vez más—. La fecha del tercer cuadrete corresponde al día en que Colón llevó a sus criados indígenas a bautizar al santuario de Nuestra Señora de Guadalupe, convirtiéndose con esto en el primer lugar de cristianización de indígenas en el Nuevo Mundo.

La última mención del nombre de Guadalupe por parte del arcipreste ya no causó tanta conmoción. Era como si ya la esperaran.

—La fecha del último cuadrete es el 31 de julio de 1498 —dijo Cienfuegos.

—Corresponde al tercer viaje de Colón cuando vio, después de pasar un solano, tres montes altos que sobresalían de una isla. Por eso la nombró así: Trinidad.

Cienfuegos fijó la mirada en el abad. Había tenido razón en predecir que reaparecería el tema de la Trinidad.

—Por todo lo anterior, me atrevería a decir que el dibujo principal corresponde a la firma de Colón —aseveró el arcipreste—. Pero desconozco lo que pueda representar.

—Sé que *Xpo* es una abreviatura de "Cristo" en griego —intervino el abad—, y *ferens* podría ser la traducción al latín de la segunda parte de su nombre, que quiere decir "el portador". Luego entonces, *Christo ferens*, en su raíz latina, quiere decir: "Portador de Cristo". Y la etimología de Cristóbal es una españolización del nombre italiano Cristóforo, que quiere decir: "el que lleva a Cristo".

—Colón siempre se consideró un enviado de Dios que tenía la misión de llevar el cristianismo al Nuevo Mundo —abundó el arcipreste.

—Ahora veamos el significado del apellido Colón, a ver si corremos con la misma suerte —dijo Cienfuegos, observando la pantalla de su laptop—. De nueva cuenta es una españolización del nombre italiano Colombo, que a su vez proviene del latín Columba, que significa "paloma".

Cienfuegos se irguió sorprendido. Buscó con la mirada al abad y a Callaghan, en quienes encontró gestos de asentimiento. Sandra se percató de ese cruce de miradas.

—Creo ser la única que no entiende qué demonios está pasando —les dijo, manos en jarras, en actitud de reto—. ¿Alguien me puede explicar?

—¿Te acuerdas que concluimos que la paloma era el símbolo de...? —dejó entrever Cienfuegos.

—El Espíritu Santo.

—Lo que tenemos es que el nombre de Cristóbal Colón significa "paloma que lleva a Cristo" o "Espíritu Santo que lleva a Cristo" —terció el abad.

Sandra quiso externar sus cavilaciones:

—Guadalupe... Trinidad... Espíritu Santo...

Los demás guardaron silencio, en un estado de reflexión.

—¿Qué dijiste? —preguntó Cienfuegos con voz aprensiva.

Sandra se le quedó mirando extrañada.

—Dije Guadalupe, Trinidad y Espíritu Santo. Eso fue lo que dije —contestó con el ceño fruncido.

Cienfuegos se quedó paralizado. Sus pensamientos divagaron por el sinfín de posibilidades que le proporcionaba la respuesta de Sandra. "¿Y si fuera cierto?", pensó, ante una opción que lo emocionaba. Al historiador le cambió el semblante como si hubiera sido testigo de una epifanía.

El abad se mostró sorprendido por la actitud de su amigo. Algo le había sido revelado, pensó, de otra manera no entendía esa alteración de su estado emocional.

—¿Y qué con las letras de arriba? —preguntó Callaghan.

Miradas cargadas de azoro se posaron nuevamente en el historiador, que seguía como ido. Pasaron segundos interminables sin que Cienfuegos diera muestras de recuperar la compostura.

—Averigüémoslo, Michael —acotó repuesto de su trance y como si nada hubiera pasado—. Busquemos el dibujo de la firma en la red.

El abad respiró aliviado al ver a su amigo recuperado de su trance. Cienfuegos se dispuso a navegar en internet de nueva cuenta. El abad se le acercó para acompañarlo, pasando un brazo sobre sus hombros. El historiador lo miró de reojo, asintiendo con la cabeza.

—El padre Fonseca está en lo correcto. Todo el dibujo es la firma de Cristóbal Colón, según dice aquí —señaló con un índice el monitor—, anterior a 1492, es decir, previo al descubrimiento del Nuevo Mundo. Y esto sugiere que este dibujo es una representación pictográfica antroponímica. Es decir —volteó a mirar a Sandra, adelantándosele a su requerimiento de una explicación—, del origen y el significado de los nombres propios de las personas. La firma de Colón, como podemos constatarlo, es una especie de jeroglífico. Vamos, es como un acertijo, y déjenme decirle que ha vuelto locos a los más importantes historiadores del mundo. De las muchas teorías sobre su interpretación que existen, puedo rescatar dos que me parecen las más adecuadas al entorno eclesiástico que nos hemos fijado. Una de ellas señala que las tres eses de arriba significan *Sanctus, Sanctus, Sanctus*. Que la *X* es Jesús, la *M* es María y la *Y* es José. La otra teoría complica un poco las cosas. Nos dice que la interpretación sería: *Servus Sum Altissimi Salvatoris Xristos Mariae Yios*, que quiere decir: "Soy Siervo del Altísimo Salvador Cristo Hijo de María".

Cienfuegos permaneció absorto frente a la pantalla. El abad empezaba a preocuparse por la recurrencia de esas abstracciones que hacían que su amigo se fuera de la realidad. Para su consuelo, esta vez dicha tribulación no duró mucho. De nueva cuenta, al historiador se le iluminó la cara.

—¡Pero hay algo más! —dijo con voz exultante—, y esta vez no se trata del contenido de la firma, sino de su continente. Fíjense en la forma que tiene la firma.

—¡Es un triángulo! —exclamó la reportera.

—Y un triángulo, Sandra, es la representación de…

—La Santísima Trinidad.

—Pues esto era lo que me tenía muy intrigado…

Cienfuegos volteó a ver a Leonardo. Ambos cruzaron miradas de incertidumbre y preocupación.

—¿Por qué nuevamente el tema de la Trinidad y del Espíritu Santo? —preguntó el abad, consternado.

—Los mismos temas que los De Fiore —masculló el historiador, frunciendo el entrecejo—. Es un hecho que el pensamiento de De Fiore tuvo buena aceptación en la Edad Media y que su doctrina se expandió rápidamente. Quizá Colón tuvo algún contacto a través de sus libros.

—¿A quiénes más influyó De Fiore? —preguntó Callaghan.

—Sin duda a los Espirituales franciscanos. Casi les provocó un cisma con los Conventuales —adujo el abad.

—De seguro así fue —dijo el arcipreste, atento al devenir de la conversación—. Al principio, Colón presentó su proyecto al rey de Portugal. De regreso de su estancia en ese país, donde fracasó al no conseguir el patrocinio del rey Juan II para su viaje, Colón se dirigió a Castilla para probar suerte. En su peregrinar, se detuvo en el convento franciscano de la Rábida, donde lo acogieron y lo hospedaron, a él y a su hijo Diego. No es descabellado pensar que de su estancia en la Rábida haya tomado algunas ideas. Se sabe que Colón era un hombre profundamente devoto y que se vio influido por el franciscanismo, a tal grado que, en su segundo viaje, cuando el emisario enviado por los reyes católicos para poner orden en su gobierno le ordenara regresar a España, Colón se sintió tan agraviado por esto que, a manera de contrición, optó por vestirse con el sayal franciscano. Esta vestimenta la usó durante muchos meses, y se dice que, incluso, así se presentó ante los mismísimos reyes cuando fue a rendirles cuentas.

—Pero dígame usted, padre, ¿de dónde le viene este interés por Colón? —lo cuestionó Callaghan.

—El tema del descubrimiento me ha fascinado desde siempre. Creo que tengo algo de explorador frustrado —rió—. Pero quizá lo que mejor puede resumir mi pasión por este capítulo de la historia de la humanidad lo dijo más sabiamente don Francisco López de Gómara, autor de la *Historia general de las Indias*, en una carta dirigida al emperador Carlos V, que empezó de esta manera: "La mayor cosa después de la creación del mundo, excluyendo la encarnación y la muerte del que lo crió, es el descubrimiento de Indias".

—Eso sí está bien dicho —comentó Cienfuegos sonriente, haciéndose cómplice como historiador.

Sandra fue por un café. Con un gesto, Cienfuegos invitó a Callaghan a que iniciara la interpretación de la nueva página.

—Tenemos un monje como figura principal y única. Por su hábito podemos deducir que pertenece a la orden franciscana.

—Hay, sin embargo, características especiales —observó Cienfuegos—. ¿Las pueden ver?

—Está descalzo —comentó el abad— y se encuentra enfrente de una ermita.

Sandra, de regreso y ya con el café en la mano, se acercó al dibujo para ver lo que el abad señalaba como distintivo, situándose al lado de Callaghan. Se agacharon al mismo tiempo para observarlo mejor, rozándose los hombros. Ninguno hizo por apartarse. No tardaron en darse cuenta de lo que se había comentado. Debajo de la figura principal aparecía una escena paisajista con la cual ya estaban familiarizados, pues ya la habían encontrado con anterioridad. Se irguieron y cruzaron miradas de complicidad.

—Es probable que el gran y único glifo calendárico que lo acompaña arroje algo de luz —trató de redirigir el proceso Cienfuegos, quien comenzó a teclear algo en la laptop—. Corresponde al 25 de septiembre de 1496.

El historiador notó expresiones de duda entre los asistentes.

—Conocemos la fecha: fin del siglo xv —Callaghan se aventuró a comentar—. Sabemos que es un monje franciscano, que se encuentra cerca de un río con lobos, el cual, por lo que hemos aprendido, debe ser el ¿río Guadalupe? El monje está descalzo y viste un hábito con un muy curioso capuchón.

—¿Qué dijiste, Michael? —preguntó el abad.

Callaghan se mostró sorprendido y extrañado por la pregunta. Miró a Cienfuegos como preguntándole qué quería saber el abad.

—¿Qué parte, de todo lo que dije, quieres que repita?

—La última.

—Que está descalzo y viste un muy curioso hábito con un raro capuchón, como muy puntiagudo, algo distinto a los otros que han aparecido antes.

—¡Eso es! —lo interrumpió el abad con un ademán—. ¡Los descalzos! ¡Los capuchos! La reforma franciscana de los descalzos o capuchos. Es eso.

—¿Otra reforma franciscana? —ironizó Sandra.

El abad asintió. Pasaron unos instantes sin que nadie pudiera agregar algo más a lo ya dicho.

—Creo que es momento de hacer valer la tecnología moderna —intervino Cienfuegos—. Preguntémosle a la red.

Sandra aprovechó el interludio para saborear el café. La noche anterior había sido larga. Por más que se había repetido una y otra vez de parar y tratar de conciliar el sueño, la pasión por esa noticia, que era suya, solamente suya, la había hecho seguir y seguir.

—La orden franciscana —inició la lectura Cienfuegos— históricamente se ha distinguido por sus constantes intentos de renovación, como ya hemos comprobado —miró de soslayo a la reportera, mientras asentía con la cabeza—. Los eremitorios, situados en zonas despobladas y alejadas de los centros urbanos, de gran sencillez y austeridad, además de servir de refugio a estas mentes rebeldes e inquietas, eran aprovechados por estos monjes para la práctica de su vida de pobreza, rezo y contemplación, es decir, de su vida en estricta observancia. Estas convulsiones provocaron escisiones que dieron lugar a las ramas de los Conventuales y de los Espirituales, como ya habíamos visto. Estas reformas se presentaban de tiempo en tiempo en contra del relajamiento de la orden, predicando una visión casi utópica de vida en pobreza extrema. En España tuvo, también, una pléyade de fieles seguidores. Uno de ellos, muy destacado por cierto, fue fray Juan de la Puebla. Otro, sin duda el más importante, un discípulo suyo de nombre…

Cienfuegos detuvo su lectura. Suspiró y cerró sus ojos. Volvió a abrirlos después de unos instantes. Paseó su vista por los participantes en aquel conciliábulo, y en un arranque sorpresivo, sonrió con cierto misterio, encogiéndose de hombros en señal de resignación.

—Este fraile en cuestión obtuvo una bula papal de aprobación a su reforma, que le permitió implantar sus ideas heterodoxas, de forma experimental, en un monasterio de Granada. Pero dado que representaba el ala más extremista de la orden, tuvo muchos opositores. A pesar de esto, su doctrina se propagó, y para el año de 1500 ya contaba con cinco monasterios. Se llamaron a sí mismos hermanos del Santo Evangelio, y a sus seguidores se les conoció como descalzos, por su gran austeridad de vida, y capuchos —volteó a ver a Callaghan y al abad, haciéndoles una pequeña reverencia en reconocimiento a sus dotes de observación— por la particular forma del capuchón de su hábito. Poco tiempo después, esta reforma tomó forma de Custodia del Santo Evangelio de Extremadura. El principal promotor de dicha reforma fue nada menos y nada más que el mismísimo cardenal Francisco Ximénez de Cisneros, el hombre más poderoso de España. Esta Custodia del Santo Evangelio se convirtió, a mediados de 1519, en la Provincia de San Gabriel, obteniendo así el reconocimiento pleno de su propia independencia.

—Enrique —interrumpió el abad—, de manera intencional omitiste decirnos el nombre de este fraile.

Cienfuegos se irguió. Asintió con la cabeza y, sonriendo, le guiñó un ojo.

—¡Fray Juan de Guadalupe! —respondió, gesticulando como dándose por vencido ante la aparente obviedad—. Nuestro *tlahcuilo* realizó el dibujo del río para darnos la pista del nombre del monje.

—¿Entonces es una representación antroponímica? —preguntó Sandra.

—Se puede decir que sí.

Todos guardaron unos momentos de silencio.

—¿Qué hay con este fray Juan de Guadalupe? —insistió la reportera.

Esperaron a que el historiador continuara con su investigación, toda vez que se encontraba inmerso leyendo algo en el monitor de su computadora.

—Fray Juan de Guadalupe era un seguidor de las ideas de nuestro amigo el abad Joaquín de Fiore. Por lo tanto, fray Juan de Guadalupe estaba empapado de las teorías joaquinitas y además pertenecía a la rama de los Espirituales.

Cienfuegos seguía devorando los textos que aparecían en el monitor mientras ordenaba que pasaran a la siguiente lámina del códice.

—Tenemos unas carabelas ancladas en lo que, por lo que hemos aprendido, es una isla —dijo la reportera—. Hay un personaje principal de pie sobre lo que parece ser una pequeña pirámide. Lo acompañan algunos monjes que portan una cruz. Al pie de la pirámide aparecen algunos indígenas. También hay un glifo calendárico. Si tomamos la referencia de las carabelas, inmediatamente pienso de nueva cuenta en Colón. ¿Podría ser alguna isla que descubrió en alguno de sus cuatro viajes?

Las miradas se dirigieron al arcipreste, ducho en el tema de Colón.

—Colón descubrió muchas islas de las Antillas. Podría ser cualquiera de ellas —comentó, encogiéndose de hombros.

—Pero por la construcción de la pirámide, me atrevo a asegurar que debe tratarse ya de nuestro México, o de Centroamérica, y no de las Antillas descubiertas por Colón —apuntó el abad—, donde no se han encontrado restos de este tipo de arquitectura. ¿O me equivoco, Enrique?

—La construcción de pirámides sólo se desarrolló en Mesoamérica. Los glifos señalan la fecha del 21 de febrero de 1519. Se trata de Hernán Cortés —manifestó Cienfuegos, antes de que alguien comentara nada—. Es el día en que Cortés arribó a la isla de Cozumel, proveniente de Cuba. El primer día que pisó tierras mexicanas.

—¿Y los monjes? —preguntó el abad.

—Seguramente eran monjes castrenses que venían con él. Sabemos muy poco de ellos. No eran monjes evangelizadores; ésos vendrían después. De los primeros que arribaron con Cortés conocemos a su capellán, de la orden de la Merced, Bartolomé de Olmedo, y al clérigo Juan Díaz, que fuera capellán del anterior conquistador, Juan de Grijalva, quien navegó por la costa de Yucatán y llegó hasta Veracruz. Estos primeros religiosos, sin embargo, estaban exclusivamente al servicio pastoral de los conquistadores. Ésa era su misión: atender las necesidades espirituales de la soldadera. No se ocupaban de la evangelización de los indígenas; no podían, no sabían cómo. Simplemente no estaban capacitados para las labores de evangelización.

—Están al lado de Cortés, portando una cruz —apuntó Sandra.

—Cuando desembarcaron en Cozumel, por primera vez se vieron cara a cara con los nativos indígenas. Fueron bien recibidos. Debo señalar que Cortés llevaba la encomienda evangelizadora de los reyes católicos, así que fue él quien realizó la primera labor de conversión de los indios, ordenó a fray Juan Díaz celebrar misa en el Nuevo Mundo y fue él quien, por primera vez, predicó.

—Pero si no era sacerdote —comentó Callaghan.

—Ya, pero los religiosos que llevaba no eran evangelizadores. En sus *Cartas de relación,* que envió al rey, Cortés se acredita como el que pronunció el primer sermón evangelizador en las nuevas tierras descubiertas. A falta de misioneros, Cortés se encargó de iniciar la evangelización, muy a su manera. La misión evangelizadora de la conquista era muy importante para ellos. Vamos, era una condición *sine qua non* para que lo siguieran apoyando económicamente. Cortés, muy astuto, la hizo suya desde el principio, cuidando de rodearse de testigos que confirmaran lo sucedido. Así fue que les escribió a los reyes, disimulando el verdadero y único interés de su persona que era descubrir los supuestos yacimientos de oro y obtener grandes beneficios.

—¿Y la pirámide?

—Si te fijas, es una pirámide parcialmente destruida, Sandra. Esto es muy significativo. Cortés, al ser introducido a las costumbres indígenas, fue llevado por los principales del lugar a los santuarios donde adoraban a sus dioses. Sus prácticas religiosas, que incluían el sacrificio humano, no le causaron buena impresión, como bien podemos imaginar. Pero a este hombre no se le ocurrió otra cosa que destruir estos adoratorios y las imágenes de sus dioses, y poner en su lugar la cruz y la imagen de la Virgen María.

—Una práctica dominadora y extrema —señaló Callaghan.

—Y que da inicio a su particular leyenda negra —apuntó el abad.

—¿Cómo se entendía con los indios?

—Buena pregunta, Sandra. Cortés, anticipando esto, tomó precauciones adecuadas y se aseguró de embarcar en su tripulación a dos indígenas: Melchor, que Francisco Hernández de Córdoba, a la sazón el primer descubridor de México, capturó durante su travesía por Yucatán en 1517, y Francisco, apresado por Juan de Grijalva, en lo que fue la segunda expedición al año siguiente, cuando desembarcó en la isla de Cozumel y desde ahí navegó hasta el río Pánuco, en Veracruz. Estos dos indígenas probaron no ser de mucha utilidad, ya que Melchor era pescador y de escaso vocabulario, y Francisco sólo hablaba náhuatl y no maya; pero estoy seguro de que sirvieron como puente, aunque sea precario, de comunicación. Sin embargo, la situación a Cortés de inmediato se compuso al encontrar, por un golpe de suerte, de los muchos que tendría en su vida, a Jerónimo de Aguilar, un náufrago español, sobreviviente de una expedición anterior cuyo destino era Santo Domingo y que encalló en suelo mexicano…

—Entonces ya habitaban españoles en México —hizo ver Sandra—, incluso antes de la llegada de Cortés.

—Por haber encallado su navío. Había llegado a esas tierras, como decía, unos ocho años atrás. Jerónimo de Aguilar aprendió el maya con fluidez y, cuando se corrió la voz de la llegada de los españoles a Cozumel, acudió al encuentro del conquistador, con el fin de unírsele, recuperar su libertad y el estilo de vida español.

—¿Este Jerónimo de Aguilar fue el único sobreviviente del naufragio?

—A la llegada de Cortés, solamente sobrevivían Jerónimo de Aguilar y Gonzalo Guerrero. Este último se casó con la hija del rey de Chetumal, con la que había procreado varios hijos. Había adoptado la vida de los mayas: tenía la nariz y las orejas horadadas, usaba nariguera y se había tatuado la cara y el cuerpo, a la usanza de ellos. En fin, asimiló por completo su cultura. Gonzalo de Guerrero tiene el honor de ser, sin lugar a dudas, la simiente del mestizaje en México. El procurador de la nueva raza —los concurrentes guardaron silencio ante lo que acababa de manifestar el historiador, quien levantó las cejas antes de enunciar—: El relato de este cuento, de nuestro códice, por fin toca tierras mexicanas.

❖

Después de haberse excusado de la reunión para atender los pendientes del día, el arcipreste se encaminó a su oficina. Se encontraba de buen humor por los elogios que había recibido por su participación en torno a la página de Colón. Todavía no salía de su asombro de haber sido testigo presencial y partícipe de la decodificación del códice.

Cuando avizoró a lo lejos del pasillo donde se hallaba el escritorio de la señorita Estévez, retomó el hilo del tema de sus deberes: el bastidor, la impresión del ayate, el entelamiento, los análisis de laboratorio, el pulido del piso de la basílica, la revisión de las grabaciones de las cámaras de seguridad. Para cumplir con las tareas, debía supervisar las labores de los protagonistas: don Agustín, el jefe de Cómputo y el señor Ortega.

—Señorita Estévez, ¿qué se ha ofrecido? —la saludó sin mucho entusiasmo.

—Le habló el señor Negrete, no dejó recado —revisó sus apuntes—. Le pagué a don Agustín las notas que me trajo relacionadas con las labores del pulido del piso.

—Del laboratorio, ¿sabemos algo?

—Me avisaron que ya mandaron los resultados. Estoy esperando que lleguen.

—En cuanto los reciba, informe de esto inmediatamente al padre Callaghan —la secretaria asintió—. Me daré una vuelta para ver cómo va don Agustín y su gente. No me espere. Cuando sea la hora de la comida, aproveche y tome usted sus alimentos.

Bajó hacia la nave central para encontrarse con don Agustín. Al llegar se pudo dar cuenta de que el avance del pulido del piso era mucho mayor, comparado con el día anterior. No vio al jefe de Mantenimiento, así que preguntó por él. Le informaron que se encontraba en el sótano, en su oficina. Allá se dirigió, después de echar un último vistazo a las labores que se estaban llevando a cabo; ya casi habían terminado con tres cuartas partes de la superficie.

—Don Agustín, ¿dónde está usted metido? —vociferó por el pasillo.

—Por acá, padre, por acá —se oyó la voz proveniente de una de las tantas puertas que guardaban otros tantos espacios.

El arcipreste se dirigió a donde creía había salido la voz. Cruzó el umbral y se encontró a don Agustín parado, con ambas manos en la cintura y la espalda arqueada, a un lado del bastidor recién elaborado, mirándolo como se mira algo muy preciado.

El jefe de Mantenimiento volteó y lo saludó con una sonrisa amplia que irradiaba una gran satisfacción. Era lo mejor que había hecho en su vida y se lo debía a la implicación tan relevante que su trabajo tendría para la posteridad: acunar la santísima y venerada imagen de la Virgen de Guadalupe.

El padre Fonseca asintió complacido. Sin ser un experto en carpintería, podía asegurar que el bastidor estaba muy bien hecho.

—Las juntas que conforman los ángulos se encuentran entrelazadas con la técnica de cola de Milano, por piezas tipo macho-hembra que embonan a la perfección; no hay ni una sola milésima de separación entre ellas. Es mi pequeña retribución, padre, por la gran cantidad de bendiciones que me ha dado en vida la virgencita adorada. Es mi granito de arena. ¡Imagínese que la Santa Imagen descanse todos los días sobre mi bastidor! Eso sí es una bendición.

—Don Agustín, usted sabe que se usará solamente un par de días, a lo mucho.

—Sé lo que me pidió, padre, pero quién quita y lo necesite más tiempo.

El arcipreste se encogió de hombros, sin querer ahondar en el tema. Volvió a su oficina y le pidió a su secretaria que lo comunicara con el jefe de Seguridad.

—¿Ya terminó de ver las grabaciones?

—Ya, padre.

—¿Y qué encontró? Dígame.

—Nada fuera de lo normal.

—¿Cómo es posible? ¿Qué estaba buscando?

—Alguna persona cargando un bulto.

—¿Nada más?

—Y cualquiera que pudiera parecer sospechoso por su comportamiento.

—No puedo creer que con la gran cantidad de cámaras que controla no haya podido dar con el ladrón.

—Dispuse de la mayor cantidad de la gente a mi cargo para que examinara el contenido de todas, absolutamente todas las grabaciones, y no encontramos nada fuera de lo común.

—Déjeme decirle que dudo de su capacidad y la de su gente, señor Ortega.

—Está usted en su derecho.

—Alguien tuvo que haber salido de la basílica cargando un bulto, y lo hizo en sus narices.

—Puedo asegurarle que no. Imposible.

—Pues tuvo que haber pasado porque el ayate no está.

—Una cosa es que no esté, y la otra, que haya salido.

—Explíquese.

—Mire, desde el mismo instante en que fui notificado por mis elementos apostados en el atrio de que algo andaba mal, de que el ayate había desaparecido, implementé un operativo de búsqueda del objeto perdido que nosotros hemos practicado exhaustivamente en nuestros entrenamientos. Puedo decirle, sin temor a equivocarme, que la búsqueda ha sido, hasta ahora, infructuosa.

—¿Por qué dice hasta ahora?

—Porque el operativo no es del todo perfecto. Si bien hemos barrido prácticamente toda la basílica en busca de cualquier tipo de bulto, hay áreas donde nuestras brigadas no han tenido acceso. Por lo grande que es la construcción, existen infinidad de recovecos donde se puede ocultar algo.

—¿Entonces no ha terminado?

—No, no. Ya lo hicimos y no encontramos nada. Lo que nos falta son algunos lugares restringidos.

—Si se refiere al Camarín, despreocúpese, que ya fue revisado concienzudamente.

—No me refiero al Camarín sino a otro tipo de espacios restringidos.

—¿Cuáles?

—Por ejemplo, su oficina y sus aposentos.

❖

La siguiente lámina del códice tenía a un fraile como figura principal dirigiendo la palabra a una audiencia de correligionarios. Igualmente había un glifo calendárico. A diferencia de los anteriores, éste sólo tenía un cuadrete con tres monjes rodeados por indígenas. Uno de ellos sostenía un libro. Cienfuegos buscó la fecha de los glifos.

—Estamos en el 4 de octubre de 1523.

—El monje que tiene actitud de tomar la palabra es fray Francisco Quiñones y está dirigiéndose a los doce apóstoles —abonó el abad; hubo unos segundos de silencio; la que puso cara de mayor extrañeza fue Sandra—. Los primeros doce apóstoles evangelizadores de México. Los que iniciaron la conquista evangélica de nuestro país. Fray Francisco de los Ángeles, luego llamado Quiñones, obtuvo, a principios del siglo XVI, un permiso especial y amplias facultades por parte del papa León X para ir, junto con el confesor del emperador Carlos V, a las misiones de las Indias que hacía poco se acababan de descubrir. Así quedó sellado que los primeros evangelizadores del Nuevo Mundo fuesen franciscanos. Para su infortunio, ninguno de los dos pudo cumplir con su deseo, ya que el confesor murió al poco tiempo y fray Francisco Quiñones fue elegido ministro general de la orden franciscana. No obstante, deseando ver su sueño realizado de alguna manera, se abocó a la tarea de elegir, con esmerado cuidado, a los doce monjes que enviaría para esta misión.

—¿Por qué doce? —cuestionó Sandra.

—Los franciscanos han sido muy proclives a jugar con simbolismos y a escoger fechas significativas para iniciar o dar término a sus proyectos. No era raro que escogiesen la festividad de algún santo para ello. Incluso se cambiaban los nombres, como ya apunté en el caso que nos ocupa de Francisco de los Ángeles y de Quiñones. Por lo tanto, era obvio que estos doce frailes fueran una emulación de los apóstoles de Cristo. Primero escogió al líder, fray Martín de Valencia. Una vez hecho esto, escogió a los demás. Quiso reunirlos, hablarles personalmente y darles por escrito lo que se ha llamado la *instrucción*, es decir, un conjunto de normas para el trabajo evangelizador, para acentuar las cualidades que debían de tener como misioneros.

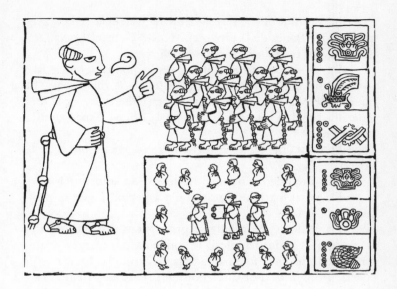

—Subrayan algo que los historiadores han manifestado y que embona con lo que hemos venido interpretando hasta aquí: la difusión e influencia de las ideas milenaristas de Joaquín de Fiore —dijo Cienfuegos—. Su permeabilidad hasta las más altas cúpulas de las órdenes religiosas, sobre todo la franciscana, y de ésta, la rama de los Espirituales.

—¿Incluso Quiñones estaba influido por esa doctrina herética? —cuestionó Sandra.

Cienfuegos clavó su mirada en el monitor mientras tecleaba.

—Quiñones escogió a fray Martín de Valencia, que era el provincial de la comarca de San Gabriel —hizo una pausa deliberada—. ¿No les suena? La orden Espiritual de fray Juan de Guadalupe se asentó en la provincia de San Gabriel. Obviamente fray Martín de Valencia era discípulo aventajado de fray Juan de Guadalupe, quien a su vez fue discípulo de Joaquín de Fiore. ¡Ahí tenemos el hilo conductor de las doctrinas milenaristas que llegaron con los franciscanos al Nuevo Mundo! Joaquín de Fiore... Juan de Guadalupe...

Francisco Quiñones... fray Martín de Valencia... Los primeros doce frailes de la provincia de San Gabriel... evangelización con tintes milenaristas en México.

—¿Y? —cuestionó el abad—. ¿A dónde quieres llegar?

—¡Quiñones lo planeó todo! Esto no se dio al azar. Él quería que esta corriente, la extremista, la heterodoxa, la milenarista, fuera la que se asentara en la Nueva España, en la nueva Iglesia.

—Pero esta gente, los Espirituales, estaba en contra de la Iglesia.

—Más bien de la corrupción dentro de la institución.

—Da igual. La Iglesia no les iba a permitir que se propagaran.

—Estoy de acuerdo, que se propagaran no, pero de sobrevivir, sí. A la misma Iglesia le convenía, por imagen, mantener siempre encendida una vela reformista. ¿Qué riesgo corría? Ninguno. ¿Por qué? Porque si la Iglesia mantenía a estos grupúsculos en ermitas alejadas, paupérrimos y descalzos, y en clausura contemplativa, poco o ningún peligro representarían para la institución. Permitir su existencia limitada era la mejor manera de controlarlos —el abad permaneció en silencio, sin responder—. Quiñones fraguó todo. En su *instrucción* les dejó muy en claro a los doce frailes a qué iban y el tiempo tan corto que tenían para ejercer la conversión de los indios. Por eso se entiende perfectamente la necesidad de los bautismos masivos que practicaban los franciscanos. Tenían prisa porque les faltaba tiempo. Por eso se saltaban a la ligera los debidos procedimientos y los requisitos para impartir el bautismo, que realizaban al por mayor. El bautismo era su principal arma de una pronta y expedita conversión de almas. Ése era su ideal: ganar almas para compensar aquellas que habían perdido en Europa por la reforma de Martín Lutero. El primer paso consistió en los bautizos masivos, pero dada la premura que tenían de ganar almas, acosados por la cercanía del fin de los tiempos, la instrucción religiosa que ellos debieron haber predicado para recibir el bautismo fue precaria.

Permanecieron en silencio unos momentos. Cada quien reflexionaba acerca de aquella cantidad de ideas que Cienfuegos había puesto sobre la mesa.

—Nos falta el cuadrete y el glifo calendárico que lo acompaña —dijo Sandra con voz apagada.

—El glifo corresponde al 13 de agosto de 1523.

—La fecha coincide con la llegada de los tres primeros misioneros flamencos a México —dijo el abad—. Para ser históricamente correctos, los misioneros flamencos fueron los primeros. Tenemos que el emperador Carlos V, ante la insistencia de Hernán Cortés de que enviara clero regular para la conversión de los indígenas, concedió licencia a tres flamencos del convento de San Francisco de la ciudad de Gante, Bélgica, por ser naturales de su ciudad. Sus nombres eran: fray Juan de Tecto, o Johann Dekkers, confesor de Carlos V; fray Juan de Aora o Johann van der Auwera, ya anciano, y el lego fray Pedro de Gante, o Peter van der Moere, familiar de Carlos V. Los tres monjes belgas llegaron a San Juan de Ulúa, Veracruz, el día mencionado y se establecieron en Texcoco. Fray Pedro de Gante creó, quizá sin pretenderlo, un método de enseñanza vanguardista, mezcla de la educación europea y de la indígena. Fundó la primera escuela para niños. Utilizó la pintura, la música, la danza y el teatro para poderles inculcar la religión. También enseñó a los indígenas artes y oficios en la escuela de San José de los Naturales, para que se valieran por sí mismos. De sus enseñanzas salieron los primeros artesanos: pintores, canteros y carpinteros, que aportaron la mano indígena que se puede apreciar en numerosas construcciones de los siglos XVI y XVII.

Cienfuegos los invitó a reunirse y a observar la nueva página. Con sobrada concentración, cada uno escudriñaba los detalles del colorido dibujo. Callaghan tomó la palabra:

—La pintura se encuentra dentro de un óvalo acordonado. En su interior se distinguen dos personajes, un hombre y una mujer, completamente desnudos. Al fondo se perfila la silueta de una ciudad. Alrededor del óvalo, una leyenda escrita en latín.

—El sayal del fraile y el cordón del óvalo nos remiten de nuevo a la orden franciscana —comentó el abad.

Callaghan volteó con delicadeza el códice, enseñando la página anterior, la referente a Quiñones, y señalando con el dedo índice el cordón que ceñía el sayal de la figura principal. Al mismo tiempo, el abad se dirigió hacia el escritorio, abrió el cajón de enmedio y sustrajo el cordón con el que habían hallado el códice enrollado. Regresó para mostrarlo.

—Tiene tres nudos —anunció, desplegándolo.

—Esto es un muy buen descubrimiento —comentó Cienfuegos.

—¿Me pueden explicar? —repuso Sandra.

—Los franciscanos usan el cordón realizando cinco nudos o tres. Los primeros cinco representan los estigmas de Cristo; los siguientes tres simbolizan los fundamentos de la vida franciscana: obediencia, castidad y pobreza. El cordón del códice tenía tres nudos.

—¿Y? —dijo Sandra, encogiéndose de hombros.

El abad ya se disponía a contestar la pregunta de la reportera pero prefirió voltear a ver a Callaghan instándolo con la mirada a que anunciara la conclusión que pesaba en el aire, ya que eran terrenos de su competencia. Callaghan, inclinando un poco la cabeza, dio un paso al frente y anunció:

—El hecho de que el cordel tenga tres nudos nos remite a la po-si-bi-li-dad de que el ladrón pertenezca a la orden de san Francisco.

Sandra se quedó petrificada ante la contundencia de las palabras del legionario. ¿Era posible que un sacerdote se hubiera robado la Imagen? Y si fuera así, ¿cuál era su intención al hacerlo? No daba crédito a lo que acababa de escuchar. Le parecía inverosímil. Sin embargo, tanto Callaghan como el abad se habían percatado de aquella posibilidad y no iba a dudar de ella.

—Desde mi punto de vista —añadió Callaghan—, creo que la persona que se robó el ayate puede ser un fraile franciscano. Por lo menos tengo allí una línea de investigación que seguir.

Ante el comentario del legionario, Sandra consideró que estaba actuando de manera profesional y que no dejaría ninguna posibilidad sin analizarla a conciencia. No sabía por qué, pero la aparente tozudez de Michael le agradaba.

—Nos quedamos en el dibujo del escudo… —les recordó Cienfuegos.

—Corresponde, por la traducción de las palabras en latín, al escudo de la provincia franciscana del Santo Evangelio —señaló el abad—, fundada por fray Martín de Valencia a su llegada a México.

—¿Qué con este mentado fray Martín de Valencia? —cuestionó Sandra.

—Estás hablando de una figura pilar de la historia eclesiástica de México —precisó el abad—. Conocemos su historia porque fray Francisco Jiménez y Toribio Benavente Motolinía, miembros de los doce frailes, tuvieron a bien escribir su biografía. Fray Gerónimo de Mendieta, que llegó unos años después, y quien fuera autoridad en describir la historia de la conquista eclesiástica en la Nueva España, abundó en su vida y sus milagros.

—Si es tan importante, ¿podemos conocer de sus avatares? —preguntó Sandra con genuino interés.

—Con este personaje arranca la colonización religiosa en México —Cienfuegos se acomodó enfrente de su computadora y comenzó a teclear; no tardó en comenzar su lectura—: A temprana edad tomó el hábito franciscano. Supo entonces que en la provincia de La Piedad, en Portugal, vivía fray Juan de Guadalupe —hizo una pausa para apartar su mirada de la pantalla y verlos—, quien practicaba con estrechez y rigidez la vida y las reglas de san Francisco. Se trasladó hasta allá en busca de las enseñanzas espirituales que profesaba el que se convertiría en su maestro. Regresó a las afueras del poblado de Belvis donde había una ermita dedicada a Nuestra Señora del Berrocal. Allí vivió algún tiempo como ermitaño. Con los monasterios de la Provincia de Santiago y los fundados por fray Juan de Guadalupe se erigió la custodia de San Gabriel, como ya habíamos visto. Fray Martín fue su primer provincial.

—¿Por qué razón vino a la Nueva España? —preguntó Sandra.

—Por una revelación —intervino el abad—. Sucedió que un día, mientras rezaba los salmos de los maitines, sintió una gran devoción referente a la conversión de infieles. Subió al púlpito y desde ahí leyó escritos del profeta Isaías que también hablaban de la conversión de las gentes. Al estar leyéndolos, se le reveló que un gran número de infieles se convertían a la fe a través del bautismo. Totalmente transtornado por esta visión, tuvo que ser llevado a su celda y encerrado hasta que se calmara, lo cual sucedió hasta el día siguiente. Doce años después, el ministro general, fray Francisco de los Ángeles o de Quiñones, lo eligió para que se ocupara de la conversión de los indígenas de la Nueva España.

—¿Y cómo era? —inquirió Sandra—. Quiero decir, ¿cómo era su personalidad?

—Era hombre de profundas preocupaciones espirituales, con marcadas inclinaciones al retiro y al ascetismo. Siempre andaba descalzo. Mortificaba su cuerpo, poniéndolo a prueba con ayunos, vigilias y azotes.

—Todo esto parece un poco demencial —declaró la reportera, con una mueca de desagrado.

—Se le considera un santo. Durante otra revelación, le fue dado a conocer que habría de morir en campo y no en cama. Fray Martín interpretó esto como que debía morir martirizado. Por eso vino gozoso a la Nueva España, pensando que aquí encontraría su martirio. Al final de su vida dijo sus célebres últimas palabras: *Fraudatus sum a desiderio meo*, que quieren decir: "Defraudado he quedado de mi deseo".

Todos permanecieron callados por unos momentos tratando de digerir las palabras que describían, como un retrato, la vida y la obra de fray Martín de Valencia.

El abad volteó a mirar a Cienfuegos, invitándolo a proseguir.

La siguiente lámina mostraba una isla con doce frailes franciscanos descalzos en ella.

—Es, sin duda, una pintura misteriosa —declaró Cienfuegos, acariciándose la barbilla—. Y quizá la más confusa de todas.

—¿Puedes encontrar algo en tu computadora?

—No creo, Michael, no. Con esta magra información no puedo hacer nada —contestó desconsolado—. ¿Qué pregunto o qué busco en la red? ¿El número doce y la palabra isla? —negó con una mueca de frustración.

Por primera vez el fantasma del desconocimiento interpretativo del códice se cernió sobre ellos. "Esto no se supone que suceda", se dijo Cienfuegos. Si el códice fue intencionalmente plantado, era para que su contenido se supiera y se diera a conocer. "Esto no tiene ningún sentido. ¿Por qué el *tlahcuilo* proporcionó tan pocas señales de información en esta pintura?" Le recordó la página acerca de san Francisco. "Es como si, por extrema obviedad, debiéramos adivinarla."

Para su frustración, esta página lo dejaba cercano a la fragilidad de la ignorancia.

Cienfuegos y Callaghan se buscaron con la mirada, tratando de averiguar, cada quien en el otro, algún resquicio de entendimiento. Fruncieron el entrecejo en señal de impotencia.

El abad respiró profundamente. Después de unos momentos de reflexión, se le empezó a dibujar una sonrisa que el historiador tomó como señal de que su amigo ya tenía algo en mente.

—¿Qué pasa? —le requirió Cienfuegos, enarcando una ceja.

—Que yo también tengo mi red particular de información, aunque ésta no sea virtual.

Callaghan miró a Cienfuegos en busca de respuestas. El historiador sólo se encogió de hombros.

—Me privilegia decir que tengo buenas y añejas amistades dentro de la orden franciscana y estoy seguro de que alguno de mis amigos tendrá que saber algo al respecto, puesto que esos doce monjes son franciscanos y forman parte de la historia de la orden.

El abad fue hacia el teléfono y marcó un número que se sabía de memoria. "Con fray Mateo, por favor." Después de las debidas salutaciones, el abad requirió ser asesorado por algún fraile con conocimientos en historia eclesiástica, en especial de la orden. Su interlocutor pidió unos momentos de dispensa para ir a localizar a la persona indicada. El abad esperó en silencio mientras que con un ademán trataba de tranquilizar a sus impacientes acompañantes, quienes, ansiosos, no hacían más que levantar las cabezas en espera de respuestas. "¿Sí?… ¿Fray Corrales?… Mucho gusto en conocerlo, aunque sea por teléfono." El abad le explicó a su interlocutor el motivo de su llamada. Para concentrarse mejor en la conversación que empezaron a sostener, se apartó un poco de los demás, dándoles la espalda y sentándose en su sillón. Buscó un pedazo de papel y una pluma para anotar la información relevante que pudiera recibir.

Los otros permanecían cerca del códice como perros guardianes. De vez en cuando, uno levantaba la vista y de soslayo miraba al abad mientras éste hablaba y hablaba sin escribir una sola letra. Era evidente que el asunto no progresaba.

Cienfuegos cerró los ojos para evitar alguna distracción de sus profundas cavilaciones. Sandra y Callaghan comentaban sobre posibles soluciones al acertijo del dibujo.

—¿Crees que sea una referencia toponímica? —cuestionó la reportera.

Cienfuegos, quien hasta entonces había permanecido en silencio, se dio cuenta de que no se había sustraído por completo de la plática que sus compañeros sostenían.

—¿Y por qué no antroponímica? —les dijo; Sandra y Callaghan se miraron, mientras el historiador insistía—. ¿Qué otro elemento informativo, con los que nos hemos topado, les parece que le hace falta al dibujo?

—No hay glifo calendárico, ni ninguna cita en latín —comentó Callaghan.

Volteando a ver a su amigo Leonardo, agitó los brazos para llamar su atención. El abad, al percatarse de que lo llamaba con premura, se volvió para encararlo. Intuyendo que lo que Cienfuegos le quería decir iba al caso con su conversación telefónica, tapó con una mano la bocina.

—Traduce el dibujo al latín —le dijo, con gestos.

El abad puso cara de extrañamiento.

—¿Al latín? —masculló con semblante confuso—. Tardó unos segundos en dilucidar qué elementos del dibujo tenía que traducir, como no había muchos, optó por abocarse a los conceptos mencionados por Sandra—: *Duodecim* es doce, e *insula* es isla —respondió, casi en un susurro.

O no logró cubrir del todo la bocina, o lo que dijo lo dijo en voz muy alta, pues su interlocutor, del otro lado de la línea, lo había escuchado parcialmente y le estaba pidiendo que volviera a repetir sus palabras porque no le había entendido bien.

—¿Que qué dije? —preguntó apenado de que lo hubiera alcanzado a escuchar al otro lado de la línea mientras fulminaba con la mirada a Cienfuegos, poniéndole cara de fastidio y culpándolo indirectamente del trance.

—Sí. ¿Qué acaba de decir? —le preguntó fray Corrales.

—Disculpe, padre, es que me interrumpieron para que les traduzca unas palabras al latín.

—¿Qué fue lo que les dijo?

—Dije *duodecim*…

—No, no. Lo otro.

—¡Ah, sí! Dije *insula*. Me preguntaban acerca de la traducción de isla en latín.

Durante varios segundos no hubo respuesta por parte del franciscano. El abad permaneció en silencio, pensando que fray Corrales se había molestado por su distracción. Casi al mismo tiempo dejó escapar un ademán de triunfo al palmotear el escritorio con su mano libre. Presuroso, comenzó a escribir cuanto le decía fray Corrales. El abad casi no hablaba, sólo interrumpía a su interlocutor para que le repitiese algún dato que se le había pasado. Después de unos minutos, se despidió efusivamente del experto en historia franciscana.

Respiró hondo e, invadido por un sentimiento de gran satisfacción, levantó la vista y vio las caras de expectación de sus tres compañeros que no ocultaban su desesperación por escuchar lo que les tenía que decir.

—¡La interpretación del dibujo está resuelta! —declaró ufano el abad—. Los doce frailes franciscanos no son los primeros doce; son otros doce.

—¡¿Cómo?! —saltó la reportera.

—Además, la isla no se refiere a ninguna en particular sino que representa el nombre, o más bien el apellido de… Ínsula.

—No estaba tan errado —hizo ver Cienfuegos.

—Se trata del ministro general de la orden franciscana de 1550, ¡fray Andrés de la Ínsula!

Releyó sus notas para preparar un resumen de lo que acababa de transcribir.

—Se trata de la primera reforma —buscó con la vista a Sandra—. Sí, Sandra, otra reforma de la orden franciscana, esta vez en la Nueva España, encabezada por fray Alonso de Escalona, quien escogió para su empresa a ocho sacerdotes y a cuatro frailes legos. Según ellos, la proliferación de religiosos que arribaban a la Nueva España iba en detrimento del principio de rigor de pobreza y estrechez de las vidas con el que, en principio, se había fundado la provincia del Santo Evangelio de México, así que Escalona quiso fundar una reforma con nuevo celo de más perfección y observancia de la Regla. Se lo solicitó al ministro general, quien accedió a su petición. Reunidos los doce, los nuevos doce, o los segundos doce, quiero decir, eligieron a fray Escalona como su primer provincial de la recientemente erigida provincia de… ¡La Insulana!, nombrada así en honor de su ministro general, que los apoyó.

—Qué interesante… isla… ínsula… Insulana —musitó la reportera.

—Fray Escalona los guió hacia tierras lejanas e inhóspitas para poder asentarse y vivir una vida de soledad y recogimiento. Así anduvieron por un tiempo, visitando diversos lugares donde mejor establecerse. Sin embargo, encontraron tantas dificultades e inconvenientes en su camino, que optaron por regresar a la provincia del Santo Evangelio, desistiendo de su intento de reforma y continuando con su labor evangelizadora.

El abad revisó nuevamente sus notas y negó con la cabeza.

—Ahora sí es el turno de la red virtual; por fin tengo algo con qué acceder —intervino Cienfuegos, guiñándole un ojo al abad, mientras se acomodaba frente a su computadora—. Fray Alonso de Escalona llegó a la Nueva España en 1531. Vivía en la estrechez del ayuno, la pobreza, la humildad y la mortificación corporal. Los jueves de Semana Santa se hacía llevar desnudo y con una soga al cuello hacia el púlpito donde públicamente predicaba y se azotaba. Nunca usó túnica, sino sólo el hábito del sayal más burdo. Visitaba la provincia a pie y descalzo. Fue nombrado provincial en el convento de México. Un par de veces lo mandaron a evangelizar tierras de Guatemala. Murió a la edad de ochenta y ocho años.

—Suena muy parecido al caso de fray Martín de Valencia —observó Sandra.

—¿Y por qué no? Los dos eran franciscanos que observaban la estricta pureza de la Regla. Fray Alonso de Escalona fue más allá al repudiar el relajamiento en el que había caído la orden, intentando crear una reforma que devolviera los principios básicos y primitivos de la vida en extrema pobreza, oración y soledad.

—¿A qué te refieres con que "fue más allá"?

—El solo hecho de intentar fundar una reforma, en la ya de por sí muy reformada espiritualista y guadalupanista provincia del Santo Evangelio, presupone una postura por demás extrema. La Insulana fue un intento de reforma radical de lo que ya de por sí era extremo.

Las palabras del historiador calaron en las mentes de los participantes.

—Gracias a Dios la reforma de la Insulana no prosperó —acotó el abad.

Cienfuegos asintió.

—Miren, considero que esta página es fundamental en el desarrollo de la interpretación del códice. Ha sido la única que se ha salido del lenguaje interpretativo establecido por el mismo *tlahcuilo*. Se aparta por completo del contexto de las anteriores, lo que significa que nos está enviando una señal.

—¿Y qué señal es ésa?

El historiador se encogió de hombros.

—Pero, oigan bien —advirtió con la mano levantada—, si a este de por sí condimentado caldo que representaba la reforma de la reforma de la reforma hasta el extremo, se le añade que estaban convencidos de la inmediata proximidad del fin de los tiempos, entonces, queridos míos, nos encontraremos con que estos monjes eran un coctel Molotov en potencia.

El abad se acercó a Cienfuegos para pedirle que comieran juntos. Hizo lo propio con Callaghan, quien declinó la oferta aduciendo que iría a comer con su superior para informarle el progreso de sus labores.

El abad, que conocía bien al legionario, vio el brillo de sus ojos y su expresión reflexiva que delataba que se traía algo entre manos, pero nunca imaginó lo que iba a decir:

—El *tlahcuilo* está esperando que desciframos el códice para que sepamos las verdaderas razones por las que se robó el ayate. Con ello garantizará sus pretensiones.

—No te entiendo, Michael.

—Funciona como en un secuestro. El *tlahcuilo* tiene en su posesión la Imagen y, llegado el momento, se comunicará con nosotros, o nosotros con él, si es que llegamos a identificarlo, para negociar algo a cambio de su restitución.

Sandra respingó, haciendo un sonoro aspaviento.

—Con la Imagen transará, Leonardo.

◆

Al buscar la salida, Sandra tuvo que pasar frente al escritorio de la señorita Estévez. Vio que escribía algo en la computadora. Al sentir sus pasos, la secretaria alzó la vista. Sus miradas se cruzaron y las dos evitaron tomar la iniciativa de efectuar el primer saludo o de fabricar la primera sonrisa. Sandra alcanzó a dar tres pasos más con la mirada fija en ella. Su creciente cercanía dejaba de ser una mera incomodidad para dar paso a un abierto desafío a ver quién sostenía por más tiempo la mirada o quién era la primera en decir algo. Parecía un duelo por ver quién desenfundaba primero, pero aquí la que lo hiciera primero perdía. La señorita Estévez no pudo, o no quiso, mantenerse sin decir nada, sobre todo cuando la reportera se le plantó justo delante de su escritorio. Prevaleció, muy a su pesar, su férrea disciplina y su comportamiento profesional. Reprimió el deseo de reaccionar de cualquier otra manera; se humedeció los labios, parpadeó repetidas veces y le dijo con una disimulada falsa sonrisa:

—¿Se te ofrece algo?

La reportera contestó con aire desenfadado:

—No. Gracias. Nada más pasaba por aquí.

Con estudiada displicencia, Sandra retomó su camino hacia la salida, sin siquiera voltear para despedirse. Si bien sabía que había ganado, su victoria le pareció amañada y la dejó con un desagradable sinsabor. Era consciente de que la señorita Estévez, impelida por el deber que le exigía su puesto, lo único que estaba haciendo era actuar de manera profesional, y eso le provocaba un sentimiento de incomodidad.

A los pocos pasos de haberse alejado, una idea la hizo detenerse. La valoró unos segundos. Su primera reacción fue rechazarla. Estuvo a punto de reanudar su andar para irse. Titubeó y recapacitó: "¡Qué carajos!, ¿por qué no?" Giró la cabeza por encima de su hombro y mirándola de soslayo desde donde se encontraba, sin ahuyentar del todo su adoptada postura prepotente, le espetó:

—Te invito a comer, ¿vienes?

La señorita Estévez escogió un restaurante cercano para evitar ir en coche, ante la advertencia de Sandra de que ese día no había traído el suyo. La secretaria así lo había consentido, a pesar de haberse cuestionado, no sin cierto malestar, por qué la reportera presuponía que ella no tendría auto. "¿Pensará que con el sueldo que me pagan no me alcanza para comprar uno?", se dijo, sintiéndose un poco ofendida. Ocultando su fastidio y siguiéndole la corriente, optó por no decirle que su coche lo había dejado en el estacionamiento y que podían irse en él a donde quisieran. A cambio, y en venganza de ese desplante inapropiado, decidió que si Sandra la iba a invitar, permitiría que le pesara un poco en el bolsillo. Se decidió por el único restaurante *gourmet* de la vecindad, Fray Juan de Zumárraga, que llenaba todos los requisitos de cercanía, menú de *nouvelle cuisine* mexicana, excelente variedad de tequilas, buena cava de vinos, y, por supuesto, caro.

Sandra había pedido tequila Tres Generaciones y la señorita Estévez, vino blanco del país. Hablaron del tiempo y del tráfico de la ciudad, tal como debía esperarse de un buen inicio de plática por parte de dos defeñas que se respetan. Ordenaron de comer, al tiempo que Sandra pidió repetir la dosis de sus bebidas sin consultar a su compañera. La señorita Estévez ordenó una sopa de tortilla y un mixiote de carnero, mientras que Sandra optó por una sopa azteca y un mole rojo.

—¿Desde cuándo trabajas en la basílica? —preguntó, apurando lo que quedaba del caballito tequilero.

—Desde hace cinco años.

—Supongo que si trabajas allí es porque eres católica, ¿o no?

—Supones bien, pero no soy de las buenas —hizo una pausa mientras pasaba su dedo índice sobre el borde de su copa—. No sé, trabajar allí te obliga a enfrentarte todos los días con gente de veras fervorosa que llega desde lugares y distancias inimaginables. No me puedo comparar con ellos. ¿Y tú?

—Bautizada. No practicante. Soy lo que se diría… agnóstica —se encogió de hombros.

—Nunca he sabido bien a bien lo que significa eso.

—No eres la única, pero suena bien. No creo en la institución eclesiástica como tal, es decir, como intermediaria entre Dios y los hombres. Creo que lo divino no puede ser racionalizado.

—De seguro que tampoco crees en la Virgen… —la cuestionó con mirada torva.

Sandra la miró a los ojos.

—¿Que se haya aparecido a Juan Diego y que haya impreso su imagen en el ayate? No. ¿Y tú?

—¡¿Cómo crees que no?! —exclamó, aparentando sentirse escandalizada.

—Bueno, bueno, no pasa nada. Y si no creyeras, pues también estaría bien.

—¿Y seguir trabajando en la basílica?

—¿Cuál es el problema? No tiene nada que ver una cosa con la otra, creo yo. Un trabajo es un trabajo. Yo, por ejemplo, puedo desempeñar perfectamente bien mi labor de reportera del periódico *El Mundo*, y al mismo tiempo ser crítica de mi periódico si veo cosas que no van conmigo, o bien defender posturas que contravienen con las de mi empresa.

—Pero esto no es una empresa, sino un emblema nacional sagrado.

—Bueno, ahí sí diferimos. La basílica es una empresa como otra cualquiera. Pero no vine aquí a hablar de eso.

—Entonces ¿de qué quieres hablar?

Sandra tardó unos segundos en contestar.

—De ti. Me gustaría conocerte un poco —brindó, levantando el caballito tequilero.

La respuesta de la reportera la tomó por sorpresa. Recapacitó y decidió cuestionarla para ver cuáles eran sus verdaderas intenciones. Eso de que quería saber de ella la mosqueaba un poco, como que no iba con su forma de ser.

—¿Para ver si te sirvo de algo?

—Como buena reportera que me considero, algo hay de verdad en eso. Si a través de conocerte puedo obtener información que me sirva para mi reportaje, ten por seguro que lo haré —asentó con fuerza el vaso vacío sobre la mesa.

—¿Y si sé algo que te pueda interesar y no te lo quiero decir?

—Te sacaré la información a como dé lugar —contestó con semblante serio—. Soy muy buena torturando a la gente.

Después de regodearse por la cara de asombro que puso, Sandra explotó en carcajadas.

—Casi me la creo, ¿eh? Y encima eres bromista, aunque también te pasas de grosera —le espetó con tono de reproche.

Sandra dejó de reír.

—Oye… Espera un momento, que ni siquiera sé tu nombre. ¿Cómo te llamas?

—Helena, con "hache".

—¿Y por qué la "hache"?

—Por mi padre. Decía que recién nacida, de tan bonita, me parecía a Helena de Troya. Por eso pidió que en el acta de nacimiento se escribiera con "hache", al estilo griego.

—Pues tu padre no estaba equivocado. Eres muy bonita —Helena se sonrojó un poco—. Bueno, Helena con "ha-

217

che", lo que pasó antes entre nosotras sólo fueron posturas de trabajo antagónicas; tú estabas en tu papel haciendo lo tuyo y yo en el mío. Sí te pido que, por favor, no te lo tomes tan personal, que no era ésa mi intención.

—Sí, lo sé. Olvídalo.

—Bueno. *¿Truce?* —le extendió la mano para hacer las paces. Helena sonrió y se la estrechó—. Y dime —dijo, golpeándole el antebrazo con su codo repetidas veces, como en un gesto para que se animara a hablar con confianza—, ¿cómo anda la vida amorosa, eh? —le guiñó un ojo con picardía.

—De capa caída. Nada de nada —hizo una mueca con la boca.

—Pero tuvo que haber habido alguien.

—Han habido, por supuesto, no muchos, ¿eh? —la miró a los ojos para convencerla—. Tampoco he andado del tingo al tango a ver qué encuentro. No. Para nada. Sólo el último, no hace mucho, pero eso no podía funcionar.

Sandra se dio cuenta de que el semblante de Helena cambiaba. La vio cómo empezaba a turbarse.

—¿Casado?

—No. No como te lo imaginas.

—Lo cortaste.

—Me cortó. Más bien dejó de verme y de hablarme. Ni siquiera tuvo los… tamaños para decírmelo a la cara. Ni siquiera se despidió de mí.

—¡Ouch! Pero las cosas pasan por algo.

—Consiguió lo que quería —enrojeció sin saber si de ira o de vergüenza, ocultando su cara con las manos— y después me dejó. Así de fácil —hizo una pausa para recoger una lágrima que se le había escurrido por la mejilla—. La verdad es que es muy difícil hablar de esto, Sandra, discúlpame.

—Si quieres, cambiamos de tema.

Helena negó con la cabeza. Le venía bien hablar un poco del asunto y airear sus resquemores. Quería escuchar la experiencia personal de la reportera.

—¿Alguna vez te has arrepentido, verdaderamente arrepentido, de algo que hiciste? —Helena se llevó una mano al cuello para jugar con la cadena que lo rodeaba.

Sandra se tornó pensativa por unos segundos tratando de recordar algún suceso en su vida que la hubiera hecho de verdad arrepentirse. No se acordó de ninguno en particular, aunque sabía que por ahí debería de existir alguno, escondido en el pozo del olvido. Sin embargo, tenía que decirle algo a Helena para levantarle el ánimo. Tronó los dedos, y haciendo como si se hubiera acordado de algo, abrió los ojos y le dijo:

—¡A no ser del idiota con el que me acosté por primera vez! —exclamó, fingiendo estar furiosa y golpeando la mesa con ambas manos.

Helena no pudo reprimir una carcajada, que, mezclada con sus lágrimas, le devolvió un poco de color a sus mejillas. Jaló un poco de la cadena que colgaba de su cuello sustrayéndola entre sus pechos. Sandra vio que algo colgaba al final de la cadenilla.

—Eso es lo que nos pasa por andar de calientes.

Helena volvió a reír de buena gana.

—Pensamos que por haber tenido relaciones ya adquirimos un cierto compromiso moral con ellos y esperamos que se comporten de igual forma con nosotras, pero para ellos sólo fue un acostón y ya.

—Sí, tienes razón. Nosotras esperamos siempre más.

Helena tomó el colguije entre sus manos y lo apretó.

—No puedes obligarlo a enamorarse, *so don't worry*.

—Me preocupan las repercusiones que pudo haber tenido el hecho —dijo, mientras jugueteaba entre sus manos con la cadena y con el objeto que sostenía.

—¿Las hubo?

Helena, sin aguantar más, se soltó llorando, ocultando su cara con las dos manos. Sandra guardó silencio. Trató de consolarla acariciando su brazo con una mano. No hacía ni veinticuatro horas la había amenazado e insultado, humillándola, y ahora estaban juntas, como dos viejas amigas, compartiendo confidencias íntimas. Se dio cuenta de que, pese a su porte hierático, era una mujer muy sensible y frágil. Helena se llevó a la boca lo que hasta ese momento Sandra había creído era una medalla, y ahora se daba cuenta, por primera vez, que era un crucifijo. La secretaria había vuelto a colocar el objeto que ahora tomaba con sus manos entre sus pechos, debajo de su blusa. Sonrió.

—Eso es lo que me temo —respondió Helena mirando a la reportera con aprensión.

—¿Te embarazó?

❖

—El mejor restaurante del Tepeyac es el de la basílica.

Con esta frase el abad le anunció a Cienfuegos que comerían ahí. Subieron al cuarto piso hasta una sala acondicionada como un pequeño comedor, en situaciones en que el abad así lo requería. La comida —sopa de aguacate con chile guajillo, crema y chicharrón molido, ensalada Nicoise y robalo empapelado con guarnición de rodajas de jitomate y arroz blanco— la había pedido Conchita por teléfono a Banquetes Lupita, un reputado lugar de la vecindad. El servicio incluía tequila Don Julio reposado, vino tinto de la Ribera del Duero, crepas de cajeta de postre, café y té, y, como digestivo, el licor de anís y miel Ixtabentún.

El mantel había sido bordado a mano con dibujos de grecas prehispánicas geométricas muy al estilo de Mitla. La vajilla de porcelana se había mandado hacer en conmemoración de la primera visita a México del papa Juan Pablo II. Tenía el filo dorado, seguido por una franja azul cobalto; el busto del papa aparecía en el centro de los platos. A Cienfuegos le incomodó un poco este hecho porque sentía frente a él la mirada del papa con su media sonrisa. Los cubiertos que enmarcaban la vajilla eran de plata pesada y a ambos lados los mangos exhibían un diseño de tres barras. El historiador tomó el cuchillo, en una de cuyas hojas distinguió las palabras *Christofle France*. ¿Acaso la basílica los adquirió por aquello de *Christo*…?, se cuestionó, cuidándose de no externar su sonrisa y tener que dar una explicación. Los vasos y las copas eran de cristal biselado con decoración de pepitas en tono azul.

—Por cierto, Leonardo, ¿sigues con la idea de no mencionar a nadie el hecho que nos mantiene ocupados?

El abad ladeó la cabeza, poniendo cara circunspecta.

—El arzobispo se comunicó conmigo en la mañana, cuando nos encontrábamos reunidos.

—¿Cómo? ¿Habló? ¿No te pasaron la llamada?

—No. Sí me la pasaron. Ya sabía que me iba a llamar porque los periódicos de la mañana habían publicado nuestro boletín del día de ayer. Por eso giré instrucciones a mi secretaria para que dijera que no me encontraba, pero que regresaría para comer aquí.

—¿Te va a hablar ahora?

El abad asintió.

—¿Y no le vas a decir nada?

—Todavía no.

—Un poco arriesgado, ¿no crees?

El abad se encogió de hombros, dando un sorbo de su tequila.

Se encontraban enfrascados en amena plática sobre algún tópico de la interpretación del códice cuando fueron interrumpidos por el timbre del teléfono. Los dos se miraron. Por la hora suponían quién era. El abad se limpió la boca con la servilleta, finalizó de un trago el resto de vino que tenía servida su copa y respiró profundamente. Durante toda la conversación se mantuvo con los ojos cerrados. Cienfuegos lo observaba frotarse con insistencia las sienes, como si estuvieran a punto de explotar. Su respiración era pesada. Juntó las manos y las colocó sobre sus labios. Abrió lentamente los ojos. Tenía la mirada del historiador clavada en él.

—Estás metido en un buen lío —dijo Cienfuegos enarcando una ceja—. No entiendo por qué no le dices la verdad. Mintiéndole al arzobispo no vas a solucionar nada.

—Todavía confío en hallar una solución pronta.

—Tú solo te has echado la soga al cuello, Leonardo. Si no aparece la Imagen pronto, vas a tener que decirle la verdad al arzobispo y ya podrás imaginar cuáles van a ser las consecuencias. Te puedes ir despidiendo de tu trabajo en la basílica y de tu carrera religiosa. Vas a ser un apestado en este país por no haber sabido tomar las decisiones correctas en el momento preciso para salvaguardar y proteger la Imagen más sagrada y venerada de esta nación. Y por no haber hecho lo necesario y suficiente para su recuperación te van a linchar. La verdad es que lo que has decidido me parece una soberana estupidez.

El abad guardó silencio. Meditó las duras palabras de su amigo. Qué razón tenía. Había antepuesto su prepotencia y su soberbia porque estaba seguro de que recuperaría el ayate antes de que el arzobispo se enterara de su desaparición. Si esta vez fallaba, de seguro que sería la última.

❖

De regreso a la basílica, Helena le pidió a Sandra que la acompañara a la oficina del abad para entregar a Callaghan los resultados de los análisis que ya habían llegado. Entraron y vieron a Cienfuegos escudriñando el códice. Helena le dio en mano los resultados al legionario y salió. Callaghan abrió presuroso el sobre y leyó los documentos. Su cara no traducía ni emoción ni sorpresa. El abad no quiso interrumpirlo hasta comprobar que había terminado de leer la última de las cartas.

—Nada —se encogió de hombros, haciendo una mueca de desagrado—. Bueno, confirman nuestras primeras apreciaciones. Obviando los detalles técnicos, en resumidas cuentas puedo decirles que el material con que está hecho el códice es papel amate; los pigmentos usados son contemporáneos, de uso común; las portadas están hechas de madera de cedro, y el cordón que lo ataba está fabricado en algodón —de pronto un presentimiento asaltó a Callaghan. Algo faltaba. Repasó mentalmente el procedimiento de análisis de evidencias que había realizado hasta ahora. Sí, algo faltaba, estaba seguro. ¿Qué era? Como una inspiración, se acordó que había omitido inspeccionar de cerca un elemento crucial del códice: el cordón que lo sujetaba—. Leonardo, ¿dónde guardas el cordel con que estaba atado el códice?

El abad abrió el cajón de su escritorio y, barriendo con su vista el compartimiento, dio con él.

—¿Podemos, entonces, continuar con nuestro análisis del códice? —preguntó con el cordel en la mano.

—Me voy a tener que ausentar, Leonardo, quiero comenzar a trabajar en algunas ideas que se me han ocurrido.

—No te detengo, Michael, adelante. ¿Sandra? —volteó a mirar a la reportera para saber qué quería hacer.

La reportera sopesó las opciones. Le disgustaba no estar presente en alguna de las actividades. Se le presentaba una y griega en el camino y no estaba segura de cuál de los dos rumbos tomar. Le agradaba la idea de seguir con la interpretación del códice, a sabiendas de lo interesante que le resultaba y de lo mucho que estaba aprendiendo, pero no podía soslayar el hecho de que le importaba más descubrir la identidad del ladrón, como lo había determinado la noche anterior.

—Creo que acompañaré a Michael.

Antes de salir, Callaghan fue con el abad, quien al verlo acercarse le entregó el cordel.

—Dijiste que tenía tres nudos.

—Sí. ¿No los ves? —los señaló.

—Entonces no desataste ninguno. ¿Cómo liberaste el códice?

—Ah. Te entiendo. No, mira, estos tres nudos se encuentran en el extremo del cordel. El códice estaba sujeto por uno muy guango, tipo moño, de fácil desamarre.

Callaghan notó algo extraño. Alzó el extremo del cordón y se lo acercó para verlo mejor.

—¿Entre tus curiosidades no tienes una lupa?

El abad le dijo que seguramente Conchita o la señorita Estévez tendrían una. Sandra y el legionario salieron de la oficina. "Buena suerte", les deseó Cienfuegos. Al no encontrar en su escritorio a Conchita, se dirigieron con la señorita Estévez, quien les proporcionó unas tijeras y los llevó a una oficina donde podrían trabajar sin ser interrumpidos.

—Quiero hacer un experimento.

—¿En qué te puedo ayudar? —repuso Sandra.

Callaghan se acercó para tomar el cordel. Lo extendió sobre el escritorio. Tomándose su tiempo, revisó con la lupa la trama y el urdimbre del tejido, sin encontrar nada que le llamara la atención. Su mirada se posó en los tres nudos; los repasó uno por uno, tomándose varios minutos en esta acuciosa inspección. Dudó un instante.

—Ven, acércate. Haz un nudo.

—¿Qué? —respondió ella confundida.

—Que hagas un nudo. Aquí, mira, encima de los tres que hay aquí —le mostró el cordel.

Sandra, sintiéndose un poco incómoda, procedió a hacer el nudo mientras Callaghan observaba con interés cómo lo hacía.

—Listo —anunció, retirando ambas manos del cordel.

Callaghan tomó el cordón por el extremo, observó de manera inquisidora el nudo que Sandra había terminado de hacer, comparándolo con los otros tres realizados por el *tlahcuilo*. Movió la cabeza de arriba abajo y esbozó una amplia sonrisa.

—Dime qué ves de distinto —Callaghan le acercó el cordel con los cuatro nudos a la altura de su vista—. Los tres de abajo son los originales; el de arriba —lo señaló—, lo hiciste tú.

—¿Y? —preguntó ella, encogiéndose de hombros.

—Fíjate bien —le acercó todavía más el cordón para que lo viera mejor—. ¿Qué diferencia notas?

Sandra los observó.

—La verdad, ninguna, Michael.

—Pon atención en los tres nudos de abajo —los fue señalando uno por uno—. ¿De qué lado están anudados?

—Bueno, depende de dónde los veas.

—No importa. ¿Los tres están iguales? ¿Están anudados por el mismo lado?

—Sí —titubeó un poco, fija la mirada en descifrar la constitución de los tres nudos—. Todos están del mismo lado.

Callaghan asintió complacido.

—¿Y el tuyo? —le inquirió—. El que tú acabas de hacer, ¿de qué lado está?

Antes de responder, Sandra enfocó su mirada al cuarto y solitario nudo en cuestión, asegurándose de lo que iba a decir.

—Del otro —dijo con seguridad.

—¡Ahí está! —exclamó entusiasmado.

—¿Qué? —repuso Sandra con el ceño fruncido.

Callaghan no respondió. Quiso hacer él otro nudo en el cordón, arriba del que había hecho Sandra, para demostrar lo cierto o lo falso de su teoría. Cuando terminó de anudarlo, se dio perfecta cuenta de que el nudo se inclinaba del mismo lado del de ella. Satisfecho de su corroboración, le mostró nuevamente el cordón con el nuevo nudo, a modo de comparación y comprobación. Ella lo observó con detenimiento por unos segundos. Callaghan miraba orgulloso y sonriente la hechura de los cinco nudos que se presentaban a su vista.

—¿Ya me puedes decir qué descubriste?

—El *tlahcuilo* es zurdo.

❖

Las miradas del abad y de Cienfuegos se clavaron en la pintura desplegada. Pasaron algunos minutos sin que nadie dijera nada. Era evidente que la interpretación del dibujo se les dificultaba sobremanera. Se encontraban absortos en lo que parecía ser una representación bucólica de un cielo nublado, casi tormentoso. Al abad le había parecido una pintura con características netamente expresionistas, cercana incluso a una abstracción, de no ser por la precisa ejecución de las figuras redondas que se conjugaban para dar forma a las nubes.

Cienfuegos dio un respingo apartándose del monitor de su laptop, como si ésta le hubiera dado un toque eléctrico. Se quitó los lentes. Todavía tomó algunos segundos para carraspear y aclararse la garganta antes de hacer algún comentario.

—Leonardo, hemos llegado al corazón del mensaje del códice —declaró con semblante sombrío—. El glifo calendárico corresponde al... ¡12 de diciembre de 1531!

El abad se persignó. No había correspondencia alguna entre la pintura del códice y el significado de la fecha, que les decía que ese día se había aparecido la Virgen de Guadalupe al indígena Juan Diego.

—¿Y la Virgen? —preguntó el abad con desazón.

—Ahí está —contestó Cienfuegos con una sonrisa, señalando con el dedo índice el dibujo.

Por unos instantes, las miradas se volvieron nuevamente hacia el códice. Evidentemente, la figura de la Virgen no estaba dibujada ahí.

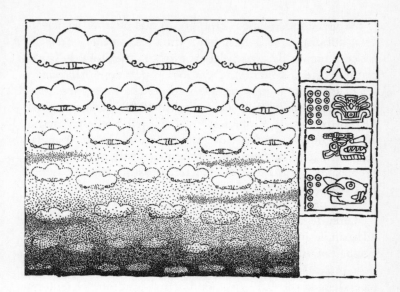

—¿Qué elementos reales, digamos naturales o figurativos, conforman este dibujo? —preguntó Cienfuegos.

—Veo nubes y creo distinguir una especie de neblina que lo envuelve todo.

Esperaba que Cienfuegos dijera algo más, pero él parecía no querer añadir nada, quien sólo atinó a concentrarse en el monitor, asentir y dibujar una sonrisa. Sintiéndose el foco de su atención, dijo con aire triunfal:

—Entre nubes y entre nieblas.

—Enrique, ¿puedes hacer el favor de explicarte? —lo encomió el abad con un dejo de ansiedad en su voz.

—Lo que dijiste que veías en la pintura, nubes y nieblas, son los sustantivos de la frase que acabo de mencionar: "Entre nubes y entre nieblas", que no es otra cosa que el significado literal de un difrasismo en lengua náhuatl. Me explico: dos sustantivos, digamos flor y canto, juntos, forman la metáfora de… poesía. Muy bello, ¿no? Para nuestros antepasados nahuas, flor y canto quería decir poesía, así de simple. Otro ejemplo que creo puede ayudar a entenderlo,

227

y que viene mucho a colación por lo que estamos haciendo, es el difrasismo de tinta negra y tinta roja, *in tlilli in tlapalli*. La conjunción de estas palabras evoca la metáfora de la escritura… de la sabiduría. Y era lógico porque el *tlamatini*, o sea el sabio, era la persona que interpretaba los códices pintados por el *tlahcuilo*, o sea, la escritura elaborada con tinta negra y tinta roja. ¿Y qué son los códices sino el instrumento con que nuestros antepasados atesoraban la sabiduría para las siguientes generaciones? El difrasismo "Entre nubes y entre nieblas" nos habla de dos características principales, nubes y nieblas, que nos remiten a algo más, a una idea más elevada.

—¿Cuál es esta otra idea?

Cienfuegos tomó su tiempo antes de responder. Con un ademán, le indicó al abad que lo esperara unos momentos. Estaba enfrascado en buscar los sitios referidos al tema.

—*Mixtitlan Ayauhtitlan*. Éste es el difrasismo que nos ocupa en lengua náhuatl —irguiéndose más, se quitó los lentes y se restregó los ojos antes de continuar—. En su sentido metafórico quiere decir "venidos de un lugar oculto", o bien, "presencia divina".

El abad asintió, reconociendo el sentimiento de belleza que le había producido el significado metafórico.

—La "presencia de la divinidad" ha sido recurrente en la historia. En nuestro pasado tenemos ejemplos diversos de la utilización de este difrasismo. Quizá el pasaje más famoso de ellos, que ha dado forma y sustancia a la teoría de que a la llegada de los españoles éstos fueran considerados dioses por los indígenas, fue la primera conversación que sostuvieron el emperador Motecuhzoma y Hernán Cortés a las afueras de Tenochtitlan, cuando el primero lo recibió y le dio la bienvenida. Estas recopilaciones de testimonios, recogidas a través de los informantes, como se les conocía, quedaron plasmadas en documentos históricos valiosísimos, entre ellos *Coloquios y doctrina cristiana*, de Bernardino de Sahagún —Cienfuegos buscó el sitio en su archivo—. Los españoles llegaron sobre la calzada Iztapalapa, que en esa época estaba llena de puentes levadizos, hasta la bifurcación del río Xoloco, donde se junta esta calzada con otra. Allí, en un lugar llamado Huitzillan, se encontraron ambas comitivas. Cuando terminaron de intercambiar collares y regalos, Cortés preguntó: "¿Acaso eres tú? ¿Es que ya tú eres? ¿Es verdad que eres tú Motecuzhoma?" Le respondió Motecuzhoma: "Sí, yo soy". Acto seguido, procedió a saludar a Cortés y a darle la bienvenida.

—¡Qué momento debió haber sido!

—De acuerdo con la versión de fray Bernardino de Sahagún, Motecuzhoma le dio la bienvenida con esta arenga:

Señor nuestro: te has fatigado, te has dado cansancio: ya a la tierra tú has llegado. Has arribado a tu ciudad: México. Aquí has venido a sentarte en tu solio, en tu trono. Oh, por tiempo breve te lo reservaron, te lo conservaron, los que ya se fueron, tus sustitutos.

Los señores reyes, Itzcoatzin, Motecuzhomatzin el Viejo, Axayácatl, Tízoc, Ahuítzotl. Oh, qué breve tiempo tan sólo guardaron para ti, dominaron la ciudad de México. Bajo su espalda, bajo su abrigo estaba metido el pueblo bajo.

¿Han de ver ellos y sabrán acaso de los que dejaron, de sus pósteros?

¡Ojalá uno de ellos estuviera viendo, viera con asombro lo que yo ahora veo venir en mí!

Lo que yo veo ahora: yo el residuo, el superviviente de nuestros señores.

No, no es que yo sueño, no me levanto del sueño adormilado: no lo veo en sueños, no estoy soñando...

¡Es que ya te he visto, es que ya he puesto mis ojos en tu rostro!...

Ha cinco, ha diez días, yo estaba angustiado: tenía fija la mirada en la región del misterio.

Y tú has venido entre nubes, entre nieblas.

Cienfuegos suspendió la lectura por unos segundos.

—Qué poesía, o más bien debería decir… ¡qué flor y canto!

Cienfuegos asintió.

—Déjame leer el último párrafo:

Como que esto era lo que nos habían dejado dicho los reyes, los que rigieron, los que gobernaron tu ciudad: que habrías de instalarte en tu asiento, en tu sitial, que habrías de venir acá…

Pues ahora, se ha realizado: ya tú llegaste, con gran fatiga, con afán viniste.

Llega a la tierra: ven y descansa; toma posesión de tus casas reales; da refrigerio a tu cuerpo.

¡Llegad a vuestra tierra, señores nuestros!

Cienfuegos suspiró antes de decir:

—Éste es el testimonio de que Motecuhzoma creía con certeza que Cortés era un personaje divino. No sólo un personaje divino, sino el mismo dios Quetzalcóatl que un buen día se había ido y que habría de regresar en otro tiempo para volver a reinar. Esto de acuerdo con las profecías. Hubo otros presagios, pero lo que marcó la inminencia real e inequívoca de la certidumbre de los acontecimientos fue el avistamiento físico de las carabelas. ¡Ésa fue la verdadera señal! Primero, las de Juan de Grijalva, años antes, y posteriormente, las del propio Cortés.

—Y dejaron de creer en que eran dioses.

—Muy poco tiempo después, al sucederse una serie de eventos: el primero, por haber sido hecho prisionero Motecuhzoma, pero, sobre todo, por la matanza en el Templo Mayor perpetrada por Pedro de Alvarado, persona de confianza de Cortés, durante la ausencia de éste, cuando fue a enfrentar al enviado del gobernador de Cuba, Pánfilo de Narváez, quien había llegado para quitarle el mando. Esta matanza, realizada en flagrante traición, provocó la rebelión de los indígenas, que terminó con la huida de los españoles en el episodio conocido como "La noche triste". Durante estos hechos, en definitiva, los mexicas dejaron de creer que los españoles eran dioses y, al contrario, empezaron a considerarlos *popolocatl*, o sea, bárbaros.

—Pero los mexicas no sólo tomaron como dioses a los conquistadores. Hubo otro tipo de conquistadores.

—Los conquistadores de almas, por supuesto. Sahagún recopiló, junto con sus colaboradores indígenas, los informantes —continuó Cienfuegos—, las primeras conversaciones que sostuvieron los sacerdotes nahuas con los primeros doce frailes franciscanos a su llegada a México, en 1524. Huelga decir que éste fue un suceso extraordinario en nuestros anales, pues es aquí donde, por primera vez, la creencia religiosa nahua se confronta con el cristianismo traído por los españoles. Voy a leer algunos extractos referentes al tema que nos ocupa de la "Presencia divina", que provienen del libro de Sahagún. El primero trata de la contestación que un sacerdote nahua dio a los doce frailes, después de que éstos hubieron terminado de expresar su primera plática:

Señores nuestros, seáis muy bien venidos; gozámonos de vuestra venida a nuestra ciudad, todos somos vuestros siervos y os ofrecemos todo lo que tenemos; sabemos que habéis venido dentre las nieblas y nubes del cielo…

…Ansí nos es nueva y maravillosa vuestra venida y personas y vuestra manera de hablar que habemos oydo y visto, todo nos parece cosa celestial, parécenos que en nuestra presencia habéis abierto un cofre de riquezas divinas del Señor del cielo…

Detuvo su lectura, para comentar:

—Esto prueba que los sacerdotes mexicas consideraban a los religiosos franciscanos como personas divinas. Ahora leeré otro extracto:

¿De dónde?
¿Cómo es el lugar de nuestros señores,

231

de dónde vinisteis?
De entre nubes, de entre nieblas,
habéis salido.
¿De dónde, cómo,
os habéis dirigido hacia acá
del lugar de nuestros señores, de la casa de los dioses?
Porque en medio de nubes, en medio de nieblas,
del interior del agua inmensa habéis venido a salir.

—Insisto en que esto es un poema —manifestó el abad.

—Y qué, ¿este sacerdote nahua no está diciendo que los religiosos franciscanos vienen de la casa de los dioses?

—Y si añades el apoyo que les dio Cortés...

—Cortés, el mismísimo Quetzalcóatl, en una maniobra política del más alto nivel, salió personalmente a recibir y a dar la bienvenida a los doce primeros frailes que llegaban para iniciar su labor evangelizadora.

—Que les estaba haciendo una grandísima deferencia.

—¡Exacto! Y no sólo fueron recibidos de manera personal por Cortés, el conquistador, el Quetzalcóatl, quien les dio la bienvenida hincado de rodillas y besándoles el hábito, sino que el propio conquistador se hizo acompañar por el mismísimo emperador Cuauhtémoc y varios nobles, para que atestiguasen cómo los recibía. Cortés se aprovechó de esa creencia que tenían sobre él los indígenas, y les transmitió ese halo de divinidad a los religiosos, con lo cual consiguió, por un lado, la aprobación casi inmediata de los mexicas a la labor evangelizadora de los franciscanos, y por otro, la aprobación del rey Carlos V a su labor de conquista, sabedor de que los religiosos harían llegar a oídos del rey el recibimiento que les había dispensado. De sobra sabía la importancia que Carlos V le daba a la evangelización de infieles.

—Y así aceptaron con mayor facilidad la nueva religión.

—Pero, cuidado; una cosa es que la aceptaran y otra muy distinta que abandonaran sus antiguas creencias. Esto les llevó mucho tiempo, con sufrimiento y derramamiento de sangre. Al respecto, quisiera por último leer dos párrafos desgarradores con que los sacerdotes nahuas se despidieron de los primeros doce religiosos en ese primer e histórico encuentro:

Tal vez sólo vamos a nuestra perdición, a nuestra destrucción.
¿O acaso hemos obrado con pereza?
¿A dónde en verdad iremos?
Porque somos macehuales,
somos precederos, somos mortales.
Que no muramos.
Que no perezcamos,
aunque nuestros dioses hayan muerto.

Cienfuegos detuvo su lectura. Se quitó los lentes y cerró los ojos. Posó una mano sobre su boca. Tragó saliva y cuestionó en voz alta:

—¿No es esto un lamento? Bien sabían que iban a la destrucción y no les quedaba otra cosa que morir, puesto que "nuestros dioses han muerto".

Retomó la lectura:

Es ya bastante que hayamos dejado,
que hayamos perdido, que se nos haya quitado,
que se nos haya impedido,
la estera, el sitial, el mando.
Si en el mismo lugar permanecemos,
provocaremos que a los señores los pongan en prisión.
Haced con nosotros
lo que queráis.
Esto es todo lo que respondemos,
lo que contestamos
a vuestro reverenciado aliento,
a vuestra reverenciada palabra,
oh señores nuestros.

El historiador respiró profundamente.

—Aquí está resumido el trauma de la conquista. Esto es sólo un ejemplo de la *Visión de los vencidos*, de la que habla Miguel León-Portilla —concluyó con expresión de abatimiento. El abad asintió en silencio. Cienfuegos había desvelado muchas verdades históricas—. El dibujo es como la representación, digamos gráfica, de lo divino, y como está acompañado por la fecha de las apariciones de la Virgen de Guadalupe, nuestro *tlahcuilo* quiere decirnos que en esa fecha, real y tácitamente, se hizo presente la divinidad.

—Pero sin la imagen de la Virgen —adujo el abad con expresión grave.

Cienfuegos cerró los ojos. Pasó los dedos sobre sus cejas en movimientos rítmicos que más bien obedecían a la necesidad de un masaje que a un posible acicalamiento. Suspiró profundamente.

—Por mi experiencia en la interpretación de códices y por la manera como se ha venido desarrollando ésta, puedo concluir que esta página, además de ser la más importante, porque se refiere precisamente a la aparición de la Virgen de Guadalupe, motivo por el cual nos encontramos aquí reunidos, reviste un significado fundamental. No en balde se omitió de manera deliberada la imagen. Esto no es casual. Esto es un mensaje.

—¿Qué mensaje es ése? —cuestionó el abad.

—Nuestro *tlahcuilo* nos está diciendo que la presencia divina no requiere de imagen alguna.

Callaghan y el abad cruzaron miradas. La ausencia de la Imagen era, paradójicamente, la causa de que estuvieran allí reunidos.

—Entonces el *tlahcuilo* es un iconoclasta. ¿Crees, Enrique, que exista una correlación entre la ausencia de imagen en esta página…?

—¿Y el robo del ayate? —el abad asintió—. ¿Y qué es, si no, un robo? ¿No es la deliberada posesión de algo en contra de la voluntad del auténtico poseedor? Es, a final de cuentas, la ausencia de algo que debería estar.

El abad cerró los ojos en actitud meditativa. "¿Será, en verdad, la iconoclasia, la causa del robo?" La idea no le resultaba descabellada.

—Pero lo importante —continuó Cienfuegos mientras desviaba su mirada hacia el cuadro de la Virgen de Guadalupe que el abad tenía colgado de la pared. Con una señal de su mano lo invitó a que fijara su atención en él— es que la Imagen literalmente emerge entre nubes y nieblas. La pintura fue un mensaje directo para la población indígena de entonces, un mensaje que aseguraba que lo que estaban viendo, o sea, la imagen de la Virgen de Guadalupe, era un personaje divino, porque aparecía "entre nubes y entre nieblas".

—No exclusivamente a los indígenas, también a los españoles —abonó el abad—. No debemos olvidar que la Virgen se autonombró Guadalupe, en advocación a otra Guadalupe extremeña a la que los españoles avecindados en las nuevas tierras, por provenir la mayoría de allá, eran muy devotos.

—¿Cómo es posible que se pudiera autonombrar Guadalupe? En estricto sentido, su nombre debería haberlo pronunciado en lengua náhuatl para que los indígenas a los que se les apareció, en este caso a Juan Diego y a su tío Juan Bernardino, lo pudieran entender.

Cienfuegos miró al abad, invitándolo a que interviniera, como experto en el tema guadalupano. El abad asintió.

—Algunos historiadores piensan que Guadalupe no es su verdadero nombre. La Virgen expresó su nombre en náhuatl, como tú muy bien dices, a Juan Bernardino, el tío del vidente Juan Diego, pero no se conocen a ciencia exacta cuáles fueron sus palabras. Existe la creencia, generada en el siglo XVII, de que la Virgen se llamó a sí misma con el nombre de Coatlaxopeuh o Coatlallope, formado por *coatl*, o sea, "serpiente"; la preposición *a*, y *xopeuh*, que significa "aplastar". De ser así, tenemos que la Virgen se autodefinió como "la que aplasta la serpiente". Así que cuando Juan Bernardino pronunció este nombre en su lengua, el náhuatl, los españoles no le entendieron y, por una castellanización de tantas en que incurrieron, se les hizo que el nombre se parecía al de Guadalupe, y así fue que se quedó.

—Pero volvamos a nuestro tema de "entre nubes y entre nieblas" —intervino Cienfuegos—. Déjame leer lo que no hace mucho dijeron los coautores de *El encuentro de la Virgen de Guadalupe y Juan Diego*, al referirse a la interpretación de la Imagen. Es muy interesante:

> ...Lo que llena visualmente el cuadro no es su imagen, sino un gran resplandor, un sol, que se abre paso entre nubes. Ahora bien, la expresión *Mixtitlan Ayautitlan*, "entre nubes y entre nieblas", significaba para ellos "llegada de Dios", de modo que eso es lo que ellos primero identificarían... La joven está parada precisamente en el centro de la luna, y en el centro de la luna se dice en náhuatl "México"... El mensaje de la pintura sería: Dios llega a México, en el solsticio de invierno, por medio de su Madre, que viene a dárnoslo aquí.

Cienfuegos calló, esperando escuchar algún comentario. El abad permanecía en silencio.

—Fíjate bien que el texto dice literalmente "el mensaje de la pintura", dando a entender, en consecuencia, que es una pintura, y que existió una mano terrenal que la debió haber pintado. De no ser así, se hubieran referido a ella como "el mensaje de la imagen milagrosamente impresa", puesto que en teoría fue una imagen plasmada en el ayate por una mano divina.

El abad, con el rostro enrojecido y las venas de las sienes dilatadas, estaba a punto de explotar.

—¡Enrique, por favor! ¿Vamos a entrar a la discusión sempiterna? Aquello fue dicho de una manera coloquial y figurativa, no más.

—No fue dicho, fue escrito, que es muy distinto; está en blanco y negro. Y no fue de manera coloquial sino del modo más apegado al rigor histórico-científico. ¿Debo recordarte que este documento fue fundamental para que el

Vaticano diera su visto bueno y aprobara la canonización del indígena Juan Diego?

El abad le sostuvo la mirada. En todos los años de conocer al historiador, lo único que había empañado su amistad y que en algún momento los llegó a distanciar, habían sido sus largas y antagónicas discusiones sobre el tema mariano.

—Si llevamos la ausencia de la imagen en la representación de la "Presencia divina" un paso más allá —lo encaró Cienfuegos—, ¿no caeremos ante la inexistencia, que no ausencia, del propio suceso? ¿No es esto lo que, finalmente, nuestro *tlahcuilo* está tratando de decirnos? ¿Que la aparición de la Virgen de Guadalupe nunca ocurrió y por eso se explica la falta de imagen en el dibujo de esta página?

Las palabras del historiador tornaron la oficina en un cementerio silente. El abad, que lo miraba de soslayo con manifiesto rencor, resoplaba y negaba con la cabeza. No deseaba ni iba a enfrascarse en una diatriba teológica. Decidió abstenerse de hacer algún comentario.

Cienfuegos dio vuelta al doblez del códice. La nueva página mostraba dos dibujos similares entre sí, en posición de espejo. Había una fecha en números y no en glifos calendáricos.

El abad tosió y aclaró su garganta. Mostró un semblante serio antes de comentar:

—Por la fecha puedo deducir que los personajes son, el de la izquierda, Alonso de Montúfar, segundo arzobispo de México, y el de la derecha, fray Francisco Bustamante, principal de los franciscanos, cuando ambos pronunciaron, con una diferencia de un par de días, sus famosos sermones sobre el culto de la Virgen de Guadalupe —Cienfuegos asintió—. Recordemos que los franciscanos vinieron a la Nueva España con plenos poderes de la Santa Sede —continuó el abad—. Esto les permitió tener, por algunos años, absoluta hegemonía en la labor evangelizadora de los indígenas. Claro, esta influencia se fue mermando con la llegada de otras órdenes mendicantes, los dominicos y los agustinos, y con la

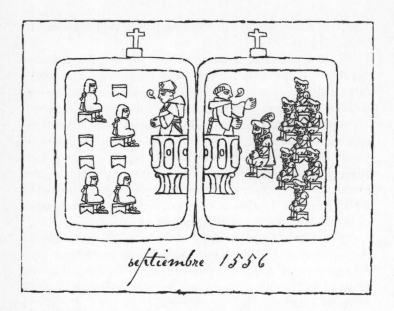

septiembre 1556

necesidad de reforma hacia una diócesis secular que pusiera orden a la nueva e incipiente Iglesia mexicana. El principal artífice de esta reforma secular fue Alonso de Montúfar, arzobispo que sucedió a Zumárraga. En el desarrollo de su labor se tomaron decisiones que de alguna manera afectaron a los franciscanos, como la redistribución del control de algunas iglesias en manos de los franciscanos para dárselas a las otras órdenes.

—Entre ellas la ermita de Guadalupe —intervino Cienfuegos—, que hizo depender directamente del arzobispado, asegurando las crecientes limosnas que el culto a la Virgen comenzaba a recibir.

—Montúfar vio la necesidad de crear una Iglesia diocesana para una mejor administración, sentando las bases de su futura expansión. Esto no fue del agrado de los franciscanos, ni de su principal, Francisco Bustamante, quien trató de defender los amplios derechos y poderes otorgados por el Vaticano a los franciscanos. Así fue como dio comienzo esta pugna. Como era natural, para la creación de esta Iglesia diocesana se necesitaban recursos materiales, como los provenientes de los diezmos cobrables a los indígenas. Esto molestó a Bustamante, quien, junto con otros franciscanos, entre ellos fray Toribio Motolinía, escribió una fuerte carta dirigida nada menos que al rey, acusando la actuación de Montúfar. Entonces, al perder los franciscanos sus privilegios, al ser Montúfar dominico y contrario a algunas de sus acciones, y al querer éste secularizar la Iglesia, los franciscanos tomaron una postura de oposición a las actuaciones del arzobispo, a tal grado de pedir al rey que les permitiera sólo obedecer al virrey y no al arzobispo.

—Un clima ciertamente de tensión —dijo Cienfuegos.

—Montúfar, con una gran visión y dándose perfecta cuenta de la devoción que se profesaba a la imagen de la Virgen de Guadalupe, decidió apoyar resueltamente su culto, e inició la construcción de una nueva ermita. El enojo de Bustamante se debió a que Montúfar, al apoyar la construcción de dicha ermita, estaba dando claras señas a la población de que aprobaba el culto a la imagen de la Virgen de Guadalupe, lo cual atentaba contra las ideas franciscanas de evangelización. Los franciscanos, imbuidos de sus ideas milenaristas, tomaron la conversión como su principal tarea. El bautismo era su arma principal. En su labor evangelizadora fueron muy cuidadosos con los indígenas para que no recayeran en la idolatría. Al sentir que los indígenas eran débiles de convicción religiosa, cualquier adoración a cualquier otra imagen representaba una seria amenaza, porque les podía recordar su antigua costumbre de adorar ídolos. La construcción de la ermita daba el espaldarazo al culto de una imagen, lo cual confundiría a los indígenas y los haría recaer en la práctica de la idolatría. La gota que derramó el vaso en esta pugna fue el sermón que Montúfar profesó en la catedral el 6 de septiembre de 1556, tratando de persuadir a la población a que continuara favoreciendo la devoción a la milagrosa imagen de Nuestra Señora de Guadalupe. *Beati oculi qui vident quae vos videtis,* "Dichosos los ojos que ven lo que vosotros veis".

—La airada réplica por parte de Bustamante llegó sólo dos días después —acotó Cienfuegos—. En la iglesia de San Francisco, ante la presencia del virrey Luis de Velasco, miembros de la Audiencia, y un gran público, profirieron, encolerizados, un encendido sermón en contra de Montúfar, acusándolo de avalar milagros que la imagen de la Virgen había obrado y que no habían sido probados, de fomentar la idolatría y de disponer de las limosnas de manera indebida. En pocas palabras, se le señalaba de que, al alimentar el culto a la Virgen de Guadalupe, los indígenas podrían confundirla con Dios. Leonardo, no olvidemos que en el mismo sermón —continuó Cienfuegos— Bustamante dijo que la imagen había sido pintada por un indígena llamado Marcos.

—Eso dijo Bustamante, pero nunca lo pudo probar.

—Se sabe de Marcos Cípac Aquino por una referencia que hizo Bernal Díaz del Castillo, al mencionar que tenía conocimiento de tres indígenas artistas, pintores y escultores. Uno de ellos era Marcos Aquino, de la escuela de San José de los Naturales, fundada por fray Pedro de Gante.

—Como dije, Bustamante nunca presentó documento alguno que avalara su afirmación, Enrique. No ofreció ninguna prueba y el lienzo ha sido examinado en varias ocasiones y no se le ha encontrado ninguna firma.

—Pero entonces qué valentía debió tener Bustamante para aseverar algo así, con tan serias y graves consecuencias, sin haber tenido pruebas fehacientes, y frente al virrey, las más altas autoridades y muy importantes personalidades. ¿No crees que lo hizo porque estaba completamente seguro de lo que decía? ¿O piensas que se iba a exponer tan absurdamente de esa manera? No lo creo, Leonardo, simplemente no lo creo.

—No tiene caso discutir —respondió el abad con expresión aburrida.

—¿Y cómo respondió Montúfar a la arenga de Bustamante? Al día siguiente, ni tardo ni perezoso, inició un proceso en el cual se recabaron declaraciones juradas de testigos presenciales que tenían que contestar una serie de preguntas. Lo hizo para levantar cargos en contra de Bustamante, evidentemente, y para cubrirse él mismo de las acusaciones emitidas por el principal franciscano. A estas declaraciones de testigos, como sabes, se les conoce como la *Información de 1556*. ¿Y no te parecería lógico, Leonardo, que Montúfar, en aras de justicia y equidad en el proceso que él ideó de la *Información de 1556*, al primero que tendría que haber llamado a declarar era al supuesto indígena pintor de la obra? Con eso se hubiera acabado todo, ¿no crees? —se palmoteó un muslo para acentuar lo dicho—. Pues, bien. No lo hizo. Muy astuto, ¿no? Marcos permaneció callado y nunca, nunca negó él que fuera el autor de la pintura.

—Tampoco dijo nunca —lo arremedó el abad— que fuese él.

—El que calla, otorga… —El abad pensó contestar, pero se arrepintió—. Y ya que hablamos de callar —continuó Cienfuegos—, hay un silencio, por demás contradictorio, que es el silencio del propio Montúfar.

—¿A qué te refieres, Enrique?

—Montúfar tomó posesión de su cargo cuando ya habían transcurrido más de veinte años de las supuestas apariciones de la Virgen. Sin embargo, nunca escribió nada ni rindió informe alguno a su rey sobre este hecho, a todas luces tan relevante en su arquidiócesis. Es más, a instancias suyas se llevó a cabo el primer Concilio Provincial Mexicano. Ahí se tomaron muchas resoluciones y se aclararon conceptos, pero en ningún momento aparece una sola mención a las supuestas apariciones. Por último, y con esto finalizo, en la carta que el propio Montúfar escribió al Consejo de Indias tampoco hace alusión alguna a la devoción guadalupana.

—¿Y entonces su sermón de 1556? —replicó el abad con prontitud.

—Ésa fue la primera mención documentada sobre la presencia de una imagen de la Virgen de Guadalupe en una ermita. Pero sólo por lo dicho por los testigos en la *Información de 1556*, porque de él, de Montúfar, no salió una sola letra escrita al respecto. Qué extraño silencio, ¿no te parece? Para mí, este silencio es otro claro indicio de que el relato de las apariciones no existía en ese tiempo. De que había cierta devoción hacia una imagen de la Virgen, no sabemos cuál, la había, sí, pero hasta ahí. El relato de las apariciones lo inventaron después.

El abad no respondió.

—La *Información de 1556*, por diferentes circunstancias, no se publicó sino hasta tres siglos después. Es un documento cuyo contenido ha probado ser revelador para el acontecimiento guadalupano porque simplemente ninguno de los testigos que declararon hizo referencia alguna al milagro de la aparición guadalupana. No sólo de las apariciones; tampoco dijeron nada respecto de la impresión milagrosa de la imagen en el ayate. Nadie hizo mención del acontecimiento guadalupano supuestamente ocurrido en 1531. Tampoco, por lo que vale, se hizo alusión alguna a la existencia del vidente Juan Diego. Y sólo habían pasado unos cuantos años. Vamos, lo que quiero decir es que esto lo debían tener muy fresco en ese tiempo, ¿no?

❖

Sin querer perderse en la banalidad de la efímera victoria obtenida, Callaghan centró su atención en los resultados de los análisis del laboratorio. Los sacó del interior de su saco, desplegándolos ante sí para leerlos de nueva cuenta. Ninguno le decía algo más de lo que ya sabía: el papel de amate, los pigmentos usados, la madera de pino, el cordón de algodón. ¿Qué había pasado con el hilo encontrado en el Camarín?

—Sandra, ¿puedes preguntarle a la señorita Estévez si ya llegó el resultado de la muestra que quedaba pendiente por analizar?

La reportera asintió en silencio, comunicándose por teléfono con ella. Después de un breve intercambio de preguntas y respuestas, lo miró y le dijo:

—Ahora te lo trae.

No tardó mucho en escucharse el toquido a la puerta de la oficina. La señorita Estévez entró y se dirigió a Callaghan para entregarle el sobre.

—Acaba de llegar —explicó, con la mirada baja.

Callaghan no dijo nada, restándole importancia al comentario de la secretaria, quien se retiró de inmediato. Leyó los resultados sin mostrarse sorprendido. La muestra de hilo correspondía a una mezcla corriente de una clase de lana, algodón y poliéster. "Esto no me ayuda en mucho", pensó. Siguió leyendo. Se detuvo en un párrafo que le llamó particularmente la atención. Se le hizo extraño que hubieran hecho una anotación, en el recuadro de "Observaciones", en el sentido de que la muestra debía pertenecer a algún tipo de prenda de vestir porque el porcentaje de su composición correspondía a la típica mezcla que se usaba en ellas y porque presentaba las torceduras normales de un trenzado empleado comúnmente en la industria de la confección. Así que el hilo formaba parte de una vestimenta, dedujo. Y si era así, y por el hecho de haberlo encontrado en el lugar del siniestro, con seguridad pertenecía a la ropa que utilizó el ladrón en el momento del robo. "Esto ya está mejor, mucho mejor." ¿Pero cómo tener absoluta certeza?

Trató de resumir los datos con los que contaba: el responsable del hurto debía ser una persona conocida en el santuario porque la cerradura no había sido forzada y porque muy posiblemente incluso tenía copia de la llave y sabía de antemano las combinaciones numéricas; con seguridad era zurdo; y, lo menos fundamentado pero que tenía que considerar de igual manera, que debía ser un fraile franciscano, por los tres nudos y la composición del hilo hallado. Callaghan se daba cuenta de que eran muy pocas, y débiles, sus líneas de investigación.

Decidió trabajar sobre la vestimenta. Por lógica, asumió que el hilo debió pertenecer a la ropa que usó el ladrón. Y siguiendo el razonamiento de que fuese un fraile franciscano, entonces este hilo provenía de su hábito. Sería fácil comprobarlo, pensó, y con ello, dar por sentado, fuera de toda duda, que la persona que había perpetrado el robo de la Imagen tuvo que haber sido un fraile franciscano. Tomó el auricular.

—Leonardo, ¿los franciscanos siguen usando hábito?

—El mismo de toda la vida, Michael: el sayal.

—¿Y podemos saber, con esos contactos de amigos tuyos que mantienes, de qué material está confeccionado?

—¿Te refieres a la composición de la tela?

—Sí.

—Ahora mismo me comunico con ellos a ver qué me dicen.

Callaghan tendría que enfrentar la posibilidad de que el ladrón sólo hubiera usado el sayal para introducirse en la basílica sin llamar la atención, pero que no fuera necesariamente un fraile franciscano. Quizá sólo se trataba de un civil que se disfrazó de esa manera para tener fácil acceso a la basílica. "Pero ¿y los tres nudos?", se preguntó. Además, este supuesto fraile era zurdo. ¿Y qué tal si el que anudó el cordel no hubiera sido el *tlahcuilo* sino otra persona? Sus teorías se tambaleaban. Callaghan no prestó más de unos cuantos segundos a esta cavilación, sabedor de que no tenía otra opción sino seguir esta teoría; sólo le aliviaba que la comprobación de ésta resultaba muy fácil de realizarse. Quedaría por investigar si en verdad este personaje era conocido en la comunidad de la basílica y cómo se había hecho de la copia de la llave de la reja y de las combinaciones de la puerta blindada. Esto lo llevaría irremediablemente a tener que hablar con las únicas personas, aparte del arzobispo y del abad, que poseían la llave: el arcipreste y la señorita Estévez.

Sonó el teléfono.

—Michael, me dicen que el sayal está hecho de 40 por ciento lana, 25 por ciento de algodón y 35 por ciento de poliéster. Si quieres, nos pueden proporcionar los datos del proveedor.

Al escuchar al abad, Callaghan supo de inmediato que la composición de la fibra del sayal usado por los franciscanos era idéntica a la que los análisis del laboratorio habían arrojado de la muestra encontrada en el Camarín. La teoría de que el *tlahcuilo* fuera una persona que había vestido el sayal franciscano tomaba gran relevancia.

—Perdona, ¿puedes preguntar de qué color es el sayal?

—Es de un tono oscuro. Café oscuro, para ser más precisos. También me lo dijeron.

Callaghan tomó los análisis. Los datos sobre la pigmentación casaban perfectamente con el tono de color que acababa de señalar el abad.

—Sigues pensando que fue un fraile franciscano, ¿no es cierto?

—Sí.

—Sólo te voy a pedir —hizo una pequeña pausa— que, cualquier cosa que investigues tocante con los franciscanos, lo hagas con mucho tiento y discreción. No tengo que decirte que es un tema en extremo delicado. No quiero tener problemas con ellos, Michael.

—No tienes por qué preocuparte, Leonardo. Lo haré con mucho sigilo.

❖

—Es un dibujo muy parecido a uno anterior que ya habíamos interpretado ayer, referente a los concilios, y éste, por la fecha, corresponde al de Trento —dijo Callaghan.

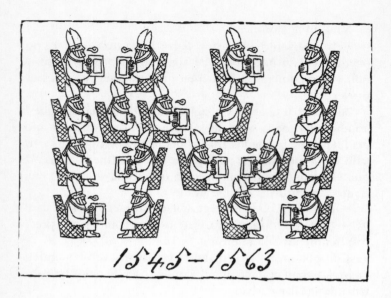

1545-1563

—¿Y qué se dirimió ahí?

—La causa principal fue la revolución protestante de Martín Lutero que socavó los cimientos de la Iglesia. Roma se pronunció a favor de la intercesión de los santos y, por lo tanto, a su veneración.

—Nuevamente sale a relucir el culto de las imágenes, dándole de pasada un mayor impulso a la veneración de la imagen de la Virgen de Guadalupe —dijo Cienfuegos—. El verdadero problema es que los fieles confundan venerar a la imagen, es decir a la materia, ya sea la pintura o la escultura, en lugar de venerar lo que representa la imagen. En el caso que nos atañe, no pocas ocasiones la gente se obsesiona en adorar, como algo divino y sobrenatural, al objeto en sí, es decir, al propio ayate, la materia, en vez de adorar lo que representa, o sea, la divinidad de la Virgen María en su advocación de Guadalupe. El error estriba en que el objeto de veneración es el objeto en sí mismo, y no el sujeto que el objeto representa. El objeto, en nuestro caso el ayate, es el que se transforma en culto de veneración. ¿Por qué? Porque el ayate, al ser considerado de procedencia divina, sobrenatural, es el que, la gente cree, debe obrar milagros… ¡Ahí estriba la equivocación! El error es que se venera al ayate en el que supuestamente se imprimió milagrosamente la imagen de la Virgen, y no a la Virgen *per se*. Es el ayate el que hace los milagros, no la figura, la Virgen, representada en él. Éste es, a fin de cuentas, el inconveniente de la veneración de las imágenes. Sin embargo, la Iglesia determinó que valía más esto que no tener veneración alguna —concluyó el historiador, palmoteando con ambas manos sus muslos.

El abad se mostró incómodo. Era evidente que no aprobaba los comentarios de Cienfuegos. Sin embargo, se había prometido interferir lo menos posible para no entorpecer la loable labor de decodificación que estaba realizando. Ya habría otra ocasión para dirimir sus puntos de vista opuestos. El historiador se acercó al códice y, mirando de soslayo al abad, pasó la página.

Cruzaron miradas. Cienfuegos hizo un ademán, concediendo la palabra al abad.

—Son dos libros. El primero, el de la izquierda, fue escrito por el presbiteriano oratoriano Miguel Sánchez en 1648. Es el primer testimonio escrito, elaborado desde un punto de vista teológico, que relata las apariciones de la Virgen de Guadalupe. El segundo, cuya autoría en principio se atribuyó al bachiller Luis Lasso de la Vega, capellán de la ermita del Tepeyac, fue publicado por éste seis meses después, en 1649. Fue escrito en su totalidad en lengua náhuatl. Éstas son las fuentes primigenias de la leyenda en torno a la aparición de la Virgen de Guadalupe.

—¿Qué sabes sobre el primer libro, el de Miguel Sánchez?

El abad se pasó una mano sobre la boca.

—Miguel Sánchez, sacerdote jesuita, usó en sus trabajos la teoría de la tipología, la doctrina teológica que relaciona, como una alegoría o una prefiguración, eventos del Antiguo Testamento con eventos del Nuevo Testamento. Sin embargo, en el caso del padre Sánchez, éste no recurrió al Antiguo Testamento, sino que aplicó la relación de eventos del Nuevo Testamento con los ocurridos en su pasado reciente. Por eso establece una relación tipológica alegórica entre la Virgen del Nuevo Testamento, que aparece en el Apocalipsis de san Juan, y la aparición de la Virgen de Guadalupe, ocurrida apenas un siglo antes de haberse escrito el relato. Nos dice que la Virgen del Apocalipsis, la de los últimos tiempos, es, en realidad, la Virgen de Guadalupe.

—Luego entonces es una postura milenarista por el hecho de hacerlas un símil en los últimos tiempos.

El abad asintió en silencio, inmerso ya en sus pensamientos.

—En el libro que publicó Sánchez aparece por primera vez el relato de las apariciones.

—Pero esto ocurrió, por increíble que parezca, ¡ciento diecisiete años después del suceso! —exclamó Cienfuegos—. Cabe hacernos la pregunta: ¿por qué nadie, y literalmente digo nadie, por más de un siglo, escribió nada sobre la Virgen aparecida? No existen documentos, ni códices, ni crónicas, ni cartas que hagan alusión a las apariciones; vamos, ni siquiera de manera velada. Y eso con respecto a los documentos históricos, porque tampoco en los abundantísimos documentos eclesiásticos encuentras una sola palabra, una sola, acerca de las apariciones. Ni en los documentos de los numerosos sínodos, ni en los concilios provinciales de México. No hay una sola cita del acontecimiento guadalupano.

—La famosa teoría del silencio… —dijo el abad, meneando la cabeza.

—Y esto es aún más grave cuando ni el propio arzobispo Juan de Zumárraga, supuestamente uno de los actores principales del suceso, a quien Juan Diego mostró la tilma llena de rosas con la imagen impresa, ni ningún otro cronista o historiador mencionaron una sola palabra al respecto. ¡Por más de un siglo! —el abad permanecía en silencio con expresión adusta—. Todavía más inverosímil es el hecho de que el arzobispo Zumárraga, en un viaje de regreso a España, a escasos meses del acontecimiento, no sólo no reportó nada al respecto, sino que escribió de su puño y letra —Cienfuegos interrumpió su alocución para concentrarse en la búsqueda de algo en su computadora—… Sí, aquí está: "Ya no quiere el redentor del mundo que se hagan milagros, porque no son menester; pues esta nueva santa fe tan fundada por tantos millares de milagros como tenemos en los dos testamentos, lo que pide y quiere es vidas milagrosas".

—La misma cantaleta del silencio —repitió el abad con tono cansino— esgrimida tantos años por los antiaparicionistas. Enrique, de verdad te creía más sabio. Bien sabes que hay testimonios escritos sobre el culto a la Virgen. Provienen de la *Información de 1556,* que data de apenas treinta y un años después de las apariciones, lo cual demuestra que ya existía el culto. ¿Por qué sales ahora con que no se escribió nada durante más de un siglo?

—No confundamos las cosas, Leonardo —lo miró a los ojos—. Obviamente existía el culto a una imagen de la Virgen, pero no sabemos a cuál. Por favor, no insultes mi inteligencia, puesto que yo en su oportunidad así lo manifesté. Lo que no existía era el relato sobre el culto a esa imagen, lo cual corroboraron los testigos de la *Información de 1556* al no hacer mención, ninguno de ellos, de las apariciones ni del ayate milagrosamente impreso, ni de nada relacionado con el acontecimiento guadalupano. Insisto: qué raro que durante más de un siglo nadie hubiera sabido de la historia de las apariciones y que no se haya escrito nada sobre ellas. Vamos, para entonces el indio vidente Juan Diego debía haber sido algo así como un héroe nacional, ¿o no?, una especie de santo. Y, sin embargo, no hay un solo escrito que haga mención de su vida, ni siquiera de su nombre.

—¿Entonces cómo apareció la Imagen? —preguntó el abad.

—La Imagen pudo haber aparecido de la noche a la mañana, producto de una donación o por una encomienda que personas adineradas encargaban pintar y donar para ganarse el cielo. Lo importante aquí es que apareció justo en el preciso lugar donde los mexicas adoraban a la diosa Tonantzin, "Nuestra Madre", lo cual facilitó enormemente el culto a Guadalupe, porque los indígenas podían hacer un sincretismo de su idolatrada diosa con ella, Guadalupe.

—¿Y cuándo apareció la imagen?

Cienfuegos se mostró incómodo al notar cierto sarcasmo en la pregunta. El abad lo estaba cuestionando en un tema en el que el experto no era él.

—No se sabe a ciencia cierta. Por orden cronológico, tendría que remontarme a lo que escribió el cronista Bernal Díaz del Castillo, en cuanto a su referencia de un pueblo llamado Tepeaquilla, que ahora se llama de Nuestra Señora de Guadalupe, donde se hacían muchos milagros. Debo aclarar que el cronista habla de una iglesia, pero no de ninguna imagen. En seguida tendría que referirme a otro cronista que aseguró que un rico empresario había donado a la ermita una escultura de plata, de tamaño natural, de la Virgen de Guadalupe.

—¿Quieres decir que la primera imagen fue una escultura de plata? —lo volvió a cuestionar el abad, esgrimiendo una sonrisa.

—No sé si esa escultura haya sido la primera imagen, Leonardo; quizá ya existía otra antes, a lo mejor había una imagen y la estatua, no lo sé. Sólo son conjeturas. Tú mejor que yo sabe que muy probablemente la imagen primigenia aparecida en la ermita no es la imagen que conocemos hoy.

Cienfuegos miró al abad para ver si éste quería comentar algo.

—Para tu crédito, te digo que la existencia de esta estatua fue corroborada por el pirata inglés Miles Philips, cuando era conducido prisionero a la ciudad de México. En su relato habla de una iglesia, de una escultura de gran tamaño llamada Guadalupe y de que ésta hacía muchos milagros. También comenta la existencia de numerosas lámparas de plata, y de unos baños.

—No hace mención, sin embargo, de ninguna pintura —observó Cienfuegos.

—Tampoco dijo que no existiera.

—Qué raro que una pintura de ese formato y de esa belleza pasara inadvertida, aún para el rudo pirata inglés, cuando sí se fijó en la existencia de la escultura y de unos simples baños —contestó el historiador con sarcasmo.

—Y qué fácil te olvidas tú de los numerosos testamentos y censos que se tienen perfectamente documentados antes de 1568, en los que se da fe del culto a la Virgen de Guadalupe —replicó el abad.

—¡Vamos, Leonardo! —exclamó Cienfuegos dando una palmada a sus muslos—. Numerosos no eran. Y bien sabes que siempre existirá la sombra de la duda acerca de que los donativos cedidos por los difuntos en sus testamentos para la casa de la Virgen de Guadalupe, se hayan referido a la de

Extremadura; por eso no me he detenido, ni siquiera, en su mención —repuso con irritación.

—Porque no te conviene…

Cienfuegos respiró hondo, sin pretender contestar. Optó por continuar su comentario, no sin antes proferir un sonoro resoplido cargado de frustración.

—Quizá la prueba más contundente de que la imagen, similar a la que hoy conocemos, apareció hacia 1556, es precisamente el sermón de Bustamante. Dame un momento para abundar en el tema —enfocó su mirada sobre el monitor con los lentes puestos y procedió a teclear en búsqueda de información—. Repito lo que dijo el testigo Juan de Masseguer en los documentos de la *Información de 1556*:

Preguntado si se acuerda qué es lo que el dicho Bustamante predicó contra la dicha imagen, dijo que lo que se acuerda que el dicho fray Francisco de Bustamante dijo que ellos habían predicado y dado a entender a los indios que Nuestra Señora era Madre de Dios y que no era Dios ni se le debía aquella adoración que a Dios; y que viendo agora el gran concurso de la gente que va allá, a la fama de que aquella imagen, pintada ayer de un indio, que hacia milagros, que era tornar a deshacer lo hecho…

Irguiéndose, el historiador hinchó el pecho para tomar aire mientras se quitaba las gafas. Con el índice y el pulgar se masajeó el puente del tabique nasal mientras cerraba los ojos.

—Hay dos palabras en este texto que reflejan una temporalidad —el abad permaneció en silencio mientras Cienfuegos continuaba su alocución—. Que fue pintada "ayer" por un indio. Y si fue pintada "ayer", quiere decir que fue pintada no hace mucho —lo miró de frente—. Y la otra palabra es "agora" —se colocó los lentes de nuevo y leyó—: "Y que viendo agora el gran concurso de la gente que va allá"… Se refiere a que la gente, por el uso de la palabra "ahora", ha comenzado, recientemente, a ir a visitar la ermita. De esto no hay duda. El culto empezaba apenas a darse.

El abad no se molestó en asentir.

—Y si el sermón de Bustamante ocurrió el 6 de octubre de 1556, por obvias razones, y en atención a lo que acabamos de escuchar, la imagen tuvo que haber sido pintada y colocada en la ermita por lo menos ese mismo año, quizá unos meses antes, no más. Esto, de acuerdo al "ayer" y al "agora" —Cienfuegos guardó silencio unos momentos—. Haré mención, finalmente, de lo que dijo en 1575 el virrey Martín Enríquez de Almanza, en una carta dirigida a Felipe II, donde relata la fundación de una pequeña ermita —desvió su mirada y su atención al monitor— alrededor de 1555 o 1556, en la que se localizaba una imagen que pusieron por nombre de Guadalupe. Esto corrobora lo que acabo de mencionar.

—Pero si, como tú mismo has dicho, los franciscanos eran opositores al culto de imágenes, ¿por qué lo permitieron? —el abad adujo lo anterior con prestancia y con el ceño fruncido.

—En primer lugar creo que la imagen primigenia ciertamente era una Virgen María, quizá una Inmaculada Concepción, lo cual no sólo era aceptado sino promovido por los franciscanos. Incluso pudo haber cargado al niño Jesús. Lo que quiero decir es que muy probablemente esa imagen primigenia no haya sido la misma que vemos hoy en día; de cualquier manera no se le conocía, en principio, bajo la advocación de Guadalupe. Eso vino después. En ese entonces ya se elaboraba una gran cantidad de pinturas hechas por indígenas con manufactura proveniente de la escuela que fundó fray Pedro de Gante, cuya colocación se fue realizando de manera cotidiana, si me permites la expresión; por eso era tolerada por los franciscanos. De seguro su aparición, en el lugar de devoción de la Diosa Madre Tonantzin, debió de haber causado sorpresa entre los indígenas, quienes de inmediato le dieron la bienvenida, sincretizando esa nueva

253

imagen con su diosa. Es probable que los franciscanos no le prestaran la atención debida y la importancia requerida a esta pintura, ya que, a pesar de que quedaba bajo su jurisdicción, no frecuentaban la ermita. O quizá no les pareció tan mal, si con eso podían realizar una catequesis de sustitución de Tonantzin por la Virgen María. Al parecer, este incipiente y poco amenazador culto lo dejaron ser sin preocuparse mucho, pero la realidad es que pasó muy poco tiempo, tal vez sólo unos cuantos meses, desde que la imagen fue plantada en la ermita hasta que el principal Francisco Bustamante, en su sermón, denunciara su culto… "ayer" y "agora". La aparición de la imagen tuvo que haber sido muy cercana a la fecha del sermón, es decir que debió ocurrir alrededor de 1556.

—Por lo menos admites, Enrique, que ya desde antes de 1556 existía una ermita, una imagen y una devoción.

—Nunca he dicho lo contrario. Quizá lo que todavía no me has entendido es que aún no existía el relato de las apariciones milagrosas. Eso es todo. Había una pequeña ermita, sí. ¿Construida por quién? No lo sé —se encogió de hombros—, pero seguramente no por Zumárraga. Había una imagen, también. ¿Cuál? Quién sabe, habida cuenta de las versiones de diversas esculturas y pinturas en documentos históricos. Y había un culto, a todas luces incipiente. ¡Pero no había apariciones, ni impresión milagrosa de la imagen sobre el ayate, ni relato, ni Juan Diego, Leonardo! —exclamó Cienfuegos elevando la voz—. ¡Eso es todo lo que estoy diciendo! Creo que no es tan difícil entenderlo.

—¡¿Y qué si se inventaron el relato más de un siglo después de las apariciones?! —explotó el abad con gran gesticulación.

—Me extraña que preguntes eso, Leonardo —le reclamó el historiador con prontitud—. Bien sabes que el relato se centra en el tema de la sacralización, en el acto divino de la impresión de la imagen sobre el ayate. Sin el relato no existe eso de que la imagen la pintó Dios o la Virgen, así de sencillo. Sin el relato no hay milagro. Vamos, es como si quitaras la leyenda de la resurrección a Cristo, pues le quitarías lo divino a Jesús.

El abad se revolvió en su lugar. Hizo esfuerzos incontenibles para no protestar pero no se pudo contener.

—¡Estás blasfemando! —gritó encolerizado.

—¿Y quién me va a excomulgar? ¿Tú?

❧

El arcipreste recibió la llamada del jefe de Cómputo avisándole que se encontraba en el estacionamiento subterráneo de la basílica con el lienzo impreso y quería saber a quién debía entregarlo. Al escuchar que la copia ya se hallaba terminada, el padre Fonseca no pudo reprimir un escalofrío que le recorrió toda la columna vertebral. Giró instrucciones para que se vieran en los aposentos de don Agustín; allí lo esperaría, no sin antes preguntarle si necesitaba algún tipo de ayuda. "Viene resguardada en un rollo de plástico", se limitó a contestar el jefe de Cómputo, dando por entendido que la ayuda no era necesaria. El arcipreste se dirigió a la oficina del jefe de Mantenimiento, olvidándose de prevenirlo de su visita.

Abrió la puerta sin tocar. Don Agustín, sin haberse percatado de su presencia, continuó con sus labores. Revisaba por enésima vez el bastidor donde sería colocada la copia de la Imagen. Dio unos pequeños golpes finales con el martillo de madera sobre la última junta. Satisfecho, se alejó dos pasos para observarlo, con ojo crítico, por última vez.

—Don Agustín…

—¡Padre Fonseca! ¡Qué susto me dio! —exclamó, volteando a verlo y llevándose una mano sobre su corazón—. Un día me va a matar. No sabía que estaba aquí.

—Vine porque el jefe de Cómputo no tarda nada en traer el lienzo impreso.

—¡Ah! ¡Qué bien, padre!, porque el bastidor ya quedó —le dijo, señalándolo.

No tardó en hacer su aparición el jefe de Cómputo cargando un tubo de plástico duro con dos tapas embonables. Sus modales, su andar y la expresión de su rostro mostraban una no disimulada prepotencia. El arcipreste intuía de antemano que la copia debía mostrar una extraordinaria manufactura. Extendió sus manos abiertas en señal de que se lo mostrara. El señor Negrete procedió a quitar del tubo una de las tapas y sustrajo el lienzo enrollado. Don Agustín se prestó a ayudarlo. Algo captó la atención del arcipreste, que reclamó:

—¡Pero qué manera de empacarlo! —gritó angustiado—. ¡Está enrollado con la Imagen hacia fuera!

El señor Negrete, repuesto de la sorpresa inicial al escuchar el grito del arcipreste, evitó sonreír.

—Todo lo contrario, padre. Ésta es, justamente, la forma más adecuada como debe guardarse un lienzo.

Por un instante el arcipreste dudó en proseguir con su reclamo pero se abstuvo de hacerlo por la consideración que le guardaba a la experiencia del jefe de Cómputo, quien le pidió a don Agustín que sostuviera un extremo, mientras él desenrollaba el lienzo impreso. Entre los dos lo pusieron sobre el bastidor, tratando de que quedara en el centro. A continuación, se echaron para atrás para contemplarlo.

Lo que vieron sus ojos los dejó boquiabiertos. Frente a ellos se encontraba la copia más fiel jamás realizada del ayate. Y ellos la habían producido. El arcipreste, emocionado, no pudo evitar quedar boquiabierto. Don Agustín no salía de su asombro; en su rostro quedó dibujada una expresión de embeleso.

—Le dije que la impresión era magnífica.

El arcipreste asintió. Don Agustín se restregaba los ojos con disimulo.

—Es igualita a la Imagen verdadera, padre —alcanzó a decir con voz entrecortada—. Yo se lo digo porque tengo toda una vida contemplándola y rezándole todos los días.

Todavía se quedaron unos momentos más en plena contemplación.

—Bueno, don Agustín, es toda suya.

El arcipreste intentó despedir al señor Negrete, sin conseguirlo. "A don Agustín no le vendría de más un par de brazos que le ayuden a cargar la Imagen para llevarla a su marco", fue su respuesta. Solicitó quedarse; no quería perderse detalle alguno de aquella obra.

El arcipreste se mantuvo vigilante, como una estatua silente, tratando de no estorbar el proceso de entelado de la copia del lienzo de la Imagen sobre el bastidor. Tanto él como el jefe de Cómputo se mantenían expectantes a cualquier insinuación de ayuda de don Agustín. Fueron pocas las veces que los ocupó.

Poco a poco el lienzo fue abrazando su soporte. No había una sola arruga visible en todo su anverso. Era una fina planicie que se asentaba a todo lo largo y ancho del bastidor, envolviéndolo con una precisa, justa y delicada tensión.

Al finalizar su tarea, don Agustín retrocedió unos pasos y, contemplando su obra a distancia, dio su aprobación final mientras asentía con la cabeza.

Entre los tres cargaron el lienzo con delicadeza y lo trasladaron al Camarín, a donde don Agustín llevó sus herramientas para cumplir con la parte final de la tarea. El arcipreste, quien había tomado la precaución de tomar el llavero, se hizo ayudar por el señor Negrete para abrir la puerta de la caja fuerte. Tomaron el lienzo y entraron, recorriendo el pasadizo, hasta llegar a la ventana vacía.

Don Agustín se animó a tomar las riendas de la situación y, dando escuetas órdenes, procedió a instalar el bastidor en el marco. El arcipreste contenía el aliento; rezaba e imploraba para que embonara perfectamente. Tras unos infructuosos y angustiosos primeros intentos de colocación, por fin las partes se sincronizaron en una perfecta armonía, redundando en un embone magistral, preciso y exacto. Don Agustín, para tal efecto, tuvo que aplicar ligeras presiones de sus pulgares sobre lugares estratégicos del bastidor. El marco exterior de oro aparentaba ceder, permitiendo que sus entrañas fueran invadidas hasta dar cabida al nuevo lienzo. El artesano se cercioró del perfecto embone tras efectuar una revisión visual y táctil, exhaustiva y completa, del bastidor dentro del marco. Complacido con el resultado, volteó a ver a sus acompañantes y asintió con la cabeza.

El arcipreste y el jefe de Cómputo, mudos testigos de su tarea, le dieron su aprobación. Sólo restaba pasar la última prueba: verlo desde el interior de la basílica y, desde allí, analizarlo concienzudamente con el objetivo de encontrar la existencia de la mínima pequeña falla que pusiera en riesgo su estrategia. Ellos, mejor que nadie, conocían de sobra la Imagen y tenían el ojo experto.

El padre Fonseca los invitó a abandonar el lugar. Cerró la puerta blindada del Camarín y los encaminó a la nave central. Ninguno quiso ser el primero en voltear a verla. El arcipreste, con la cabeza gacha, se posicionó en medio del pasillo central, a mitad de camino del presbiterio. Los otros dos lo imitaron. Mirándolos de reojo, asintió con la cabeza, dándoles la señal para que levantaran la vista. Los tres lo hicieron al mismo tiempo.

El padre Fonseca emitió una exhalación emotiva, llevándose la mano a la boca. De soslayo vio al jefe de Cómputo permanecer inmóvil, con los ojos abiertos. Don Agustín esbozaba una sonrisa. Después de unos instantes, los animó a acercarse más. Si a poca distancia no lograban distinguirse errores y la Imagen seguía pareciéndose como gota de agua a la original, entonces, con justa razón, podrían ufanarse de su éxito.

Con paso incierto, subieron las escaleras del presbiterio hasta el punto de máxima proximidad posible, ubicado detrás del altar mayor. Aguzaron la vista, y, cuales crueles y despiadados inquisidores, interrogaron la obra centímetro a centímetro, tratando de forzarla a que confesara alguna malhechura. Se acercaban y se alejaban, la veían de un lado y después del otro, tapaban con sus manos el estorbo de algún reflejo del cristal protector, mientras intercambiaban miradas. Tardaron varios minutos en ese proceso tortuoso sin que hubiesen percibido el más mínimo defecto. Cruzando miradas, estaban listos para emitir su veredicto. Suspirando con gran elocuencia, el arcipreste enarboló el sentir general al declarar de manera contundente:

—Es perfecta.

◈

Cienfuegos miró al abad y respiró profundamente. Se sabía alterado y trató de serenarse. No le había gustado la respuesta que le había dado a su amigo. Por todos los medios intentaba calmarse y recobrar su espíritu científico.

—El segundo libro, el *Huei Tlamahuizoltica*, fue publicado por el bachiller Luis Lasso de la Vega, un año después del de Sánchez, es decir, en 1649. En realidad es una recopilación de siete textos. Sin embargo, dada la diversidad de los estilos de cada cual, varios historiadores han cuestionado la autoría de Lasso de la Vega, sobre todo en el que más interesa, sin duda, que es el *Nican mopohua*, "Aquí se narra". Todo indica que un indígena que gozaba de prestigio, educado en el Colegio de Santa Cruz de Tlatelolco, llamado Antonio Valeriano, fue el que lo escribió. Se cree que Valeriano escribió el *Nican mopohua* tomando en cuenta varias tradiciones y leyendas, tanto indígenas como otras aprendidas con los españoles. Es la historia de las apariciones de la Virgen que hoy conocemos.

—El mismo fray Bernardino de Sahagún —abonó Cienfuegos—, para quien colaboraba Valeriano, puso de manifiesto su antagonismo hacia la existencia del culto a la Virgen de Guadalupe en su *Adición sobre supersticiones*, de 1576 —hizo una pausa que le permitió encontrar la cita que buscaba—. He aquí lo que dijo, ¿lo recuerdas?:

Cerca de los montes hay tres o cuatro lugares donde solían hacer muy solemnes sacrificios, y que venían a ellos de muy lejas tierras. El uno de éstos es aquí en México, donde está un montecillo que se llama Tepeyacac y los españoles llaman Tepeaquilla y ahora se llama Nuestra Señora de Guadalupe; en este lugar tenían un templo dedicado a la madre de los dioses que llamaban Tonantzin, que quiere decir Nuestra Madre; allí hacían muchos sacrificios a honra de esta diosa, y venían a ellos de muy lejas tierras, de más de veinte leguas, de todas estas comarcas de México, y traían muchas ofrendas; venían hombres y mujeres, y mozos y mozas a estas fiestas; era grande el concurso de gente en estos días, y todos decían vamos a la fiesta de Tonantzin; y ahora que está allí edificada la iglesia de Nuestra Señora de Guadalupe también la llaman Tonantzin. De dónde haya nacido esta fundación de esta Tonantzin no se sabe de cierto, pero esto sabemos de cierto que el vocablo significa de su primera imposición a aquella Tonantzin antigua, y es cosa que se debía remediar porque el propio nombre de la Madre de Dios Señora Nuestra no es Tonantzin, sino Dios y Nantzin; parece esta invención satánica, para paliar la idolatría debajo la equivocación de este nombre Tonantzin, y vienen ahora a visitar a esta Tonantzin de muy lejos, tan lejos como de antes, la cual devoción también es sospechosa, porque en todas partes hay muchas iglesias de Nuestra Señora, y no van a ellas, y vienen de lejas tierras a esta Tonantzin, como antiguamente.

Cienfuegos se irguió, frotándose los ojos:

—"Parece una invención satánica —parafraseó en voz alta—, una devoción sospechosa". Fray Bernardino de Sahagún dio a entender que no estaba para nada de acuerdo con este nuevo culto. Valeriano era contemporáneo de Montúfar y el pintor Marcos Cípac era contemporáneo de los dos.

¿No te parece lógico que las artes se hayan confabulado para la creación del acontecimiento? Siendo contemporáneos y pensando que Montúfar era el líder intelectual, no se me haría nada extraño que el propio Montúfar haya sido el que edificara o ampliara la ermita, y mandara a Marcos Cípac a pintar la imagen y a Valeriano a escribir el relato. De esta manera me cuadraría todo.

El abad se disponía a responder cuando sonó el teléfono.

—Perdón por la interrupción —se excusó Callaghan con el auricular en la mano.

—Dime en qué te puedo ayudar —respondió el abad.

—En realidad cuento con muy poco pero puede ser suficiente. Voy a necesitar de nueva cuenta tu influencia con la orden franciscana.

—Lo que sea.

—Me gustaría empezar por recabar todos los nombres de los frailes franciscanos que habitan en la ciudad de México, cómo y dónde contactarlos.

—Dalo por hecho.

—No te lo había comentado, pero creo que el ladrón es zurdo, aunque por el momento no hay manera de saberlo.

—No creo que ese tipo de información se tenga en los archivos franciscanos —repuso el abad con tono de sorna.

—No tengo más alternativa que creer en ello —respondió con voz apesadumbrada—. Sólo restaría por investigar mi otra teoría: si es cierto que este hombre es una cara conocida en la comunidad de la basílica, ya que fue un robo sin violencia.

—¿Y qué piensas hacer al respecto?

—Interrogar a las dos únicas personas que poseen la tercera llave: el arcipreste y la señorita Estévez; incluso añadiría a don Agustín que, junto con la secretaria, entró al Camarín para descubrir el códice.

El abad, por su parte, sopesó la estrategia presentada.

—Con el objeto…

—De saber cómo el ladrón consiguió una copia —repuso Callaghan—, porque no hay señales de que la cerradura haya sido forzada.

—Tú eres el experto.

—Entonces, si no hay objeciones, quisiera iniciar con el arcipreste.

El abad colgó el auricular y llamó a la secretaria, a quien pidió que lo comunicara con el padre Fonseca. Tras una breve plática con él, llamó a Callaghan.

—Ya te está esperando en su oficina.

Cienfuegos había aprovechado la interrupción para zanjar la discusión y pasar a la siguiente página. Alternaba su mirada entre el dibujo y el abad. Con una seña, le mostró la nueva pintura. No tardaron en dar con la interpretación.

—Por la fecha y la representación de indígenas ancianos, no cabe duda de que se trata de las *Informaciones jurídicas de 1666* que se hicieron para sustentar con pruebas fidedignas el proceso canónico que se había iniciado con motivo de solicitar a Roma la aprobación para celebrar la fiesta, la misa y el oficio de la Virgen de Guadalupe los días 12 de diciembre —argumentó el abad—. La Iglesia mexicana convocó a una serie de reuniones con distintas personas, testigos indígenas ancianos de Cuautitlán y de México. Estas *Informaciones* consistieron en un cuestionario cuyas preguntas tenían como objeto que aquellas personas declarasen y atestiguaran sobre la historicidad de las apariciones y de la misma persona del vidente Juan Diego.

—Sus edades fluctuaban entre setenta y ocho y ciento quince años —precisó Cienfuegos, sin que se le escapara la oportunidad de infligir un tono de sarcasmo a su comentario—. Ninguno pudo haber sido contemporáneo de Juan Diego, así que sólo podían hablar de oídas, de lo que sus padres y familiares les habían contado de la tradición.

—Ellos confirmaron las apariciones y la existencia de Juan Diego —repuso con determinación el abad—. La otra escena pintada en el códice —la señaló— corresponde a la primera inspección realizada a la Imagen por pintores reconocidos.

El abad respiró hondamente y estiró el cuello. Intentaba recordar lo que había acontecido entonces porque consideraba que se trataba de pruebas irrebatibles que sustentaban la historicidad del suceso guadalupano.

—Los pintores dijeron —continuó— que era humanamente imposible que alguien, en una tela tan tosca, pudiera haber pintado algo tan perfecto, porque no existía en México pintor tan diestro que pudiera hacerlo. Además, aseveraron que la pintura no tenía aparejo, y al carecer de éste, resultaba casi imposible que se hubiera hecho bajo ninguna técnica pictórica conocida. En fin, que era obra de un milagro.

Ahora fue Cienfuegos el que permaneció callado.

—Hubo un segundo estudio: el examen practicado a la Imagen por médicos, a quienes invitaron para dictaminar sobre el estado de conservación de la Imagen. Dijeron que en la ermita había una gran cantidad de humedad por la cercanía con los lagos que la circundaban y que también había salitre traído por el río salado de Tlalnepantla. Que el agave con que el ayate estaba hecho era un material muy deteriorable —miró al historiador, enarcando una ceja—. Y por estos factores, y porque la Imagen había sido expuesta a la intemperie sin ninguna protección, debía mostrar señales inequívocas de corrosión, pero no las presentaba. En resumen, que era inexplicable que la Imagen se conservara como estaba. Este último estudio se llevó a cabo al final del proceso y ante la presencia del virrey y de otras distinguidas personalidades.

Cienfuegos lo había dejado decir sin haber manifestado su opinión. En absoluta reciprocidad, le había otorgado el silencio que Leonardo le concedió en su oportunidad. Ahora le tocaba responder.

—Hay que tener en cuenta que estamos hablando del siglo XVII; luego hay que tomar estos dos estudios como una mera observación, sin ningún fundamento científico.

—Sin embargo fueron considerados pruebas científicas en su época.

—Sin duda, Leonardo… hace más de tres siglos —contestó el historiador con sarcasmo—. Hoy no pasarían de ser unos estudios meramente anecdóticos.

—Te recuerdo que hubo otra inspección posterior, un siglo después, cuando ya las técnicas habían mejorado —señaló acuciosamente.

—Estoy consciente de ello. La del pintor Miguel Cabrera.

El abad miró a Cienfuegos y le pidió su anuencia para intervenir. El historiador asintió en silencio.

—Miguel Cabrera, como bien sabes, fue uno de los pintores más reconocidos de la Nueva España, un artista muy prolífico para quien el tema mariano, pero en especial el de la Virgen de Guadalupe, fue recurrente. A mediados del siglo XVIII se le permitió tener acceso al ayate para que hiciera tres copias: una para el arzobispo José Manuel Rubio y Salinas, otra para el papa Benedicto XIV y la tercera, de su propiedad, para ser utilizada como modelo para futuras copias. A solicitud de las autoridades eclesiásticas, se le encomendó la tarea de inspeccionar la Imagen. Para tal propósito convocó a siete pintores, de los más reconocidos y famosos, para dar cumplimiento a esta tarea. Los dictámenes de cada uno de aquéllos, y el del propio Cabrera, fueron anotados y recogidos en el libro de su autoría titulado *Maravilla americana*. Entre sus conclusiones podemos encontrar, sucintamente, que los colores estaban "incorporados" a la trama de la tela; que la Imagen se podía ver también en el revés del ayate, es decir, que no había preparación previa de apresto, lo que hacía imposible la utilización de cualquier técnica pictórica. En fin que, por todo lo anterior, el cuadro no había podido ser pintado por mano humana.

La exposición del abad había sido rica y puntual. Cienfuegos parecía no estar muy de acuerdo con lo dicho por aquél.

—Sin embargo, Leonardo, creo que has omitido algunos detalles que pueden hacer cambiar la percepción de las conclusiones de los estudios realizados a la Imagen por Cabrera.

—¿Cuáles?

—El hecho de que Cabrera fuera el pintor favorito del arzobispo, que le había encargado antes infinidad de trabajos. Tampoco mencionaste que el propósito principal de la encomienda no era otro que el de contar con la experta y favorable opinión de prestigiados pintores que declarasen, y que dieran sustento, a que la pintura de la imagen de la Virgen se había elaborado de forma milagrosa, confirmando, de esta manera, las declaraciones de los viejitos de las *Informaciones de 1666*. El pintor Cabrera tenía muy claro que con su testimonio, y con los de sus otros amigos expertos pintores que él escogió, ayudaría a la Iglesia a dirimir, en buena medida, la historicidad del relato de la guadalupana —Cienfuegos permaneció unos instantes en silencio en espera de una réplica del abad que no llegó—. ¿Qué esperabas que dijeran? No iban a escupir la mano que los alimentaba, ¿verdad? —el abad meneó la cabeza—. Ésta es la realidad. Con lo que publicó en *Maravilla americana*, Cabrera aseguró que los encargos del arzobispo, para él y para sus amigos, siguieran fluyendo sin interrupción en el futuro. Así que, como ves, hay que tomar en cuenta los intereses que se jugaban en esta seudocientífica inspección —calló unos momentos; se apostó frente a su laptop y comenzó a teclear en una demostración de que tenía algo más que decir—. Tú dijiste que la pintura no tenía apresto y que, por esta razón, no había forma de aplicar técnica pictórica alguna. ¿No es cierto? —el abad se limitó a asentir—. Sólo leeré algunos fragmentos ilustrativos de lo que publicó Cabrera en su *Maravilla americana:* "Son las cuatro especies o modos de pintura que en Guadalupe se admiran ejecutadas… la cabeza y las manos al 'óleo'; la túnica y el ángel con las nubes que le sirven de orla, a el 'temple'; el manto de 'aguazo'; y el campo sobre que caen y terminan las rayas se percibe como de pintura 'labrada a el temple'" —Cienfuegos se apartó del monitor, tomó aire y dibujó una media sonrisa—. ¿No te parece maravilloso, como el título de la obra sugiere, que el autor divino —elevó su dedo índice al cielo— haya usado cuatro técnicas pictóricas distintas, inventadas por el hombre, en un mismo lienzo? Yo creía que el milagro había consistido en que la impresión de la Imagen sobre el ayate se había realizado de manera milagrosa, sobrenatural, sin mediación de técnica pictórica terrenal alguna —el abad clavó su mirada en el historiador con el ceño fruncido—. ¿O es que Dios necesitó obrar este milagro utilizando técnicas pictóricas mundanas?

◈

La señorita Estévez los vio acercarse por el pasillo. Había recibido la orden de hacerlos pasar sin dilación. Cuando la saludaron y se presentaron puntuales a la cita, se esforzó por sólo mirar a Callaghan, evitando ver a Sandra y tener que reprimir una sonrisa. A invitación del arcipreste, se sentaron en sendas sillas colocadas frente a su escritorio.

—Dígame, padre, ¿en qué puedo servirle?

—Como se imaginará, el motivo de nuestra visita es indagar un poco más en una teoría que estoy manejando.

—¿Y cuál es esa teoría?

—Creo que el ladrón es una persona que trabaja en la basílica.

El arcipreste se mostró sorprendido.

—Por más increíble que me parezca, si usted así lo cree, debo tomarlo como una posibilidad. ¿Se puede saber por qué tiene esa sospecha?

—Uno, porque el ladrón sabía la combinación numérica que le permitiría abrir la puerta blindada, ¿y de dónde la iba a sacar?; y dos, porque la cerradura del Camarín no fue forzada. Además, no hay ningún indicio de violencia. Esto me indica que el ladrón debía tener una de las tres llaves, o una copia. Por lo anterior, deduzco que el ladrón es una figura conocida en la basílica.

—¿Quiere usted decir que alguien que trabaja en la basílica robó la sagrada Imagen?

Callaghan asintió.

—Quisiera que me contestara la siguiente pregunta —el arcipreste se acomodó en su silla para poner más atención—: aparte de la señorita Estévez y de usted, ¿alguien más pudo haber estado en posesión del llavero mientras estuvo bajo su custodia?

—Mire, padre, yo soy el primer contrariado en este embarazoso asunto, créame, y también el más sorprendido. Todo este tiempo yo he sido el custodio de la combinación numérica y de la llave que se halla en mi posesión. El hecho de

267

que se guarden en un cajón del escritorio de mi secretaria, obedece a que soy muy olvidadizo; ya me ha sucedido, en innumerables ocasiones, que cuando quiero guardar algo de valor en algún lugar muy seguro, después ya no me acuerdo dónde lo puse. Sé que es una excusa estúpida —reconoció con pesar—, pero es la verdad. Así que, cuando me fue encomendada la combinación y la llave, no dudé en conjugar ambas cosas en un solo llavero, para tenerlo todo junto, y dárselo a mi secretaria para que lo guardara. En su crédito puedo decir que es una persona de probada honestidad y profesionalismo. A la fecha no he tenido ninguna queja de ella.

—Quisiera que se concretara a contestar la pregunta, por favor.

El arcipreste intentó reponerse.

—La respuesta es no —dijo, sosteniéndole la mirada—. Nadie ha tenido la posesión del llavero excepto mi secretaria y yo. Y si me pregunta, y no es que quiera disculparla, no, de ninguna manera, pero sí creo entender por qué ella permitió la entrada al Camarín a don Agustín —Callaghan alzó las cejas esperando una respuesta—. Tomó esa decisión pensando que era lo mejor. Ayer se encontraba bajo una gran presión por todo lo que ha sucedido; usted debe comprender. Le advertí varias veces que no me interrumpiera, y además —volteó a ver a Sandra, a quien dirigió sus últimas palabras— se sentía muy presionada por su actitud y por sus amenazas.

—Sí, es verdad —salió al quite la reportera.

—No la estoy defendiendo, créame. Lo único que trato de decirle es que entiendo su proceder, es todo. Ella nunca sopesó las consecuencias que su decisión pudiera tener, lo cual debió haber hecho, estoy de acuerdo. Simplemente accedió a una petición de alguien que estaba comisionado para un encargo relacionado con el robo y pensó que no valía la pena molestarme por tan poca cosa.

—No fue tan poca cosa —lo corrigió Callaghan.

El arcipreste asintió, sin responder.

—¿En qué más puedo serle útil?

—En la segunda parte de la teoría: el responsable del robo, tuvo que haber sido alguien que trabaja aquí o que, al menos, es conocido.

—No puedo imaginarme quién haya podido…

—No se trata de adivinar —lo interrumpió—. Necesito que me entregue una lista con los datos personales de todo el personal que trabaja en la basílica, sin ninguna excepción ni omisión. No me importa si es hombre o mujer, eventual o fijo; los necesito a todos.

—Cuente con ello. Ahora mismo la preparo. ¿Cómo la quiere? Por antigüedad, por departamento…

Callaghan meditó unos momentos. La lista podía llegar a ser muy extensa y podía llevar mucho tiempo elaborarla. Tendría que proponer algo más práctico. Por la planeación y la complejidad que conllevaba el robo, el *tlahcuilo* debía ser, forzosamente, una persona con un alto nivel intelectual. Sí, se convenció. Empezaría por ahí.

—Por nivel jerárquico. Haga de cuenta que está dibujando un organigrama.

El arcipreste asintió.

—Lo tendrá a más tardar temprano en la mañana.

Al no recibir una nueva pregunta, el arcipreste optó por permanecer en silencio. Hubo unos segundos embarazosos en que ninguno de los dos emitió palabra alguna. A punto estaba Sandra de decir algo, sólo por decir y romper el mutismo de ambos, cuando Callaghan terció:

—Por favor, háblele a don Agustín para que nos reciba de inmediato.

Callaghan se levantó; Sandra lo imitó. Se despidieron del padre Fonseca, agradeciéndole su ayuda. Ya bajo el quicio de la puerta, Callaghan se volvió para espetarle lo que había guardado hasta el final:

—Que usted sepa, no existe ninguna otra copia de la llave, ¿verdad?

El arcipreste negó con la cabeza.

—Aunque si la hubiera, probablemente usted, de cualquier manera, no lo sabría.

El arcipreste encajó la vara, impotente, sonrojándose y alzando la vista antes de responder:

—¡No tiene usted derecho a acusarme de esa manera!

❖

Guardaron silencio mientras continuaban analizando la página. El abad levantó la cabeza y miró a Cienfuegos para ver si él tenía algo que decir. El historiador hizo un gesto para que él comenzara.

—¿Qué son esas huellas de pies descalzos?

—La dirección que se debe seguir en la lectura. En este caso, es el envío de misivas de un personaje a otro.

El abad asintió.

—Supongo que es fray Servando Teresa de Mier y su famoso sermón guadalupano, que ofreció en el santuario del Tepeyac ante la presencia del virrey y del arzobispo. Otro también de graves consecuencias. En éste se dijeron muchas tonterías. Fray Servando argumentó que la imagen de la Virgen ciertamente se había impreso en la túnica, pero no en la de Juan Diego, sino en la del apóstol Tomás —meneó la cabeza haciendo una mueca—. Teresa de Mier adujo que el apóstol había predicado el evangelio en el Nuevo Mundo y que los indígenas lo llamaban... Quetzalcóatl —acompañó su exclamación azotando ambas manos en sus costados—. Tergiversó todo el relato guadalupano. Según Teresa de Mier, el apóstol ocultó la túnica impresa para preservarla; por eso la Virgen de Guadalupe se le apareció a Juan Diego, para revelarle dónde se escondía y para que se la llevara al arzobispo Zumárraga. Te podrás imaginar el escándalo que esto suscitó —masculló entre dientes el abad—. Cuando terminó el sermón, lo confinaron en su celda; le fueron confiscados el manuscrito, sus notas y los demás documentos, y, tras un juicio sumario, se le sentenció con el destierro a perpetuidad a España.

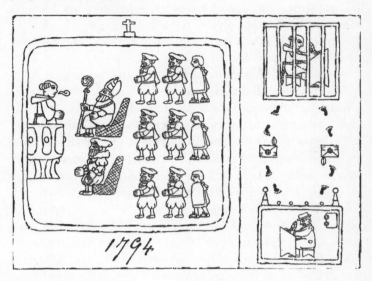

Pasó un tiempo en un convento en el norte del país, para después irse a residir a Madrid. Allí conoció al catedrático español y cronista general de las Indias, Juan Bautista Muñoz, con el que trabó amistad. Fray Servando solicitó que se revisase su caso, aduciendo que él nunca desmintió las apariciones de la Virgen ni el origen divino de la imagen sobre el ayate. Durante los periodos que pasó prisionero, se carteó con Juan Bautista Muñoz. Estas cartas eran disertaciones, de uno y otro, sobre la historicidad de las apariciones de la Virgen de Guadalupe. Teresa de Mier fue un gran escéptico del suceso, arguyendo que la tradición era una fábula mitológica basada en los llamados autos sacramentales que se representaban en el siglo XVI y cuya autoría se le concedió a Antonio Valeriano. Quizá esta actitud fue provocada, por lo que él arguyó que su confinamiento era injusto, y se justificaba al impugnar en sus cartas la historicidad de las apariciones —el abad calló y cerró lo ojos como tratando de huir del tema—. Juan Bautista Muñoz, cosmógrafo de las Indias —continuó con cierto pesar—, publicó una *Memoria* sobre las apariciones y el culto de la Virgen de Guadalupe. Fue muy crítico de la tradición, argumentando que adolecía de pruebas históricas.

—Es decir, que fue inventada —acotó Cienfuegos.

—Más bien, Bautista Muñoz dijo que era una fábula, creada mucho después de la ocurrencia del hecho. Llegó incluso al extremo de decir que su origen se debió a la alucinación de un indio borracho. Imagínate la repercusión de este aserto en la sociedad mexicana. Al mismo tiempo, se daba el lujo de desdeñar la historicidad del relato y, a la vez, aceptar su culto sin cortapisas. Una postura inteligente, en verdad. El sermón de fray Servando Teresa de Mier, sus cartas y la publicación de su *Apología*, junto con la *Memoria* y las cartas del español Juan Bautista Muñoz, fueron causa y motivo de que a finales del siglo XVIII y principios del XIX, la veracidad del relato de las apariciones de la Virgen de Guadalupe volviera a ponerse en tela de juicio, esta vez desde un punto de vista fundacional.

El espíritu histórico-científico de Cienfuegos le indicaba que en la secuencia de las interpretaciones había un patrón. El *tlahcuilo* había seguido un orden cronológico en la presentación de las páginas del códice. Según esta lógica, la siguiente página debía abocarse al siglo XIX.

—Nuevamente, por la fecha y por la representación del personaje de edad y con barba, debo concluir que se trata de la famosa carta de Joaquín García Icazbalceta, gran historiador del siglo XIX, al entonces arzobispo de México, don Pelagio Antonio de Labastida y Dávalos, quien le había solicitado que externara su opinión acerca de un libro recién publicado sobre la aparición de la Virgen de Guadalupe y sobre la impresión de su imagen en el ayate de Juan Diego. La carta fue su respuesta.

Cienfuegos sonrió ante la sapiencia del abad.

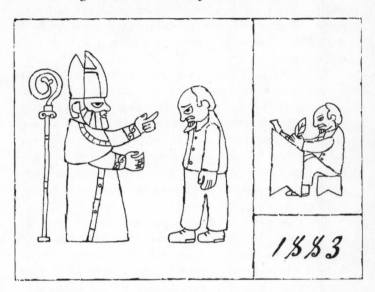

—Icazbalceta no era sólo un gran historiador, sino un investigador y un escritor con una personalidad reconocida por su rectitud y su honorabilidad, además de ferviente católico —intervino Cienfuegos, dándose un poco más de tiempo para seleccionar el texto que leería a continuación—. Era, en suma, una persona honorable e intachable, por todos reconocida. A él, y sólo a él, el arzobispo recurrió para solicitar tan sensible encomienda. De sobra sabía Labastida que lo que Icazbalceta declarara en su carta estaría apegado estrictamente a la verdad histórica.

Cienfuegos procedió a leer:

Católico soy; aunque no bueno, Ilmo. Sr., y devoto en cuanto puedo, de la Santísima Virgen; a nadie querría quitar esta devoción: la imagen de Guadalupe será siempre la más antigua, devota y respetable de México. Si palabra o frase mal sonante, desde ahora la doy por no escrita. Por supuesto, que no niego la posibilidad y realidad de los milagros: el que estableció las leyes, bien puede suspenderlas o derogarlas; pero la Omnipotencia Divina no es una cantidad matemática susceptible de aumento o disminución, y nada le añade o le quita un milagro más o menos.

De todo corazón quisiera yo que uno tan honorífico para nuestra patria fuera cierto, pero no lo encuentro así; y si estamos obligados a creer y pregonar los milagros verdaderos, también nos está prohibido divulgar y sostener los falsos. Cuando no se admita que el de la aparición de Nuestra Señora de Guadalupe (como se cuenta) es de estos últimos, a lo menos no podrá negarse que está sujeto a gravísimas objeciones. Si éstas no se destruyen (lo cual hasta ahora no se ha hecho), las apologías producirán efecto contrario.

En mi juventud creí, como todos los mexicanos, en la verdad del milagro: no recuerdo de dónde me vinieron las dudas, y para quitármelas acudí a las apologías: éstas convirtieron mis dudas en certeza de la falsedad del hecho. Y no he sido el único. Por eso juzgo que es cosa muy delicada seguir defendiendo la historia. Si he escrito aquí acerca de ella, ha sido por obedecer el precepto repetido de V. S. I. Le ruego, por lo mismo, con todo el encarecimiento que puedo, que este escrito, hijo de la obediencia, no se presente a otros ojos ni pase a otras manos: así me lo ha prometido V. S. I.

—De seguro el arzobispo no debió sentirse muy complacido por lo dicho por Icazbalceta y por lo tanto tuvo que ser el primero en oponerse a que su contenido se divulgara, pero por una razón u otra, esto no ocurrió —dijo Cienfuegos—. La carta tuvo un impacto brutal. Viniendo de donde venía, pocos podían objetar algo en su contra. Las apariciones, el milagro de la impresión de la imagen en el ayate y la existencia de Juan Diego, de nuevo quedaron seriamente en entredicho.

—Resulta contradictorio que Icazbalceta, ferviente guadalupano, haya escrito esta carta negando el acontecimiento —adujo el abad con semblante sombrío.

—Sin embargo, creo que habla muy bien de su carácter, muy a la manera de Juan Bautista Muñoz, al arremeter en contra de la historicidad de las apariciones y al mismo tiempo admitir que admiraba el culto a la Virgen. Antepuso su espíritu científico sobre su fe. Eso es de alabarse —Cienfuegos cerró los ojos, llevándose una mano a la base del tabique nasal en un gesto de profunda concentración—. En el tema de la historicidad del acontecimiento guadalupano, Leonardo, esta postura, contrariamente a lo que parezca, cada vez me ha parecido más congruente —confesó—. Me explico: uno puede ser perfectamente guadalupano, en el sentido de admirar, como un hecho real, la devoción y el culto a la Virgen, y al mismo tiempo no creer ni en las apariciones ni en la divina impresión de la imagen de Guadalupe sobre el ayate ni en la existencia de Juan Diego. Y créeme que esto que te estoy diciendo no se contrapone en lo absoluto.

Al abad no le fue ajeno el tono intimista que Cienfuegos le imprimió a su comentario.

—Eso es justo lo que tú crees, lo que tú profesas, ¿verdad? —preguntó, mirándolo con fijeza a los ojos.

El historiador le sostuvo mirada, esbozando una sonrisa. Se llevó una mano sobre la boca mientras meneaba la cabeza al tiempo que decía:

—La fe no tiene nada que ver con la historia.

—Insisto. Es una postura muy inteligente.

Cienfuegos permaneció callado. El abad reconoció que, sin duda, la teoría del historiador la compartían muchas personas. Él, más que nadie, estaba consciente de eso, pues una de sus labores era tratar de convencer a los feligreses de la autenticidad del suceso. A veces se preguntaba qué pasaría con el culto si algún día se descubriera, de manera fehaciente, inequívoca y con cabal fundamento histórico, y se diera a conocer, que la imagen del ayate había sido, fuera de cualquier duda, pintada por manos humanas. ¿La gente dejaría de adorar a la Virgen? Negó con la cabeza repetidas veces. La sola posibilidad de que esto sucediera lo atemorizaba. Este mismo temor era el que invadía a la Iglesia mexicana, y de ahí su recelo, ¿o diría hermetismo?, en lo concerniente a la historicidad del acontecimiento guadalupano.

Cienfuegos, con semblante serio, procedió a apagar su computadora. Había terminado con sus labores interpretativas de ese día. Estaban a punto de finalizar el análisis del códice. Sólo faltaba atar algunos cabos sueltos para que cuadrase la narración del códice. Levantó las cejas y se talló los ojos. Miró de soslayo la maleta que Ángeles le había preparado en la mañana. "No cualquiera pasa una noche en la basílica de Guadalupe", se dijo. Con un gesto, le hizo saber al abad que era el momento de dar por terminada la sesión, no sin antes añadir:

—En esta narración cronológica, Leonardo, pudimos atestiguar que, desde el mismo instante de la aparición de la imagen, aun desconociendo si fue la que hoy conocemos u otra, y de la publicación del relato, ambas obras artísticas han sido seriamente cuestionadas. Por un lado, en su autoría: una, por la impresión divina sobre un ayate, y la otra, atribuida al ingenio de un indígena. Por el otro, por su cometido: la primera, como una imagen que obra milagros, y la segunda, como un intento de sacralización de un relato con auténtica veracidad histórica. Desde el mismo siglo XVI y hasta el XIX, hemos comprobado que ha habido críticos, curiosamente sacerdotes la mayoría, brillantes todos ellos, que han puesto en tela de juicio el acontecimiento guadalupano. A ninguno lo tildaría con el adjetivo de *antiaparicionista*. A ninguno.

En un gesto espontáneo, el abad se acercó a Cienfuegos y lo abrazó.

—Acompáñame para que te enseñe tu habitación —le dijo.

❖

—Por favor, háblele a don Agustín para que nos reciba de inmediato —le ordenó Callaghan al arcipreste, haciendo caso omiso de su reclamo.

El arcipreste marcó, con cierta renuencia, la extensión del jefe de Mantenimiento, a quien solicitó que permaneciera en su lugar, pues irían a verlo.

Sandra y Callaghan salieron de la oficina y fueron a su encuentro con don Agustín. Llegaron juntos al elevador sin mirarse a los ojos. Callaghan oprimió el botón del sótano. En cuanto se abrieron las puertas del ascensor, fueron recibidos por doña Carmen, que los invitó a que la siguieran. Don Agustín los estaba esperando en un improvisado escritorio de madera. Los convidó a sentarse en las dos únicas sillas apostadas frente a él.

—Ustedes dirán para qué soy bueno.

Callaghan carraspeó un poco.

—A ver, don Agustín, usted acompañó a la señorita Estévez al Camarín.

—No. Yo le pedí a la señorita que me hiciera el favor de dejarme pasar para que pudiera tomar las medidas exactas del marco.

—Está bien, pero fue con ella al Camarín, ¿no es así?

—Sí. Fuimos los dos.

—¿Nadie más?

—Nadie más.

—¿Y cómo sabía usted que la señorita Estévez guardaba el llavero del Camarín?

—No. Yo no lo sabía —negó con la cabeza—, aunque lo suponía. Yo le fui a pedir a la señorita que me hiciera el favor de abrir el Camarín, nada más.

—¿Pero por qué fue con ella y no con Conchita, la secretaria del abad?

—Supuse que el arcipreste, ¿quién si no?, debía tener un juego —se encogió de hombros—. Por eso fui con ella. Al abad no quise molestarlo, viéndolo tan ocupado como andaba.

Callaghan guardó silencio por unos momentos. Don Agustín lo miraba atento, pendiente de lo que le iba a decir.

—¿Y sabe de la existencia de otro juego de llaves?

—¿Aparte de las del arcipreste? Como usted dijo, las del abad.

—Yo no dije.

—Bueno, como me dijo que por qué no fui con Conchita, pues supongo que el abad ha de tener la suya, ¿o no? —preguntó, abriendo los ojos.

El legionario meneó la cabeza. Estaba convencido de que don Agustín no tenía conocimiento alguno de que existiera otro juego.

—Ahora, dígame, qué hicieron dentro del Camarín.

—Yo me fui derechito a la ventana y tomé las medidas que me hacían falta para hacer el bastidor.

—Y la señorita Estévez ¿qué hizo?

—Nomás se quedó mirando, cerquita de mí; me imagino que también me andaba vigilando.

—¿Para qué?

—No sé, vaya usted a saber —se encogió de hombros—, para que no se me ocurriera hacer alguna maldad, digo yo.

Sandra sonrió ante la inocente respuesta de don Agustín.

—Y dígame, ¿usted fue el primero que vio el bulto?

—¿Cuál bulto? —contestó sin inmutarse.

Callaghan volteó a ver a Sandra sin entender. La reportera estaba en las mismas. Ambos fruncieron el ceño.

—¿Cómo que cuál bulto? El bulto que encontraron en el Camarín. A ese bulto me refiero —dijo alzando la voz y palmoteando los muslos.

Don Agustín permaneció inmóvil por unos segundos sin responder, fija su mirada en Callaghan, quien no sabía cómo reaccionar en espera de alguna respuesta de su parte.

—¿Me permite tantito?

Sin esperar repuesta, don Agustín se levantó, y sin dar explicaciones salió del cuarto. Callaghan y Sandra se miraron asombrados; se quedaron helados y sin comprender la actitud del entrevistado. Don Agustín fue a la habitación contigua donde había un teléfono. Marcó al arciprestre, a quien pidió autorización para hablar sobre el bulto con sus visitantes. Una vez que consiguió la aprobación, retornó al cuarto vecino donde lo esperaban con caras de interrogación y molestia. Sin más, se volvió a sentar, entrecruzó sus manos en actitud expectante, listo para contestar la siguiente pregunta. Callaghan estaba confundido. La mirada de don Agustín, clavada en él como si no hubiera pasado nada, lo desconcertaba sobremanera.

—A ver, don Agustín, explíqueme, ¿qué acaba de hacer? —sin contestar, don Agustín encogió los hombros, con lo que denotaba que no entendía lo que quería su interlocutor—. ¿Por qué salió tan intempestivamente? —lo volvió a interrogar.

—¡Ah! Le tenía que hablar al padre Fonseca.

—¿Para qué?

—Para que me diera permiso de hablar del bulto con ustedes, para eso.

Callaghan lo miró desconcertado. De pronto creyó adivinar por qué tenía que pedir permiso.

—¿Le había prohibido hablar sobre el bulto?

Don Agustín asintió con un movimiento enérgico de la cabeza.

—Entiendo. Bueno, ahora que ya le dieron permiso, ¿nos puede comentar sobre el bulto?

—Yo fui el primero que lo vio. Estaba a punto de terminar de medir cuando vi que ahí estaba.

—¿Dónde exactamente?

—En la esquina derecha de abajo.

—Muy bien, y después que lo vio, ¿qué hizo?

—Luego luego le avisé a la señorita. Hasta a mí me extrañó ver esa cosa ahí tirada como si nada.

—¿En algún momento lo tocó?

Don Agustín negó con la cabeza.

—¿Usted no supo qué contenía el bulto?

Don Agustín dudó unos segundos.

—Me pareció un libro pequeño, pero no sabría decirle bien a bien qué era…

—¿Y después?

—La señorita se acercó para verlo y se asustó mucho.

—¿Se asustó?

—Sí, reteharto. Se veía muy angustiada, como con miedo.

Callaghan volteó a ver a Sandra, frunciendo el ceño y poniendo cara de extrañeza. Supuso que la señorita Estévez había caído en la cuenta de que con el descubrimiento del bulto también se descubría ella misma al haber permitido a don Agustín entrar al Camarín sin que el abad o el arcipreste lo hubieran autorizado.

—¿Y qué hizo después?

—Rapidito nos salimos de ahí; ni tiempo le dio, con tanta prisa, de cerrar la puerta. Me despachó y se fue, no sé adónde —se encogió de hombros don Agustín.

—¿Ella lo tocó?

Don Agustín negó con la cabeza.

—Y aparte de usted ¿quién más sabe de este asunto?

—¿Lo del bulto?

—Sí.

—Nadie más. No se lo dije a nadie, aunque ganas no me faltaron, pero el padre Fonseca me previno de no hacerlo.

Callaghan estudió a don Agustín. "Me es difícil descifrar a este hombre", admitió. No tenía por qué no creerle. Si su versión casaba con la de la señorita Estévez, ya lo podría descartar de inmediato. Cuestionó a Sandra con la mirada para ver si ella quería hacer algunas preguntas; él, por su parte, ya había terminado.

—Lo felicito por el trabajo tan bien hecho, don Agustín. Hace no mucho tiempo estuve con la señorita Estévez admirando la réplica —don Agustín mostró una amplia sonrisa, enseñando sus dientes—. Verdaderamente es una magnífica reproducción del original —don Agustín no cabía en sí de orgullo—. Debió haberle costado mucho trabajo.

—Yo ayudé poquito. El jefe de Cómputo, ése sí, para que vea, hizo un gran trabajo, y qué decir del padre Fonseca. Aunque le digo de verdad que cualquier sacrificio es chico con tal de tener a la Niña contenta y en buen estado.

—Bueno, hay que arreglarla para tenerla bonita —respondió Sandra—. Por eso hay que mandarla restaurar de vez en cuando.

—Ándele. Sí. Así mero. Pero a ésta no va a hacerle falta. No. A ésta no. No va a ser menester... Ya verá usted.

Callaghan manejaba con el mismo distraimiento y la misma negligencia con que lo había hecho el día anterior. Su Stratus negro discurría su andar incontrolable por las avenidas de la ciudad, poniendo nerviosa a Sandra por la manía del legionario de hablar mientras volteaba a mirarla, no sólo en los altos —que ahí podía hacerlo sin peligro—, sino también mientras conducía en medio del tráfico. Ella, por su parte, no dejaba de vigilar la cercanía amenazante de los demás coches, temiendo que en cualquier momento se produjera una colisión inevitable. Por alguna misteriosa razón, Callaghan reaccionaba justo a tiempo en todas las ocasiones apremiantes, que no eran pocas. Sandra dedujo que debía tener la extraña habilidad de mirar de reojo la ocurrencia del tránsito, anticipándose a los riesgos de éste, mientras la miraba de frente cuando le hablaba. "Ha de tener un ángel de la guarda muy bueno." Decidió no ocuparse más de sus labores de vigilancia vial y enfocar su interés en la plática con el legionario.

—¿Cuántas personas saben de la existencia del códice?

—Aparte de nosotros, el arcipreste, la señorita Estévez, don Agustín, no sé si el arzobispo, y quizá Conchita, la secretaria del abad.

—Descarta al arzobispo; estoy segura de que no está enterado del hurto. Y podemos descartar también a Conchita, pues su labor sólo ha sido pasar llamadas telefónicas.

—*Okay*. Quedamos, aparte de nosotros dos, el arcipreste y la señorita Estévez —Sandra estuvo a punto de referirse a ella como Helena.

Callaghan asintió. La reportera permaneció callada unos momentos para evitar que aquél se distrajera. Su manía de mirarla mientras manejaba le alteraba los nervios. Al no hablarle se daría un respiro, se calmaría un poco y permitiría que el coche saliera de la congestionada avenida Reforma.

—¿Al abad no le simpatizo nada, verdad?

—¿Cómo que no? Muy a su pesar, te estima. A leguas se le nota.

Sandra sabía que, por su tono irónico, él la estaba bromeando. Tenía que reconocer que le era complicado descifrar al legionario. Era como un códice, pensó sonriendo: había que interpretarlo. Trató de adivinar si esta vez hablaba en serio o no. Por alguna razón, le importaba que así fuera. Observó sus ojos y creyó ver un dejo de picardía, pero lo que le delató fue una sonrisa, que por más que se esforzaba en ocultar, se aparecía como una graciosa mueca.

—Sé que no.

—No entiendo por qué, si eres muy agradable —le dijo, mirándola fijamente a los ojos.

Ella lo escrutó y no vio señal alguna de que estuviera mintiendo. Se fijó en su boca, pero no halló la mueca de la mentira.

Sandra le agradeció el aventón a su casa. Pensó invitarlo a pasar pero desechó la idea. Lo despidió desde el portal de la entrada al edificio. En el elevador sacó de su bolso las llaves. Abrió su departamento y se dispuso a preparar un café. Esta vez optó por probar uno artesanal de Antigua, Guatemala, que le habían regalado en el periódico por su cumpleaños más reciente. Era de grano molido, así que lo preparó en la cafetera. Al servirlo en su taza, puso las dos manos a su alrededor. Era un hábito que tenía. Le gustaba sentir el calor que emanaba el recipiente. Se lo acercó a la nariz para olerlo, como anticipando el placer antes de probar la bebida. Inconscientemente, Sandra se apegaba a este ritual de degustación. Dio el primer sorbo.

—¡Uta!, qué caliente está —dijo en voz alta, pegando un respingo.

Se dio cuenta de que había hablado sola. Lejos de incomodarse, la situación le pareció divertida. "Es la maldita soledad —se dijo— y la falta de sexo. De seguro esto es una consecuencia secundaria o, ¿cómo le ponen en las medicinas?, ¡ah, sí!, *side effects*." Sonrió ante su ocurrencia. "¿O será que estoy envejeciendo? —se preguntó algo preocupada—. La causa debe ser hormonal. Lo que sea, da igual. Es la falta de sexo, seguro."

Para distraerse del último pensamiento, decidió ponerse a trabajar. Antes de dedicarse a transcribir sus notas, se acordó de que debía hablarle a Jesús. Fue por el teléfono y marcó el número de memoria.

—Ya era hora. Dime, ¿cómo estuvo el día?

—De locos, pero bien, ¿eh?

—He estado atento a ver si algún periódico había reportado la noticia y nada. Lo único, eso sí, y a grandes titulares, es que se informa que la basílica iba a estar cerrada unos días por labores de limpieza, pero que todos los demás recintos que conforman la plaza funcionarían normalmente.

—Eso mismo me dijeron.

—¿Y cómo va la investigación?

—Lenta.

—¿Quién la encabeza?

—Un sacerdote de los legionarios de Cristo.

—¿Es bueno?

—Sabe lo que hace.

—¿Todavía no hay nada con la policía?

—Nada. No han dado aviso.

—¿Qué has hecho?

Sandra pensó mencionar el descubrimiento del códice y las reuniones que habían tenido para descifrarlo. Desechó la idea.

—Van a sustituir la imagen.

—¡¿Cómo?!

—Van a colocar una copia digital de la Virgen y ponerla en su marco para poder abrir la basílica, que es lo que más les preocupa.

—Son unos zorros. ¿Cuándo la abren?

—No sé, pero no me extrañaría que fuera mañana mismo.

Pasaron unos segundos sin que Jesús comentara nada. El silencio se había prolongado, según el sentir de Sandra, demasiado. "De seguro otra vez le está dando vueltas a la posibilidad de reemplazarme. Tengo que decirle algo para que no siga con esa idea."

—Ni se te ocurra…

—Tienes que ser muy precavida y cuidarte mucho —la interrumpió con voz de preocupación.

—¿Cuidarme de qué?

—La cosa puede ponerse fea en cualquier instante.

—No, hombre, no. Todo está tranquilo. Estoy lidiando con sacerdotes, personas muy cultas y amables.

—Sé que esta calma chicha no puede durar mucho. No te cuesta nada cuidarte.

—Jesús, me estás asustando.

—No es mi intención. Mi deseo es sólo prevenirte.

—No me gusta lo que me estás diciendo. ¿Quieres decir que está en riesgo mi integridad física?

—Sandra, parece que no te estás dando cuenta en qué estás metida.

—Entonces déjate de simuladas advertencias y dímelo de una vez.

—¿No te das cuenta de que robaron uno de los iconos más importantes de la cristiandad? ¿Que quienes lo hicieron sabían perfectamente qué robaron y a lo que se exponían? ¿Que si fueron capaces de exponerse a eso, son capaces de exponerse a todo? Mira, Sandra, esa gente no tiene escrúpulos y está dispuesta a todo. Y conforme ustedes vayan avanzando en la investigación, ellos, quienquiera que sean, se sentirán más y más presionados, más y más cercados, y no se van a quedar con los brazos cruzados; tenlo por seguro. Una de las razones que tenía para pensar en asignar tu nota a otra persona era cuidarte y protegerte. No era otra causa, como tú equivocadamente creíste.

—¿Sigues insistiendo en eso?

—No, no. Sólo quería que supieras mis razones. Yo ya cumplí con advertirte.

—Ahora sí me dejaste temblando.

—Sólo cuídate. La cosa en verdad es muy seria.

—Así lo haré. Gracias.

—Pero, bueno, no me has contado nada. ¿Tienes algo ya?

—Me dispongo a transcribir lo que grabé.

—¿Tuviste la oportunidad de grabarlos? ¡Bravo! Eso sí es una buena noticia. Guarda muy bien tus grabaciones —le dijo su jefe antes de reiterarle que se mantuviera alerta.

Sandra quedó mortificada. La brutal realidad, el lado oscuro, Jesús se la había mostrado de forma descarnada. ¿Cómo haría frente a esto? ¿Tendría que cambiar su actitud al confrontar mañana a los personajes de su historia? ¿En verdad estaba en peligro? No tenía respuestas a estas preguntas. De improviso, el cansancio la golpeó. Tomó la taza y sorbió el café con la esperanza de que la avivara un poco. Degustó la bebida sorprendida por su tibieza glacial. Se levantó y fue a la cocina a recalentar el café en el microondas.

Estaba confundida. Pensamientos contradictorios luchaban en su cabeza. Según su entender, había tres líneas de investigación: una, la que estaba llevando en su quehacer periodístico; otra, la que llevaban los demás con intensidad, relativa a la interpretación del códice, o sea, a la pista plantada; y la última, la que llevaba a cabo Callaghan, la concerniente al tema criminalístico.

De inmediato cayó en la cuenta de que la única pista en la que ella no era protagonista era la criminalística. Con esto podía deducir dos cosas: que debía estar más cerca de la investigación de Callaghan, y que los ladrones se tornarían peligrosos sólo cuando se avanzara sobre esta línea y ellos se sintieran acosados porque se descubriera su identidad y se procediera a su captura. Mientras se progresara en el terreno de la interpretación del códice, podía sentirse segura, pero si el desarrollo se efectuaba en el terreno de la resolución del crimen, ahí sí las cosas se podrían poner feas. Tenía razón Jesús: era cuestión de tiempo.

Sintiéndose mejor, decidió poner en práctica la primera de sus conclusiones: no dejaría pasar más tiempo y le hablaría a Callaghan. Revisó la hora en su reloj. Se cuestionó si todavía estaría despierto. "Seguramente está rezando", se dijo mientras sonreía. Hurgó en su bolso y sacó el teléfono celular donde había registrado su número. Marcó desde el fijo.

—¿Sandra? ¿Pasa algo? —dijo con tono de preocupación.

—No, no. Nada. ¿No es muy tarde?

—No. Dime.

—Oye, voy a convertirme en tu asistente personal de manera temporal, sólo hasta que terminemos con este asunto.

—No te entiendo.

—Te voy a pedir que dejes que te acompañe a donde vayas para estar presente en todas tus reuniones.

—Pero si así lo has hecho.

—Quisiera que me tuvieras informada de todo lo que estás investigando.

—Estoy de acuerdo —Sandra lo notó titubear—, pero Leonardo tendría que decir la última palabra sobre este tema, ¿no te parece?

—Yo ya hablé con él y está de acuerdo, pero si quieres, pregúntale tú para que él mismo te lo diga. Ya verás que te va a decir que puedes compartir conmigo toda la información que tengas.

—Si es así, no le veo problema.

—Hazlo. No sólo quiero estar enterada, sino quiero ir a donde tú vayas, no me importa adónde. Y quiero estar presente en las entrevistas y las citas que tengas, no me importa con quién. ¿Quedó claro?

—Por supuesto, Sandra, pero ya te dije que esto depende de Leonardo.

—Es importante para mi trabajo. ¿Lo entiendes?

—Ajá. *That's the cacht.*

❖

El grueso del contenido del códice estaba resuelto; sólo restaba por analizar tres páginas. El mensaje era claro, o así creía. Sabía las razones del hurto, pero no garantizaba la captura del ladrón. Para eso estaba Callaghan. Si alguien podría dar con el *tlahcuilo*, se dijo, seguramente sería Michael.

Cienfuegos habló con su mujer y preguntó por las niñas. Ángeles le contestó:

—Están dormidas —le platicó cómo le había ido durante el día; entró en detalles sobre qué había comido, plato por plato, y con quién se había entrevistado. No pasó por alto la descripción de cómo iba vestida y la cara de admiración que le puso un hombre joven, sentado al lado de su mesa. Calló por unos instantes—. ¿No vas a decir nada?

Cienfuegos le contestó:

—¿Qué quieres que diga? —haciéndose la molesta, su esposa le reprochó el poco interés que mostraba cuando le acababa de decir que un hombre se había fijado en ella de un modo seductor—. Le doy toda la razón, estás muy guapa.

Sólo por lo que le acababa de decir, Ángeles estuvo a punto de perdonarlo.

—¿Quieres que te lea un poema? —le dijo ella.

Cienfuegos se acomodó en la silla, mientras la oía carraspear un poco antes de comenzar: "Se llama 'Mi amada'". Cienfuegos le dijo que era un título bonito.

Te encuentro atractiva desnuda en mis brazos.
Ahuyento ese ceño fruncido en tus cejas,
beso tus ojos impidiendo tu vista.
No quiero que veas, mi amada, a tu amado;
quiero que sientas, escuches y huelas,
que olvides y entregues tu cuerpo deseado.

Acerco mi aliento buscando tu oído
y escucha palabras que nunca le han dicho.
Te miro y me miro, y al verte vencida,
sugiero una tregua, procuro un respiro.
Tus ojos se abren de asombro y de queja,
reclaman caricias, pretenden suspiros.

Clavo mis dientes en tu barbilla,
lamo y restaño
las huellas del daño.
Invento tertulias de sólo dos cuerpos
hablando un lenguaje que sólo yo entiendo.

Ángeles esperó unos segundos para escuchar la opinión de su esposo.

—¿Vas a seguir callado, sin decirme nada?

Cienfuegos reaccionó, titubeando:

—Tiene ritmo y sonoridad, tiene cadencia.

Se escuchó que Ángeles sorbía el café de su taza. Un resoplido acaparó el espacio.

—¡Parece que estás reseñando una corrida de toros! —exclamó ella, enfadada.

Conteniéndose un poco, y sólo hasta después de que pasaron unos segundos, Cienfuegos se permitió dar rienda suelta a sus carcajadas. Se despidió de Ángeles y, encerrado en cuatro austeras paredes, desplegó el códice en una enclenque mesa de madera que apenas daba cabida al manuscrito extendido. Dio un vistazo a las dos últimas páginas y esbozó una sonrisa.

❖

Estaba cenando solo cuando entró la llamada de Sandra. Tan concentrado se hallaba en la lectura del periódico, que no había tenido tiempo de leer en la mañana, que poco faltó para que se sobresaltara. Había notado en la voz de la reportera cierto nerviosismo, casi imperceptible, que no había detectado hasta el día de hoy. "De seguro algo la tiene preocupada", pensó. Le hubiera gustado acceder de inmediato a su petición, pero se tuvo que conformar con seguir el camino protocolario que le dictaba la lógica y la razón en esta circunstancia: el abad tenía la última palabra para liberar la información a la reportera.

Se sentía a gusto a su lado. No acababa de pensarlo cuando lo asaltaron sentimientos de culpa, cuestionándose lo oportuno de esta incipiente relación, sin saber precisar qué tan bien le haría aceptar una presencia femenina tan provocadoramente cercana y atractiva, justo en el momento por el que estaba pasando. "Nada bueno ha de traer", se dijo, y no pudo evitar esbozar una sonrisa. "Otra de mis rebeliones", pensó, encogiéndose de hombros.

Con este buen sabor de boca, se levantó cansinamente, subió las escaleras y entró a la habitación. Lo único que quería hacer en esos momentos era conciliar el sueño y descansar. Bien sabía que esto sería difícil. Como le había venido sucediendo durante las últimas semanas, comenzaron a revolotear en su cabeza los pensamientos sobre los sucesos ocurridos cuando estuvo al frente de la comisión que defendía al fundador de su orden de las acusaciones de abuso sexual. Resignado por no poder desechar esas remembranzas, se desnudó y se metió a la cama.

Acosado y vencido, sabiéndose inútil e impotente ante el acoso de aquellos ominosos recuerdos, dejó que ocuparan los espacios de su mente. Tomando el hilo de sus pensamientos de la noche anterior, procedió a desmembrar los hechos.

Fastidiado, harto, cansado y molesto, Callaghan cerró los ojos. Intentó desterrar los pensamientos que lo atormentaban sin misericordia. Daba gracias a Dios que él ya no estuviera al frente de aquella nefasta comisión. Finalmente, todo había quedado en otras manos: el equipo jurídico de la orden entró en acción y él se encontró libre de proceder en otros ámbitos en que la legión lo requería.

Después de un tiempo, que se le hizo extremadamente prolongado, su mente se distanció de lo que le había acaecido al fundador de su orden, dando espacio y tiempo a una temporalidad inmediata que lo obligó a rememorar los pormenores del día. Con gran solaz, se detuvo en los momentos que pasó solo con Sandra mientras la llevaba y la traía en auto. Fueron momentos agradables que le permitieron comenzar a desenredar la maraña de estambre que así le parecía la personalidad y el carácter de la reportera. No pudo evitar sonreír. Era cierto que su compañía lo emocionaba.

Tercer día

El abad se despertó aligerado de la carga emocional con la que había tenido que lidiar los últimos días. La noticia que le había dado la noche anterior el padre Fonseca, acerca de que la basílica se podría reabrir el día de hoy, había servido como un paliativo a su congoja y a su desesperación, permitiéndole conciliar el sueño por unas cuantas horas. Abrió la cortina de la ventana de su habitación para permitir que entrara la luz matutina, pero constató que un obcecado negror todavía predominaba en el ambiente. Pegó la cabeza en el cristal y levantó los ojos lo más que pudo con la intención de otear el firmamento. Se dio cuenta de que le quedaba poca vida a la noche antes de que aparecieran los primeros destellos del sol.

Respiró profundamente, imaginándose los olores de afuera. Sin apartar la vista del cielo, la conversación telefónica del día de ayer con el arzobispo se abrió paso entre la oscuridad imperante, lo cual le recordó que no podía soslayar el tono de franca molestia con que el arzobispo lo había interpelado. Nunca lo había visto así de enojado. Le daba la razón a lo que le había dicho Enrique, cuando le hizo ver la realidad. "Tantos años incólumes, sin tacha, y terminar así." Se alejó de la ventana como si tratara de huir de sus pensamientos.

Había quedado de verse con el padre Fonseca en el altar mayor, a las seis de la mañana. Al hacer su arribo a la nave central, atisbó la figura desgarbada del arcipreste que ya se encontraba en la escalinata del altar, esperándolo con claros gestos de impaciencia. Se saludaron de lejos. Con un nudo en la garganta, y temiendo ver algo que no le gustase, alzó la vista con premeditada lentitud. Ahí estaba, rodeada por su marco de oro y plata. Siguió caminando hacia el altar mayor sin apartar la mirada de la Imagen. Su andar le permitía observarla desde diferentes distancias. Con afán, buscaba algún detalle, una falla insignificante, algo inapreciable a los ojos legos, que pudiera alertarlo sobre el fracaso de su estrategia. Esta infame labor no incluía la obviedad del acierto en la hechura de la obra realizada, sino la esquiva equivocación casi inadvertida o la sutil apreciación del más ínfimo error.

El arcipreste sabía que su producto estaba siendo escrupulosamente escrutado y los nervios que lo invadían se reflejaban en el continuo restregar de sus manos. Tenía la mirada fija en el abad, al que estudiaba tratando de adivinar cualquier gesto, mueca o expresión que delatara su conformidad o su inconformidad con lo que había realizado.

El abad, sabedor del nerviosismo del arcipreste, lo ignoró mientras se acercaba y se alejaba, situándose de un lado y luego del otro de la Imagen. Se colocó en el punto del altar más cercano posible a ésta y la contempló por largos e interminables minutos.

Al padre Fonseca le transpiraban las manos mientras forzaba sus ojos hasta lo indecible para ver si algo se le había escapado de la acuciosa inspección que había realizado la noche anterior. Estuvo muchas horas delante de la Imagen y no notó nada extraño. Don Agustín y el jefe de Cómputo hicieron lo propio sin haber externado algún comentario en particular. Sin embargo, la certeza del día anterior se desmoronaba a pasos agigantados al ver cómo el abad estiraba el cuello para un mayor acercamiento; cómo se ponía y se quitaba los lentes; cómo se agachaba y se levantaba; todo, con el exclusivo ánimo de encontrar esa elusiva anomalía. El arcipreste lanzó un resuello. Sacó un pañuelo de uno de sus bolsillos y, luego de pasárselo de una mano a otra, se secó el sudor que le perlaba la frente. Dobló el pañuelo y lo guardó. Alzó la mirada para encontrarse con la del abad.

Con un suspiro final que hizo que sus hombros se levantaran y cayeran, el abad encaró al padre Fonseca con expresión grave y con el ceño fruncido, dictando su sentencia:

—Es idéntica.

◈

Sandra y Callaghan llegaron a la basílica y sin perder tiempo se dirigieron a la oficina del arcipreste. Al pasar frente al escritorio de la señorita Estévez, el legionario le lanzó una mirada intimidatoria, como un preámbulo de lo que le esperaba. Tocaron y pasaron.

—Aquí está lo que me pidió —el arcipreste le extendió un fólder.

—¿Los trabajadores de la basílica?

El padre Fonseca asintió.

—Por orden jerárquico, como usted quería.

Callaghan le echó un rápido vistazo a la lista y se la pasó a Sandra. Fijó su mirada en el padre Fonseca y aprovechó para puntualizar cómo le gustaría que se llevara a cabo la reunión.

—Ahora necesitamos hablar con la señorita Estévez —le anunció—. Le tengo que pedir, padre, que esta entrevista la hagamos la señorita Terán y yo a solas. Espero que no se incomode y que no lo tome a mal.

—Para nada. Lo entiendo perfectamente. Les dejo mi oficina para que platiquen con ella. Yo tengo cosas que atender, así que, si no me necesitan más… —hizo por levantarse.

—Gracias por facilitarnos su oficina y por la lista que nos hizo favor de entregar —le dijo, señalando el fólder que Sandra sostenía en la mano.

El arcipreste hizo un gesto, minimizando el hecho. Se encaminó hacia la puerta y cruzó el umbral. A los pocos segundos entró la secretaria. Se quedó parada, sin moverse, en espera de que alguien le diera alguna orden. Sandra notó su gran nerviosismo cuando Helena evitó a toda costa su mirada al tiempo que se restregaba ambas manos.

Callaghan también notó el azoro de la señorita Estévez, pero lejos de compadecerse de ella, lo aprovechó para reconocer su posición y saberse dueño de la situación. Cuando le dijo que tomara la silla vacía al lado de Sandra, ni siquiera se molestó en voltear a verla. Él, a su vez, se apoderó del sillón del arcipreste, acomodándolo justo enfrente del asiento que había ocupado la secretaria. Levantó la vista para fijar la mirada por primera vez en ella, torvándola cuanto pudo con el objeto de amedrentarla. Sólo hasta que se aseguró de que lo había logrado, fue cuando decidió comenzar el interrogatorio.

—Sabemos que usted, y no el arcipreste, se hacía cargo de la custodia del llavero del Camarín.

—Siempre he sido depositaria de su gran confianza.

—Aparte de usted, ¿quién más tenía acceso a este lugar?

—Nadie.

—¿Se hizo alguna vez una copia de la llave de la reja?

—Nunca —dijo, y también negó con la cabeza—. Nunca recibí orden del padre Fonseca en ese sentido.

—Usted, por su cuenta —subrayó sus palabras, mientras le clavaba la mirada a Helena—, ¿no mandó hacer alguna copia?

—No. Desde luego que no.

—¿Pero alguien más pudo mandarla hacer?

—Eso tendría que preguntárselo al arcipreste. Yo, como ya le dije, no.

Callaghan se recostó sobre el sillón, poniendo cierta distancia entre ellos.

—¿Quién tiene permiso de visitar el Camarín?

—Es muy restringido. Sólo las personas que tienen la autorización del arzobispo o del abad.

—¿Cualquier persona?

—No. Cualquier persona, no. Sólo personas importantes.

—¿A qué se refiere con personas importantes?

—Digamos que personas, por ejemplo, benefactoras de la basílica.

Callaghan se revolvió en el sillón.

—¿Sólo ese tipo de personas?

—Bueno, y personas reconocidas de la sociedad, como empresarios, políticos, artistas, usted sabe. La mayoría de las veces era el arcipreste o el arzobispo quienes abrían el Camarín para ellos.

—¿Se cobra por entrar al Camarín?

La señorita Estévez asintió, sonrojándose.

—Ésta es, digamos, otra fuente importante de ingresos que proviene de los servicios litúrgicos que ofrece la basílica —explicó.

Callaghan se inclinó sobre el escritorio. Deslizó una mano sobre su boca y su barbilla en abierta manifestación de suspicacia.

—Volvamos a lo que nos concierne: si usted no mandó hacer copias y el arcipreste tampoco lo hizo, ¿cómo es posible que exista otra? —la miró de frente, enarcando una ceja.

La señorita Estévez se mostró confundida por la pregunta. Volteó a ver a Sandra, quien le devolvió una fría mirada.

—¿Me está diciendo que existe una copia?

—Sí. Tenemos la certeza de que existe una copia.

—¿Y ya le preguntó al arcipreste y al arzobispo?

—Ya lo hicimos y su respuesta fue negativa. Como usted comprenderá, no puedo dudar de ellos.

Helena comenzó a sentirse acorralada. Empezó a manifestar signos inequívocos de nerviosismo. Sandra los notó por haberlos identificado con anterioridad: el perlado de su frente y el jugar con la cadena que rodeaba su cuello, de la cual pendía un crucifijo.

—Sólo se me ocurre pensar que otra persona, que no fueran ustedes, quiero decir —aclaró Callaghan con un ademán de la mano—, hubiera podido hacerse de la llave original y sacarle una copia. ¿Se le ocurre quién podría haber sido esta persona?

—No. No —repuso con rapidez la señorita Estévez, negando con la cabeza—. Si de eso se trata, pudo haber sido cualquiera. Estamos hablando de un robo y cualquiera pudo haber sustraído la llave de su lugar.

—Vamos, señorita Estévez, tampoco pudo hacerlo cualquiera. No cualquier persona tiene la facilidad de acercarse a su escritorio, o a la oficina del arcipreste.

—No, no. Claro, tiene usted razón.

—Por ejemplo, ¿el personal de mantenimiento?

—No —negó con la cabeza—. Sólo don Agustín.

—¿Y el de la biblioteca?

—Tampoco.

—¿Y el de cómputo?

—No, no.

—¿Y el de seguridad?

La secretaria negó con la cabeza.

—Bueno, quizá ellos podrían haberlo hecho —concedió Callaghan—; pero supongamos que no. Entonces ¿quién, señorita Estévez, mantiene constante comunicación y acceso con usted y con el arcipreste?

—Me imagino que las personas que le reportan al arcipreste —contestó con aprensión.

—Sí. Por supuesto. Bien dicho. ¿Y quiénes son ellos?, si se puede saber...

—Deben ser los canónigos... —masculló entre dientes.

—¡No la oigo, señorita! —le espetó con dureza Callaghan—. ¡Hable más fuerte!

—Los canónigos —contestó asustada.

—Los canónigos —parafraseó Callaghan, con una sonrisa irónica—. ¿Cómo no lo había pensado antes? —dijo, rascándose una sien—. ¿Y ellos la ven seguido?

—Sí.

—¿Todos los días?

—Sí.

—¿Y alguno de ellos, cree usted, pudo haber sustraído el llavero para sacar una copia de la llave?

—Si nos ponemos así, cualquiera de ellos pudo haber sido.

—Sí, sí. Cualquiera de ellos. Pero no son tantos, ¿o sí?

—Son doce.

—¿Y todos viven aquí?

—¿Se refiere a "aquí", en la basílica?

Callaghan se revolvió en el sillón. La pregunta de la secretaria lo había hecho cimbrarse.

—¡¿Cómo que en la basílica?! —exclamó sorprendido y con el ceño fruncido; volvió su mirada hacia Sandra, a quien vio encogerse de hombros—. Me refiero al De-efe. ¿O qué?, ¿hay algún canónigo que viva dentro de la basílica? —la cuestionó abriendo los brazos y con los ojos desorbitados.

—La basílica cuenta con dormitorios para los canónigos… ¿No lo sabía?

—¡Nadie me lo había dicho! Entonces, acláreme, por favor: ¿todos los canónigos duermen aquí?

—No. No todos —advirtió, negando con la cabeza—. Existen doce habitaciones en la basílica, pero sólo seis están ocupadas de manera regular. Las otras seis se reservan para estadías esporádicas.

Callaghan se llevó ambas manos para cubrirse la nariz y la boca. Respiró profundamente mientras reflexionaba sobre lo que había dicho la secretaria. Tomó la lista que le proporcionó el arcipreste, en la cual aparecían los nombres de los doce canónigos. Eran los terceros en el orden jerárquico, después del abad y del arcipreste, al mismo nivel de los gerentes.

—Le voy a pedir que me señale sobre este documento —se lo extendió para que lo mirara— sólo los nombres de los canónigos que viven aquí.

La señorita Estévez asintió y procedió a hacer lo que se le había pedido.

Callaghan aprovechó para decirle a Sandra, con un gesto, que quería hablarle a solas. Fue hacia ella y, tomándola de un brazo, la ayudó a incorporarse de la silla y a apartarse un poco para que la secretaria no los oyera.

—¿Qué te propones? —fue la pregunta con que lo recibió la reportera.

—Muy sencillo: cruzar información —respondió en voz baja Callaghan.

—Explícate.

—Mira, tenemos la lista, una larga lista, del personal de la basílica, que nos proporcionó el padre Fonseca. Ahora, la señorita Estévez nos proporcionará sólo seis nombres de las personas que viven dentro de la basílica.

—No entiendo muy bien la importancia de la última lista que está preparando la señorita Estévez —le confesó Sandra.

—Es muy fácil. Concediéndole el beneficio de la duda y comprando el argumento de que ella no sacó ninguna copia, estoy convencido de que alguno de esos seis canónigos tomó la llave y le sacó una copia. Porque alguien le sacó una copia, Sandra, de eso no cabe la menor duda. Si no, ¿cómo fue posible que entrara sin forzar la cerradura? Y qué mejor que alguien que está muy cerca, que convive diariamente con la secretaria para que conozca todos sus horarios y sus movimientos, sus entradas y sus salidas, su presencia y sus ausencias, y el lugar exacto donde guardaba el llavero con la llave y la combinación. Ésta sólo es una conjetura mía, pero es mucho más factible que una persona que convive las veinticuatro horas en la basílica y que conoce todos los dimes y diretes no sólo del recinto sino los avatares del arcipreste y de su secretaria, haya sido el que sacó la copia. Es meramente cálculo de probabilidades: apuesto a uno que viva dentro, a uno que viva afuera de la basílica.

—Eso siempre y cuando tu teoría sea cierta —le reviró Sandra con escepticismo.

—No tenemos más —se encogió de hombros—. Debo seguir las únicas pistas con las que cuento. Mira —se acercó a la reportera casi hasta pegar sus labios en el oído de ella—, tengo el *gut feeling* de que esto nos llevará a identificar la identidad del ladrón. Lo que nos falta saber es quién de esos seis canónigos pertenece a la orden franciscana.

—La lista del abad…

❖

Pasaron enfrente de Conchita, que estaba atendiendo una llamada, y quien con un gesto y una sonrisa los invitó a pasar a la oficina del abad. Abrieron la puerta sin tocar, sorprendiéndolo inmerso en una discusión con Enrique Cienfuegos. Al verlos aparecer, éstos pararon en seco de hablar para atenderlos.

—Dime qué necesitas, Michael —dijo el abad.

Callaghan adoptó una pose de meditación mientras fruncía el ceño. Gesticuló un saludo a Cienfuegos.

—Quiero saber si ya tienes la lista de los franciscanos que te pedí ayer.

El abad reaccionó agitando la cabeza como si recapacitara de un olvido. Se comunicó con su secretaria. No tardó Conchita en aparecer con un fólder ámbar. El abad se lo entregó a Callaghan, y éste se lo dio a Sandra para que lo guardara.

—Sigues suponiendo que el ladrón es franciscano —dijo el abad.

El legionario asintió.

—¿No te has puesto a pensar que a lo mejor no fue el ladrón el que hizo los tres nudos del cordel? Bien pudo haber sido otra persona.

Callaghan asintió, preocupado.

—No tengo más alternativa que creerlo —respondió un poco apesadumbrado.

El abad ladeó la cabeza enarcando una ceja. Callaghan se quedó pensativo durante unos momentos.

—Otra cosa: necesito hablar con el jefe de Seguridad.

Sandra se mostró sorprendida por la última petición, ya que ignoraba que Callaghan requiriese hablar con él. Se le cruzó por la mente la idea de recriminarlo con la mirada, pero mejor optó por poner atención a lo que iba a decir.

El abad marcó presurosamente a la secretaria y en cuestión de segundos ésta ya tenía al señor Ortega en la línea.

—Las cámaras de vigilancia…

—¿Las del atrio de afuera o las de la entrada a la basílica?

—Todas. ¿Tiene las grabaciones de los días 28 y 29, muy en especial las de la mañana del 29?

—Afirmativo. Mantenemos las grabaciones en archivo hasta por un mes. ¿Qué debemos buscar?

—Una persona cargando un rollo grande o algo abultado y doblado.

—Ya lo hice a petición del arcipreste y no encontramos nada. Le quiero decir que no permitimos a nadie que entre a la basílica con ningún bulto. Nuestros elementos disfrazados de civiles tienen la orden de detenerlos, obligarlos a que abran los paquetes y, sea cual sea su contenido, dejarlos en un lugar apropiado, fuera de la basílica.

—Más bien me refiero a una persona que propiamente no haya entrado sino que haya salido de la basílica con un bulto.

—En ese caso es más más difícil, ya que la mayoría de las personas sale con bolsas llenas de *souvenirs* de la tienda, como usted comprenderá.

—Más que de bolsas llenas de *souvenirs*, estamos hablando de un bulto grande.

—Procederemos, de nueva cuenta, a revisar las grabaciones de todas y de cada una de las cámaras.

Callaghan calló por unos segundos.

—Y oiga…

—Dígame.

—No deseche de su análisis a nadie, incluidos los sacerdotes que aparezcan en pantalla, sin importar a qué orden pertenezcan.

❖

El abad invitó a Sandra y a Callaghan a que se quedaran con él y Cienfuegos en la descripción de las últimas páginas del códice. Después de haberlo discutido brevemente entre ellos, aceptaron la invitación. La reportera había visto una ventana de oportunidad para ponerse al tanto de las interpretaciones de las páginas de las que se había ausentado. Le pidió al historiador que les hiciera un pequeño resumen antes de reanudar la sesión con las nuevas páginas. Después de haber consultado con la mirada al abad, Cienfuegos procedió a elaborar su alocución.

Una a una las páginas del códice fueron explicadas sucintamente. Sandra había procurado hacer el mínimo de preguntas para no retrasar el proceso, hasta que una página llamó su atención.

—¿Se fijaron en este dibujo de las portadas de los dos libros que fueron las fuentes primigenias del relato...?

—¿A qué te refieres?

—Quiero entender que estos dibujos fueron los primeros que se elaboraron sobre la Virgen. En los dos aparece con corona. ¿Por qué la imagen que está en la basílica no tiene dicha corona?

—Porque le fue quitada —respondió con gesto adusto el abad.

—¿Estás insinuando que la Imagen ha sido alterada? —preguntó Sandra.

—Si te refieres a que si ha sido retocada... Sí. Varias veces.

—Sería de utilidad saber en qué año apareció ya sin corona la Imagen —dijo Cienfuegos.

—Sucedió en 1895 —respondió el abad con expresión circunspecta.

—¿Por qué se la quitaron? —cuestionó Sandra.

—La Iglesia en México había solicitado al Vaticano la coronación de la Virgen de Guadalupe. El problema era que, si ya estaba coronada... ¿cómo iban a volver a coronarla? Entonces optaron por borrarle este accesorio para que el Vaticano pudiera coronarla oficialmente.

—¿Cómo que borraron la corona del ayate? —interpeló la reportera—. ¿Quién la borró? ¿Nadie se dio cuenta de ese hecho?

—Se cree que fue el propio abad de la basílica, en complicidad con un pintor. El abad adujo que desde hacía varios años la corona se estaba desvaneciendo y que la Virgen, al saber que la iban a coronar, terminó ella misma por hacerla desaparecer, favoreciendo, así, la nueva corona que le iban a otorgar —explicó el abad con la cabeza gacha.

—¡No puedo creerlo! ¿Y la gente se tragó ese cuento?

—Seguro. Fue un milagro más de la Virgen —respondió Cienfuegos con renovado sarcasmo.

El abad no se inmutó, cerró los ojos y se abstuvo de añadir comentario alguno.

Cienfuegos dudó en solicitar la ayuda que su amigo le podía brindar para elaborar una cronología iconográfica de las distintas imágenes halladas. Se decidió a hacerlo, sin embargo, porque las posturas anteriores del abad, en situaciones similares, siempre habían estado regidas por el interés principal y colectivo, por encima del interés particular.

—Leonardo, ayúdame con esto. Quiero reconstruir una breve historia iconográfica de las imágenes de la Virgen.

—Ya sabes que cuentas conmigo.

—Las primeras imágenes fueron las que vistieron la publicación del libro del padre Miguel Sánchez, en 1648...

—No, no, no. Eso era lo que se creía. Según una leyenda, en 1570 el arzobispo Montúfar ordenó reproducir una copia que fue enviada como regalo al rey Felipe II de España. Es la famosa imagen que se llevó el almirante Andrea Doria como estandarte a la batalla de Lepanto. En la actualidad se encuentra en el santuario de Nuestra Señora de Guadalupe, en Santo Stefano d'Aveto, en la provincia de Génova, Italia.

—¿Y está coronada?

—Sólo he podido ver una fotografía; pero sí, está coronada. Debo advertir que muchos historiadores dudan de la veracidad de lo que acabo de contar, y lo ubican más en el lado de la tradición. Luego está la copia fiel del pintor Baltasar de Echave y Orio *el Viejo*, firmada y fechada en 1606. Tenía corona y rayos, y ángel y estrellas en el manto. Incluso incluía dibujos arabescos en su túnica. Además, es de una hechura extraordinaria. Su peculiaridad consiste en que la imagen fue pintada sobre una gran tilma, en la que se pueden ver sus pliegues. Después, el grabado del artista flamenco Samuel Stradanus, entre 1615 y 1620. Es una placa metálica que servía para imprimir certificados de indulgencias a aquellas personas que contribuían a financiar la construcción del segundo santuario. Contenía la imagen coronada de la Virgen al centro, rodeada por escenas de ocho milagros hechos a españoles. Seguirían los grabados de portadas que ilustraban folletos impresos con la imagen de la Virgen, dos de 1622 y uno, de coplas, de 1634, y el lienzo de Lorenzo Delapyedra, de San Luis Potosí, de 1625. Y en esa misma época, el mural al fresco atribuido a fray Pedro Salguero, en el ex convento de San Pablo, Guanajuato. Hay que añadir un óleo sobre tela del pintor Luis de Tejeda, de 1632, también con la Virgen coronada —hizo una pausa para escudriñar en su memoria—. En seguida, los grabados que adornaron la impresión del libro del padre Miguel Sánchez, en 1648, y del mismo año un grabado anónimo en madera que ilustra un tratado de química cuyo autor fue Juan de

Correa. Finalmente, la imagen de la portada del libro *Huei Tlamahuizoltica,* de Lasso de la Vega, un año después, cuya Virgen también tiene corona.

—Y no olvidemos la descripción de la imagen de la Virgen, tanto en el libro del padre Sánchez como en el *Nican mopohua* —agregó el historiador—. En ambos relatos se hace un extenso retrato de la Virgen; en los dos, coronada.

El abad asintió.

—No cabe duda, Leonardo, además de que no me sorprende en lo absoluto, que dominas el tema a la perfección.

—Forma parte de mi trabajo —dijo con modestia—. Debo aclarar que en la iconografía guadalupana, hasta donde llega mi conocimiento, por lo menos hasta el siglo XIX, la Virgen de Guadalupe siempre ha sido representada con la corona.

Cienfuegos asintió en silencio. El historiador continuó el resumen de la interpretación de las páginas restantes. De nueva cuenta, Sandra hizo una observación sobre una de ellas.

—Es como un paisaje de cielo —comentó.

Cienfuegos y el abad cruzaron miradas.

—Es el dibujo que nuestro *tlahcuilo* nos entregó para representar la presencia divina de la Virgen de Guadalupe —abonó el abad.

—Pero si no está ella…

—Al parecer, lo que quiso dar a entender era precisamente eso: que no hacía falta su presencia —añadió Cienfuegos.

—Vaya paradoja: la presencia divina de la Virgen se representa con la ausencia de la imagen divina.

Cienfuegos asintió, cómplice de lo que acababa de decir la reportera.

Se palpaba en el ambiente que el proceso de interpretación del códice estaba a punto de concluir y todos se mostraban ansiosos por escuchar las conclusiones del historiador, que debían estar cerca de los motivos de la desaparición del ayate. Se disponían a conocer la interpretación de las últimas páginas del códice y ninguno se sentía cómodo con la situación.

El abad trataba de disimular su nerviosismo. Anhelaba la feliz terminación del proceso, ya que en éste había cifrado sus esperanzas de que se revelaran las pistas para dar con el ladrón. Había apostado por la interpretación del códice plantado en la escena del crimen e invertido días valiosísimos en ese propósito.

El abad les anticipó que el historiador se había quedado a dormir en la basílica para tener más tiempo de analizar las últimas páginas el documento. Cienfuegos les mostró la siguiente.

Aparece un personaje, un abad, a un costado de la fachada de la nueva basílica de Guadalupe. Le da la espalda a un indígena acuclillado que tiene un halo sobre su cabeza. Hay dos cuadretes: en el de arriba, el mismo personaje, sentado, escribe una carta, y atrás de él, otros personajes de pie, que atestiguan la escena. Aparecen unos pies, símbolo del envío de la misiva, que se dirigen a la iglesia de San Pedro.

El abad resolvió el enigma al declarar:

—Se trata del abad Guillermo Schulenburg.

Sandra respingó. Ella misma recordaba todo acerca del controversial personaje. Fue un tema que, en su tiempo, dio mucho de qué hablar en la sociedad mexicana.

—Creo que conocemos la historia… Monseñor Schulenburg fue abad de la basílica de Guadalupe durante más de treinta años. A él se debe la construcción del nuevo santuario. En una entrevista que concedió en 1995 a la revista *Ixtus*, declaró que el indígena Juan Diego era un símbolo, no una realidad. Esto, como comprenderán, levantó ámpulas en la sociedad.

—Schulenburg le dio la espalda a Juan Diego —comentó Sandra, señalando el dibujo principal.

—Cuando el Vaticano concedió la beatificación de Juan Diego —continuó el abad—, Schulenburg saltó a la palestra

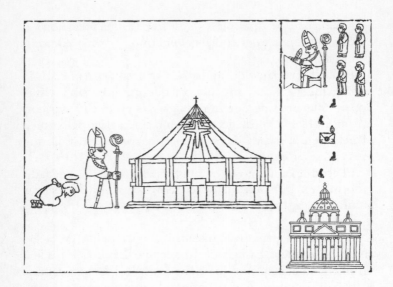

para aclarar que la beatificación había sido un reconocimiento del culto y no un reconocimiento de la existencia
física y real del personaje.

—Más leña a la hoguera —comentó Callaghan.

—El problema fue que no sólo fue beatificado Juan Diego sino que se inició, además, el proceso de su canonización.
Schulenburg desató otro escándalo mediático al descubrir-
se, por una filtración a la prensa, que habían sido enviadas
varias cartas al Vaticano, a la Congregación para las Causas
de los Santos, firmadas por él; por Warnholtz, el arcipreste de
la basílica; por el bibliotecario, y por algunos reconocidos
historiadores, entre ellos Manuel Olimón Nolasco, en las que
se advertía la falta de rigor histórico para demostrar la existencia de Juan Diego.

—El primer cuadrete… —apuntó Callaghan.

—Esta filtración mediática provocó que la jerarquía eclesiástica se les echara encima. En respuesta —prosiguió—,
Schulenburg dijo que si se concedía la canonización, ese hecho tendría consecuencias muy graves, porque los teólogos

se verían obligados a estudiar nuevamente la infalibilidad del papa; es decir, tendrían que dirimir si el papa se puede equivocar o no en un proceso de canonización.

—La sociedad lo juzgó muy severamente —intervino Cienfuegos—, porque no entendía cómo, después de estar al frente de la basílica durante más de tres décadas, se había atrevido a cuestionar el acontecimiento guadalupano. Como ustedes saben, el abad Schulenburg tuvo que renunciar a su puesto vitalicio.

—Schulenburg se merecía mejor suerte —masculló el abad—, porque gracias a él tenemos este santuario. De él fue la idea de edificar una nueva y más grande basílica. Él llamó al reconocido arquitecto Sergio Ramírez Vázquez para que la construyera. Él consiguió el dinero. Su labor fue verdaderamente extraordinaria.

Nadie hizo por añadir algo más. Entendían que el abad mostrara simpatía por un antecesor suyo, reconociéndole lo más destacado de su quehacer. Lo que había dicho parecía ser la conclusión de la interpretación de la página.

Sólo faltaba por descifrar la última.

Cienfuegos fijó su mirada en ella, en una nerviosa anticipación de lo que estaban a punto de revelar. Dio vuelta a la hoja con delicadeza.

Finalmente, la última pintura del códice se desvelaba ante sus ojos.

Sandra y Callaghan mantenían la atención fija en esa imagen. Era evidente que los intrigaba a todos. De vez en cuando levantaban la vista para mirarse a los ojos, preguntándose de ese modo si alguien tenía una pista. Parte del dibujo ya había aparecido antes. Pero había algo, quizá la simpleza del dibujo, que los turbaba, pues sabían que en ese detalle se encerraba la clave de su decodificación.

—Como pueden observar, es un triángulo, un simple triángulo, debajo del cual hay un río con lobos, que ya sabemos significa Guadalupe.

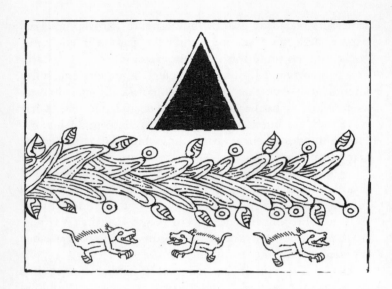

El abad, que hasta entonces había evitado de forma deliberada mirar la pintura, ya que estaba concentrado, con los ojos cerrados, en la invocación de una plegaria íntima y personal a la Virgen, a quien solicitaba su intercesión para lograr una feliz conclusión a ese largo proceso, ante lo inusual de la descripción de Cienfuegos, se vio obligado a observarla. Extrañado, volteó a ver al historiador mientras sacaba de su estuche unos lentes que limpió con su camisa para hacer desaparecer alguna mota de polvo imaginaria. No dijo ni media palabra. Parecía que los demás habían desaparecido para él. De pronto, tomó el códice y empezó a desdoblarlo. Era evidente que trataba de hacerlo por completo para verlo desplegado en su totalidad. Levantó las cejas para mirar a Callaghan, quien entendió que le estaba solicitando ayuda. El legionario tomó un extremo del manuscrito y, jalándolo con suavidad, lo fue desdoblando tal como veía que Cienfuegos hacía lo propio con el otro extremo. En segundos el libro apareció abierto ante la vista de los asistentes.

—Esto es lo que hacían los *tlamatinime* cuando descifraban los códices.

Su mirada iba de un lado a otro, de un extremo a otro, sin dejar una sola página sin analizar. Para mejor hacerlo, daba uno o dos pasos para acercarse a las páginas que llamaban su atención. Cuando lo hacía, se inclinaba hasta que su nariz casi rozaba las pinturas.

Cienfuegos se dirigió a su laptop. Su nueva búsqueda se centraba en los resúmenes que había realizado la noche anterior. Lo que quería era hacer partícipes a los concurrentes de las interpretaciones que él ya había sintetizado. Leyó en voz alta sus anotaciones.

1	Decálogo. Primer mandamiento	a.C.	Prohibición del culto a las imágenes
2	Concilio de Éfeso	v	Divinidad de la Virgen María, Madre de Dios
	II Concilio de Nicea	VIII	Legitimación de la veneración a las imágenes
3	San Francisco de Asís	XII	Principios de la Iglesia primitiva
4	Abad Joaquín de Fiore	XIII	Doctrina milenarista y trinitaria de la humanidad. Advenimiento de la era del Espíritu Santo. Influencia de la rama de los Espirituales
5	Fray Amadeo de Portugal, *Apocalypsis Nova*	XV	Profecía del fin del mundo. Transustanciación de las imágenes en la Virgen María. Presencia de María a través de milagros.

6	Cristóbal Colón	XV	guadalupe. Trinidad. Espíritu Santo
7	Fray Juan de Guadalupe	XVI	reforma heterodoxa de los Espirituales. Doctrina milenarista
8	Hernán Cortés	XVI	Conquista evangélica. Cruz y Virgen María
9	Francisco Quiñones, los doce frailes	XVI	Indoctrinación milenarista
10	F. Martín de Valencia, Provincia del Santo Evangelio	XVI	Evangelización indígena con influencia milenarista
11	Fray Alonso de Escalona, Provincia Insulana	XVI	Reforma heterodoxa extrema
12	Aparición de la Virgen de Guadalupe	XVI	Presencia de la divinidad. Ausencia de imagen
13	Alonso de Montúfar, Francisco de Bustamante	XVI	No al culto a la imagen. Develación del pintor Marcos Cípac Aquino
14	Concilio de Trento	XVI	Regulación del culto a las imágenes sagradas
15	Miguel Sánchez, Antonio Valeriano	XVII	Invención del relato
16	*Informaciones jurídicas de 1666*	XVII	Historicidad testimonial del vidente Juan Diego
17	Fray Servando Teresa de Mier, Juan Bautista Muñoz	XVIII	Posturas críticas sobre las apariciones. El relato es una invención
18	Joaquín García Icazbalceta	XIX	El relato no es real
19	Abad Guillermo Schulenburg	XX	Las apariciones y Juan Diego son un mito

—Nuestro *tlahcuilo* maneja cuatro grandes temas: el culto a las imágenes, muy en especial el de la Virgen; la iconoclasia, en oposición a la devoción de las imágenes; las ideas milenaristas del fin del mundo y la era del Espíritu Santo esgrimida por Joaquín de Fiore, y las teorías antiaparicionistas por falta de realidad histórica del relato guadalupano.

Todos se quedaron callados sin entender del todo a dónde quería llegar Cienfuegos.

—¿Qué hemos dicho del símbolo del triángulo?

—Que representa a la Trinidad —contestó Sandra.

—Pero fíjense bien que el triángulo es isósceles y no equilátero —hizo una pausa para permitir una nueva revisión de sus compañeros—. Si fuera equilátero, efectivamente representaría a la Trinidad. Pero no lo es.

Cienfuegos comenzó a teclear en su laptop. Echándose para atrás y arqueando su espalda, ladeó de un lado al otro la cabeza para desentumecer la nuca. Se quitó las gafas, dio media vuelta y los encaró. Primero clavó la mirada en cada uno de ellos. A continuación, esbozó una sonrisa. Respiró profundamente y declaró:

—El triángulo isósceles es el símbolo de las Vírgenes Negras.

Sandra y Callaghan se miraron boquiabiertos.

—¿Qué son las Vírgenes Negras, Enrique? —preguntó la reportera.

Cienfuegos hizo ademán al abad para que les explicara; éste, con la cara desdibujada por la extrañeza que le había causado el comentario de su amigo, no se hizo del rogar.

—Son representaciones artísticas, imágenes sagradas elaboradas en el medioevo. Típicamente eran representaciones de la Virgen María con el niño Jesús en brazos. Su piel era negra.

Sandra acusó lo dicho por el abad con expresión de sorpresa.

—Una corriente de pensadores cree que su origen se ubica en el Antiguo Testamento —continuó—, en el *Can-*

tar de los cantares de Salomón, en la figura de la "esposa amada": *Nigra sum, sed fermosa*, que significa: "Soy negra, pero hermosa". Las Vírgenes Negras fueron elaboradas para ilustrar este pasaje del *Cantar de los cantares*. Algunos creen en la tradición de que la "esposa amada" es María, la mujer de Dios.

—¿La mujer de Dios? —preguntó Sandra asombrada—. ¿Qué no se supone que la Virgen María es la esposa del Espíritu Santo?

—¿Y qué es el Espíritu Santo sino Dios? Finalmente la Virgen María concibió al hijo de Dios, ¿o no? Y sabemos que la Virgen María, por ser madre de Dios, ella también era divina. ¿Te acuerdas del Concilio de Éfeso? Entonces, en realidad, ¿no era su esposa? —la cuestionó, mirándola a los ojos. Hizo una pausa para retomar sus pensamientos. Por un momento intentó continuar con su disertación, pero ante la expresión de escándalo del abad y el sonrojo que adquirió su rostro, optó por levantar ambas manos en señal de paz y replantear la interpretación; sumergiéndose de nueva cuenta en el tecleo de su computadora—. Les leeré el pasaje del *Cantar de los cantares* de Salomón, capítulo 1, versículos 5 y 6, titulado "La hermosura de la Amada":

> 5. Soy negra, pero hermosa,
> muchachas de Jerusalén,
> como las tiendas de Quedar,
> como las lonas de Salmá.
> 6. No miréis que estoy negra:
> es que me ha quemado el sol.
> Mis hermanos se enfadaron conmigo,
> me pusieron a guardar las viñas,
> ¡y mi viña no supe cuidar!

Cienfuegos se irguió y con un movimiento rápido se quitó los lentes. Estiró el cuello de nueva cuenta. Sandra hubiera jurado que oyó el crujir de una de sus vértebras.

—Éste es, supuestamente —advirtió el historiador con un ademán—, el origen de las Vírgenes Negras, pero lo importante es ligar su representación artística con el hilo conductor de nuestro códice, es decir, con las imágenes.

De nueva cuenta, con un ademán Cienfuegos hizo que el abad interviniera, esta vez con el principal objetivo de sustraerlo de los pensamientos en contra que, de seguro, estaba fabricando en su mente por la aseveración que apenas unos momentos antes acababa de manifestar.

—Las Vírgenes Negras existen en varias partes del mundo, pero se concentraron principalmente en Francia, Italia, España y Alemania. Su florecimiento se remonta a los siglos XII a XV, con resurgimientos en los siglos XVII y XVIII. La mayoría son obras de bulto, tallas policromadas esculpidas en madera, pocas en piedra; otras son pinturas. Incluso hay iconos bizantinos. Curiosamente la leyenda afirmaba que fueron esculpidas o pintadas por san Lucas Evangelista, el patrono de los pintores. Poseen algunas características comunes. En las representaciones tempranas medievales, la Virgen está sentada en un trono con Jesús en su regazo; los dos miran al frente. A esta posición entronizada se le llama "Majestuosa". En realidad, María representa el trono de Jesús. Y otra cosa más: a ella también se le conoce como "Dama de Sabiduría" y en la Biblia hebrea representa la cara femenina de Dios, a través de la cual hace que los hombres se acerquen a Él.

—María intermediaria, la naturaleza femenina de Dios —musitó Sandra.

—Primigeniamente poseían unas dimensiones de 70 por 30 por 30 y mantenían la proporción de siete a tres. Muchas de ellas están vestidas con un mantón de brocado amplio. A mediados de la Edad Media, comenzaron a ser elaboradas con María de pie sosteniendo a Jesús en un brazo.

—Ya sea sentadas o paradas —lo interrumpió Cienfuegos al ver una ventana de oportunidad para exponer su teoría—, si se les ve de frente, la escultura vestida conforma la figura de un triángulo; de ahí su relación con esa figura geométrica. Se encontraban en lugares donde antes eran veneradas deidades paganas o en sitios de poder asociados a un santuario con un fuerte pasado pagano. Las capillas o las iglesias edificadas para guardarlas tuvieron que ver con las órdenes de los benedictinos, los cistercienses o los templarios.

El historiador aprovechó una pausa en su alocución para acomodarse los lentes y seguir buscado sus archivos en la computadora.

—Algunas fueron esculpidas con maderas oscuras, otras se fueron ennegreciendo con el humo y el hollín —intervino el abad para darle un respiro al historiador—, y otras, de plano, las pintaron o las laquearon.

—¿Pero por qué precisamente negras? —preguntó Sandra.

—¿Cómo te imaginas que era el color de la tez de la Virgen María en su origen? Por razones étnicas y por el lugar donde transcurrió toda su vida, no debió ser muy blanca. Sólo por la exposición a los rayos del sol en ese terreno desértico, puedo apostar que su piel era, si no negra del todo, sí morena oscura. ¿Te acuerdas?: "No miréis que estoy negra, es que me ha quemado el sol" —citó el historiador de memoria. Sandra asintió—. Sin embargo, hay otras teorías: los antiguos hicieron de la Diosa-Tierra la representación simbólica del principio femenino. Esto es importante. El Dios-Sol, su contraparte, era el masculino.

—Entonces, los antiguos paganos, por llamarlos de alguna forma, sí creían en un Dios masculino y en un Dios femenino —dejó entrever la reportera.

Cienfuegos asintió.

—La Tierra, virgen en su origen, fue impregnada por los rayos del sol para dar vida a todo lo que existe. Muy claro y sencillo, ¿no? Por esta razón el negro se utiliza simbólicamente para representar a esta Tierra primitiva, virgen, no fecundada. El color negro, por lo tanto, se convirtió en símbolo de la fertilidad. Las Vírgenes Negras son la versión cristianizada del muy antiguo culto pagano a la Diosa-Tierra, que incluso es anterior al cristianismo. Ese culto tenía sus advocaciones, por así decirlo, en otras religiones, culturas y mitologías. Así, nos encontramos con Artemisa de Éfeso, Isis de Egipto, Cibeles de Asia, Demeter de Grecia, Ceres de Roma… y, por supuesto, Tonantzin de México.

Sandra y Callaghan se mostraron sorprendidos.

—Recordemos que la Virgen de Guadalupe se apareció en el Cerro del Tepeyac, donde se veneraba a Tonantzin. Por mucho tiempo los mexicas se refirieron a la imagen primigenia de Guadalupe, cualquiera que haya sido ésta, como Tonantzin-Guadalupe. Así la llamaban. Éste fue el éxito del sincretismo guadalupano. *Tonan* significa "Nuestra madre", que era la progenitora de los dioses y del género humano para los mexicas. Junto con *Tota*, "Nuestro padre", conformaban el supremo e inaccesible Dios dual: Ometéotl, también llamado Ometecuhtli y Omecíhuatl, "Señor de la dualidad" y "Señora de la dualidad". Tonantzin, diminutivo de Tonan, era la naturaleza femenina del supremo Dios dual, madre de los dioses y del género humano, y diosa de la Tierra. Por eso era tan venerada.

—Entonces también los mexicas reconocían una naturaleza femenina en Dios —dijo Sandra.

—*In tonan in tota*, significa "Nuestra madre, Nuestro padre". El Dios supremo Ometéotl, como ya dije, tenía una naturaleza dual: masculino y femenino. Esta diosa de la Tierra fue venerada en un lugar sagrado, Tepeyacac, lugar de peregrinación desde la época de los mexicas. Los misioneros franciscanos, dándose cuenta de este culto autóctono femenino, lo aprovecharon para crear un sincretismo con María…

—Guadalupe.

—Eso fue después. La Virgen de Guadalupe de Extremadura, la que trajeron los españoles en la Conquista, ¿qué crees? —Cienfuegos se dirigió a Sandra; sin esperar su respuesta, prosiguió—… es una Virgen Negra.

—Entonces… —Sandra frunció el ceño—. ¿Qué otras Vírgenes Negras hay en el mundo?

Cienfuegos cedió la palabra al abad, quien asintió complacido.

—Alrededor de quinientas; entre las Vírgenes Negras más renombradas se encuentran la de Nuestra Señora de Loreto, en Italia; la de Le Puy y Chartres, en Francia; la de Chestokova, en Polonia; la del Pilar, Monserrat y Guadalupe, en España; la de Caridad del Cobre, en Cuba, y nuestra Virgen de Guadalupe —dijo, henchido de orgullo.

—¿Cómo es posible, si su arquetipo no corresponde en nada a lo que nos has dicho? Para empezar, no carga al niño Jesús —refutó Sandra.

—Las Vírgenes Negras de la Edad Media seguían los patrones que les mencioné. Hoy en día existen imágenes de Vírgenes Negras de todo tipo, material, diseño y composición, no sólo confinadas en Europa, pues su devoción se ha expandido a Latinoamérica y África. Muchas no cargan a Jesús, otras se representan paradas, a veces con el niño Jesús en sus brazos, otras sin él. En fin, existe una gran variedad de estilos.

—Olvidémonos, entonces, de su arquetipo. ¿Por qué la Virgen de Guadalupe es considerada negra, si no es negra?

—Porque representa el mestizaje de dos razas: la española y la indígena —contestó Cienfuegos—. Ahora, lo interesante aquí, si me permiten hacer esta pequeña observación, es que la pintura del ayate no refleja mucho este color negro, como bien señaló Sandra. Fíjense si no —acompañó su aserto con el señalamiento de su dedo índice hacia el cuadro que adornaba la oficina—. Tampoco es blanca del todo; es más bien morena clara.

—De donde le viene su concepción de morena, no es exclusivamente del color de su piel, sino también de lo que se narra en el propio relato —intervino el abad.

Sandra puso una cara de extrañeza, que no pasó inadvertida a los ojos de aquél.

—Me explico: En el *Nican mopohua*, la Virgen, identificándose como indígena al hablar en náhuatl, le dice a Juan Diego: "¿No estoy aquí yo, que soy tu madre?" Es decir, la madre de un indígena. Por eso la gente identifica a la Virgen como una madre de ascendencia indígena. Las principales advocaciones de las Vírgenes Negras tienen otro factor en común, que es muy importante: se les atribuye un origen milagroso. Son consideradas imágenes muy poderosas, con gran poder para obrar milagros, principalmente la curación de enfermedades. La rápida propagación de estos milagros propició que las imágenes pronto se volvieran objeto de gran culto y devoción, y que sus santuarios se convirtieran en sitios de masivos peregrinajes.

El historiador aprovechó para tomar la palabra:

—Paradójicamente, en muchas ocasiones la Iglesia ha tratado de minar esta devoción por María por considerar que compite con la devoción a Jesús —encogió los hombros sintiéndose incomprendido, al mismo tiempo que volteaba a mirar al abad para pedirle que le consintiera esa pequeña desviación teológica; el abad, a su vez, meneó la cabeza tratando de impedir que continuara, pero Cienfuegos lo ignoró—. Numerosos esfuerzos se hicieron para detener su influencia, pero todos, hasta la fecha, han probado ser inútiles. La Virgen María representa el lado bueno de Dios, su rostro femenino, su naturaleza bondadosa. No así Dios Padre ni el propio Jesús, Dios Hijo, que reclaman que se les tema, ya que juzgarán y condenarán a los hombres a una vida eterna de sufrimiento en el infierno si no los obedecen. No es extraño, por lo tanto, que hoy en día se venere más a la Virgen que al mismo Cristo.

El abad, conforme el historiador iba desarrollando el tema, se mostraba más y más incómodo. Se revolvió en su lugar y, sin poder contenerse, exclamó:

—¡Por el amor de Dios, Enrique! ¡Deja de decir tanta blasfemia! —lo miró con ojos encendidos—. Y mira la palabra que acabo de usar, ¿eh?: "amor... amor de Dios". ¿Entiendes? Dios es amor.

El historiador no se sorprendió por el exabrupto de su amigo. Más bien lo estaba esperando. De antemano sabía que lo que había dicho lo iba a molestar, pero no se amilanó. Como una pequeña concesión a su amistad, sólo suavizó el tono de su discurso.

—Permíteme decir que las Vírgenes Negras tienen la particularidad de ejercer una poderosa atracción, la cual hace que millones de fieles de todas partes del mundo, desde tiempos inmemoriales, las veneren y realicen peregrinajes masivos a sus santuarios, en busca de sanación física, transformación espiritual y consuelo a sus necesidades más básicas y a sus deseos más elementales. Estas imágenes tienen un carisma y una influencia única e inigualable sobre sus fieles —el abad asintió, admitiendo la propiedad y la certeza de lo que acababa de decir Cienfuegos—. Pero lo más importante de todo esto es que si se suman todas estas devociones —insistió sobre el tema condenado ya por el abad—, no sólo de los peregrinos que van a visitar los santuarios de las Vírgenes Negras en el mundo sino de todas las personas que manifiestan su veneración hacia ellas, la cifra sería, créanme, asombrosa.

—¿Qué quieres inferir con esto? —preguntó Sandra.

—Muy sencillo: que el *tlahcuilo* sabía perfectamente lo que hacía, por qué había escogido, entre todas, a la Virgen de Guadalupe, y las consecuencias que tendría su acto ilícito.

—Pero ¿por qué se la robó? —cuestionó Callaghan.

Todos sabían que, finalmente, ésa era la pregunta que estaba esperando respuesta. Después de tres días de interpretaciones de las páginas del códice, todo se resumía en eso. Cienfuegos captó el impacto de la pregunta y la expectación que había causado entre los presentes. Era la última página del documento y con ella se daba por concluido el proceso de decodificación. Era el momento de culminar las interpretaciones.

El historiador enarcó las cejas, cerró los ojos, se pasó la lengua por los labios y, con semblante grave, dijo:

—Se robó el ayate porque… fiel a sus ideas heterodoxas, se opone, tácita y vehementemente, al culto de las imágenes. De las imágenes religiosas, las Vírgenes Negras son las que reciben más devoción y culto en el mundo. Y entre las Vírgenes Negras, la Virgen de Guadalupe es la principal y la más importante, con el mayor número de feligreses —hizo una pausa deliberada para que su conclusión permeara en las mentes de sus compañeros—. Al robársela nos enseña una lección: adorarás sólo a Dios. ¿Por qué ahora?, se preguntarán… Porque para él, de acuerdo con sus creencias milenaristas, el mundo se va a terminar muy pronto, quizá en unos cuantos años. Por eso se robó la Imagen. Ése es el mensaje que quiere transmitir el *tlahcuilo*.

—¿Y qué quiere demostrar con eso? —cuestionó Callaghan.

—Obviamente, persuadirnos de que ya no veneremos a las imágenes. Al robarse este icono universal, nos quita, de tajo, uno de los objetos sagrados más adorados, con lo cual quiere obligarnos a no seguir ofreciéndole culto. Éste es su método de persuasión, su manera de castigarnos, si lo quieren ver de esa manera. Nos castiga por haber desobedecido el primer mandamiento de la Ley de Dios —todos guardaron silencio, digiriendo lo que acababa de decir el historiador—. ¿Qué no, desde la primera página, nos advirtió del pecado de adorar las imágenes? ¿Y no se la pasó mostrándonos, en un plano didáctico y a su estilo, los sucesos más trascendentales en el devenir histórico de la iconoclasia, por un lado, y el culto a las imágenes, en especial a la Virgen María, la principal competidora de Dios, por el otro? Y, finalmente, ¿qué representa la última página sino el triunfo de la veneración a la Virgen? El triunfo de la veneración a las imágenes. Comparen la primera y la última páginas… —Cienfuegos tomó estas dos páginas y las juntó para que los demás las apreciaran—. Es claro que la primera y la última páginas son opuestas; la primera, la exigencia de un culto exclusivo a Dios, y la última, la culminación de la veneración de la imagen de la Virgen María. Esto se resume en que la palabra de Dios no ha sido respetada. ¡No fue respetada! —exclamó casi en un grito; los congregantes se sumieron en sus pensamientos, aún sin asimilar la conclusión del historiador—. Ése es el mensaje de nuestro *tlahcuilo*.

—¿Qué con la historicidad del relato de las apariciones de la Virgen de Guadalupe? —preguntó Callaghan.

—Obviamente no cree en él. Esa es otra razón para haberla robado. Con el hurto de la Imagen nos aleja de un culto, que además de ser pecaminoso, desde su punto de vista, es, a su manera de entender, totalmente apócrifo. Para él, la imagen sagrada más venerada en el mundo se funda en una historicidad falsa. Para el *tlahcuilo* esto fue demasiado.

—¿Y el tema de la doctrina milenarista? —volvió a cuestionar el legionario, sacando a relucir todos los temas torales.

—El mero hecho de que se estableciera un símil comparativo entre la aparición de la Virgen de Guadalupe y la Virgen del Apocalipsis de san Juan, confirmaba el fin de los tiempos. Si en estos últimos años nos quitan, nos la roban, la veneración a la Virgen, ¿con qué nos quedamos?

—Con la adoración a Dios —acotó Callaghan con semblante grave.

—¡Sólo nos queda adorar a Dios, sin necesidad de ninguna imagen de Él ni de la Virgen ni de los santos!

—Pero ¿para qué? ¿Con qué objetivo? —interpuso Sandra.

Cienfuegos esbozó una sonrisa torcida.

—Es la perfecta preparación de todos nosotros para el Juicio Final —volvió a hacer una pausa para que lo que acababa de decir fuera captado plenamente por sus oyentes—. ¿Qué es lo que está haciendo el *tlahcuilo*? ¡Nos guía hacia la comprensión de sus ideas con el objeto de prepararnos para el Juicio Final! Primero nos castiga, hurtando la Imagen, por la única razón de que la veneramos. Luego nos deja el códice, donde nos explica por qué lo hizo, por qué estamos obrando mal, para que podamos entenderlo. Finalmente, nos ofrece la opción de redimirnos, si decidimos adorar sólo a Dios. Al creer firmemente en la inminencia del fin de los tiempos, se tiene que apresurar a destruir las imágenes más veneradas de María, su principal y casi única rival, para reencauzar de ese modo el culto exclusivo a Dios.

Cienfuegos vio en Sandra una expresión de asentimiento. Callaghan, por su parte, bajó la vista en actitud pensativa. Finalmente el abad salió de su mutismo y, fijando su mirada en Enrique, le preguntó con voz aprensiva y semblante sombrío:

—Dijiste "destruir"… ¿Acaso piensas que el *tlahcuilo* destruirá la Imagen?

Cienfuegos miró al abad con expresión compasiva mientras meneaba la cabeza y encogía los hombros.

—Pero no estás seguro… —terció Sandra.

—¿Y cómo estarlo? Si les digo que la Imagen es el objeto de su encono.

El abad se mostró angustiado. No entendía por qué, pero nunca antes, ni remotamente, se había planteado la posibilidad de que la Imagen fuera destruida. Esto cambiaba por completo las reglas del juego que estaba jugando. Su estrategia le parecía ahora extremadamente frágil. Hasta ese momento había estado sustentada en la pronta recuperación de la Imagen, pues nunca contó con la posibilidad de su pérdida. ¿Qué cuentas le daría al arzobispo? El abad empezó a sudar frío. La desaparición de la Imagen conllevaría la hecatombe de su vida sacerdotal. A toda costa había que impedir que fuera destruida.

—Enrique —intervino Callaghan, una vez que vio que el abad no tenía intenciones de seguir preguntando—, noté que también dijiste "destruir las imágenes más veneradas de María", en plural. ¿Piensas, acaso, que este hurto se repetirá en otros santuarios marianos del mundo?

El historiador entrelazó los dedos de sus manos y los llevó a los labios mientras cerraba los ojos. Permaneció así durante unos segundos. Los entreabrió y con tono de total impotencia dijo:

—Ojalá me equivoque…

—¿Pero lo consideras una posibilidad real?

Cienfuegos asintió, gesticuló una mueca de absoluta resignación y agachó la cabeza con un semblante de abatimiento.

Callaghan no dio crédito a lo que acababa de escuchar. No se le había ocurrido que este caso pudiera ser la punta de lanza de todo un operativo a nivel internacional. El solo hecho de imaginar que a raíz del hurto de la Virgen de Guadalupe seguirían otros robos de los iconos marianos más emblemáticos y representativos del mundo, hizo que se le pusiera la carne de gallina. Sin embargo, reconocía que, al mismo tiempo, esta situación caótica lo ponía en un lugar privilegiado que le daba una oportunidad única de que su trabajo y su proceder trascendiese al ámbito mundial. ¿Debería dar aviso a los principales santuarios marianos del mundo de la inminencia de un acto terrorista similar al que se había perpetrado en la basílica de México? Tendría que confesar que habían sufrido el hurto del ayate de la Virgen de Guadalupe y explicar el contenido del mensaje decodificado en un documento nahua plantado por los ladrones. Si así lo hiciera, daría al traste con la estrategia de su amigo Leonardo; forzosamente tendrían que admitir y dar a conocer públicamente la noticia del robo de la Imagen en la basílica. ¿Y el arzobispo? Imposible.

Sandra se había llevado ambas manos a las mejillas. Todavía no acababa de digerir el contenido del mensaje del códice. Se le abrían infinitas posibilidades. Esto había dejado de ser una simple nota o un reportaje. "Va tomando la forma de un grandioso *best seller*. Mi absoluta consagración", se dijo emocionada. ¿Qué le diría a Jesús? Era imperativo terminar la transcripción y hablar con Michael para definir los pasos que debía seguir. "¡Qué Pulitzer ni qué nada! ¡Mi primera novela!", casi se le escapó el grito en voz alta.

Cienfuegos se irguió, suspirando profundamente. Frunció el ceño y cerró los ojos. Meneó la cabeza de arriba abajo. Había terminado. El abad volteó a verlo y ahí mismo entendió la invaluable ayuda que había recibido de su amigo.

—Enrique, no tengo palabras de agradecimiento suficientes por tu valiosísima colaboración, siempre vital, puntual, experta y desinteresada —expresó el abad, presa de una gran emoción y con un profundo sentimiento—, en la decodificación de este documento —Cienfuegos agradeció las palabras de su amigo con un movimiento de cabeza—. Si bien tuvimos alguna que otra diferencia —hizo un ademán de displicencia—, siempre prevaleció el espíritu propositivo y nunca antepusimos nuestras ideas particulares al objetivo general. Esto, lo admito y lo confieso, me costó mucho trabajo aceptarlo.

El abad tomó la iniciativa de acercarse al historiador y estrecharlo, fundiéndose con él en un abrazo profundo y sentido. Cienfuegos respondió con ojos húmedos, devolviéndole el apretón y besándolo en la mejilla.

Sandra se sorprendió de la demostración de gran sensibilidad que, con ese gesto, el historiador había profesado. Ella también se sintió conmovida. Siguiendo el ejemplo del abad, esperó a que ambos amigos se separaran. En su turno, ella lo abrazó y lo besó, musitándole en el oído un "gracias" muy sentido. Cienfuegos se sonrojó por la efusividad de la reportera.

—Yo no te voy a besar —le advirtió Callaghan al advenir su felicitación—, y espero que tú tampoco lo hagas —Cienfuegos sonrió—. Pero sí voy a decirte que fuiste un líder increíble y que aprendí mucho de ti.

—Michael, espero haber aportado elementos suficientes que te ayuden a resolver este gran misterio.

En medio de los agradecimientos recíprocos, el historiador apagó la computadora y la guardó.

—Bueno... adiós —se despidió.

Ya en el umbral de la puerta, Sandra lo alcanzó y, algo dubitativa, le preguntó si podrían verse después, una vez que todo esto pasara, para la revisión de lo que estaba escribiendo. Cienfuegos aprovechó la ocasión para susurrarle: "Voy a dejar mi teléfono con la secretaria. Llámame". Sandra asintió en silencio.

El abad, todavía con la emoción reflejada en el rostro, los invitó a continuar:

—Bueno. Nosotros tenemos que seguir; pero antes podemos hacer un receso, que la ocasión lo amerita, ir a comer algo, y vernos aquí, de nuevo, en la tarde, a eso de las cinco. ¿Les parece?

Sandra rechazó la idea de ir a comer juntos, pues pretendía tener un encuentro a solas con Helena, que la había intrigado, y pensaba que podía proporcinarle más información para su recién nacido proyecto de novela.

❖

Sentada, atendiendo una llamada telefónica, representaba y encarnaba la perfecta figura de una secretaria profesional. Sandra le silbó para captar su atención y desde lejos le gritó:

—¡Vamos, Helena, a comer! —le anunció exultante, con un ademán de su brazo para que se le uniera—. A ver qué nuevo restaurante te inventas por aquí. Nada caro, ¿eh?, que invito yo.

Helena la miró sorprendida por lo que sería una nueva invitación y, sonriéndole, asintió agradecida. Colgó el auricular y arregló un poco su escritorio. Salieron juntas a la calle.

—Ya que tú invitas, y conociendo sobradamente los escasos viáticos que te asigna tu periódico, te llevaré a una taquería.

—Si sigues cuidando mi presupuesto de esa manera, es muy probable que me alcance para volver a invitarte otra vez.

Al llegar al lugar que eligió Helena, La Tilma Milagrosa, el mesero las guió hacia una mesa para cuatro personas, localizada en un apartado rincón. Helena, una vez aprobada la ubicación, pidió agua fresca de Jamaica. Sandra, una cerveza Victoria.

—¿Cómo les fue? —preguntó una Helena animada.

—Ya acabamos.

—¿Ya? Me alegro. ¿Hay algo sobre la identidad del ladrón?

—Nada. Por ese lado estamos fritos.

—¿Todavía no deciden hablarle a la AFI?

—Ese punto ni siquiera se ha abordado.

—Qué raro. Yo pensé que ya lo habrían considerado.

Sandra se encogió de hombros.

—Bueno, ¿y en el periódico qué te dicen?

—Ya te imaginarás, están desesperados por que termine de escribir mi nota.

—¿Y cómo vas?

—Todavía no la he empezado.

—¡Ah, qué bárbara eres! —profirió Helena con una sonora carcajada.

Su plática derivó en confidencias personales más íntimas, como sus antecedentes escolares. Sandra asistió a escuelas privadas mientras que Helena se educó en instituciones públicas. Durante su charla, también subrayaron sus coincidencias, hasta que llegaron al punto en que descubrieron que había una clara diferencia entre la carrera de secretaria de Helena y la licenciatura de Sandra.

—Lo que me fastidió la vida fue que mi papá nos abandonó cuando yo era aún una niña. Casi no lo recuerdo. Yo soy la más grande de las mujeres. Somos cuatro: dos hombres, los mayores, y dos mujeres. Con la ausencia de mi papá, el dinero escaseó. De pronto la prioridad era garantizar los estudios de los hombres. A mi hermana y a mí sólo nos quedaba casarnos bien o convertirnos en monjas. Y mírame a mí —hizo un ademán con las manos mostrando su cuerpo—, yo ni casada ni monja, pero muy cerca de ambas opciones.

Sandra celebró la ocurrencia de Helena.

—¿Y tu hermana?

—Se casó muy joven con un buen muchacho; trabajador y buen marido. Soy tía de dos niñas que son mi adoración… Bueno, cuéntame, ¿y tú?

—Soy hija única.

—Con razón… —contestó Helena riendo mientras se palmoteaba los muslos.

—Sí, creo que me malcriaron un poco. Fui una consentida de lo peor. Estudié en el Colegio Americano y realicé estudios de verano en Estados Unidos durante muchos años. Llegué a alucinar los famosos *campings* —se metió el dedo índice en la boca, simulando una arcada—. Pero gracias a ellos aprendí muy bien el idioma. Después ingresé a la Universidad Anáhuac, donde estudié comunicación, y de ahí al periódico.

—¿Novios? —inquirió Helena con mirada traviesa.

—Varios, muchos; pero no haces uno bueno de todos.

—Sí, ¿verdad? ¡Qué cosa! Esto de los hombres a mí tampoco se me ha dado.

Sandra notó que Helena seguía fiel a su manía de llevarse una mano al cuello para extraer el crucifijo que llevaba colgado. Recordó que había hecho ese mismo gesto cuando tuvieron la primera conversación y hablaron de su ex novio. Mecánicamente ejecutaba ese movimiento monótono y repetitivo: encerraba el crucifijo en su puño, lo dejaba caer abriendo sus dedos, y de manera por demás hábil lo hacía girar sobre el eje de su dedo índice. El crucifijo, adquiriendo velocidad mientras más estrecha se volvía la cadena, giraba como un trompo y se enrollaba velozmente en su extremidad. Varias veces la reportera trató de identificar la figura del crucifijo, pero por la velocidad con que Helena ejecutaba el movimiento, era imposible distinguirlo con claridad. Mientras hablaba o mientras callaba, no dejaba de hacerlo; de hecho, en cuanto más hablaba, más rápido le daba vueltas al colguije. "Esto, más que un hábito, se le ha vuelto una manía", pensó, aunque sólo lo hacía cuando estaba nerviosa.

—¿Y cómo vas con lo tuyo?

—Igual. Sigo con el Jesús en la boca. Todo es muy confuso.

Sandra miró con curiosidad cómo el crucifijo daba vueltas y vueltas, igual a las tazas locas en las ferias. El tema la angustiaba, no había duda. Pensó en acicatearla aún más, para ver si así la secretaria se doblegaba y se abría de capa.

—¿Has vuelto a hablar con él?

—¡No! ¡Ni lo mande Dios! —contestó, alterada.

—¿Y si él intenta hablarte?

El semblante de Helena cambió bruscamente, mostrando un gesto que expresaba gran angustia. Sin poder contener su emoción, cubriéndose la cara con las manos, el crucifijo entre ambas, rompió a llorar desconsoladamente. "Carajo, el tema sí que le afecta", pensó Sandra, sorprendida por haber provocado esa reacción y avergonzada por haberla presionado para abordar el tema.

—Ya, ya. No te preocupes. No pasa nada —trató de consolarla, al posar su mano sobre el hombro de Helena.

—Discúlpame, pero es que sólo de pensarlo me pongo mal.

—Pero, ¿por qué le tienes tanto miedo?

—A él no le tengo miedo… me tengo miedo a mí.

Sandra abrió los ojos y levantó las cejas, dando muestra evidente de su asombro. Se quedó unos momentos sin habla, tratando de digerir lo que acababa de escuchar.

—¿Miedo de lo que puedas hacer?

—Miedo de volver con él.

—¿A tal grado es su influencia sobre ti?

Helena asintió, todavía con la cara oculta entre las manos.

—A veces es bueno sacar lo que a uno le acongoja…

Helena negó con la cabeza, todavía recogida, sin atreverse a encararla.

—A lo mejor no pasa nada y todo es sólo una loca invención mía.

—¿Y si no lo es?

—Entonces estoy en problemas —Helena abrió los dedos de sus manos para ver a Sandra.

—Creo que ya estás en problemas —le dijo la reportera con mirada acuciante—, independientemente de lo que pase o deje de pasar.

Helena le sostuvo la mirada, doblegándose de forma angustiada. Con sus dos manos apretó el crucifijo al tiempo que se lo llevaba a la boca. Sandra no supo si lo hacía para besarlo o lo utilizaba de mordaza para no seguir hablando. Vio cómo se debatía en el dilema de platicar o callar lo que la atormentaba. Después de unos instantes de este jaloneo, Sandra se dio cuenta de que, por esta vez, el hermetismo había triunfado.

—Está bien —la dispensó, pasándole un brazo sobre los hombros—. Hablarás cuando estés preparada y cuando sea el momento propicio.

Helena estiró ambas manos para tomar y apretar la mano libre de Sandra, en señal de agradecimiento. Al realizar este movimiento, involuntariamente liberó el crucifijo que aprisionaba entre sus manos, el cual cayó libre y cuan largo era sobre su blusa. Sandra se percató de este movimiento y al fin pudo distinguir las características del colguije. "Tiene la forma de los antiguos —pensó—, con los ribetes en los extremos de las crucetas. Es muy garigoleado, con muchos personajes." Se concentró en la figura principal. Por unos instantes dudó, extrañada por la coincidencia. Sacudió la cabeza para probar si se aclaraba más su visión. En ese momento deseó tener unos lentes de aumento, parecidos a los que usaba Cienfuegos. "Pero si es… No, no, no —se dijo todavía incrédula—. ¡Sí!, ¡sí es! ¡No puede ser! —se llevó ambas manos a los perfiles del rostro—. ¡Es el crucifijo de san Damián!"

El abad y Callaghan habían comido en el refectorio improvisado para tal efecto en la basílica. Su conversación se había centrado en las conclusiones vertidas por Cienfuegos. Esperaban, en cualquier momento, una nueva llamada del arzobispo, motivo suficiente para que se sintieran incómodos, sin poder degustar los alimentos como ellos hubieran querido. El abad había presionado a Callaghan para que avanzara en la investigación, toda vez que los análisis de laboratorio no habían revelado nada en particular. Le había externado su extrema preocupación sobre la posible destrucción de la Imagen, si hacían caso de la teoría del historiador, y de las funestas consecuencias que esto tendría en su porvenir, razón por la que, de nueva cuenta, lo apresuró a que terminara de una buena vez con su labor criminalística.

—Por cierto, hay otra persona muy interesada en que la mantenga bien informada de toda la investigación —le dijo, ocultando a propósito la identidad de la persona a la que se refería—. Me pidió… corrijo, más bien casi me exigió, estar presente en todo lo que yo haga en relación con este caso.

Callaghan calló, esperando que el abad adivinara de quién se trataba.

—Simplemente porque dices que casi te lo exigió, presumo, sin temor a equivocarme, que se trata de nuestra reportera estrella.

—¡Correcto! —contestó Callaghan, riendo—. Entonces, ¿estás de acuerdo?

—Me temo que hice un trato con ella que debo respetar… —asintió con resignación.

Terminaron de comer y se dirigieron a la oficina del abad. Callaghan, al ver que su amigo se ponía a trabajar sobre sus asuntos pendientes, se dirigió adonde se encontraba expuesto el códice. Esta vez lo quería examinar más detenidamente, para ver si encontraba alguna otra pista. Invirtió unos veinte minutos en su inspección. No encontró nada que no supiera ya. Resignado, trató de distraerse admirando la colección de libros de arte que el abad guardaba en su biblioteca.

El timbre del teléfono lo hizo sobresaltarse. El abad tomó el auricular y escuchó lo que la secretaria tenía que decirle. Callaghan vio cómo, por momentos, al abad se le iban los colores del rostro. Le hizo un ademán para captar su atención y preguntarle con las manos quién hablaba. El abad gesticuló con la boca de manera inaudible: "el arzobispo". Callaghan cerró los ojos y agachó la cabeza, esperando lo peor.

—Su Excelencia, qué gusto escucharlo.

—Le hablo para que me informe sobre nuestro asunto —respondió el arzobispo en tono cortante.

—Le tengo magníficas noticias. Terminaron las labores de limpieza del piso y pudimos reabrir la basílica.

—Pero si pudo reabrir la basílica, eso significa que el sagrado ayate se encuentra en su lugar, ¿verdad?

—Así es.

—Pero entonces, ¿qué pasó con su restauración?

—La cancelé inmediatamente, después de haber hablado con usted el día de ayer —hubo un silencio expectante por parte de su interlocutor; el abad entendió que debía continuar hablando—. ¿Quiere que me comunique con los miembros del Consejo para que les explique cuál es la situación? No lo he hecho porque esperaba sus indicaciones...

—No, no. En este momento eso sólo ayudaría a empeorar las cosas —el abad calló, en espera de instrucciones—. Hábleles y explíqueles que tuvo que cerrar la basílica por un par de días a causa de la reparación del piso. Ni se le ocurra mencionarles nada sobre el ayate y lo que pretendía hacer. Y asuma la culpa ante ellos por no avisarles a tiempo de que tenía planeada la reparación del piso —le dijo con sequedad.

—Descuide usted.

—Y no le tengo que recordar lo cerca que hemos estado de tener un problema muy serio con los miembros del Consejo —el abad no respondió—. Si algún otro día se le vuelve a ocurrir restaurar la Imagen, primero me lo comunica a mí con mucha antelación, después se someterá al juicio del Consejo, ¡y si se aprueba!, entonces, y sólo entonces, tendrá usted el permiso de proceder a hacerlo. ¿Está claro?

—Muy claro.

—¡No se pone en riesgo así como así el patrimonio de la nación! —le espetó, alzando la voz.

—Descuide usted.

—¡Que no vuelva a ocurrir!

El abad sudaba frío cuando colgó el auricular. Cerró los ojos y, juntando ambas manos, las puso encima de su boca. Callaghan respetó con su silencio el momento de gran tribulación por el que estaba pasando su amigo. Con gran paciencia esperó a que se recompusiera.

Pasados algunos minutos, el abad abrió sus ojos cansinos y lo miró. Callaghan le devolvió la mirada, anticipándole que no iba a ser clemente en su opinión.

—Por lo que pude entender, no le vas a decir nada del robo...

El abad negó con la cabeza.

—Es tu decisión, tú sabes lo que haces —repuso, meneando la cabeza.

El abad suspiró.

—Ya no sé si lo que estoy haciendo es lo correcto, Michael —le dijo con voz cansada—. ¿Ves cómo dependo del buen resultado de tu investigación?

Callaghan sintió la presión que el abad ejercía sobre él.

—Y luego Enrique me sale con que piensa que el *tlahcuilo* destruirá la Imagen por "ser objeto de su encono" —lo parafraseó, meneando la cabeza con suma resignación.

—Si de algo te sirve de consuelo, yo opino todo lo contrario. Como se los dije antes, el *tlahcuilo* necesita tener el ayate íntegro en su posesión. Es la fuente de su poder.

Acuérdate que lo tiene secuestrado y lo usará en su oportunidad para negociar, lo que sea que pretenda. Si lo destruye, pierde su única arma de negociación.

Callaghan frunció el ceño en pose pensativa. La respuesta que le había dado a su amigo le había abierto una puerta hacia la incertidumbre. Todo consistía en la posesión de la Imagen. ¿Pero qué posesión tenía el *tlahcuilo* ahora cuando la Imagen, o más bien una copia, se encontraba de regreso en la basílica? Esto daba al traste con los planes del *tlahcuilo*. ¿Debería esperar una reacción de su parte? Sin duda. ¿De qué tipo? ¿Sería violenta o subrepticia? No lo sabía, pero temía lo peor. Si había llegado tan lejos, no se conformaría con saber que su plan podría fracasar; haría hasta lo inimaginable por evitarlo. Se atrevería a atentar en contra de la copia? ¿Destruiría el original por venganza?

El abad, habiendo esperado una nueva intervención de su amigo, que finalmente no llegó, lo sacó de sus elucubraciones:

—Ahora eres tú el que está sumido en un mutismo preocupante.

—Este mutismo tiene sus razones.

—¿Me puedes adelantar algo…?

—¿Hicimos lo correcto?

—¿A qué te refieres?

—A haber sustituido la Imagen, por supuesto. A haberle quitado al *tlahcuilo* su única arma de negociación. Es como si, en el ejemplo que te he puesto, el secuestrado se hubiera escapado.

—Te entiendo —dijo el abad con semblante de honda preocupación.

—Sin darnos cuenta, lo hemos agredido, Leonardo, en lo más profundo, en lo que más le importa, en lo único por lo que arriesgó todo, incluso su vida.

—Pero, ¿tú crees que iba a pensar que nosotros no haríamos nada? ¿Que nos quedaríamos con los brazos cruzados?

—Creo que esperaba otro tipo de reacción, más encaminada hacia lo que estaríamos dispuestos a negociar para recuperar el ayate.

—¿Te refieres al monto del dinero que le daríamos para recuperar la Imagen?

—Me refiero a la difusión del hecho. Lo que le interesa es la propagación de su mensaje.

—¿Y si hubiéramos aceptado, nos habría devuelto el ayate?

—Sí, siempre y cuando no lo volviéramos a exhibir.

El abad permaneció en silencio. Le era difícil creer que el objetivo del hurto hubiera sido ése. Las duras palabras del historiador seguían retumbando en sus oídos. El *tlahcuilo* quería la imagen para destruirla y acabar de raíz con su culto. Algo no funcionaba en la teoría del legionario y creía saber la razón.

—Si quisiera transar ya hubiera hablado.

Callaghan frunció el ceño. Al abad no le faltaba razón. ¿Por qué, hasta ese momento, el *tlahcuilo* no lo había hecho? ¿Estaría esperando a que ya se hubiera descifrado el mensaje? ¿Y cómo lo sabría? Callaghan respiró profundamente. La pregunta no era ésa, sino: ¿quién le avisaría?

—No lo ha hecho todavía porque ignora si ya hemos terminado de interpretar el mensaje.

—¡O porque no posee el ayate y no tiene con qué transar! —replicó el abad, levantando una ceja.

—Leonardo, ya hemos buscado la Imagen en toda la basílica.

El abad se encogió de hombros, resignado.

Los dos se disponían a realizar sus tareas cuando se oyó el toquido de la puerta. Sandra había retornado puntualmente. Al entrar, saludó al abad, que apenas alzó la cabeza entre un mar de papeles. Se apartó con Callaghan para dejar trabajar al abad y conversar más abiertamente. Sandra vaciló por un instante en comentar su conversación con Helena; el tema del ex novio de la secretaria se volvía recurrente y cada vez ella estaba más alterada. Optó por callar. Lo que no se iba a guardar, eso sí, era preguntarle al legionario si ya había hablado con el abad en relación con la *carte blanche* que solicitaba para acceder a la investigación criminalística.

—Michael, ¿pudiste hablar con él —lo señaló con un movimiento de cabeza—, acerca de lo que te pedí anoche?

Callaghan no se sorprendió con la pregunta, pues al parecer la estaba esperando.

—Hablé con él, como te lo prometí —le susurró—. Y todo está bien. Puedes estar conmigo durante todo el proceso. Comenzaremos a trabajar en las líneas de investigación que poseo hasta el momento. Empezaremos por conocer qué franciscanos trabajaban en la basílica.

Sandra fue por el fólder que le había entregado Conchita. Ahí estaban los nombres y los teléfonos de los dieciséis franciscanos que residían en el De-efe.

Callaghan lo leyó con voracidad. Leonardo había hecho bien su trabajo. "Sólo bastaba cruzar esta información con la que nos proporcionó el arcipreste para ver si algún nombre de esta lista también aparecía en la otra." Sabía que se trataba de un pensamiento esperanzador, pero era lo único que tenía hasta el momento.

Sandra y Callaghan se excusaron con el abad y se retiraron a la oficina que les había designado la señorita Estévez con anterioridad. Ahí recuperaron la lista del arcipreste y las anotaciones de la secretaria.

—Si se repite algún nombre, estaremos cerca de dar con el *tlahcuilo*.

Compararon los nombres de cada lista.

—Contamos con tres personas cuyos nombres se repiten en ambas listas —concluyó Sandra.

Callaghan repasó la lista del arcipreste. Algo había captado su atención la primera vez que le echó un vistazo. Ahora lo hacía con más detenimiento, toda vez que ya había identificado los nombres de los franciscanos que laboraban en la basílica. Sintió curiosidad por saber en qué departamentos lo hacían. Se sorprendió al comprobar que los tres pertenecían al mismo departamento. Con esta información en mano, se dirigieron a la oficina del arcipreste.

—Necesitamos entrevistar a Rogelio Cifuentes, a José Llerena y a Martín Carrasco —le dijo Callaghan al arcipreste.

—¿Por qué sólo a ellos?

—Son los únicos que viven en la basílica y pertenecen a la orden franciscana.

—Es cierto. Forman parte del grupo de doce canónigos que se encuentran bajo mi responsabilidad.

—¿Entonces usted es su jefe? —cuestionó Sandra con el ceño fruncido.

—Así es.

—¿Y qué me puede decir de ellos? —Callaghan le preguntó mientras sacaba una libreta del bolsillo interior de su saco—. Me refiero a su personalidad. Lo que usted considere que es más sobresaliente de sus personas.

—Los tres son trabajadores y muy devotos. Cumplen sobradamente con sus tareas. Martín es el más acomedido; hace todo lo que se le encomienda. José es el más inteligente; podría ser el líder si no fuera por Rogelio, afable y carismático.

Sandra arrebató la libreta de las manos al legionario y se puso a escribir lo que comentaba el padre Fonseca. "Tengo un poco más de experiencia en estas tareas", le susurró a manera de excusa, guiñándole un ojo. Callaghan la dejó hacer.

—Necesitamos entrevistarnos con los tres.

—No hay problema, ahora mismo lo arreglo.

El arcipreste se levantó y salió de su oficina. Le encargó a la señorita Estévez que concertara las entrevistas a la brevedad posible. Regresó a su escritorio y descubrió que Callaghan, habiendo recuperado su libreta, escribía algo mientras que Sandra repasaba los nombres que el legionario había seleccionado. No quiso interrumpir sus ocupaciones y optó por sentarse casi sin hacer ruido. Pasaron sólo unos cuantos minutos cuando sonó el teléfono. Descolgó el auricular con una mano y con la otra tomó una pluma y un pedazo de papel, en el que escribió algo mientras contestaba.

—El padre José Llerena los puede recibir hoy mismo en el horario que mejor les convenga. El padre Martín está ocupado, pero también los podrá ver hoy. Y la entrevista con el padre Rogelio tendrá que ser hasta mañana porque se encuentra fuera de México.

Callaghan anotó lo que dijo el arcipreste.

—No podemos perder más tiempo —añadió con premura—. Dígale al padre Llerena que necesitamos que nos reciba de inmediato.

Mientras el arcipreste hacía la llamada, Callaghan se inclinó sobre el hombro de Sandra para enseñarle los apuntes que hacía unos instantes había escrito en su libreta. Sandra se percató de lo que captaba la atención del legionario: dos palabras que sobresalían de las demás por haber sido escritas en mayúsculas, en inglés, subrayadas y con signo de admiración: LEFT-HANDED! Eso era todo. La reportera volvió su mirada hacia Callaghan al tiempo que asentía. ¿Qué preguntas podrían formular a los franciscanos y éstos qué iban a responder? ¿Admitirían que alguno de ellos había robado la Imagen? Ridículo. Tenían que hacer que escribieran algo, lo que fuera.

—El padre Llerena me dice que se pone a su disposición para verlos inmediatamente —intervino el arcipreste—. Le pedí que viniera acá, a mi oficina. ¿Está bien?

Callaghan asintió.

Sandra se puso a escribir las preguntas que le quería hacer al padre Llerena. "¿Para qué?", se preguntó el legionario, a él sólo le bastaba una pequeña prueba. Meditó por un momento antes de decirle en voz baja:

—Mira, Sandra, yo casi no voy a hacer ninguna pregunta. Sólo te voy a pedir un favor: nada de grabadoras —Sandra hizo un gesto de desaprobación; Callaghan la contuvo con una señal de su mano—. No quiero que se inhiban, espero que entiendas. Cuando tú termines de preguntar lo que quieras, sólo te pido que le entregues la libreta y tu pluma para que el padre Llerena escriba, de su puño y letra, sus teléfonos y su dirección electrónica con la excusa de localizarlo otro día para proseguir con la entrevista que se publicará en tu periódico. ¿Estamos? —la miró fijamente sin concederle réplica.

Sandra asintió con gesto renuente, pues comprendió por qué el legionario le prohibía usar su grabadora, y, a la vez, la obligaba a usar la libreta, que se convertiría en el objeto necesario de la prueba.

—Si quiere darte su tarjeta personal, rehúsate e insiste en que escriba sus teléfonos. Inventa lo que sea para lograrlo —se encogió de hombros—. Es todo.

Sandra volvió a asentir. Por su parte había decidido aprovechar esta oportunidad para preguntar a los canónigos todo acerca de sus responsabilidades, sus horarios, su vida dentro de la basílica; en fin, lo que pudiera resultar útil e interesante para su novela.

El padre Llerena arribó al poco tiempo. Se trataba de un hombre de cincuenta y tantos años, de abundante cabellera negra, piel morena y nariz chata, no muy alto y de complexión delgada. Su aspecto correspondía al de la mayoría de los mexicanos mestizos. Callaghan lo saludó cortésmente, adoptando una postura de observación más que de participación. Dejó que Sandra llevara el hilo de la charla con breves y pocas acotaciones de su parte. La entrevista giró en torno a las funciones del canónigo. Callaghan se cuestionó por qué razón Sandra hacía tantas preguntas, pero le restó importancia al hecho y prefirió concentrarse en su objetivo. No veía la hora en que terminara la entrevista para obtener lo que le había pedido a la reportera. Cuando el canónigo estaba a punto de despedirse de todos y salir de la oficina, Sandra lo alcanzó con libreta y pluma en mano, y, con la mejor de sus sonrisas, le pidió sus teléfonos. El padre

Llerena los apuntó sin ningún reparo, devolviéndole la sonrisa de despedida.

Uno menos de la lista, anotó Callaghan. Nada más quedan dos.

El arcipreste, que había permanecido callado y al margen de cualquier intervención, al percatarse de la simple, sencilla y llana entrevista, no obstante las diversas preguntas que formuló Sandra, se atrevió a sugerir:

—Padre Callaghan, si ésta va a ser la tónica de las entrevistas con los demás…

—Así como vio, así serán las otras dos.

—Entonces permítanme tratar de adelantar la cita con el padre Martín Carrasco; ahora sé que no le van a quitar mucho tiempo.

Mientras el arcipreste puso manos a la obra, Callaghan comentó con Sandra su estrategia. Estaba dando resultados, coincidieron los dos. Callaghan le confesó que lo único que le molestaba era que todo estaba siendo demasiado fácil.

—Ya me contestó. En diez minutos está aquí —anunció el arcipreste.

—Lo que más me cuesta de esta profesión es ejercitar la virtud de la paciencia —dijo Callaghan con un tono que denotaba cierta desesperación.

Sandra se percató de que el legionario había cambiado la expresión de su semblante y le preguntó la razón.

—Hay algo que me molesta en todo esto, algo que se me está escapando, y que es muy importante. Lo sé y me inquieta, pero no puedo determinar qué es.

—Bueno, eso lo sabremos hasta que entrevistemos al último candidato.

Callaghan le pidió a la secretaria que lo enlazara con el jefe de Seguridad. Quería preguntarle acerca de los videos grabados. Habló con él y se enteró de que hasta el momento no había ni una sola toma en que apareciera una persona cargando un bulto. Callaghan sólo atinó a hacer una mueca de fastidio.

La señorita Estévez apareció y anunció que el canónigo no tardaría en llegar a la cita. No tuvieron que esperar mucho para que se presentara el padre Martín Carrasco, un hombre calvo y obeso, de más de sesenta años, de buen humor y servicial. Sólo por su pinta y su edad, Callaghan se abstuvo de hacerle una sola pregunta. Sandra tuvo que salir al quite y cuestionarlo sobre las responsabilidades de su cargo. Aplicó el mismo truco de obligarlo a anotar su teléfono al término de la entrevista.

Era diestro.

◈

La señorita Estévez decidió tomarse un respiro en su trabajo. Todavía se sentía tensa y con el pulso acelerado. Trataría de serenarse distrayéndose con los pocos minutos que tenía disponibles. Buscó en uno de los cajones de su escritorio la cajetilla que celosamente escondía; la tomó y sacó un cigarrillo. Al ecuchar el sonido crujiente del tabaco, se percató de la resequedad de éste, lo cual indicaba su antigüedad. Sabía por experiencia que cuando los cigarrillos se secaban de ese modo, el golpe inicial era más fuerte y no era extraño que produjera un ataque de tos acompañado con síntomas de mareo. Advertida de lo que le sucedería, no cambió de opinión.

Afuera, en el atrio de la basílica, buscó un lugar alejado de las multitudes, y se dirigió a la escalinata entre el bautisterio y el museo, a la entrada del jardín. "Dentro de poco todo el De-efe va a ser declarado 'ciudad sin humo'", pensó. Buscó una banca y se sentó. A lo lejos sobresalía el conjunto escultórico de La Ofrenda, compuesto por varias figuras, entre las que destacaban la Virgen de Guadalupe, fray Juan de Zumárraga y Juan Diego, y donde los feligreses aprovechaban para pasear y rezar.

Encendió el cigarro; estuvo a punto de toser con la primera bocanada que le dio. A pesar de todo, prosiguió inhalando profunda y largamente para ver si conseguía calmarse un poco. Notó una ligera mejoría. Dejó que sus pensamientos vagaran en búsqueda de remembranzas agradables y se alejaran de todo lo que tenía que ver con el santuario. Apenas lo logró, mortificada por la escasez de buenos recuerdos y por el breve tiempo que le tomó consumir el cigarrillo.

Regresó más apaciguada a su escritorio, reconfortada por no encontrar al arcipreste. Podría cumplir sin interrupciones los asuntos pendientes. Se encontraba dispuesta a iniciar sus labores de actualización cuando sonó el teléfono.

—Oficina del arcipreste Heriberto Fonseca.

—¿Helena? Te he estado marcando y no te encontré.

Era él. Sin duda. Una sensación de angustia la invadió, acompañada por un nudo que le aprisionaba la garganta. Sus pensamientos se nublaron y no supo qué responder. Comenzó a transpirar profusamente.

—Es que... salí unos momentos...

—¿Cómo has estado?

—Bien.

Trató de recomponerse un poco. Se sabía frágil. Tendría que tomar valor para enfrentarlo, aunque tuviera que disimular una falsa actitud de fortaleza. Estaba segura de que su voz endeble la estaba delatando.

—Oye, sé que debes estar enojada conmigo, y te concedo toda la razón... —comenzó diciendo con marcado tono conciliador.

—Mira —lo interrumpió ella abruptamente—, no creo que sea conveniente que me hables ahora, después de que no lo has hecho durante tanto tiempo.

Instintivamente, cogió la cadena que rodeaba su cuello, sacó el crucifijo que pendía de ella y lo apretó con fuerza hasta hacerse daño.

—Tengo mis razones.

—Ya no me interesan, de veras. Mostraste claramente quién eres y no me gustó lo que vi en ti.

Hasta ese momento Helena se dio cuenta de que se había lastimado la palma de la mano con las aristas de la cruz. Su nerviosismo crecía. Tomó la cadena y comenzó a enrollarla en su dedo, dándole vueltas hasta toparse con el crucifijo.

—Déjame explicarte…

—Ni lo intentes —lo volvió a interrumpir—. Lo nuestro se acabó, lo sabes de sobra, aunque te aseguro que no fue por mi culpa.

"¿Por qué tengo que darle explicaciones? —se preguntó—. Y además me estoy exculpando de lo que sucedió." Sintió, con satisfacción, que su angustia se estaba volviendo molestia, e incluso enojo.

—Pero es que necesito verte…

—Ya te dije que no.

—Te prometo que no toco el tema de nuestra relación, pero necesito verte para consultarte algo.

—¿Relacionado con el trabajo?

—Si lo quieres ver así, sí.

—Yo no lo veo de ninguna manera; eso me lo tienes que decir tú.

—Sí, relacionado con el trabajo.

—Sabes que si es así, no puedo negarme, tengo que atenderte; pero a la menor insinuación… te corro.

—¿Cuándo puedo verte?

—Cuando quieras, bien lo sabes —le dijo con una rabia reprimida—. Sólo tienes que pasar por mi escritorio.

—No quisiera que fuera allí, entiéndeme, apenas hace unas cuantas semanas dejé el cargo. Creo que no estaría bien que me presentara por allá… A Fonseca no le agradaría verme de nuevo. ¿Podríamos vernos en otro lado? ¿Puedo invitarte a comer?

—¡No! Olvídalo. Ni lo pienses. La consulta es laboral, luego entonces, nos veremos en el lugar de trabajo; o sea, aquí.

—No estás siendo de mucha ayuda.

—Ni lo intento, créeme. Simplemente no te lo mereces.

—Sigo pensando en ti.

Helena, al escuchar la última frase, colgó el auricular, impidiendo que su interlocutor continuara hablando. "¿Qué se habrá creído éste?", se oyó decir a sí misma en voz alta, externando sin control su rabia. Muy a su pesar, se dio cuenta de que, por encima de todo, todavía abrigaba un oscuro sentimiento de temor a involucrarse de nuevo con él, con quien, estaba segura, no tendría ningún futuro, y más bien sólo la utilizaría; con quien era imposible formalizar una relación; con quien nunca abandonaría sus creencias... Ni siquiera por ella.

Helena continuó con sus cavilaciones por largos minutos hasta que se serenó. Una vez calmada, trató de sacar algún provecho de aquel encuentro inevitable. Se dio cuenta de que también ella tenía que consultarle algo. Era una simple duda, quizá una mera fantasía suya, así deseaba creerlo, pero era la única persona que podría decirle lo que ocurrió en el Camarín aquella tarde aciaga, de la que ya quería olvidarse por completo y para siempre, en la que él la poseyó.

❖

Era una noche cerrada. El pavimento de las calles aún mostraba las huellas húmedas de la lluvia. Las luces de los edificios se conjugaban con el alumbrado exterior para reflejarse, como fulgores de neón, en los amplios charcos que ocultaban los enormes baches de las avenidas. Los avezados citadinos, al menor acuse de este espejismo, lo esquivaban como fuera, so pena de quedarse varados con un neumático roto.

Ante esta perspectiva, Sandra buscaba atenta y tenazmente cualquier indicio de serena placidez sobre el oscuro pavimento que le indicara, de manera fehaciente, la amenaza latente. Esto lo hacía a sabiendas de las dotes de conductor que había demostrado Michael los días anteriores, de su pertinaz necedad en mirarla cuando le hablaba. Por más que le había dicho que no lo hiciera, y a pesar de las promesas de él de evitarlo, simplemente era imposible que ese hábito tan arraigado desapareciera de la noche a la mañana. Esta manía de Callaghan llegó a exasperarla.

—Insisto en mi teoría de que el ladrón tuvo que ser alguien de adentro.

—¿Y crees que ella puede conocerlo?

—Creo que, por lo menos, tuvo que haberlo conocido.

—Pero desconoce quién fue el ladrón, así lo dijo.

—Supongo, pero ésa es la clave de todo esto, Sandra. Lo que diga o deje de decir, es fundamental, créeme —insistió el legionario, viéndola directamente a los ojos.

Sandra asintió. No quiso comentar nada para no volver a distraer más al legionario. Para su gran alivio, Callaghan se sumió en sus pensamientos; permaneció en silencio por varios minutos, pero, sobre todo, concentrando su vista y su atención en el cauce de la avenida. Sandra suspiró, reconfortada.

Llegaron al departamento. Nuevamente, a ella le cruzó la idea de invitarlo a pasar. Lo miró; él le devolvió la mirada. Sandra vio el reloj, tratando de buscar tiempo donde ya no había. Callaghan interpretó su gesto.

—De seguro tienes mucho que transcribir…

—Ni tanto. Con eso de que me prohíbes usar la grabadora durante las entrevistas, tengo que apuntar o memorizar todo.

"¿Habrá dicho eso —pensó— por un genuino interés en el desarrollo de mi investigación, o lo habrá hecho con la idea de que le responda que no, para forzar la invitación a que pase?" Titubeó unos segundos, que Callaghan aprovechó para despedirse.

—Bueno, nos vemos mañana a la misma hora.

La reportera se arrepintió de haber consultado el reloj. "De seguro pensó que no tenía tiempo para una charla", se dijo. "¡Carajo!", se reprochó. "Ni modo."

—Sí. Claro. Nos vemos mañana.

Sandra abrió la puerta del coche para apearse. En un espontáneo impulso de dar salida a su frustración, pensó que esto no se podía quedar así. Tomó ventaja de que Callaghan le había dado la espalda, y sin que él la pudiera ver, humedeció sus labios con la lengua dejando una pátina de saliva sobre su superficie. Resuelta, de improviso se dio media vuelta y, tomándolo completamente desprevenido, se le acercó y le dio un beso en la mejilla, que deslizó casi hasta rozarle el oído, mientras le susurraba como una ventisca veraniega: "Gracias por traerme".

Sandra se volteó como si nada y se bajó del coche sin pretender mirarlo por última vez, y perdiéndose el espectáculo de ver la cara sonrojada, de azoro, turbación y pena, con que había dejado al legionario, que no supo qué hacer ni qué decir durante algunos segundos.

Entró a su departamento con una sonrisa triunfal. "Huele a jabón", pensó. Confirmó, una vez más, que prefería eso a un perfume barato. Se pasó la lengua sobre los labios. "Y sabe a jabón", se dijo, haciendo una mueca de desagrado. Se quitó los zapatos. Dejó su bolsa en la mesa y se dirigió a su habitación para desnudarse y ponerse algo ligero. Volvió a tumbarse en el sofá. Pasó una pierna por encima de la otra y comenzó a masajearse los pies para aliviarlos del cansancio.

Sacó de su bolsa la grabadora y la encendió. Apretando los botones *forward* y *rewind*, buscó la posición exacta del inicio de la entrevista de ese día. Se levantó para traer su computadora. Una vez que se encontraba lista para comenzar a trabajar, optó por hablar con Jesús para informarle de los pormenores del día. "¿Qué le diré?", se preguntó. Sin esperar respuesta, y sin reparar mucho en ello, le marcó.

—Supe que abrieron la basílica.

—Ayer por la noche colocaron la copia de la Imagen en su lugar.

—Se mueven rápido.

—Nadie va a notar la diferencia, te lo aseguro.

—Son unos zorros. Pero dime, ¿qué avances tienes?

Sandra le explicó detalladamente que habían llegado a la conclusión de que el ladrón había sido un franciscano, pero omitió referirse al códice que terminaron de analizar ese día.

—¿Qué estás diciendo?

—Que es probable que el ladrón sea un fraile.

—¿Pero por un simple hilo deducen que fue un franciscano?

—Es complicado pero, según el legionario, el ladrón tuvo que haber sido alguien de adentro.

—¿Alguien que trabaja en la basílica? ¿Y eso cómo lo pudo saber?

—Porque fue un robo sin violencia.

—Pero sigo sin entender; si alguien de adentro tomó el ayate, ¿qué tiene que ver un franciscano en todo este lío? No es la orden franciscana la que controla y administra la basílica.

—Pero los canónigos, que le reportan al arcipreste, pertenecen a distintas órdenes.

—Entonces deberá ser un canónigo franciscano que trabaja en la basílica o va muy seguido, de manera que lo conocen y tiene libre acceso.

—Así es.

—¿Qué más?

—Interrogamos al arcipreste y a su secretaria; también al jefe de Mantenimiento.

Hubo un silencio que a Sandra le pareció una eternidad.

—¿Ya has comenzado a redactar tu reportaje?

—Ya empecé, pero me falta mucha información por transcribir.

—Apúrate porque no tienes mucho tiempo.

—Lo sé, pero si publicamos con premura no habrá noticia bomba. El ayate está en su lugar y la basílica abrió como si nada; entonces, ¿qué vamos a decir?, ¿que se robaron la Imagen y la sustituyeron con una copia? Muy poco creíble, pero, sobre todo, casi imposible de comprobar.

—Estamos entrampados, Sandra. No debimos haberles dado ningún plazo. Fue un error.

Estuvo a punto de decirle "te lo dije", pero se abstuvo.

—Ya se salieron con la suya. Se nos fue la noticia.

—Mejor dejemos que transcurran estos días para ver cómo se desenvuelven las cosas. Más no podemos hacer.

—Estoy de acuerdo.

—De lo que te dije ayer, ¿me estás haciendo caso?

—¿Cuidarme? Sí. Me estoy yendo y viniendo con el legionario; pasa por mí todos los días y me viene a dejar a la casa en la noche.

—Adelanta tu reportaje lo más que puedas, para que esté listo en caso de que decidamos publicarlo.

—Así lo haré.

—Y mantenme informado.

Sandra colgó. Sentía un sabor amargo en la boca. No le gustaba mentirle, ocultarle el asunto de la aparición del códice. De hecho, no era muy buena mintiendo. De inmediato puso en tela de juicio su último pensamiento, corrigiéndolo: la verdad es que estaba aprendiendo a marchas forzadas a hacerlo. "Fácil, no va a ser", pensó. Algo en su interior le decía que mientras guardara un as en su manga, podría negociar mejor lo que, a partir de ese momento, se convertiría en su primordial y único objetivo: nada de notas ni reportajes; se abocaría a escribir su primera novela.

Se lo había aprendido a Michael. La estrategia que ahora estaba esgrimiendo era similar a su teoría del secuestro: tener en firme posesión algo valioso y deseable por el otro, para poder negociar un intercambio —lo más favorable posible— de esa posesión por otra. Lo que ella poseía, y lo consideraba invaluable, era, sin duda, su información de primera fuente. Ningún otro colega, ya no se diga del ramo editorial, sino de cualquier otro medio de comunicación, se encontraba en la posición de privilegio que ella gozaba, es decir, en presencia física, directa y fidedigna con la fuente, con el desarrollo del caso, y no sólo como espectadora, sino como actora del mismo. Y, por si fuera poco, gozaba de la patente de corso que le otorgaba la garantía de exclusividad que le habían concedido las propias autoridades eclesiásticas. Esto tenía que valer una fortuna, y estaba más que dispuesta a defenderla y a salvaguardarla a toda costa.

Antes de encender su grabadora, se puso a definir sus actividades del día siguiente. Le hablaría a Enrique Cienfuegos, ya que él intencionalmente le había dejado su teléfono al despedirse. De ser posible, procuraría platicar a solas nuevamente con Helena y no se despegaría ni un instante de Michael.

"¿Cómo habrá reaccionado al beso que le di?"

Manejó de regreso a la residencia con cierta prisa. Estacionó el coche en la pendiente de la entrada del garaje, sobre la acera, sin importarle que estorbara a los transeúntes. Se bajó del coche y cerró la portezuela con fuerza. Entró a la casa. Dudó si subir a la recámara y encerrarse o ver la televisión un rato para distraerse un poco. Fue a la cocina. Abrió el refrigerador y se sirvió un vaso de agua de limón. Se dirigió a la sala y en el camino recogió el periódico que se encontraba encima de una mesa junto a la pared. Echó un vistazo al interior y apenas saludó a dos compañeros que estaban sentados charlando en el sofá. Vio que el único sillón se encontraba vacío y se sentó. Desplegó el periódico de manera que fungiera como una barrera entre ellos y él, y comenzó a leerlo.

La noticia de que la basílica había permanecido cerrada algunos días por remodelación apareció en las últimas páginas de la primera sección, como una nota menor.

Aún inmerso en la lectura de alguna noticia internacional, se percató de que los sonidos provenientes de su entorno habían disminuido. La plática que habían sostenido sus compañeros se había interrumpido abruptamente. Callaghan aguzó su oído para captar el único sonido que recibía: el de la televisión. Era una voz femenina con un ritmo pausado; no era estridente ni pretendía pronunciar más palabras para dar más noticias. Bajó el periódico hasta colocarlo sobre sus muslos. Levantó la vista y miró a sus compañeros. Sus pálidas y desencajadas caras lo decían todo. Desvió la mirada hacia el monitor y vio a la reportera —la misma que con acuciosidad había revelado los hechos y enarbolado la estafeta de desenmascarar al fundador de la orden— que entrevistaba a dos ex legionarios. Callaghan los conocía bien. Con puntual veracidad periodística, la reportera informaba que a finales de 1996 un grupo de ex legionarios —dos de los cuales se encontraban presentes en la emisión televisiva— había decidido dar su testimonio ante los periodistas estadounidenses Jason Berry y Gerald Renner, sobre los abusos a los que fueron sometidos mientras fueron miembros de la orden. La noticia fue dada a conocer con la publicación del artículo titulado "Head of worldwide catholic order accused of history of abuse", que apareció en el periódico *The Hartford Courant*, de Connecticut, Estados Unidos, a principios de 1997. Ahí comenzó la debacle, que se convirtió en un escándalo mediático de proporciones mayúsculas.

En México, los periódicos *La Jornada* y *El País* hicieron eco de la nota y la publicaron en sus rotativos. El Canal 40 realizó entrevistas a las víctimas. A finales de ese año, los ex legionarios enviaron una carta al papa Juan Pablo II, acusando al fundador de la orden de abusos sexuales perpetrados en sus personas. El periódico *Milenio* publicó una carta abierta.

A finales de 1998, el grupo de ocho ex legionarios que dieron su testimonio al *Hartford Courant* presentaron formalmente una denuncia ante la Sagrada Congregación para la Defensa de la Fe.

El cardenal Joseph Ratzinger, quien encabezaba la Congregación, puso en el limbo el caso reabierto. Al final del pontificado de Juan Pablo II, el propio cardenal Ratzinger desbloqueó el proceso.

De alguna manera, el fundador debió haber intuido algo, porque en enero de 2005 anunció su negativa a reelegirse al cargo de superior general de la legión, quizá para evitar un mal mayor a la orden, o a su propia persona. "¿O ya había pactado una salida digna con el Vaticano?", cuestionó la reportera.

El cardenal Ratzinger, ahora investido como papa Benedicto XVI, no era la persona que la legión hubiese elegido para ocupar el papado, debido al profundo conocimiento de los antecedentes que poseía sobre el caso. Ahora los legionarios tenían que lidiar con alguien de férrea personalidad, que debía honrar los mismos principios y la misma ideología con la que gobernó el puesto que ocupó por espacio de varios años y que lo llevó a la silla papal.

Los resultados de la investigación del fiscal Scicluna, quien entrevistó a más de treinta testigos del caso en la ciudad de México, fueron presentados un año después. Fue, sin duda, la cicuta de Maciel.

En mayo de 2006, la *Sala Stampa* del Vaticano, con aprobación de Benedicto XVI, envió un comunicado que obligaba al fundador de la orden a retirarse a una vida de oración y penitencia y le prohibía cumplir con su ministerio público, pero lo eximió, al mismo tiempo, de someterlo a un proceso canónico, debido a su avanzada edad y a su deteriorada salud.

Callaghan respiró profundamente. Los documentos y testimonios que exhibían tanto la reportera como los ex legionarios, él los había leído y estudiado concienzudamente, corroborando su autenticidad. Los hechos eran contundentes. "¿Todavía habrá alguien que dude de lo acaecido? —se preguntó—. Entonces, ¿por qué aún me siento confundido?" Trató de razonar sus sentimientos, pero lo único que pudo concluir lo remitía a su propia experiencia personal como legionario. Nunca, jamás, ni por asomo, en todos los años que llevaba dentro de la legión, supo o vio o se enteró de alguna actitud de acercamiento, ya no se diga de insinuación, por parte del fundador hacia él o hacia alguno de sus compañeros. Y si bien estaban enterados de esos rumores, nunca nadie hizo el menor comentario al respecto. "¿Fue por respeto a los votos secretos?", se preguntó. De ahí sus azoros. ¿Cómo conciliar, de manera razonable, ambas posturas? Hasta ahora, no lo había podido conseguir. De pronto se le vino a la cabeza, como un anhelo inalcanzable, el deseo de saber cómo hubiera enfrentado Enrique Cienfuegos, desde su óptica de historiador científico, los documentos que poseía, en contraposición con su propia experiencia personal. "¿Los documentos testimoniales serían el fiel de la balanza?", se cuestionó.

No supo por qué, pero le causó molestia ver las caras de verdadero azoro que mostraban sus compañeros. Incorporándose, y sin despedirse de ellos, subió a la recámara sin probar alimento. Se despojó del traje y, enfundado en el piyama, se metió entre las sábanas, esta vez ansiando su frialdad; se revolvió varias veces antes de permanecer boca arriba con el cuerpo extendido y con las manos entrelazadas, sujetando su cabeza, que apoyaba sobre la almohada. Clavó la mirada en la planicie blanca del techo, cuya desnudez sólo era invadida por un viejo candil que colgaba lánguidamente de su centro y al que cubría una fina capa de polvo que tornaba más opaco el ya de por sí tosco y burdo cristal con el que estaba hecho. Dos de los cinco focos se habían fundido —sin esperanza alguna de un pronto reemplazo—, lo que hacía que la habitación se mantuviera en penumbras, por lo que a veces se veía obligado a recurrir a la ayuda de la lámpara del buró, cuando se trataba de propiciar una lectura.

De antemano sabía que pasaría un buen rato antes de que pudiera conciliar el sueño; los eventos del día lo habían alterado. A los triunfos obtenidos por haber finalizado la traducción del códice, haber eximido de sospecha a los primeros franciscanos de la posible destrucción del ayate, se conjugaba otro suceso que tuvo la facultad de haberlo colocado en un marasmo de emociones encontradas: el cálido beso de despedida de Sandra.

Callaghan se revolvió entre las sábanas. Con esfuerzo logró ahuyentar los pensamientos acerca de su orden, para dar paso a otro tipo de inquietudes. La actitud de la reportera hacia su persona era de franca y abierta coquetería. Ese beso de despedida, con ese susurro al oído, había sido demasiado insinuante. Lo que en realidad le había molestado fue su ridícula reacción. Habría sido en extremo embarazoso que lo hubiese visto sonrojado como una manzana. Estaba seguro de que había sobrerreaccionado a un detalle sin importancia: fue un simple beso en la mejilla, nada más. No quiso admitirlo, pero le dolía el orgullo de que él, quien siempre se había ufanado ante sus compañeros legionarios de haber tenido una vida anterior con sobradas experiencias románticas, se hubiera ruborizado tan fácilmente, a tal grado, y por tan poca cosa. No era la cercanía de Sandra lo que lo había turbado. Fue aquel beso: esos labios húmedos sobre su mejilla y su cálido aliento rozándole la piel en extremo sensible de su oído. Había sentido una descarga eléctrica que hizo que se le pusiera la carne de gallina. Sin duda, había sido la más cercana aproximación a un contacto sexual que hubiera experimentado en muchos años. Y lo peor: le había gustado. ¿Tendría que ver esto acaso con el momento de desilusión vocacional por el que estaba pasando? No. Existía una atracción real hacia la reportera que no podía negar. Satisfecho y sorprendido a la vez por haberlo aceptado tan fácilmente, se volvió a cuestionar, con un nudo en la garganta: "¿Habrá sentido ella lo mismo?" La respuesta quedó en el limbo de la ensoñación cuando, finalmente, el cansancio lo venció.

Cuarto día

El arcipreste Heriberto Fonseca, después de atender las ocupaciones propias de su puesto y de haber desayunado algo ligero, se encaminó a su oficina. Divisó a la señorita Estévez en su escritorio y reparó en un cierto rubor en sus mejillas. "No hace tanto calor —fue lo primero que se le ocurrió—, a ver si no viene después con que está enferma, sería muy inoportuna su ausencia del trabajo en estos días."

Entró a la oficina con la idea de comenzar a despachar los asuntos pendientes que su secretaria le había dispuesto escrupulosamente en su charola de entrada. Notó, con cierta nostalgia, las pocas y tan insignificantes tareas que le esperaban, acostumbrado ya a la vorágine de encargos con los que había tenido que lidiar los últimos días. Las aguas volvían a su cauce poco a poco, pensó, y dentro de unos días, si Dios así lo disponía y lograban recuperar el ayate, todo volvería a la normalidad y al tedio cotidiano.

Con sonrisa irónica reconoció que extrañaría el malestar que lo había acompañado noche y día desde el momento en que habían descubierto el hurto. Era un malestar que lo mantenía alerta y despierto, que lo hacía sentirse útil, que lo hacía sentirse vivo.

Para su sorpresa, cayó en la cuenta de que la recuperación de la Imagen ya no le parecía tan importante. "Es curioso —pensó—, lo verdaderamente crucial es la preservación del culto, y éste había sido resguardado y protegido a carta cabal con la sustitución de la Imagen. Ésa sí fue una tarea de gran responsabilidad", reflexionó con orgullo. Ahora tendría que abocarse a seguir preservando ese culto, costara lo que costara. Ésa sería su nueva misión.

Desvió su mirada con profundo desdén hacia la pila de asuntos pendientes que descansaban sobre la charola. Era consciente de que le iba a costar trabajo volver a la rutina de la normalidad.

Con esta nueva responsabilidad adquirida, también haría lo necesario para que un suceso delictivo de esta magnitud no volviera a ocurrir nunca más. Habría sido inconcebible que, pasada la experiencia traumática de la inusitada e insólita desaparición de la Imagen, no hubiera aprendido la lección. Tendría que asegurar, para las generaciones futuras, el patrimonio espiritual más importante de esta nación, razón por la cual todos los mexicanos habían adquirido una misma y única identidad nacional, independientemente de la diversidad de razas y clases sociales.

❖

Había pasado una noche terrible, acosada por el insomnio y el recuerdo de la conversación telefónica que había tenido con su ex novio. Tan pronto como llegó a su escritorio, dejó su bolso y se dirigió a los baños para arreglarse un poco. Al mirarse en el espejo del sanitario trató inútilmente de disimular sus más que obvias ojeras, aplicándose maquillaje en abundancia. Volvió a mirarse, sólo para corroborar que en nada había mejorado su aspecto. "Qué terrible me veo", pensó. De nuevo frente al espejo, sustrajo el rímel de su cosmetiquera y se lo aplicó con desgano en sus hirsutas pestañas. De la misma forma, tomó el lápiz labial y acarició sus diminutos labios sin conseguir resaltarlos. Frustrada, hurgó en busca de alguna herramienta adicional que lograra efectuar el milagro y no tardó en encontrar una brocha. Con frenesí, se dio brochazos de polvo prensado en ambas mejillas, pero sólo consiguió un magro rubor. No se podía, en este trance, darse el lujo de dar rienda suelta al llanto, por más ganas que tuviera de desahogarse.

Regresó a su escritorio cuando pasaba el arcipreste sin saludarla. Poco después le dijo que quería verla. Pensó volver al tocador para reintentar la labor de mejorar su aspecto. Con desgano desechó la idea.

Tocó con los nudillos la puerta de la oficina y la abrió para asomarse. El arcipreste hizo un ademán para indicarle que pasara. Trató de concentrarse en lo que la secretaria le decía y se mostró disimuladamente interesado en el desarrollo de la reunión. Conforme pasaban los minutos en que la señorita Estévez le hacía un recuento puntual de las tareas realizadas y pendientes por realizar, era más que evidente que la abrumadora cotidianidad laboral pondría a prueba su espíritu.

Sonó el teléfono. El arcipreste descolgó el auricular. Era el canónigo Rogelio Cifuentes que hablaba para confirmar su entrevista a las diez con el padre Callaghan y la reportera. Le dijo a la secretaria que les avisara a éstos en cuanto terminara su reunión. Solventaron algunos pendientes más y cuando ya se disponía a despacharla, su vista se posó en el crucifijo de la señorita Estévez, que destacaba sobre su blusa, pues lo había dejado inadvertidamente a la vista cuando fue al tocador. De inmediato el objeto captó la atención del arcipreste y lo llenó de curiosidad. Se fijó en él y enseguida lo reconoció. Le intrigó la coincidencia: era el santo cuya historia había sido interpretada por Cienfuegos y el abad en sus sesiones para descifrar el códice. Lo había visto antes en innumerables ocasiones sobre el pecho de su secretaria y apenas ahora caía en la cuenta de que era el mismo.

Cuando ella recogía los papeles esparcidos en el escritorio, el arcipreste, picado por la curiosidad que le acicateaba el avistamiento del crucifijo, le preguntó:

—Ese crucifijo que lleva puesto… —lo señaló, sin saber cómo terminar la frase—. ¿Sabe usted qué representa?… Quiero decir, ¿sabe qué representan las imágenes que contiene?

—Sólo sé que es san Damián —respondió ella, jalándolo un poco para que el arcipreste lo viera mejor.

—Sí, sí. Es un crucifijo lleno de profundos simbolismos.

—No sabía —dijo la secretaria. Se quitó la cadenilla y la ofreció al arcipreste para que viera de cerca el colguije.

El arcipreste tomó casi con veneración el crucifijo. Era metálico y dorado; bien podía ser de oro. Inmediatamente sintió el calor del metal, que había permanecido en contacto con los senos de la secretaria. Su primera reacción fue apartarlo de sus manos por considerar inapropiada la procedencia de su temperatura. Sin embargo, su calidez le infundió un sentimiento de seguridad que le impidió rechazarlo.

—¿Quiere que se lo explique?

—Por favor —le contestó Helena, agradecida y extrañada a la vez por la inusual deferencia de su superior.

Con lujo de detalles, el padre Fonseca interpretó cada una de las figuras pintadas en el relieve de la pieza y respondió las pocas preguntas que le formuló la secretaria. Se sintió sumamente complacido de haber podido dar esa explicación y le externó su aprecio por el crucifijo y por lo que representaba.

La señorita Estévez lo observó con detenimiento. Trataba de conservar en su mente los nombres de cada una de las figuras descritas por el padre, y mientras lo hacía esbozaba una tenue sonrisa. De pronto la invadió un pensamiento que la obligó a cambiar el semblante y a colocar apresuradamente el crucifijo en su cuello. Se levantó de la silla y con un inaudible "gracias" hizo por salir de la oficina.

—¿Le puedo hacer una pregunta? —la detuvo el arcipreste justo cuando ella sostenía el picaporte en la mano, a punto de abrir la puerta para huir.

—Por supuesto.

—¿Dónde lo consiguió? —inquirió con la firme intención de conseguir uno para él.

—Es un regalo.

❖

Callaghan manejaba en silencio. Sandra, por su parte, gozaba de ese silencio, pues suponía que la causa era, sin duda, la despedida de anoche. "Se encuentra confundido, sin saber cómo tratarme", se dijo divertida. "No está enojado, sólo poniendo distancia. Le impongo, eso está claro, y no sabe lidiar con mi cercanía. No le soy indiferente, pero sus creencias y sus votos le impiden explayarse. Soy la manzana del árbol del bien y del mal", pensó, muerta de risa por esa ocurrencia. Se reconocía como objeto de deseo y eso le gustaba. "Ha de estar pasando un mal momento luchando con su sexualidad." Se arrepintió de no haber volteado la mirada la noche anterior para verlo cuando se despidió de él.

Por el momento lo dejó ser. "Mejor así, que se concentre en el manejo, si no, nada más se la pasa volteando a verme para platicar." Las pocas veces que él salía de su hermetismo, alcanzaba a comentar algo en monosílabos; no tenía mucho interés en charlar. Ella, por reacción intuitiva, se había acomodado de tal forma que casi le daba la espalda, desviando su mirada hacia lo que acontecía en el exterior de su ventana en un intento de que no le viera el enorme esfuerzo que estaba haciendo por no reírse.

Llegaron a la basílica sin entablar una mínima conversación protocolaria. Sin mediar palabra, se encaminaron presurosos a la oficina del abad. "Ya se le pasará", pensó Sandra, sin evitar llevarse una mano a su boca en su afán de ocultar una sonrisa espontánea.

El abad los recibió con un débil saludo, ensimismado en quitar de en medio la montaña de papeles que lo abrumaba.

Optaron por no interrumpirlo. Se dirigieron a la mesa donde se encontraba la cafetera y las galletas.

—Prueba el café de grano que me regalaron. Es de Medellín, Colombia —dijo el abad dirigiéndose a Sandra.

Ella asintió desde donde se encontraba, agradeciendo la invitación con una media caravana de la cabeza.

—Te preparo una taza —le dijo en respuesta.

El abad afirmó con un movimiento de cabeza. Presta y sintiéndose halagada por la deferencia que creía le había hecho el abad, hizo lo necesario, y dispuso tres tazas. No tardó en humear el café y llenar el recinto con su aroma.

El abad fue avisado por la señorita Estévez del horario de la entrevista con el canónigo. Sandra se apartó un poco para redactar las preguntas que iba a formular a Rogelio Cifuentes durante su interrogatorio. Cinco minutos antes de la hora pactada, Callaghan y Sandra salieron a su encuentro.

El arcipreste los recibió, saludándolos e informándoles que el padre Cifuentes no tardaría en llegar. Iba a ordenarles café a ambos, pero notó que ya se lo habían servido. Comentaban las inclemencias del clima cuando oyeron los toquidos en la puerta. Helena abrió y dio paso al canónigo. El arcipreste hizo por levantarse para retirarse, pero fue detenido por un ademán de Callaghan que le daba a entender que podía quedarse durante la entrevista.

El padre Rogelio Cifuentes era un hombre de complexión atlética, de mediana estatura y que rayaba los cuarenta años. "Éste puede ser", se dijo Callaghan, mientras sentía el efusivo apretón de manos de su saludo. De carácter jovial y de risa fácil, Cifuentes los cautivó por su simpatía. Sandra no tardó en entablar una animada charla con él. Callaghan, por su parte, se limitaba a observar cada movimiento que realizaba; apenas intervenía lo indispensable en la conversación para no parecer descortés. Tan intensa era la mirada de él, que al sentirla el propio Cifuentes comentó en voz alta:

—Éste no mira, taladra —provocando la risa de todos, menos del legionario, que se sintió un poco avergonzado.

La entrevista duró más de lo esperado, por la sencilla razón de que Cifuentes era un gran conversador que explayaba de más al dar respuesta a los cuestionamientos de Sandra y del propio Callaghan. La reportera, a su vez, estaba fascinada por la calidad y el contenido de los comentarios del canónigo, cuidando con esmero que la grabadora estuviera bien dirigida hacia su persona para que captara todo con la fidelidad necesaria. En esta ocasión no había consultado si podía usarla, simplemente la había sacado y, pidiendo a Cifuentes su anuencia, sin más la había encendido.

Callaghan albergaba una cierta esperanza. No pocos asesinos y delincuentes tenían esa facultad de ser extremadamente amenos y agradables. Eso formaba parte intrínseca de su natural carisma para crear confianza para atraer a sus víctimas. El padre Cifuentes encuadraba perfectamente en este perfil. Sólo faltaba la comprobación final: ¿era diestro o siniestro? Embelesado por su conversación y atraído por su natural simpatía, casi lamentó que Cifuentes fuera el ladrón de la Imagen.

No hubo necesidad de esperar al final para poner en práctica el truco de obligarlo a anotar sus teléfonos para comprobarlo. En un momento de la charla, el canónigo tomó un pedazo de papel y una pluma para mostrarle a Sandra, de manera gráfica, la constitución arquitectónica de la gran columna que servía de eje a la basílica y a la parte donde se encontraban las oficinas administrativas. Con gran destreza y habilidad de dibujante, trazó las primeras líneas.

Sandra se percató inmediatamente del detalle. Se hubiera sentido sumamente defraudada de Cifuentes si hubiera sucedido lo contrario. La cara de Callaghan se desdibujó súbitamente. Cifuentes dibujaba con la mano derecha.

Callaghan se perdió en sus pensamientos, hundiéndose en la silla con los ojos cerrados y las manos juntas cubriendo la nariz y la boca, inmerso en sus cavilaciones y recriminándose su fracaso. Sabía que sus líneas de investigación se habían agotado y no había conseguido absolutamente nada. Pero no se daba por vencido y retomó la fuente de su investigación: la cerradura intacta; la interpretación del códice que lo definía como una persona fanática, iconoclasta, milenarista y religiosa; el hilo del sayal franciscano; el hecho de que el responsable del hurto fuera una persona allegada al arcipreste y a su secretaria; la lista de los franciscanos, del personal de la basílica, de los canónigos y de los franciscanos que vivían en la basílica... Tenía la corazonada de que iba por buen camino, pero algo le faltaba. Sólo había tomado en cuenta al personal de más alto nivel jerárquico, el que laboraba más cerca del arcipreste. ¿Debía de continuar su indagación con las personas que le faltaban? No le quedó más remedio que aceptarlo con resignación, admitiendo que su nueva búsqueda sería ardua y frágil.

Tratando de distraerse de la desazón con que Callaghan había tomado el hecho de que Cifuentes fuera diestro, Sandra recordó que Cienfuegos le había dicho que dejaría su teléfono con la secretaria del abad. Lo recuperaría y le hablaría. Estaba segura de que el historiador se había guardado alguna confidencia para ella, si no, ¿por qué razón le había dicho que le dejaba su teléfono para que le hablara? "Me estoy volviendo engreída", reflexionó para sus adentros. Sea lo que fuera, sin duda revestiría gran relevancia. Su tarea consistiría en dilucidarlo.

—¿Me podría comunicar con el historiador Enrique Cienfuegos? —Sandra se dirigió a la señorita Estévez, respetando las formas protocolarias.

—¿Cienfuegos? ¿Para qué? —Callaghan la miró extrañado, frunciendo el ceño.

No entendía por qué había solicitado hablar con el historiador si el tiempo apremiaba y no estaban para regalarlo.

Ella reparó en el desconcierto que había provocado su demanda a Callaghan y trató de enmendar la situación.

—Cuando se despidió de mí me dejó su teléfono para que le hablara.

El legionario se encogió de hombros, aceptando la postura misteriosa de Sandra.

—Si puedo hacer una cita con Enrique, ¿me acompañarías?

Callaghan la miró como evaluando la pregunta.

—Si no te importa, prefiero quedarme. Tengo el asunto pendiente de las grabaciones de las cámaras con el jefe de Seguridad. Me gustaría darles un vistazo. ¿No te importa?

Sandra negó con la cabeza.

La secretaria le pasó el auricular a la reportera.

—¿Enrique?

—Sandra, qué gusto me da que me hables.

—Como me dejaste tu teléfono, quise aprovechar.

—Hiciste bien. Quiero comentarte algo que te podría interesar.

—¿Sobre el códice?

—Sobre su interpretación. Mira, no quise decirlo en su momento para no tener un altercado frontal con Leonardo y echar todo a perder, pero le he dado vueltas al asunto y creo que puede ser de tu interés por el hecho de que eres periodista y de que debes escribir sobre esto en tu periódico. La información que te proporcionaré te podrá servir. Creo que enriquecerá tu acervo y ya podrás decidir qué decir y qué no.

—¿Cuándo te puedo ver?

—Tú dime cuándo y a qué horas.

—Ahora mismo.

Callaghan chasqueó los labios para captar su atención y le arrojó las llaves del auto.

En un recorrido que le pareció un santiamén, Sandra condujo a gran velocidad sin importarle los topes y los baches que el auto superaba.

Llegó a la Universidad Nacional Autónoma de México. Se guió por los letreros que, como nomenclatura de calles, la llevaban puntualmente a la Facultad de Letras Españolas, donde se encontraba el Colegio de Historia. Sufrió para encontrar estacionamiento pero, casi como un milagro, una camioneta salió de su lugar y Sandra se pudo estacionar ahí.

Entró al edificio de la facultad, subió las escaleras y caminó por el largo pasillo hasta dar con la puerta del cubículo 328. Notó que se encontraba entreabierta y la empujó con cautela para atisbar si el historiador se encontraba adentro.

—Adelante —se oyó una voz que reconoció de inmediato.

Se saludaron con afecto. La oficina, a todas luces, era un desastre total. El olor a cigarro inundó las fosas nasales de Sandra. Las paredes estaban abarrotadas de libros enormes, viejos y pesados, que amenazaban con desvencijar los endebles entrepaños de madera que hacían las veces de libreros. Sobre el escritorio, dos pilas de fólders repletos de papeles, que por su altura semejaban a las Torres Petronas, desafiaban el principio de la gravedad. Esparcidos por todos lados, plumas, lápices, más papeles, revistas abiertas en artículos sobre arqueología y tazas con restos de café de evidente antigüedad, conformaban el entorno donde Cienfuegos trabajaba y recibía a sus alumnos de manera cotidiana. Con un ademán la invitó a sentarse.

Cienfuegos recargó su cabeza sobre ambas manos y cerró los ojos.

—Todo el códice se puede resumir en tres palabras. Tres —Cienfuegos se reclinó sobre el escritorio y levantó tres dedos de su mano derecha; Sandra enarcó una ceja en espera de una declaración importante—. Iconoclasta —bajó un dedo—; milenarista —bajó el segundo—; antiaparicionista —bajó el último—. Este es el mensaje que nos dejaron. Pero no es esta la razón por la que te he invitado a esta pequeña reunión, sino para decirte que hay otro tema, el cuarto, como en su momento lo comenté, no tan claro, más bien escondido, como entre líneas, disfrazado en un subtema. ¿Puedes adivinar cuál es? —Sandra podía mencionar no sólo un tema sino varios, que en ese momento cruzaban por su mente—. Tiene que ver con la seña que te acabo de mostrar…

Sandra meneó la cabeza sonriendo y dijo:

—La Trinidad.

El historiador abrió los ojos y le sonrió con una mezcla de complicidad y orgullo. Le sostuvo la mirada unos segundos antes de decirle:

—El otro gran tema. Subliminal pero al mismo tiempo perennemente manifiesto. El círculo y el triángulo y la era del Espíritu Santo, la tercera persona —su acendrado espíritu de investigador pudo más; buscó entre los papeles de su escritorio hasta dar con los manuscritos que había escrito en relación con las páginas del códice; se puso sus gafas, que tardó en encontrar debajo de una vieja revista, se revolvió en su sillón y comenzó a leer—: Repasemos un poco dónde aparece el tema de la Trinidad: sí, en el crucifijo de san Damián, sin duda, con el perizoma del Cristo atado con tres nudos; nuestro profeta Joaquín de Fiore, importantísimo, y sus tres eras de la humanidad: la del Padre, la del Hijo y la del Espíritu Santo, la figura de los tres círculos entrelazados; Cristóbal Colón y el bautismo de una isla con el nombre de Trinidad y, por supuesto, la figura de su firma en forma de triángulo; toda la influencia de las ideas joaquinitas y, por ende, la historia trinitaria de la humanidad que de manera precisa influyó en el abad Juan de Guadalupe y la provincia de San Gabriel, en Francisco Quiñones, en fray Martín de Valencia y los primeros doce frailes, sin olvidar a fray Alonso de Escalona y su fracasada provincia Insulana; hasta la figura del triángulo, aunque sea isósceles, como símbolo de las Vírgenes Negras —Sandra asintió sin comprender muy bien hacia dónde iba Cienfuegos—. ¿Qué, acaso no era la "esposa amada" del *Cantar de los cantares* la esposa de Dios? ¿Te acuerdas, Sandra, que tú fuiste la que preguntó por qué se le consideraba esposa a la Virgen María? —Cienfuegos cambió su semblante por uno más grave; se le oyó respirar tres veces, como una premonición de lo que estaba dispuesto a decir sobre el tema en cuestión. Fijó su mirada en Sandra y declaró—: La tercera persona de la Santísima Trinidad... el Espíritu Santo... es, en realidad, la Virgen María —no añadió ni una palabra más. Calló para ver los efectos que su declaración había causado en la reportera. Ésta abrió los ojos con desmesura. Cienfuegos, sopesando la situación, optó por ofrecerle el sustento de su aseveración—. Recordemos: el Apocalipsis de san Juan nos habla de la aparición en el cielo de una mujer encinta, a quien, ante los embates del Dragón, Dios le da alas para que escape de él. La aparición de la Virgen de Guadalupe se ha asociado teológicamente, en innumerables ocasiones, con la Virgen del final de los tiempos que describe san Juan. El fin de los tiempos, de acuerdo con el abad Joaquín de Fiore, ocurre en la era del Espíritu Santo. ¿Ves la relación? —Sandra se le quedó mirando sin hacer ningún gesto—. Desde la aparición de las Vírgenes Negras en el medioevo, en los siglos XII y XIII, aproximadamente en el año 1260, se ha dado un renacimiento del culto y la veneración a la Virgen María, a tal grado que podemos afirmar, sin temor a equivocarnos, que si hay una era que verdaderamente le pertenezca a ella, es ésta —su dedo índice señaló hacia abajo repetidas veces—, la era del Espíritu Santo —hizo una pausa, tratando de poner orden a sus ideas—. Aquí me voy a permitir hacer una disertación de índole teológica, aclarando que no soy, ni pretendo ser —hizo un gesto de displicencia con la mano—, un erudito en teología. Más bien, lo que haré es una deducción... Si la Virgen María es la *theotokos*, la Madre de Dios, ella debe tener carácter divino, porque Dios no iba a procrear a su Hijo concibiéndolo con una mujer, digamos, humana. De haber sido así, su Hijo sería mitad divino y mitad humano, vamos, un Hércules —sonrió abiertamente ante el singular ejemplo que se le había ocurrido—. Y sabemos que esto no es posible, ya que el Hijo es Dios. Entonces, si decimos que el

Hijo es divino, igual que el Padre, también la Madre, y en este caso la esposa, tendrá que ser, forzosamente y por lógica pura, divina. ¡He ahí la verdadera Trinidad!

Cienfuegos se dio cuenta de que sus palabras habían impactado a su oyente, al notar su cara de asombro.

—¿Por qué la negación de la Iglesia? —cuestionó Sandra.

—Porque la Iglesia, desde tiempos inmemoriales, ha negado la naturaleza femenina de Dios; por eso, y no me preguntes por qué. Tan es así, que llegó al extremo absurdo de inventarse a la paloma ésa —añadió con risa burlona—, y la llamó Espíritu Santo, y para colmo, la endiosó. Todo con tal de negarle a María su papel preponderante en la historia de la cristiandad —Sandra asintió y esbozó media sonrisa—. ¿Qué es el Espíritu Santo? No es nadie, porque no es una persona. Entonces, ¿cómo pueden decir que en Dios hay tres personas? Si las hubiera, la Virgen María sería, por derecho propio, la tercera persona. Esto, dicho metafóricamente, debo puntualizar, porque Dios no es una persona; sólo lo serían su Hijo y su Madre. Por eso la Iglesia tuvo que inventar eso de las distintas naturalezas de Dios —detuvo su alocución unos momentos mientras pasaba una mano sobre su barbilla—. Y aquí volvemos a la dualidad del dios supremo Ometéotl, ¿no es cierto? Acuérdate que está compuesto por una naturaleza masculina y otra femenina. Haciendo un símil sobre este concepto, de igual manera, para los cristianos, Dios-Padre-Esposo se conformaría con su naturaleza masculina en el Dios-Hijo, y con la naturaleza femenina en la Diosa-Madre-Esposa.

—¿Entonces la Trinidad es, al mismo tiempo, una dualidad? —preguntó, desconcertada.

Cienfuegos rió sin afán de burla. Se echó para atrás en el respaldo de su sillón al mismo tiempo que entrelazaba sus manos y las colocaba detrás de su nuca. Miró a Sandra y le sonrió.

—Sólo de género, Sandra, pero Dios no es persona, como ya dije. Es complicado, lo sé. Quedémonos con que en Dios

hay tres na-tu-ra-le-zas divinas: Padre-Esposo, Hijo, y Ma-
dre-Esposa. Es totalmente lógico, ¿o no? De esta manera se
le devuelve a Dios su ausente y denegada naturaleza femenina —con la intención de quitarle un poco de seriedad y
profundidad a la plática, añadió—: A menos, claro está, que
seas de las que creen que la Virgen María es la esposa del
Espíritu Santo, porque fue engendrada por él.

—¡Para nada! —gritó Sandra, brazos en jarras, simulando escandalizarse—. ¡Nada más absurdo! Nunca lo he
creído. En todo caso tuvo que haber sido engendrada por
Dios Padre.

Cienfuegos rió, mientras Sandra se disfrazaba con un gesto ceñudo de indignación.

—Lo que acabo de decir nos lleva a la conclusión inevitable de que esta era del Espíritu Santo no es otra cosa
que la era de la Virgen María. Razón de más para que se ro-
baran su imagen más venerada —Cienfuegos se cercioró de
que Sandra hubiera entendido la lógica detrás de su deducción. Una vez satisfecho de que así fue, continuó—: Esto,
como ya dije, se puede comprobar con algunos hechos que
considero ilustran muy bien mi postura. Por ejemplo, ¿cuántas iglesias no son construidas y nombradas bajo alguna advocación de la Virgen María? O bien, ¿cuántas imágenes
de la Virgen María, o alguna advocación suya, adornan pro-
minentemente infinidad de iglesias? ¿Cuántos millones de
personas realizan peregrinajes anuales a alguno de los muchos santuarios de las Vírgenes Negras, y no exclusivamente
negras? Solamente la advocación de la Virgen de Guadalupe atrae, durante su festividad, cada año, a ocho millones de
creyentes, y su culto va *in crescendo*. Dime si no concuerdas
conmigo en que ésta es la era de la Virgen María —Sandra
asintió—. Mira, la Iglesia, ante este alud de veneración hacia la Virgen, en un gesto por demás desenfadado, se ha permitido concederle una distinción, una adoración *sui generis*:
la hiperdulía —Sandra frunció el ceño—. Algo más que la
dulía, o sea, la veneración a los santos y a los ángeles, pero

menos que la latría, la adoración a Dios. Es decir, la reconoce por encima de los santos, pero todavía no le concede la categoría divina que sólo le corresponde a Dios y a Jesús. A fin de cuentas, y ya a título personal —advirtió con el dedo índice levantado y guiñándole un ojo con la intención de hacerla cómplice de lo que le iba a decir—... ¿A quién le vas a rezar y a pedir por el bienestar de los tuyos? ¿A la Virgen, madre bondadosa, llena de vida y abierta de brazos para recibirte esbozando una sonrisa?, ¿o al Cristo muerto, ensangrentado y crucificado, que te espera en el Juicio Final para juzgarte y condenarte por tus pecados? Creo que la respuesta es más que obvia. Entendámoslo de una vez por todas: según el *tlahcuilo,* estamos viviendo la última era de la humanidad, la era de la Virgen María y el final de los tiempos.

Sandra se mostró sorprendida del énfasis con que el historiador remarcó su último comentario.

—Por esta razón el *tlahcuilo* robó la Imagen —comentó Sandra, asintiendo con la cabeza.

—El *tlahcuilo* entiende perfectamente, por sus teorías milenaristas, que esta era del final de los tiempos le pertenece a la tercera persona de la Trinidad, pero sabe, también, que esa tercera persona no es el Espíritu Santo sino la Virgen María, la imagen más venerada, por encima de santos... y hasta por encima del propio Cristo. La Virgen María es, en veneración, la primera competidora de Dios Padre. En su desesperación, el *tlahcuilo* opta por cometer el hurto ya que esta medida drástica ayudará a la salvación de las almas, alejándolas de la herejía y del pecado mortal. Es un fanático que quiere redimir al mundo a toda costa. Piensa que está haciendo un bien a la humanidad. No hay que buscar a un criminal, porque no lo es. Tampoco es alguien que pertenezca a un grupo terrorista. Debe ser una persona profundamente religiosa, y muy turbada.

—¿Y potencialmente peligrosa? —preguntó Sandra con cierta aprensión.

Cienfuegos meditó su respuesta durante unos segundos.

—Llegado un momento de verdadero apuro que le impidiese lograr su objetivo… sí —se encogió de hombros sin añadir más.

—¿Quizá un sacerdote?

El historiador la miró con extrañeza, frunciendo el ceño. La pregunta lo había tomado por sorpresa. Se quedó pensativo por unos instantes, sopesando lo que había dicho la reportera. Su semblante adoptó una expresión de confusión. Tardó un poco en responder.

—¿Lo dices por la teoría de Callaghan, de que puede ser un fraile franciscano?

Sandra asintió con firmeza.

—Hemos descubierto que el hilo que encontró Callaghan en el Camarín pertenece a un sayal.

—Como dije, debe ser una persona con fuertes y acendradas convicciones religiosas, atribulada porque estamos viviendo el final de los tiempos y que se da cuenta de que el mundo cristiano ha vuelto sus ojos hacia la veneración de las imágenes, principalmente de la Virgen María, según él, la tercera persona de la Trinidad y la más venerada. Todo lo anterior en detrimento de lo verdaderamente sustancial: la exclusiva, única, total y absoluta adoración a Dios. Recordemos que la primera página del códice, la que advertía de qué iba a tratar todo el relato, se refería al primer mandamiento de la Ley de Dios: "Sólo hay un Dios y no venerarás a otras imágenes…" Sin embargo, la última página daba cuenta de la veneración a la imagen más importante del mundo: la Virgen María. Qué contradicción, ¿no?

Sandra asintió en complicidad.

—El relato del códice se resume en la historia de cómo la palabra de Dios escrita en el Antiguo Testamento fue desoída, mal interpretada y negada por la Iglesia, al propiciar, aprobar y regular la veneración de las imágenes, a tal grado que su culto, en especial a la Virgen María, madre del Hijo y esposa del Padre, ha sobrepasado con creces el culto del mismo Dios. Dejémonos de cosas, la veneración que se le profesa a la Virgen de Guadalupe es equivalente a la adoración a Dios. Así de fácil. Sin cortapisas. El pueblo no hace distingos, ésa es la realidad. ¿O me van a decir que entienden perfectamente lo que la Iglesia quiere que entiendan? Es decir, que cuando veneran a la Guadalupana, en realidad adoran a la Virgen María, pero ésta, a su vez, es una veneración a Cristo, y éste, a su vez, es una veneración a Dios… Ufff —se pasó un dedo sobre la frente como secándose un sudor imaginario—. Muy complicado, ¿no? El pueblo es mucho más sencillo y quizá más sabio. Venera a la Virgen de Guadalupe, y la endiosa a la par que a Dios. ¿Y no es esto, finalmente, de lo que estamos hablando?

Cienfuegos abrió los brazos y concluyó:

—La Virgen María es la tercera persona de la Trinidad.

Llegó a la basílica con la intención de platicar con Helena. Ésta la recibió con una sonrisa que a todas luces era forzada. No supo por qué, pero esta vez la saludó con un beso en la mejilla. Helena se ruborizó un poco al sentir la demostración de cariño de la reportera.

—Vine tan pronto me pude zafar para sacarte de aquí.

—Nada más que ahora no se va a poder, tengo cosas pendientes con el padre Fonseca.

—De ninguna manera. Esto lo arreglo yo.

Con la boca entreabierta por la sorpresa, y sin poder pronunciar palabra, vio cómo Sandra daba media vuelta y, sin anunciarse, entró a la oficina. Helena se llevó una mano a la garganta en un gesto de angustia por el desacato de la reportera. Sin embargo, la zozobra no tardó en disipársele cuando, a los pocos segundos, vio a Sandra resurgir por el mismo quicio con cara triunfante.

—Vámonos —le ordenó.

Helena la guió sin chistar hasta un restaurante que a primera vista no lo parecía, más bien aparentaba ser una casa, dadas las características arquitectónicas que discrepaban con las apariencias típicas de los establecimientos de alimentos a su alrededor. Estuvo a punto de detenerla y decirle: "Toca primero, antes de entrar", cuando la vio desaparecer por el único acceso que semejaba la entrada de un estrecho pasadizo. Cruzando entre las penumbras, el pasillo desembocaba en un pequeño patio interior muy soleado y acogedor con unas cuantas sombrillas playeras impresas con marcas de cerveza que cobijaban a algunas mesas dispersas con manteles bordados. "Por lo menos las mesas visten mantel", se dijo Sandra, mientras oteaba el recinto. Una pequeña fuente de cantera engalanaba el centro del lugar, que estaba rodeado en las alturas por un verdadero festín de macetas de barro con geranios rojos, blancos y rosas, que colgaban del barandal de madera carcomida del segundo piso.

Helena escogió una mesa cerca de un gran ciprés e invitó a Sandra a acompañarla.

—¿Qué le dijiste al arcipreste para que me dejara venir?

—Que necesitaba entrevistarte, pero que quería hacerlo extramuros para propiciar un mejor ambiente de confianza.

Las dos callaron durante unos segundos hasta que Sandra explotó de risa.

—No me lo iba a negar, te lo aseguro.

Para fortuna de Helena, que no se mostraba todavía dispuesta y abierta del todo, la mesera interrumpió la conversación para tomarles la orden. Repasaron el menú. Hasta ese momento se dieron cuenta de que el restaurante se llamaba Los Tres Juanes. Aunque hubiera sido un momento efímero, la lectura de la carta le significó a Helena un pequeño respiro y le regaló un tiempo valioso para hacerse del valor que la evadía. No se sentía a gusto bajo presión y estos últimos días habían sido muy estresantes; no estaba acostumbrada a eso. Para colmo de males, lo inaudito e impensable se había hecho presente con la llamada de su ex novio del día anterior.

—¿Y bien? —la instó Sandra para que le contara lo que tenía que contarle en cuanto la mesera se hubiera alejado.

Helena tuvo que armarse de valor. Doblegando su reticencia a hablar de sus intimidades, suspiró profundamente, y se dispuso a confiarle:

—Me habló por teléfono…

—¿Tu ex novio?

Helena asintió. Sus ojos enrojecieron. Sandra se dio cuenta del trago amargo que estaba pasando; juntó su silla a la de ella y le pasó un brazo por los hombros en un gesto de solidaridad. Así se quedaron abrazadas por unos momentos hasta que Sandra sintió que su amiga se reponía un poco.

—Me habló para pedirme que nos viéramos, con el pretexto de que debía consultarme algo relacionado con el trabajo.

—¿Y accediste?

—Sólo porque era una cuestión de trabajo.

—¿De trabajo? —le preguntó Sandra, sorprendida, frunciendo el entrecejo—. ¿Tenía que ver contigo en el trabajo?

Helena asintió, bajando la cabeza.

—Antes, durante una breve temporada —masculló con voz apenas audible—. De vernos por cuestiones de trabajo, pasamos a otra cosa. Mantuvimos una breve relación que terminó al poco tiempo de que él renunciara.

Sandra se disponía a hacer otra pregunta cuando cayó en la cuenta de un detalle.

—*Wait, wait*… Entonces, si trabajaba contigo, aquí en la basílica, no me digas que era… —abrió los ojos y se tapó la boca con una mano.

—Sí. Era sacerdote —le confesó, ruborizándose.

—Bueno, bueno… Oye, no es el fin del mundo, pudiste haberte enredado con alguien peor —Sandra se dio cuenta del yerro que había cometido con su comentario—. Perdón, Helena, no quise decir eso…

Para sorpresa de la reportera, la secretaria rió.

—Sí. Me imagino que hay cosas peores que tener un novio sacerdote.

—¿Por qué terminó el noviazgo?

—Ya no me volvió a hablar ni a buscarme —se encogió de hombros.

—¿Sabes dónde está, qué está haciendo?

Helena negó con la cabeza.

—*Okay, I got it.* Pero lo que no entiendo es por qué te alteró tanto su llamada. Algo debió haber pasado entre ustedes dos para que tú…

—¿Te parece poco el hecho de que me haya abandonado así, sin despedirse, sin decirme nada? —le espetó, interrumpiéndola—. Me siento totalmente despechada, Sandra. Y lo peor: siento que todavía lo quiero. ¿Pero es que es tan difícil entender esto?

—No. No es difícil. Si yo te contara…

Fiel a su costumbre cuando la traicionaban los nervios, Helena sacó el crucifijo y con los dedos comenzó a jugar con él. Sandra se percató de su modo de proceder y trató de hacer memoria acerca de cuántas veces había repetido esa manía.

—Entonces, ¿en qué quedaron? —la instó a continuar.

—Le dije que si quería verme, tendría que ser en la basílica. Porque ya estaba insinuando que quería invitarme a comer afuera —hizo una mueca de disgusto.

—Y no quieres estar a solas con él…

—No. Todavía no. No sé, quizá más adelante.

—¿Se van a entrevistar?

—No sé —dijo, encogiéndose de hombros—. Quedamos en vernos, pero la verdad estoy a punto de arrepentirme. Le tuve que colgar porque me dijo… —no pudo contener por más tiempo el llanto; colocó ambas manos sobre su cara, y entre pequeños gemidos y suspiros comenzó a llorar. Sandra la abrazó de nueva cuenta, dándole la oportunidad de que decidiera si continuar o no con su confidencia—. Ese cabrón, ¿sabes lo que me dijo?… Que todavía me amaba.

—¡No le creas!

—¡Claro que no le creo! Lo único que quiere es utilizarme para… En realidad no sé en qué enredos esté metido, caray. Porque algo se trae, estoy segura. Si no, no me hubiera hablado.

—Explícate.

—No me pidas que te dé detalles.

—No, no. Si no quieres, no.

Helena alcanzó a afirmar con la cabeza, apretando el puño cerrado sobre el crucifijo. Sandra se percató de su temor y de su impotencia.

—No pasa nada —la tranquilizó—. Quizá otro día quieras hablar sobre el tema.

Helena abrió la mano que apretaba el crucifijo, liberándolo, y la extendió para tomar la mano de su amiga que le quedaba más cercana. La estrechó con firmeza y se la llevó a la mejilla, mientras le susurraba un "gracias".

—Bueno, dime, ¿cuántas semanas tienes de embarazo?

❖

Callaghan revisaba, una y otra vez, las secuencias del video que el señor Ortega había seleccionado de los sospechosos del hurto. No eran más que personas que se comportaban de manera distinta que el común de los feligreses, donde el fervor religioso imperaba como una norma de conducta. La mayoría eran turistas que se fijaban más en la arquitectura del lugar que en la liturgia que se llevaba a cabo en ciertos momentos. Muchos pertenecían a grupos precedidos por un guía. Como había anticipado el jefe de Seguridad, la mayoría cargaba bolsas repletas de *souvenirs* comprados en la tienda.

—Tiene razón, no hay nada.

—Es difícil salir con un bulto tan grande sin pasar inadvertido.

—Entonces el ayate todavía debe estar en la basílica.

El señor Ortega hizo una mueca.

—¿Ha revisado todos los rincones?

—Dispuse mis elementos a la revisión íntegra de los accesos comunes de la basílica. Para los accesos privados, como las oficinas del abad y del arcipreste, solicité su permiso. El abad me lo negó, pues él mismo asegura que ya revisó su oficina.

—¿Y el arcipreste? Tuvo la misma respuesta de parte de él, supongo.

El jefe de Seguridad asintió.

—Para obtener los permisos de acceso a las habitaciones de los canónigos me dirigí con él. En un principio desoyó mi petición aduciendo que el personal de mantenimiento se encargaría de la revisión. Tuve que insistir con firmeza para que me permitiera realizar la labor que a mí correspondía. Finalmente lo conseguí, no sin antes ser advertido que él, por su cuenta y con apoyo del personal de mantenimiento, también procedería a efectuar la inspección. Habló con cada uno de los canónigos y fijó una hora con el fin de que se ausentaran para que mi personal pudiera realizar la revisión.

—Y la llevó a cabo sin encontrar nada…

El señor Ortega asintió.

—¿Quedan por inspeccionar otros resquicios?

—De los que yo tengo conocimiento, que se encuentren en el ámbito de mi competencia, no.

—¿Cuáles corresponden a su competencia?

—Bueno, el Camarín, las criptas, los nichos… No vamos a abrirlos, usted me comprende, ¿verdad? —Callaghan asintió, aunque sabía bien que si lograban conseguir más pistas que apoyaran la hipótesis de que el ayate permanecía en la basílica, ni los muertos tendrían la paz que buscaban al ser sepultados en el santuario—. Sigo sin entender —meneó la cabeza—, el ayate debe seguir aquí. Algo estamos haciendo mal, no me cabe la menor duda.

El legionario permaneció callado. Quería asegurarse de que todo estuviera en orden.

—¿Tiene usted el reporte de la inspección? —el señor Ortega hurgó en uno de los cajones de su escritorio y sustrajo unos papeles que entregó a Callaghan. Éste los leyó con atención. Frunció el ceño; había encontrado algo que no le cuadraba—. Aquí dice que cuando iban a revisar las primeras habitaciones de los canónigos había personal de mantenimiento.

—Sí, como me lo había anticipado el arcipreste.

—¿Qué hacían?

—Pregunté y me dijeron que estaban realizando labores normales de mantenimiento, como cambiar una chapa, reponer un foco fundido, cosas así.

—¿Y sus elementos entraron a las habitaciones?

—En las habitaciones donde se encontraban laborando los de mantenimiento sólo realizaron una inspección visual.

—¿Y donde no estaban los hombres de mantenimiento?

—En ese caso sí entraron a las habitaciones.

Callaghan meditó las respuestas del jefe de Seguridad. ¿Debía confiar en la inspección realizada *motu proprio* por parte del arcipreste?

❖

Sandra y Callaghan iban en el coche, de regreso a sus casas. Contrariamente a lo que sucedía cuando se encontraban juntos y a solas, los dos mantenían un silencio reflexivo, sin llegar a ser incómodo, durante aquellos primeros minutos de recorrido. El gesto de Callaghan, fruncido el entrecejo, denotaba una mezcla de preocupación y malestar. Su mente estaba ocupada en lo que, creía él, se le estaba escapando en su estrategia por dar con la identidad del ladrón; algo estaba omitiendo, estaba seguro, y ese factor huidizo lo atormentaba por no poder descifrarlo.

Sandra, por su parte, entraba y salía de su ensoñación de una manera relajada y hasta placentera, que se reflejaba en la media sonrisa que de vez en cuando aparecía en su boca para luego desvanecerse. Cuando la esbozaba, era porque estaba pensando en la trama de su novela, y cuando se diluía, rememoraba su reciente conversación con Helena. Dada la liviandad de sus pensamientos, en comparación con los de su acompañante, ella fue la primera en romper el silencio.

—¿Qué te platicó Leonardo?

Callaghan tardó en responder, ensimismado en sus elucubraciones y renuente a entablar una conversación que él consideraba trivial.

—Me preguntó cómo íbamos… Si habíamos tenido algún avance.

—¿Y?

—¿Qué? —preguntó extrañado de que Sandra insistiera.

—Que qué le dijiste —respondió la reportera dando una palmada en su propia pierna en un gesto que denotaba que su pregunta había sido muy obvia—. Qué otra cosa te contó… Vamos, parece que hoy estás un poco parco, ¿eh?

Callaghan se quedó callado unos segundos. Había estado esquivo, era verdad. Su instinto le decía que lo que estaba haciendo era correcto, pero al mismo tiempo no estaba avanzando. Era una situación que lo incomodaba. Al haber tan escasas líneas de investigación, por lo menos éstas le permitían concentrar sus esfuerzos en lo obvio, pudiendo así atinar o desechar esas alternativas de manera franca. "Estoy tan cerca…", se dijo con un sentimiento de frustración.

—Lo que el abad quería era saber el avance de mi investigación.

—¿Y qué le dijiste?

—La verdad. Que mi teoría de que el ladrón es zurdo se había derrumbado.

—¿Cómo lo tomó?

—Me sorprendió. Me dijo que no me preocupara, que de seguro hubo otra persona que anudó el cordel; que mi teoría era sólida, que se había convencido de ella cuando vio los nudos que hicimos nosotros y la diferencia con los que había en el cordel.

—Vaya, te dio un espaldarazo de confianza.

—¿Y tú? ¿Qué hiciste, eh? ¿Cómo te fue con Cienfuegos?

"Es su forma de volteármela —se dijo Sandra—, ya lo voy conociendo. No es mala estrategia", reconoció. "Hombres, todos son iguales, incluso éste que, encima, es cura." Este último razonamiento le hizo recordar la cara de asombro que puso cuando Helena le confesó que su ex novio era un sacerdote. Si supiera de sus incipientes andanzas con Michael, seguramente también pondría cara de sorpresa. Este pensamiento acabó por doblegar sus defensas, obligándola a esbozar una sonrisa que no escapó a la mirada del legionario.

—Te estás burlando de mí...

Sandra negó con la cabeza.

—No, no es eso. Son cosas mías, créeme.

Callaghan no respondió. Su humor, de pronto, cambió. Su semblante se suavizó y se dejó contagiar por las risas de Sandra. Por un momento, los dos rieron simultáneamente de sus propios demonios.

—¿Ya me puedes contar se-ria-men-te lo que hiciste?

—Me tomé un café con la señorita Estévez —contestó despreocupada, como si su reunión hubiera sido la cosa más natural del mundo.

—¿De qué hablaron? ¿Qué le preguntaste? —dijo, volteando a verla y distrayendo su mirada de la conducción del automóvil.

"Volvemos a las andadas —pensó fastidiada—. Voy a tener que vigilar su manera de conducir todo el maldito trayecto hasta la casa. No. Me niego."

—¿Sabes qué? No te voy a contar nada...

—¿Por qué?

—Porque cada vez que te platico algo, nada más te me quedas viendo, distrayéndote, y dejas de manejar bien. Ni que fuera una diva, o tu musa, para acaparar tu atención todo el tiempo. Por eso no te voy a decir nada.

—Te prometo que ya no voy a voltear a verte.

—Mira, te lo digo en serio, ¿eh?, si quieres que de verdad te cuente qué platiqué con la secretaria, lo haremos en mi casa, los dos tranquilos, con musiquita y con una copa de vino. No quiero aceleres, que ya he tenido bastantes. ¿Y sabes qué?, tú me aceleras, y mucho, por la forma como manejas.

Callaghan aceptó con un espontáneo movimiento de la cabeza, molesto consigo mismo, porque era muy obvio su sonrojo. Con algun esfuerzo se aguantó su vergüenza sólo porque pensó que Sandra tenía algo importante que decirle.

Llegaron a la casa y subieron al departamento. Callaghan se mostró sorprendido por el buen gusto de la decoración que, sin llegar a ser minimalista, proporcionaba un ambiente *cozy*. Sandra lo invitó a que se pusiera cómodo, y se quitó los zapatos para dar el ejemplo. Se dirigió a la alacena y sustrajo una botella y un sacacorchos. Se los dio al legionario, quien descorchó una botella de vino tinto español Dehesas Viejas, Crianza del 2003 de la Ribera del Duero. La reportera no era muy ducha en el tema de la vid, pero le encantaba degustar el licor en la intimidad y con una buena compañía. Le ocurría algo parecido con el café, sólo que éste lo tomaba a todas horas, sola o con quien fuera. El vino se lo había recomendado Jesús. "Por calidad y precio es lo mejor que puedes conseguir", le había advertido, y, al recordarlo, también se acordó de que tenía que llamarle más tarde... si no sucedía otra cosa.

Se arrellanó en el suelo de la salita, después de haber seleccionado cinco cidís de los noventa que había cargado en el reproductor Harman/Kardon que un antiguo novio le regaló. Colocó la copa a su lado y con un ademán de la mano invitó a Michael a que se sentara junto a ella. Con pasos torpes e inseguros, Callaghan se acercó y se acomodó como pudo, incómodo por la forzada postura que se obligaba a adoptar al sentarse a ras de suelo. "Ya aprenderá a relajarse —pensó Sandra—; acostumbrado a tanto rezo en hinojos, la alfombra mullida le parecerá la gloria. ¿La comodidad será pecado?", rió para sí.

—¿Y bien? ¿Ahora sí me cuentas?

—Helena estaba muy angustiada. Tengo que decirte que no fue la primera vez que la he visto en ese estado.

—¿Has salido antes con ella?

Sandra asintió, mientras daba un trago de su copa.

—En repetidas ocasiones ha manifestado temor y angustia porque un ex novio la vuelva a llamar. Tú sabes, cosas de mujeres —al decir esto último, Sandra pensó que Michael no tendría por qué saber esas "cosas de mujeres", como le había dicho; trató de explicarle—: Mira, las mujeres a veces nos comportamos de manera irracional cuando se trata de nuestra relación con los hombres. Por más que nos hayan engañado o por más que nos hayan hecho alguna trastada, siempre estamos listas para perdonarlos. A la señorita Estévez le está pasando justamente esto. Es decir, rompió con su ex pero en lo profundo de su ser abriga la esperanza de perdonarlo y volver con él. Sin embargo, al mismo tiempo, esa eventualidad es la causa de su angustia. Si fuera racional debería de dejar las cosas como están, pero si le gana la emoción desearía que su relación se reanudara. Es un poco complicado, ¿no?

—No te esfuerces mucho en explicármelo. A las mujeres no hay que entenderlas, hay que quererlas.

Sandra sonrió y levantó su copa para celebrar el dicho.

—Salud por lo que acabas de decir.

Este pájaro sabe más de lo que aparenta", se dijo.

—Bueno, pues resulta que después de mucho tiempo su ex novio la llamó hoy porque quiere verla.

—¿Hoy? —frunció el entrecejo Callaghan.

—Sí. Hoy, ¿por qué te sorprende?

—No, por nada, por nada. ¿Y eso la alteró?

—Sí. Mucho. Por lo que te acabo de explicar. Pero más que eso, está confundida porque, según él, tiene algo importante que consultarle.

—¿Te dijo qué?

Sandra negó con la cabeza.

—He intentado que me lo diga, pero no se atreve a hacerlo.

—¿Por qué crees que no se atreva?

—No sé —se encogió de hombros—. Debe ser algo que le dolió mucho, o algo muy grave, o algo que no quiere que se sepa.

Se quedaron callados por unos instantes. Sandra no estaba muy segura adónde quería llegar Michael con sus preguntas. Tampoco le importaba. Quería disfrutar este breve momento de ocio. Tomó sus pies descalzos con ambas manos y los restregó, masajeándolos y acariciándolos. Su atención se desvió hacia las primeras notas de la canción *Runaway Train* que sonaba en el aparato estereofónico y que tanto le gustaba. Sin querer, cerró los ojos, se frotó ambos pies para desentumecerlos y comenzó a tararear en voz alta:

> Call you up in the middle of the night
> Like a firefly without a light
> You were there like a blowtorch burning
> I was a key that could use a little turning.

Callaghan tenía la mirada fija en ella, admirando su espíritu libre y desenfadado. Ahí estaba Sandra, cantando una canción como si él no existiera. Era su momento y lo estaba disfrutando, sin importarle quién la acompañara. Si hubiera estado sola, habría sido igual. Aprovechando que la reportera había cerrado los ojos, su atención se centró en sus pies desnudos. La manera como se los había acariciado le había parecido sumamente erótica. "Una mujer descalza es muy sensual", se dijo sin desviar la mirada. "Espero que su desnudez no pase más allá de sus pies", pensó sin mucha convicción.

La última frase de la canción llamó su atención: "Era una llave a la que le vendría bien una pequeña vuelta". "Qué ironía —pensó—. Lo que estamos buscando para resolver el acto vandálico del hurto de la Imagen se centra en una llave. Una llave que, identificando a su posesionario, con una pequeña vuelta abriría la puerta de la solución al dilema de develar la identidad del ladrón. Estamos a un pequeño giro de abrir esa puerta, así de cerca estamos."

Sandra ya no tarareaba, pero mantenía los ojos cerrados mientras disfrutaba la canción. Uno de sus pies desnudos llevaba el ritmo de la melodía, golpeteando rítmicamente el tapete. "O quizá yo sea esa llave", recapacitó Michael, vuelta su atención al pie que seguía el ritmo de la música. La llave a la que le hacía falta una pequeña vuelta para atreverse, para abrir una puerta cerrada, para liberarse, para dar el paso hacia una nueva vida.

—Bueno. *Back to reality* —dijo Sandra, al abrir los ojos y voltear a verlo.

—Sí, por desgracia —le confesó resignado, deseando que ese momento mágico hubiera durado un poco más.

Sandra lo miró un poco extrañada por lo que había interpretado como una exteriorización de su sensibilidad oculta. Cuántas veces, en sus relaciones anteriores, pensó, había suplicado por que los hombres mostraran un poco de su sensibilidad. Parecía que los sentimientos estaban vedados a todo el género masculino. "Apenas fue una pequeña frase la que dijo Michael, casi un lamento, pero con ella me ha mostrado mucho de su persona." Sandra sintió mariposas en el estómago.

—Estábamos en que la señorita Estévez no quiso contarte su secreto...

—No, no quiso, aunque por las pláticas que hemos tenido, supuse que el problema es un eventual embarazo.

—¿Le preguntaste?

—Sí, pero nada más me miró, meneó la cabeza y sonrió. No supe si su gesto fue de aceptación o de negación y, la verdad, ya no quise indagar.

—¿Y accedió a reunirse con su ex novio?

—Primero me dijo que iba a verlo y, después, que a lo mejor se arrepentía.

Callaghan meditó unos segundos. Aunque había abrigado alguna esperanza, concluyó que no había nada que le pudiera servir a su investigación de la reunión de Sandra con la secretaria. Fue una plática entre mujeres, nada más. Nada importante.

—Bueno, esperemos que tu amiga resuelva sus problemas con los hombres.

Sandra estuvo tentada a hablarle del obstinado hábito de Helena de juguetear con el crucifijo de san Damián cuando se ponía nerviosa. Se le ocurrió sólo para destacar la coincidencia de que ese santo hubiera aparecido dibujado en el códice. Callaghan se dio cuenta de que la conversación había concluido. Sabía que aún no estaba preparado para comportarse de la manera como Sandra esperaba que se comportara. Le faltaba cerrar el círculo. Tenía claro que lo que no se podía permitir era el engaño; ni para Sandra ni para él mismo. Resolvería su situación personal, primero, y después vería si Sandra podría formar parte de su vida.

—Sé que debes estar cansada… —comenzó lo que a todas luces era una despedida.

—No lo estoy.

—Yo sí, Sandra —la miró a los ojos con una expresión con la que le pedía comprensión—. Creo que lo mejor es que me vaya…

Sandra se quedó helada. No esperaba una respuesta así. Se sintió despechada y ese sentimiento la obligó pensar en Helena: "Así se ha de sentir ella —se dijo—: no deseada". En respuesta, la reportera se encogió de hombros, tratando de ocultar su resignación y su frustración. Bajó la vista, recogió una pierna y posó la barbilla sobre la rodilla, mientras paseaba la yema de su dedo índice sobre el borde de su copa, haciendo círculos. La idea de que Callaghan se fuera no le agradaba. Estaba convencida de que él le rehuía.

Callaghan se percató de su molestia. Quería decirle muchas cosas, pero sabía que debía esperar.

—Sandra… sé que estás pensando que no quiero estar contigo. No es eso. Nada me gustaría más, créeme —ella levantó la vista y se quedó observándolo, esperando a que siguiera hablando—. Sólo que éste no es el momento adecuado. Necesito tiempo. Debo resolver, primero, mis asuntos personales —paseó una mano sobre su traje de sacerdote—. Espero que me comprendas…

"Son esos malditos votos —pensó enojada—. También es culpa mía por meterme donde no debo. ¡Yo, con un sacerdote! Qué desdicha la mía." A pesar de lo que acababa de pensar, sentía que en el fondo había una verdadera atracción, y que era recíproca. Su instinto de mujer le decía que Michael no le era indiferente y que, a su peculiar manera, le correspondía.

—¿Paso por ti mañana a la misma hora? —le dijo Michael.

Sandra asintió sin pronunciar palabra.

Callaghan se levantó y se pasó ambas manos por los pantalones, alisándoselos. Ella interpretó esa acción como si estuviera sacudiéndolos.

—Te prometo que el tapete estaba limpio.

—No, no, no. No vayas a pensar otra cosa. Es una costumbre. Trataba de eliminar las arrugas del pantalón.

—Eso te lo enseñaron en la orden, ¿no? —comentó ella con pronunciado sarcasmo.

Callaghan no respondió, reconociendo con coraje que Sandra tenía razón: la pulcritud de la persona era una de las máximas que le habían enseñado en la legión.

—Bueno. Adiós y gracias por todo.

Sandra no hizo por levantarse para despedirlo. Callaghan entendió que estaba decepcionada y aceptó que sólo se hubiera despedido de lejos con un ademán de la mano. Ella movió ligeramente la cabeza de abajo arriba fijando su mirada en él, como una señal de que comprendía sus motivos.

Callaghan salió enojado consigo mismo, deseando azotar la puerta. "No más indecisiones —se dijo—, no más inseguridades. Aquí y ahora hay que cerrar el círculo. Soy la llave para abrir una nueva puerta; sólo necesito un pequeño giro."

No hubo otra cosa en el mundo que Callaghan extrañara y anhelara más en ese instante que Sandra le hubiera dado el mismo beso de despedida que le había dispensado la noche anterior.

❖

No era para nada sencillo, admitió el abad con pesar, el proceso que Michael estaba llevando a cabo para la identificación y la captura del ladrón del ayate. No dudaba de él, no, ni de su probada experiencia; simplemente empezaba a cuestionar los beneficios que obtendría de una posible intervención de la AFI en este asunto. Por un lado, sabía que sería bueno involucrarlos porque de seguro ayudarían mucho al legionario y al proceso en sí, pero por el otro lado, se negaba a hacerlo por varias razones de peso: se daría a conocer el robo del objeto religioso más preciado y venerado de los mexicanos, y, por lo inaudito del suceso, la Secretaría de Gobernación, e incluso la Presidencia, requerirían un informe detallado del hecho; que los medios de difusión tendrían la noticia del año, y crearían una parafernalia tal a su alrededor que, tarde o temprano, exigirían un chivo expiatorio, y el más señalado para desempeñar ese nefasto papel era él; y, finalmente, que la Iglesia mexicana, comenzando por el arzobispo, se le echaría encima por haber ocultado el hurto.

Ante el cúmulo de adversidades que se le avecinaban, no pudo menos que sentir el latigazo de una corriente eléctrica en su espinazo, acompañado de una exudación fría. Tendría que seguir confiando ciegamente en la habilidad de Callaghan. Su futuro estaba cifrado en él. No tenía otra alternativa.

El arcipreste, quien se encontraba apostado en su oficina, lo puso al tanto de la entrevista que Callaghan y la reportera habían sostenido con él y su secretaria. Le informó sobre las tareas cotidianas de la basílica y le confió algo que le preocupaba:

—No tengo la menor duda de que vamos a dar con la identidad del ladrón —comenzó, tratando de contagiarle su confianza en el proceso—. Pero no es eso de lo que quiero hablarle —el abad asintió, meneó la cabeza y guardó respetuoso silencio—. Estoy más interesado en comentarle qué podemos, o qué debemos hacer, para que esto no vuelva a suceder jamás.

—Estoy de acuerdo con usted, créame —dijo el abad, externándole su complicidad—. Yo también había pensado en eso. Evidentemente tenemos que hacer algo. No podemos darnos el lujo de exponer otra vez así la Imagen… si es que logramos recuperarla —corrigió con tono de pesadumbre.

—La vamos a recuperar. De eso estoy seguro.

—Suponiendo que así fuera, sería inadmisible que esto volviera a ocurrir. Por lo tanto, tenemos que adoptar medidas extremas que nos aseguren que no suceda de nuevo.

—Coincido con usted plenamente. Podemos empezar por el tema de la seguridad. Si falló es porque hay cosas que corregir —sentenció el arcipreste; el abad adoptó una postura de atención—. Se me ocurre que podríamos comenzar por el Camarín. Desde luego, la escena donde se perpetró el crimen debe ser analizada y reevaluada. A lo mejor, incluso, suprimirla.

—No sé si tanto… —recapacitó el abad, negando con la cabeza—. Tenemos que reconocer que las visitas privadas al Camarín significan una muy buena fuente de ingresos;

además, haciéndolo bien, con las medidas de seguridad adecuadas, se convertiría en una verdadera caja fuerte.

El arcipreste se encogió de hombros mientras esbozaba una mueca con la boca, otorgando parte de razón al comentario del abad.

—Debemos corregir el sistema de las llaves. Ya vimos que no funciona.

—De acuerdo. Es un sistema obsoleto. No sé cómo lo mantuvimos durante tanto tiempo sin habernos dado cuenta de su fragilidad —se lamentó el abad.

El arcipreste asintió con la cabeza.

—Sugiero que formemos una comisión, encabezada por usted, desde luego, en la que podamos tener un foro para discutir cómo podemos mejorar nuestro sistema operativo de seguridad, dentro y fuera de la basílica.

El abad meditó las palabras del arcipreste mientras se alisaba el pelo en un gesto que denotaba preocupación. Respiró hondamente y dijo:

—Pero que el asunto no se quede sólo en discutir…

—No, no, no. Lo que quiero es involucrar al jefe de Seguridad para que nos dé su opinión experta. Con sus comentarios y sus sugerencias podremos determinar qué acciones debemos tomar.

—Me parece bien.

El arcipreste permaneció en silencio un momento, como si se le hubieran agotado todas las sugerencias. Restregó sus manos con ansiedad. Iba a decir algo y estaba buscando el momento propicio. Hizo acopio de valor y dijo:

—Falta otra cosa…

—¿Qué cosa?

—¿Cómo vamos a proteger la Imagen?

—¿Qué no es de la Imagen de lo que hemos estado hablando todo este tiempo?

—Hemos hablado de su entorno, del Camarín. Lo que quiero decir es… qué vamos a hacer para ga–ran–ti–zar que no la vuelvan a robar nunca más.

El arcipreste fijó su mirada en el abad.

—Hay una manera como se puede garantizar que la Imagen jamás vuelva a ser robada…

—¡Explíquese! —casi le ordenó el abad.

—Muy fácil —el arcipreste hizo una pausa deliberada, y añadió—: dejando la copia en su lugar.

❖

La señorita Estévez estaba enfrascada en la preparación de los asuntos pendientes que tenía que llevarle al arcipreste al día siguiente. Se había quedado en la oficina después de su horario laboral por diversos motivos, entre ellos, por haber recibido, de manos de don Agustín, la nueva llave de la chapa de la habitación 5 de los canónigos, y por haber escuchado pacientemente su explicación de los detalles que llevó a cabo, paso por paso, para sustituir la Imagen. Estaba a punto de finalizar sus tareas cuando sonó el teléfono.

—¿Helena?

Esta vez reconoció la voz inmediatamente.

—¿Por qué insistes en hablar? Ya te dije que pierdes tu tiempo.

—Mira, necesito verte urgentemente.

Por el tono de su voz, Helena supo que su interlocutor estaba desesperado.

—¿Qué te pasa?

—Tengo que preguntarte algo.

—Pregúntamelo de una vez.

—Por teléfono no.

Helena se tomó tiempo para responderle. Sabía que no tenía que acceder, pero la desesperación de su voz la ablandó. Se llevó una mano al cuello para sustraer el crucifijo. Accedería a verlo, no sin antes tratar de conseguir algún beneficio.

—Antes yo tengo que preguntarte algo…

—Cuando nos veamos podrás preguntarme lo que quieras.

—No. A mí no me importa preguntártelo por teléfono.

—Entonces hazlo, si con eso me prometes que te veré.

—Está bien.

—¿Cuándo?

—Mañana.

—¿Dónde?

—Aquí, en mi escritorio.

Esta vez fue él quien tardó en contestar.

—No. De ninguna manera. En la capilla abierta central del primer piso.

La señorita Estévez sopesó la oferta.

—Bueno.

—¿A qué hora?

—A la una.

Él volvió a guardar silencio, valorando la conveniencia de la hora propuesta.

—De acuerdo. ¿Cómo entro?

—Te dejo sin cerrar la puerta de abajo, la que está frente a los confesionarios.

—Me parece bien.

—Entonces tenemos un *deal*. Ahora, mi pregunta…

—Adelante.

Helena aprisionó el crucifijo en su puño, como encomendándose al santo que representaba.

—¿Alguna vez, por la razón que sea, le platicaste a alguien acerca de nuestra cita en el Camarín? —preguntó con tono de aprensión.

—¡Claro que no! ¿Cómo crees?

—¡Júramelo!

—¡Te lo juro!

—Confío en que me dices la verdad…

Helena sintió punzadas de dolor en la palma de su mano, producidas por las finas aristas del crucifijo. No obstante, no redujo la presión con que lo apretaba mientras esperaba la respuesta de Francisco. Si decía la verdad, se le quitaría de encima un gran peso.

—¿Eso era todo?

—Falta otra cosa…

—¿Cuál?

—Ésa te la digo mañana.

—Bueno, tu pregunta ha sido contestada; ahora te toca cumplir a ti.

—Nos vemos en el lugar y en la hora pactados.

Los dos permanecieron en silencio por unos instantes.

—No te he olvidado…

Helena contrajo su puño con mayor fuerza, impotente de contestarle como hubiera deseado.

—No empieces. Si sigues con eso, te cuelgo.

—No me importa. Te amo.

Arribó, no muy noche, a la casa de los legionarios. Sin ninguna causa aparente, las luces de la entrada estaban apagadas. Eso le molestó. Mientras la ciudad apenas empezaba a salir del letargo cotidiano del trabajo de oficina, y los bares y los restaurantes comenzaban a llenarse de gente que buscaba un paliativo a la rutina, el refugio de la legión, cual fortaleza amurallada que resistía los embates de las fuerzas mundanas del exterior, daba evidentes señales de un temprano, silente y oscuro recogimiento. "Esto es aislarse del mundo —pensó, pero de inmediato cayó en la cuenta de la flagrante ironía—. ¿Y qué era lo que estaba haciendo él, sino eso?"

Con un sentimiento de remordimiento que le roía su ya de por sí apesadumbrado y alicaído ánimo, sacó de su bolsillo la llave de la entrada y, dando un pequeño giro, abrió la puerta. Callaghan dio un paso y se detuvo paralizado bajo el quicio de la puerta. Ahí mismo pensó lo fácil que había sido dar un pequeño giro a la llave para entrar a la residencia. "Igual de fácil —razonó— será dar un pequeño giro a la misma llave para salir de ella." No pudo evitar cerrar los ojos y asentir con la cabeza.

El olor a alimentos cocinados con aceite de oliva que provenía de la cocina, por un lado, y el aroma del limpiador líquido de pisos, por el otro, llenó sus fosas nasales, obligándolo a recordar —como si no hubiera tenido suficiente el día de hoy— otros dos principios de la orden: dieta balanceada al estilo mediterráneo y limpieza extrema. Esto le agravó su mal humor. Parecía que la ocurrencia de estas pequeñas nimiedades, lejos de ser sucesos aislados, se habían confabulado, formándose, una detrás de la otra, en una larga fila de coincidencias cuyo objetivo era restregarle el malogrado e infortunado momento que había tenido apenas hacía unos instantes en la casa de Sandra. Callaghan meneó la cabeza y suspiró.

Arrastrando los pies, encorvado y con la cabeza gacha, cruzó el pasillo que lo conduciría a la sala. Allí se encontró con dos compañeros, un poco más jóvenes que él, que lo saludaron con efusividad. En respuesta, él hizo un ademán con la mano, como diciéndoles: "No me molesten". Aquéllos cruzaron miradas de azoro. Callaghan se dirigió a la cocina. Abrió el refrigerador y, ante una miríada de *tupper wares* llenos de deliciosos platillos, optó por el que parecía un pescado a las finas hierbas. Decidió acompañarlo con una ensalada de berros. Después de calentar su cena en el microondas, se dirigió al comedor. Ahí se topó con que los hombres con quienes se había cruzado en la sala y otro más —el decano de la residencia— se encontraban con sendas tazas de café humeante que habían preparado en la cafetera localizada en el trinchador del comedor. El trío levantó la vista para sonreírle. Callaghan se detuvo y pensó ir a la sala para cenar solo, pero no lo hizo, no obstante que no estaba de humor y en esos momentos detestaba cualquier compañía, incluso la de sus compañeros de la orden. Adivinaba cuál era su tema de conversación. Esbozó una falsa sonrisa y se acomodó junto a ellos.

Lo dejaron cenar tranquilo, casi sin interrumpirlo, haciéndolo intervenir ocasionalmente en su conversación, cuando las respuestas podían contestarse con monosílabos o con simples movimientos de negación o afirmación. Cuando terminó de cenar, uno de ellos, el más joven, se levantó para recogerle el plato y los cubiertos para llevarlos a la cocina. Callaghan debió mostrarse sorprendido, pero no lo hizo, tomando como la cosa más natural de este mundo el gesto de su compañero. El otro le sirvió una taza de café y aprovechó para rellenar la suya. Cuando los cuatro se volvieron a encontrar en la mesa, voltearon a mirarlo, como advirtiéndole del advenimiento de sus preguntas, que él intentaría contestar de manera expedita. Lo único que deseaba en ese momento era acostarse y evadir las pesadillas.

—Ha estado fuera mucho tiempo, ocupado en no sé qué cosas —adujo el decano con un ademán de reproche—. Pero, bueno, la legión le otorgó a usted permiso de ejercerlas y en eso no me meto.

—Y en qué sí se mete, si se puede saber…

El decano asimiló el golpe sin respingar. Los curas jóvenes percibieron que se enrarecía el ambiente. Cambiaron sus posturas para mostrar mayor atención, ya por morbo o por curiosidad, atentos a la respuesta. El decano aprovechó el momento que se le presentaba para externar a Callaghan lo que, después de largas meditaciones, había determinado en relación con aquel penoso incidente que los había acosado durante tantos años.

—En que no puedo sino reconocer todo el bien que hizo nuestro fundador a través del carisma que transmitió a cada uno de nosotros, amando a Cristo, a la Virgen, a la Iglesia y al papa. Siempre tendré palabras de agradecimiento para nuestro padre, que fue el instrumento que Dios escogió para enseñarnos el camino hacia Él. Y eso… ni yo ni nadie lo puede cuestionar.

"Lo que me faltaba —pensó Callghan fastidiado—, ahora tengo que escuchar la guía de pensamiento que nos infundirá nuestro director espiritual."

—¡No puedo creer que insistan en lo bueno que legó el fundador, haciendo caso omiso del daño que perpetró a tantos y a tantos niños, a jóvenes seminaristas, a mujeres pudientes y demás personas que ni siquiera me atrevo a nombrar!

—Lo que les acabo de decir es lo que yo creo. Si les sirve para meditar, me doy por bien servido. Sugiero discutir y orar para que nuestras mentes y nuestras conciencias sean iluminadas con la razón y con el entendimiento del Espíritu Santo.

Callaghan dibujó una sonrisa sarcástica. Bien sabía lo que significaba "meditar, discutir y orar".

—¿Que meditemos o que ejerzamos? —le reviró, clavándole la mirada—. Hay una gran diferencia entre ambas acciones.

—Interprételo como quiera. Cada uno es libre de pensar y actuar como le dicte su conciencia. Por eso la recomendación que le hago es a título personal —volteó a mirar a los dos jóvenes sacerdotes que mostraban incertidumbre y azoro, siendo testigos de este jaloneo ideológico.

—¿Y usted cree que esa "recomendación" todavía puede sostenerse después de que salió a la luz pública la doble vida de nuestro fundador? —un silencio sepulcral se adueñó de la conversación. Los curas jóvenes se miraban entre sí con expresiones de confusión. El decano había bajado la vista y entrelazado los dedos de sus manos, como en actitud de rezar una plegaria—. En otras palabras, es lo que la legión quiere que creamos, ¿o no? —Callaghan fijó su mirada en su interlocutor, quien no pudo sosténersela por mucho tiempo.

El decano se encogió de hombros, y bajando la vista, respondió:

—Allá usted si lo quiere ver de esa manera.

Callaghan volvió el rostro para mirar a los otros dos sacerdotes. Sus caras de consternación y sus miradas esquivas delataban su inminente decisión de optar por la obediencia ciega. "No hay nada que hacer", pensó. Una vez más, la legión había enviado la orden a todos sus agremiados de lo que tenían que hacer, pensar y decir en defensa de la causa de *mon pere*. "En poco tiempo, estos razonamientos, de tanto repetirlos, sonarán tan lógicos y fundados que todos los enarbolarán como si fueran la palabra de Dios. La estrategia era magistral —admitió—. En breve, todos los legionarios abrevarán de esta nueva máxima."

No pudo más. Se levantó, miró con profundo y prolongado desdén a sus compañeros de la orden y, dando media vuelta, se retiró. Antes de desaparecer de su vista, se volvió y les dijo:

—Qué curioso —esbozó una falsa sonrisa—… Yo, tantos años rezando y rezando, y él, nuestro padre, bailando y bailando.

❖

Sandra, ambientada por el alto volumen de la música que tenía el efecto embrutecedor de distraerla de su reciente frustración, apuró media botella de vino. Cuando sintió los primeros efectos del alcohol en su cuerpo y el cosquilleo en su bajo vientre, pensó llamar a algún amigo de quien guardaba un buen recuerdo por algún encuentro ocasional, para que la aliviara de lo que en breve sería una necesidad apremiante. Miró la hora y, malhumorada al constatar que era muy tarde y que se tenía que levantar temprano, tuvo que desechar tan prometedora idea. "Mira que dejarme así", pensó con hondo resquemor, meneando la cabeza. Su mente, todavía acicateada por el efecto etílico, en una gran maniobra discurrió una mejor y más fácil alternativa: la autocomplacencia. Ese pensamiento la orilló a llevarse la palma de la mano sobre su boca, escondiendo el esbozo de una maliciosa sonrisa de aprobación. "El remedio infalible de las solteronas", se dijo en tono de burla.

El timbre del teléfono la hizo dar un gran respingo, regresándola de súbito a la realidad. Ya era muy tarde. Descolgó el auricular y contestó. No se sorprendió de que fuera Jesús.

—Entonces, si no hubo robo con violencia, una de las tres llaves tuvo que haber sido la que abrió el Camarín, ¿cierto?

—Así parece.

—Pero evidentemente ni el arzobispo ni el abad tuvieron que ver; es absurdo. Entonces, debió ser el arcipreste.

—Eso fue lo que pensamos, pero el interrogatorio, tanto de él como de su secretaria, no dio pista alguna sobre su posible responsabilidad.

—Entonces el ladrón tuvo que haber robado alguna de las tres llaves.

—Por ahí estamos encaminando la investigación.

—Mira, a raíz de que me dijiste que habían suplantado la Imagen, le he estado dando vueltas al asunto. Creo que ya no tiene caso sacar la nota. La verdad es que se nos fue la oportunidad. Olvídate de ella; cambia el estilo hacia la crónica. Va a ser más creíble y aquí la temporalidad de la noticia no es tan importante. Podrás explayarte mucho más, realizando una investigación profunda, como la que estás llevando a cabo.

—Coincido contigo; a la nota se le fue su *timing*.

Sandra se quedó pensativa por unos segundos. Jesús, al pedirle que alargara el relato, no se daba cuenta de que rozaba la idea que ella ya tenía en la cabeza. "Sólo le faltó pedirme más páginas —se dijo— para que le diera al clavo." Al solicitarle Jesús la crónica, ella podía salvar su pellejo en el periódico. Nadie le podría reprochar que, después de la crónica, escribiera una novela sobre el tema que le habían asignado. Se sintió relajada. El panorama se estaba aclarando poco a poco.

—Con el tema de la seguridad, no bajes la guardia. El asunto es de suma gravedad, no lo olvides.

—Descuida.

—Oye, ya me está pesando que estés fuera del periódico tantos días. Hay que ponerle una fecha para que termines con ese asunto, si no, esto se puede alargar mucho tiempo, y eso no puede ser.

—Tienes razón, ya los empiezo a extrañar…

—¡Qué falsa eres! No sabes mentir, ni siquiera por teléfono.

—*Cross my heart.*

—Eres una hipócrita. Qué te voy a estar creyendo. Quédate hasta que se cumpla la semana y te vienes, ¿*okay*?

Sandra recogió sus piernas y se irguió para quedar sentada sobre el tapete. Pasó una mano sobre la pequeña alfombra y, al no percibir evidencia de suciedad alguna, se llevó la mano a la nariz para olerla. "Puede que Michael tenga razón —concedió, haciendo una mueca de desagrado—. Qué bueno que no bebí más, si no, me hago bolas y meto la pata con Jesús."

Se estiró cuan larga era. Entrelazó los dedos de sus manos y las colocó detrás de la nuca. Cerró los ojos y se dejó llevar por la música. Inmediatamente reconoció la canción: *Leather and Lace* cantada a dúo por Stevie Nicks y Don Henley. Cuántas veces no la había escuchado en el auto con sus papás —suspiró al recordarlos—; casi se la sabía de memoria:

> Lovers forever… face to face
> My city or mountains
> Stay with me stay
> I need you to love me
> I need you today
> Give to me your leather
> Take from me… my lace.

La rabia la invadió. Necesitaba que Michael le hiciera el amor y quería que fuera en ese instante. "¿Cómo se me ocurre entusiasmarme con un cura? —se dijo apesadumbrada—. Más vale que se decida, y pronto, porque si no... *so long baby*."

Quinto día

Llegó a su oficina dándole vueltas en la cabeza a lo que, la noche anterior, le había propuesto el arcipreste. Era descabellado. Inverosímil. ¿Qué pasaría si la gente se llegara a enterar? Sería desastroso. Aducirían, con razón, un engaño, realizado con alevosía y ventaja. Sin embargo, esto ya había pasado antes y no había tenido consecuencias y, lo que era peor, estaba sucediendo hoy, y la gente no se daba cuenta, por si fuera poco, continuaba mostrando su devoción como si nada. Si accedía a la propuesta del arcipreste, se garantizaría por siempre seguridad del ayate.

Con un ademán saludó a la secretaria, quien le avisó que el padre Callaghan y la reportera ya se encontraban en su oficina. Cuando abrió la puerta, encontró a Sandra sirviéndose un café y al legionario revisando el códice que permanecía en el mismo lugar que había ocupado durante los días de su análisis. Los saludó con una mueca por sonrisa.

—¿Qué vas a hacer con él? —preguntó Callaghan señalando el documento.

—Me imagino que debemos guardarlo celosamente en la biblioteca Lorenzo Boturini de la basílica.

—¿Para que todo mundo pueda consultarlo? ¿Qué vas a decir cuando cuestionen su procedencia?

—Dije guardarlo celosamente, no abiertamente. Lo guardaremos, pero no lo enseñaremos.

Callaghan meneó la cabeza. No estaba convencido de que guardarlo en una biblioteca, fuera del alcance de los ávidos ojos de estudiantes e investigadores, fuera el mejor destino del manuscrito. Si bien no tenía ningún valor artístico, sí tendría un enorme valor anecdótico, y hasta histórico, pero esto supondría que se conociese el suceso del robo, y eso no era conveniente para nadie.

El abad desvió su mirada hacia Sandra, a quien notó con una seriedad inusitada. Fue a su escritorio y, después de sacar los documentos de su charola de entrada, revisó el fólder concerniente a la reportera y a su periódico que llevaba el título: "Convenio *El Mundo*". Ordenó sus pensamientos para dar comienzo al tema que lo ocupaba.

—¿Otra noche de desvelo? —preguntó a la reportera. Sandra le regaló una sonrisa sin mucho entusiasmo—. ¿Sabes que estamos muy cerca de que se cumpla el plazo de nuestro convenio? —ella disimuló no haber reparado en ese asunto, tratando de ocultar su turbación. Atinó a encogerse de hombros con la taza en los labios, mientras asentía—. ¿Y qué piensa publicar tu periódico en exclusiva? —inquirió el abad con sarcasmo.

Sandra tenía que inventar algo para no perder sus armas negociadoras.

—Hablé al periódico y me informaron que no ha habido ninguna orden de inserción por parte de la basílica —le reviró.

—Sandra, sólo han pasado unos días. El incremento en el número de nuestras inserciones en *El Mundo* lo podrás constatar al final del mes que entra. Vamos, hasta se podría decir que con esta desviación de fondos hacia *El Mundo,* el periódico se convertirá, *de facto*, en el portavoz oficial de la basílica —añadió de buen humor. A Sandra no le hizo gracia el comentario, aunque reconocía que no le faltaba razón. Sólo quería ganar tiempo para pensar—. Y bien, no me has respondido. ¿Qué van a publicar?

—De momento, nada —dijo, clavando su mirada en el abad—. Bien sabes que el *timing* de la noticia no es propicio para una nota. Pero estamos pensando seriamente en publicar una extensa crónica del suceso.

—¿Crónica? —repitió extrañado—. No sé mucho de periodismo, como has de suponer, pero creo que no es un género muy vendible en un periódico, ¿o no? Más bien se me antoja como para una revista.

—El Grupo Tapies, al que pertenece *El Mundo*, tiene en su haber cuatro revistas.

El abad dio muestras de que la respuesta de la reportera lo tomó un poco desprevenido.

—¿Pero cuál será su contenido? ¿Dirán que todo esto que pasó sucedió en realidad? Nadie se los va a creer. La Imagen siempre estuvo ahí, nunca desapareció.

—La gerencia del periódico lo está evaluando concienzudamente, poniendo en una balanza los riesgos y los beneficios.

—No creo que se arriesguen a decir que el robo ocurrió de verdad. No tendrían forma de probarlo.

—Hay formas, y se exhibirán en su oportunidad, si fuera necesario.

—Aduciríamos que tu periódico miente.

Era el momento esperado por Sandra. Tenía que atacar frontalmente como lo había hecho apenas hacía unos cuantos días, al inicio de todo este asunto.

—Leonardo, no insultes mi inteligencia. ¿Te olvidas de que he sido testigo presencial? Y que en la situación extrema de que mi periódico decida demandarlos y el litigio llegue hasta los tribunales, se requerirán las declaraciones de las personas involucradas, cuyos nombres yo proporcionaré. ¿Te recuerdo?: el padre Fonseca, don Agustín, el jefe de Cómputo, el señor Ortega, la señorita Estévez, Enrique Cienfuegos… ¿Sigo? —preguntó, volteando a ver a Callaghan, mientras le decía—: Michael, en una situación así, en la que tengas que declarar ante un juez, ¿cómo responderías? ¿Te atreverías a cometer perjurio? Nadie sabe mejor que tú que ese delito se castiga con la cárcel. ¿Sabes de cuántos años es la pena? —Callaghan permaneció sin decir nada. Sandra se volvió hacia el abad—. ¿Estarías dispuesto a obligar a tu gente a mentir y a exponerlos a cumplir una condena de reclusión? Además —sonrió antes de pronunciar las palabras—. ¿Sabes lo fácil que es demostrar las diferencias que existen entre una pintura y una impresión digital? Imagina el alboroto que se ocasionaría si yo divulgara esto a la prensa.

El abad asumió el golpe y tragó saliva. Se pasó una mano por la frente en un fútil intento por secarse un sudor inexistente. Reconoció que, muy a su pesar, la reportera todavía tenía la sartén por el mango.

—Pero no te preocupes, Leonardo, eso no va a suceder —le aseguró con una falsa sonrisa y con un lenguaje corporal que le dejaba entrever algo.

—¿Qué pides a cambio? —Un recuerdo amargo lo llevó al primer día que la conoció.

—A su tiempo lo sabrás. Mientras tanto —volvió a mirar a uno y al otro, en clara señal de mando—, ¿podemos continuar con nuestra investigación, o les tengo que recordar que el ladrón sigue suelto y la Imagen desaparecida?

A partir de ese momento, el abad se sumió en un profundo mutismo. Se dio cuenta de que, ahora, además de Michael, su futuro también dependía de la reportera. Si abría la boca, sería su ruina. Pero, ¿cómo mantenerla callada? No le había dado a entender nada, ni siquiera una pequeña insinuación. Recordó que, con anterioridad, le había ofrecido dinero y ella lo había rechazado, entonces esa opción la tenía que desechar, aunque rezaba por que ahora sí fuese ése el fiel de la balanza. Con eso se resolvería todo de manera fácil. Sin embargo, no era así. Tendría que esperar el momento en que la reportera le confesara sus pretensiones, las cuales, por descontado, las tendría que conceder sin chistar. No era fácil su situación. Todo dependía de dos hilos que tenía enfrente, pero ahora él no podía ser el titiritero que siempre había sido. Esta vez él era la marioneta.

Callaghan seguía experimentando ese sentimiento de que algo se le estaba escapando, que la información que había solicitado no era la correcta, o que le faltaba alguna pista. Lo anterior, aunado a su desafortunada reunión con Sandra la noche anterior; a su desagradable reunión con sus compañeros legionarios; al absoluto mutismo en que Sandra y él se enfrascaron durante el trayecto en coche hacia la basílica, para rematar con la pregunta inmisericorde que le había hecho unos minutos antes acerca de si cometería o no perjurio, lo habían devastado emocionalmente, haciéndolo sentirse apesadumbrado, muy incómodo y de mal humor.

—Creo que me daré una vuelta para ver al padre Fonseca. Quiero preguntarle algo sobre el personal de mantenimiento a su cargo —dijo Callaghan.

—Te acompaño —repuso Sandra.

El abad los vio salir de su oficina, y con ellos, la esperanza de la pronta recuperación del ayate. Esperaba que lo encontraran, pues la noche anterior ya había decidido que si durante el día no había un avance concreto, llamaría a la AFI.

◈

Sandra y el padre Fonseca platicaban animadamente. Callaghan los oía a medias, tratando de no seguir el hilo de su conversación para no distraerse mucho. Sandra le habló al arcipreste de la charla que había tenido con Cienfuegos, y lo que le había comentado.

—¿Qué opinas sobre la teoría de Enrique acerca de la nueva Trinidad?

—Aunque respeto mucho la opinión del historiador, como sacerdote te puedo decir que es errónea.

—Pero tiene sentido.

—La Iglesia ha sido muy clara en lo que se refiere a este dogma. Yo, en lo personal, no tengo asomo de duda.

—Pero no me negarás que por lo menos es interesante —insistió Sandra.

—Todo lo que provenga del historiador Enrique Cienfuegos está bañado por el hálito de la sabiduría. ¿Y quién puede atreverse a negar que no sea interesante? Mira, como les comenté ese día durante mi intervención acerca de la página de Cristóbal Colón, soy un confeso historiador amateur frustrado. Me apasiona la historia, sobre todo la del descubrimiento de América. Siendo Cienfuegos, a mi parecer, el mejor historiador de México, todo lo que venga de él deberá ser tomado en cuenta.

—Te entiendo. Pero entonces eso quiere decir que la teoría de la nueva Trinidad de Cienfuegos no encuentra oídos sordos en ti.

—Es una teoría, eso es todo, pero hay que recordar que Cienfuegos, aun siendo un extraordinario historiador, no es, ni con mucho, un avezado teólogo.

—Muy cierto. Él mismo lo reconoció.

—Entonces hay que darle el crédito por ser quien es, pero no podemos perder de vista que ésa no es su especialidad y que no es un experto en el tema.

—Pero a ti sí que te interesó el tema de san Francisco, ¿verdad?

El padre Fonseca asintió.

—Recuerdo tu interés por interpretar las figuras del crucifijo, que, por cierto, el abad conocía de cabo a rabo.

—Nos dio una verdadera lección de arte. Les dije que la razón de mi curiosidad tenía que ver con que antes ya lo había visto en algún lado. Y precisamente ayer supe dónde: aquí mismo, en la basílica.

—¿Hay un crucifijo de san Damián aquí en la basílica? ¿Dónde? —intervino Callaghan, quien salió de la abstracción en la que se hallaba.

—Colgado del cuello de la señorita Estévez —respondió el arcipreste, intrigado por la inusitada pregunta del legionario—. Yo creo que lo había visto cientos de veces, pero no lo pude relacionar cuando lo vi pintado en el códice. ¡Y todos los días lo tenía frente a mis narices!

—¡Es cierto! Ahora que platiqué con Helena, me di cuenta de esa coincidencia —dijo Sandra.

—¡No hay casualidades! —exclamó Callaghan. Sandra y el arcipreste se miraron sorprendidos por la abrupta reacción del legionario, volteando a verlo en espera de una explicación—. ¡No hay casualidades! —repitió casi gritando—. ¿Qué no ven que no puede haber tal casualidad en un caso tan raro y único como lo es el crucifijo de san Damián? —se levantó de su silla y se acercó adonde se encontraban los demás—. El hecho de que aparezca en el códice y de que al mismo tiempo lo porte la señorita Estévez, no es obra de la casualidad. No. Más bien es una causalidad. Siendo un objeto tan raro, a fuerzas estos hechos deben tener una conexión —concluyó, abriendo desmesuradamente los ojos.

Sandra todavía no acababa de entender del todo el razonamiento de Callaghan, pero reconocía la rareza de la situación. Su semblante se tornó serio al admitir la posibilidad de que aquélla no fuera una mera coincidencia y de que el crucifijo del códice y el que llevaba colgado Helena de su cuello, por alguna razón estuvieran relacionados. El solo hecho de pensarlo la estremeció.

—Llame a la señorita Estévez —Callaghan le ordenó al arcipreste—. Hay que averiguar la procedencia del crucifijo que porta.

—Fue un regalo —les advirtió el arcipreste antes de llamarla—. Yo se lo pregunté.

—¡Mejor aún! Necesitamos saber quién se lo regaló.

El arcipreste salió de la oficina presuroso. Sandra vio cómo Callaghan se restregaba las manos de ansiedad, pero también se dio cuenta de que evitaba mirarla a los ojos. "Sea lo que sea —pensó—, debe ser muy importante para que Michael haya caído en ese estado de agitación. Espero, por su bien, que esto conduzca a algo concreto." Apenas terminó de elucubrar ese pensamiento cuando hizo su entrada el arcipreste con la secretaria, en cuya cara se reflejaba un gran pánico escénico. Buscó a Sandra con la mirada, y la encontró con un gesto que interpretó como compasión. Entonces sus temores se acrecentaron.

Con un ademán, Callaghan la invitó a sentarse en la silla que antes él había ocupado. La secretaria no sabía por qué la habían hecho sentarse tan intempestivamente en lo que parecía más el banquillo de los acusados. Tragó saliva para refrescar su boca reseca. El padre Callaghan se le acercó con gesto grave.

—¿Quién le regaló el crucifijo que cuelga de su cuello?

—Un… un ex novio… —alcanzó a murmurar Helena.

—¡Dígame su nombre! ¡Necesitamos saber su nombre!

—Francisco —masculló con tono apenas audible y con expresión de auténtica angustia.

"¿Por qué querrían saber su nombre? ¿Qué tenía que ver él con todo esto?"

—¡Su apellido! ¡Dígamelo!

—Islas —al pronunciarlo, volteó a ver al arcipreste con gran aprensión y rompió en llanto.

Sabía que le recriminaría sus actos. El peor de sus miedos se había hecho presente: su terrible pecado sería dado a conocer.

Callaghan desvió la mirada hacia el padre Fonseca, quien tenía el rostro desencajado, en lo que podía ser un gesto de asombro mayúsculo. Era evidente que el nombre que acababa de mencionar la señorita Estévez no le era extraño. Esperó unos segundos para que el padre Fonseca se recuperara del *shock* que le había producido la sola mención de aquel apellido.

—¿Y bien?

—Francisco Islas era un sacerdote —dijo el arcipreste clavando su mirada de duro reproche en la secretaria. La señorita Estévez colocó ambas manos sobre su rostro para ocultar su vergüenza—. Trabajó, hasta hace poco, conmigo… como canónigo —agregó, sin desviar su mirada acusadora.

"¡Eso era lo que me faltaba! —se dijo Callaghan—. ¡Qué estúpido he sido!" Se dio cuenta de que había requerido la lista de los canónigos pero que había omitido solicitar los nombres de los que habían dejado de laborar recientemente en la basílica. "Un error de primaria", se recriminó.

—¿De qué orden provenía?

—Era franciscano.

Callaghan palmeó sonoramente sus manos en señal de triunfo. Finalmente había deshebrado los hilos de aquella maraña. Volteó a ver a Sandra con gran seguridad en la mirada. Sólo faltaba una cosa y estaba dispuesto a averiguarla de manera inmediata. Se acercó a la secretaria, y con extrema delicadeza, apartó las manos de su cara. La miró a los ojos por primera vez con disfrazada ternura y le dijo:

—Señorita Estévez —posó una mano sobre su hombro, estrechando su cercanía con ese gesto—, lo que le voy a preguntar es muy importante —hizo una prolongada pausa hasta verificar que la secretaria había comprendido lo que le decía, lo cual confirmó cuando la vio asentir con la cabeza—. Por la relación que llevó con Francisco Islas, sólo usted puede contestar a mi pregunta con absoluta certeza —Callaghan se puso en cuclillas para quedar a la altura de los ojos de la señorita Estévez. Con ambas manos asió los brazos de la silla, simulando un abrazo afectuoso; fijó su mirada en Helena y le preguntó con la voz más amable que pudo emplear—: Ponga mucha atención… ¿Francisco era diestro?

La señorita Estévez se reclinó en el respaldo de la silla frunciendo el ceño y apartándose un poco del legionario. No estaba segura de haber entendido bien su pregunta.

—¿Se refiere a que si escribía con la derecha?

Callaghan asintió con un suave y lento movimiento de cabeza.

—Sí. Era diestro. Estoy segura de eso porque lo veía firmar muchas veces, frente a mí, diversos oficios.

Callaghan se irguió, desdoblando toda su humanidad hasta llegar a su cenit. En un movimiento inusitado, arqueó de manera ostensible la espalda a tal grado que Sandra temió que se la quebrara. Respiró profundamente y exhaló. Encaró a Sandra.

—No importa que no sea zurdo. Bien pudo no haber sido él quien anudara el cordel, como lo advirtió Leonardo —Sandra lo miraba fijamente mientras oía sus razonamientos.

En su interior quería creerle—. ¡Tiene que ser él! La coincidencia del crucifijo; la cercanía cotidiana con la señorita Estévez, custodia de la llave; el hecho de que sea franciscano y de que trabajara en la basílica… Son muchas coincidencias —se situó en medio de la oficina del arcipreste; miró a todos, abrió los brazos, los dejó caer a sus costados y declaró—: ¡Francisco Islas es nuestro *tlahcuilo*!

❖

Sandra se llevó una mano a la boca para evitar un grito de azoro. Miró a Callaghan y sintió un enorme gusto por lo que acababa de descubrir. Se le acercó y le plantó un beso en la mejilla mientras le estrujaba un brazo. Buscó con la mirada a Helena, que se encontraba deshecha y hecha un mar de lágrimas. Trató de consolarla posando una mano sobre su hombro. Helena, como si hubiera reconocido la procedencia del tacto, reaccionó y puso su mano a su vez sobre la de Sandra, sujetándola con firmeza.

El arcipreste aún no salía de su asombro y de su ira. Lo invadía la sensación de haber sido sujeto de una doble traición: primero por parte de Francisco Islas, a quien siempre le había prodigado atenciones especiales —dadas sus innatas facultades de liderazgo, además de su sobrada inteligencia— convirtiéndolo en su brazo derecho, y después por parte de su secretaria, que le había ocultado, no sabía desde cuándo, su relación pecaminosa con el fraile. No sin aprensión, reconoció que en su interior había un incipiente deseo de venganza.

Pasada la excitación inicial, Callaghan trató de aclarar su mente para definir los siguientes pasos que tendría que seguir. Lo primero que debía hacer era establecer contacto con Francisco Islas. Permitió que Sandra consolara a la secretaria mientras él tejía su estrategia. Una vez que terminó de llorar, se le acercó para hacerle otra pregunta. Sandra, al advertir ese movimiento de Callaghan, dio una palmada en el hombro a Helena y se retiró. La secretaria abrió los ojos para encontrarse de frente con los del legionario. Su corazón se le encogió.

—Necesitamos que nos proporcione el teléfono, la dirección o el correo electrónico, lo que sea, para localizar a Francisco.

—No va a ser necesario —respondió Helena, enjugándose una lágrima. Callaghan pensó que la secretaria no había entendido su petición—. Le puedo conseguir todos los datos que me pidió, pero si lo que quiere es verlo, él vendrá hoy a la basílica.

—¡¿Qué?!

—Hace un par de días que me está llamando porque necesita verme de manera urgente y ayer en la noche concertamos una cita.

—¿A qué hora?

—A la una.

—¿Dónde? —preguntó Callaghan mientras consultaba su reloj.

—Aquí en la basílica. En la capilla central abierta.

Callaghan volteó a ver al arcipreste, pidiéndole con la mirada que le informara sobre la ubicación de esa capilla.

—Se localiza en el primer piso. No está abierta al público —clavó una mirada furibunda a la secretaria mientras añadía—: Se puede acceder de dos maneras: por una puerta que se halla frente a los confesionarios del ala sur, en la planta baja, o bien, en el primer piso, por la sacristía.

—¿Cómo va a entrar? —le inquirió Callaghan a la señorita Estévez.

—Por la puerta de abajo, la que da a los confesionarios.

—Yo tengo llave de esa puerta —agregó el arcipreste con sarcasmo—, pero, claro, estoy seguro de que la señorita Estévez también tiene una…

La secretaria no replicó. Mantuvo la cabeza gacha.

Callaghan pensó aprovechar la oportunidad que se le presentaba para tener un pronto encuentro con el principal sospechoso del robo, pero también consideró la posibilidad de que la señorita Estévez postergara su cita con el objetivo de ganar tiempo para planear mejor la estrategia para capturar al ladrón. No tardó en decidirse por la primera opción. La balanza se inclinó ante la insistencia del abad por resolver urgentemente el caso, antes de que el arzobispo se enterara del asunto y lo crucificara. Además, teniendo en sus manos al *tlahcuilo*, no cometería el error de dejarlo huir.

—Tenemos tiempo. Hay que preparar el encuentro. Padre Fonseca, acompáñeme y enséñeme esa capilla. Quiero saber cómo se accede a ella, qué entradas y qué salidas tiene. Necesito conocerla, saber sus dimensiones, aprenderme todos sus recovecos. No quiero sorpresas.

El arcipreste asintió. Callaghan volteó a ver a Sandra.

—¿Vienes?

La reportera no lo pensó dos veces. Negó con la cabeza y señaló a la secretaria, en un ademán que denotaba que se quedaría con ella.

—Por favor, manténganse localizables todo el tiempo. ¿Qué piensan hacer?

—Pensaba salir un rato para tomar un poco de aire —respondió Sandra, vacilante sin saber si a Helena le agradaría la idea.

—No, no. De ninguna manera. Necesito que se queden aquí en la oficina por si Francisco llegara a comunicarse otra vez.

—Está bien. Nos quedaremos aquí.

Dándose vuelta, Callaghan le dijo al arcipreste:

—Vámonos. No hay tiempo que perder.

Sandra deshizo el abrazo con el que había tratado de consolar a Helena y fue a servirse café.

—Déjame atenderte —le dijo con una sonrisa en los labios.

Lo preparó bien cargado, con la esperanza de que la cafeína la mantuviera alerta. Llevó las tazas a la salita de junto, llamando a Helena con un ademán para que se le uniera. La secretaria se sentó a su lado. Las huellas del estrés eran obvias en su rostro: en los profundos surcos que agrietaban su frente, en las riberas blanquecinas que había dejado el paso de sus lágrimas sobre sus mejillas y en las violáceas aureolas bajo sus ojos.

—Ni me mires, que he de estar horrible —le dijo Helena a la reportera con una mueca por sonrisa.

Sandra se encogió de hombros. Le tendió una mano con la palma hacia arriba, que Helena estrechó agradecida. La secretaria dio un largo sorbo a su café y, depositando la taza sobre el plato, miró a la reportera y le dijo:

—Creo que es el momento de contarte lo que pasó con Francisco.

Sandra asintió, dándole un apretón de manos para animarla.

Helena le contó cómo lo conoció y cómo, sin querer, se enamoraron; o más bien, cómo ella se fue enamorando de él.

—Fue el trato diario, la convivencia de todos los días —le dijo—. Claro que en un principio el sayal era una barrera insalvable, pero al cabo del tiempo no impidió a que pasara lo que tenía que pasar —confesó.

—¿Llegaba a la basílica con hábito?

—No, no llegaba. Él era un canónigo residente, y sí, todos los días usaba el sayal.

Helena le contó que el principio de su relación fue muy difícil dado que se tenían que ver en lugares apartados, lejos de miradas que los reconociesen, y a deshoras.

—No sabes qué hoteles conocí —le dijo, meneando la cabeza—. Francisco, como supondrás, iba vestido de civil, sin su sayal. Salíamos a altas horas de la noche en barrios peligrosos. La verdad es que era muy complicado. Por eso comenzamos a buscar lugares cada vez más cercanos a la basílica, no obstante que sabíamos que nos exponíamos a que alguien nos viera. Finalmente él tuvo una idea…

Sandra intuyó que Helena estaba a punto de hacerle una confesión muy íntima cuando la vio llevarse una mano al cuello y tomar el crucifijo.

Helena perdió valor y calló por unos momentos.

—Me decías que Francisco tuvo una idea… ¿a qué te refieres?

—A él se le ocurrió que nos viéramos dentro de la basílica —dijo, sonrojándose y apretando el puño con el colguije adentro.

—Pero, ¿dónde?, ¿en su habitación?

—Eso mismo pensé yo cuando lo sugirió, pero era muy riesgoso, pues su habitación era una de las doce que hay en la basílica, pegadas unas a las otras. No. Teníamos que buscar un lugar seguro, aislado e inexpugnable…

A Sandra le dio un vuelco el corazón. Creyó adivinar.

—No me digas que…

Helena asintió con gran turbación.

—El único lugar donde podíamos estar completamente seguros de que nadie nos viera, y nos oyera… era el Camarín —confesó finalmente, roja de vergüenza y estallando en llanto.

Sandra no disimulaba su asombro. Pudo imaginarse perfectamente todo el proceso por el que tuvo que haber pasado Helena antes de acceder a encontrarse con Francisco en ese lugar. Había sido un gran atrevimiento de su parte.

—Yo, al principio, por supuesto, me negué, pero Francisco, cuando quiere, tengo que reconocerlo, puede llegar a ser una persona muy convincente, o yo muy débil y tonta, no sé. Como me conoces, sabrás que para mí eso fue un sacrilegio.

—Lo puedo imaginar.

—Pero al mismo tiempo me convenció de que si quería verlo en secreto y con absoluta seguridad, ése era el lugar adecuado. Pudo más mi deseo de estar con él, así que me deshice de mis pudores y mis prejuicios, y accedí.

—Debió haberte costado mucho.

Helena suspiró y se llevó una mano a la mejilla.

—Sólo nos vimos allí una vez.

—¿Y eso?

—Días antes, Francisco había renunciado a su puesto por órdenes expresas de los franciscanos. Ésa fue la causa de que dejáramos de vernos y de que nos alejáramos un poco.

—Y lo extrañaras.

Helena asintió.

—No sé qué le pasó, pero a raíz de nuestro único encuentro secreto en el Camarín, Francisco cambió bruscamente y dejó de interesarse en mí. No volvió a hablarme.

—Hombres… —musitó Sandra en absoluta complicidad con Helena.

—No supe más de él hasta que me habló, hace unos días, y ayer otra vez en la noche. Cuando se fue, abrigué por mucho tiempo la esperanza de que me llamaría. Me costó mucho trabajo superarlo, pero después ya estaba segura de que no quería que volviera.

—Puedo entender que estés dolida, pero lo que tú expresaste fue temor.

Helena pasó una mano sobre su mejilla para deshacerse de una lágrima que le escurría.

—Tenía miedo de que Francisco divulgara nuestro encuentro en ese lugar. Temor de que descubrieran nuestra relación y me echaran del trabajo.

—Y yo pensaba que te había embarazado.

—Tengo una falta, pero soy muy irregular. Todavía no es causa de preocupación.

—Por eso no me dijiste nada.

Helena asintió.

—Accediste a verlo para asegurarte de que no hubiera exhibido su relación.

—Se lo pregunté y me contestó que no había hablado con nadie acerca de ese tema. Creo que lo dijo con sinceridad, pero por otro lado tengo que admitir que Francisco es un maestro en las artes del encubrimiento y la manipulación. Lo sé por experiencia. Me sentí aliviada, como podrás comprender, pero había algo más que apenas ayer se me ocurrió. Al suscitarse las dudas en torno a la custodia del llavero del arcipreste y frente a la posibilidad de que exista una copia de la llave, todo indicaba que alguien había sustraído la llave original para sacarle una copia, y la había devuelto sin que nadie, especialmente yo, se enterara.

—Y pensaste en Francisco.

Helena asintió, bajando la vista.

—Pensé que la única persona realmente cercana a mí que pudo haberse fijado, por un descuido mío, dónde guardaba el llavero, era él.

—Pero no lo sabías con certeza.

Helena negó con la cabeza.

—No lo sabía hasta ayer en la noche.

—¿Hablaste con él?

Helena asintió, cerrando los ojos.

—¿Y qué piensas ahora que el padre Callaghan lo señala como el principal sospechoso del robo del ayate? ¿Todavía le sigues creyendo?

—Ya no sé qué creer, Sandra.

❖

Salieron del elevador que los condujo a la planta baja y recorrieron la nave central hasta llegar a la puerta frente a los confesionarios. El arcipreste la abrió y subieron unas escaleras hasta desembocar en el pasillo exterior que, después de cruzar por cuatro capillas adyacentes, los conduciría directamente a la central, la quinta.

Callaghan escudriñó el recinto. La pieza medía unos ochenta metros cuadrados en una configuración rectangular, casi cuadrada. En el espacio que daba al interior de la basílica sólo había unas cuantas bancas de mármol y de madera que hacían las veces de escalones hacia un pequeño altar con su ambón.

Notó que solamente había una salida sin puerta hacia el exterior. Salieron por ésta y Callaghan enseguida comprendió por qué la llamaban "capilla abierta".

—Aquí es donde, en ocasiones muy especiales, se oficia misas cuando se prevé que la concentración de feligreses va a ser muy grande —señaló el arcipreste al percatarse de que la vista del legionario recorría el entorno—. Durante las visitas que realizó el papa Juan Pablo II, desde aquí dirigía sus mensajes.

Callaghan contó los pequeños escalones que, a un lado del altar y de su ambón, permitían bajar hacia éste. La decoración era moderna y sencilla, de materiales pétreos. Al otro extremo, en la parte superior, se localizaba la silla presidencial hecha de mármol. No había muchos recovecos, todo estaba abierto y a la vista. "Esto facilitará las cosas", pensó.

Regresaron hacia el interior. Callaghan señaló otro pasillo en la parte inferior que rodeaba a las nueve capillas.

—Es el pasillo interior al que solamente se accede por la sacristía del primer piso —explicó el arcipreste.

Satisfecho por su elaborada inspección de la capilla abierta, volteó a mirar al arcipreste para indicarle que había concluido. Procedieron a caminar sobre el pasillo y bajar las escaleras.

—Asegúrese de no cerrar la puerta de acceso —le recordó cuando se disponían a salir de regreso a la nave central—. Vayamos a dar cuentas al abad.

El arcipreste asintió.

Mientras se dirigía a la oficina del abad, Callaghan cavilaba sobre los sucesos que, de manera intempestiva, se habían desarrollado durante los últimos minutos. Su cabeza le daba vueltas tratando de dirimir la estrategia que debía seguir. Por alguna razón el nombre del ladrón, Francisco Islas, le pesaba. Algo raro había en él.

—¿Ahora sí me vas a explicar de qué se trata todo esto? —lo saludó el abad tan pronto Callaghan arribó a su despacho en compañía del arcipreste.

Callaghan le contó con lujo de detalles todo lo que había sucedido. Le relató la fuente de todo: el crucifijo de san Damián en posesión de la señorita Estévez, la corroboración de que el presunto ladrón de la Imagen había sido novio de la secretaria, que trabajó como canónigo, que era franciscano y que vivió en la basílica. Omitió decirle que era diestro, con la esperanza de que el abad no preguntase por ese detalle, y, finalmente, le describió su estrategia para atraparlo y le habló del apoyo que requeriría del jefe de Seguridad para tal efecto.

Al abad se le iluminó el rostro. Por primera vez oía algo coherente que lo inducía a pensar que se encontraba tras la pista correcta.

—Así que la señorita Estévez fue la clave de todo —dijo, meneando la cabeza. Callaghan asintió—. Y de acuerdo con lo que me acabas de contar —se tardó unos segundos para continuar—, ¿me estás diciendo que estás a punto de desenmascarar al ladrón? —preguntó con el alma en vilo. Callaghan volvió a asentir—. Y mientras, yo aquí, sin hacer nada. ¿En qué te puedo ayudar?

—Entiendo que los franciscanos eran muy escrupulosos en la elección de las fechas para el inicio o la conclusión de sus eventos importantes.

—Sí. Siempre ajustaban las fechas de sus grandes encomiendas para hacerlas coincidir con alguna festividad santoral de relevancia. Se podría decir que en ese aspecto eran un poco supersticiosos.

—Y también ajustaban la administración de esas encomiendas con algún tipo de simbolismo; por ejemplo, me viene a la mente que el principal de la orden, fray Francisco Quiñones, al planear la conquista evangélica de México escogió a doce frailes, en clara alusión los doce apóstoles de Cristo.

—Muy cierto. También eran proclives a hacer eso.

—Y también les gustaba cambiar sus nombres para estar más acordes con las tareas que estaban realizando.

—Así es. Por ejemplo, fray Toribio de Benavente escogió el sobrenombre de *Motolinía*, que significaba "pobre" en náhuatl, con lo cual daba una clara muestra de su intención personal en la evangelización. Tienes toda la razón. No era extraño que se cambiasen los nombres para adoptar las funciones que les tocaba hacer o por adopción del lugar en el que les correspondía laborar o por cualquier otra razón. Al mismo fray Francisco Quiñones también se le conocía como Francisco de los Ángeles, por haber sido ministro de la provincia de ese nombre.

—A eso quería llegar. ¿Y tú sabes si lo siguen haciendo?

—¿Qué? ¿Cambiarse los nombres? Me imagino que sí —se encogió de hombros—. ¿Ésa es tu pregunta?

—Mi pregunta específica es si sabes si originalmente fray Francisco Islas se llama de otra manera. Este fraile debe pertenecer a la provincia del Santo Evangelio de México, luego entonces ellos deben saber sus antecedentes.

—No lo sé, pero enseguida lo averiguo —llamó a Conchita y pidió que lo comunicara con fray Mateo.

Callaghan volteó a ver al arcipreste, que había permanecido como un centinela silente. Iba a decirle algo cuando sonó el teléfono. El abad descolgó; su secretaria le informó que ya tenía en la línea a fray Mateo.

—Un amigo mío, el padre Michael Callaghan, de los Legionarios de Cristo, que me está ayudando en algunos menesteres aquí en la basílica, me pidió que te consultara algo referente a un fraile que responde al nombre de Francisco Islas.

—¿Y qué quiere saber?

—Te parecerá algo raro, pero está interesado en saber si Francisco Islas es el nombre original de este sacerdote.

—¿Por qué?

—Ya sabes, tiene curiosidad por la manía que tienen ustedes de cambiarse los apellidos —rió—. Michael está seguro de que lo conoció hace algunos años, pero se encuentra confundido porque está convencido de que no se llamaba así —le guiñó un ojo al legionario.

Callaghan celebró la sagacidad del abad.

—Mmm... en ese caso, te lo puedo averiguar, dame unos minutos y te regreso la llamada.

El abad colgó y volteando a mirar a Callaghan con el ceño fruncido le dijo:

—¿Ahora me vas a explicar a qué viene todo este cuento del cambio de nombres?

Siguiendo su misma teoría de que las coincidencias eran causales, Callaghan procedió a confesar a su amigo su malestar con el nombre y el apellido del novio de la señorita Estévez, el principal sospechoso del robo del ayate.

—Mira, Francisco... franciscano... de san Francisco de Asís... ¿Me entiendes? Aquí hay gato encerrado.

—Me imagino que se cambió el nombre honrando al fundador de la orden.

El abad ya no pudo continuar. Nuevamente sonó el teléfono.

—¿Qué noticias me tienes? —le preguntó al padre Mateo.

—Efectivamente, Francisco Islas no es su nombre original.

—Entiendo —el abad enarcó una ceja mirando a Callaghan y mostrándole el dedo pulgar hacia arriba.

—Su verdadero nombre es Roberto Aspiazu —le dijo fray Mateo.

—Roberto Aspiazu —repitió en voz alta el abad—. No sabes cómo te agradezco el favor.

—No sé por qué se cambió nombre y apellido, aunque solemos hacerlo, como tú dices: ¡esa manía nuestra! —esta vez fue fray Mateo quien rió—, pero generalmente sólo cambiamos el apellido. En fin, sabrá Dios por qué lo hizo así. ¿Quieres que te ponga en contacto con Francisco?

—No, no, no. No va a ser necesario. Él se encargará de hacerlo. Gracias por todo.

Michael no tuvo que esperar a que el abad le diera la respuesta que le había dado su amigo el franciscano. Le bastaba con lo que había escuchado.

—Tenías razón al suponer que su nombre no es el mismo con el que nació. Ahora, si seguimos con el mismo razonamiento de que el nombre de Francisco lo escogió para honrar al fundador de la orden, entonces, por lógica, su apellido también tuvo que haber sido escogido para honrar a otra persona —dijo el abad.

Callaghan asintió con el ceño fruncido.

—Islas… Islas… ¿Isla?

Una idea descabellada cruzó por la mente del abad, haciéndole abrir desmesuradamente los ojos.

—Ínsula —se le oyó decir, en clara reminiscencia de la descripción de una página del códice.

—¡Eso es! —exclamó Callaghan exultante—. Islas… isla… ínsula… Ínsula…

—¡Provincia Insulana de la rama extremista heterodoxa franciscana del siglo XVI! —añadió el abad—. Aquella reforma que no prosperó y… ¿desapareció?

—Es él… ¡Francisco Islas es el *tlahcuilo*!

❖

Dos tazas humeantes de café recién servido eran la única decoración de la mesa de centro de la salita de la oficina del arcipreste. Helena cayó en un letargo después de descargar toda la angustia que había tenido sobre sus hombros durante tanto tiempo. Su cabeza descansaba en el regazo de Sandra, quien le combaba el pelo mientras la oía sorber y sonarse la nariz. Helena se daba tiempo de enjugarse las lágrimas que le resbalaban por las mejillas, con el deseo ferviente de mitigar sus sentimientos de culpa. De alguna manera sentía que, al platicar y compartir su pena con Sandra, su estado emocional se aligeraba un poco.

El arcipreste y Callaghan llegaron a la oficina. Al oírlos entrar, Helena se irguió, sentándose al lado de la reportera. El arcipreste no pudo ocultar una mueca de disgusto al ver a la secretaria. Sandra se dio cuenta de aquel gesto y posó una mano sobre el hombro de Helena, infundiéndole ánimo. Callaghan se dirigió hacia ellas y, acuclillándose, fijó su mirada en los ojos de la secretaria.

—El lugar de su encuentro es perfecto.

—¿Significa que yo…?

—Sí, claro. El encuentro sigue en pie. Usted se encontrará con Francisco Islas en la capilla abierta a la hora pactada.

—Pensaba que ya no…

—Usted irá a la cita. Oirá lo que Francisco Islas tenga que decirle y nada más.

—Pero ustedes… —lo miró desconsolada.

—Estaremos cerca, no se preocupe. La estaremos cuidando. No la perderemos de vista, se lo aseguro.

Callaghan no esperó la respuesta de la señorita Estévez. Tenía dos asuntos más que atender con urgencia. Se levantó y le pidió al arcipreste que lo comunicara con el jefe de Seguridad. Helena pegó un brinco y, solícita, intentó ser ella quien lo comunicara, pero fue impedida de hacerlo por el ademán del padre Fonseca, que la miraba con severidad. Helena se paralizó. El arcipreste marcó el número del señor Ortega, fija su mirada reprobatoria en la secretaria. Callaghan se había dado tiempo de planear la estrategia. El arcipreste saludó al jefe de Seguridad y le pasó el auricular al legionario. Éste le explicó de manera sucinta el motivo de su llamada.

—Sólo necesito diez elementos armados, vestidos de civil.

Al oír la petición de Callaghan, Helena hizo un sonoro aspaviento que delataba su temor.

—Cuente con ellos —le contestó el señor Ortega.

—Combine los géneros, no quiero sólo hombres.

—No hay problema.

—Quiero apostados dos a ambos lados del pasillo exterior, otros dos a ambos lados del pasillo interior, dos más en la parte exterior que da al atrio. Los demás nos acompañarán a usted y a mí. Necesito que estemos comunicados por radio.

—No hay problema.

—Reúnalos donde usted considere más propicio, en punto de las doce y media. Y a mi señal, sólo a mi señal, los ubicará donde le he dicho.

—Afirmativo.

—Despeje toda el área del primer piso.

—¿Desea que también cancelemos la entrada al atrio?

—No. No. Quiero que todo parezca normal. Sólo incremente su personal de seguridad en el interior de la basílica.

—Correcto.

—¿Puede redirigir sus cámaras?

—Por supuesto.

—Entonces, hágalo. Las quiero, quince minutos antes de la una, enfocadas a los accesos de la capilla abierta. La señorita Estévez y otra persona, un hombre, se encontrarán allí; quiero acercamientos y verles las caras. ¿Puede enfocar hacia el interior de la capilla?

—No hay problema, aunque tendríamos visión desde un ángulo pronunciado. Le recuerdo que nuestras cámaras se localizan en siete lámparas del techo.

—No importa. Inténtelo.

—Así se hará.

—El objetivo es someter a este individuo.

—Muy bien.

—No quiero que nadie salga herido, mucho menos esta persona, pues todavía tiene algo muy importante que confesarnos.

—Entendido.

—El operativo lo dirijo yo, y solamente bajo mis órdenes procederemos. ¿Está claro?

—Muy claro.

—A mi orden, señor Ortega, sólo a mi orden. ¿Comprende?

—Afirmativo.

—Muy bien. Lo veo aquí, en la oficina del arcipreste, a las doce. ¡Ah! Y tráigase un equipo grabación de audio portátil para colocárselo a la señorita Estévez. Quiero escuchar todo lo que hablen.

—Cuente con ello.

—Finalmente, implemente un sistema de audición entre nosotros.

Helena estaba asustada y confundida. Si bien Francisco le había roto el corazón, estaba lejos de sentirse insegura con su presencia, ni temía por su integridad física. Al atestiguar la planeación del despliegue de seguridad, se sintió muy frágil.

Callaghan volteó hacia ella.

—No se preocupe por nada. Usted sólo escúchelo y actúe normalmente. Termine el encuentro cuando tenga que hacerlo.

—Sólo me citó para hacerme una consulta. Él sabe que una vez que realice esa consulta y yo le responda, se terminará la cita.

—Mejor. Mientras menos tiempo esté con él, será mejor.

—¿Nadie resultará herido?

La oficina se había convertido en un verdadero pandemonium. Personal femenino de seguridad adhería el micrófono al pecho de la señorita Estévez, a quien habían dejado en sostén. Pensó que la única manera de sentirse incólume en su dignidad sería cerrando los ojos, así que los mantenía herméticos.

El señor Ortega también se encontraba presente, así como una docena de elementos pegados a la pared, listos para recibir órdenes. Con esta escena se encontró el abad cuando hizo su arribo, turbándose al ver a la señorita Estévez en paños menores. El arcipreste iba a dar una explicación pero un ademán del abad se lo impidió, excusándolo por lo que estaba sucediendo en su área de trabajo.

Sintiéndose parte de un mismo gremio, Sandra, el abad y el arcipreste buscaron refugio detrás del escritorio como si interpusieran una barricada ante tal invasión.

Callaghan se apostó frente a la secretaria y, posando una mano sobre su hombro desnudo, hizo que abriera los ojos. Al verlo, la primera reacción de la señorita Estévez fue cubrirse los pechos con los brazos, llevándose en ese movimiento una cinta adhesiva que aprisionaba el cable que ya se encontraba pegado a su piel. Reaccionó cerrando los ojos y haciendo una mueca de dolor. Comprendió que era inútil cubrirse cuando ya la habían visto, y, resignada, bajó los brazos en señal de claudicación. Al comprender que la secretaria estaba pasando por una situación en extremo incómoda, Callaghan trató de calmarla ofreciéndole una leve sonrisa.

—¿Sabes lo que tienes que hacer? —la tuteó para infundirle confianza.

La secretaria asintió.

—No te va a pasar nada, te lo prometo. Vas a estar vigilada en todo momento y, además, este aparatito —señaló el micrófono adherido a su pecho— nos permitirá escuchar toda tu conversación.

La señorita Estévez volvió a asentir.

—¿Para qué quieren saber lo que platiquemos? —preguntó, temerosa de que llegaran a escuchar alguna intimidad.

—Simplemente queremos percibir la tonalidad que Francisco imprime a sus respuestas, su grado de nerviosismo, si usa, y con qué frecuencia, palabras altisonantes, si tartamudea un poco. Con esto sabremos si, por la intensidad de lo que diga, Francisco se encuentra relajado, o si, por el contrario, hay indicios de agresividad manifiesta, producto de su alteración anímica, para decidir de qué manera actuar con oportunidad. ¿Me entiendes?

Helena hizo una mueca con la boca.

—Recuerda —la miró fijamente a los ojos—, contesta la pregunta que te haga, y en cuanto puedas, lárgate de ahí.

—No va a ser tan fácil —meneó la cabeza—, de seguro querrá conversar conmigo sobre nuestra relación.

—Trata de contestar con "sí" y "no", es decir, con monosílabos. Pretende ser exageradamente lacónica. Evita caer en una discusión que pudiera alterarlo.

La secretaria ladeó la cabeza y se encogió de hombros. Callaghan la confortó con un apretón en su hombro.

Callaghan se colocó en medio de la oficina, entre la salita y el escritorio, y haciéndose del mando de la situación, saludó a todos.

—Señor Ortega, ¿su gente está bien aleccionada en el objetivo de la misión?

—Afirmativo.

—¿Hicieron la prueba de sonido de los radios?

Ortega le entregó el equipo de sonido para que él mismo lo corroborara. Callaghan se lo colocó y lo probó a su entera satisfacción.

—¿Hay alguna pregunta? —miró a su alrededor sin encontrar réplica por parte del personal de seguridad.

—Yo sí tengo una pregunta —declaró el abad, tomándolo un poco desprevenido.

—¿Y bien? —lo invitó Callaghan a hablar, con expresión de extrañeza.

—Todo me parece perfecto… Quiero decir, este operativo —abrió los brazos, abarcándolos—. Pero debemos tener presente que el principal objetivo —alzó una mano en atención— es la captura del ladrón para interrogarlo.

—Por supuesto que de eso se trata —le aseguró Callaghan.

—¿Y si no quiere confesar? —lo cuestionó.

Callaghan volteó a mirar al jefe de Seguridad cuando éste se le adelantó para responder al abad.

—No se preocupe, padre, le aseguro que cualquier cosa que desee averiguar de la persona aprehendida, lo averiguará, se lo aseguro… Al final todos lo hacen —dijo con firme convicción—. Sin excepción.

El abad no quiso insistir más en el tema, pues no deseaba escuchar las explicaciones pormenorizadas de sus métodos.

—Bien. Si no hay más preguntas —se apresuró a finalizar Callaghan, después de consultar su reloj—, tomen sus puestos. ¿Señor Ortega? —lo invitó a que él diera la orden.

El jefe de Seguridad hizo un ademán con la mano, señalando la puerta de salida de la oficina, al mismo tiempo que decía con firmeza y determinación:

—¡Ahora!

Diez elementos salieron de la oficina. Sólo las mujeres permanecieron ultimando la instalación de la grabadora en la espalda baja y desnuda de la señorita Estévez.

Callaghan se volvió hacia las tres personas que se habían parapetado detrás del escritorio:

—Sugiero que se queden aquí mientras concluye la operación.

El abad y el arcipreste asintieron.

Sandra, por su parte, reaccionó de otra manera.

—Yo no me quedo aquí. Yo te acompaño —dijo, salió de detrás del escritorio y se colocó al lado del legionario.

Callaghan miró al abad para que diera su aprobación. El abad dudó un instante, pues debía anteponer la seguridad de la reportera. Sandra sabía que el abad no accedería a que ella acompañara a Callaghan. Tenía que hacer algo, debía darle algo a cambio para que el abad concediera su aprobación.

—Te ofrezco que hoy sea el último día de nuestro convenio. Te pido que lo honres. Después de hoy, no me volverás a ver.

El abad no estaba seguro de permitirlo. Si bien la oferta de Sandra era tentadora, sólo faltaba que una persona de los medios de comunicación resultara herida en una eventual trifulca dentro de la basílica. Sería un escándalo mediático con el cual no estaba dispuesto a lidiar. Por otro lado, no es que ya le agradara, sino que había aprendido a conocerla y en verdad le preocupaba su bienestar. Decidió que Michael tomara la decisión, dado que la responsabilidad del operativo era suya. Él debía medir el riesgo. Volteó a verlo alzando la cabeza para pedir su opinión. Michael entendió el gesto y le devolvió un movimiento afirmativo.

—Está bien —dijo el abad, acariciándose las sienes—. Puedes ir.

La señorita Estévez, a quien apenas hacía unos instantes le habían colocado el dispositivo de sonido, se encontraba todavía abrochándose su blusa, y aún sin terminar de hacerlo, se levantó, ya sin algún dejo de pudor, y se les unió.

Estaban a punto de salir de la oficina cuando la reportera se detuvo, volteó a ver al abad y, señalándolo con su dedo índice, le dijo:

—Pero esta concesión de ninguna manera salda lo que todavía me debes y lo que falta por pedirte a cambio de mi silencio.

❖

Se vistió de civil para evitar suspicacias. Llegó a considerar el uso de lentes oscuros, pero desechó la idea por parecerle ridícula, pues iba a estar en el interior de un lugar cerrado. No tenía que disfrazarse, aunque ya con esas vestimentas se sentía caracterizado. Sin el sayal, nadie lo reconocería. No quería que, por ningún motivo, el padre Fonseca lo viera. Su salida de la basílica no había sido la más ortodoxa. Recordó que fue avisado para que renunciara el mismo día en que recibió la llamada. No tuvo otra opción que decirle al arcipreste que se iba, sin darle ninguna explicación. "Son órdenes, padre, y yo las obedezco", fue todo lo que le dijo.

Francisco tuvo que soportar toda una retahíla de reproches, acusado de traiciones y otras lindezas. Soportó todo de manera estoica. El arcipreste había caído de su gracia cuando lo empujó fuera de su oficina dándole un portazo.

Sonrió con ironía al recordar su conversación telefónica del día anterior con Helena. Hoy le iba a preguntar acerca de la llave. Su semblante era grave. Tenía que entrar para recuperar lo que había dejado en el Camarín. Su misión no había terminado.

Con un movimiento estudiado, colgó de su cuello un gran crucifijo de madera, del cual, antes de esconder bajo su camisa, quiso comprobar su funcionamiento. Con una mano tomó la cruz por la parte superior, y con la otra, por el largo brazo inferior, procedió a separar sus dos partes apenas unos centímetros sólo hasta que sintió sobre sus retinas el destello brillante de la hoja platinada.

Con prudencial anticipación se dirigió a la basílica. Decidió tomar el metro, que a esas horas estaba prácticamente vacío. Desde su ubicación en el Centro Histórico, caminó hasta el Zócalo de la ciudad. Luego se sumergió en la gran boca de la estación Hidalgo. Ahí realizó el trasbordo a la línea 3 con rumbo a Indios Verdes, y descendió en la estación Deportivo 18 de Marzo, para tomar la línea 6 hasta la parada La Villa-Basílica, de donde descendió a la Calzada de Guadalupe, a sólo dos cuadras de la entrada al atrio. Subió la escalinata y desembocó a un lado del santuario. Respiró profundamente mientras consultaba el reloj. No tenía prisa.

Decidió hacer un recorrido visual previo para cerciorarse de que nada extraño sucediera.

Entró a la basílica y su vista de inmediato se posó en la Imagen. Colgada sobre el altar mayor, reposaba plácidamente en su marco de oro y plata. La nave central se encontraba pletórica de feligreses, cuyo único propósito era adorarla. Disimuló lo mejor que pudo un rictus de profundo rechazo. Cayó de rodillas, como hacían todos al entrar. A diferencia de los demás, él no se persignó; cerró los puños en señal de impotencia. Si querían jugar rudo, así jugaría también. "¿Por qué no entienden?" Volvió a consultar el reloj, todavía tenía tiempo, el cual dedicaría a atisbar los alrededores cercanos a la capilla abierta tratando de constatar que nada estuviera fuera de su lugar. Su actitud era de alerta total.

Deambuló por el costado izquierdo, yendo y viniendo del nivel de la calle al de abajo, paseando una y otra vez por los pasillos móviles que se localizaban a diferentes distancias y frente a la Imagen. Pensó que si seguía escrutándola como lo estaba haciendo, llamaría la atención. Detuvo su andar y buscó un lugar lejano a la Imagen. Fijó una última y gélida mirada en ella. Sintió una gran excitación al imaginar que penetraba por la parte de atrás, por el Camarín.

Hacía seis meses su superior le había hablado por teléfono para informarle acerca de su nueva encomienda. La llamada no le sorprendió en lo absoluto; no era la primera vez que sucedía de esa manera. Ya le había encargado con anterioridad otros trabajos de menor envergadura, que había realizado con relativa facilidad; quizá por eso se había granjeado su confianza. Pero este nuevo encargo era de suma importancia. Recordó la sensación que lo embargó cuando le dijeron de qué se trataba: una mezcla de orgullo personal por haber sido elegido para esa enomienda y un indescifrable miedo a fracasar.

A la primera llamada le siguieron otras, intercaladas con contadas reuniones en las que discutían a fondo el plan. Su superior desarrolló una concienzuda y precisa planeación, con tiempos específicos, señalando los lugares donde podía ocultarse sin ser visto, los horarios de la entrada y la salida, las herramientas que necesitaría para llevar a cabo su misión, cómo hacerse del lienzo, cómo guardarlo sin dañarlo y dónde esconderlo. Parecía todo perfecto. Sólo faltaba un pequeño detalle: un llavero… que sería su responsabilidad conseguir.

Fue él quien ideó el plan. Cuando se lo platicó a su superior, éste lo aprobó de manera inmediata, encomiándolo a que se pusiera a trabajar cuanto antes. No le tomó mucho tiempo seducir a Helena. Sus primeros encuentros en hoteles de quinta, alejados de la basílica, fueron arreglados por su superior. Conforme pasaba el tiempo y sentía que ella se enganchaba más y más con él, las distancias de los lugares de encuentro se hicieron más y más cortas, al grado de que forzó su última cita de amor en la propia basílica. Debía ser único y suficiente para obtener lo que quería.

Decidieron que, para evitar sospechas, renunciara a su puesto como canónigo. Si bien al principio encontró cierto encono por parte de Helena, por no poder verlo todos los días, al mismo tiempo la distancia que los separaba avivó la urgencia de verse. Las defensas de ella se debilitaron. Ardía en deseos de estar con él y estaba dispuesta a correr riesgos con tal de saciar sus ansias.

La experiencia de sus encuentros anteriores le sirvió para normar un patrón de conducta, fijo y puntual, por parte de Helena. El plan contemplaba que este peculiar esquema de comportamiento de su amada se repitiera. No pudo reprimir una sonrisa al recordarlo.

Para aquella ocasión se vistió con el sayal que le serviría para pasar inadvertido; a nadie le extrañaría ver a un sacerdote deambulando por la basílica. Acordaron verse a la entrada del Camarín por la tarde, a la hora en que el arcipreste debía atender una reunión fuera de la basílica, lo cual les daría suficiente tiempo para desplegar sus pasiones.

Helena tuvo la precaución de revisar las agendas de cada uno de los canónigos que se encontraban en la basílica para asegurarse de que ninguno pasaría por su escritorio a la hora que había pactado con su novio. Sacó el llavero del cajón, se levantó y se dirigió al elevador. Con la suerte de los amantes de su lado, no se toparon con nadie. Tomó el llavero, retiró la tapa de piel y descubrió las combinaciones manuscritas. Le pidió a Francisco que se adueñara de la perilla superior, mientras le dictaba la combinación. Lo mismo hicieron con la otra perilla. Le dieron vuelta a la manivela y jalaron. La puerta blindada se abrió. Helena introdujo la llave en la chapa de la reja y escuchó el chirrido que anunciaba que los dientes de la cerradura habían cedido. Con un movimiento brusco, le ordenó a Francisco que entraran al Camarín.

Una vez adentro, no perdieron tiempo y concentraron sus cinco sentidos en culminar aquello para lo que se habían arriesgado tanto al penetrar en aquel recinto altamente restringido. Acabado el acto, Helena lo apuró para que salieran, pero él la detuvo, le habló al oído, la acarició suavemente. Helena cerró los ojos. Francisco aprovechó ese momento para hacerse de las llaves que se encontraban en la ropa que se hallaba tirada en el suelo. Extrajo el pedazo de plastilina que había metido en un bolsillo de su pantalón e imprimió el perfil de la llave por ambos lados mientras continuaba besando y relamiendo el lóbulo de la oreja de su amada. Helena emitió unos leves gemidos. Con destreza, él abrió la carátula del llavero donde estaban anotadas las combinaciones numéricas de la puerta blindada y las memorizó al instante. Francisco se separó un poco de su presa. Ella, al sentirse liberada, reaccionó con sobresalto y con una nueva urgencia para que salieran de aquel lugar. Lo hicieron con la misma suerte: sin ser vistos.

La réplica de la llave la realizó un cerrajero experto que conocía el superior porque ya le había hecho algunos trabajos con anterioridad. Con la autonomía que le daba tener acceso irrestricto al Camarín, sólo le restaba fijar la fecha para llevar a cabo su plan. Le preocupaba que no fuera pronto, porque ya no quería soportar las constantes quejas de

Helena por su ausencia. Sin embargo, debió esperar la orden de su superior, toda vez que éste hubiera cuadrado no sabía qué tantos asuntos relacionados con el trabajo. Finalmente llegó el día esperado: "Será el 28 de agosto, día en que conmemoramos a fray Junípero Serra". El mensaje iba acompañado de una advertencia: "Sabes cómo proceder en caso de que te descubran".

La última vez que se vieron, a escasos días de la fecha programada para realizar el hurto, su superior le entregó un bulto que semejaba un libro antiguo de pastas duras, instruyéndolo para que lo dejara en un lugar específico del vacío que quedara en la ventana interior. No debía hacer preguntas, ni abrirlo, ni conocer su contenido; sólo debía dejarlo en el lugar predeterminado.

El día señalado era uno de verano cualquiera, típico de la ciudad de México, húmedo y fresco después de haberse bañado con la lluvia vespertina. Era un día como otro, pero a la vez especial. Era la fecha en que debía ejecutar el plan para el que se había preparado con tanto celo y que su destino le había deparado desde su nacimiento, o así él lo creía. Sabía con precisión lo que tenía que hacer y estaba dispuesto a realizarlo al pie de la letra y sin fallas.

Debajo de su hábito se vistió con un *pant* ligero y una camiseta de algodón, y encima se puso un chaleco con diversos bolsillos para guardar las herramientas y los materiales que ocuparía. Su vestimenta de sayal, y el hecho de haber ocupado de forma subrepticia un confesionario y oído los pecados de los penitentes durante las últimas dos horas, le dio una ventaja adicional al convertir el minúsculo recinto en su cueva protectora. Justo media hora antes del cierre de la basílica, salió. Lo hizo con muchos miramientos y exagerando precauciones. Se dirigió raudo hacia un costado del altar mayor y subió las escaleras hasta el primer piso. Sacó una llave que su superior le había entregado y abrió una pequeña puerta que daba acceso al interior de la primera gran lámpara colgante del techo que se interconectaba con las demás. Este acceso era utilizado por el personal de mantenimiento para cumplir con las labores de limpieza de las lámparas; de uno en uno iban pasando, escalando alturas, y en el proceso, dejaban prístinos los cristales de los paneles.

Francisco se acomodó como pudo en aquel espacio estrecho, el cual sería su cubículo por el tiempo que durara el protocolo de clausura del santuario, habida cuenta de la consabida y última inspección de los elementos de seguridad. De sobra sabía su superior que las lámparas del techo no formaban parte de la rutina de los vigilantes. Transcurrido el tiempo esperado, salió por la misma portezuela por donde había entrado, y se encaminó al Camarín. Se detuvo frente a la puerta y se enfundó unos guantes de látex. De su bolsillo extrajo el papel que contenía las combinaciones numéricas. Abrió la puerta blindada. Introdujo la llave en la cerradura de la puerta y la giró. Se adentró en el Camarín. La escasa luz que lograba colarse por la puerta entreabierta le permitió corroborar que la caja transparente que se hallaba en el quicio de la puerta contenía dos llaves. Las tomó y se asombró de la elaborada y fina hechura que como una obra artística de joyería aparecía ante su vista. El anagrama de una M y una A de plata anunciaba lo que abrirían.

Sustrajo la linterna que su superior le había proporcionado y la encendió. Subió las escaleras y encaminó sus pasos hacia el fondo del recinto, donde se localizaba la ventana del reverso de la Imagen. Distinguió dos palancas. Accionó una. Un chirrido le anunció que el movimiento de rotación sobre el eje incrustado en la pared había iniciado. La Imagen, con su estuche, se separó de su marco de plata y oro y de su cristal protector externo, y se introdujo en el Camarín hasta reposar sobre la pared recubierta de hoja de oro. Ahora la tenía frente a él, a sólo unos centímetros de distancia. Dirigió el haz de luz a la altura de donde se encontraba el rostro de la Guadalupana y la contempló extasiado por ser una de las pocas personas en el mundo que habían tenido el privilegio de mirarla cara a cara y en absoluta soledad. Hizo una pequeña reflexión y se sorprendió por pronunciarla en voz alta: "Tu belleza es tal que bien vale la pena que seas considerada un milagro". A lo cual añadió casi inmediatamente: "Pero es una pena que te hayan endiosado".

Gracias a que su superior le había conseguido el detalle de todos los dibujos y los planos para proceder a abrir el estuche y desarmarlo, pudo hacerlo sin dificultad. Utilizó, para tal efecto, las herramientas adecuadas con las que estuvo practicando durante días enteros. Hecho lo anterior, extrajo el lienzo y lo enrolló con el anverso hacia el exterior para evitar dañar la pintura. Encima le puso papel de China para protegerla y la cubrió con cartón, que había desdoblado y unido con cinta canela para formar una especie de tubo. Finalmente, ató delicadamente el rollo con un cordel de algodón, hizo cinco nudos, fiel a su costumbre de anudar el cordón de su propio sayal, como un postrer homenaje, un último acto de honorabilidad y respeto hacia su orden. Antes de salir, sustrajo el objeto que le había entregado su superior y que traía oculto en la espalda, a la altura de la cintura: el manuscrito. Echándole un último vistazo, lo depositó en el ángulo inferior derecho de la ventana, tal como lo tenía indicado, lo cual le pareció de un gran simbolismo, pues le hacía recordar la exacta posición en la que típicamente se imprimían las rúbricas en los cuadros de los grandes pintores.

Salió y cerró el Camarín. Subió por las escaleras hasta el dormitorio de los canónigos. Tomó la llave de su antigua habitación, que aún conservaba, y abrió la puerta. Tan repentina fue su renuncia y su despido de las funciones que ejercía, que nadie se había tomado la molestia de requerirle la devolución de aquella llave. El cuarto estaba reluciente, ya que había sido aseado para que otra persona lo ocupara con posterioridad, y vacío, como era de esperarse. Con pasos firmes lo cruzó y abrió las puertas del clóset; depositó el rollo diagonalmente sobre el espacio abierto donde solía colgar su sayal. El rollo, al estar compacto, no se dobló. Cabía a la

431

perfección. En un par de días vendría a recogerlo. Se aseguró de cerrar el clóset antes de salir de la habitación.

Nadie lo vio.

Sin mayores apresuramientos, dirigió sus pasos hacia la portezuela por donde se había introducido para esconderse. Se apostaría en el cubículo suspendido en el aire y ahí pasaría el resto de la noche. A la mañana siguiente, tal como lo había planeado, no tuvo ninguna dificultad para salir.

Cuando supo que la basílica había sido abierta al público, regresó vestido de sayal, con la intención de asegurarse de que el lienzo se encontrara en el mismo lugar y que no hubiera habido una inspección que pudiera dar con su paradero. Al dar los primeros pasos dentro de la nave central pudo constatar, para su gran asombro, que la Imagen se encontraba en su lugar. Su más grande temor se había cristalizado: ¡habían descubierto el lienzo en su habitación y lo habían colocado! Esto era inconcebible. Desesperado, recorrió presuroso la nave central, chocando con más de un feligrés, hasta el elevador que lo llevaría al dormitorio de los canónigos. Desembocó en el pasillo y en un santiamén se encontró dentro de la que había sido su habitación. Agitado, tomó aire y, elevando una plegaria al cielo, se persignó y abrió el clóset.

¡El lienzo aún se encontraba ahí!

La fugacidad de su pensamiento lo arrolló, pero al mismo tiempo le dio la clave: la que se encontraba expuesta era una imagen falsa. Se comunicó con su superior y le informó de lo que ocurría. La orden que recibió fue dejar el ayate donde estaba y sustraerlo hasta el día siguiente, cuando estuviera preparado y contara con los aditamentos necesarios y adecuados para doblarlo, sin dañarlo, y empacarlo en una bolsa de la tienda de *souvenirs*. Salió de la habitación con las manos vacías.

Esa noche no logró conciliar el sueño. Sólo en el momento en que volvió a ver la Imagen dentro del clóset, sintió un escalofrío. Había corrido con suerte de que nadie hubiera entrado a la habitación. No debía tentar a su buena fortuna; tendría que sacar el lienzo al día siguiente, sin dilación.

De la misma forma como lo había hecho el día anterior, regresó al santuario, esta vez ataviado con los materiales necesarios. Sin mayores preámbulos se dirigió a su cuarto. De manera resuelta, introdujo la llave en la cerradura, esta vez sin ningún éxito. La llave apenas entraba unos cuantos milímetros y se atoraba. Francisco la forzó sin resultados. Desesperado, dio una palmada contra la puerta, al mismo tiempo que le asestaba un puntapié. Puso las manos en sus sienes y sacudió la cabeza con violencia mientras cerraba los ojos, sintiendo que la ira y la frustración lo invadían. Quiso gritar para desahogarse. Miró la llave. Era la misma que había usado durante muchos meses; la podía reconocer con los ojos cerrados. Si la llave era la misma, la cerradura forzosamente tenía que haber sido sustituida.

Presa de angustia, salió de la basílica y se comunicó con su superior para informarle de la situación. Mientras le explicaba los pormenores, el sabor de la derrota amargaba su boca.

—Tú sabes bien lo que tienes que hacer…

—No, padre, no. No sé lo que tengo que hacer. Ahora me encuentro perdido —respondió con voz trémula.

—Es muy fácil. Ya lo hiciste una vez. Tienes que volver a hacerlo de nuevo.

—¿Se refiere a…? —hubo un silencio que duró una eternidad—. ¿Helena?

—¿Ves cómo sí lo sabes, hijo mío?

Resolvió llamar a Helena de inmediato. Era la única persona que le podía informar acerca de la nueva llave de su antigua habitación.

Ahora, Francisco Islas estaba a punto de verse con Helena en la capilla abierta. No esperaba mucha cooperación de su parte, pero se preguntaba hasta dónde se resistiría ella a darle la nueva llave. A toda costa tenía que recuperar el lienzo;

si no, su misión habría sido un fracaso. Ante la irremediable conclusión, sopesó en el dilema de verse obligado a utilizar la fuerza con la secretaria. Por su parte, estaba totalmente decidido y resuelto a hacerlo.

❖

Dos elementos de seguridad se hallaban apostados, cuidando no ser vistos, en el lado abierto que daba al atrio exterior. Los otros ocho agentes esperaban órdenes para asumir sus posiciones cuando apareciera Francisco Islas con la señorita Estévez y entraran en la capilla.

El señor Ortega probó el radio; preguntó dónde se encontraba Callaghan.

Mientras bajaba por el elevador en compañía de la reportera y de la señorita Estévez, el legionario respondió a la llamada de prueba.

"*Okay*. Me encuentro situado a la salida del elevador. Los espero."

Salieron del ascensor y se encontraron cara a cara con el señor Ortega. Ahí mismo acordaron los movimientos que deberían realizar. A Sandra le dieron instrucciones precisas de que no se separara en ningún momento de Callaghan. Ellos se ubicarían en el costado izquierdo del pasillo interior e inferior de la capilla, donde se guarecerían junto con los dos elementos que ya estaban apostados en esa posición.

El señor Ortega, por su parte, esperaría oculto al final del pasillo exterior, para tener una vista franca de la señorita Estévez y de su acompañante. Entonces él, junto con otros dos guardias, se ubicaría en el costado derecho.

Los otros cuatro elementos harían lo propio en los pasillos interior y exterior. De este modo bloquearían las únicas salidas posibles, los accesos laterales y el acceso hacia el balcón del atrio.

Finalmente, instruyeron a la señorita Estévez para que permaneciera en el pasillo superior exterior, a escasos pasos de la entrada a la capilla, en espera del franciscano. Insistieron en que, una vez que Helena entrara a la capilla, se asegurara de no alejarse mucho de las salidas.

Establecido lo anterior, ocuparon sus puestos y esperaron.

Para paliar la espera, Callaghan, con la excusa de probar los radios, mantenía constante conversación abierta con la señorita Estévez. El contenido de su diálogo se asemejaba más a una sesión de terapia para reducir la ansiedad, que a otra cosa, pero ése era precisamente el objetivo del legionario: tranquilizarla, darle confianza e infundirle seguridad.

Dos minutos antes de la hora señalada, Francisco hizo su aparición por la desembocadura de la escalera. Helena lo saludó desde lejos, meneando la cabeza. El padre Islas caminó con cautela por el pasillo, mirando a todos lados. Helena lo esperaba en el umbral de la entrada. En el momento en que él lo cruzó, observó con detenimiento el interior del recinto. Ella aprovechó para darse media vuelta y no alejarse mucho de las salidas, colocándose justo en medio. Una vez hecho lo anterior, se volvió para encararlo dándose cuenta de que él todavía escudriñaba los rincones de la capilla. Satisfecho por no encontrar nada extraño, se dio media vuelta e intentó darle un beso en la mejilla, pero ella se apartó, rechazándolo.

—Ya estamos aquí. ¿Qué es lo que quieres? —le espetó.

—Hey, hey, hey —reaccionó él abriendo los brazos—. ¿Qué tal un "buenas tardes, Francisco", para empezar? —le reprochó, abriendo los brazos e imprimiendo un marcado tono de ironía a sus palabras.

"Sé cortante. Ve al grano."

—No tengo tiempo para saludos. Dime qué quieres.

—Saber el paradero de una llave —respondió él, sin que se desvaneciera su sonrisa.

"Demuestra que no sabes de qué habla."

Helena dio dos pasos hacia el interior, haciéndolo retroceder un poco.

—No sé de qué llave hablas.

—La llave de mi habitación, pues la llave que yo tengo —la sustrajo del bolsillo de su pantalón y se la mostró— no funciona.

Callaghan, desde su puesto, frunció el ceño en respuesta a lo que acababa de escuchar. Tenía que entrar a la habitación, era importante. Pero, ¿por qué? Había algo en ella, por eso necesitaba la llave.

"Dale una buena excusa."

Callaghan pidió su radio a un elemento de seguridad, que utilizó para comunicarse con el señor Ortega.

"Comunícate con tus gentes a la oficina del arcipreste; pide que le pregunten el número de habitación que ocupaba el padre Islas y asegúrala con dos elementos armados. Que nadie entre. Rápido."

—Imposible que funcione. Tuvimos que cambiar la cerradura; tú sabes que es parte del reglamento interno cuando alguien se va.

—Fue una pequeña omisión de mi superior y mía, sin duda; no contemplamos que pudiera suceder esto.

"No está solo", se dijo Callaghan. Era de esperarse. Francisco Islas era el *doer;* había alguien más… un autor intelectual.

—Necesito la nueva llave —declaró Francisco, cortante.

—¿Para qué la quieres?

"No, no. No le cuestiones nada."

—Eso a ti no te interesa —dio un paso hacia ella con semblante grave—. Sólo dame la llave y terminamos con esto.

"Si la tienes, dásela."

—Has de saber que no llevo conmigo todo el tiempo el manojo de llaves de todas las habitaciones de los canónigos. La llave está en el cajón de mi escritorio —extendió su brazo y señaló en dirección a las oficinas administrativas—. Tengo que ir allá.

Callaghan volvió a tomar el radio que colgaba del hombro del agente que se encontraba a su lado.

"Ortega, dile a tu gente que avise al arcipreste que la llave de la habitación del padre Islas se encuentra en uno de los cajones del escritorio de la señorita Estévez. Que la recupere".

La señorita Estévez esperó unos segundos la respuesta que no llegaba. Mientras, él meditaba qué hacer. Ella optó por jugársela y aprovechar la oportunidad que le daba verlo indeciso. Lo miró con fijeza y, asumiendo que había aceptado, dio media vuelta y comenzó a caminar para ir por la llave.

—Ah, ah, ah —se interpuso en su camino, con una mano en alto—. No tan rápido. ¿Crees que te voy a dejar salir así como así? ¿Me crees idiota o qué? —le dijo con tono amenazador.

"No lo provoques."

—¿Entonces quieres ir tú por ella? —lo retó, adoptando postura de brazos en jarras.

Le tomó unos segundos para para saber cómo actuar. Esbozó una sonrisa que no tardó mucho tiempo en deshacer.

—No. Iremos los dos —contestó él, sujetándola con fuerza, mientras la miraba con furia y la jalaba hacia el centro de la capilla.

"Niégate. Inventa cualquier cosa."

—Me estás haciendo daño… —le advirtió aprensiva, tratando de zafarse, sin conseguirlo.

"Te estamos cuidando, no te preocupes. Si sigue así, intervenimos."

—Se va a ver muy bonito que aparezcas conmigo. ¿Quieres que te vea el padre Fonseca? Ahora mismo está en su oficina con el abad. Adelante. *Be my guest* —extendió su brazo libre, invitándolo a que saliera—. De seguro le va a dar mucho gusto verte y saludarte.

"Bien contestado."

Francisco Islas lo pensó dos veces. Algo raro estaba pasando. La sentía envalentonada, de una manera como nunca se había mostrado antes. Ése no era su carácter. La desconocía.

"Haz que te suelte."

Decidió probarla al límite. Sacó el crucifijo de madera; separó el brazo que se unía al crucero y le mostró el principio de una fina hoja afilada que iba descubriendo lentamente. Ella ya no hizo por intentar zafarse al ver la cuchilla muy cerca de su cara. Se paralizó.

"No hagas nada. Estáte quieta."

Callaghan envió señales a los dos elementos que lo acompañaban ordenándoles que desenfundaran sus armas y se posicionaran en lugares donde pudieran tener una visión clara para poder efectuar un disparo franco, si fuera preciso.

—No te pases de lista —la amenazó, colocando la punta de la hoja sobre su cuello.

La señorita Estévez abrió los ojos, presa de pánico.

"No digas nada. No lo provoques."

Al desenvainar la navaja, había rebasado el punto de no regreso. Aunque no lo hubiera querido, no le quedaba más que seguir ese camino. Tenía que hacerse de la llave por la fuerza. La pregunta era cómo. La idea de ir juntos a la oficina del abad era muy riesgosa, pero al mismo tiempo no podía permitir que Helena fuera sola. La otra era ir solo, aunque corría el mismo riesgo, pero tendría la ventaja de moverse más fácilmente sin la carga que suponía obligar a Helena a acompañarlo. Esta segunda opción implicaba deshacerse de la secretaria.

Callaghan corroboró las posiciones que habían adoptado los elementos de seguridad y esperó a que le dieran la señal cuando tuvieran en la mira al objetivo. Por primera vez cayó en la cuenta de que Sandra no se encontraba a sus espaldas, donde supuestamente debía estar. Volteó a todos lados tratando de localizarla, pero no estaba a la vista. "¿A dónde habrá ido?", se preguntó con preocupación. La señal de los de seguridad llegó.

La reportera, que se había separado de Callaghan cuando vio y escuchó las indicaciones que le había dado al señor

Ortega y a su personal, decidió obrar por su cuenta. Su presencia en el operativo se restringía a su papel de espectadora, lo cual no la hacía sentirse muy a gusto. Se sentía atada de manos. Temía por la integridad física de Helena. Debía haber algo que pudiera hacer para ayudar. Y de una cosa estaba segura: junto a Callaghan, que llevaba el control de la operación, no podía hacer nada. Fue del pasillo interior al pasillo exterior, adonde se topó con los elementos de seguridad apostados allí y esperó junto a ellos.

Nervioso, mientras cavilaba qué hacer, Francisco no midió la presión que ejercía la navaja sobre la piel de Helena. Ella emitió un ahogado grito de dolor al sentir que la cuchilla la hería levemente. Un hilo de sangre caliente escurrió por su cuello.

Desde su nueva posición, Sandra alcanzó a ver y a escuchar lo que sucedía. "La va a asesinar", pensó asustada y esforzándose por no gritar. "¿Por qué no intervienen de una buena vez?", volteó a ver a los guardias que la acompañaban. Vio cómo la sangre corría sobre el cuello de Helena. "¡La está degollando!", exclamó, casi gritando. "Alguien tiene que hacer algo o la mata." Sin siquiera sopesarlo, en un arrebato totalmente espontáneo e inesperado, entró a la capilla. De repente, se topó con la espalda de Francisco Islas que en ese instante se daba la vuelta para ver qué estaba pasando.

Callaghan no dio crédito a lo que veían sus ojos.

Los tres que se hallaban en la capilla se miraron perplejos, casi de manera cómica, sin saber cómo reaccionar. Por una fracción de segundo, él pensó que no se había asegurado de cerrar la puerta de la planta baja y que Sandra era una feligresa que había entrado a visitar la capilla, pero las miradas llenas de complicidad que se dirigieron las dos mujeres derribaron su hipótesis.

—¿Me puedes decir quién es esta mujer, Helena? —le preguntó acercándola más hacia sí, con la mirada torva fija en ella.

—Soy reportera del periódico *El Mundo* —respondió Sandra, antes de que lo pudiera hacer la secretaria— y amiga de Helena. Me pidió que viniera para comer juntas. Me dijo que antes debía atender un asunto en la capilla abierta y que después nos iríamos. Y como se estaba tardando, decidí venir a buscarla para irnos juntas.

—Con su decisión de venir a buscarla usted está interrumpiendo el asunto pendiente que Helena tenía conmigo —dijo Francisco, brindándole una falsa sonrisa—. Y, pues ya ve cuál es este asunto —agregó, estrechando a Helena contra su pecho y haciéndola emitir un quejido lastimero.

—Estoy segura de que su asunto, el que sea, lo podemos resolver de otra manera.

Callaghan confirmó con sus acompañantes la señal de que tenían un tiro franco.

—¿Quién más viene con usted?

—Nadie. Se lo aseguro. Vengo sola.

Francisco no supo si creerle o no, pero se puso en alerta. Trataría de descifrar el movimiento que realizaría la nueva ficha de ajedrez. Se esforzó en pensar con rapidez y cierta lógica. Por ningún motivo, la inesperada intromisión de esta reportera en escena le parecía casual. No podía serlo. Más bien era una señal de Dios. Sí. Había sido enviada por Él para ayudarlo a lograr su cometido. Sería su prenda para intercambiar la llave que le daría Helena a cambio de la vida de la reportera. Sonrió al descubrir el inusitado destino que le estaba deparando la intrusa. Con ella obtendría lo que quería, e incluso su pasaporte de salida. Sintió que la adrenalina le corría por las venas.

—Ya que estás aquí, ¿por qué no aprovechamos tu repentina presencia? —remarcó el hombre con pronunciado sarcasmo—. Mira, haremos esto: tú te quedas aquí conmigo mientras Helena, la bella Helena, me trae algo que le pedí. ¿Verdad que sí? —le dijo, mirándola de soslayo con una sonrisa forzada.

"Accede. Di que sí."

Helena sólo atinó a asentir con la cabeza.

—Muy bien. Entonces usted, reportera de *El Mundo*, venga acá y póngase a mi lado. Evite movimientos bruscos. Y, por favor, no haga tonterías, se lo suplico.

Sandra se acercó muy despacio, como en cámara lenta. Una vez a su lado, el padre Islas se le abalanzó como un felino, la aprisionó con un fuerte abrazo y le colocó la navaja a la altura de su ojo. La velocidad del movimiento tomó por sorpresa a la reportera, a tal grado que no pudo evitar lanzar un grito de angustia al sentirse amenazada de muerte.

Igual de sorprendida se quedó Helena al verse liberada.

"Tranquila. Mantén la calma."

Francisco dio dos pasos hacia atrás, alejándose de Helena.

—Es tu turno, preciosa —le dijo con sorna—. Haz tu tarea y no te tardes. Ya sabes lo que le pasará a tu amiga —puso la navaja en el cuello de Sandra— si no regresas en siete minutos con lo que te pedí, sola, y sin haber dado aviso a nadie.

Helena, presa de miedo, no supo qué contestar ni cómo reaccionar.

"Salte de la capilla. Rápido."

Desconcertada y obedeciendo órdenes como una autómata, dio media vuelta y salió. Su desconcierto era tal que se quedó inmóvil a escasos metros. El señor Ortega hizo su aparición como una serpiente silenciosa que sale de las penumbras, sujetó a la secretaria, colocó una mano sobre su boca para evitar que gritara y la jaló con firmeza alejándola de la capilla.

Cuando se encontraban en el remanso de las escaleras, el señor Ortega le ordenó que fuera directamente a la oficina del arcipreste y que se encerrara allí junto con él y el abad. Sin esperar respuesta, se acercó a la altura del busto de la secretaria y con voz clara declaró: "Soy Ortega. La señorita Estévez está a salvo. Cambio y fuera."

Callaghan suspiró aliviado. Con celeridad, giró instrucciones precisas a la secretaria: "Señorita Estévez. Escúcheme bien. Es muy importante. Necesito que vaya por esa llave, abra la habitación de Francisco Islas, revísela exhaustivamente y avíseme por este mismo medio acerca de todo lo que encuentre. El ayate debe estar allí".

El señor Ortega interpretó el silencio de la secretaria como una confirmación de que había comprendido las órdenes que le había dado. La señorita Estévez bajó las escaleras con rapidez, presa de una firme determinación.

Callaghan buscaba el momento adecuado para actuar. No tenía duda de lo que debía hacer. La pregunta era cuándo. Desde luego, debía ser pronto, antes de que Francisco se tornara más violento y pusiera en riesgo la vida de Sandra. Había aprendido, con un alto costo, que la paciencia era una gran virtud en la criminología. Dada su posición ventajosa, pues contaba con armas de fuego y personal de seguridad calificado, podía darse el lujo de esperar el momento adecuado para intervenir.

Esperaría a la señorita Estévez, pues era la señal que le faltaba para iniciar el operativo de salva y captura. Ya tenía identificado al ladrón y estaba a punto de recuperar el ayate. Sólo le faltaba poner a salvo a Sandra y vérselas cara a cara con Francisco Islas.

En el interior de la capilla abierta, Francisco mantenía aprisionada a la reportera con el mismo brazo con el que había acorralado a Helena. Sin decir palabra, la llevó hasta el arranque de las escaleras que bajaban al pequeño altar, alejándose de la puerta de entrada. Este movimiento obligó a los elementos de seguridad a recular y buscar un nuevo acomodo, cuidándose de no ser vistos. Callaghan se comunicó con ellos mediante señas y de nuevo les pidió la confirmación de un disparo franco. Pulgares levantados le dieron la respuesta. Era evidente que Francisco descuidaba su posición, pues no esperaba una emboscada.

Aflojó la presión del abrazo hasta soltar a Sandra por completo. Instintivamente, ella retrocedió un par de pasos y se llevó una mano al cuello para corroborar que no hubiera huellas de sangre. Francisco sonrió mientras blandía la navaja muy cerca de ella.

—¿Por qué hace esto? —dijo ella.

Él se tomó unos segundos para responder.

—Usted no está en posición de hacer ninguna pregunta, pero le contestaré porque, por alguna razón que ignoro —se encogió de hombros—, es preciso que "esto" se sepa —Sandra esperó a que continuara hablando—. Por si no lo sabe —sonrió—, hace apenas unos días fue sustraído de su lugar el ayate de la Virgen de Guadalupe.

—Lo sé perfectamente. He estado involucrada en el proceso para decodificar el códice que dejó el ladrón.

—¡El ladrón! ¡Ufff! —repitió, haciendo un gesto de desagrado—. ¡Qué palabra tan desagradable! —sacudió una mano—. Supongo que así me llamarán de ahora en adelante —concluyó, encogiéndose de hombros en señal de resignación y esbozando una sonrisa sarcástica.

—Entonces, si no me equivoco, usted es…

—¿El ladrón? —puso cara de asombro—. ¡Por supuesto que soy yo!

Sandra deseaba que Michael estuviera escuchando esa conversación, pero sabía que eso no era posible porque la única persona a la que le habían puesto micrófono y radio había sido Helena. Sin embargo, abrigaba esperanzas de que, por la cercanía, pudiera haberla oído. Deseaba que estuviera atento, escuchando la abierta y explícita confesión.

—Es una pena que sea tan curiosa. Ahora que me obligó a confesar la verdad, tendré que proceder de otra manera con usted… Así que ha estado trabajando en descifrar…

—El códice.

—¡Ah! ¡Sí! El códice —hizo un ademán de obviedad, palmeándose los muslos—. Yo ni siquiera tuve la oportunidad de verlo.

—¿Pero cómo? ¿No fue usted quien lo dejó?

—Fui yo el que lo dejó en el Camarín. ¿No te dije, pues, que yo soy el ladrón? A mí me lo entregaron y me dijeron que no lo abriera, que lo dejara en ese lugar. Y eso fue exactamente lo que hice. Ni siquiera sabía que se trataba de un códice —rió con desgano.

—¿Quién lo obligó a hacer eso?

—Usted hace muchas preguntas, señorita periodista —dijo, mientras meneaba la cabeza y la señalaba con el dedo índice en una mezcla de advertencia y abierta amenaza—. Y eso no la llevará a ningún lado bueno, se lo aseguro. —Al sentirse amenazada, Sandra optó por callar. Él se tomó un respiro, meditó unos segundos y decidió continuar—: Hay una persona, una de esas personas iluminadas, que es la que planea todo, y nosotros somos soldados que ejecutamos sus órdenes —enarcó una ceja.

—Entonces, no está solo en esto…

—Evidentemente que no, chula; si no, no hubiera podido sustraer el lienzo con tanta facilidad —extendió los brazos con una mirada de sorna.

—Todavía no me ha dicho por qué.

—¡A usted qué le importa! —gritó, clavando su dura mirada en ella.

—Tiene que haber una razón. Yo no creo eso de que se robó el ayate para venderlo después.

—¡¿Para venderlo?! —exclamó escandalizado, con los ojos desorbitados y abriendo los brazos en alto como si clamara al cielo—. ¿Pero está loca, o qué? —la miró con los ojos rojos de ira—. ¿Eso le dijeron?

Sandra asintió con el miedo reflejado en su rostro.

—¡Ja! ¡Para destruirlo y desaparecerlo para siempre! —dijo casi gritando—. ¡Para eso lo tomamos! No para venderlo.

La reportera permaneció callada. Bajó la vista en señal de sumisión. No quería alterarlo y sacarlo de sus casillas. Estaba frente a una persona desequilibrada a la que debía tratar con mucho tiento. No obstante, la idea de conseguir la información privilegiada la inquietaba sobremanera.

—Pero entonces, ¿cuál es el objetivo? Sigo sin entender.

Él resopló en señal de hartazgo.

—Precisamente es por la ignorancia con la que te atreves a hacer este cuestionamiento —la enfrentó, señalándola con el dedo índice. Sandra permaneció callada—. ¿Por qué siguen empeñados en adorar lo que no deben? —la cuestionó, clavándole una mirada fría.

"Cienfuegos tenía razón —pensó Sandra—. Todo gira en torno a la corriente iconoclasta de la que Francisco Islas debía ser un fanático.

—¿Por qué persisten en esa idea? —Francisco insistió.

—Me imagino que es una forma de intercesión, de mediación, digamos más cercana, para comunicarnos con Dios.

—Craso error. Para eso hemos venido nosotros y nos hemos manifestado, para hacerles ver su terrible equivocación. No hay necesidad de intermediaciones —negó con el brazo que empuñaba la navaja peligrosamente cerca de su rostro.

—Sin embargo hay otras maneras de hacerlo…

—No hay tiempo —sacudió la cabeza Francisco, gesticulando con ambos brazos—. Lo hemos intentado todo pero no nos han hecho el más mínimo caso —se palmeó los costados en un gesto de desesperación—. Por eso optamos por estas medidas… más convincentes. A ver si así entienden de una buena vez.

—¿Por qué dice que no hay tiempo?

—Porque el fin está cerca.

Sandra constató de nuevo la veracidad de la interpretación del códice realizada por el historiador, al descubrir los tintes milenaristas de las palabras de Francisco Islas.

—¿El fin de los tiempos?

Él no respondió. Como si hablar de temporalidad le recordara su objetivo, consultó el reloj y se dio cuenta de que ya había pasado el tiempo que le había dado a Helena para volver. Se encolerizó.

—¡Le dije que siete minutos! —exclamó, sacudiendo la cabeza. Miró retadoramente a Sandra—. Si tu amiga no aparece… tú desapareces —la amenazó.

"Padre Callaghan, me encuentro en la habitación de Francisco Islas. En el ropero hay un rollo."

"Ábrelo. Rápido."

Callaghan contuvo la respiración por los interminables segundos que tardó responder la secretaria.

"¡Es el ayate!"

Callaghan reprimió un grito de emoción. Exhaló mientras cerraba los ojos. Si hubiera tenido la oportunidad de escoger un momento en su vida para llorar, éste habría sido. Respiró profundamente, en un intento por recuperarse.

"Quédate con él. Enciérrate en el cuarto. No abras a nadie."

Callaghan suspiró aliviado. Dio la señal para proceder. El ayate estaba seguro. Sólo faltaba ir por Sandra.

Francisco clavó su fiera mirada en la reportera. Su puño apretó el mango de la navaja con tal fuerza que saltaron las venas del dorso de su mano. Titubeó unos segundos. Con la empuñadura de la navaja firmemente apretada entre los dedos de su mano derecha, se dispuso a dar el primer paso para acercársele.

—Yo que usted no lo intentaría —advirtió Callaghan.

Callaghan y dos elementos de seguridad se habían deslizado al interior de la capilla por el pasillo inferior, donde estuvieron apostados todo el tiempo. Aprovechando que Francisco les había dado la espalda, ahora se encontraban justo detrás de él. Los dos elementos se situaron a ambos lados del legionario; empuñaban pistolas Beretta de nueve milímetros que sostenían a la altura de los ojos. Estaban entrenados para apuntar uno a la cabeza y el otro al corazón.

Francisco se quedó helado al oír la voz de Callaghan. No esperaba que alguien supiera de este asunto y menos que estuviera en el mismo recinto donde él y Helena se habían citado. Era obvio que ella lo había traicionado y que había enviado a alguien para rescatar a la reportera. Lentamente dio media vuelta para mirar y encarar a su interlocutor.

—Vaya, vaya, un colega —lo miró de arriba abajo de manera despectiva, fingiendo frialdad.

—Legionario de Cristo, para más datos —respondió Callaghan, sin inmutarse.

—No me extraña en lo más mínimo —replicó con sorna y con una falsa sonrisa—. Ustedes siempre se han distinguido por ser guadalupanos y vaticanistas —abrió los brazos—. ¿Cómo iban a ponerse en contra del gran poder?

—¿Y tú? ¿A qué orden perteneces?

—A la orden de San Francisco —hinchó el pecho—, aunque no lleve puesto el sayal.

—Eso ya lo sabía. Pero a qué reforma.

Tardó unos segundos en contestar, meditando para dar la respuesta correcta. En otras circunstancias hubiera preferido callar, pero ahora, acorralado como estaba, y habiendo fracasado en su plan, poco le importaba que se conociera su rama secreta.

—La Insulana, por supuesto —aseveró con una sonrisa irónica—. Es muy probable que no hayas oído…

—Conozco muy bien su origen y sus principios.

—Me sorprende —dijo, abriendo los ojos y haciendo un gesto de aprobación—. Son muy pocas las personas que han oído hablar de lo que fue nuestra pequeña gran reforma.

—A mí lo que me sorprende —lo parafraseó Callaghan esbozando una sonrisa— es que alguien haya sobrevivido hasta hoy enarbolando esos ideales.

—¿Noto un tono de censura? —lo cuestionó ladeando la cabeza, mirándolo de soslayo y dibujando una sonrisa llena de sarcasmo.

Callaghan también ladeó la cabeza, imitándolo.

—Te confieso que no me extraña. Siempre hemos sido incomprendidos. Por eso nos hemos mantenido al margen todos estos años. Pocos comprenden la importancia de vivir bajo los principios que nos enseñaron los evangelios, los primeros cristianos, la Iglesia primitiva, la verdadera y la única.

—Esos principios también condenaban el robo.

—Muy astuto —volvió a reír Francisco—. Sin embargo, nosotros no creemos que este acto haya sido un robo, sino más bien una redención.

—¿Por nuestros pecados?

Al franciscano no le interesaba seguir con esa conversación que no lo conduciría a nada. Su mente estaba en otro lado. Era evidente que se encontraba en franca desventaja. Su arma blanca no podía competir con las armas de fuego que portaban sus adversarios. No tenía muchas opciones. Sólo le quedaba el resguardo que le proporcionaba la reportera. Tendría que tomarla como rehén. Era su única opción. Parecía que el destino le había reservado lo peor para el final. Recordó la frase de su superior, quien le advirtió lo que debía hacer si fracasaba. Ahora se encontraba cara a cara con su más grande derrota y con su inexorable destino.

—Por no seguir las enseñanzas del santo evangelio —repuso, bajando los ojos como si cambiara su actitud a una abierta claudicación.

Su gesto tenía el objetivo de propiciar en sus agresores un instante fugaz de relajación, el cual aprovecharía para jugarse su última carta. Con un veloz y repentino salto de felino, que tomó por sorpresa a todos, se abalanzó contra Sandra, quien sólo pudo emitir un grito de angustia. Para su infortunio, de nueva cuenta tenía la navaja puesta en su cuello. Los dos elementos de seguridad hubieran tenido un tiro fácil de haber escuchado la orden del legionario, pero ésta nunca llegó a sus oídos.

Callaghan se mostró imperturbable, como si hubiera estado esperando ese movimiento. Por ningún motivo pondría en riesgo la integridad de Sandra. Estaba seguro de que en breve se le presentaría otra oportunidad mejor.

—No vale la pena —meneó la cabeza Callaghan—. Y ya encontramos el ayate que dejaste en el clóset de tu habitación. Tu plan, cualquiera que haya sido, fracasó. Recuperamos el lienzo de Nuestra Señora de Guadalupe.

Francisco se quedó paralizado al escuchar la noticia.

Callaghan creyó necesario que el franciscano debía darle más información, para que no quedara la menor duda de su responsabilidad.

—No fue muy astuto de tu parte haberlo dejado escondido en el ropero de tu antigua habitación. ¿Qué, no se te ocurrió que en poco tiempo lo íbamos a hallar? ¿O pensabas llevártelo antes de que lo descubriéramos?

Sacudió la cabeza y sonrió, aceptando lo inevitable. Todo estaba perdido.

—Esa mosquita muerta…

—La señorita Estévez no tiene nada que ver en este asunto. Todo ha sido obra del departamento de seguridad de la basílica, cuyo jefe se encuentra detrás de ti en este preciso momento —Callaghan levantó ambas cejas en dirección al señor Ortega.

Francisco atrajo a la reportera a su cuerpo y dio media vuelta con lentitud para verificar la afirmación de Callaghan. Efectivamente, ahí estaba el jefe de Seguridad con otros dos elementos. Los tres portaban sendas armas que lo encañonaban. Habían entrado sigilosamente por el otro acceso mientras él y Callaghan hablaban. Cayó en la cuenta de que aquella conversación sólo había servido de señuelo para distraerlo.

—Como ves, estás rodeado. No tienes escapatoria —sentenció Callaghan con los brazos abiertos, invitándolo a rendirse.

Echó una mirada a su alrededor, evaluando las alternativas que le quedaban. No había forma de salvarse. Rendirse no era una opción.

—Tengo que conceder que hicieron bien su trabajo. La verdad es que nunca me lo esperé. Pensaba que Helena se alimentaba del alpiste de mi mano y que nunca me traicionaría.

—Nunca debes subestimar a las mujeres.

—Que me lo diga alguien más, bien, pero ¿tú?, un cura…

Callaghan se encogió de hombros.

—¿Qué te parece si bajas la navaja y te entregas?

Francisco sonrió, negando con la cabeza.

—Creo que eso no va a ser posible —le respondió con tono sombrío.

Callaghan escuchó lo que no quería oír. Esto no iba a terminar bien. El señor Ortega tenía la mira puesta en él, esperando sus órdenes. Se notaba impaciente, pero debía acatar lo que habían pactado: el legionario fue muy claro cuando le advirtió que sólo actuaría bajo su comando. Si hubiera sido por él, ya hubiera disparado hacía buen rato.

Francisco volteó a ver la salida y buscó con su mirada la posible ruta de escape. Recordó que esta capilla había sido construida para oficiar misa hacia el exterior, hacia el vasto atrio, donde grandes masas de feligreses se congregaban durante las principales festividades. Este recuerdo le facilitó la toma de su decisión: la única que le quedaba. Con Sandra bien sujeta a su pecho, comenzó a caminar hacia atrás, fijándose de vez en vez dónde pisaba.

—No hagas ninguna tontería —le advirtió Callaghan, quien había dado un paso para acercársele.

—¡Ah, ah! —lo contuvo Francisco, acercando su cabeza a la de Sandra con el objetivo de dificultar la precisión de la trayectoria de un posible disparo.

Retrocedió primero un paso y luego el otro sin dejar de mirarlos, con la intención de salir hacia el balcón exterior. En esos momentos ideaba la forma como desearía terminar con todo aquello. Su acto estaría impregnado de un gran simbolismo, y su congregación se sentiría orgullosa de él. En su fuero interno pidió perdón a su superior por haber fracasado. Sabía que tendría muy poco tiempo para realizar su último rito.

"¿Qué está intentando hacer? —se preguntó Callaghan—. Hacia donde se dirige no hay nada, sólo un espacio vacío." Miró al señor Ortega, quien lo instó a cerrar distancias. Callaghan estuvo de acuerdo. Los dos comenzaron a caminar, lentamente y al mismo tiempo, hacia Francisco y su rehén.

El franciscano se percató de la presencia de otros dos elementos, situados a ambos extremos del balcón exterior, que, de igual manera, lo encañonaban con sus pistolas. Con un movimiento de su navaja, les indicó el lugar donde quería que se colocaran. Sin amedrentarse por la cercanía de los guardias, continuó con su lento retroceso. Bajó pausadamente los escalones, asiendo bien a Sandra. Cada paso que daba en su descenso era repetido por los elementos que lo acosaban.

No pasó mucho para que todos se concentraran en el balcón exterior. Francisco concluyó que no tenía ningún caso tratar de detenerlos con amenazas, puesto que se encontraban a escasos metros de él. No le quedaba otra alternativa que continuar bajando.

No tardó en sentir que sus talones daban con el borde. Ante el desconcierto de Callaghan y del señor Ortega por adivinar el siguiente movimiento del franciscano, vieron con asombro que procedió a quitarse los zapatos con una leve presión de la punta por sobre el talón. Pegó su boca a la oreja de Sandra y, con un susurro, le ordenó que comenzara a agacharse muy lentamente. Así lo hicieron los dos al mismo tiempo. Cuando se encontraron completamente en cuclillas, él retiró la navaja del cuello de Sandra, y con un elocuente ademán, advirtió a sus agresores que no intentaran hacer nada. En un movimiento inusitado, con dos certeros y precisos lances, clavó la navaja sobre el empeine de un pie y luego del otro. El movimiento fue tan rápido y tan grotesco, que a todos los sumió en la repentina sorpresa y la inusitada estupefacción. A duras penas consiguió reprimir un grito de dolor. Sandra, por su parte, no daba crédito a lo que estaba sucediendo a escasos centímetros de ella. En respuesta al terror que la invadió, gritó estertóreamente, como si hubiera sido a ella a quien le clavaban el puñal.

Callaghan y el señor Ortega, al presenciar aquella escena, dieron dos pasos rápidos, seguidos por los efectivos que se situaron a una distancia adecuada, de manera que fuera imposible errar el tiro.

Con ambos pies ensangrentados y apenas con aliento para pronunciar unas cuantas frases, Francisco le ordenó a Sandra que se pusiera de pie, a la vez que volvía a colocarle la navaja ensangrentada sobre el cuello. El movimiento de erguirse le causó tal dolor que lo obligó a apoyarse en el cuerpo de la reportera para no caer. A pesar del sufrimiento que estaba padeciendo, hizo cuanto pudo por disimularlo. Cuando logró recuperar la verticalidad, inhaló aire, en un intento por ahuyentar el suplicio que estaba soportando.

Cerró los ojos e imploró perdón por lo que estaba resuelto a hacer.

Todavía sujeta a su abrazo, Sandra hacía esfuerzos para no moverse. Por su parte, Francisco abrió los ojos para confirmar que sus agresores permanecían en los lugares en que los había dejado. Habiendo comprobado que así era, con lentitud retiró la navaja del cuello de Sandra y, con otro movimiento rapido, clavó el puñal sobre la palma de su mano izquierda, atravesándola. Por más que intentó, no pudo reprimir un quejido que, sin embargo, no le impidió retirar la navaja para asirla con la lacerante mano herida y, con un esfuerzo supremo, repetir el mismo acto en su otra mano.

Sandra se aterrorizó cuando sintió que la sangre que salía a borbotones de las manos del franciscano la manchaba por completo. Al mismo tiempo advirtió que el peso del franciscano aumentaba, recargado como estaba en ella para no caer desvanecido. Por instinto, la reportera intentó ayudarlo, soportando su peso para evitar que desfalleciera. Notó que el abrazo con que la había aprisionado todo ese tiempo había perdido fuerza. Poco a poco la fue soltando mientras procuraba que sus movimientos no se confundieran con los de una agresión.

Al dejar de sentir las manos del franciscano estrechándola, Sandra fue presa de un estado frenético de terror que la inmovilizó, incapacitándola para caminar. Cayó extenuada a sus pies, en medio de un gran charco de sangre.

Callaghan sintió alivió al ver que Sandra había sido liberada. Volteó a ver al señor Ortega, que lo encomiaba a dar la orden de disparar. Por un extraño presentimiento, confió en que el franciscano no intentaría nada para agredir a Sandra. Se abstuvo de dar la perentoria orden.

Francisco alcanzó a encaramarse en el borde, sosteniéndose difícilmente en pie mientras derramaba sangre por las cuatro heridas abiertas. Con las pocas fuerzas que le quedaban, se desgarró la camisa que lo cubría. En un último y postrero movimiento, empuñó el arma, y, sin titubear, la clavó en su costado izquierdo. En el preciso momento en que lo hacía, volteó al cielo y emitió una profunda y gutural exhalación.

Todos vieron atónitos, con ojos que se resistían mirar, la escena macabra que acontecía frente a ellos. La impresión de aquella imagen se impregnó indeleblemente en las retinas de sus ojos.

Callaghan creyó ver una alegoría de la crucifixión de Cristo, con los brazos abiertos en forma de cruz, exhalando su último aliento, mientras Sandra, cual madre desconsolada, lloraba a sus pies.

En lo que pareció toda una eternidad por su extrema lentitud, aquel hombre se dejó caer de espaldas, con los brazos abiertos y la cabeza por delante, impactándose contra el piso adoquinado del atrio.

En medio de una gran confusión y de gritos de horror de los feligreses, fray Francisco Islas encontró finalmente, en la misma entrada de la basílica de Nuestra Señora de Guadalupe, su Insulana muerte.

Quince días después

Llegaron a la basílica para saludar y despedirse del abad. Éste los esperaba, como habían acordado, en el presbiterio. Lo vieron de lejos cuando cruzaron las enormes puertas de la entrada. Se hacía acompañar por el arcipreste, por el jefe de Computación y por don Agustín, con los que entablaba una amena charla, tratando, a la vez, de guardar cierta compostura al hacerlo, de manera disimulada y en voz baja, casi imperceptible a oídos extraños. Podían percibir que sus semblantes, aun a la distancia, escondían cierta complicidad.

El arcipreste era el único que de vez en cuando desviaba la mirada hacia todos los lados para observar el ambiente que imperaba y regalar alguna sonrisa de bienvenida a cualquier feligrés que, reconociéndolo, lo saludaba o se le acercaba para besarle la mano.

El interior de la basílica estaba a reventar. Sin prisa, gozando del ambiente festivo, se abrieron paso en el pasillo de la nave central hasta que llegaron a los pies de la escalinata. Ahí el arcipreste reparó en la presencia del legionario y la reportera, haciéndoselo notar al abad, quien volteó, les sonrió, y abrió sus brazos en un gesto de cálido recibimiento.

—¡Qué gusto verlos!

Sandra y Callaghan saludaron de mano a todos.

—¿Cómo ven? —les dijo, mientras extendía su brazo, moviéndolo de un lado al otro, y mostrando con orgullo la multitud que inundaba el santuario.

—Las aguas volvieron a su cauce —atinó a decir Callaghan.

Sandra desvió su mirada hacia la Imagen.

—Y Ella está de nuevo en su lugar —dijo, señalándola.

El arcipreste, don Agustín y el jefe de Computación intercambiaron miradas.

—Como si no hubiera pasado nada —agregó, encogiéndose de hombros.

—Y nunca más va a volver a pasar —añadió el abad.

Callaghan reparó en el tono de misterio con que hizo el comentario y pensó preguntarle el motivo, pero se arrepintió. Prefirió dilucidarlo por su cuenta.

—De seguro incrementaste las medidas de seguridad.

—Se podría decir…

Inconforme con la respuesta, insistió:

—Instalaste dispositivos de seguridad en el interior del Camarín.

—Podríamos decir que aumentamos la seguridad.

Callaghan hizo una mueca de desagrado, insatisfecho por la respuesta. El abad se percató de su molestia y trató de tranquilizarlo.

—Que tienes razón —asintió, tomándolo del brazo—, se reforzó la seguridad y se adoptaron otras medidas que ayudarán mucho.

El legionario permaneció en silencio, esperando que el abad continuara con su explicación. No escaparon a su atención las miradas apremiantes con que los otros acompañantes instaban al abad a que se callara. Frunció el ceño y se encogió de hombros. Se abstuvo de seguir preguntando. Su instinto le decía que algo se traían entre manos.

Sandra lo miró y le sonrió, encomiándolo a aceptar el hecho de que el abad no diría más.

—Lo importante es que todo volvió a la normalidad —dijo el abad.

Callaghan habría jurado que todos respiraron con alivio. No dejó de interpretar esas miradas peculiares que a veces intercambian las personas que saben algo que los demás ignoran y que, además, no están dispuestas a revelar.

El abad, con semblante amable, los invitó a su oficina para charlar un poco. Sandra y Callaghan se despidieron de los otros. Llegaron a la oficina donde días atrás se habían reunido para descifrar el códice. El abad los invitó a sentarse.

—Vienes vestido de civil, Michael.

—Quizá ya te llegó la noticia…

El abad afirmó con la cabeza.

—Sabes muy bien que las noticias escandalosas vuelan con rapidez, pero esperaba que tú me lo dijeras.

—Me salí de la legión —respondió Callaghan lacónico, encogiéndose de hombros.

El abad asintió, poniendo cara de circunstancia.

—Qué pena me da. Espero que nuestro caso no haya sido motivo de…

—No, no. Esto lo vengo arrastrando desde hace ya algún tiempo.

—¿Fue por aquello de tu misión al frente de la comisión que defendió a tu orden?

—Sí. Fue por eso.

—¿Qué te puedo decir? —se encogió de hombros—. Me puedo imaginar todo lo que tuviste que pasar, pero conociéndote, sé que lo has pensado mucho, y que si tomaste esta difícil decisión, es porque es lo mejor para ti, aunque nuestra Iglesia, tan urgida de vocaciones —meneó la cabeza—, no está para perder a un miembro destacado de su comunidad.

Callaghan ladeó la cabeza y esbozó una sonrisa, como desdeñando el elogio.

—¿A qué te piensas dedicar?

—A lo que sé hacer, pero esta vez de manera privada.

—De eso quería hablar contigo.

Callaghan se mostró extrañado.

—Cuenta con que, a partir de ya, fungirás como asesor de seguridad de la basílica —Callaghan abrió los ojos—. ¿Cómo ves? ¿Aceptas?

—¡Ésa sí es una buena noticia! —exclamó con una gran sonrisa—. Por supuesto que acepto.

—¿Ya ves qué tanto te tardaste en encontrar trabajo? —le dijo Sandra, dándole un apretón en el brazo.

Callaghan posó una mano sobre la de ella, agradeciéndole el comentario. El abad aprovechó el momento para fijar su mirada en la reportera y desviar su atención hacia ella.

—¿Y tú? ¿Cómo vas?

—Bien, Leonardo, gracias. En el periódico, la plana mayor está muy contenta por el hecho de que *El Mundo*, *off the record* —gesticuló un ademán de secrecía—, se haya convertido en el portavoz no oficial de la basílica.

—Me alegro. Pero a ti, en lo personal, ¿te ha ido mejor?

—No me puedo quejar —repuso, encogiéndose de hombros—. Si bien a mi jefe no le gustó el hecho de haber perdido la oportunidad de publicar, en exclusiva y a tiempo, la nota, que ésa era en realidad la noticia bomba…

—Qué bueno que no se publicó, Sandra. Creo que nos salvamos de algo que pudo haber tenido consecuencias inimaginables —comentó con semblante grave.

—En fin, mi jefe también desechó la idea de la crónica para una de las revistas del grupo, y parece que finalmente se conformó, por un lado, con el aumento del presupuesto que la basílica otorgó al periódico y, por el otro, con la participación y el crédito que el periódico tendrá en la publicación de mi libro.

El abad respingó en su asiento con expresión de asombro.

—¡Ah! Estás escribiendo.

—Una novela.

—Estoy impresionado. ¿Y cómo va?

—Todavía no empiezo. Estoy en la etapa de planeación. Quiero que tenga veracidad y, para que así sea, necesito realizar muchas entrevistas a distintas personas claves que han tenido que ver con el acontecimiento guadalupano.

—¿De eso se va a tratar?

—Sí.

—¿Y nos vamos a pelear? —el abad se hundió en su sillón, riendo.

—Espero que no. Si no lo hicimos del todo con nuestro caso, creo que no lo haremos con mi novela.

—¿Y ya tenemos el título?

—Vamos, Sandra, dínoslo como una primicia —intervino Callaghan.

Sandra fingió una cara de disgusto, y luego accedió con una sonrisa.

—Está bien —abrió ambos brazos en señal de que se rendía a la petición—. Se titulará… *Entre nubes y nieblas.*

El abad y Callaghan se miraron uno al otro haciendo gestos unánimes de aprobación.

—Me parece, Sandra, que no pudiste haber escogido mejor título —la elogió el abad—. Recuerdo vívidamente que fuiste tú la que definió esa página como un "paisaje de cielo". Descripción, aparte de atinada, muy bella, por cierto. Además, el título es muy *ad hoc* con el contenido que pretendes. Recordemos que se traduce como "presencia divina", y, bueno, si se trata de la Virgen de Guadalupe, no puede haber algo más divino —volteó a ver al legionario, quien asintió—. Excelente, Sandra. Me da gusto por ti.

La reportera, sin poder ocultar un sonrojo de orgullo, agradeció las palabras del abad.

—Mariano como soy, sabes que puedes contar con todo mi apoyo.

—Te tomo la palabra, Leonardo. Voy a necesitar mucho de ti, de tus conocimientos marianos, de historia del arte, de la gente que conoces, de tus contactos, de tus influencias…

—Exageras —con un gesto de su mano la cortó, tratando de minimizar la importancia de su ayuda—. Pero cuenta conmigo.

Sandra iba a abordar el verdadero tema que quería tratar con el abad, pero Callaghan se le adelantó y cambió por completo el curso de la conversación.

—Leonardo, ¿tuviste algún contacto con los demás santuarios marianos para prevenirlos?

El abad lo miró con fijeza, meditando su respuesta.

—Lo hice de manera velada.

—¿Me puedes explicar?

—Lo que debí haber hecho era un reporte detallado de lo que aconteció y enviarlo a nuestro arzobispo para que él, a su vez, lo enviara al Vaticano… Pero no lo hice —confesó, meneando la cabeza.

Callaghan respingó un poco en su silla. Sabía que su amigo estaba tomando riesgos al ocultar información al arzobispo y al mismísimo Vaticano. Sacudió la cabeza en señal de desconcierto.

—Si lo hubiera hecho, Michael, tendría que haberles informado de la desaparición del ayate, y esto de inmediato lo sabría nuestro arzobispo, y tú ya sabes cuáles hubieran sido las consecuencias…

—Pero gracias a ti se recuperó esa pieza, que es lo que importa. Estoy seguro de que eso el arzobispo lo habría tomado muy en cuenta si hubiera sido el caso de confrontarte y pedirte cuentas.

—Sí, de seguro que me hubiera perdonado, pero… ¿crees, de veras, que volvería a confiar en mí? No, Michael, no. Y, con toda certeza te lo digo, no hubiera tardado mucho en quitarme del puesto.

Callaghan asintió con un movimiento de cabeza.

—Entonces, ¿qué hiciste? Porque sabemos que el verdadero autor intelectual, el zurdo, el que anudó el cordel del códice, aún anda suelto.

—Me confabulé con otros abades —sonrió, haciendo una mueca maliciosa—, como era de esperarse. Les hablé por teléfono, de tú a tú, de abad a abad, de colega a colega. Les informé que tomaran las debidas precauciones, porque habíamos sufrido un intento de robo de nuestra Imagen.

—¿No les contaste del hurto?

El abad negó con la cabeza.

—¿Para qué, Michael? Daba lo mismo. Ya les había advertido que se pusieran en alerta para evitar que una cosa así llegara a sucederles. ¿Qué hubiera ganado con contarles todo el suceso? Para efectos prácticos, ya tomaron las debidas medidas de precaución.

Callaghan estaba convencido, sin el menor género de duda, de que su amigo tejía fino, muy fino.

—¿Y no temes que esto llegue a los oídos del Vaticano?

—¿Qué? ¿El intento de robo de la Imagen sagrada? —se encogió de hombros, desdeñando la posibilidad—. Una raya más al tigre. ¿Tú sabes cuántas amenazas recibimos de personas dementes?

—Me lo puedo imaginar.

—Si las medidas de seguridad que tenemos en la basílica no las pusimos sólo porque sí. Teníamos razones de sobra.

Callaghan asintió.

—¿A cuántos santuarios llamaste?

—A unos pocos; la verdad sólo a los que consideré los principales.

—¿Y crees que sólo con tu llamada tomarán las medidas para proteger debidamente sus santuarios?

El abad se encogió de hombros.

—Los que me hayan creído, sin duda lo harán. Fueron muy insistentes en que les diera pormenores de las medidas de seguridad que habíamos implementado. Cómo fue posible que hubiéramos impedido el robo, decían.

—¿Y qué les dijiste?

—Les di el nombre y los datos del señor Ortega para que se comuniquen con él —asintió, esbozando una sonrisa.

—¡Ah! Muy bien. Se lo merece.

—Y también les proporcioné tus datos, informándoles que a partir de hoy asumirías tu nueva posición. ¿Ves? Por eso forzosamente tuve que ofrecerte el puesto, para no contradecirme.

—Encima tengo que agradecer a los abades de los más prestigiados santuarios marianos del mundo el haber conseguido empleo.

El abad sonrió. Callaghan le extendió la mano para que se la estrechara.

—¿No fue muy difícil borrar las huellas de la muerte de Francisco Islas? —le preguntó Sandra.

El abad respiró profundamente. Posó las dos manos sobre su nariz y su boca, y con semblante serio contestó:

—No debería decirlo —se rascó la cabeza—, pero ya hemos aprendido a reaccionar rápidamente, ¿eh? La verdad es que el padre Fonseca es un auténtico mago: en cuestión de un par de minutos, con ayuda de los elementos de seguridad del señor Ortega, cercó el lugar donde se encontraba el cuerpo yacente, formando una valla humana que impidió que la feligresía pudiera verlo; se llevó aparte a las pocas personas que presenciaron el deceso; cerró la entrada al atrio y las entradas a la basílica; llamó a la compañía que otorga el servicio médico a la basílica para que se llevaran el cuerpo; convocó a don Agustín y al personal de mantenimiento, quienes, en un santiamén, limpiaron y lavaron las huellas de sangre del lugar. En fin, en cinco minutos, no más, créeme que no exagero, no había quedado sobre el piso del atrio ningún indicio que diera a entender que allí, instantes antes, estuvo el cuerpo ensangrentado de un hombre sin vida.

—¿Y la policía? —preguntó la reportera.

—De ellos me encargué yo —la miró, enarcando una ceja y asintiendo—. Les ofrecí algo que no podían rechazar...

Sandra entendió lo que el abad había hecho con ellos.

—¿Y la orden de San Francisco? —preguntó Callaghan.

—Les tuve que decir todo lo que ocurrió —hizo un gesto de resignación—. Créanme que ellos eran los más interesados en que no se diera a conocer la muerte del padre Islas.

—Habría sido una vergüenza para la orden.

El abad negó con la cabeza.

—¿Y qué culpa tienen ellos si una oveja se descarría? —dijo, encogiéndose de hombros y saliendo en su defensa—. Cualquier acto que realiza un miembro de una congregación tiene sus consecuencias, buenas o malas, queramos o no, para la misma orden a la que pertenece. ¿O no es así, Michael? —agregó, mirando a Callaghan y enarcando una ceja.

Al legionario no le quedó más remedio que asentir.

—¿Qué pasó con las personas que presenciaron la muerte de Francisco Islas? —inquirió Sandra.

—El padre Fonseca se los llevó aparte y los mantuvo en compañía de algunos canónigos. Cuando pasó todo, se tomó su tiempo para explicarles, muy a su manera, que lo que habían visto no fue más que el acto de un enfermo mental que finalmente decidió poner fin a su vida y que escogió el santuario de la Virgen de Guadalupe para que su alma fuera recogida por Ella —se encogió de hombros e hizo una mueca—. Parece que fue muy convincente, pues todos se fueron tranquilos al hotel que les había reservado Fonseca, adonde él mismo los acompañó a cenar.

—Para seguir instruyéndolos…

—Para responder cualquier pregunta o esclarecer cualquier duda que tuvieran y para asegurarse de que retornaran en paz a sus respectivos lugares de procedencia, después de un buen desayuno y con los respectivos transportes de regreso cubiertos por la basílica.

—¿No tuviste problemas con la prensa? —preguntó, de nueva cuenta, la reportera.

—En realidad no. Fue tan rápido todo, que ni siquiera les dio tiempo. Cuando llegaron, se sorprendieron de no ver ningún cuerpo, y cuando quisieron investigar qué sucedió en realidad, no había nadie a quién recurrir para preguntarle. Los testigos presenciales, les recuerdo, los manteníamos custodiados, y los policías, guadalupanos todos —asintió con una sonrisa—, nos ayudaron mucho a negar el incidente —les guiñó un ojo.

—Así que tuvieron que irse con sus libretas vacías decepcionados porque los pitazos que recibieron de sus respectivas empresas habían sido infundados —dedujo la reportera.

El abad asintió y sonrió.

—Ahora que abordamos este punto, Sandra, quiero aprovechar para agradecer tu discreción en este espinoso asunto.

—No tienes que agradecer —hizo un ademán de desdén—. Nada hubiera ganado con dar a conocer la muerte de Francisco Islas. ¿Te imaginas lo que tendría que haber explicado? No, no, no.

—De todas maneras, estoy en deuda contigo.

—Sí que lo estás —dijo, riendo.

Sandra volteó a mirar a Michael y lo apremió a retirarse de la reunión. Le urgía tener una conversación privada con el abad. Michael entendió su mensaje y comenzó a despedirse.

—Leonardo, nos vamos, seguramente tienes cosas que hacer. Te agradezco tu confianza y amistad. Esperaré que me indiques cuándo puedo verte para discutir el asunto de mi asesoría.

—Ya recibirás una llamada mía —le contestó, poniéndose de pie y dándole un abrazo.

El abad volteó para despedirse de Sandra que aún permanecía sentada.

—Leonardo… ¿tienes unos minutos?

—Sí, por supuesto —le contestó el abad y volvió a sentarse.

Callaghan salió de la oficina con una sonrisa. Afuera se encontró con la señorita Estévez que, nada más verlo, lo saludó con amabilidad. Le había dado mucho gusto enterarse de que, gracias a su abierta disposición para cooperar y a su valiente comportamiento durante el episodio de la muerte de Francisco Islas, había podido conservar su trabajo. Le dio gusto verla tan cambiada. Se había cortado el pelo y puesto luces que la hacían verse más joven. Ya no usaba las blusas abotonadas hasta el cuello. Ahora estilaba un discreto pero pronunciado escote que permitía apreciar unos bien formados pechos, los cuales acunaban, con gallardía y cierto desenfado, el crucifijo de san Damián, que de esta manera se mostraba a plena vista como un estandarte emblemático de su nuevo ser.

—Se ve muy bien —señaló Callaghan con la cabeza—. Quiero decir, el corte de pelo le queda de maravilla.

—Gracias —respondió Helena con una sonrisa.

—Si no es indiscreción, ¿el padre Fonseca no se opuso a que se quedara?

—Fue una recomendación del abad, así que…

—¡Me alegro! Se lo merece, en serio.

—Y sé que otras personas —levantó las cejas— abogaron por mi causa…

La señorita Estévez inclinó la cabeza en agradecimiento.

Callaghan, picado por la curiosidad del final de los eventos que no le tocó presenciar, se animó a preguntar:

—Dígame… ¿cómo es posible que el padre Fonseca haya reaccionado tan rápido a lo que sucedió?

—Yo le hablé.

Callaghan se quedó pensando unos segundos.

—¿Desde la habitación de Francisco?

—Sí, por supuesto. Usted me ordenó no salir de allí, pero no me prohibió informar de todo al arcipreste.

Callaghan rió.

—Y así, al mismo tiempo, me obedeció al salvaguardar el ayate, y puso al tanto de todo a su jefe, como era su obligación —asintió, palmeándose los muslos—. Muy lista.

La secretaria se encogió de hombros con expresión de que la hubieran descubierto haciendo una travesura.

—Pero cuando usted me habló por el radio para decirme que el ayate estaba seguro, todavía Francisco Islas… no se había suicidado.

—Yo menos que nadie lo sabía, pero al telefonear a la oficina del arcipreste e informarle que el ayate había sido encontrado y que yo lo tenía en lugar seguro, él y el abad optaron por salir de la oficina y dirigirse a la nave central. Fue decisión de ellos. Al enterarse de todo, optaron por cerrar las puertas de la basílica y clausurar la entrada al atrio, así que fue ésta la razón por la cual muy pocas personas se dieron cuenta de lo que pasó de verdad.

—Muy inteligentes —dijo sonriendo—. Ya son unos expertos en estos menesteres, ¿eh?

—La práctica hace al maestro.

Callaghan volvió a reír.

—¿Me pueden contar el chiste? —interrumpió Sandra, al salir de la oficina del abad.

—Aquí la señorita Estévez —la señaló— que me está confesando algunos pecadillos…

—Te tengo que advertir, Helena, que este señor dejó de ser sacerdote, así que búscate mejor a otro confesor —la previno, guiñándole un ojo.

Helena se turbó un poco y se puso seria, no estaba segura si Sandra estaba bromeando o decía la verdad. Una cosa era cierta: era la primera vez que veía al padre Callaghan vestido de civil. Quiso cerciorarse y dirigió su mirada hacia él. Al verlo asentir, obtuvo la respuesta.

—Nos tenemos que ir. Llámame en la tarde, ¿okay? —se acercó a la secretaria y le dio un beso.

Salieron de la basílica hacia el atrio, evitando pasar por el lugar donde, días antes, se había producido la caída y la muerte de Francisco Islas. Sin embargo, instintivamente se volvieron para mirarlo por última vez, despidiéndose de ese modo del pasado. A Sandra no le fueron ajenos los breves instantes que Michael dedicó para mirar de soslayo, y con cierto aire de indiferencia, la estatua del papa Juan Pablo II, que se encontraba en el lado sur de la basílica, a escasos metros de donde Francisco Islas había perdido la vida.

—Te invito un café —propuso Callaghan, distrayéndose de su observación.

—Más bien la que va a invitar soy yo —acotó, mirándolo a los ojos—. Tú, mientras estés desempleado, no puedes invitar nada, ¿okay? Pero fíjate que yo no estoy para cafés —le dijo a Callaghan mientras consultaba su reloj—. A mí ya me dieron el banderazo de salida, así que me voy a echar un tequila.

—¡No lo puedo creer! —exclamó riendo—. ¿Tú, la cafeinómana por excelencia? ¿Qué te pasó?

—Todo es cuestión de *timing* —respondió ella con un pícaro guiño—. Ya pasa de la una...

Callaghan estalló en carcajadas. Encaminaron sus pasos hacia una cantina llamada El Verbo Encarnado, que Helena había recomendado a Sandra. Allí, por unos instantes, cada quien caviló en lo que había ocurrido en los últimos días y cómo todos esos sucesos los conducían finalmente al renacimiento de una nueva vida.

—Además de tu puesto en la basílica, ¿qué más vas a hacer?

Callaghan se encogió de hombros antes de contestar:

—Ofreceré mis servicios de consultoría en seguridad a empresas. Pondré mi despacho. También pienso aliarme estratégicamente con algunas barras de abogados para brindar asesoría en materia penal.

—Entiendo que esa materia deja buenos dividendos.

—Muy buenos, créeme.

—Nomás no caigas con los narcos —le advirtió con una sonrisa.

—Son los que pagan mejor —sonrió abiertamente.

Sandra se sintió frustrada por no poder adivinar si bromeaba o hablaba en serio. Reconoció que fue eso, paradójicamente, lo que le gustó de él desde el principio: que no lo supiera traducir.

—¿Y tú? —la cuestionó Callaghan—. ¿Cómo te fue con el abad en ese *tete-a-tete* que tuviste con él? ¿Por qué tanto misterio? ¿De qué platicaron?

—De algo que me debía, ¿recuerdas? —Callaghan asintió—. El favor de no hablar sobre el tema.

—¿Y cómo se lo cobraste, si se puede saber?

Sandra esbozó una sonrisa.

—No vayas a pensar otra cosa, ¿eh?

—Sé que no hubo dinero de por medio, de eso estoy seguro —levantó las cejas en espera de una respuesta convincente.

—Sólo le pedí que me ayudara a escribir mi novela.

—Pero si ya te había ofrecido asesoría.

—No. No va por ahí —Callaghan se encogió de hombros, esperando una explicación—. Lo que me interesa es que me eche una mano cuando la termine. Ya sabes cómo es eso, lo difícil que resulta que una novela se publique, y más, considerando que es mi *opera prima*...

—Pero el periódico, o las empresas del Grupo Tapies, fácilmente pueden publicarla.

—No del todo —dijo, y movió imperceptiblemente la cabeza—, ya que ellos se dedican a revistas, no a los libros.

—¿Y qué te dijo el abad?

Sandra sonrió, haciéndose la remolona. Callaghan enarcó una ceja, apremiándola.

—Que los dueños de tres de las más importantes editoriales del país son benefactores de la basílica —contestó, se encogió de hombros y dibujó una amplia sonrisa, típica de ella—. Que no me preocupe.

—¡Bravo! Te felicito.

Después de agradecer a Michael, Sandra se puso seria. Él la dejó sumergirse en sus pensamientos por unos momentos.

—¿Y de lo otro? —le preguntó Callaghan refiriéndose a su *personal ordeal*.

—He decidido tomar una terapia.

—Fue muy difícil para ti.

—Creo que para cualquiera, Michael. El hecho de pasar por un trance que puso en riesgo mi vida, me ha dejado marcada. Y la verdad, siento que en estos momentos necesito ayuda profesional. No creo poder superarlo sola.

Michael le había contado —como si hubiera estado en un confesionario—, de manera íntima y con mucha sinceridad, todas las tribulaciones por las que estaba pasando su fe. En esos días, después de los nefastos sucesos en la basílica, Sandra no hizo ningún intento por acercarse físicamente, respetando de ese modo el insomnio espiritual por el que él estaba pasando.

—Quizá tú también deberías buscar ayuda —le dijo, mirándolo a los ojos.

—La ayuda que requiero es más espiritual.

Recordó vívidamente cuando, en una ocasión, Michael le confesó que el papa Juan Pablo II había cometido dos muy graves errores con México: "El primero, haber canonizado a Juan Diego, desestimando los argumentos esgrimidos por el abad de la basílica, monseñor Guillermo Schulenburg, supuestamente la persona que más debería saber del acontecimiento guadalupano, entre otros reconocidos historiadores y respetadas personalidades que, a través de varias cartas, lo previnieron de que no lo hiciera". La reportera reflexionó sobre el primer desacierto: ¿sería éste un pronunciamiento abierto de su parte sobre las apariciones marianas? En ese momento no lo creyó así, sin embargo ya era un atisbo de lo que podría ser su creencia. "El segundo equívoco del papa fue su encubrimiento de las acusaciones que sobre pederastia y consumo de drogas se cernían sobre el padre Marcial Maciel, negándose a procesarlo canónicamente, como debería haberlo hecho." Al terminar de escuchar esa última declaración, Sandra supo que Michael había tomado la decisión de separarse de los Legionarios de Cristo. "Todavía no nos damos cabal cuenta, y no sé si algún día lo lleguemos a hacer, de las graves repercusiones que estas dos equivocaciones habrán de tener en el devenir de la religión católica en nuestro país", finalizó diciendo con semblante grave.

De repente, Sandra asoció el momento en que Michael fijó su atención en la estatua del papa, a las afueras de la basílica, con el deceso del padre Francisco Islas. ¿Acaso el franciscano era la primera víctima visible —de las muchas que tendrían que venir— de lo que Michael denominó las dos grandes equivocaciones del Santo Padre?

Durante todo el tiempo que duró este *impasse*, ninguno de los dos pronunció una palabra. Callaghan notó que Sandra no dejaba de juguetear con una pieza de joyería que colgaba de su largo cuello. Fue tal su curiosidad por observarla mejor, que decidió interrumpir su ensimismamiento.

—¿Qué es eso? —intentó tomar la pieza para verla mejor, pero su cercanía con los pechos de Sandra lo inhibió.

—Es un dije. Acabo de mandarlo a hacer.

—Muy original. ¿Quién te lo hizo?

—Yo lo diseñé y pedí que me lo hiciera un joyero.

—No me digas. De veras que eres todo un estuche de monerías.

—¿Te gusta? —le preguntó ella mientras se inclinaba hacia él para mostrárselo.

Callaghan enfocó su mirada en el dije.

—Sí, mucho.

—A mí me encanta. Está cargado de símbolos —hizo una pausa, y a continuación esbozó una sonrisa traviesa—. A ver qué tan bueno eres para descifrarlo…

—Me estás retando, ¿verdad?

Sandra se encogió de hombros, sonriéndole.

Callaghan meneó la cabeza. Después de unos instantes, hizo una mueca que denotaba que aceptaba el reto. Sandra respondió con un movimiento de sus manos hacia la parte posterior de su cuello para zafar el broche de la cadena que lo sostenía. Él la detuvo. Ella lo miró desconcertada. Callaghan prefirió acercarse un poco para observar mejor el dije, que colgaba sobre el busto de la reportera. Lo tomó entre sus dedos sin haber caído en la cuenta de que le había rozado los senos, y se lo acercó, estirando la cadena hasta el punto en que también jaló el cuello de Sandra. Ella se lo permitió. Ahora sus dos caras se encontraban muy cerca, separadas sólo por la longitud de la cadena.

—Hum… —lo observó él con detenimiento—. Evidentemente es un triángulo.

—Equilátero.

—Sí. Ya me había dado cuenta. No soy tan malo en geometría, ¿eh?

Sandra sonrió. Al sentirse tan cerca de él, le mostró sus dientes casi perfectos. Trató de taparse la boca con una mano; sus dedos tropezaron con la cadena, lo cual provocó que la distancia entre ambos se acortara aún más. Hizo por recuperar espacios sin dejar de sonreír.

—Este triángulo encierra tres círculos entrelazados —los señaló—. Se trata de la Trinidad. Pero… espera, en medio hay cuatro letras. Es el nombre impronunciable de Dios: *Yod, He, Vav, He*, en lengua hebrea.

—¡Correcto!

—En cada arista hay unos signos. En la arista superior se encuentra un ojo enclavado en otro pequeño triángulo; ése es Dios Padre, sin duda. En la arista izquierda hay un pescado; debe ser la representación que dieron los primeros cristianos a Dios Hijo, el pescador de almas. En la arista derecha hay otro triángulo, esta vez isósceles: es una Virgen Negra.

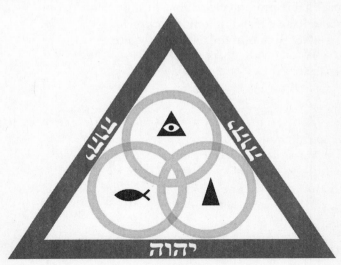

Callaghan se acercó para observar el dije más de cerca. Sandra no pudo evitar sonreírle ante su nueva cercanía. A esta distancia le permitió percibir su aroma. Le gustó cómo olía a jabón.

—¿De veras te gusta? —le preguntó ella con una sonrisa seductora.

—Sí. Y ahora más, que sé cuál es su significado.

—Es la nueva Trinidad.

Callaghan asintió sin decir nada.

—Es como el códice de mi nueva vida —apretó el dije entre sus manos—. El códice de la nueva era.

Se acercó aún más a la reportera, ladeando su cabeza al punto de alcanzar a besar su mejilla, como lo hizo ella al despedirse una noche, hacía apenas unos días.

—¿Y ya tienes un *tlahcuilo* para que te la escriba? —le susurró Callaghan al oído, después de deslizar sus labios por sobre el carrillo de Sandra hasta rozar el lóbulo de su oreja.

Ella, sin moverse un ápice, percibió el cálido aliento y el cosquilleo que le produjo el siseo de las palabras que Michael había pronunciado sobre su oído. Sintió cómo recorría todo su cuerpo un tenue escalofrío.

—No. El puesto todavía está vacante…

Año y medio después

Arribó temprano en la mañana a la estación de la Placa Espanya. Compró el boleto en la taquilla de la Línea R5 con dirección Manresa. La hora en que el tren FGC tardó en llegar la ocupó en observar el paisaje y en tratar de relajarse. Pidió algo ligero de desayuno y café para mantenerse alerta. Supo que había llegado cuando la llanura de los valles boscosos desapareció abruptamente para dar paso a la solitaria montaña.

Bajó del andén, anduvo un escaso trecho y se dirigió a la estación para tomar el funicular. Mostró su boleto al despachador y abordó. Sintió cierta aprensión cuando percibió un ligero balanceo del teleférico cada vez que algún pasajero entraba. El trayecto fue de unos cuantos minutos, suficientes para admirar el macizo montañoso que se destacaba por sus singulares formaciones geológicas. Los picos monolíticos, de sobrecogedora verticalidad, apuntaban al cielo como los dientes de una sierra.

Desembocó en una terraza, justo debajo del monasterio. Caminó hasta pasar frente al primer bloque arquitectónico, que consistía en hospedería, restaurantes y tiendas de *souvenirs*. Prosiguió su andar hasta llegar a la Plaza de Santa María. Ahí tomó un respiro y se paseó por los alrededores como un turista más. Se sentó en un banco de piedra y alzó la vista para descubrir el pico más alto, Sant Joan, rodeado de nubes en su cima y de una neblina que, como trenza desmadejada, caía en cascada hasta donde se encontraba. El entorno de espiritualidad que emanaba la montaña, y el frío, hicieron que su vestimenta pasara inadvertida. Una espontánea ventisca hizo que se cubriera la cabeza con la capucha.

Cerca del mediodía entró a la basílica. El lugar estaba lleno. Esperó a que el coro de la Escolanía iniciara su actuación. Los niños ya estaban en sus puestos y no tardó en aparecer el conductor. Reconoció la primera melodía de inmediato: el *Ave María* de Schubert. Hubo otra, que al inicio de los primeros acordes originó un murmullo entre la feligresía. Intrigado, aguzó el oído y escuchó decir: "Es la Virolai". Las canciones se sucedían una a otra y la iglesia se inundaba de voces que no hacían otra cosa que honrar y venerar a la Virgen patrona de la región. Cuando finalizaron los cánticos, no pocos parroquianos mostraban expresiones de embeleso. Lenta y pausadamente, el recinto se fue despoblando; parecía que el santuario ejercía un poder magnético que hacía que las personas se quedasen más tiempo a rezar.

Arrodillado al igual que los demás, levantó la vista hacia el altar mayor y la fijó en la Virgen morena enclaustrada en un estrecho Camarín. No pudo menos que admirar la talla y sonreír.

En un salón adyacente a la basílica, que antes había servido como dependencia monacal, el abad benedictino se encontraba reunido con un buen número de elementos de seguridad, que apenas unos días antes habían entrado a trabajar a la basílica. Se palpaba un ambiente de fiesta, ya que celebraban la inauguración de los nuevos dispositivos implementados.

El abad, a la cuenta de tres, oprimió un botón que hizo que la veintena de cámaras estratégicamente posicionadas dentro y fuera de la basílica se encendieran al unísono y transmitieran sus primeras imágenes en los monitores instalados en el lugar que albergaría al recién creado Departamento de Seguridad.

En medio de la algarabía generalizada por la consecución de tan nítidas imágenes, hicieron su aparición meseros con charolas repletas de copas de vino. El abad no se hizo del rogar y, acallando con un ademán de su mano las voces festivas, hizo una invitación a elevar una plegaria a la Virgen para conmemorar el día en que el santuario se volvió más seguro.

Las cabezas gachas en actitud de rezo y los ojos cerrados en profunda meditación, ayudaron para que nadie se percatara de que unos cuantos monitores registraban y grababan la presencia, en el interior de la basílica, de un fraile franciscano.

La desaparición del ayate, de Gerardo Huerta Maza
se terminó de imprimir en noviembre de 2012, en los talleres de
Litográfica Ingramex, S.A. de C.V. Centeno 162-1,
colonia Granjas Esmeralda, 09810, México, D.F.